JN028044

AGENT SONYA

Lover, Mother, Soldier, Spy

ソーニャ、ゾルゲが愛した工作員

愛人、母親、戦士にしてスパイ

ベン・マッキンタイアー Ben Macintyre 小林朋則 訳

Имя, отчество и фамилия

Софья

Генриховна

Гамбургер

Подпись владельца книжки

Гамбургер, С.Г.

中央公論新社

ソーニャ、ゾルゲが愛した工作員　愛人、母親、戦士にしてスパイ——目次

※本文中の（　）は原著者、〔　〕は引用者、［　］は訳者による注を示す。

1.（上左）ウルズラの父、ロベルト・ルネ・クチンスキー。統計学者で愛書家だったが、後にイギリスに亡命した。

2.（上右）ウルズラ・マリア・クチンスキー。1910年、3歳のときの写真。

3．一家の乳母「オロ」ことオルガ・ムート（左）と、ブリギッテ、ユルゲン、ウルズラのクチンスキー兄妹とその母親ベルタ（右から2番目）。

（図版出典は巻末）

4．シュラハテン湖に面した家族の屋敷。ベルリン郊外の高級住宅地ツェーレンドルフ地区にあった。

5．10代のウルズラ。シュラハテン湖の屋敷に生える木のあいだに立って本を読んでいるところ。

6．クチンスキー家の６兄妹。右から順に、ユルゲン、ウルズラ、ブリギッテ、バルバラ、ザビーネ、レナーテ。

7．1925年、ベルリンでメーデーの行進をするドイツ共産主義青年同盟のメンバーたち。

8.（左）ベルリンで荷車を引いて共産主義の書籍を集めるウルズラ。
9.（上）大きな夢を抱いて建築を学ぶ青年ルドルフ・ハンブルガー。ウルズラと出会ったころの一枚。

10.（上）1927年に上海で起こった「白色テロ」で処刑される中国人共産主義者たち。

11.（下）乗っていた汽船が上海港に接岸するときウルズラが撮影した写真。「浮かぶのがやっとの小舟で汽船を取り囲んだのは物乞いたちで……」

12. アグネス・スメドレー。急進的なアメリカ人で、革命家であり小説家であり、さらにスパイでもあった。

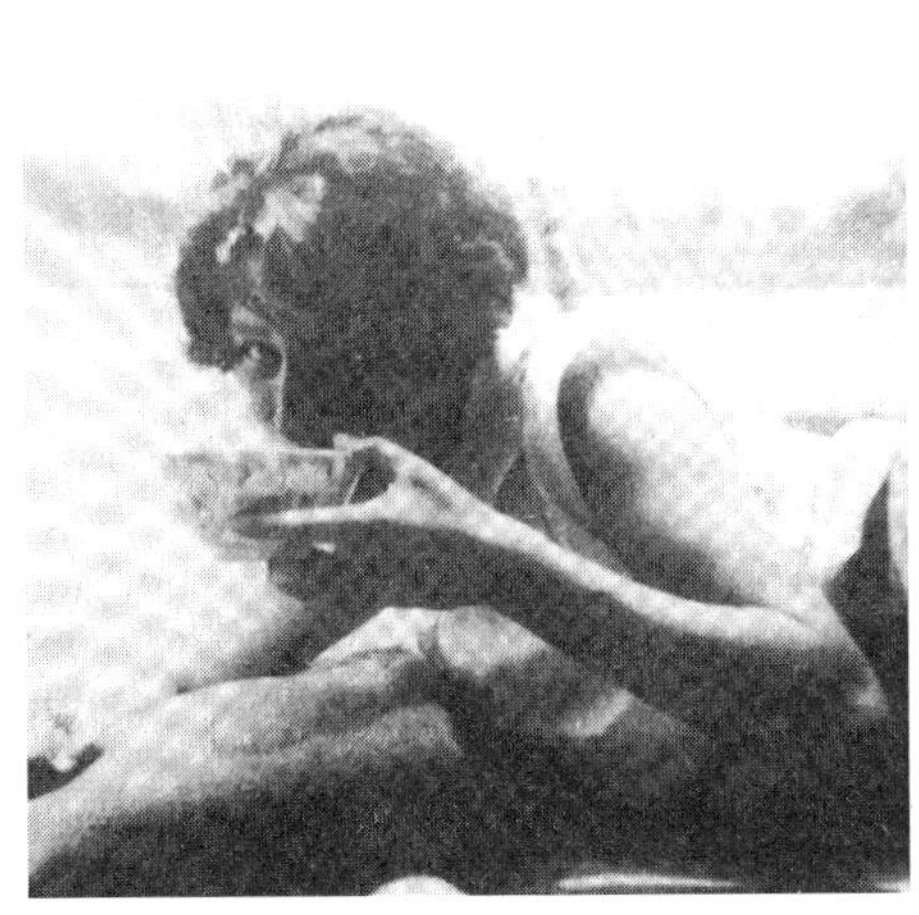

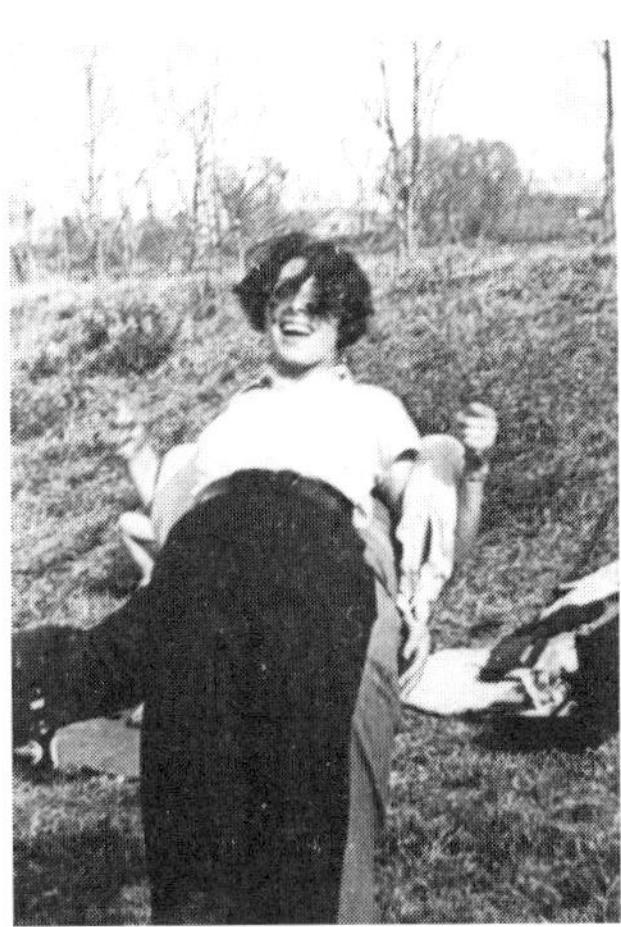

13. (上左)「海賊の顔写真」。撮影者は「グリーシャ」こと、ポーランド人写真家でスパイのヒルシュ・ヘルツベルク。

14. (上右)上海郊外の農村地帯への小旅行で、仲間の共産主義スパイと「シーソー」をしているところ。この相手はおそらくリヒャルト・ゾルゲ。

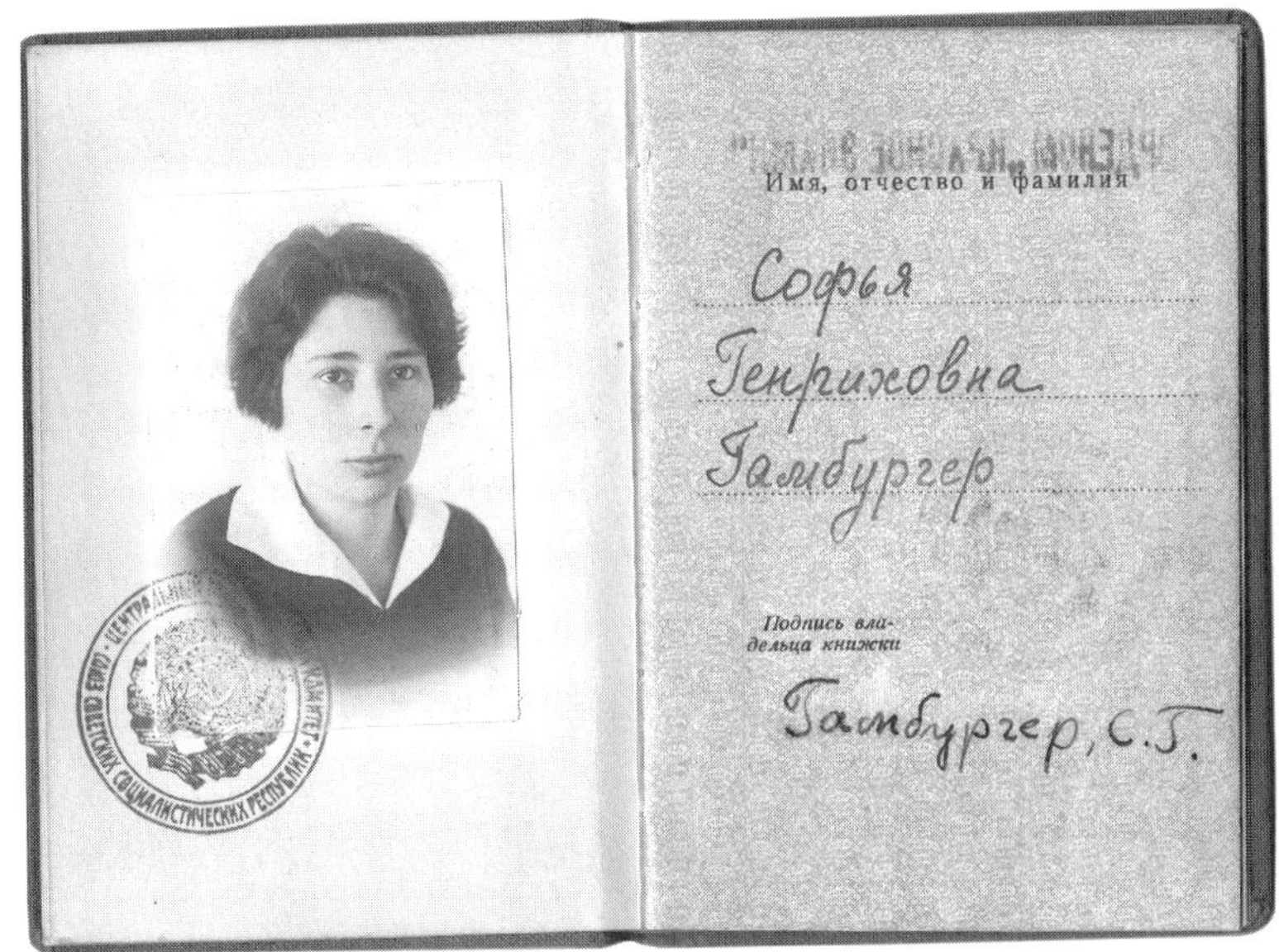

Имя, отчество и фамилия

Софья

Генриховна

Гамбургер

Подпись владельца книжки

Гамбургер, С.Г.

15. 1937年にクレムリンで「ソフィヤ・ゲンリコヴナ・ガンブルゲル」名義でウルズラに授与された赤旗勲章の証書。

16. リヒャルト・ゾルゲ。ウルズラをスパイとしてスカウトし、後に愛人関係になった。ゾルゲはイアン・フレミングから「史上最も傑出したスパイ」と評された。

17. ウルズラの両隣に立つ、中国人学者で共産党の秘密工作員だった陳翰笙とその妻。

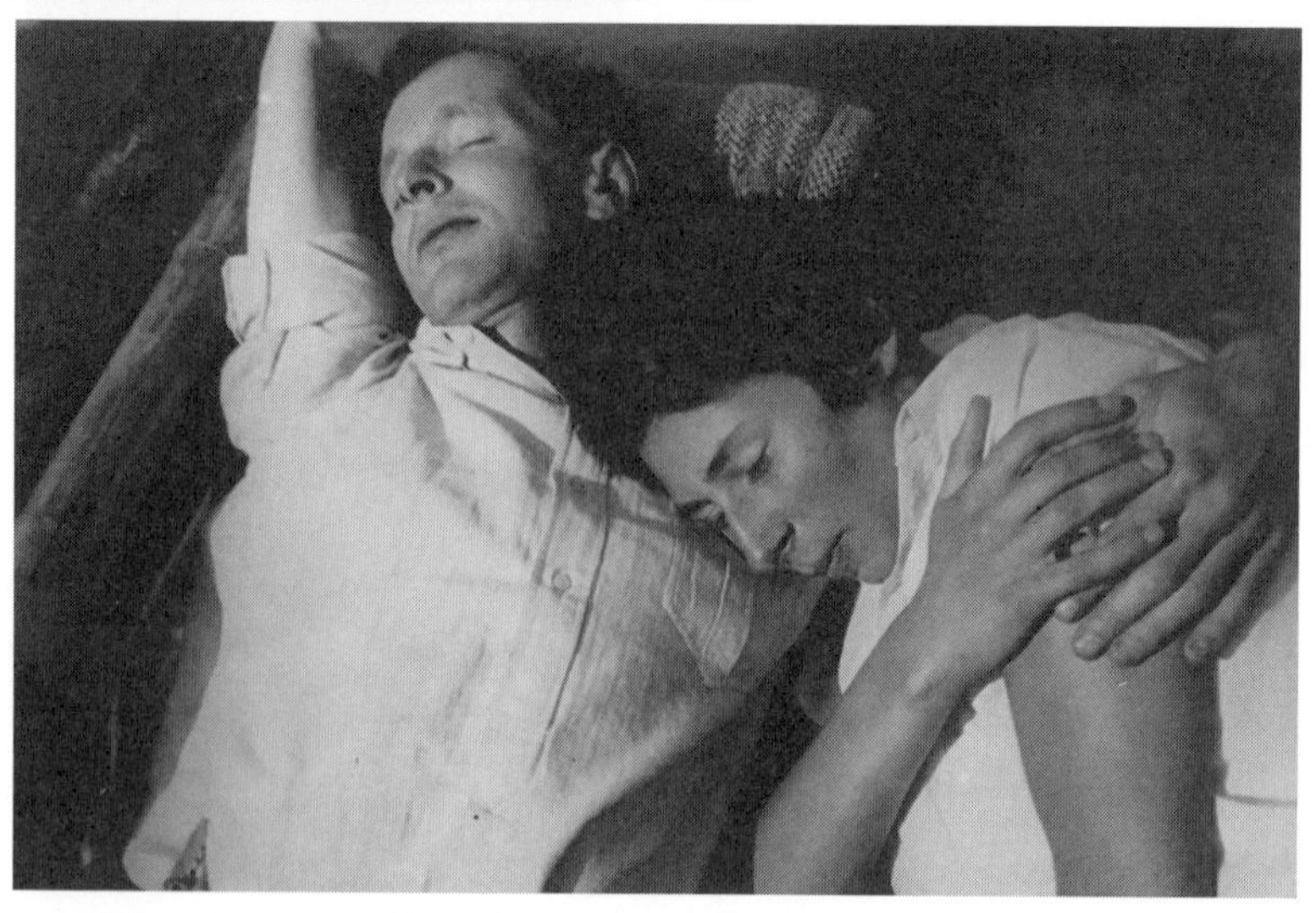

18. 郊外へピクニックに行った先でまどろむルディとウルズラ。この直後、ウルズラはモスクワへ出発する。結婚生活の最後を写した、見ていて切なくなる写真。

19. 1933年5月、ウラジオストクに向かうノルウェーの貨物船でカナリアに話しかけるミヒャエル・ハンブルガー。

20. 汽船コンテ・ヴェルデ号のデッキで日光浴するウルズラ。

21.（上）奉天の家。無線機のアンテナを立てるための竹竿が屋根の両端に見える。

22.（右）ウルズラ手製のモールス符号用電鍵。材料は、金属製の定規、綿糸用の糸巻き、薄い板きれ、銅線。

23. ヨハン・パトラ。日本占領下の満州でウルズラの愛人となった同僚スパイ。

24. 中国の昔ながらの磁器修繕屋。ウルズラが愛の証しとしてヨハンに渡した小さな鉦は、この写真の左側で竹竿から吊るされているのと同じようなものだった。

25. 毛沢東、朱徳、アグネス・スメドレー。1937年、紅軍の拠点となった延安にて。

26. ガイク・ラザレヴィチ・トゥマニャン大佐。ソ連軍情報部アジア課の課長で、1933年から1938年までウルズラの上司だった。

27. 1935年ころのウルズラ。赤軍の将校らしからぬ風貌だ。

28. ヤン・カルロヴィチ・ベルジン将軍。第4局の局長だったが、スターリンの大粛清で処刑された。

29. ハジ＝ウマル・マムスロフ大佐。「同志ハジ」と呼ばれた彼は、1938年からウルズラのソ連側スパイ監督官を務めた。

30. レン・バートン、1939年の写真。ウルズラは「彼は25歳で、ふさふさとした茶色い髪と、つながりそうな眉毛と、明るい薄茶色の目をしていました」と書いている。

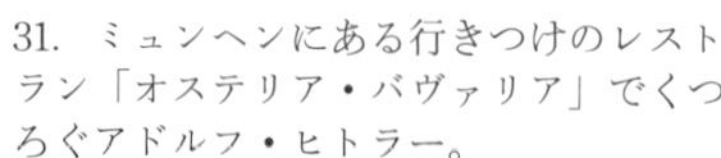

31. ミュンヘンにある行きつけのレストラン「オステリア・バヴァリア」でくつろぐアドルフ・ヒトラー。

32. アレグザンダー・アラン・フット。スペイン内戦の元義勇兵で、チャンスと見ればすぐ行動に移すスパイだった。

33. アレクサンデル・「シャーンドル」・ラドー。ユダヤ系ハンガリー人の地図製作学者で、スイスで活動する諜報網「赤い三人組」の黒幕だった。

34. 「ラ・トピニエール（モグラ塚）」。ウルズラがスイスで住んだ、レマン湖を見下ろす山腹の家。

35. 家族の乳母「オロ」ことオルガ・ムート。写真で一緒に写っているのは、ウルズラの妹レナーテとザビーネ。

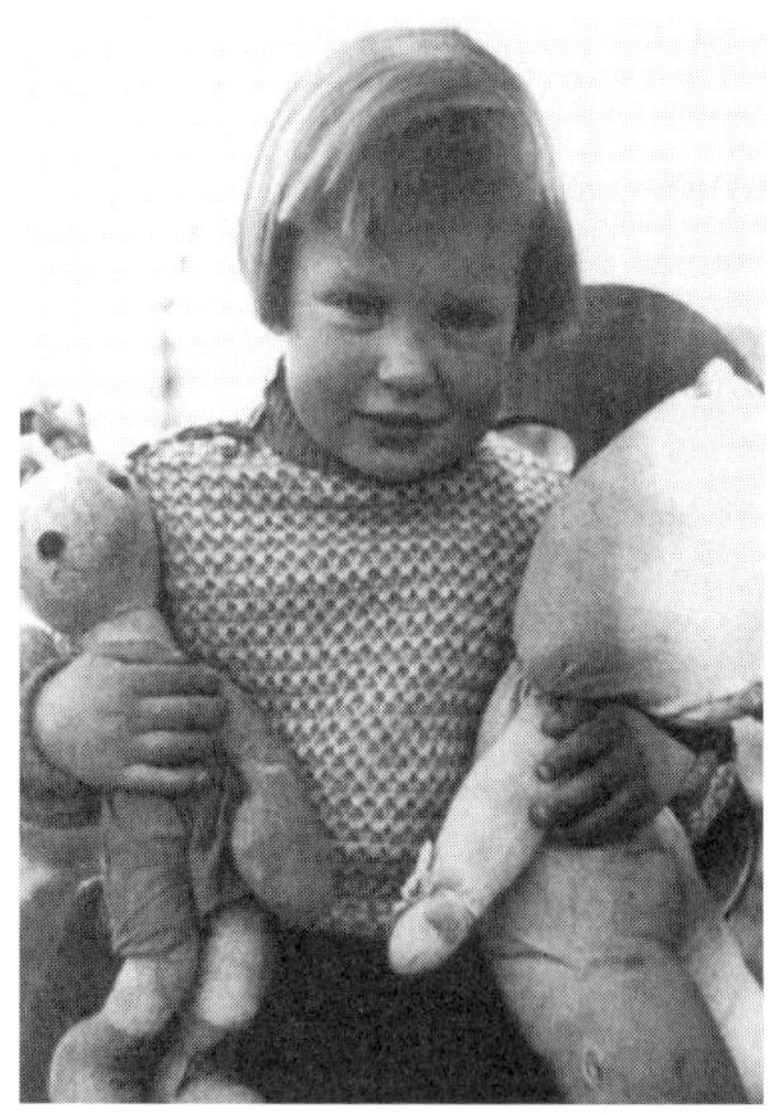

36. ウルズラとヨハン・パトラの娘ニーナ。２歳の写真。ウルズラは無線機の部品をひそかに運ぶのに子供たちのおもちゃを利用した。

37. ルディ・ハンブルガー。1939年、ソ連軍情報部にスカウトされた直後の写真。

Internee's No: 417

NAME: FUCHS

Given Names: KLAUS EMIL JULIUS   Hut 16

DESCRIPTION

Age: 28 Years

Height: 5 Ft. 10 inches

Complexion: dark

Colour of eyes: brown dark

Colour of hair: brown dark

Weight (approximate): 9 stonew

Clean shaven or not: clean shaven

Chin: pointed   Nose: ~~xxxxx~~ straight

General build: tall

Scars: etc.: none

Remarks: wears glasses

3 false teeth in front.

39. クラウス・フックスの収容票。フックスはドイツ生まれの物理学者で、後に原爆開発計画に加わってウルズラのスパイになった。

38. エミリー・「ミッキー」・ハーン。雑誌『ニューヨーカー』の勇猛果敢な特派員で、上海では男装してディナーパーティーに出席していた。

40. ソ連側担当官ニコライ・ウラジーミロヴィチ・アプテーカリ、別名「セルゲイ」に会うためロンドンへ向かう前に、いちばん上等な服を着るウルズラ。

41.（下）エーリヒ・ヘンシュケ。別名「カール・カストロ」。ウルズラと、彼女がアメリカ軍の情報機関ＯＳＳにスカウトさせたスパイたちとのあいだの「カットアウト」（仲介者）を務めた。

42.（左）ジョー・グールド中尉。元は映画業界の広報担当で、戦争では情報員としてツール・ミッションを担当した。

43.（下）「ジョーン＝エレナー・システム」。画期的な通信機器で、これを使うことでアメリカ軍情報部はナチ・ドイツ国内にいるスパイと上空から直接無線で連絡を取ることができた。

44, 45. ハンマー・スパイのトニー・ルー（上左）とパウル・リンドナー（上右）。ふたりは1945年３月２日にベルリンにパラシュートで降下した。

46. グレート・ロールライトの西で道路をまたぐ鉄道橋。この鉄道橋をくぐり、交差点を過ぎて左側にある四番目の木の根元のうろが、デッドドロップ・サイトだった。

47. グレート・ロールライトの「モミの木荘」。「私たちにとって最初の本当の家」とウルズラは書いている。

48. 「モミの木荘」の庭でくつろぐウルズラと子供たち。

49. MI5のミリセント・バゴット。共産主義者の取り締まり経験が豊富だった。

50. 尋問官として有名だったウィリアム・「ジム」・スカードン。

51. ロジャー・ホリス。1938年にＭＩ５に入り、出世を重ねて1956年に局長になった。

52. メリタ・ノーウッド。暗号名を「ホラ」といい、イギリス国内で最も長期にわたって活動したソヴィエト側スパイだった。

53. 東ドイツ国家保安省（シュタージ）の職員たちに囲まれるウルズラ。頭上に掛かっているのは、同国の指導者で強硬な共産主義者だったエーリヒ・ホーネッカーの肖像。

54. 最も重要な3人の共産主義スパイを称える旧ソ連と中国の記念切手。左から順に、キム・フィルビー、アグネス・スメドレー、リヒャルト・ゾルゲ。

「鋳掛け屋（ティンカー）、仕立屋（テイラー）、兵隊（ソルジャー）、船乗り（セイラー）（中略）どれが私のだんなさま？」

――昔から伝わる数え歌・占い歌。女の子が自分の未来を占って遊ぶ。

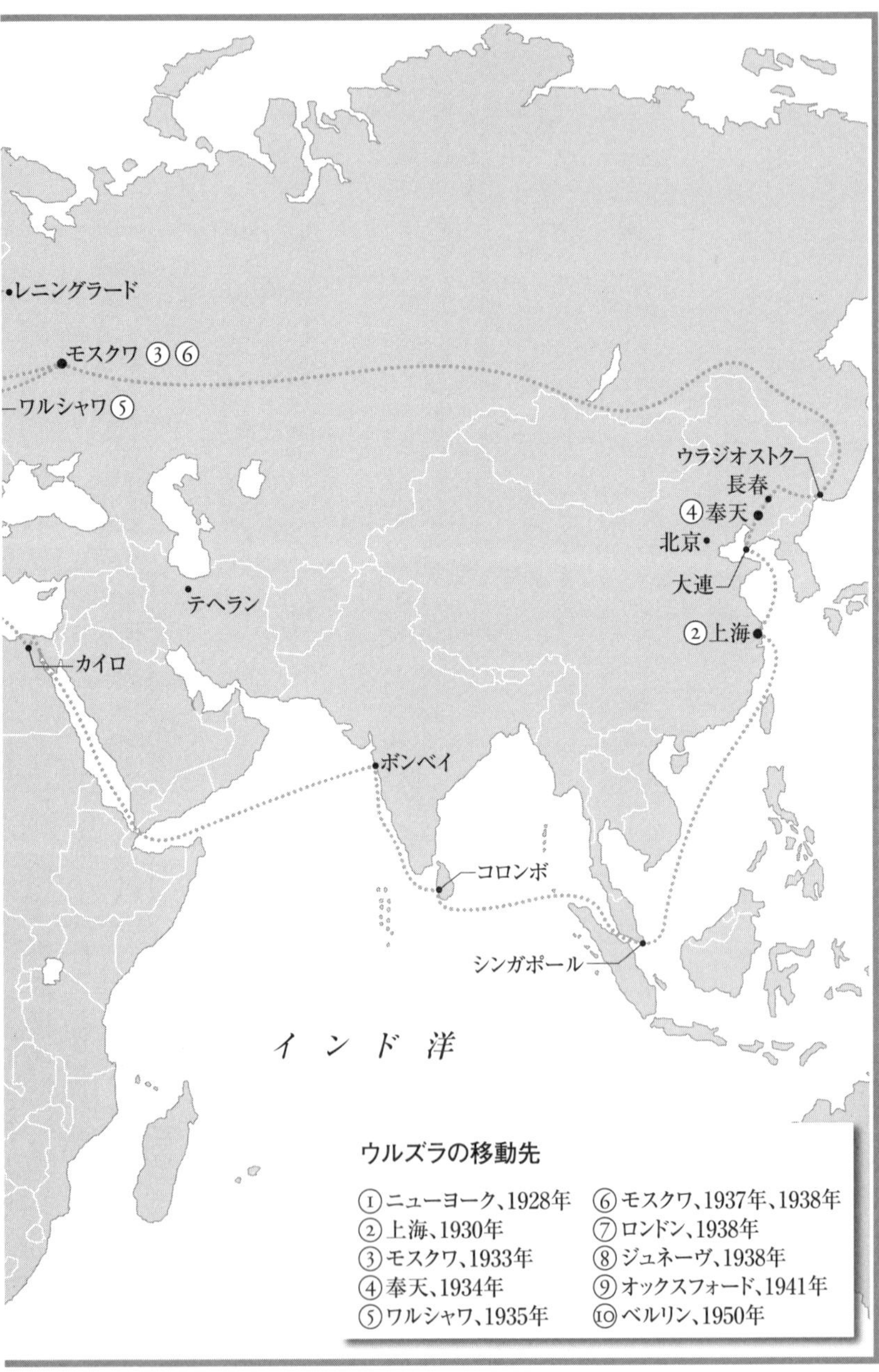

レニングラード
モスクワ ③⑥
ワルシャワ⑤
テヘラン
カイロ
ボンベイ
コロンボ
シンガポール
インド洋
ウラジオストク
長春
④奉天
北京
大連
②上海
ウルズラの移動先
①ニューヨーク、1928年
②上海、1930年
③モスクワ、1933年
④奉天、1934年
⑤ワルシャワ、1935年
⑥モスクワ、1937年、1938年
⑦ロンドン、1938年
⑧ジュネーヴ、1938年
⑨オックスフォード、1941年
⑩ベルリン、1950年

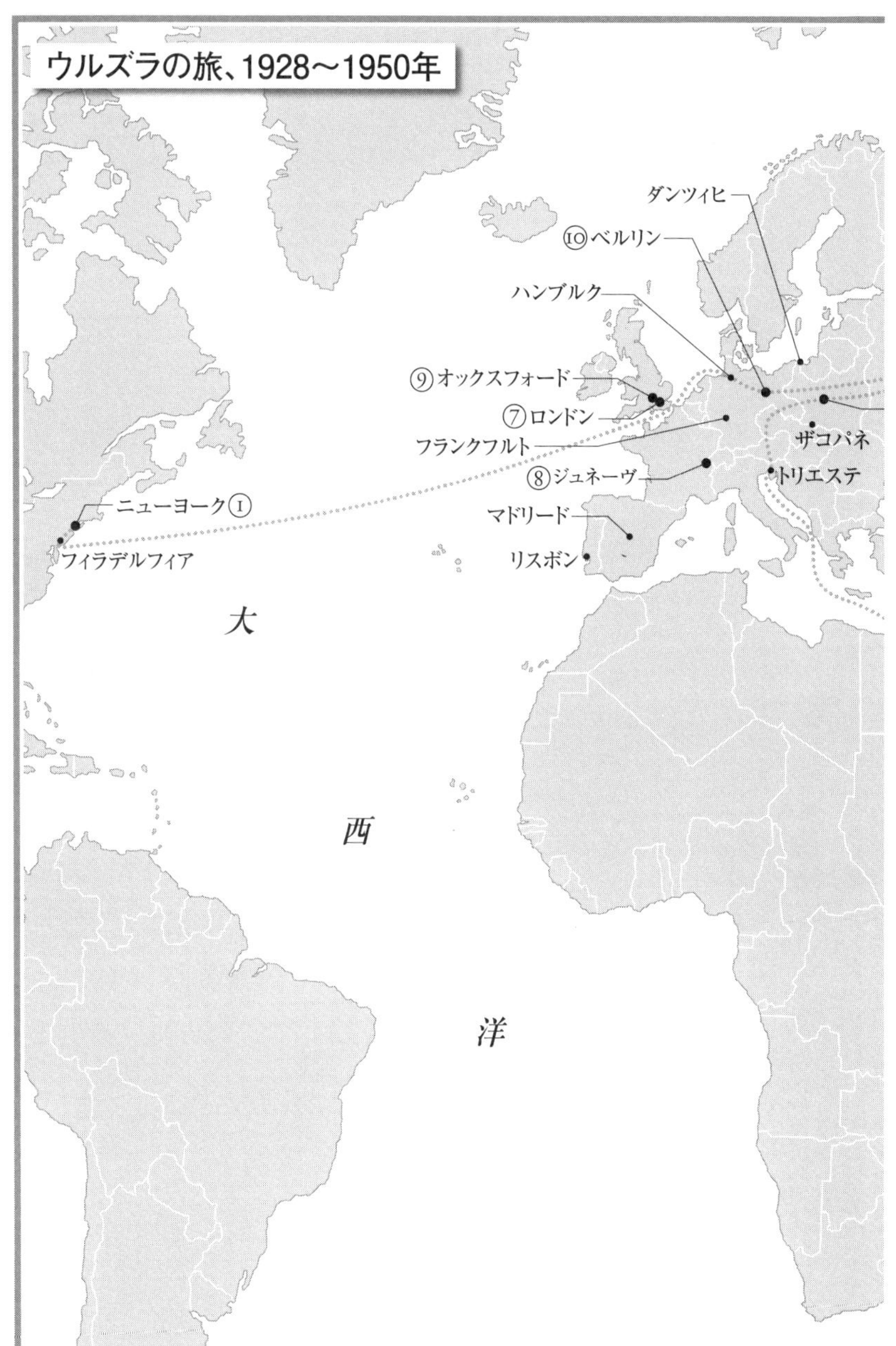
ウルズラの旅、1928〜1950年
ダンツィヒ
⑩ベルリン
ハンブルク
⑨オックスフォード
⑦ロンドン
フランクフルト
ザコパネ
⑧ジュネーヴ
トリエステ
ニューヨーク①
マドリード
リスボン
フィラデルフィア
大
西
洋

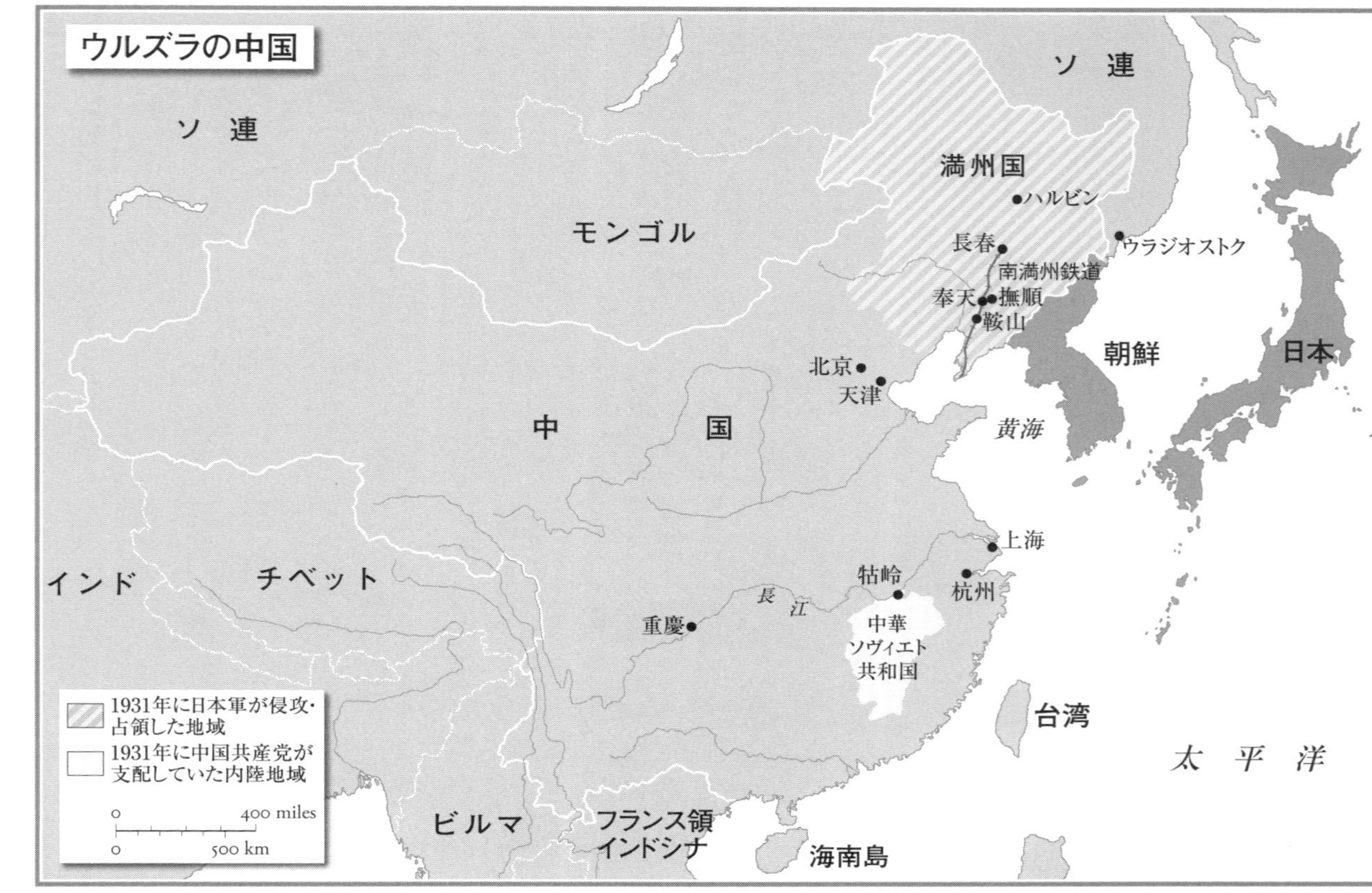

ウルズラの中国
ソ　連
ソ　連
満州国
ハルビン
モンゴル
長春
南満州鉄道
ウラジオストク
奉天
撫順
鞍山
朝鮮
日本
北京
天津
中
国
黄海
上海
インド
チベット
牯嶺
杭州
長
江
重慶
中華
ソヴィエト
共和国
台湾
太　平　洋
1931年に日本軍が侵攻・
占領した地域
1931年に中国共産党が
支配していた内陸地域
0
400 miles
0
500 km
ビルマ
フランス領
インドシナ
海南島

ソヴィエト連邦、1941年
北極海
ロンドン
フィンランド
レニングラード
バルバロッサ
作戦
モスクワ
ヴォルガ川
ウラル山脈
ソヴィエト連邦
オデッサ
ミレロヴォ
サラトフ収容所
シベリア鉄道
カラガンダ収容所
セミパラチンスク核実験場
ウラジオストク
奉天
北京
中国
上海
0 600 miles
0 1000 km

装　幀　松田行正

ソーニャ、ゾルゲが愛した工作員　愛人、母親、戦士にしてスパイ

序章

　昔ながらの風情を残すイングランドの小村グレート・ロールライトを、もしも一九四五年に戻って訪ねることができたなら、農場に建つ石造りの家「モミの木荘」から、ひとりの女性が出てきて自転車に乗ろうとするのを見かけるかもしれない。髪が黒くて、ほっそりしていて、格段にエレガントな女性だ。三児の母親で、近くのアルミニウム工場で働く夫レンと暮らしている。気さくだが控えめで、わずかに外国語訛(なま)りのある英語を話す。作るケーキは絶品だ。けれども、村があるコッツウォルズ地方の住民たちは、この婦人について、ほとんど何も知らなかった。

　住民たちは知らなかったが、村で「バートン夫人」と呼ばれているこの女性は、実はウルズラ・クチンスキーという名の、ソヴィエト連邦の正規軍「赤軍」の大佐であり、熱心な共産主義者で、受勲歴のあるソ連軍情報部の情報員であり、厳しい訓練を受けたスパイとして中国、ポーランド、スイスで諜報活動に従事した後、モスクワの指示を受けてイギリスにやって来ていたのである。村人たちは、彼女の子供が三人とも全員父親が違っていることも、レン・バートンが同じく秘密工作員であることも、知らなかった。彼女がドイツ系ユダヤ人で、ナチズムに強硬に反対し、第二次世界大戦中はファシズム勢力を相手にスパイ活動を行ない、現在は新たに始まった東西冷戦でイギリスとアメリカをスパイしていることにも、住民は気づいていなかった。バートン夫人（綴りは「Burton」ではなく「Beurton」）が「モミの木荘」の裏にある屋外トイレに、モスクワのソ連情報機関本部との通信用に強力な無線送信機を作っていたことも、知らなかった。グレート・ロールライトの村人たちは、バートン夫人が大戦中の最後の任務で、瀕死のドイツ第三帝国に反ナチ工作員をパラシュートで送り込むアメリカの極秘作戦に共産主義スパイを潜入させていたことも、知らなかった。この「よいドイツ人たち」は、表向きはアメリカのためスパイ活動をしていたが、実際にはグレート・ロールライトに住むクチンスキー大佐のために働いていた。

しかし、バートン夫人の手がけた最も重要な秘密任務は、その後の世界の姿を形作ることになるものだった。彼女は、ソヴィエト連邦が原子爆弾を製造する手助けをしていたのである。

長年ウルズラは、イギリスによる核兵器開発計画の中枢部で活動する共産主義スパイのネットワークを運用しており、彼女がモスクワへ伝えた情報のおかげで、ソ連の科学者たちはやがて独自の核爆弾を製造できるようになった。ウルズラは村での生活にすっかり溶け込んでいて、彼女の焼くスコーンはグレート・ロールライトの誰もがうらやむ逸品だった。しかし、それと並行して進められていた秘密の生活では、西側から核兵器の研究内容を入手して東側に渡すことで、東西のパワーバランスを維持し、核戦争を阻止する一端を担っていた（少なくとも、彼女はそう信じていた）。バートン夫人が配給手帳と買い物袋を持って自転車に乗るのは、これから最重要機密を手に入れに行くときだった。

ウルズラ・クチンスキー・バートンは、母であり、主婦であり、小説家であり、有能な無線技師であり、スパイ網のリーダーであり、秘密文書の運び屋であり、破壊活動員であり、爆弾製造者であり、冷戦の戦士であり、秘密工作員であり、これらの務めをどれひとつおろそかにしなかった。彼女の暗号名は「ソーニャ」。本書は、彼女の物語である。

ウルズラの母ベルタ・クチンスキーは、その日の夜に娘が背中一面に青あざを作り、足を引きずりながら、服が破れた姿で帰宅したのを見て、激怒した。

ベルタはウルズラに、何をしていたのか答えなさいと迫り、「酔っ払った若者たちの一団と腕を組んで外を歩き回り、大声を張り上げてわめいていた」のだろうと言った。

「私たちは酔っ払っていなかったし、わめいてもいなかったわ」とウルズラは言い返した。

「その若者たちは、何者です?」とベルタは聞いた。「そんな人たちと出歩いて、いったいどういうつもりなの?」。

「『そんな人たち』って、共産主義青年同盟の地元支部の人たちよ。私もメンバーなの」

ベルタはすぐにウルズラを父ロベルト・クチンスキーの書斎へ行かせた。

「確かに、誰もが自分なりの意見を持つ権利は大切だと思う」と、ロベルトは娘に告げた。「けれども一七歳の女の子は政治活動に参加していいほど大人じゃない。だから、いいかね、会員証は返して、どうするか決めるのは数年後にしなさい」。

ウルズラは、あらかじめ答えを考えていた。「一七歳が働いて搾取されてもいい年齢なら、その搾取と戦ってもいい年齢のはずだし……だからこそ私は共産主義者になったんです」。

ロベルト・クチンスキーは共産主義のシンパ(同調者)で、娘の意気込みをむしろ称賛していたが、ウルズラに手を焼くことになりそうなのは明らかだった。クチンスキー夫妻は労働者階級の闘争を支持していたかもしれないが、娘が労働者階級に交じって活動するのを望んでいるわけではなかった。

こんなふうに政治的に過激な言動を取るのは一時的な熱狂に過ぎないと、ロベルトはウルズラに言った。「五年後には、すべてが笑い話になっているさ」。

ウルズラは言い返した。「五年後には、今よりずっと立派な共産主義者になっていたいわ」。

戦時下のクチンスキー家

クチンスキー家は裕福なユダヤ人一家で、人脈が広く、何不自由ない生活を送っており、ベルリンに住む他のすべてのユダヤ人と同じく、あと数年で自分たちの世界が戦争と大変革と組織的ジェノサイドによって跡形もなく消え去ってしまうとは、夢にも思っていなかった。一九二四年の時点でベルリンには、ドイツに住む全ユダヤ人のおよそ三分の一にあたる、一六万のユダヤ人が暮らしていた。

ロベルト・ルネ・クチンスキーは、ドイツで最も著名な人口統計学者であり、社会政策を立案するのに数値データを用いたパイオニアであった。彼の考案した人口統計の計算法「クチンスキー率」は、今も現役で使われている。ロベルトの父親は銀行家として成功し、ベルリン証券取引所の代表取締役を務め、息子ロベルトに書籍への深い愛情と、その愛情を思う存分満足させられるだけの財産を残した。穏やかだが気難しい学者で、「六世代続く知識人」の末裔(まつえい)であることを誇りにしていたクチンスキーは、ドイツで最大の個人蔵書家でもあった。

一九〇三年にロベルトは、同じく実業界・知識階級に属するユダヤ系ドイツ人で、不動産開発業者の娘ベルタ・グラーデンヴィッツと結婚した。ベルタは芸術家で、頭はいいが怠け者だった。ウルズラの最も古い母の記憶は、絵の具と布地にあふれており、「何もかもが茶色と金色でキラキラと輝いていました。ベルベットも、母の髪も、母の瞳も」[*1]と記している。ベルタは、画家の才能はなかったが、そのことを誰からも指摘されなかったので下手な絵を喜んで描き続け、夫を心から愛していたが、育児という日々の退屈な仕事は使用人たちに任せきりにしていた。クチンスキー夫妻は、考えが開放的で特定の宗教に縛られておらず、ふたりとも意識の中では第一にドイツ人であり、ユダヤ人だという意識は、それよりずっと小さかった。自宅では英語かフランス語で会話することが多かった。

クチンスキー夫妻は、ベルリンの左派知識人サークルのメンバー全員と付き合いがあり、知り合いには、例えばマルクス主義グループの指導者カール・リープクネヒト、芸術家のケーテ・コルヴィッツとマックス・リーバーマン、ドイツ人実業家で後に外務大臣を務めるヴァルター・ラーテナウなどがいた。アルベルト・アインシュタインも、ロベルトの親友のひとりだった。いつも晩になると、芸術家、科学者、政治家、知識人が、ユダヤ人であるか否かを問わず、クチンスキー家のダイニングテーブルに大勢集まってきていた。ロベルトがドイツの混沌とした政治状況の中で、はたしてどのような立場を取っていたのかは、一概には言えなかったし、一定してもいなかった。彼の意見は中道左派的なものから極左的なものまであったが、ロベルト自身は自分のことを、たかが政党というラベルで縛りつけるには少々立派すぎる人物だと思っていた。ラーテナウは皮肉を込めて、「クチンスキーは、いつも自分ひとりの政党を作っては、自らその政党の左派に収まっていた」と述べている。[*2] ロベルトは一六年前からベルリン市シェーネベルク区の統計局長を務めており、職責はさほど重くなかったので、ありあまる時間を使って学術論文を執筆したり、左派系の新聞に記事を書いたり、社会の進歩を目指して、例えばベルリンの貧民街の生活状況を(ロベルト自ら貧民街に足を運んだことがあったかどうかは分からないが)改善する運動など、さまざまな社会改革運動に参加したりしていた。

ウルズラ・マリアは、ロベルトとベルタのあいだに生まれた六人きょうだいの上から二番目だった。いちばん上は、一九〇四年に生まれた三歳上の兄ユルゲンで、きょうだいでただひとりの男子だ。ウルズラの下に、ブリギッテ(一九一〇年生まれ)、バルバラ(一九一三年生まれ)、ザビーネ(一九一九年生まれ）、レナーテ（一九二三年生まれ）という四人の妹が続く。このうちブリギッテは、年齢と政治的意見が最も近かったことから、ウルズラがいちばん仲良くした妹だった。ただ、きょうだいの序列でトップにいるのが唯一の男児であることに疑問の余地はまったくなかった。ユルゲンは早熟で、賢く、自分の意見を絶対に曲げず、大人たちからはさんざんに甘やかされ、妹たちには遠慮なく偉そうに振る舞った。ウルズラにとって、兄は何でも相談できる相手であり、心に秘めたライバルであった。兄を「私が知る中で最も優秀で最も賢い人物」と語っていた彼女は、ユルゲンに強く憧れると同時に、同じくらい激しく彼を嫌ってもいた。

第一次世界大戦の前年にあたる一九一三年、クチンスキー家は、ベルリン郊外のグルーネヴァルトの森に接する高級住宅街ツェーレンドルフ地区にある、シュラハテン湖に面した大きな屋敷に引っ越した。屋敷はベルタの父が残した土地に建てられたもので、今も現存している。広々とした敷地は湖岸まで続いており、果樹園と森と鶏小屋もある。屋敷は、ロベルトの蔵書を収めるため増築された。一家は使用人として、料理人一名、庭師一名、召し使い二名、そしてこれがいちばん重要なのだが、乳母一名を雇っていた。

オルガ・ムートは、「オロ」の愛称で呼ばれており、単なる家族の一員以上の存在だった。彼女は一家を支える岩盤であり、単調だが安定した生活のリズムと、厳しい規律と、無限の愛をもたらしていた。ドイツ海軍の水兵の娘として生まれたオロは、六歳で孤児となり、プロイセンの軍付属孤児院で育てられた。この孤児院では言語に絶する虐待が横行しており、オロに心の傷と寛容な精神と、揺るぎない規律意識を残した。騒々しくてエネルギッシュで、口の悪い女性だったオロは、一九一一年、三〇歳のときにクチンスキー家で子守女として働き始めた。

オロは、子供というものをベルタよりもはるかによく理解しており、そのことをベルタに思い知らせる術をすっかり心得ていた。この乳母はクチンスキー夫人と静かな戦争を繰り広げ、ときどき激しく口論しては、たいてい屋敷を飛び出すが、必ず戻ってきた。ウルズラはオロのお気に入りの子だった。小さいころのウルズラは暗闇が怖く、屋敷の一階がディナーパーティーで盛り上がっているときは、オロに子守歌を優しく歌ってもらえば安心して眠りに就くことができた。後にウルズラは、オロがかわいがってくれた理由のひとつは「あの嫉妬に満ちた静かな戦いで、私を味方に引き入れて母に対抗させる」ためだったことに気がついた。

ウルズラはひょろっとした子で、母親が心底うんざりするほど好奇心旺盛で落ち着きがなく、髪の毛は黒くて硬く、ぼさぼさとしていた。オロは、その髪をぐいぐいとブラシでとかしながら、「馬の毛みたいに手に負えないわねえ」と、いつもぶつぶつ言っていた。ウルズラの少女時代は、湖で泳いだり、卵を集めたり、ナナカマドの林でかくれんぼをしたりと、実に牧歌的だった。毎年夏になると、ロベルトの妹である叔母アリスがバルト海沿岸の町アーレンスホープに所有する休暇用の別荘で数週間を過ごした。

ウルズラが七歳のとき、第一次世界大戦が勃発した。通っていた小学校の校長は、「今日からは、もう私たちのあいだに違いはありません。今日からは、私たち全員が祖国を守るドイツ人です」と全校児童に語った。ロベルトは志願してプロイセン近衛連隊に入隊したが、三七歳という年齢では戦場に出ることはできず、大戦中は後方でドイツの栄養必要量を計算して過ごした。アリスの夫ゲオルク・ドルパーレンは、多くのユダヤ人と同じく西部戦線で勇敢に戦い、名誉の負傷を受けて帰還し、鉄十字勲章を授与された。財産のおかげでクチンスキー家は戦時中の深刻な物資不足にそれほど苦しめられずにすんだが、それでも食料は少なく、ウルズラはバルト海沿岸にある、栄養不足の子供のための収容施設に送られた。オロがカバンに、ジャガイモとココアパウダーと人工甘味料サッカリンとで作ったチョコトリュフと、何冊もの本を詰めてくれた。施設で過ごすあいだにウルズラは熱心な読書家になり、戦争が終わると、クネーデル（ゆで団子）とプルーンの食事で数キロ太って帰ってきた。家で母親から「テーブルに肘を付かない！」「食べるときは音を立てない！」と叱られると、ウルズラはダイニングルームから飛び出し、ドアをバタンと閉めた。

ドイツの敗北と屈辱的講和は、クチンスキー家にとって平穏だった日常生活の終わりの始まりとなった。対立する党派どうしの激しい政治的暴力がたちまち国中に広がった。市民による暴動の波をきっかけに皇帝は退位し、左派による蜂起は帝国陸軍の残存部隊と右派の民兵組織「フライコール」によって容赦なく鎮圧された。一九一九年一月一日、ローザ・ルクセンブルクとカール・リープクネヒトがドイツ共産党（Kommunistische Partei Deutschlands　ＫＰＤ）を創設したが、一〇日あまり後にふたりとも捕まって殺害された。こうして始まったワイマール共和国時代には、文化が花開き、快楽主義が広まり、大量の失業者が生まれ、経済的不安定が進み、政治的対立が深まり、極右と左翼過激派というふたつの極端な政治勢力が激しさを増しながら衝突を繰り返した。ロベルト・クチンスキーの政治的立場は、さらに左へ傾いた。一九二二年にソ連が成立すると、彼は「ソヴィエト連邦こそが未来だ」と述べた。ドイツ共産党には入党こそしなかったものの、ロベルトは現状では共産党が「最も耐えがたくない」選択肢だと断言した。執筆する論説では、ドイツの富の徹底的な再分配を主張した。右派の国粋主義者と反ユダヤ主義者が、こうしたロベルトの政治的立場に気がついた。あるドイツ人実業家は、怒りを込めてこう言った。「彼は我々と敵対しているだけではない。はなはだ厚顔無恥でもある」。

皇帝退位からヒトラー台頭までの激動の一四年間は、現在では、次第に脅威が高まり、その後に起こる数々の惨事の背景となった時代と見なされている。しかし、この一四年間を、世界が狂乱する中、理想に燃える若者として生きるのは、陶酔感と刺激に満ちた、心躍ることだった。戦時公債と賠償金と財政運営の失敗をきっかけに、ハイパーインフレが発生した。紙幣は、印刷されている紙ほどの価値しかなくなった。餓死する者もいれば、すぐに紙切れ同然となる紙幣をいつまでも持っていても仕方がないと、たがが外れたように買い物しまくる者もいた。現実とは思えないような光景も次々と現れた。例えばレストランでは、物価上昇のペースがあまりにも速すぎるため、ウェイターが三〇分おきにテーブルに上がって、料理の値段を客に知らせた。パン一本の値段は、一九二二年には一六〇マルクだったのが、一九二三年の末には二億マルクになった。ウルズラは、こう書いている。「女たちが工場の入り口に立って、夫の給料袋を受け取るのを待っている。毎週彼女たちは一〇億マルク札の札束をいくつも渡される。給料を手に、女たちは店へと走る。二時間後にはマーガリンの値段が二倍になっているかもしれないからだ」。ある日の午後、公園でウルズラは、男性がひとりベンチの下に横たわっているのに気がついた。戦争からの帰還兵で、義足をつけており、所持品を入れた粗末な袋を胸に抱きしめている。その男性は死んでいた。「どうしてこんな恐ろしいことがこの世で起こるのだろう?」と、彼女は思った。

優秀な兄の陰で

シュラハテン湖での生活は、以前とほとんど変わらず、洗練された会話と上質な家具とに囲まれて続いていたが、多くの人は政治的に過激な言動を取るようになっていた。一九二二年、外務大臣ヴァルター・ラーテナウは、ソヴィエト連邦と条約を結んだ後、国粋主義者によって暗殺された。毎日ウルズラは、都市に住む貧困層と、自分も属している裕福なブルジョワジーとの異様な格差を目の当りにしていた。彼女は、レーニンとルクセンブルクの著作や、ジャック・ロンドン〔以下訳注／アメリカの作家（一八七六～一九一六）。社会主義に傾倒していた〕とマクシム・ゴーリキー〔ロシア・ソ連の小説家・劇作家（一八六八～一九三六）〕の社会主義的小説をむさぼるように読んだ。彼女は自分も兄のように大学へ行きたいと思っていた。

当時すでにユルゲンは、学界の左派知識人たちの希望の星だった。彼はベルリン大学、エルランゲン大学、ハイデルベルク大学で哲学・政治経済学・統計学を学んだ後、経済学で博士号を取得し、卒業後の一九二六年にはアメリカに渡って、ワシントン市にあるブルッキングス研究所で研究を続けた。ちなみに、彼はこの研究所で同じく経済学の研究者であるドイツ人女性マルグリット・シュタインフェルトと出会い、二年後に結婚することになる。

ウルズラの進学希望にベルタは猛反対した。このわがままな娘に教育はもう必要ない。必要なのは、女性にふさわしい職業スキルと、結婚相手だと考えたのだ。一九二三年、一六歳のウルズラは、タイピングと速記法を学ぶため職業学校に入れられた。

夜になるとウルズラはペンを取って、詩や、短編小説や、愛と冒険の物語を書いた。大学進学を許されなかった彼女は、エネルギーを想像の世界に注ぎ込んだ。作品は稚拙ながら、ワクワクしたいという強い思いと、演劇的センスと、突拍子もないことが大好きな気持ちとが、よく表れていた。物語の中では常にウルズラが主人公で、彼女は三人称を使って自分のことを、決断力と、危険をものともしない行動力とで偉業を成し遂げる若い女性として描いていた。例えば、ある主人公についてウルズラは、「彼女は子供時代の虚弱さを克服し、たくましくなり、強くなった」と書いている。妹たちは、姉を「おとぎ話のつむじ風」と呼んだ。ウルズラの日記には、不機嫌な一〇代の少女にありがちな心配事が記されているが、底抜けに楽天的な態度も同時に見られる。例えば、こんな記述がある。「私は不愉快だ。怒りっぽくて怒鳴り散らすし、とにかく短気で、黒くてゴワゴワした髪の毛と、ユダヤ人っぽい鼻と、不格好な手脚をした混血だし、意地悪で陰気だし……でも、青空が広がり、太陽は暖かく照り、朝露がモミの木に降り、そよ風が吹いているんだから、私は元気よく歩いて、ジャンプして、走って、すべての人を愛したい」。

ウルズラが正規の学校教育を終えた年、ヒトラーがミュンヘン一揆を起こした。このクーデターは未遂に終わり、未来の総統は、その名を世に知らしめたものの、投獄され、その獄中で偏見に満ちたナチズムの聖典『我が闘争』を口述筆記で執筆した。

父親の政治感覚を吸収し、人々の退廃ぶりを直接目にして衝撃を受け、ファシズムに愕然とし、社会的平等・階級闘争・革命といった流行の新思想に魅了されたウルズラは、共産主義にぐいぐいと引き込まれていった。「ドイツ自身の社会主義革命は、もう目の前まで来ています」と彼女は断言した。「共産主義が、人々をもっと幸福に、もっと善良にすることでしょう」。ボリシェヴィキ革命［ロシア十月革命のこと。一九一七年一一月七日（ロシア暦一〇月二五日）にレーニンらボリシェヴィキが、同年三月に成立したロシア臨時政府を倒し、ソヴィエト政権を樹立した革命］により、旧来の秩序は腐敗していて滅びる運命にあることが明らかになった。ファシズムは打倒しなくてはならない。一九二四年、彼女はドイツ共産主義青年同盟に加入し、その後生涯にわたって共産主義を自らのイデオロギー的基盤とした。このとき一六歳だった。裕福な家庭出身の共産主義者はたいていそうだが、ウルズラも自分の恵まれた生まれ育ちを実際よりも低く見せようとした。「私たちの暮らしは、人が思うよりもずっと質素でした」と語り、「曽祖父のひとりは、ガリシアで手押し車を押しながら靴紐を売っていました」と言い張った。

　ウルズラの同志となった若い共産主義者たちは、同じベルリン出身ながら、経歴も階級も、住んでいる地区も全員違っていたが、資本主義の圧政を打倒して新たな社会の先駆けになろうというひとつの決意でまとまっていた。そうした高揚した雰囲気の中、友情がすぐに芽生えた。ガブリエル・「ガボ」・レヴィンは、郊外に住む中産階級出身の青年だった。ハインツ・アルトマンはハンサムな見習い工で、彼の強い勧めが「最後の一押し」となってウルズラは共産党への入党を決めた。彼らはドイツ共産主義の若き一兵卒であり、自分もその一員になれることにウルズラはワクワクしていた。一九二四年のメーデー・デモをきっかけに、彼女は生涯にわたって自ら危険を求めるようになった。警官に警棒でぶたれてできたあざはやがて消えたが、激しい義憤は決して消えなかった。

　週末になると共産主義青年同盟は、ドイツの農民たちにマルクス・レーニン主義を説くべく農村へ出かけていたが、彼ら共産主義の若き伝道者たちは、たいていは農民たちから犬をけしかけられるのが落ちだった。ある晩、ベルリンの北に位置するレーヴェンベルク村に来たとき、一行は同情した農民の好意で、納屋の二階の干し草置き場で眠らせてもらえることになった。「その晩、私たちはとりわけ上機嫌でした」とウルズラは書いている。「横になると、すぐに誰かが、この村は二〇年後どんなふうになっているだろうかと想像し始めました。一九四四年のレーヴェンベルク村は、もうとっくに共産主義になっているでしょう。その時点で貨幣はすでに廃止されているかどうか、私たちは長時間議論しました。二〇年後には私たちがかなりの年寄り――三〇代半ばになっていることが、残念でなりませんでした！」。彼らは革命の夢を見ながら眠りに就いた。

ウルズラは、生まれながら伝道師の資質を持っていた。考えの違う相手に自分の意見を押しつけるのではなく、相手に考えを変えさせるのが大好きで、世界の見方が自分と同じになるまで相手の固い信念を少しずつ崩していくことが多かった。彼女が最初に説得しようとしたのは、家族の乳母だった。「私は頑張って乳母に説明しました。乳母は、私の主張をもっともだと思いました」とウルズラは言っている。オルガ・ムートは、実はこれっぽっちも興味がなく、きちんと話を聞いているとウルズラに思わせていただけだった。

クチンスキー夫妻には、娘が警官にぶたれたり、若い共産主義者の一団と干し草置き場で一晩を過ごしたりするのを、見過ごすことなどできなかった。「読書が娘の唯一興味あること」だと見て取ったロベルトは、ミッテルシュトラーセ通りにあって、法律書と政治学書を専門とするR・L・プラーガー書店で彼女を見習いとして働かせることにした。ベルタは娘に、ハイヒール一足と、白襟がついた紺のワンピースと、手袋と、茶色いワニ革のハンドバッグを買い与えた。出勤初日、出かける前に母と乳母がウルズラの格好を念入りにチェックした。

「前もぺったんこだし、後ろもぺったんこ」とオロ。「まだ男の子みたいだねえ」。

「でも、脚の形はとてもいい」とベルタ。「小股で歩けば分かるわ」。

オロは、確かにそうだと言った後、こう付け加えた。「ウルズラは、レディーには絶対になれないわね」。

オルガ・ムートの言葉はいつもそうだが、これも辛辣だが事実だった。高い鼻と、ぼさぼさの髪と、歯に衣着せぬ物言いのウルズラに、レディーらしいところはひとつもなかった。「私が、童話みたいに美しい白鳥になることは、絶対にないと思う」と彼女は日記に書いている。「この鼻と耳と口が、ある日突然小さくなるなんて、ありえない」。それでも、一〇代でありながらウルズラは、多くの人から悩殺的と思われるような、強力な性的魅力を発していた。例えば自転車で出勤する途中、ドレスナー銀行の屋根を修理している職人からヒューヒューと口笛を吹かれ、彼女は思わずクスクスと笑った。「その男性は投げキスをして、両手を大きく広げて見せたのよ」。キラキラと輝く目と、スレンダーな体つきと、周囲を和ませる笑顔を持つウルズラは、ツェーレンドルフで一〇代ばかりのダンスパーティーに出席しても、踊る相手に困ることはなかった。あるパーティーには、「鮮やかな赤のきわどいショートパンツと、立て襟のタイトなシャツ」という姿で現れ、朝の六時半まで踊り続けた。このときのことを、彼女は兄にこう言った。「私が男の子二〇人とキスしたと言っている人たちがいるけれど、二〇人以上のはずがないわ」。

プラーガー書店で働くのは、退屈で、きつかった。店長は、先の少しとがった大きなはげ頭のチェーンスモーカーで、従業員に向ける新たな侮蔑の言葉や無意味な仕事を次々と考え出すのに熱心な、横暴な人間だった。この店長を、ウルズラは陰で「タマネギ」と呼び、資本主義的搾取者だと言い切っていた。勤務時間は、「雑巾を振ってほこりを落としたり、窓のない壁のくぼみに立ったりして」過ごした。勤務中に本を読むことは許されなかった。「きっとほかにも仕事があるはずだわ」と彼女は思った。「例えば木こりとか。女性の木こりにはなれないのかしら?」。わずかばかりの給料は、激しいインフレのせいでほとんど価値がなくなった。後に彼女は、ワイマール共和国時代に過ごした一〇代を、政治的な色彩を帯びた一連のイメージを通して回想し、「少数の特権階級が富を享受する一方で、大勢が貧困に苦しみ、失業者は街角で物乞いをしている」と記している。彼女は、この世界を変えようと決意した。そもそもウルズラは、野心と自信に満ちていて、父親よりも急進的な方法で社会を変革しようと考え、自分の母親よりもよい母親になろうと心に決めていた。ただ、このふたつの願いがこの先いつも両立するとは限らなかった。

ロベルトとベルタは、娘の政治活動を抑えようとの努力を断念した。一九二六年、ロベルトは息子ユルゲンとともにブルッキングス研究所に任期付きの職を得て、アメリカの金融と人口統計を調査することになった。それからの数年、彼はベルタとともに定期的にアメリカを訪れ、家事はウルズラとオルガ・ムートのふたりに任せた。これがふたりの絆を深めた。「私たちのオロ、今までに誰かを愛したことのないオロ。ヒステリー持ちで、白髪混じりで小柄で、いつも不満そうで、私たちひとりひとりに夢中なオロ。私たちのためなら火の中も歩き、私たちのためなら何でもやり、私たちのためだけに生き、世話する六人の子供のほかは世間のことを何も知らないオロ」。親業をパートタイムでしかしなくなった父母にウルズラが宛てた手紙には、皮肉に満ちた怒りが表れている。例えば、ある手紙にはこう書かれている。「お母さんへ。これからもお母さんは、母親としての感情に支えられて、私たちに起こる数々のささいな出来事に鋭い関心を持ち続けてくれるだろうと思います」。また別の手紙では、こう訴えている。「私たちは満場一致で、お母さんには家事についての名案や、キャベツの料理法や家の掃除法など、いろいろなアドバイスを思いつくのを、今すぐやめてもらいたいと願っています」。

ウルズラが本のほこりを払って毎日を過ごしていたころ、兄は本を書いていた。一九二六年、二二歳のユルゲン・クチンスキーは、最初の著書『マルクスに戻れ!（*Zurück zu Marx!*）』を発表し、これを皮切りに以後数十年にわたって、怒濤のごとく大量に出版物を世に送り出した。ユルゲンは自分が出す声の音が好きだったが、それ以上に自分が走らせるペンの音が好きだった。生涯で残した著作は膨大で、出版された数は、書籍のほか、新聞や雑誌への寄稿文、小冊子、演説原稿、評論なども合わせると、少なくとも四〇〇〇点に上り、テーマも政治や経済、統計から、料理法にまで及んでいる。これで短く書くことができていたら、ユルゲンの文章はもっとよくなっていただろう。文体こそ年齢とともに美辞麗句が減っていくが、単語をいくつも並べて言えるところをほんの数語で言う気には、どうしてもなれなかった。彼が労働条件について書いた研究書は、最終的に四〇巻になった。それに比べれば、『マルクスに戻れ！』は比較的短い五〇〇ページの本だった。ユルゲンは、いかにも彼らしい尊大な態度でウルズラに「労働者は喜んでこの本を読んでくれると思う」と言った。それに対してウルズラは、次のような編集上のアドバイスをした。「もっと分かりやすい、短い言葉を使うこと。表現は簡潔明瞭を旨として、誰もが理解できるようにするといい。本文の所々に、説得力を増そうとして、語句の形態や構造だけを変えて文章を二、三度繰り返している部分があるけれど、それは文章を複雑にしているだけです」。非常に的確なアドバイスだったが、ユルゲンには無視された。

恋に落ちた革命家

自宅と職場では、ウルズラは決められた退屈な仕事を淡々とこなしていた。自宅と職場以外では、彼女は革命家だった。

一九歳の誕生日を迎える数週間前、ウルズラは当時ヨーロッパ最大の共産党だったドイツ共産党に入党した。新党首エルンスト・テールマンの下、党はますますレーニン主義（後にスターリン主義）

の立場を取るようになり、民主主義を守りながらも、裏ではソ連政府から指示と資金を直接受け取っていた。ドイツ共産党には準軍事部門があり、ナチの突撃隊とのあいだで衝突がエスカレートしていた。共産主義者たちは、戦いの準備をした。月夜の晩にウルズラは、グルーネヴァルトの森の奥深くで、共産主義青年同盟で最も早くに知り合った友人ガボ・レヴィンとハインツ・アルトマンから、銃の撃ち方を教わった。最初は的を外してばかりだったが、やがてガボが、つむる目が違っていることに気づいて教えてくれた。彼女は射撃の名手であることが明らかになった。ガボは彼女に、セミ・オートマチック・ピストルであるルガーを与え、このピストルを分解して手入れする方法を、実際にやりながら説明した。彼女はシュラハテン湖の屋敷に戻ると、銃を破れたクッションの中に入れ、屋根裏部屋の梁（はり）の裏に隠した。これでいつ革命が始まっても大丈夫だった。

ウルズラは、反ファシズム・デモに参加した。「ものすごく忙しい。ロシア革命記念行事を準備中」とも書いている。昼休みには、ベルリンの中心部を通る並木道ウンター＝デン＝リンデンに座って、共産党の機関紙『赤旗（*Die Rote Fahne*）』を読んだ。また、共産主義者であることが多い労働者階級のタクシードライバーや果物売りを見つけて、政治について熱心に議論することも多かった。彼女は日記に「とてもたくさんの人が貧困にあえぎ、とてもたくさんの物乞いが通りにあふれ……」と記している。

ある日の午後、ウルズラは共産党員や社会民主党員など、左派の青年グループと一緒に、ベルリン郊外の湖畔へ水泳と日光浴に出かけた。このときのことを、ウルズラは後にこう述懐している。「後ろを振り向くと、二〇代半ばの男性が立っていました。身だしなみがよく、ちょっと猫背で、賢そうな、美しいと言っていい顔をしていました。彼は私の方を見ていました。その目は大きく、瞳は濃い茶色で、彼はユダヤ人でした」。その青年は、隣に座っておしゃべりしてもかまいませんかと尋ねた。「私、忙しいんです」と彼女は答えた。「マルクス主義労働者の講座に行かなくちゃいけないんです」。それでも彼はあきらめず、また会えないでしょうかと言った。「考えておきます！」。そうウルズラは言うと、足早に立ち去った。数日後、マルクス主義者の講座が開かれていた建物の外で、あの茶色い目をした青年が待っていた。

ルドルフ（ルディ）・ハンブルガーは、ベルリン工科大学で建築を学ぶ学生だった。ウルズラより四つ年上のルディは、実は遠い親戚――彼の母親とベルタ・クチンスキーが、またいとこ――で、生い立ちも似ていた。ハンブルガーは、下シュレジエンのランデスフート（現ポーランドのドルノシロンスク県カミェンナ・グラ）に生まれ、父親のマックスは同地で軍服を生産する繊維工場を経営していた。三人兄弟の二番目だったルディは、リベラルな政治思想と、わずかにユダヤ文化の特徴を帯びた知的教養とがあふれる雰囲気の中で育った。マックス・ハンブルガーは、自分の工場で働く労働者八五〇人のため、模範的な住宅団地を建設した。一家は、政治的には進歩的だったが、革命を目指したりなどしていなかった。ルディは、建築のモダニズムとバウハウス運動を以前から熱烈に支持していた。学生仲間には、彼によると「オーストリア出身の貴族、色調の異なるパステルカラーを細心の注意で組み合わせて内装をデザインした日本人、無政府主義者、根拠など何ひとつないのに自分は天才だと思い込んでいるハンガリー人の女の子」などがいた。ちなみに、同時期にベルリン工科大学に通っていた学生に、後に「ヒトラーの建築家」と呼ばれ、ナチの兵器・軍需生産大臣を務めるアルベルト・シュペーアもいた。

ウルズラは、急に自分が彼に惹かれていくのを感じ、衝動的にハンブルガーを共産主義者の会合に誘った。ふたりは意気投合した。ウルズラは、もう一度彼を会合に誘った。「ついに、またルディと一緒に時間を過ごす」と彼女は日記に書いている。「私がお茶を淹れるのを手伝ってくれる。お湯がすぐ沸かないようガスを弱火にしたことには、気づいていない。（中略）私の冬用コートは薄すぎると、ルディは言う。私にもうちょっと見栄を張らせようとしているようだ」。彼女は新しいコートを買ったが、その後すぐ、ほかの人が飢え死にしそうになっているのに、こんな贅沢をするなんてと、自分を責めた。「ルディに会いたい」と彼女は書いている。「でも、あんな人に夢中になる自分に腹が立つ。あの人にとても会いたいと思う自分に腹が立つ。そして私は、泣きじゃくりながら眠りに落ちる」。

ある晩、ふたりでコンサートに出かけた帰り道、ルディは街灯の下で歩みを止めた。「彼は明かりを背にして立っていた。濃い髪の毛は、いつもどおりビックリするほどボサボサで、色の濃い目は、声を上げて笑っているときも深く考えに沈んでいるときも、哀愁や曖昧な表情を決して失いはしなかった」。この瞬間に、彼女は恋に落ちた。「ある一瞬や、ある一文や、ある人物の目に浮かんだ表情が、それまで感じていたものすべてを突然新しいものに変えてしまうなんてことが、あるのかしら」と彼女は思った。ルディはウルズラを家まで送った。「その晩、彼は私にキスをした」と彼女は書いている。「私の唇がとても乾いていたのが、悲しかった。そんなささいなことだけど、午後のあいだずっと、静かに喜びながら、キスのことをずっと考えていた」。

ルディ・ハンブルガーは、優しくて、面白くて、上品で、ユダヤ人であり、ほぼ理想的な恋人だった。ふたりの両親は交際を認めてくれた。ウルズラが深刻になりすぎると、ルディは優しくからかった。また、ルディが一流の建築家になりたいという夢を語るとき、その大きな茶色い目はキラキラと輝いた。彼は物惜しみをしなかった。「ルディがチョコレートバーをくれたの」とウルズラは兄に伝えた。当時は甘いものが貴重で、彼女は熱心に、これはブルジョワのわがままではないと力説した。「彼、お金を使ったわけではないの。私たちは、そんなバカなことはしないわ。でも、彼は誰かから何かをもらったら、いつも私に分けてくれるのよ」。

ルディは結婚をほのめかした。ウルズラはためらった。なぜなら、ルドルフ・ハンブルガーにはひとつだけ問題があったからだ。その問題とは、彼が共産主義者でないことだった。ふたりは、ユダヤの伝統と、文化的関心と、チョコレートを分かち合っていたかもしれないが、ウルズラの恋人は同志ではなく、共産主義に転向する気配をまったく見せていなかった。

ハンブルガーの政治的立場は、リベラルで進歩的だったが、共産主義とは一線を画していた。ふたりの議論は、いつも決まったパターンを繰り返した。

「あなたは社会主義全般、とりわけ私たちの思想に疑念を抱いている」と彼女は繰り返し主張した。「共産主義に対するあなたの見方は感情に左右されていて、科学的な根拠が少しもないわ」。

ルディは、自分が共産主義に反対する理由として、「誇張した報道、一部の論説に見られる稚拙な論調、難解な言葉を並べた退屈な演説、反対意見を一方的に退ける尊大な姿勢、知識人を論破するのではなく無視し、反対する者を論理で納得させて味方にするのではなく侮辱するという無礼な振る舞い」を挙げた。

ウルズラは、これを「典型的なプチブルジョワ的態度」だと片付けた。しかし内心では、「彼の言葉には動かしがたい真実があることに、彼女は気づいていた」。それだけに、いっそう腹立たしかった。

論争は、たいていはルディがジョークを飛ばして終わりになった。「けんかはよそう。世界革命なんて、怒鳴り合う理由にならないんだから」

ルディは、共産主義系の労働者福祉団体「赤色救援会」に入った。レーニンとエンゲルスの著作を何冊か読み、自ら「シンパ」を名乗った。しかし、ドイツ共産党に入党することも、ウルズラの積極的な政治活動に参加することも、きっぱりと拒否した。穏やかな性格に隠れて分からないが、実はハンブルガーは非常に頑固で、どれほど言葉巧みに誘っても加わるよう説得することはできなかった。「共産党には気がかりな部分があるんだ」と彼は言った。「たぶん時間をもらえたら、だんだんと入党してもいいという気持ちになると思う」。

あるとき特に激しい議論をした後で、ウルズラはこう書いている。「ルディがそもそも社会主義は実現できないのではと言ったとき、私はカッとなって言い返した。彼にとっては、本か芸術作品について意見が違っているというような感じだけれど、私にとっては、最も重要な問題についての、つまり人生に対する私たちの態度そのものについての話だ。こんなときは彼が赤の他人のように思えてくる」。しかし、ウルズラにあきらめる気はまったくなかった。共産主義の書物からいくつも抜き書きをして、愛の贈り物には似つかわしくないが、それをルディにプレゼントした。彼女はユルゲンに「私たちが一緒にいれば、彼が党に入るのは時間の問題でしかないと思う」と伝えた。「でも、それにはあと二年かかるかもしれないわ」。

女一人海を渡る

一九二七年四月、ウルズラは大嫌いな「タマネギ」店長がいるプラーガー書店を辞め、ユダヤ人一家が経営するウルシュタイン出版社で資料保管助手の仕事に就いた。ウルシュタインは、新聞と書籍の出版を手がけるドイツ最大手の出版社のひとつだ。この仕事に就いて彼女が最初にしたことのひとつは、新たな職場の不適切な労働環境について『赤旗』に記事を書くことだった。その『赤旗』を「一二〇〇〇部、会社の玄関で無料で配布して、かなりの影響を与えた」。確かにこの一件は、経営陣にそれ相応の影響を与えた。

ウルシュタイン出版社に入って一年もたたずにウルズラは解雇された。彼女はトラブルメーカーであり、世の中で政治的激変が続き反ユダヤ主義の高まっている時代に、トラブルを歓迎する出版社などなかった。

「あなたには、辞めてもらわなくてはなりません」と、経営陣のひとりヘルマン・ウルシュタインが告げた。

「なぜです?」とウルズラは聞いたが、本人にもその答えは分かっていた。

「民主的な企業は、共産主義者に活躍の場を与えることなどできません」

どの仕事も長続きせず、実務経験はほとんどなく、失業率も依然として上がり続けている現状では、新しい働き口を見つけるのは無理だとウルズラは悟った。両親からの金銭的支援は断った。彼女は、どこか知らない場所で何かやりがいのあることをしたかったし、考え事をしたり文章を書いたりする時間的余裕も欲しかった。彼女は冒険を今までとは違った舞台でやりたかった。そこで選んだのがアメリカだった。

偉大なレーニンは、こう書いている。「我々は、まず東部ヨーロッパを手に入れ、次いでアジアの大衆を取り込む。そして、資本主義の最後の砦であるアメリカ合衆国を包囲する。我々が戦う必要はない。アメリカは熟れた果実のように我々の手に落ちるだろう」。アメリカは、革命の起こる素地ができている。それに、ユルゲンがまだアメリカに住んでいて、その兄にも会いたい。決心はついた。アメリカへ行って、ルディが建築の勉強を終えたら戻ってこよう。あるいは、もしかすると戻ってこないかもしれない。この決断は突拍子もないもので、外国へ一度も行ったことのない二一歳の未婚女性にしては、実に大胆な決断だった。母親の懇願を無視し、資金援助しようという父親の申し出を断って、一九二八年九月、彼女はフィラデルフィア行きの外洋定期船に乗った。ルディは、手を振って見送りながら、またいつか彼女に会えるのだろうかと考えていた。

世界恐慌直前のアメリカは、狂騒と呼ぶにふさわしいバイタリティーと過酷な貧困が同居し、好機と退廃にあふれ、明るい希望に満ちながらも経済的破滅が差し迫っている、そんな国だった。ウルズラは生まれて初めて独り立ちした。クエーカー信徒の家で子供たちにドイツ語を教える仕事を見つけ、さらにペンシルヴェニア・ホテルでメイドとして働いた。英語は、もともとうまかったが、みるみるうちに磨きがかかった。一か月後にはニューヨーク行きの列車に乗って、マンハッタンのローワー・イーストサイドに向かった。

ヘンリー・ストリート・セツルメントは、進歩的な社会改革家で看護師のリリアン・ウォルドがローワー・イーストサイドに設立した団体で、ニューヨークにやって来た貧しい移民に医療と教育と教養講座を提供していた。移民は、ここへ来て社会福祉関連の仕事を毎週数時間すれば、団体の施設に無料で宿泊できた。ウォルドは、セツルメントの原動力となる人物で、女性やマイノリティーの権利を擁護し、女性参政権と人種統合を支持し、時代の先を行くフェミニストで、ヘンリー・ストリート・セツルメントにやって来たばかりの人にとっては、暗闇に差した一筋の光であり、心を励ましてくれる存在だった。ウルズラがウォルドと会ったのはこのとき一回だけだったが、会ってみて、このアメリカ人女性の人柄と哲学に、いたく感銘を受けた。ウォルドは、「人類の幸福を組織的に実現させる仕事には、男性と女性の積極的な協力が必要であり、世界の半分だけに任せることはできない」と力説していた。ウルズラは転居し、アッパー・マンハッタンにあるプロズニット書店に就職した。

ウルズラは、アメリカに一年弱滞在した。このアメリカ体験から彼女は大きな影響を受け、このとき生まれた、西側資本主義世界との愛憎入り交じった関係は、その後生涯にわたって続くことになる。「狂騒の二〇年代」が終わろうとするアメリカの極端な政治・経済状況は、ワイマール時代のドイツとよく似ていた。ニューヨークは、一〇〇〇万以上の住民を抱えて、ロンドンを抜き世界一人口の多い都市となり、活気と創造力と富とで沸き立ち、新たな技術や自動車、電話、ラジオ、ジャズに夢中になっていた。しかし、きらめき輝く見かけの裏で、経済破綻が近づいてきていた。大小さまざまな投資家たちが、この好景気は絶対に終わらないと思い込んで、過熱していく株式市場に資金を次々と投じていた。

「タマネギ」店長とは違い、プロズニットの店長は本の虫を従業員にできて喜んでいた。ウルズラは、マルクス・レーニン主義の書物をすでに読み込んでおり、そのかなりの部分を暗記していて引用することができたし、実際かなり頻繁に引用していた。プロズニット書店の客は、多くがアメリカの共産主義者で、書棚には左翼の新たな世界が、プロレタリア文学運動という形で広がっていた。プロレタリア文学とは、労働者階級の作家が階級意識の強い読者に向けて書いた文学作品のことだ。ウルズラは、アメリカの左派の知的活力に心奪われた。中でも、ある一冊の本が彼女の心に直接響いた。一九二九年四月、急進的なアメリカ人女流作家アグネス・スメドレーの書いた『女一人大地を行く』が出版された。これは自伝的小説であり、主人公マリー・ロジャーズは、貧困家庭で育った若い女性で、人間関係に悩んだ末に、国際社会主義とインド独立のため活動を始める［日本語版では、スメドレーの意向で主人公の名は「アグネス・スメドレー」になっている］。スメドレーの主人公は、こう宣言する。「私に国はありません。私の同国人は、抑圧に立ち向かう男女です。（中略）私は、ほかの大義のために死んだ人たち——貧困に苦しむ人々、富と権力の犠牲者、立派な大義のために戦う人たちの仲間です」。[*3]『女一人大地を行く』はたちまちベストセラーとなり、スメドレーは「女性文学急進主義の母」[*4]だと絶賛された。ウルズラにとって、この本は「戦え！」と呼びかける声だった。なにしろ主人公は、抑圧されている人々を熱心に守り、急激な変革を求め、ロマンチックで魅力的で危険いっぱいに思える大義のために死ぬ覚悟をしている女性だったのだから。

ニューヨークに到着して数週間後、ウルズラはアメリカ共産党に入党した。一九二九年の春には、ハドソン川沿いで開かれた社会主義者の休日キャンプに参加し、そこでウルズラは、両親の知り合いで、当時アメリカで最も有名な急進派の代弁者だったマイケル・ゴールドと出会った。ゴールドというのはペンネームで、本名をイツォーク・アイザック・グラニッチといった。移民してきたルーマニア系ユダヤ人の子として、ローワー・イーストエンドで貧困のうちに育った彼は、熱心な共産主義者で、マルクス主義系雑誌『ニュー・マッセズ（*The New Masses*）』の創刊者兼編集者であり、歯に衣着せない論客だった。また、けんかをふっかけるのが好きだった。あるときアーネスト・ヘミングウェイを「変節者」呼ばわりして、ヘミングウェイからひと言「マイケル・ゴールドに、アーネスト・ヘミングウェイが『くたばりやがれ』と言っていると伝えてくれ」[*5]という短い伝言をもらったこともある。ウルズラは、ゴールドの小説『金のないユダヤ人』を「いちばん好きな本のひとつ」と言っていた。

ニューヨークに夢中になると同時に、なじめないとも感じていたウルズラは、故郷と同志と家族が恋しくなった。とりわけ、ルディにどうしても会いたかった。

一九二九年秋、彼女は船でドイツへ向かった。数週間後、アメリカの株式市場が大暴落し、数百万人が突然貧困状態に投げ込まれ、世界恐慌が始まった。

ルディが波止場で待っているのを見て、初めてウルズラは自分がどれほど彼を愛しているのかに気がついた。ルディの政治的立場に対する疑念はアメリカ滞在中に薄くなり、心の中では、いずれは彼も考えを改めるだろうと思うようになっていた。ウルズラ・クチンスキーとルドルフ・ハンブルガーは一〇月に結婚し、家族と親友だけを招いてささやかな式を挙げた。

新婚夫婦は幸せだったが、仕事はなく、貯金もなく、さらにウルズラの場合、抵抗運動をあおるのに大忙しだった。ふたりは主義として、親からの金銭は受け取るのを拒否し、新居として、暖房はなく、お湯も出ない一部屋のアパートに移った。ウルズラは、ベルリン市内のあちこちを走り回っては、『赤旗』に記事を書き、プロパガンダ用の演劇作品を上演し、急進的な書籍の展示会を計画した。共産党の指導部からは、知的向上につながる左派の書籍を党員が借りることのできる「マルクス主義労働者貸出図書館」を設立するよう指示された。エーリヒ・ヘンシュケという、ダンツィヒ（現ポーランド領グダニスク）出身の正統派ユダヤ教徒で、墓掘り人をしている男性の助けを借りて、彼女は荷車を引いてベルリン市内を回りながら、急進的な出版社や趣旨に賛同する同志から共産主義の書籍を集めた。本を積んだ荷車を引くウルズラの写真が新聞に載ると、両親は驚いた。「荷車を引いて街を回るのはよくても、その姿を写真に撮られるのはダメだというのです」。ヘンシュケは、けんかっ早い共産主義者で、読む気などさらさらない本を集めるよりは、ナチ突撃隊の連中をぶん殴っている方が性に合っていた。ふたりは最終的に二〇〇〇冊の本を集め、それらをユダヤ人労働者が住む地区の、かつて鳩小屋として使われていた地下室に持っていって、間に合わせの本棚に並べた。ルディが看板を作り、大きな赤い字で「マルクス主義労働者貸出図書館　貸出料一冊一〇ペニヒ」と書いた。最初の客は初老の工場労働者で、「妻に読ませたいんで、社会主義について、とても簡単で、ちんぷんかんぷんな言葉が出てこないものはありませんか？」と尋ねられた。こうして始まった貸本業だが客足は鈍く、うっすらとではあるがしつこく残る鳩の糞の臭いも商売の助けにはならなかった。

ベルリンで革命書籍フェアがあり、ウルズラがブースに詰めていたとき、色黒のエレガントな外国人が本のタイトルを眺め始めた。ウルズラは、『女一人大地を行く』を読むべきですよと薦めた。すると、その男性は、ちょっと悲しげな顔をして、その本はもう読んでいると言い、アグネス・スメドレーは別居中の私の妻だと説明した。ウルズラはビックリした。この人物は、スメドレーの夫でインド人革命家のヴィレンドラナート・チャットーパディヤーイだったのである。

マルクス主義文学を宣伝するのは楽しかったし、イデオロギー的には立派なことだったが、もうけはまったく出なかった。ルディはすでに建築士の資格を得ていたが、建築関連の仕事が少ないのが悩みの種だった。それでも、ウルズラの友人からの依頼で、ベルリンのゲルリッツァー駅近くにある「赤書店」の内装を（すべて赤色で）飾る仕事をした。また、義父の書斎の拡張計画を立てたり、新しいホテルの設計に取り組んだりもした。しかし、世界恐慌が深刻になる中、依頼の数は減っていった。

救いの手は、はるか遠くからやって来た。ヘルムート・ヴォイトはルディの幼なじみで、ドイツの電機メーカーであるシーメンス社の社員として上海で働いていた。一九三〇年初め、そのヴォイトからルディに電報が届き、上海の新聞に、共同租界の行政機関「上海工部局」が上海に行政庁舎を建てるため建築家を募集しているという求人広告が出たと教えてくれた。ルディが求人に応募すると、すぐに返事が来た。中国まで自費で来られるのなら採用するという。ヴォイトは、家賃は取らないから上海にある僕の自宅の最上階に住めばいいと言ってくれた。

ウルズラは、最初は迷った。再びドイツを離れて同志たちと別れていいものだろうか？　しかし、よく考えてみると、革命は世界中のあちこちで起こるはずだし、それに中国はとてつもなくロマンチックに思えた。ウルズラはドイツ共産党本部に、私は上海へ行くことになり、以前にアメリカで現地の共産党に入ったのと同じように、中国共産党に入党するつもりだと告げた。「共産主義は国際的な運動なんだから、中国でも活動できるわ」と、彼女は同志たちに無邪気に語った。

ウルズラは、これから自分の飛び込む先が激しい政治的対立の渦中にあるとは、まったく思っていなかった。確かに上海に中国共産党は存在していたが、非合法化されて弾圧を受け、壊滅の危機に瀕していたのである。

2　東洋の娼婦

一九三〇年、上海、フランス租界

ウルズラは、ベルリンを出発するとき、ドイツで共産主義革命が起こるのはもはや時間の問題だし、その時間もそう長くはないはずだと固く信じ込んでいた。その革命に立ち会えないのが残念だった。ナチ党は先の国会選挙で大敗しており、ヒトラー率いるファシストの悪人どもは、すでに彼女の目には、過去の醜悪なエピソードとなり、歴史に現れた不快な一小変異と映っていた。ウルズラは、自分の思い描く未来の姿に絶対の確信を抱いていたが、それは完全に間違っていた。三か月もしないうちに、ナチ党はドイツ国会で第二党になり、ヒトラーの台頭は止められなくなり、ドイツでの共産主義撲滅が進むことになる。

一九三〇年七月の暖かい晩、ウルズラとルディは片道切符を手にモスクワ行きの列車に乗った。手持ちの資金は、上海へ行くのには十分だが、戻ってくるには足りなかった。ふたりの持ち物はスーツケースふたつだけで、中には衣類と、硬いソーセージ、パン、固形スープの素、小型のアルコールルコンロ、それからチェス盤が入れてあった。モスクワに着くと、ふたりはシベリア鉄道に乗り換え、東へ向かってのんびりと旅を続けた。ウルズラは寝台に横になり、窓の外を広大なロシアの大地が通り過ぎていくのを眺めていた。まるで波打つ大海のようなシラカバの森が、地平線の向こうまで広がっている。ときどき列車が、時刻表には書いていないのに駅と駅とのあいだで停車し、その合間に乗客たちは降りて手足を伸ばした。「アコーディオンが鳴り、みんなが踊り始めました。すぐに誰かが私たちの手を取り、私たちも踊りました」[*1]。ソ連領シベリアの、どことも分からぬ草原で、ウルズラとルディはソ連製のアコーディオンが奏でる音楽に合わせてクルクルと舞った。

満州では、東清鉄道に乗って長春へ行き、そこで南満州鉄道に乗り換えて南へ向かい、何時間も列車に乗って大連に着くと、そこから汽船に乗り、今回の旅の最後となる一〇〇〇キロの船旅で黄海を渡って上海に到着した。

最初にウルズラを襲ったのは、その臭いだった。上海港から漂ってくるのは、貧困から生じる純然たる暑苦しい悪臭であり、汗と汚水とニンニクの臭いが混じった瘴気(しょうき)であった。彼女は、経済危機に見舞われたワイマール共和国で苦しむ人々の姿をたくさん見ていたが、ここでは規模がまるで違っていた。「浮かぶのがやっとの小舟で汽船を取り囲んだのは物乞いたちで、腕や脚をなくして悲しげに訴える身体障害者や、傷が化膿したままの子供や、目の見えない者や、頭に毛がなくて頭皮がかさぶたで硬くなった者などがいました」。やせ細った荷物運搬人たちが、船から岸まで「人間ベルトコンベヤー」を作って懸命に働いていた。

波止場では、ヘルムート・ヴォイトが目のくらむような白い綾織のスーツにピス・ヘルメット［いわゆる探検帽］という姿で待っており、その隣には妻のマリアンヌが大きな花束を持って立っていた。

人力車に乗って少し行くと、フランス租界を通る並木道に面した、広々とした屋敷に着いた。フランス租界は、港の悪臭や喧噪から遠く離れており、上海のビジネスマンの多くが好んで住む地域だった。屋敷に入ると、白い手袋をした中国人執事が冷たい飲み物を注いでくれた。召し使いたちがお辞儀しながら、食べ物の載ったトレイを運んでくる。ほこりまみれのスーツケースは片付けられ、ウルズラとルディは、パリッとした着物風の部屋着に着替え、手入れの行き届いた庭を見下ろす広いベランダでカクテルを飲んだ。あっという間に彼女は別の世界へ移っていた。

一九三〇年の上海は、あらゆる面から見て、この地上で社会的・経済的に最も分断された都市であり、貧富の差がちょっとやそっとでは埋められないほど大きく隔たっている場所だった。植民地という側面と中国の都市という側面を併せ持つ上海は、五万の外国人が、約三〇〇万の中国人に囲まれて住んでおり、中国人は大半が悲惨なほどむさ苦しい生活を送っていた。外国人コミュニティーには、イギリス人、アメリカ人、フランス人、ドイツ人、ポルトガル人、インド人、革命を逃れてきた白系ロシア人、日本人などがおり、無一文の亡命者もいれば、莫大な財産を持つ新興の大富豪もいた。中国内陸部で続く政治的混乱と飢餓に加え、世界恐慌の衝撃から、多くの人が仕事と食べ物を求めて次々と上海へ押し寄せてきた。人力車を引く車夫が梶棒(かじぼう)にもたれかかって死んでいるかと思えば、ピカピカの新しいアメリカ車が、制服を着た運転手の運転で街路をゆっくりと走っていく。上海は中国最大の都市であり、東アジアにおける商業の中心地だった。企業や銀行は、スタイリッシュな海岸地区「バンド(外灘)」に競って大きなビルを建てた。しかし、きらめく商業地区や外国人居住区の外には別の上海があった。そこには、低賃金の過酷な職場と織物工場と安アパートが並び、病気と絶望があふれ、政治への強い不満が急速に広まっていた。上海は、中国で唯一、工業プロレタリアートが存在する場所であり、中国共産党が生まれた場所だった。アメリカは以前にウルズラが見てきたように革命の機運が高まってはいなかったが、中国は違った。

一九世紀に起きた二次にわたるアヘン戦争の結果、中国の清朝は外国列強――具体的にはイギリス、フランス、アメリカ――が長江沿岸部に治外法権を有する「租界」――独自の法律と行政機関を持った自治区域――を設けることを認めた。上海の面積五二平方キロメートルのうち、中国側が直接統治できるのは一八平方キロメートルだけだった。最大の租界である「共同租界」は、イギリス租界とアメリカ租界が合併して成立したもので、市の人口のおよそ半分を含み、他の外国列強が中国と条約を結ぶと、その外国人も共同租界の管理に加わった。ドイツは、第一次世界大戦後に治外法権を放棄したため、上海に住む一五〇〇人のドイツ人居留民は中国の法律に従うことになった。共同租界の行政を担当していたのが「上海工部局」で、幹部である参事会員は外国人居留民による選挙で選ばれていたが、主導権を握っていたのはイギリス人で、ほぼすべての部局のトップをイギリス人が占めていた。例外は管弦楽団で、これは当然と言うべきか、イタリア人が率いていた。上海を端から端まで自動車で移動するには、三種類の運転免許が必要だった。上海には警察組織として、フランス租界警察、中国側の警察、そしてイギリス人が運営する工部局警務処(けいむしょ)の三つがあり、三者は張り合ったり協力したりしながら、高まる犯罪の波を押さえ込もうと奮闘していた。

「東洋のパリ」として知られる上海は、「東洋の娼婦」とも呼ばれており、おしゃれなブティックがあるかと思えば、アヘン窟や、キャバレー、歴史の古い寺院や聖堂、映画館、売春宿なども並んでいた。上海生まれのイギリス人作家J・G・バラードは、「どんなことでも可能であり、売り買いできぬものは存在しなかった」都市だったと回想している[*2]［J・G・バラード『人生の奇跡：J・G・バラード自伝』柳下毅一郎訳、東京創元社、二〇一〇年より訳文引用〕。魅惑的であると同時にみすぼらしく、輝きを放っていながら汚れにまみれている上海には、さまざまな国から多種多様な人間が集まってきていた。物乞いもいれば、百万長者もいたし、売春婦、占い師、賭博師、ジャーナリスト、ギャング、貴族、軍閥のリーダー、芸術家、ぽん引き、銀行家、密輸業者、それにスパイもやって来ていた。

こっけいな社交界

上海の在留ドイツ人コミュニティーは、独自の教会と学校と病院のほか、クラブも持っていた。クラブは、名前を「コンコルディア」といい、小さな塔を備えた巨大なバイエルン様式の豪華な建物で、バンドに建っており、舞踊室とボウリング場を備えていた。上海のドイツ人は、ここに集まってはトランプをしたり、アルコールを飲んだり、愛国歌を歌ったり、ゴシップを交換したり、祖国への郷愁を強くしたり、中国人召し使いについて不平をこぼしたりしていた。この小さなドイツをミニ支配者として取り仕切っていたのが、ドイツ総領事ハインリヒ・リュット・フォン・コレンベルク＝ベーディヒハイム男爵だった。男爵は経験豊富な外交官で、熱心なナチ党員であり、後にヒトラー政権下で駐メキシコ大使を務めた。

ハンブルガー夫妻は、上海に来て最初の晩をこのクラブで過ごした。その後は、パーティーへの招待が次々と続いた。まず、コンスタンティン・ロベルト・エギンハルト・マクシミリアン・フォン・ウンゲルン＝シュテルンベルクとのお茶会。この人物はバルト地方出身の貴族で、チンギス・ハンの末裔であり、ボリシェヴィキ革命をかろうじて逃れてきた男だ（ちなみに彼の兄ロマンは、ロシア内戦で白系ロシア人の部隊を率いて「狂男爵」と呼ばれた将軍で、シベリアに進攻するものの、捕らえられてソヴィエト政権軍である赤軍の銃殺隊によって処刑された)。それから、民族学の教授で中国の入れ墨の専門家ハンス・シュテューベルとの夕食。実業家マックス・カットヴィンケル宅でのプールサイド・パーティー。化学企業IGファルベンの代理人カール・ゼーボームとのカクテル。ゼーボームは片目がガラス製の義眼で、多額の個人所得があり、蓄音機のレコード三〇〇枚を持っていた。クラブの重鎮ヨハン・プラウトは、ドイツ人コミュニティーで最も重要で最もうぬぼれの強いジャーナリストだった。

コンコルディア周辺には、エキゾチックな鳥のように華やかな女性がふたり出没していた。それが、ロージー・ゴルトシュミットとバーナディーン・ゾールド゠フリッツだ。ゴルトシュミットは、ドイツ系ユダヤ人の銀行家の娘で、旅行記を書いたことですでに名前をある程度知られていたが、それ以上に彼女を有名にしたのが、その膣(ちつ)にまつわる報告だった。以前ロージーはベルリンの婦人科医エルンスト・グレーフェンベルクと結婚していた。グレーフェンベルクは、女性のオーガズム(性的絶頂)研究で有名になった人物で、膣の内部にある性感帯「Gスポット」は彼(Gräfenberg)にちなんで名づけられた。この発見があったもののロージーは五年でグレーフェンベルクと離婚し、六三歳のフランツ・ウルシュタイン(かつてウルズラが勤めていた出版社の創業者の息子)と結婚した。この結婚はウルシュタイン家から歓迎されず、一家は彼女を事実に反してフランスのスパイだと不当に非難した。後にロージーはニュース週刊誌『ニューズウィーク』の従軍記者となり、小説家として成功を収め、ハンガリー人貴族と結婚して伯爵夫人になっている。バーナディーン・ゾールド゠フリッツは、ロージーの親友であると同時に、社交界での激しいライバルでもあった。ニューヨークでドロシー・パーカーやF・スコット・フィッツジェラルドといった作家が名を連ねる社交サークルに加わっていたバーナディーンは、裕福なアメリカ人金属取引業者で「ミスター・シルバー」とあだ名されていたチェスター・フリッツと(短期間だけ)結婚した。バーナディーンは語り草になるほど豪華なパーティーを何度も開き、輪っかの付いた大きなイヤリングとバリ島の銀細工で作った胸飾りを身につけ、頭にターバンを巻いた姿で客をもてなした。「彼女は毎日午後になると、赤と黒で塗ったマンションの室内をゆっくり歩きながら、ありえないほど長いコードの付いた電話を使って、ビュッフェ形式の食事を手配したり、お茶を用意させたり、アマチュア劇団とのミーティングを計画したりしていた」。*3 誰にも決して言わなかったが、実は彼女は、田舎町の代名詞であるイリノイ州ピオリアの出身だった。

こうした社交界の名士たちは階級の敵だったが、それでもウルズラはステキだと思い、心を奪われた。彼らの生活や興味関心はウルズラとはまったく違っていたものの、彼女はすぐに親しくなり、この新たに知り合いになった人たちひとりひとりを余談的に観察して、手紙や日記に大まかな内容を記した。例えばこうだ。「私たちは、チェスター・フリッツ夫人が開いた、とても上品なカクテルパーティーに行った。夫人は素晴らしいマンションと、ターバンのような帽子と、テニスボール大のイヤリングと、弧を描いた上品な眉毛と、何人もの芸術家や知識人の友人を持っている」。また、別の手紙にはこう書いている。「ウンゲルン＝シュテルンベルクご夫妻の家へカクテルを飲みに行きました。お二方ともたいへん知的で、きわめて洗練されている方です」。ロージーとバーナディーンは、彼女をショッピングに連れ出し、競うようにしてこの後輩に最新のファッションを着せた。

しかし、外国生活のきらめきはすぐに輝きを失い、数週間で上海での表面的なお付き合いをひととおり済ませてしまうと、ウルズラは知的刺激を激しく求めるようになった。ある手紙には、こう記している。「女性は小さな愛玩犬のようです。外での仕事もなければ、するべき家事もなく、学問的なことや文化的なことには何の興味も示しません。自分の子供のことさえ気にしていませんから」。男性は、それに比べれば多少はマシです。少なくとも仕事があって、少しばかり働いていますから」。バーナディーン・ゾールド＝フリッツとロージー・グレーフェンベルクとのお茶会が、退屈な日課になった。「いつも同じ。まず、ブリッジや麻雀をしながらゴシップを交わし、次に昨日のドッグレースか映画の最新作の話で（中略）先日は、上海でとてもはやっているミニチュアゴルフをしました」。親しくなったドイツ人は、ほとんどが租界以外の中国について関心がなく、中国人に対して強烈な人種差別的態度を取っていた。ウルズラは、自分の政治的意見をしっかりと隠し続けた。クラブ・コンコルディアとロータリークラブの中や、カットヴィンケル家のプールサイドでは、ヒトラーは期待の人物として称賛をもって語られていた。

工部局の新たな建築家の妻として、ウルズラにはルディの同僚となったイギリス人たちをもてなす役割が求められた。同僚たちの中で最も重要な人物が、租界の道路・橋梁・排水路・下水道・新規建物を担当する公共事業委員アーサー・ジムソンだった。中国工学協会の重鎮で、退役軍人であり、きわめて退屈な人物だったジムソンは、『四川道路橋の基礎。附、杭の支持力について（*Foundations of the Szechuan Road Bridge with Some Reference to the Bearing Value of Piles*）』という、このテーマについて最も権威ある研究書の著者であることを自慢にしていた。彼から感謝のプレゼントとして園芸用の堆肥（たいひ）を贈られたウルズラは、ジムソンを「頭のおかしな独身男」と描写した。さらにもうひとり、チャールズ・ヘンリー・ステーブルフォードという計画課の課長がいた。当時ステーブルフォードはコンクリート製の新たな食肉処理場を建設中で、この処理場は後に専門誌『アーキテクチュラル・レビュー』から「アールデコの傑作であり、聞く者をハッとさせるような鳴き声を出す動物と、見る者をハッとさせるほど素晴らしい建築とを結びつける最初期の試みのひとつ」と評された。[*4] ウルズラは杭の支持力にも、食肉処理場の建設にコンクリートを使う利点にも、興味を抱くことができなかった。ルディの同僚のイギリス人をディナーでもてなすのは、人付き合いのしがらみをかき分けかき分け進んでいるようなものだった。

こっけいな衣装を着て、とんでもないパーティーを開くバーナディーン。周囲を白けさせ、堆肥をくれたジムソン。クラブにたむろしながら、ひとり悦に入って人種差別的な態度を取る退屈な連中。こうした人々は、ウルズラが全面的な反抗へ向かう直接の動機となったわけではないが、その背中を押す助けにはなった。

ここはスパイの巣窟

外国人居留民がダンスに興じたり暇を持て余したりしている一方、上海社会の裏側では公然の秘密として、情け容赦ないスパイ合戦が進行していた。上海は、東洋における商業と麻薬と売春の中心地だっただけでなく、諜報活動の中心地でもあった。外国人はパスポートもビザも必要なく、滞在許可証がなくても行き来ができ、たいていは自国の法律にだけ従っていればよかった。犯罪者と同じくスパイも名前を伏せたまま、こちらの管轄区からあちらの管轄区へこっそり移ることができた。スパイは通常、外の世界と短波無線機を使って連絡を取っていたが、活動するスパイの数があまりにも多かったので、違法送信機を追跡するのは事実上不可能だった。中国国民政府の工作員たちは、自国民か外国人かを問わず共産主義者を監視していた。地下に潜った共産主義者たちは、政府を見張るだけでなく、互いに互いを監視していた。ソヴィエト連邦は、秘密工作員や情報提供者を何人も市内のあちこちに配置していた。イギリスは、アメリカの支援を受けて、すべての人を常に監視していた。

上海での諜報戦で主軸となっていたのが、蔣介石総統の率いる国民政府と、ソヴィエト連邦の支援を受けた中国国内の共産主義者との戦いで、両者のあいだで起こった内戦は、以後中断を挟んで二〇年続くことになる。一九二三年、中華民国建国の父で中国国民党の創設者である孫文は、ソヴィエト連邦と手を結んだ。ボリシェヴィキの革命家ミハイル・ボロジンをリーダーとするソ連顧問団が広州に到着し、助言と資金と軍事援助を与えた。しかし四年後、中国国民党と中国共産党の脆弱だった協力関係は崩れ、孫文の後継者である蔣介石の部隊が、共産主義者を容赦なく弾圧し始めた。これを上海クーデターという。ボロジンと顧問団は追放された。

蔣介石の部隊と、これに協力した暴力団体とが実施した「白色テロ」で何人が死亡したのか、正確な数字は分かっていない。殺した方は数を数えていたわけではないが、推計で三〇万人が捕らえられて殺害されたと考えられている。流血は、上海では特に凄まじかった。上海で活動していたソ連側工作員オットー・ブラウンは、こう記している。「蔣介石の手下たちは、租界警察の支援を受けて、昼は織物工場を、夜は中国人地区を、共産主義者がいないか、しらみつぶしに調べていた。捕まった者は、殺されたくなければ裏切り者になれと、過酷な選択を強いられた。(中略)この組織的な殲滅作戦により、共産主義者は極秘に活動することを余儀なくされた」。

ソヴィエト連邦は中国を、世界革命が次の段階に進むための揺りかごと見なしており、世界革命実現のため、ソ連政府はこのときから諜報活動を大々的に開始し、弾圧されている中国の共産主義者を支援しようとした。

上海のソ連側スパイは驚くほど多種多様で、ソ連の情報機関や政府機関のさまざまな部局から派遣されており、スパイたちは協力することもあったが、任務が重なり合っている場合が多く、ときには競合することさえあった。

共産主義インターナショナル、通称コミンテルンは、ソ連政府の指導の下で革命を世界規模で推進するため一九一九年に設立された組織で、このコミンテルンが中国における諜報活動の隠れ蓑として利用された。コミンテルンの国際連絡部（OMS）が、秘密情報を収集・流布し、武器を密輸し、資金を運び、指示を伝え、地下に潜った複数の共産主義者ネットワークを運用した。コミンテルンには「極東局」があり、年間予算として五万五〇〇〇ドルが、金貨、ドイツのライヒスマルク、日本円、メキシコドルで支給され、中国、日本、フィリピン、イギリス領マラヤで共産主義革命を醸成するのに使われていた。

さらに、スターリンの政府情報機関NKVD（内務人民委員部。KGBの前身）があった。NKVDは上海に独自のネットワークを持っており、政治や経済に関する秘密情報を収集したり、モスクワの敵を暗殺したり、反革命運動の芽が中国に根付くのを防いだりしていた。

しかし、上海で最も重要なソ連側スパイ・ネットワークは、軍の情報機関である正式名称「労働者・農民赤軍参謀本部第四局」によって動かされていた（一九四二年、スターリンは第四局の名称を「情報総局」に変更した。ロシア語ではラテン字表記で「Glavnoye Razvedyvatel'noye Upravleniye」といい、頭文字を取って「GRU」と呼ばれ、現在もこの名で知られている）。規律が非常に厳しく、執拗に秘密を守り、血も涙もない第四局の役割は、軍事情報を収集したり買い取ったり盗み出したりすることによって、ソヴィエト連邦を防衛し、革命を守ることだった。モスクワにある司令部は、単に「本部」と呼ばれていた。

上海クーデター以降、ソ連側スパイは正式な信任状を与えられた外交官ではなく、ジャーナリストやビジネスマン、教師などになりすまして身分を偽る「イリーガル（非合法工作員）」として活動した。ソ連の異なるスパイ組織どうしの対抗意識は、やがて血で血を洗う内紛となって噴出する。しかし、中国国民政府の目から見れば、ソ連側スパイに違いなどなく、全員が問題を起こすため送り込まれた共産主義の扇動者であり、国内の中国人革命家と同じように殲滅すべき存在だった。

ウルズラは、上海で秘密裏に進行中の激しい戦いにおいても、最後には共産主義側が勝者になると、固く信じて疑わなかった。忠実なマルクス主義者である彼女は、歴史がどう進むかは、あらかじめ決まっていると考えていた。つまり、抑圧されている中国人プロレタリアートは、共産主義者の指導の下、必ず立ち上がり、資本主義の秩序を打倒してブルジョワ階級と帝国主義的銀行家を一掃するはずだと思っていたのである。それでも、中国の共産主義は異質でよく分からないと感じていた。ベルリンでは強力な運動の一員だったが、ここでは、おぼろげにしか理解できない事件の傍観者にすぎない。「暑さと退屈と、上海『社交界』に適応するのに苦労していることとの三つ以外に、私は中国人と直接接触できないことに悩み苦しんでいました。不潔と貧困と悲惨さに、私は我慢ならなかったのです。私は自分が理論の上だけの共産主義者にすぎないのかと自問しました」。恵まれた家庭に生まれた人の例に漏れず、彼女も、きれい事では済まされない、道徳的に矛盾していて暴力が横行することも多い革命の現実と向き合う覚悟が自分にできているのだろうかと考えた。革命家でありながら、新しい洋服といった贅沢品を楽しんでいていいのだろうか？　正統的な共産主義を守って禁欲生活に徹するべきではないのか？　彼女が政治について議論できる相手はルディしかいなかったが、そのルディは上海工部局での仕事が忙しく、あまり親身になってくれなかった。

出会いは赤いバラとともに

ホームシックになって、ウルズラは極司非爾花園（ジェスフィールド・パーク）のあたりを散策した。ここがベルリンの公園ティーアガルテンを連想させたからだ。気分が落ち込んだときはいつもそうだが、彼女はひとりになりたかった。上海の夏は暑苦しかった。「歩道は昨日また溶け始め、靴の底にくっついて黒くて長い紐になって伸びるし、自動車は道路に深い跡を残していきます」。ヴォイト家の最上階の部屋に戻ると、彼女は力なくベッドに倒れた。植民地の役人の妻として暮らすのは、ものぐさになるのが仕事なのねと、彼女は思った。「何にもできないわ。みんなボーイとコックと苦力（クーリー）がしちゃうんだから」。次のカクテルパーティーや次のミニゴルフを待つあいだに無気力になり、本を読むのさえ億劫になった。この物憂さを、彼女は気候のせいにした。「暑さが気力をすべて奪っていく。（中略）誰もが信じられないくらい汗をかく。玉になって落ちるのでなく、止めどなく流れ落ちるのだ」。とうとう医師に診てもらったら、妊娠五か月だと告げられた。

ウルズラとルディは大喜びした。しかし彼女に、この先の四か月を、ただお腹を大きくさせながら召し使いたちにかしずかれて過ごす気などなかった。「仕事を見つけなくてはなりませんでした」。

チャンスは、太っていて横柄なジャーナリストのプラウトからやって来た。当時プラウトは、ドイツのヴォルフ通信社の極東特派員であり、また、中国の半官半民の通信社で、国民政府を支持するプロパガンダを大量に流していたトランスオーシャン国民通信社のトップも務めていた。「プラウトは有能な秘書を大急ぎで探していたので、私が彼のオフィスへ行ってちょっとお手伝いしましょうかと言うと、たいそう喜びました。もちろん私は妊娠中だと伝えましたが、彼は出勤も退勤も私の好きなようにしていいと言ってくれました」。

プラウトは、ウルズラに新聞の切り抜きを整理する仕事を任せた。「私は全部読んで、さまざまなことを学びました」と彼女は書いている。上海在住二〇年のプラウトは中国政治の権威で、しばしばこのテーマについて、彼の知る重要人物の名をちりばめながら、彼女に長々と講義した。「彼はたびたび私の仕事を遮って、面白いことを教えてくれようとしました」とウルズラは書いている。「プラウトはうぬぼれの塊でしたが、間違いなくアジア、とりわけ中国についての第一級の専門家のひとりでした」。

ある日の午後、また始まった延々と続く講義の途中で、プラウトが口にした名前にウルズラはハッとなった。アグネス・スメドレーの名が出たのだ。

今このアメリカ人作家は上海にいて、ドイツを代表する新聞のひとつ『フランクフルター・ツァイトゥング』の特派員として働いているらしい。ウルズラは、スメドレーの小説からどれほど深い感銘を受けたかを説明し、プラウトに「ぜひ彼女と知り合いになりたいが、あれほど素晴らしい人の近くに行くのは気が引ける」と言った。するとプラウトは、これ見よがしに電話を取ると、ダイヤルを回して受話器を渡した。電話の向こうはアグネス・スメドレーだった。女性ふたりは、翌日にキャセイ・ホテルのカフェで会う約束をした。

スメドレーはウルズラに、あなたをどうやって見分ければよいのかしらと尋ねた。

「私は二三歳で、身長は一メートル七〇センチ、真っ黒な髪と大きな鼻が特徴です」とウルズラは答えた。

アグネス・スメドレーは大声でゲラゲラと笑った。「それじゃあ、私は三四歳で、身長は中くらい、目立った特徴はなしよ」。

キャセイ・ホテルが入る新築のビル「サッスーン・ハウス」は、資本主義の巨大要塞にして西洋世界の経済力を示すものであり、緑青色をしたピラミッド型の屋根とチューダー朝様式の鏡板が特徴の、一一階建てのビルだった。この数か月前、イギリスの劇作家ノエル・カワードが、このホテル滞在中に戯曲『私生活』の第一稿を書いている。スエズ以東で最も豪華なホテルだったキャセイ・ホテルは、アメリカで最も急進的な女性作家と若いドイツ人共産主義者の待ち合わせ場所としては似つかわしくなかったが、日にちはふさわしかった。待ち合わせの日である一一月一三日は、ボリシェヴィキ革命の一三回目の記念日だったのである。ふたりとも記念日を祝うため赤いバラの花束を持っていた。この花束を、ウルズラは革命への共感をひそかに示す証しとして、ヴォイト家のリビングに飾るつもりだった。スメドレーは、花束をソ連の通信社であるタス通信の特派員にプレゼントして、記念日をもっとはっきり祝う予定だった。ふたりが偶然同じ花を用意したのは、幸先がよかった。

スメドレーに目立った特徴がないというのは、まったく違っていた(さらに年齢もサバを読んでいて、本当は三八歳だった)。短く刈り込んだ髪に男装という異彩を放つ格好で、着飾った在留外国人女性たちとは意図的に対照的な身なりをしていた。「アグネスは、労働者階級出身の知的な女性のように見えます」と、ウルズラは両親に宛てた手紙の中で興奮気味に書いている。「質素な服装、茶色い細めの髪、とってもキラキラとした、灰色がかった緑色の大きな目、決して美人ではないけれど、よく整った顔。髪を後ろになでつけると、おでこが大きくて広いのが分かります」。

ウルズラは、こんな人物にはそれまで一度も会ったことがなかったが、そもそもアグネス・スメドレーのような人物は、そうそういるものではなかった。

女性ふたりは、ボーンチャイナのカップに注がれた紅茶を飲みながら絆を深めた。ウルズラの希望と不安が、一緒くたになって一気にどっとあふれ出た。彼女は、自分が孤独で退屈していること、毎日目にする貧困に心を痛めていること、他のヨーロッパ人になじめないことなどを語った。「自分の政治的見解を、上海に来て初めて自由に話しました」。ドイツでどのように育てられ、共産党に入る決断をし、『女一人大地を行く』が自分にとってどれほど衝撃だったかも説明した。ルディについても、優しくて冷静沈着だが、政治には無関心で、共産主義を冷たく拒絶していることを話した。スメドレーはタバコを吸って、ときどき相づちを打ちながら、話に熱心に耳を傾けていた。ウルズラが話し終えると、今度はアグネスが自分の身の上話を始めたが、彼女の本当の生い立ちは、一年前に小説として出版された話をはるかにしのぐ、驚くべきものだった。

スメドレーは一八九二年、電気も水道もない二部屋だけの小屋で生まれ、その後、コロラド州の貧しい炭坑町で育った。チェロキー族の血を引く父は、そのときどきで牛の仲買人、カウボーイ、薬草の行商人、石炭運搬馬車の御者などの仕事をする、「流浪の民の魂と想像力」を持った大酒飲みの放浪者だった。母親は虐待を受けた鬱病患者で、おばはパートタイムの売春婦だった。スメドレーは子供のころに、ストライキを実施した炭鉱労働者と、炭鉱会社が雇って連れてきた用心棒とのあいだで起こった流血の衝突事件「コロラド労働者戦争」を目撃した。母が四〇歳で死ぬと、父は「膝から崩れ落ちて大げさに泣くと、母の古いブリキのトランクをあさり始めた。そして、キルトの端切れのあいだに隠してあった四〇ドルを見つけると、それを持って酒場へ行って男どもと酔っ払った」。彼女の教養は、見つけた本を片っ端から読んで少しずつ身につけたもので、「くだらない恋愛小説から、法律についてのつまらない本や、『行動主義心理学』というタイトルの本まで」手に入るものなら何でも読んだ。もっとも、その数はお世辞にも多いとは言えず、少女時代のウルズラが利用できた膨大な蔵書とは天と地ほどの差があった。スメドレーは詩を書き、リンゴの種を使った占いをし、馬の乗り方と銃の撃ち方と投げ縄の使い方を覚えた。自らナヴァホ族の名前「アヤホ」を名乗り、攻撃的なフェミニズムを信条とした。もし誰かが「女性の知性や創造力は男性より劣っている」というようなことを言おうものなら、「彼女は傷ついた雌ライオンさながらに席から飛び上がり、言った相手の顔を真っ赤にかきむしろうとした」。

洗濯屋や教師や訪問販売員として働いた後、スメドレーはカリフォルニア州に移り、そこで自由奔放に暮らす左翼の人々と知り合った。彼女の政治的立場は、ますます急進的になった。スメドレーは、一貫した政治思想を持ったことは一度もなかった。彼女の政治思想は怒りであり、資本主義者・鉱山所有者・帝国主義者・植民地主義者など、貧困層・非白人・労働者階級を隷属させ続けている者たちに手当たり次第に向けられた憤怒だった。政治理論にかかずらっている暇などなく、「あんなゴミを全部読んだところで何になるって言うの？　私は誰が敵か知っているし、それで十分よ」と語っていた。

カリフォルニア州で彼女は、大英帝国からの独立を求めるインド民族主義者のグループと出会い、初めて特定の理念を支持した。第一次世界大戦が続く中、スメドレーは、インド独立運動に資金と武器を提供して大英帝国を弱体化させようとするドイツの秘密作戦、いわゆる「インド・ドイツ共同謀議」に深く関与するようになった。一九一八年三月、彼女はスパイ法違反で逮捕され、二か月を獄中で過ごした後、伝記作家いわく「完全に有罪」だったにもかかわらず、結局釈放された。その後はベルリンに移って、インド人共産主義者で革命家のヴィレンドラナート・チャットーパディヤーイ、通称チャットと出会い、結婚し、そして別れ、インドの独立運動家たちとの共同謀議を続けた。また、ワイマール共和国での人々の退廃ぶりを目撃して戦慄を覚え、ソヴィエト連邦こそ「地上で最も偉大で最も人々を奮い立たせる場所」だと断言した。

スメドレーは常人より何倍も濃い人生を送ってきたが、そんな彼女は親友たちからさえ、かなり厄介な人間だと思われていた。ある親友の言葉によると、彼女は世の中を『善』が『悪』と戦う厳しい勧善懲悪劇」と見ていて、「想像力という輝かしい白馬」から降りることはめったになかった。一〇代のとき、初めて神経衰弱になった。スメドレーは、彼女が言うところの「狂気の発作」に苦しみ、やがてドイツ系ユダヤ人で、ウィーンでジークムント・フロイトの教え子だったエリーザベト・ネーフという精神分析医の診察を受けるようになった。ネーフ医師はスメドレーに、自分の体験をフィクションという形で書くようにと勧めた。その結果生まれたのが、怒れる女性が夢を抱いて、社会から疎外されながらも自分の個性を発揮したいと願って生きていく物語『女一人大地を行く』だった。この作品を、批評家たちは絶賛した。マイケル・ゴールドは『ニュー・マッセズ』で、「人生という織維から苦しくも美しく紡ぎ出された」小説だと評している。こうした賛辞が新聞や雑誌に載り始めたころ、スメドレーはすでに上海にいた。一九二九年五月、彼女は抑圧されている中国人大衆を救う戦いに飛び込む覚悟で上海にやって来た。

アグネス・スメドレーは矛盾の塊だった。彼女はバイセクシュアルだったが、同性愛を治療可能な性的倒錯だと思っていた。私は男性を軽蔑すると公言し、女性は「結婚制度によって隷属させられている」と主張した。その一方で、多くの男性を愛して二度結婚し、最初の夫にはひどい態度を取り、二度目の夫からは肉体的・精神的に虐待を受けた。セックスを下品なものと見なしていたが、自由恋愛を熱心に支持し、精力的に広めていた。ウルズラと会う直前には、友人に手紙で「ここでは、いろいろな肌の色や体形の人と寝るチャンスがあったわ」と書いている。「背が低くて丸っこくて、いぼだらけのフランス人武器密輸業者。女性を意のままにするにはペニスにものを言わせればいいと思い込んでいる、君主制支持派の五〇歳のドイツ人。どんな行為をしたのか私には恥ずかしくて書けない中国人の高官。軟弱ですぐめそめそする国民党の丸っこい左派党員」。

人生を変えた三〇分

スメドレーは、共産党には入らない共産主義者であり、暴力革命を支持しながらロマンチックな未来を描く夢想家であり、次々と男性の虜となるフェミニストであり、友人に「彼女のためなら」という強い気持ちを起こさせておきながら、その友人の多くを深く傷つける女性であり、共産主義による支配が実際にはどんなものかを考えもせずに共産主義を支持していた。彼女は、情熱的で、偏見があり、カリスマ性を持ち、ナルシシストで、向こう見ずで、気まぐれで、愛敬があり、他人を厳しく批判し、精神的にもろく、こうと決めたら一歩も引かない女性だった。「私は無垢じゃないかもしれないけれど、でも正しいのよ」と言い切っていた。

ウルズラは魅了された。アグネス・スメドレーは、政治的な情熱とエネルギーを体現しているように見えたし、ウルズラが上海のブルジョワ社交界で見た独りよがりでのんきな女性たちとは正反対だと思われた。「不正が蔓延している世の中で声を上げずに生きているなら、そんな人生に価値なんて何ひとつないわ」とスメドレーは力説した。スメドレーは、ウルズラが称賛するものすべてだった。フェミニストであり、反ファシズムであり、帝国主義の敵にして、抑圧された人々を資本主義の暴力から守る人物であり、生まれながらの革命家だった。

さらに彼女はスパイでもあった。

一九二八年にアグネス・スメドレーは、ベルリンのソ連大使館付き報道官ヤーコプ・ミロフ＝アブラモフと会った。リトアニア系ユダヤ人で、古参のソ連共産党員でもある彼は、表向きは外交官だったが、実はコミンテルンで情報収集を担当する部署OMSのヨーロッパにおける最高責任者だった。ミロフ＝アブラモフ（紛らわしいが、「アブラモフ＝ミロフ」と記されることもある）は、極東で新たな諜報網を築くべく新たな人材をスカウト中であり、この急進的な女流作家は、ぶしつけな質問も遠慮なくする度胸も含め、適任だと思われた。スメドレーに、あなたがひとりだけの革命を進めるにあたって次に取るべき論理的なステップはスパイになることだと言って説得するのに、大して苦労はいらなかった。彼女は『フランクフルター・ツァイトゥング』の上海特派員の仕事を手に入れ、想像力という白馬に乗ると、中国に向かって出発した。

一八か月後にウルズラと会った時点で、スメドレーはすでにソ連諜報網という機械に欠かせない歯車となっており、中国の共産主義者たちが国民政府の続ける「白色テロ」という政敵殲滅作戦を生き延びようと死に物狂いになっている中、彼らの支援に当たっていた。また、共産主義運動に好意的な作家や知識人をスカウトし、自宅を秘密の会合場所や秘密通信用住所として利用し、中国共産党とソヴィエト連邦が秘密情報をやり取りする仲立ちをした。報告や指示は、無線を用いるか、あるいは上海港を出入りするソヴィエト船を使って伝達された。モスクワでは、彼女は「非常に高い評価」を得ていた。

後にスメドレーはコミンテルンと第四局の両方のために働くことになるが、彼女は自分がソ連情報機関のどの組織で働いているのか知らなかったし、普通の中国人労働者のために戦っているのであれば、どの組織だろうとあまり気にしていなかった。「ここでの革命運動はロマンチックな思想や理論ではない」と彼女は記し、「反抗するか、さもなければ死ぬしかない」と書いている。彼女の書く新聞記事は、共産主義を支持するプロパガンダと大差ないことが多かった。精神状態も悪化を続けていた。それでも当人は「私には個人的な事柄よりも重い義務がある」と言い放っていた。

スメドレーは、自分がイギリスの情報機関（彼女は軽蔑の意味を込めて、当時の国王夫妻の名から「ジョージとメアリー」と呼んでいた）に監視されていることや、アメリカやフランスや中国からも見張られていることを知っていた。彼女は危険な破壊活動分子として中国政府のブラックリストに載っており、いつ背後から銃で撃たれてもおかしくなかった。彼女の手紙は、自分を救世主と考えているような書き振りで、例えばこんな一節があった。「ジョージとメアリーやほかの連中たちがまた必死に追いかけてきていますが、もし現在の中国にイエス・キリストが生きていたら、イエスもイギリスや他の国々の情報機関から嫌われたでしょう」。

ウルズラは、この新たな友人の秘密活動については何も知らなかった。スメドレーのハンドバッグに銃弾を込めたピストルが入っていることも知らなかった。ただ、心から信頼できる姉が見つかったことだけは分かった。この瞬間から、ふたりは離れられない親友になった。「お互いに電話したり会ったりしない日はほとんどありませんでした」とウルズラは書いている。「アグネスは孤独で、人生のすべてを革命の戦いに捧げてきました。私は共産主義者でしたが、物質的な苦労をせずに育ち、当時は初めての子の出産を控えていました。私は世の中から守られて苦労のない生活を送っていたのです。それに、世間知らずでもありました」。

スメドレーはウルズラに、まったく別の上海を見せた。ふたりはスメドレーの中国人の友人たちと一緒に地元の食堂で食事をした。友人は全員が秘密の共産主義者だった。スメドレーは、どんなふうにして自分が左翼作家連盟の創設に協力したかを説明した。左翼作家連盟（左連）は、中国共産党の強い働きかけで設立された中国人思想家の団体で、社会主義リアリズムの推進を目的としていたが、国民政府による当時の弾圧を考えれば、これはきわめて危ない活動だった。左連は、結成直後に禁止されたが、危険にさらされながらも地下で活動を続けていた。スメドレーを通してウルズラは、中国を代表する作家の魯迅（ろじん）や、二六歳の女流小説家である丁玲（ていれい）、その夫で詩人・劇作家の胡也頻（こやひん）など、中国左派文学の第一人者たちと交際するようになった。この年、魯迅が数えで五〇歳になったのを祝って、オランダ料理レストランに芸術家と知識人一〇〇人（スメドレーいわく「危険思想」を代表する人々）を招いたパーティーが開かれた。丁玲が出席者の前でスピーチをした。スメドレーはドアの前で見張りに立った。ウルズラは、興奮で顔を赤くして、この素晴らしいパーティーから帰宅した。ルディには、どこへ行ってきたのか教えなかった。

スメドレーはウルズラに、陳翰笙（ちんかんしょう）も紹介した。ジェフリー・チェンの名でも知られる彼は、眼鏡をかけた小柄な社会科学者で、完璧な英語を話し、シカゴ大学とハーヴァード大学で学んだ後、ベルリン大学で研鑽を積んだ（ベルリン大学では、ロベルト・クチンスキーの著作を研究した）。後に陳は、中国を代表する学者のひとりになる。彼はまた、一九二四年にコミンテルンにスカウトされた熱心な秘密の共産主義者だった。一九三〇年当時、陳は上海大学で教鞭を執るかたわら、パートタイムでスメドレーの「秘書」として働いていた。彼とその妻は、拡大を続けるスメドレーのスパイ網の要（かなめ）だった。また陳は、短期間ではあったが、スメドレーの愛人のひとりでもあった。

ウルズラは、スメドレーが仲良くしてくれるのを喜び、彼女の個性に魅了され、彼女が付き合う急進的な中国の友人たちに興味津々だった。しかし、ウルズラは少し怖くもあった。「私たちが友情を結んだ初めのころ、確かにその友情は私にとってかけがえのないものでしたが、それでも、どうしてアグネスのような素晴らしい人が私と一緒に時間を過ごしたいと思うのか、どうして私は彼女の親友になるべきだったのか、私には理解できませんでした」。

ふたりの関係は、友情以上のものになっていたかもしれない。スメドレーは性欲の幅が非常に広く、一五歳年下で妊娠中の既婚女性も、その対象に含まれていたに違いないが、ウルズラに同性愛の傾向があったことを示す確実な証拠は存在しない。確かにふたりは何度も同じベッドで眠ったことがあっただろう。しかし、スメドレーの伝記作家が述べているように、「当時は（中略）女性たちのあいだに存在する多種多様な愛情を厳密に分ける明確な線は存在しなかった」。ふたりの関係が、情熱的でロマンチックで、非常に激しいものでありながらも、肉体関係になることは決してなかった可能性も、十分に考えられる。「私はいつでも彼女の言うがままでした」とウルズラは書いている。

ふたりのあいだに花開いた愛情に性的要素があったかどうかはともかく、スメドレーには、この賢くて感受性が強く、「積極的で、世の中の役に立つ生き方がしたい」と言っている若い共産主義者と親交を深めたい理由がもうひとつあった。キャセイ・ホテルで初めて会った直後、スメドレーはモスクワに通信文を送り、若いハンブルガー夫人のスカウトを計画する許可を求めた。

三週間後、スメドレーはウルズラに、「完全に信頼」できる人物があなたの自宅を訪問するので待っていてほしいと言った。約束の時間になると、ヴォイト家の執事が「リチャード・ジョンソン様」がいらっしゃいましたと告げ、続けて三五歳くらいの男性が入ってきた。ウルズラの目にまず入ってきたのは、その男性の「細長い頭、ウェーブのかかった濃い髪の毛、すでに深いしわの刻まれた顔、黒いまつげに縁取られた濃い青色の目、美しい形をした口」という、並外れた美貌だった。この初対面の人物は、見て分かるほどはっきりと足を引きずって歩き、話す言葉には強いドイツ語訛りがあった。左手は指が三本欠けている。彼は魅力を振りまいていたが、同時に危険な香りも放っていた。

この男性は、本名をリヒャルト・ゾルゲといった。アグネス・スメドレーの諜報活動における主要なパートナーであり、彼女の現在の愛人で、上海にいる中で最も高位のソ連側スパイであり、経験豊富なプレイボーイで、赤軍情報部の将校だった。

ゾルゲは長居しなかった。しかし、そのわずか三〇分のあいだに、ウルズラの人生は後戻りできないほど大きく変えられた。

3　工作員ラムゼイ

天性のスパイ

かつてイアン・フレミングは、リヒャルト・ゾルゲを評して「史上最も傑出したスパイ」と言った。ドイツ人の共産主義者で、中年にさしかかろうとしていたにもかかわらず、一九三〇年のゾルゲは架空の人物ジェームズ・ボンドと明らかによく似ていて、特に外見と、アルコールに目がない点と、病的と言っていいほど盛んに女遊びをするところは、そっくりだった。ゾルゲの不倶戴天の敵ですら、彼の腕前と勇気を認めていた。先の話になるが、ゾルゲは中国で活動した後、東京に移って気づかれることなく九年間スパイ活動を続け、日本軍とドイツ軍の最高司令部の極秘情報を入手して、ソ連政府にナチ・ドイツが一九四一年にソヴィエト連邦へ侵攻すると警告している。こうした長期にわたる極東での諜報活動により、後にゾルゲは、歴史の流れを変えた少数の偉大なスパイたちのひとりに数えられることになるが、ウルズラと会ったときには、極東での活動に取り組み始めたばかりだった。

一八九五年に現アゼルバイジャンのバクーでドイツ人の父とロシア人の母とのあいだに生まれたゾ

ルゲは、第一次世界大戦が始まるとドイツ陸軍の学生大隊に入り、本人いわく「校舎から肉切り台へ」まっすぐ送られた。彼の旅団は前線に到着して数日で全滅した。彼は一九一五年に一度目の戦傷を負い、一年後に再び負傷し、一九一六年三月には最後となる三度目の負傷をした。このときは、榴散弾（りゅうさんだん）の破片が両脚に食い込み、左手のかなりの部分を吹き飛ばされるという、瀕死の重傷であった。こうした戦争体験から若きゾルゲは、世界規模での革命だけが「この大戦と今後起こるあらゆる戦争の原因を、経済的なものであれ政治的なものであれ取り除く」ことができると確信し、筋金入りの共産主義者になった。愛書家にして口論好きで、衒学（げんがく）的な学者でありながら実務的な能吏（のうり）という、普通なら両立しづらい二面性を持った彼は、ソ連の秘密活動の世界で徐々に頭角を現し、やがて、赤軍の情報機関である第四局――そのトップから「無神論を心から支持する厳格な高位聖職者集団、（中略）過去のあらゆる悪に報復する者、新たな天国、新たな現世の監視役」と評された組織――の一員になった。

ゾルゲは戦う聖職者でありながら、自堕落で、自分に甘く、けんか好きで、自分が仕える体制の残酷さに疑問を抱かず、圧倒的なカリスマ性と際限ない自尊心と信じられないほどの幸運を持つ、生まれながらの嘘つきだった。彼には「人々を安心させる魔法のような才能」と、女性をベッドに誘う才能があった。諜報活動では自身を厳しく律しているが、私生活では非常にだらしなかった。さらに紳士気取りで、細かいことにうるさく、たびたび酒に酔っ払い、普段からバイクを猛スピードで飛ばしたり、ふしだらな連中と遊んだりして不評と悪評を買っていた。

一九三〇年当時、ソ連で共産主義革命の世界輸出を進めていた者たちは、東方に目を向けていた。窮地に立たされている中国共産党を支援し、国民政府に対するスパイ活動を進めるため、第四局は、民間人を装って活動するスパイ「イリーガル」の新たなネットワークを構想した。イリーガルのひとりがアグネス・スメドレーであり、もうひとりが、暗号名として「ラムゼイ」を与えられたゾルゲだった。彼は、本部からの指令を受け、『ドイツ穀物新聞』という心躍るとは言いがたい名の新聞の中国特派員となって上海に向かった。ウルズラがやって来る五か月前、ゾルゲは静安寺路（バブリング・ウェル・ロード）［現、南京西路］にあるYMCA（キリスト教青年会）のユースホステルに居を構えると、自分用に馬力のあるバイクを買い、指示に従ってアグネス・スメドレーを訪問し、「上海に情報収集グループを作る」手助けを求めた。スメドレーはゾルゲに協力することを喜んで承知し、後には同じように喜んで積極的に彼と寝た。

ゾルゲは、ネタを求めるジャーナリストを装って、クラブ・コンコルディアとロータリークラブに入り、中国国民党のドイツ人軍事顧問と飲みに出かけた。ドイツ人コミュニティー（ゾルゲによれば「全員がファシストで、非常に反ソヴィエト的」だった）は、この陽気な新顔を自分たちの仲間と見なし、「立派な大酒飲み」として熱烈に歓迎した。工作員ラムゼイは「クリスマス料理用の太ったガチョウのように、彼らを骨抜きにした」と、別のソ連側スパイは書いている。スメドレーは、拡張させていた自身の共産主義者ネットワークをゾルゲに自由に使わせた。このネットワークには、中国の知識人、作家、軍人、陳翰笙などの学者のほかに、若い日本人ジャーナリストで、後にゾルゲの最も重要な情報提供者のひとりとなる尾崎秀実（おざきほつみ）も含まれていた。共産主義は、都市部では地下に潜っていたが、中国南東部の農村地域では支持を広げていた。すぐ後のことになるが、蜂起した一団が江西省の山中に国家内の自治国家である中華ソヴィエト共和国を樹立した。毛沢東の率いる五万の農民兵は、国民政府軍に劣らず残酷で、彼らが革命の敵と見なした、キリスト教の宣教師、大土地所有農民、役人、地元の有力者などを捕まえては処刑した。スメドレーは、中国内陸部への取材旅行で、中国共産党の軍事組織である紅軍が多くの血を流しながら勢力を拡大させていく様子を記事に書き、自分も「多くの中国人に劣らず無情で残忍で、心は憎しみに満ち、楽な暮らしをしている人々には何ひとつ容赦せず、疑っている人全員に対して不寛容」だと述べている。

モスクワから派遣されてきた有能な無線技師の助けを借りて、ゾルゲは国民政府軍について、その部隊の動きや指揮系統、武器に関する情報を定期的に本部に送り始めた。

ゾルゲは、アグネス・スメドレーの「才気」には一目置いていたが、それ以外の点については、それほど褒めておらず、例えば「妻〔以下引用者注／ゾルゲはこの語を「セックスの相手」という意味で使っている〕としての彼女の価値はゼロだった。（中略）つまり、彼女は男のようだった」と言っている。一方、スメドレーはこの颯爽（さっそう）とした名スパイに心を奪われ、彼を「ゾルギー」「ヴァレンチノ」と呼んでいた。彼女がゾルゲのバイクの後ろに乗って南京路を疾走していく姿がたびたび目撃されており、ツーリングの後はいつも「楽しくてステキな」気分になった。彼女は故国に、息を弾ませたような興奮気味の手紙を何通も送って、この「稀有な、本当に素晴らしい人物」の美点を褒めちぎっていた。

「ねえ、私は、いわば結婚しているの」と、彼女は友人でアメリカの産児制限運動の先駆者マーガレット・サンガーに宛てて書いている。「まあ、結婚みたいなものってことね。でも、男らしい人でもあるし、何から何までフィフティー・フィフティーで、彼が私を助け、私は彼を助けて、私たち何でも一緒に力を合わせてやっているの。（中略）これがいつまで続くかは分からないし、私たちでは決められない。たぶん長くは続かないんじゃないかと思う。でも、この日々は私の人生で最高の時期になると思うの。こんなに素晴らしい日々は今までなかったし、精神的にも肉体的にも心理的にも、こんなに健康に過ごしたこともなかったわ。今が完全だと思っているし、これが終わったときは、いろいろな雑誌の恋愛記事を全部読んでも感じられないほど、もっと孤独になると思う」。この支離滅裂な手紙は、スメドレーの感情が激しく沸き立っていた証拠だ。彼女が新たにスカウトする工作員のひとりひとりが、革命への貢献であり、ゾルギーへの愛の贈り物だった。一九三〇年一一月、モスクワの承認を得て、彼女はウルズラをゾルゲに譲った。ウルズラは妊娠六か月になっていた。

隠れ家のマダムになる

後年、ウルズラはソ連の情報活動に加わったときのことを、次のように述懐している。

この家には召し使い以外は誰もいないことをウルズラに確認すると、ゾルゲはリビングに通じるドアを慎重に閉めて、彼女と並んでソファーに座った。

「あなたには、中国人同志の活動を支援する用意があると聞いていますが?」

ウルズラは熱心にうなずいた。

するとゾルゲは、中国人共産主義者が直面している途方もない窮地について、手短だが熱く説明し始めた。「彼は、この国の反動的な政府との闘争のことと、ほんの少しでも我らの同志を助けるのに手を貸す場合の責任と危険について、教えてくれました」。

再び彼女はうなずいた。

するとゾルゲは話をやめ、彼女の目をじっと見つめた。

「あなたには、もう一度よく考えてほしい。今ならまだ、断っても誰からも責められたりはしない」

ウルズラは、少しムッとした。すでに言質は与えていた。それに、ゾルゲの最後の言葉の裏には、もしこの時点で参加すると言っておきながら後で手を引こうとしたら、おそらく非常に不愉快な方法で責められるだろうという脅しが感じられた。

彼女の返答は、共産主義者の決まり文句を下敷きにした「いささかぶっきらぼう」なものだった。どんな危険があるにせよ、私には「この国際的な連帯を示す仕事に参加する用意」がありますと答えたのである。

ゾルゲはにっこり微笑んだ。あなたの助力はもっぱら後方支援になるでしょうと、彼は言った。ヴォイト家にあるあなたの部屋を、私が革命の同志と会合を持つための隠れ家として使わせてもらいたいという。ルディは、日中には絶対に帰宅しない。ウルズラは、訪問客を招き入れて軽い飲食物を提供し、誰かが家に近づいてきたら知らせるが、それ以外は何もしない。「私は部屋を使わせるだけで、話し合いには参加しないことになっていました」。

辞去する前にゾルゲは、数日後に労働者と学生たちが上海の中心部でデモ行進をすることになっていると告げ、よければデモを見に行くといいと言った。

そしてジョンソン氏は帰っていった。ウルズラは、彼の本名をまだ知らずにいた。

数日後、彼女は南京路にある永安公司（ウィンオン）デパートの前で、両腕に買い物袋をいくつも抱えて立っていた。買い物姿で立っていれば、デモの日にここへ来たのは偶然だと思われるだろうとの計算だ。それに以前、自分の体形にピッタリと合う、とても素敵なシルクのスカートを永安公司で見つけてもいた。やがて、学生と労働者が大勢で列をなして無言のまま通りを行進してきた。通りの両側では、無表情の警官たちが長い列を作って監視している。緊張がひしひしと感じられ、その雰囲気に、彼女は自分が警棒で殴られた一九二四年のメーデー行進を思い出した。上海では、行進するだけで反抗を意味する挑発的な意思表示だと見なされていた。突然、警官隊が警棒と拳を振りながら前方へ押し寄せた。警官たちは男性一名を近くの店の入り口まで引っ張ってくると、よってたかって殴り始めた。何十人ものデモ参加者が脇道に追い立てられ、殴られたり蹴られたりしながら、待機していたトラックに乗せられた。彼らはまったく抵抗せず、死刑囚のような、うつろな目をしていた。「この瞬間に死刑を宣告された若い革命家たちの顔を見て、私は思いました。たとえ彼らのためだけであっても、私は求められた任務を何でも遂行しようと」。もし彼らが確実な死に平然と向き合うことができるなら、同じことを私もやってやろうと彼女は思った。

ウルズラは、暴力が飛び交う南京路の現場から買い物袋をしっかり抱えて足早に立ち去ったが、その一部始終を、はげかかった眼鏡の男が街角に立ってじっと観察していたことには気づかなかった。

ゲルハルト・アイスラーは、ドイツの共産主義組織の重要人物で、後にアメリカへ行き、同地でアメリカ共産党の陰の指導者だとうわさされた男である。一九二九年、彼はモスクワでの任務を終えて中国に移り、コミンテルンと中国共産党の連絡係として活動しながら、「党からスパイと反対派を追放[*1]」していた。そのため、ついたあだ名が「死刑執行人」だった。このアイスラーが、ゾルゲがスカウトしたばかりの人物を調査し、デモに対する反応を観察していたのである。ウルズラが入ったばかりのこの世界では、味方をひそかに調べることは、敵をスパイすることと同じくらい重要だった。アイスラーは、自分の見たものに満足した。ただひとつ気がかりなのは、ハンブルガー夫人がそれほどブルジョワ的に見えないことだった。「このような場では、もっと淑女らしく見える」ようにすべきだと、このコミンテルンから来た監視役は言った。なぜなら淑女らしく見えれば見えるほど、嫌疑をかけられる対象にならないと思われたからだ。アイスラーは、スパイ活動における服装のあり方について確固とした意見を持っており、「彼女はせめて帽子をかぶるべきだ」と指摘した。

秘密の会合のパターンがすぐに決められた。事前にリヒャルト・ゾルゲが、ルディとヴォイト夫妻が不在の時間帯を狙って、家に来る時間を決めておく。最初に来るのはいつもゾルゲで、次に時間をずらして彼の「客」たちがやって来る。「客」はたいてい中国人だったが、ヨーロッパ人の場合もあり、いずれにしても名前で呼ばれることは絶対になかった。数時間後、彼らは別々の時間に家を出ていく。ウルズラは、質問をいっさいしなかった。会合の予定日時はスメドレーにも教えなかった。召し使いや近所の住人は、最上階の部屋を借りている女性のもとを、同じハンサムな紳士が午後にたびたび訪問してくることに気づいていたかもしれないが、仮にそうであったとしても、口をつぐんでいた。それが一九三〇年代の上海だった。

ウルズラは、リヒャルト・ゾルゲがソ連側のスパイであることは分かっていたが、どういう種類のスパイであるかや、自分たちが仕える体制の実態については、知らなかった。革命の大義と、ソ連の軍事的関心は、彼女の頭の中では区別がつかないものであり、ソ連政府の利益になるものは何であれ共産主義を前進させるものでもあった。「私は、自分の活動が私の住む国の同志たちのためになっていると分かっていました。この実践的な連帯がソヴィエト連邦の主導で始まったものなら――なおさら大歓迎でした」。

ウルズラはゾルゲを信頼していたが、彼の前ではよそよそしい態度を取っていた。それは、彼がスメドレーの愛人であることを知っていたからだけではない。ゾルゲは、会合が終わっても毎回しばらくは立ち去りがたそうにしており、おしゃべりをしたがっているのがはっきりと見て取れた。その魅力の裏には「心の奥に秘めた悲しみ」があることに、彼女は気づいた。「彼には――普段の彼がバイタリティーとユーモアにあふれ、皮肉を飛ばすのとは対照的に——元気なく塞ぎ込んでいるときがありました」。彼女はビジネスライクに振る舞おうとした。「詮索好きと思われたくないという気持ちから、リヒャルトへの話し方が変わりました」。ゾルゲは、ウルズラの態度に戸惑った。あるとき、帽子を手に玄関でグズグズしている彼に向かって、ウルズラは「もう帰る時間です」と言った。彼は気を悪くしたように見えた。「じゃあ、私は追い出されるのかな?」。ゾルゲは、女性から帰れと言われるのに慣れていなかった。

ルディは、幸せで仕事も順調、もうじき父親になれることがとにかくうれしく、妻がすでにソ連スパイ網に加わっていて自宅が諜報活動の会合場所として利用されていることには、まったく気づいていなかった。彼は、妊娠中の若い妻を溺愛していた(彼女は母親に「ルディは私をレモンの木と呼ぶのよ。花と果実を同時につけるからですって」と伝えている)。彼は、ドイツ人クラブでの毎年恒例のイベントのため衣装をデザインしたり、アマチュア劇団と劇を上演したりして、駐在生活を楽しんでいた。上海工部局からは興味の尽きない仕事をたくさん任され、まずは病院の看護師寮の設計図を描き、次にゴミ焼却施設を設計し、続いて女学校と監獄を手がけた。アグネス・スメドレーからは、フランス租界の格羅希路(グルーシー)[現、延慶路]にある彼女の新たなアパートの内装をデザインしてほしいと頼まれた。こうした仕事と並行して、上海の外国人居留民向けにシックなアールデコ調の家具を作る会社「モダン・ホーム」を設立した。

ルディは、ウルズラの新たな友人であるリチャード・ジョンソン(ルディはこの名でゾルゲを紹介されていた)とアグネス・スメドレーと知り合いになれて喜んだが、このふたりの政治的立場が自分よりかなり左寄りであることには気づいていた。彼は共産主義を依然として拒絶していた。教養があり、左派寄りで、上流中産階級のリベラル派である彼は、妻が急進主義を猛烈に支持していたのに負けないくらい、穏健主義を堅持していた。「僕は、資本主義体制がいかに腐敗し堕落しているか、よく分かっている」と、彼は妻に語った。

僕は、自由と全人種の平等を支持している。ロシアについては、あの地で起こっている出来事にはいくつか賛成できないこともあるけれど、関心はあるし称賛もしている。君は、共産主義は自分にとって正しいことだと思っている。でも、僕には違うんだ。僕は、ユダヤ人であることを理由に受けている苦しみを除けば、周囲とうまくやっている。ドイツ人文主義とブルジョワ文化と芸術は、僕にはとても大切なものだ。僕は資本主義の多くを糾弾するし、資本主義が崩壊していくのも分かるが、それでも僕は平和主義者だ。破壊は嫌いだし、関わり合いたくない。むしろ破壊から守りたい。ひとつの世界観を丸ごと受け入れるなんてできない。少しずつ検討するべきだし、その上で、この部分は受け入れられるが、この部分は認められないと自分で判断できる自由を保持していたいんだ。[*2]

ある晩ウルズラは夕食の席で、何気ない風を装って、中国の共産主義地下組織のために働きたいと言った。ルディはギョッとすると、彼らしくもなく激怒した。「僕は今、新しい国で身を立てようと頑張っているんだよ」ときつく言った。「それに、もうじき生まれてくる子供への責任もある。子供が生まれたら、君は共産主義者たちが受けている残虐で無慈悲な仕打ちに耐えられないと思う。お腹の中にいる子が君にとって本当にどれだけ大切なのか、君にはまったく分かっていないようだ」。ふたりは恋人として三年、夫婦として一年をともに過ごしていた。ルディは、妻の行動力と信念の強さに魅力を感じると同時に、非常に強い不安も抱いていた。彼が怒ったのは、自分ではどうにもできないことが夫婦のあいだに入り込もうとしていることに、徐々に気づき始めていたからだった。ウルズラは、自分の秘密の活動について本当のことを夫に打ち明けることはできないと判断し、打ち明けずにおこうと決めた。夫の穏健な忠告が彼女の新たな世界に入る余地はなかった。ウルズラは共産主義に傾倒していたが、それだけでなく、危険と、リスクを伴う恋愛と、秘密という中毒性薬物とに、ますます取りつかれていっていた。「私は抵抗運動に参加していたのに、最も親しいはずの伴侶は、そんなことはやめろと言って、サイドラインに立ったままだったのです」。

秘密活動とミルクの日々

夫婦生活での欺瞞（ぎまん）が始まった。

ウルズラは二重生活を送っていた。ひとつはルディと一緒に、植民地の役人の妻として務めを果たしながら送る、退屈だが気楽な生活。もうひとつは、ゾルゲやスメドレーなど共産主義の協力者たちと一緒に送る、秘密の会合と仲間意識と知的刺激に満ちたスリリングな生活だ。彼女はたびたび小説家の丁玲を訪問した。丁玲が三年前に発表した短編小説「莎菲（ソフィ）女士の日記」は、息の詰まるような画一的なしつけを拒絶する若い中国人女性を赤裸々に描いてセンセーションを巻き起こしていた。スメドレーの『女一人大地を行く』と同じく、この短編も痛々しいほど自伝的な作品で、丁玲が「惨めで、深酒を続け、政治的反革命という民族的悲劇に打ちひしがれ、寄宿舎の部屋での貧しく、たいていはむさ苦しい生活に疲れ切っていた」時期に書かれたものだった。*3 彼女は、内気で浮世離れした夫で詩人の胡也頻とともに、危険な破壊活動分子として政府のブラックリストに載っていた。

ウルズラは、もう孤独ではなかった。彼女は手紙で家族に「友人ですが――私にとっては別格で、ほかのどの人よりも大切な――アグネスがいます」と書いている。彼女はスメドレーが記事を『フランクフルター・ツァイトゥング』のためドイツ語に翻訳するのを手伝った。ふたりはバスター・キートンの映画を一緒に見に行き、スメドレーは、中国の食材のうち西洋人にはなじみの薄いイカ、巻き貝、フカヒレの料理をウルズラに食べさせた。「ひどくまずいというわけではない。でも、勇気を振るう必要があるわ」とウルズラは報告している。

アグネス・スメドレーとの交遊は刺激的だったが、精神的にたいへんだった。年上のスメドレーは気分が突然、しかも激しく変化した。酒が入ると我を忘れて踊り出す癖があり、それも、大勢が見ている前で踊ることが多かった。そうかと思えば何日もベッドに横になっていることもあった。ウルズラは、後にこう書いている。「アグネスには傑出した資質がありました。しかし同時に、情緒不安定でした。しばしばとても陽気に振る舞い、そのユーモアのセンスで誰をも楽しい気分にさせていましたが、それ以上に、塞ぎ込んで、健康を害する憂鬱状態になることの方が多かったのです。彼女がさみしがっていれば、私は会いに行きました。塞ぎ込んでいるときは、午前三時に電話を寄こすこともありましたが、そんなときでも私は起きて一緒にいてあげました」。ときには、ふたりが口論することもあった。スメドレーは、結婚と男性と母性を激しく批判していた。ウルズラが反論すると、スメドレーは怒りを募らせて言い返し、外へ飛び出していった。「数時間後に彼女は何事もなかったかのように電話を掛けてきて、私はまた友達どうしに戻れてよかったと思うのです」。スメドレーが塞ぎ込んでいるときは、ウルズラがルディを放っておいて泊まりに行った。ウルズラは「このところは彼女のアパートに泊まっています。夜に誰かがいると気分が安らぐみたいです」と書いている。

ウルズラにとってこの時期は、並々ならぬ興奮と、出産が近づくにつれて高まる期待と、かなりの危険が入り交じった日々だった。国民政府は、進行中の共産主義殲滅作戦を、上海の地下犯罪組織の力を借りて強化していた。蔣介石は裏取引をして、秘密結社「青幇（チンパン）」の首領で上海のアヘン取引を牛耳っていた「大耳の杜」こと杜月笙（とげつしょう）を、「上海の共産主義弾圧長官」に任命した。中国の公安局は、しばしばイギリス当局とフランス当局の手を借りながら、共産主義者を中国人か外国人かを問わずに容赦なく捕まえ、正当な法的手続きを踏むことなく拷問し、脅迫し、殺害した。ある女性共産主義者は、運よく生還した後、上海南郊の龍華地区にあった公安局の収容所に留置されていたときのことを、次のように説明した。まず二名の看守が、ひと言も口をきかず徹底的に彼女を殴った。次に彼らは彼女を「老虎凳（ろうこどう）」という拷問にかけた。これは膝の裏の靭帯をむりやり伸ばす拷問で、これを相手が気を失うまで続けるのである。「この場所は、人々を虐殺するための最高司令部です。彼らには誰でも好きな相手を殺す権限があり、そのため、収容者が遠くない場所で処刑される銃声がしばしば聞こえるのです」と彼女は書いている。[*4]

アメリカ人であるスメドレーには法的な保護があり、仮に中国側に逮捕されてもアメリカ領事に助けを求めることができた。しかし、ドイツ国民であるウルズラとゾルゲには、そのような治外法権はまったくなかった。ファシストである総領事ハインリヒ・フォン・コレンベルク゠ベーディヒハイムが、共産主義スパイ二名を助けに来てくれるとはまったく思えなかった。もし捕まったら、ふたりは中国の秘密警察のなすがままにされるだろう。

パトリック・T・ギヴンズ警部、通称トムは、共同租界でスパイ逮捕を担当する責任者だった。イギリス当局も、共産主義を危険な脅威と見なしていた。「ティペラリー出身の人当たりがいいアイルランド人」で、軍人のような口ひげを生やし、卑猥なジョークを次々と飛ばすギヴンズは、一九〇七年に上海共同租界の警察組織である工部局警務処に入り、やがて出世して、警務処で治安と情報活動を担当する政治部の部長になった。ギヴンズの職務は、管轄内にいる共産主義者を捕まえて中国側に引き渡すことだった。一九三六年の退職に際しては、上海市長から褒章と、「共産主義者に対する証拠を確保するという職務の遂行に際し、しばしば中国公安局と密接に協力した」との称賛の言葉を授かっている。ある解説者が指摘しているように、ギヴンズは実質的な死刑執行人だった。「共産主義者や『アカ』の疑いがある者を捕らえて法の裁きを受けさせることは、ほとんどの場合、死刑を意味していた」からである。

ギヴンズは、マンガ「タンタンの冒険」シリーズの『青い蓮』で、作者エルジェによって上海の腐敗した警視総監「J・M・ドーソン」として描かれている。ドーソンは、中国人をかばう主人公タンタンを部下に命じて痛めつけようとしたり、共同租界に入る許可証を持っていないことを理由にタンタンを逮捕して日本軍に引き渡したりする。さらにドーソンは、後続の作品にも強欲な死の商人として再登場し、タンタンの乗っている飛行機に爆弾を仕掛けて殺そうとする。[*5]

実際には、陽気なギヴンズ警部は清廉潔白で情に流されない警察官だった。彼は自分の管轄内で、共産主義を掲げる破壊活動分子たちが、外国人扇動者たちの支援とソヴィエト連邦からの資金援助を受けて活動していることを知っており、彼らを根絶やしにするつもりだった。

一九三一年一月一七日、ギヴンズは、左翼作家連盟の若い指導者五人を含む共産主義者三六名がホテル「東方旅社」で会合を開くとの秘密情報を得た。政治部はホテルを急襲して全員を逮捕し、中国の公安局に引き渡した。捕らえられた中に、丁玲の夫で心優しい詩人である胡也頻がいた。逮捕の知らせは、共産主義地下組織に瞬く間に広まった。ずっと後年になって、このとき政治部に密告したのは新たに中国共産党の指導者になった王明（おうめい）だった可能性が高いことが明らかになった。王明は左連を「反対派同志」の隠れ蓑と見なし、彼らを粛清したいと考えていた。共産主義の歴史でたびたび見られることだが、このときの流血の惨事は、外部の力ではなく激しい内部抗争が原因だったのである。丁玲は必死になって夫の釈放を働きかけたが、どうすることもできなかった。一九三一年二月七日、逮捕された共産主義者のうち女性三人を含む二四名が龍華にあった公安局司令部で処刑された。胡也頻は生き埋めにされたとうわさされた。

ウルズラには悲しみに暮れている時間も、胡也頻が拷問中に彼女であれほかの誰かであれグループのメンバーの名を明かしたのではないかと心配している暇も、なかった。処刑の五日後、彼女は破水し、共同租界にあるドイツ系の宝隆（パウルン）医院に運び込まれた。到着したときは苦しくてうめき声を上げており、そのため「ナチ・タイプ」の助産師が指を振って、「気を強く持たなくてはダメよ、立派なドイツ人女性のようにね」と、反ユダヤ主義的な警告を与えた。一九三一年二月一二日、ウルズラは男の子を出産した。子供は、彼女が三年前にニューヨークで会ったアメリカ人マルクス主義者マイケル・ゴールドにあやかって、マイケルのドイツ語名であるミヒャエルと名づけられた。

「この子のおかげで私はとっても幸せで、それでも、この子にすっかり参ってしまっていることに自分でもビックリしています」と、彼女は出産の数日後にユルゲンに宛てた手紙に書いている。「子供のことだけを考えていて、ほかのことはどれも子供との関係でしか考えられません」。彼女は息子をミーシャと呼び、生後一一日目のときにまた実家に手紙を書いているが、このときは赤ん坊に関する内容は手紙の半分だけで、残りはソ連の新五か年計画と、共産主義の指導者カール・ラデックの著作について書かれていた。彼女は夜に、『幼児の食事と世話』という本を読んでいたが、「バランスを取るため」、ソヴィエト・ロシアの強制的な工業化を絶賛するボリス・ピリニャークの小説『ヴォルガはカスピ海に注ぐ』も読んだ。政治的信条としてすべきことと、親としてすべきことという、ふたつの義務の綱引きは、ウルズラが母となった日から始まり、その後生涯にわたって続いた。

ルディは息子にたちまち夢中になった。新米パパと新米ママは、ミヒャエルを友人たちに誇らしげに紹介した。スメドレーは協力的だったが、ウルズラは、この子供のない友が「悲しみ」を抱いているのに気がついた。「私は闘争のために子供を犠牲にしたのよ」と、スメドレーは当てつけがましく言った。公共事業委員のアーサー・ジムソンは、出産祝いに堆肥を送ってきた。陳翰笙は、中国の伝統的な出産祝いを持ってきてくれて、赤ん坊に「並々ならぬ興味を示した」。

すぐに訪ねてきてくれた中に、リヒャルト・ゾルゲがいた。再びウルズラは、秘密活動の魅力と母性本能という相いれないふたつを感じ、「赤ん坊を産むという個人的なことにかかずらっていることに半ば恥じ入りながらも、私のかわいい息子を半ば誇らしく思って」いた。ゾルゲは花束を持ってきた。「私は彼を、ベビーベッドの横に連れていきました」とウルズラは書いている。「彼はかがみ込むと、片手で掛け布団をそっとめくりました。それからしばらくのあいだ、何も言わずに赤ん坊をじっと見つめていました」。ゾルゲの非情なまでに実務的な視点から考えると、小さなミーシャは悩みの種だが、利点になるかもしれなかった。ミーシャは理想的な隠れ蓑だ。生まれたばかりの赤ん坊を抱いた新米ママを見て、スパイかもしれないと疑う者など、まずいないだろう。

4　ソーニャがダンスを踊れば

リスクを愛する男

一九三一年四月一日、ルディとウルズラのハンブルガー夫妻は、フランス租界の中心部を走るプラタナスの並木道に面した家に引っ越した。霞飛路（ジョフル）［現、淮海中路］一四六四号は、とあるイギリスの会社から借りた二階一戸建ての邸宅で、道路からは広い前庭を挟んで引っ込んだ位置に建っていた。

上海に来て九か月、夫妻はこの地にぜひ根を下ろしたいと思っていた。ヴォイト家から借りている部屋は、子供ができた家族にとっては狭すぎた。「屋根の真下の狭い部屋だから、暑い季節には子供にとっていい場所じゃなくなるの」と、ウルズラは母親に伝えている。しかし、彼女には家を移らなくてはならない理由がもうひとつあった。秘密の会合が週に二～三回になり、ゾルゲはもっと安全な場所が必要になった。マリアンヌ・ヴォイトが不意に帰宅することもあり、一度など玄関でゾルゲと鉢合わせしたことさえあった。人の出入りがすでに周囲の注意を引いているかもしれなかった。

秘密の会合場所として、霞飛路（ジョフル）の新しい家は理想的だった。召し使いたち（コック、雑用係、「阿（あ）

媽(ま)」と呼ばれた子守女）は、小さな中庭の反対側にある別棟で寝泊まりした。「見晴らしがよく、さえぎる建物は何ひとつありません」とウルズラは書いている。家に近づいてくる人がいれば、表玄関に到達するはるか以前に見つけることができる。「新しい家は、申し分ないほど素晴らしいわ。ルディがインテリアのデザインを見事に仕上げてくれて、何もかもがすごく趣味がいいの。庭にはきれいな芝生と花と、背の高い老木が何本かある。私たちが自分の家に住むのはこれが初めてで、ものすごく楽しんでいるわ」。ここを新居に選んだ本当の理由を、ルディは何も知らなかった。

会合はすぐに再開され、以前と同じように、わざと予測できないようにしたパターンに従って進められた。ウルズラは、リビングにいて目立たないよう見張りをするか、天気がよければ庭に出て、赤ん坊をあやしながら表門に監視の目を向ける。そのあいだに二階でゾルゲが、ウルズラには名前のまったく分からない男たち（ごくまれに女性が来ることもあった）を集めて重大な秘密会議を開いていた。

ウルズラが実家に送った手紙には、秘密生活をほのめかすような部分はまったくなかった。その代わり、日々の生活や、上海で見たり聞いたりしたこと、そして何よりも、かわいい我が子のことが、生き生きと書かれていた。「ミヒャエルの髪はまだ赤く、口はおじいちゃんにそっくりで、目は日に日にキラキラしてきていますが、鼻の形は今のところ、まだかなりキリスト教徒風です。しょっちゅう私たちに握りこぶしを掲げて挨拶していて、まるでもういっぱしの赤色戦線戦士［ドイツ共産党の準軍事組織の隊員］になったかのようです。でも心配しないで。まだ言葉を話せないので、自分の政治信条を表明したりしていませんから」。ときには、中国全土を覆う反共産主義の殺人的な暴力について書くこともあった。家族全員がひとり残らず殺された地区もあった。ウルズラは、次の犠牲者は自分かもしれないと、強く意識していた。世話しなくてはならない赤ん坊ができたことで、リスクはいきなり恐ろしく高くなったように思われた。後に彼女はこう書いている。「誰かが家や、あるいは私を監視しているかもしれないので、絶えず警戒していなくてはなりませんでした。同志との会合の前後には、目立たないように通りを監視しました」。

「ここの白色テロは凄まじい」と、アグネス・スメドレーはアメリカ人作家アプトン・シンクレアに書いている。[*1] 上海クーデターから始まった四年に及ぶ流血のあいだに、少なくとも三〇万人が死亡した。共産主義者と疑われた者は、数百人単位で逮捕されるか、杜月笙の手下たちに単に拉致されて殺されるかした。「刑務所から帰ってきた人はほんのわずかしかいません」とウルズラは書いている。「ほとんどの人は、刑務所にすらたどり着けません。撃ち殺されたり、殴り殺されたり、生き埋めにされたり、首をはねられたりしています。地方の都市では、そうした生首が見せしめのため城門近くの柱に刺されてさらされたし（中略）もちろん諸外国は、蔣介石の大規模な共産主義弾圧作戦を強力に支持しています。私は写真を見ましたが、どれも恐ろしく、本物の写真ばかりでした」。しかし、共産主義者の方も驚くほど残虐に振る舞ったし、とりわけ相手が裏切り者の疑いがある身内の場合は凄惨だった。

顧順章（こじゅんしょう）は、元プロの手品師で、経験豊富な刺客であり、共産党で党の裏切り者を捕まえたり国民党の秘密警察官を殺害したりする組織「紅隊」、通称「打狗隊」のリーダーだった。一九三一年四月、顧順章は公安局に逮捕されると、死刑にされない代わりに協力することに同意した。誰が党員かを知る「生き字引」だった彼は、数え切れないほど多くの共産主義者の正体を暴露し、正体を明かされた者はほとんどが逮捕・処刑された。生き残った党の指導者たちは、上海のあちこちにある隠れ家に身を隠した。しかし、その前に彼らは報復に出た。上海に残っていた最も高位の共産党員で、後に中華人民共和国の初代首相になる周恩来の命令により、顧の家族三〇人が誘拐されて殺害され、その死体は、ウルズラの新居からそう遠くない、フランス租界のとある公園に埋められた。殺害をまぬがれたのは、顧の幼い娘と甥のふたりだけだった。

ある麗しい夏の朝、ミヒャエルがもうじき生後六か月になるころ、ウルズラはリヒャルト・ゾルゲから電話をもらった。しかし、その内容は会合の手配ではなく、まったく別の提案だった。

「私のバイクで遠出したくないかい？」

ゾルゲは街外れで、水平対向二気筒（フラットツイン）の巨大な黒いバイク、ツュンダップＫ５００にまたがった姿でウルズラを待っていた。彼はウルズラに、フットレストへの足の乗せ方を教え、しっかりとしがみつくようにと言った。そして、轟音をとどろかせながら、ハラハラするような猛スピードで走り出した。ゾルゲは、とてつもなく無謀なライダーだった。すぐにふたりは市境を越えて、田んぼや村々を後にしながら中国の農村地帯を走り抜け、そのあいだずっとウルズラは両腕でゾルゲにしっかりと抱きついていた。「私は無謀な運転にスリルを感じ、もっともっと速く走ってと催促しました」。ゾルゲはアクセルをふかし、バイクは空へ飛び出すかに思えた。ウルズラは後ろで固まったまま我を忘れてうっとりとしていた。

「停車したとき、私は別人になっていました」と後に彼女は書いている。「私は声を上げて笑いながら跳ね回り、ノンストップでしゃべり続けました」。不安は消えたようだった。「嫌いだった上海の社交生活を忘れ、絶えずのしかかるエチケット厳守というプレッシャーも、秘密活動の責任も、息子についてしなくてもいい心配も、すべて忘れられました。（中略）私はもう怖くなかった」。何年も後に彼女はこう述懐している。「彼がこの遠乗りを計画したのは、たぶん私の肉体的勇気を試すためにすぎなかったのでしょう。ですが、もし私たちのあいだによりよい関係を築く方法を探していたのだとすれば、彼はうまくやりました。この遠乗りの後、私はもうためらわなくなったのです」。

ゾルゲは、高速バイクには人を誘惑する力があることを理解していた。ウルズラは、リスクを愛する彼の気持ちを共有した。彼がウルズラを試していたのは間違いないが、試されたのは肉体面ではなく感情面だった。ウルズラ・ハンブルガーとリヒャルト・ゾルゲはいつから愛人関係になったのか、その正確な時期については今も議論が続いている。後年、ゾルゲとの関係をしつこく問われたウルズラは、遠回しに「私は修道女ではありませんでしたから」と答えている。大半の資料は、この心浮き立つバイクの遠乗り直後にふたりの関係がプラトニックでなくなったことを暗示しており、おそらく遠乗り当日の午後に、上海市外の農村地帯のどこかで一線を越えたのであろう。

もうひとつの家族

主婦兼スパイのウルズラは、それまではゾルゲ・スパイ網の末端に位置するだけの、隠れ家の管理人であり、質問はいっさいしない控えめな協力者だった。「私は自分の家で何が起きているのか、ほとんど分かっていませんでした」。それが改めて親密になったことで、スパイ網の中枢に加わり、秘密活動における信頼できる副官となり、秘密を打ち明けられるパートナーになった。「私たちの会話は、もっと意味のあるものになりました」と彼女は書いている。ゾルゲは、バクーでの子供時代のことや、おぞましい戦争体験、共産主義だけがファシズムという災厄に打ち勝つことができるとの信念などを語ってくれた。妻がいたという話はこれまで聞いたことがなかったが、その妻とのあいだに娘がひとりいて、ロシアにいるその娘とは今まで一度も会ったことがないということも打ち明けてくれた。ゾルゲが誰のために働いているかを明かされても「衝撃的な瞬間」とはならなかったが、それから数か月のうちにウルズラには、自分が不可欠な一員として参加するようになった、ソ連の赤軍から調整を受けたり資金を与えられたりしながら進行中の大規模な情報作戦で、自分の愛人が司令塔を務めていることが分かってきた。今では霞飛路（ジョフル）での会合が終わっても、ウルズラはゾルゲをすぐに帰さなくなった。

　ゾルゲは、ウルズラをスパイ網の他のメンバーに引き合わせた。[*2] 主任短波無線通信員であるマックス・クラウゼンは、元ドイツ海軍の水兵で、彼が組み立てた七・五ワットの小型送信機は、戸棚に隠せるほどの大きさだが、その出力は、ウラジオストクにあるソ連の受信所に届くほど強力だった。クラウゼンの副官は、ヨーゼフ・「ゼップ」・ヴァインガルテンという男で、普段から酔っ払っていたため「しらふ」とあだ名されていた。「亜麻色の髪と、赤い頬と、優しい性格」をしていて、驚くほど無能なヴァインガルテンは、亡命してきた白系ロシア人女性と結婚していたが、自分が共産主義側のスパイだとは言い出せず、妻に気づかれるのではないかとビクビクしながら暮らしていた。グループ内で文書を小型フィルムに撮影する写真係は、ウーチ出身の二五歳のポーランド人で、名前をヒルシュ・ヘルツベルクといったが、「グリゴール・ストロンスキー」という偽名や、その愛称である「グリーシャ」で通っていた。その特徴ある風貌と重々しい立ち居振る舞いにウルズラは強い印象を受け、「彼は、ウェーブした黒髪を横分けにしていて、額は磨き上げたように輝き、くっきりとした頬骨の上にある両目は黒かった」と書いている。ヘルツベルクはカムフラージュとしてカメラ店を経営しており、店の内装はルディが手がけたが、店の真相にルディは気づいていなかった。ウルズラの社交生活と秘密生活が絡み合ってくると、グリーシャ・ヘルツベルクは霞飛路（ジョフル）を頻繁に訪ねてくるようになった。ウルズラは物語の新章に突入し、これら新たな登場人物たちについて、ちょっとしたメモを書いた。この年の春、ヘルツベルクは彼女の写真を撮った。お碗でコーヒーを飲みながら、碗の縁越しにこちらを見ている写真だ。このポーランド人写真家は、現像した写真を手渡しながら、「とてもよく撮れている——いかにも君らしい。まるで『海賊の顔写真』だ」と言った。ウルズラの、茶目っ気がありながらも屈託のない表情は、まさしく共産主義を奉じる海賊の顔だった。

それからイーザがいた。ウルズラは、イーザことイレーネ・ヴィーデマイヤー（ヴァイテマイヤーとも）にたちまち惹きつけられた。イーザは、ベルリン出身のドイツ系ユダヤ人で、「そばかすはあるけれど、とても白い肌と、くすんだ青色の目と、赤いくせ毛」をしていて、呉淞江（別名、蘇州河）の近くにあるツァイトガイスト書店を経営していた。「ぜひ知らせたい友達がいるの」と、ウルズラは実家宛ての手紙に書いている。「先日、若い女性がここに到着したんだけれど、知人も家族も連れていない代わりに、本をいっぱい詰めた箱を持ってきたの。（中略）彼女、二三歳よ。勇気あると思わない？」。

ツァイトガイストは単なる書店ではなかったし、「イーザ」・ヴィーデマイヤーもただの勇気ある書店経営者ではなかった。一〇代のころからドイツ共産党の党員だったヴィーデマイヤーは、中国人共産主義者と結婚し、一九二六年にモスクワ中山大学で学び、夫がトロツキスト［スターリンに反対するトロツキー（一八七九～一九四〇）の主張を支持する人］になると離婚し、生まれてまもない娘を髄膜炎で亡くし、そして上海にやって来たのである。彼女の書店は、コミンテルンが資金を出しているベルリンの書店チェーン、ツァイトガイスト書店グループの支店だった。彼女の店は、デッドドロップ・サイト［通信文などを隠しておいて、後で連絡相手に回収させることのできる安全な場所］や集合場所として、コミンテルンのほか、ゾルゲの第四局グループ、NKVDなど、上海で活動するソ連の全諜報機関が利用していた。「伝言や情報は、書かれた紙を指定された本のページとページのあいだに挟んでおくことで、この地の工作員に伝えられた」。アメリカ軍の情報参謀だったチャールズ・ウィロビー将軍は、ツァイトガイスト書店は「赤軍第四局のスカウト拠点」だったと後に書いている。[*3]ヴィーデマイヤーの店は、ソ連など外国人の共産主義者たちで文字どおり足の踏み場もなかった。何しろ店の広さは、五・五メートル×三・七メートルしかなかったからだ。

ふたりの女性はすぐに気が合い、共謀者になった。「彼女はまるで妹のようでした」とウルズラは書いている。

ウルズラは、新たな秘密の家族を見つけた。「同志たちは、私の最も大切な親友になりました」と後に彼女は述べている。「幼い息子に感じるのと同じ保護意識を感じていて（中略）真夜中に子供がどんなに小さな声を出してもすぐに目が覚めるように、私はどんなに些細なことであれ事故や普段と違うことが同志たちの近くで起こっていないか、常に警戒していました」。ゾルゲは、グループのメンバーどうしで伝言をやり取りするのに、しばしばツァイトガイスト書店経由で、ウルズラをスパイ用語でいう「カットアウト（仲介者）」として利用するようになった。また彼は、軍事や経済についてひそかに集めた情報を記した手書きのメモをウルズラに渡し、タイプで清書してもらった。そうした文書は、ときには長さが数百ページになることもあり、無線で送信するには長すぎたため、ソヴィエト船でモスクワへ送られた。

ゾルゲの会合で玄関番を務めていたため、ウルズラは工作員数名と会釈を交わす間柄になった。そのひとりは「華奢な若い中国人女性で、髪は短く、顔色は青白く、やや出っ歯」だったが、この女性は国民党の将軍の娘で、有益な軍事情報を知ることのできる立場にあった。霞飛路（ジョフル）を訪ねてくる人物のうち、二名は政府の役人で、上海社会科学研究所で働く礼儀正しい青年たちだった。彼女は、このふたりを「チェン」と「ワン」という名でしか知らなかった。ふたりは彼女に、標準中国語を教えましょうかと申し出た。ゾルゲは、中国語のレッスンはチェンとワンがこの家をたびたび訪れるのによい口実になると言って、賛成した。生まれつき語学の才能があったウルズラは、複雑な中国語を語単位に分解するのが好きになった。「ハンブルガー」という名前さえ分解して漢字を当てることができると、母親に手紙で知らせている。「韓伯格（ハンボーガー）：韓＝中国によくある姓。伯＝一芸に秀でた人。格＝優れた性格。つまり、『韓という一族出身の、一芸に秀でた優れた性格の人』ね。ルディにぴったりじゃない？　それから、ウルズラは無色蘭（ウースーラ）＝『蘭のように純粋な』だけれど、私に全然ぴったりじゃない」。

ある日ゾルゲは、文書が詰まったスーツケースを引きずりながらウルズラの家に運び込み、これをどこか安全な所に保管してくれないかと頼んだ。彼女は、冬服の入っている防虫処理済みの重い衣装箱の裏にある、作りつけの戸棚の中にスーツケースを隠した。これでウルズラは、ゾルゲ・スパイ網の記録や共産主義プロパガンダの印刷物など有罪の証拠となる資料の保管者になった。数週間後、再びゾルゲは、今度は鍵のかかった重いトランクを持ってやって来て、連れてきた中国人ポーター二名に二階まで運ばせた。ウルズラはそれをスーツケースの隣に隠した。

欺瞞に首まで浸かる

ウルズラにとって以前は付き合うのが退屈で仕方のなかった外国人居留民たちは、今では貴重な情報源となった。彼女はゾルゲに促され、クラブ・コンコルディアや、カットヴィンケル家のプールサイドや、バーナディーン・ゾールド゠フリッツとのお茶会でのゴシップにもっと注意を払うようになった。コンスタンティン・フォン・ウンゲルン゠シュテルンベルクとカール・ゼーボームは、勤務先のシーメンスとIGファルベンが中国政府に軍事技術を提供しているドイツ企業であるにもかかわらず、会社の事業について驚くくらい軽率に口にすることがあった。ジャーナリストのプラウトが話す政治に関する長い講義にも熱心に耳を傾けた。当のプラウトは、まさか彼女が「彼から何もかも容赦なく搾り取ろう」としているとは夢にも思っていなかった。総領事のハインリヒ・フォン・コレンベルク゠ベーディヒハイムですら、工部局で働く建築家の魅力的な若い妻とおしゃべりするのを楽しんだ。「ナチ党員の振りをして苦悩する必要はありませんでした」と彼女は書いている。ナチ党員の代わりに、彼女は好奇心旺盛で、毒にも薬にもならず、かなり退屈していて、ショッピング好きで、かわいい頭の中には政治思想などまったくない若い主婦の役を演じた。ゾルゲは彼女に、集めた情報を自分で評価するよう勧めた。「事実だけではリヒャルトは満足しませんでした。私の報告が短いと、彼は『それで、これについて君はどう思う？』と言ったものです」。もっと完全な報告書に仕上げて戻ってくると、彼は「よろしい、適切な分析だ」と言って褒めた。訓練を受けているとの自覚はほとんどないまま、外見はそのままに秘密の内面生活を送り、異物を排除し、常に警戒を怠らず、日常的に欺瞞を行なうというスパイ術が、彼女に染み込んでいった。「隠密行動が第二の天性になりました」

と彼女は記している。

晩になってハンブルガー家のディナーテーブルを囲む客には、工部局のジムソン、トランスオーシャン国民通信社のプラウト、最初のGスポットの所有者ロージー・グレーフェンベルク、クラブに所属するジャーナリストや将校や実業家たち、アグネス・スメドレー、大学から来た陳翰笙教授などがいた。ルディの勧めるワインに酔って客たちは気軽におしゃべりしたが、客の大半は、この席にスパイが交じっているとは知らなかったし、まして女主人がスパイだとは思ってもいなかった。リヒャルト・ゾルゲは、ディナーの客として頻繁にやって来た。この、大型バイクに乗って質素に暮らし、下ネタギリギリの話を次々と繰り出すドイツ人ジャーナリストに、ルディは好感を持った。ウルズラは、ディナーパーティーの客をもてなしているとき、テーブルの反対側からゾルゲの視線が自分に注がれているのを感じ、ふたりのあいだで同席者たちに気づかれないようエロチックなやり取りが交わされることがあった。「私は、リヒャルトが私の話を聞いているのを見るのが好きでしたし、彼の表情から、話の内容が彼にとって重要なのかどうかが分かりました」。ゾルゲの伝記作家によると、「ウルズラの報告したテーブルトークが、彼が本部へ送る電報に定期的に現れるようになった」という。

モスクワへの通信文で、ゾルゲはウルズラに「ソーニャ」という暗号名を割り振っていた。「ソーニャ」とは、言うまでもなくロシア人女性の名前であるが、普通名詞として動物の「ヤマネ」という意味もあり、「眠たがり屋」を指す愛称としても使われている。ゾルゲは、この暗号名を付けることで、多くの人に見られながらも正体を隠せるウルズラの能力を、それとなく称賛していた。情報活動の用語で「休眠スパイ」と言えば、長期間正体を隠している工作員のことを指すからである。ただし、一九三〇年代の上海では、「ソーニャ」とは四川北路に立つロシア人売春婦のことでもあり、

「客引きの決まり文句は『ねえ、だんな、かわいいソーニャにワインの小瓶を買ってくれない？』だった」[*4]。また、上海のナイトクラブでは、こんな歌がはやっていた。「ソーニャがロシアの歌に合わせてダンスを踊れば、誰だって恋に落ちずにいられない。彼女以上に美人な女性なんていない。彼女の血には、大河ヴォルガとウォツカとカフカス山脈が流れている。ウラジーミルさえ彼女に夢中で、ソーニャを見ようと、ウォツカのグラスを脇に置く……」[*5]。

この暗号名には、ゾルゲとウルズラだけにしか分からない意味が含まれていたのである。

多くのスパイと同様、ウルズラも二重生活のスリルに次第に夢中になり、危険と家庭生活が絡み合い、表向きの生活を送ると同時に極秘の生活も送るという状況に酔いしれていった。「私たちの知人は誰ひとりとして、幼い子供の母親である私が、共産主義者と接触することで、自分の家族と、私たち夫婦が中国で築き上げてきたものすべてとを危険にさらしているとは、夢にも思っていなかったでしょう」。それでも、嫌な予感が彼女の夢に絶えず入り込んでいた。ある晩に見た悪夢では、警察がドアを破って入ってきて有罪の証拠を見つけ、子供を取り上げられた。そんな夢を見たときは、ウルズラはガクガク震えながら汗びっしょりになって目が覚める。彼女には、自分が家族をさらに危険な状態へと押しやっているとの自覚はあった。しかし、そうした自覚だけでは彼女を止めることはできなかった。

スパイ活動は、きわめて強いストレスがかかる。同様に、子供を育てることも、外国で家事を切り盛りすることも、不倫関係を隠すことも、かかるストレスが非常に強い。ウルズラにのしかかる義務を遂行するには、日々の生活の異なる領域を区別する才能と、強力な精神的スタミナのふたつが必要だった。何しろ彼女は、夫と愛人、ブルジョワ的な社交活動と共産主義者による破壊活動、赤ん坊とイデオロギーという、ふたつの競合する対象に専念する努力を巧みに両立させていたからだ。「地下活動は、私の私生活に深く食い込んでいました」と、彼女は書いている。「ルディは以前と変わらず優しくて思いやりにあふれていましたが、私にとって誰よりも近しい人たちや、私の生活の中心となっている活動について、彼に話すことはできませんでした」。諜報活動と不倫という二重のプレッシャーを受けて、夫婦生活は破綻しようとしていた。

ルドルフ・ハンブルガーは、優しくて人を疑わない性格だったが、決してバカではなかった。妻が赤毛のイーザや陰気なグリーシャなど左翼の友人たちと過ごす時間が増えていることに気づいていたに違いない。彼女は役人をディナーに招待するよう催促するようになった。ウルズラが、それまで嫌っていた人々と突然熱心に付き合い始めたことを、彼は変だと思わなかっただろうか？　夫婦で開くディナーパーティーに、英語の名前を持つハンサムなドイツ人ジャーナリストのジョンソンがほぼ毎回常連客として来ているのはなぜかと考えなかっただろうか？　自分が上海中心部のオフィスで働いているあいだ、毎日午後に妻が何か別のことをしているのではないかと疑わなかっただろうか？　妻に不倫を働かれた夫は、ほとんどがたいてい自覚のないまま不倫の協力者になっている。ルディは、自分が見たくないものを見ようとしなかったのだろうか？

アグネス・スメドレーは、ウルズラとゾルゲのあいだに何が起こっているのかを間違いなく知っており、だから面白くなかった。アグネスは自由恋愛の支持者だったが、それは自由が自分の手にある場合に限られていた。「ゾルギー」との関係のうちロマンチックな側面は──彼女が予想していたとおり──すでに終わっていたが、若い後輩が今では自分の元愛人の愛人になっていると知るのは、彼女の計画にまったく合わなかった。「不倫のうわさがアグネスに届くと、彼女は気を悪くした」[*6]。ふたりだけのときは以前と同じくウルズラに優しく接したが、ほかの人、特にゾルゲがいるときは、ウルズラの悪口を言い、何かにつけて彼女をけなした。服装や料理や娯楽についてウルズラの趣味をバカにした。無線通信員のクラウゼンは、アグネスは「ヒステリックでうぬぼれた女」だと思った。ゾルゲがパートナーを変えたことで、恋愛と政治をめぐってすでに一触即発だった混乱状態に、予測不可能な新たな要素が加わった。

ある日の午後、ゾルゲがウルズラの家に、「丸くてほとんどはげ上がった頭に、小さな目をしていて、不意に愛想のよい笑みを浮かべる」大柄な男と一緒にやって来た。その後、それまでウルズラが見たことのなかった中国人ふたりが加わった。三〇分後、彼女がお茶を持って二階へ行くと、四人の男たちは手にリボルバーを持っていた。「開いたトランクの中や、カーペットの上にも武器がありました」。あったのは、ライフル、拳銃、マシンガン、それに弾薬だ。「ふたりの中国人同志は、武器を分解して再び組み立てる方法を習っているところでした」。ゾルゲはウルズラを部屋から出したが、隠してある武器を彼女に見せるつもりだったのは間違いない。これも、彼女が重要人物になっていたさらなる証拠だった。彼女の寝室の戸棚には、彼ら全員を死刑にするだけの証拠があった。今や彼女は、ゾルゲの愛人・信頼できる友・秘密文書の運び屋・秘書・秘密工作員・文書保管係であるだけでなく、グループの武器保管者でもあった。「私は、自分が思っている以上に役立っていたのです」とウルズラは書いている。それればかりか、彼女が思っている以上に危険にさらされてもいた。

六月後半のある日、ゾルゲが前触れもなく家にやって来た。汗びっしょりで不安そうな面持ちをしており、二名のポーターを門の前で待たせていた。「君とミヒャエルの荷物をスーツケースに詰めておいてくれ。急に上海を離れて、同志と一緒に内陸部に身を隠さなくてはいけなくなるかもしれない」。そう言ってゾルゲは隠れ家の住所を渡し、君と赤ん坊はそこに隠れて、江西省の中華ソヴィエト共和国へ脱出するまで待っていてほしいと告げた。ルディも行った方がいいという話は、いっさい出なかった。ゾルゲは、脱出するときが来たら電話して、あらかじめ決めておいた合図を伝えると約束した。ポーターたちが武器や文書の詰まったトランクとスーツケースを二階から下ろすと、ゾルゲは急いで立ち去った。ウルズラは震える手ですぐさま荷造りを始め、おむつと子供服、殺菌済みの水、粉ミルク、着替え用の服を小さなカバンに詰めた。そして電話が鳴るのを待ちながら、「リヒャルトは具体的な危険に気づき、脱出するチャンスを整えたのだから、状況は以前より危ないわけではない」と、自分に言い聞かせようとした。夜はルディの隣で横になっても眠らずに、緊張で硬くなり、アドレナリン全開のまま、合図が来るのを待ち続けた。庭で子守女がミヒャエルと遊んでいるあいだも、彼女は屋内にとどまり、電話から一メートルも離れなかった。よく兵士たちは、砲火を浴びるといきなり強烈な興奮を感じるという。ウルズラは、とても恐怖していた。しかし同時に歓喜してもいた。死に直面して、彼女はこれまでにないほど、自分は生きていると強烈に感じていた。

ヌーラン事件の衝撃

この危機の原因が何なのか、問わずともウルズラには分かっていた。スパイ網の情報が漏れたのである。

数日前の一九三一年六月一五日、上海工部局警務処が、イレール・ヌーラン教授とその妻ジェルトリュードを、四川路の自宅で逮捕した。[*7]

ヌーランは、驚くほど多くの名前と国籍と職業を名乗っていたが、そのすべてが偽りだった。名前だけでも、ポール・クリスチャン、グザヴィエ・アロイス・ブーレ、パウル・リュエッグ、ドナ・ブーランジェ、チャールズ・アリソン、フィリップ・ルイ・ド・バケ、サミュエル・ヘルセンス、フェルディナント・ファンデアクロイセン、リチャード・ロビンソン＝リューベンス、W・オニール博士などと名乗っていた。国籍は、そのときどきでベルギー人、スイス人、カナダ人を称し、職業は、フランス語とドイツ語の教授、壁紙職人、肉体労働者、機械工、平和主義の労働組合組織者などを自称していた。夫に劣らずヌーラン夫人も、ソフィー・ルイーズ・エルベール（旧姓ロラン）やマリー・モットという名をときどき使っていた。夫の方のヌーランは、三〇代後半の小柄で鋭い目つきをした「非常に神経質な」男で、「いつも動きまわり、どうやら自分では気づいていないようだが三つの言語を切り替えながら話し続けていた」。

トム・ギヴンズ警部は、この落ち着きのない小男がいったい誰なのか分かっていなかったかもしれないが、何をしている人物であるかはすぐ突き止めた。彼はソ連の大物スパイだったのである。きっかけは、シンガポールで「怪しいフランス人」ジョゼフ・デュクルーが逮捕されたことだった。彼はコミンテルンの密使として知られていた人物で、当時はセルジュ・ルフランという偽名で旅行中だった。デュクルーは紙切れに殴り書きで電報の宛先を「イロヌール　シャンハイ」と記していたが、これが正体不明のヌーラン夫妻のことだったのである。ギヴンズは夫妻を一週間監視下に置き、その後、真夜中に「電光石火の急襲」を実施した。ヌーランの上着のポケットに鍵があり、それで南京路のアパートの部屋を開けたところ、数百点の文書が入った鋼鉄製の箱が三つ発見されたが、文書の多くは二重に暗号化されていた。暗号を解く鍵は、本棚にあった孫文の著書『三民主義』に隠されていた。解読の結果、文書は中国共産党との連絡員も含んだ、上海におけるソ連の諜報活動をすべて記した、いわば百科事典であることが判明した。報酬の支払い記録から、「地域全体にいる運び屋と工作員の名前」と、上海市内の至る所にいる共産主義スパイの名前が明らかになり、しかもギヴンズが驚いたことに、そうしたスパイや工作員は警察組織内部にもいることが分かった。

ギヴンズが逮捕した男は、明らかに「共産主義者による破壊活動の陰謀の主要な中心人物」であり、「盗難、『拝借』、または専門家によって偽造された」パスポートを六冊持ち、九人の部下を抱え、極東に少なくとも一五か所の隠れ家を持ち、銀行の通帳一〇冊、郵便の私書箱八つ、電報の宛先四か所、事務所ふたつ、店舗ひとつ、そして莫大な額の資金を、破壊活動のために所持していた。逮捕までの一〇か月に、彼は中国、マレー諸国、日本、ビルマ［現ミャンマー］、インドシナ、台湾、フィリピンで合計八万二二〇〇ポンドという膨大な額を共産主義者たちに分配していた。ソ連の資金は、国民政府と戦う毛沢東の紅軍にも流れていた。どうやらヌーラン夫妻は、「モスクワを統制本部とする」極東における「共産主義活動のあらゆる局面」に関与しているらしかった。

ヌーランは、本名をヤコフ・マトヴェイェヴィチ・ルドニクというウクライナ系ユダヤ人で、一九一七年のボリシェヴィキ革命で冬宮への攻撃に参加したという、非の打ち所のない経歴を持つ革命家で、革命後はコミンテルンの工作員として、クリミア半島、オーストリア、フランス、そして中国で活動していた。妻のタチアナ・ニコラエヴナ・モイセイェンコ＝ヴェリカヤは、貴族の娘で、才能ある数学者だったが、ペトログラード大学経済学部での職を辞してスパイになった。ふたりが上海に到着したのは、一九三〇年三月のことだった。

ギヴンズは、逮捕した男の正体はまったく分からなかったが、勝利に意気揚々としていた。「これらの文書は、『違法な』命令に従って動く高度に発達した共産主義組織の活動を、絶対確実な証拠書類に基づいて組織の内部から見るという、またとない機会を提供していた」からである。

ルドニクの逮捕は、極東におけるソ連の諜報活動にとって大打撃だった。ただちにスターリンが直々に「上海での大規模作戦をすべて中止し、人員をただちに避難させよ」との命令をコミンテルンに出した。ソ連側スパイは、大量検挙を見越して逃げ始めた。アグネス・スメドレーは香港へ向かったが、「大急ぎで出発したため、荷物は何も持たずに行った」。ウルズラは帽子をかぶるべきだと言った監視役のドイツ人ゲルハルト・アイスラーは、ベルリンへ行った。逃げ遅れた者や逃げ先のない者もいて、数十人の共産主義者が逮捕された。上海の党組織は、すでに弱体化していたのが、これで崩壊同然になった。香港では、イギリス警察がグエン・アイ・クォックという名の若いインドシナ人コックを逮捕した。儒学者の息子で、共産主義を信奉してフランス、アメリカ、中国、イギリスを放浪した青年だ（イギリスでは、ニューヘイヴンとフランスのディエップを結ぶフェリーでパティシエとして働いていた）。インドシナ共産党のリーダーだった彼は、ヌーランと定期的に連絡を取っており、香港軍事法廷で禁固二年の刑を言い渡された。一九三三年に釈放された後、グエンはベトナム独立運動の創始者となり、やがてベトナムの首相に就任し、ベトナム戦争中はベトコンを支援・指揮することになる。彼こそ、ホー・チ・ミンとして知られる人物である。

ヌーラン文書という武器を手にした中国当局は、イギリス人が冷淡に「鎮圧策の、断固としていて時宜を得た決然たる実施」と呼んだ進め方で、共産主義者をさらに数百人捕まえた。中国都市部での共産主義運動は壊滅状態となり、指導者たちは散り散りになり、逮捕を逃れた者たちは恐怖に震えながら日々を送っていた。秘密警察が市内をしらみつぶしに調べ、隠れ家をひとつまたひとつと急襲した。周恩来は、聖職者に変装して江西省の山岳地帯へ逃れた。一九三二年の初めには、上海に残る中国共産党中央委員会の委員はふたりだけになった。ある外国人ジャーナリストは（ホロコースト以前に書いた文章で）、この白色テロは「史上類がなく、おそらく匹敵するのは四世紀から五世紀にフン族が実施した侵略と虐殺だけであろう」と述べている。[*8]

ゾルゲは、発見されずにいた。彼の工作員でヌーラン夫妻から報酬を受け取っていた者はひとりもいなかったし、現時点では警察も関連をつかんでいなかった。今やゾルゲは「市内で唯一のソ連側上級情報員」であり、この事態を収拾して「ルドニク夫妻を解放するため、できることは何でも」やるという困難な任務を背負っていた。ウルズラ、イーザ・ヴィーデマイヤー、グリーシャ・ヘルツベルクら、ゾルゲ・チームのメンバーたちは、いつでもすぐに脱出できるよう準備しておくようにと命じられた。しかし、緊急脱出の合図が来ないまま数日が過ぎると、ウルズラはリラックスし始めた。文書を入れたスーツケースと武器の入ったトランクは、ウルズラの戸棚の隠し場所に戻された。会合も再び始まった。「これ以降、私は自分とミーシャの荷物を詰めたスーツケースを常に用意しておきました」と彼女は書いている。

勾留中のルドニク夫妻は繰り返し身元を変えてきていたため、当局は手が出せない状況が続いていた。本名の分からない人間を起訴するのは非常に難しいのだ。一方、「ヌーラン事件」は国際的な注目を浴びる事件となり、左派寄りの著名人や、共産党シンパ、知識人、科学者、作家たちが結集して、告発されている夫妻は平和を愛する労働組合組織者にすぎず、ファシズムを支持する中国政府によって容赦なく責め立てられていると主張し始めた。

この時点でゾルゲはウルズラに、彼女がこれまで挑んできたどんなことよりも危険な任務を実行してほしいと頼んだ。「命の危険にさらされている中国人同志をひとりかくまってくれないか？」。これは、依頼という形式を取った指示だった。また、計算した上での賭けでもあった。逃亡中の共産主義者を霞飛路の家にかくまえば、ルディに知られないわけにはいかない。それどころか、ルディに積極的に協力してもらう必要がある。ウルズラは、ゾルゲが自分の決意と夫婦仲の両方を調べようとしているのだと分かったが、選択の余地はなかった。「私はルディに、秘密を打ち明けなくてはなりませんでした」。彼女は甘い幻想を抱いてなどいなかった。妻が共産主義者のスパイだと知ってルディがいい顔をするとは思えなかった。

5　彼女を愛したスパイたち

階上の客人

上海で過ごすあいだに、ウルズラはルディの政治的見解が、少しだが間違いなく変化したことに気づいていた。彼女と同じように、ルディも白色テロと、過酷な貧困と、中国の悲惨な現状を食い物にしてブクブクと太る外国人ブルジョワジーの自己満足に、愕然としていた。さらに、ドイツの情勢が彼をいっそう左派へと押しやっていた。二年のあいだにナチ党は、人種差別と反共産主義と民族主義を訴えるプロパガンダを大量にばらまきながら、従来型の政治運動をテロ戦術と組み合わせることで、過激派の小集団から、ドイツで最も強力な政治勢力へと変容していた。ヒトラーが国中を回ってユダヤ人への怒りをたきつける一方で、ナチの準軍事組織である突撃隊が、反対派に暴行を加え、大規模集会を開き、ユダヤ人の経営する店の窓ガラスを割って歩いた。一九三二年七月に行なわれる国会選挙では、ナチ党が一四〇〇万票近くを獲得して第一党に躍進する。選挙で影が薄くなっていくドイツ共産党は、ますます暴力に訴えるようになった。

ウルズラにとって、ドイツから伝えられる気がかりなニュースは、共産主義だけがファシズムの台頭を食い止められるということをさらに証明するものであり、彼女にとってはうれしいことに、ルディも同じ意見になりそうだった。「彼は政治的に私に近づいてきました」と彼女は記している。

しかし、それにも限度はあった。ウルズラがルディに、逃亡中の中国人共産主義者を自分たちの家にかくまいたいと告げると、ルディは怒りを爆発させた。「君は自分を過大評価している」と彼は言った。「それに、君が自分で思っているほどタフじゃない。君と、それにミーシャにとっては、リスクがあまりに大きすぎる」。

ウルズラは負けずに言い返した。「あなたがそんな態度を取ったら同志が死んでしまうかもしれないし、そうなったら私はあなたを絶対に許すことはできないわ」。

激しい言葉の応酬が続いたが、結局ルディが折れて、というか、自分ではほとんどどうにもできない事態に屈し、その共産主義者をかくまうことに同意した。今や彼は、自分の意志に反して、悪いと知りつつ陰謀の共犯者となり、ゾルゲ・スパイ網の一部になった。これでウルズラとルディの関係は近くなったかもしれない。しかし、何か大切なものが壊れてしまった。

一家の秘密の客人は、翌日の午後にやって来た。小柄で礼儀正しく、明らかに感謝の気持ちにあふれているが、極度におびえている中国人青年で、英語はまったく話せなかった。ルディは、この奇妙な状況に何とか対処しようとした。「実際に一緒に暮らし始めると、ルディは私たちのゲストにくつろいでもらおうと考え、言葉が通じないなりにできるだけ優しく親切に接していました」。この若い共産主義者は、家の二階に隠れ、夜中にだけ出てきて庭を散歩した。ディナーの客がいるときは、少しでも動いたら下の階に聞こえるのではないかと心配し、ベッドに横になって身じろぎもせずじっとしていた。召し使いたちでさえ、この青年がいることに気づかなかった。二週間後に彼は出ていき、ひそかに内陸部の安全な中華ソヴィエト共和国の勢力圏へ向かった。当座の脅威は消えたが、ピリピリとした緊張は残った。「私たちの結婚生活がこんな形ではあまり長続きしそうにないことが、私にははっきり分かっていました」と、ウルズラは書いている。

秘密の会合が再開されたが、頻度は減った。ゾルゲは、ウルズラに対して優しかったし気に掛けてもいたが、ヌーラン事件のことで頭がいっぱいで、しかも、心の中の無謀の虫がまた騒ぎ始めていた。彼はバイクに乗ったまま猛スピードで壁に突っ込み、左脚を複雑骨折したのである。入院中にウルズラが見舞いに行くと、「もうひとつ傷跡を作っても、どうってことないだろう？」とゾルゲは冗談めかして言った。南京刑務所で裁判を待っているヌーラン夫妻には、ジミーと呼ばれていた五歳になる息子がいた（本名はドミートリーといった。スパイは子供にも偽名があるのだ）。アグネス・スメドレーは、ヌーラン弁護団をまとめるため、すでに上海に戻ってきていた。彼女が一時的にジミーの保護者となり、その役目を全うするため「王子さまでもあるかのように、彼にプレゼントを次々と与えた」。それはいい考えではないとウルズラが諭すと、スメドレーは怒って、それならあなたがその子を自分の家に引き取ればいいでしょと言い返した。ウルズラはその気になった。「私は、この子が必要としている母親の愛情を与えようと頑張るつもりでしたし、ミーシャにはお兄ちゃんができると思いました」。しかし、この案はゾルゲが却下した。そんなことをしたら、収監されているソ連側スパイとウルズラとのあいだに直接のつながりを作ることになるからだ。「そうなったら、私は非合法活動を断念しなくてはならず、そういう事態は彼も私も望んでいませんでした」とウルズラは述べている。しかし、スメドレーは違った。ウルズラをスパイ活動に引き入れた彼女は、今ではウルズラを追い出したがっていた。

ソ連政府は、極東におけるソ連の影響圏を広げようと考え、中国での共産主義活動への秘密支援を拡大させた。ヌーラン事件で崩壊した共産主義スパイ網を再建して「党員とそのシンパの闘争心を維持する」ため、新たに幹部級のソ連側工作員たちが上海にやって来た。経験豊富なドイツ人革命家アルトゥル・エーヴェルトは、一九三二年に来て、ポーランド生まれの妻エリーゼ・サボロフスキ、通称サボとともに、コミンテルンと中国共産党の主任連絡係を引き継いだ。ちなみにエーヴェルト夫妻は、後に悲惨な最期を遂げることになる。サボは、ドイツの強制収容所で命を落とし、アルトゥル・エーヴェルトはブラジルで捕らえられ、拷問を受けて精神錯乱になった。数か月前、ウルズラの家で銃をいじっているところを彼女に見られた男たちのうち、太っていて頭のはげていた笑顔の男は、カール・リム大佐というエストニア出身の元赤軍兵士で、暗号名を「パウル」といい、ゾルゲの副官を務める人物だった。リムは妻ルイーゼとともにフランス租界でレストランを経営していた。ルイーゼは「胸が豊かな、母親のような」ラトヴィア女性で、モスクワとやり取りされる通信文を暗号化したり解読したりしていた。

このグループの周縁部には、もうひとり特筆すべき人物がいた。二七歳のイギリス人ロジャー・ホリスで、一九三二年当時は目立った人物ではなかったが、何年も後に大きな問題を起こす男だ。イギリス国教会の主教の息子だったホリスは、オックスフォード大学在学中に共産主義に興味を持ち、退学した後、フリーのジャーナリストとして中国に渡り、その後タバコ会社ブリティッシュ・アメリカン・タバコに入った。同社は多国籍企業で、その上海工場では年間五五〇億本の紙巻きタバコを製造していた。ホリスは社交的な社会主義者で、カール・リムなどゾルゲ・スパイ網のメンバー何人かと知り合いだったのは確かだし、ゾルゲ本人とも会っていたかもしれない。ゾルゲの伝記作家によると、ホリスは「ハンブルガー家の客のひとり」だったという。[*1] ホリスのルームメイトだったアンソニー・ステイプルズは、アグネス・スメドレーと思われるアメリカ人女性と、コミンテルンの新たな主任アルトゥル・エーヴェルトと思しきドイツ人男性が、ホリスを自宅に訪ねたことがあったと後に証言している。また、このイギリス人がカールの妻ルイーゼ・リムと三年に及ぶ不倫関係にあったことを示す証拠もある。ウルズラは、ロジャー・ホリスという人物は記憶にないと後に語っている。

この影の薄いイギリス人がゾルゲのグループにいたかどうかは、どうでもよいことのように思えるかもしれないが、ホリスが極東からイギリスに帰国後まったく違う仕事に就いたことで、話は大きく変わってくる。一九三八年、彼はイギリス保安局、通称MI5に入り、やがて長官となって、冷戦が最も激しかった時期にイギリス国内でソ連側スパイを捕らえる直接の責任を負うことになるからだ。後年、ホリスはウルズラや彼女の友人である共産主義者たちと関係があったのではないかと疑われ、証拠はないが消えることのなかった「実はホリスは共産主義者のスパイで、一九三二年に上海でスカウトされていた」とする陰謀論を根拠に、MI5内部で士気を損なうような激しい潜伏スパイ狩りが行なわれた。[*2]

同志で、愛人で、母親で

ゾルゲのスパイ網は、秘密組織の例に漏れず、内部で強い絆を育んでいた。みんなで中国の農村地帯へ、諜報活動を兼ねた観光のため小旅行に出かけることもあった。そうした小旅行にルディが妻と一緒に行くことはめったになかった。「いつもと変わらず心が広くて優しい彼は、私が上海から出るチャンスがあるときは、たとえ自分は行けなくても、いつも喜んで送り出してくれました」。ルディは、仕事が忙しすぎてと言っていた――家具会社のモダン・ホームは、今では二〇名の中国人従業員と、注文の山を抱えていた――が、実際にはためらってもいて、ウルズラのスパイ仲間と関わり合いになりたくないと思っていた。このころのルディとウルズラを撮影した、見ていて切なくなるような一枚の写真がある。写真の中でふたりはピクニックに行った先で日の光を浴びながらまどろんでいる。ルディはウルズラに腕を回していて、まるでしがみつこうとしているようだ。一方ウルズラは、彼に対して斜めになって眠っている。

ふたりは一緒に計画を立て続けた。一九三二年五月、彼女は両親宛ての手紙にこう書いている。「ルディと私は、彼の契約が終わったらロシアで新たなスタートを切ろうと、ますます考えるようになっています。きっとロシアで私たちふたりとも仕事を見つけられると思っています。ロシアがよくて上海がダメな理由は山ほどあります――残念ながら、その全部を書くわけにはいかないけれど」。別の手紙では、こう書いている。「私はこれから六か月間、ここで集中的にロシア語を勉強するつもりです。ルディにもロシア語を覚えてほしいと思っています。どうなるか分からないけれど」。彼女は、新しくできた共産主義者の友人たちの多くがロシア語を話すことを説明しなかったし、本部からの指示がロシア語で書かれていることも、ゾルゲから今後もソ連軍の情報機関のために働き続けたいならロシア語を覚えた方がいいと助言されたことも、説明しなかった。

ウルズラの写真アルバムには、ウルズラとカール・リムが背中合わせに腕を組んで「シーソー」をしている写真や、アグネス・スメドレーが大学教授で共産主義の秘密工作員である陳翰笙と熱心に話し込んでいる写真など、若い共産主義者だったウルズラと彼女の友人であるスパイたちが遊んでいる様子を撮った写真が数多く収められている。あるとき、ウルズラとアグネスはスパイ網の他のメンバーと一緒に、長江をさかのぼる三日間の船旅に出かけた。「サボがハウスボートのキッチンでみんなのために料理を作り（中略）アグネスは冗談を言っていました」。ゾルゲは、慎重にチームスピリットを養おうとしていた。ウルズラは、「非合法活動をしている同志たちが集まって、こんな観光旅行をするのは普通のことではなかったのかもしれませんが、無責任な行為などではありませんでした」と書いている。傍（はた）から見たら、一行は知らない土地で偶然一緒になった外国人が集まっただけの、何の変哲もない居留民の友人グループに思えたことだろう。ウルズラは、後に当時を振り返って「めったにない貴重な日々」だったと語っている。彼女はまだほんの二五歳で、「私はリヒャルト〔ゾルゲのこと〕やパウル〔カール・リムのこと〕と草原で何度も競走をして、ついに走りすぎと笑いすぎで全員、草むらの中に倒れ込んでしまいました」。彼女の生きる意欲は周りに伝播した。彼女は、野原で友人や秘密の愛人と無邪気に鬼ごっこをした思い出を生涯懐かしんでいた。

一九三二年前半のある晩、ウルズラはゾルゲ、リム、グリーシャと一緒に、上海中心部にあるホテルの一室で、もうひとり新たにやって来た人物を歓迎していた。「黒い瞳と黒い髪をした部屋の主は、私がそれまで見たことのない快活な男性でした」。その男性は「フレッド」と名乗った。歓迎会は酒が入って盛り上がった。フレッドは、面白い話を次々と披露し、ドイツ語の歌とロシア語の歌を素晴らしいバリトンで歌った。「彼は美しい声をしていました」と、ウルズラは回想している。二日後、ゾルゲはウルズラに、丸めた文書が入ったボール紙の筒をフレッドに届けてほしいと頼んだ。彼女が届けると、フレッドから一杯やっていかないかと誘われた。ウルズラは、自分でもなぜだかさっぱり分からないが、この知り合いになったばかりの男性に秘密を打ち明けたいと強く感じ、ルディと政治的意見が合わないことや、自分の隠密活動のせいで夫婦仲がギクシャクしていることを説明した。「別れた方がいいのかしら?」と彼女は聞いた。「フレッドは辛抱強く耳を傾け、秘密を打ち明けてくれてうれしく思うと言ってくれました」。彼は賢明にも、ウルズラの夫婦仲について中身のある意見は何も言わなかった。熱心に会話を続けて三時間後、ウルズラはなぜか高揚した気分で夜道を家に向かった。後になって彼女は、あの思いやりのあるフレッドは私を面接していたのであり、「この仕事での私の適性を調べていた」のだと思い至った。さらに後になって、フレッドが誰なのかも知った。

フレッドは本名をマンフレート・シュテルンといい、二〇世紀共産主義の英雄のひとりであり、かつ、ほぼ必然的に、二〇世紀共産主義の犠牲者のひとりでもあった。早くから革命に参加していたシュテルンは、赤軍のパルチザン部隊を率いて「狂男爵」ことロマン・フォン・ウンゲルン＝シュテルンベルク（上海のドイツ人クラブの常連コンスタンティンの兄）と戦った。その後、赤軍の第四局に入り、一九二九年にニューヨークへ派遣されると、五七丁目の隠れ家からスパイ網を指揮して、アメリカの軍事機密を集め、複写を作る場所として購入したグレニッチヴィレッジの写真屋で盗んだ文書の写しを作り、船でモスクワに送っていた。思いやりと甘い声の持ち主であるフレッドは、ソ連の軍事諜報活動における期待の星だった。中国では、中国共産党の主任軍事顧問を務めると同時に、本部のために新人スパイをスカウトする採用担当官でもあった。モスクワは、工作員ソーニャに興味を抱き始めていた。

ミヒャエルはすでによちよち歩きを始め、だんだんと言葉を話すようになってきていた。「ミーシャは、白いブラウスを着て、花柄のある緑色のリネンのパンツをはいて、歩き回っています」とウルズラは母に報告している。「もう三週間も、ひとりで庭や家中の部屋を歩き回っていて、花を見つけるたびに香りを嗅ぎ、倒れては、ブーッと言いながら立ち上がり、庭に通じる階段を降りようとして、転げ落ち、ひどく泣いたかと思えば、突然、木に小鳥が止まっているのを見つけて泣き声をピタッと止めるのです。話せる言葉は『パパ、パパ、ママ』と、何と『お金、お金、お金』で、これは恐ろしいことに阿媽が教え込んだのです。私は、何とかするためミーシャに『汚い』を教えました——今ではミーシャは『汚いお金』と繰り返し唱えています」。

一九三二年一月二八日、日本軍が上海を攻撃した。前年の秋、日本は満州［中国東北部］に侵攻し、中国領のうち一三〇〇万平方キロメートルを占領して傀儡国家である満州国を建てた。拡張方針を採る日本の軍部は、次に、日本がすでに治外法権を持っていた上海に目を向けた。自国民を中国人による襲撃から守るためと称して、日本は軍艦三〇隻、軍用機四〇機、兵員七〇〇〇名を上海の海岸線周辺に集結させた後、上海の中国人地区を攻撃した。中国軍の一九路軍が激しい抵抗を見せた。戦火が共同租界に及ぶことはほとんどなかったが、ソ連政府は深刻な不安を抱いた。日本の中国侵略はソヴィエト連邦への潜在的脅威となるからだ。ゾルゲに、現在の状況を明らかにせよとの指令が下った。彼はウルズラ・ハンブルガーとイーザ・ヴィーデマイヤーを交戦地帯に派遣した。

後にウルズラは、明らかに控えめな言い方で、「この危険でなくはない任務は、女性が実施するのが最善でした」と述べている。ふたりの外国人女性は、遠巻きにジロジロと見られながら、戦火に焼かれて略奪を受けた中国人地区を歩き回った。「日本兵が至る所でうろついている」と、ウルズラは報告した。「どの通りも、死体が数体あるばかりで人影はなく、死んだような静けさの中で聞こえてくるのは、重武装した日本軍の車両が出す轟音だけである。（中略）貧民たちに残されたのは、略奪された家と、数百万の失業者と、死んだ家族であった」。ウルズラとイーザは、負傷して入院中の中国軍兵士を見舞い、軍隊の士気を探り、日本軍による攻撃の影響を評価した。ゾルゲは、配下の女性スパイたちが、まるで前線から記事を送る戦時特派員のように活動して集めた情報の質に「感嘆」した。後に彼女は、「私は、ヨーロッパ人たちのあいだに広がる雰囲気についても、正確な状況をリヒャルトに伝えることができました」と書いている。戦闘は、数週間後に国際連盟の仲介で停戦が成立したことで終わったが、その前にウルズラは、心を揺さぶられる光景を目撃した。

「私は道端で、死んだ赤ちゃんを見つけました」と彼女は書き残している。ウルズラは、小さな死体を拾い上げた。「おむつはまだ濡れていました」。その子はミヒャエルと同じくらいの年齢だった。これを見て、何が危険にさらされているのかが恐ろしいほどはっきりと分かった。日本の行動を、彼女は政治的な視点で捉えていたかもしれない――「資本主義の手法を明確かつ残忍な形で教えてくれるもの」だと述べている――が、同時にこれは、自分が今どれほど無慈悲な世界に住んでいるのかを知らせてくれるものでもあった。もしウルズラが捕まって処刑されたら、次に道端で死体となって転がる子供は、自分の子かもしれなかった。

そして友情は失われた

ルディは日本軍の攻撃に愕然とし、そして激怒した。「弱い国を侵略するとは、極悪非道でショッキングなことです」と彼は手紙で両親に書き、「ここで私たちが目にしているのは、経済的利益のためだけに実施された軍事侵攻です」と記している。ルディは、考え方や発言がウルズラと似てきた。後にウルズラは、「この時期の出来事が、ルディが共産主義者になるのを根本的に後押ししました」と書いている。夫は、意識が革命に向かおうとしていた。同時に、結婚生活を守ろうともしていた。

彼が共産主義に転向したのは、妻を愛するがゆえの必死の行動だった。しかし、すでに遅すぎた。ルディは思いやりがあって優しかったが、今ではその濃い茶色の瞳の中にウルズラが見ているのは、月並みな結婚生活が一生続く未来でしかなかった。リヒャルト・ゾルゲは、それとは別の、興奮とやりがいと危険に満ちた世界を彼女に見せていた。ルディと一緒なら安心だし不平や不満もない。しかしゾルゲと一緒なら、バイクの後ろに乗って突っ走ったり、秘密の会合に参加したり、極秘任務を果たしたりして、生きているという実感を得ることができた。

アグネス・スメドレーは、中国を舞台にした一連の短編小説の執筆に取り組むかたわら、ジャーナリストという肩書きを隠れ蓑にして、ゾルゲ、コミンテルン、中国共産党、モスクワ本部とのあいだで情報の取り次ぎ役も務めていた。ゾルゲは「彼女をコミンテルンの本部スタッフにした」。しかしイギリス側が、彼女いわく「獰猛な犬のように」彼女を悩ませており、彼女の行動はますます常軌を逸したものになっていた。『フランクフルター・ツァイトゥング』の読者からは、彼女の記事が「偏向している」との不平が寄せられていた。また同紙は、とある情報機関（おそらくイギリスであろう）から報告書も受け取っており、そこには彼女が劇場で「若い中国人共産主義者の集団」との会合に参加し、彼らと一緒に「酩酊するまで酒を飲み、性的な意味で自分自身を差し出した」と記されていた。しかも、しまいには「赤い帽子をかぶっただけの素っ裸で舞台に上がり、革命歌『インターナショナル』を歌った」とも書かれていた。『フランクフルター・ツァイトゥング』はリベラルな新聞だったが、そこまでリベラルではなかった。スメドレーは解雇された。

一九三二年の夏、スメドレーとウルズラはふたり一緒に、中国共産党の支配地域のすぐ外側にある江西省牯嶺（これい）の山々へ仕事を兼ねた休暇旅行に出かけた。今までと同じように、政治活動と個人的な活動とが融合していた。今回の小旅行は、上海の夏の暑さを逃れて、軽い諜報活動を実施しながら、ふたりの友情を修復する機会になるはずだった。中国共産党が、休暇用のバンガローを提供してくれた。毛沢東の軍隊が近くの山岳地帯で野営していたので、スメドレーは「中華ソヴィエト共和国の指導者たちと、その防衛部隊である紅軍の兵士たちにインタビュー」して、知ったことの一部を報道記事として報告し、集めた秘密情報はすべてモスクワに送った。

五日かけて船で長江をさかのぼった後、「ガタガタと揺れるおんぼろバスで山のふもとへ行き、そこからさらに三時間、椅子駕籠（かご）に揺られて急な坂を登りました」。最初のうち、ふたりの関係は昔の温かさを取り戻すかに思われた。「アグネスと私は、毎日午後に長い散歩に出かけて、眼下に広がる長江や、紅軍のいるはるか彼方の湖北山脈の美しい風景を楽しんでいます」と、ウルズラは記している。

この手紙を両親に宛てて書いた日、ヌーラン夫妻が（本名はまだ当局に知られないまま）、「共産主義匪賊（ひぞく）に資金を提供し、破壊活動を指示し、共産主義者と武器の取引を行ない、中華民国の転覆を企てた」として、江蘇省高等法院で裁判にかけられた。その数日前、ゾルゲはモスクワから派遣されてきた密使二名と会い、それぞれから中国の司法当局者に渡す賄賂として、二万ドルずつを受け取っていた。

牯嶺でウルズラとスメドレーは、ヌーラン夫妻がハンガーストライキを始めたという知らせを受け取った。ランチの時間になってふたりが食卓に着くと、スメドレーは芝居がかった調子で、連帯の精神を示すため、訴えられたふたりが解放されるまで私も何も食べないと宣言した。

「そんなことをしてもヌーラン夫妻の助けにならないわ」とウルズラはピシャリと言った。

スメドレーは、何も言わずに立ち上がると大またで部屋から出ていった。ウルズラはミヒャエルを抱き上げると、散歩に出かけた。

バンガローに戻ると、テーブルの上に置き手紙があった。

「こんな状況ではここにとどまることができないので、上海に帰ります」とスメドレーは書いていた。「あなたは、自分の個人的な幸せと家族のことで頭がいっぱいなんだわ。個人的なことが、あなたの生活であまりにも大きな意味を持っている。本物の革命家になるのに必要なものが、あなたにはないのよ」。

ウルズラは深く傷ついた。「アグネスはもちろん私のことをよく知っていて、私がどんなリスクも冒す覚悟でいることを知っていたはずです。自分がどんな感情を抱いているのか証明するには、その感情を表に出さなくてはならないのでしょうか？　こんなに厚い友情が、こんなふうに傷ついていいのでしょうか？　アグネスは、私のことをどうしてそんなふうに思うようになったのでしょう？」。実のところ、アグネスの非難は政治的なものというより、個人的なものだった。彼女は、ウルズラとゾルゲの関係や、ウルズラとイーザの友情に嫉妬し、ウルズラの赤ちゃんをうらやみ、幼いジミーを引き取れという提案に同意して諜報活動から身を引くことを拒絶したのを怒っていたのである。

ウルズラは牯嶺に残り、壊れた友情について考えをめぐらせた。「それは強い一撃でした」。ヌーラン夫妻に死刑が宣告されたが後に終身刑に減刑されたとの知らせが届いた。ウルズラは、ゾルゲが裁判官に賄賂を送って夫妻の命を救ったのだと思った。彼女は、その思想と友情をとても大切に思っている女性から突きつけられた非難について、あれこれと考え続けた。「おそらくアグネスの言うとおりだったのでしょう。私は人生を楽しんでいて、日々のありふれたことに大きな喜びを見つけることができました。もしかして私は、そうしたことをあまりにも大切にしていたのでしょうか？　息子の呼吸ひとつひとつが私には魔法のようで、もっと子供を作ろうと心に決めていました。もっとも、私の結婚生活が当時の激しい衝突を乗り越えられるとは思っていませんでしたが」。

こうした苦悩は、すぐに怒りに取って代わられた。アグネスは私を誤解している。私は私生活と政治的な義務を完璧に分けることができる。私には本物の革命家になるのに必要なものが確かにあることを、アグネスに、そして世界中の人々に証明しよう。そうウルズラは考えた。

上海に戻ると、ウルズラはスメドレーと口論したことをゾルゲに説明した。彼は話題を変えた。「リヒャルトは、女性が特に関心を寄せる問題についての口げんかだと思ったらしく、関わり合いになりたくないという態度を示しました」。経験豊富なプレイボーイであるゾルゲは、口説いた女ふたりのけんかに巻き込まれるようなバカではなかった（ちなみに、スメドレーとウルズラが仲違いしているあいだ、彼は「美しい中国娘」を誘惑して、中国の軍需工場の青写真を入手していた）。ウルズラとスメドレーは、その後もときどき会うことはあったが、友情はすでに消えており、そのことはふたりとも承知していた。

ウルズラを共産主義者による諜報活動の世界に導いたのは、スメドレーだった。このアメリカ人女性の強烈な反抗心が、ウルズラを奮い立たせたのである。しかし、二年間の秘密活動を経てウルズラは、激しやすくて自己中心的なスメドレーでは決してなれないもの――プロ意識を持ち、ひたむきで、ますます自信を深めるスパイになろうとしていた。「私は、逮捕される可能性をいつも意識していたので、抵抗力を高めるため体を鍛えていました。タバコは吸いませんし、アルコールも飲みません。そうすれば、タバコや酒を急に取り上げられてもつらくないだろうと思ったのです」。工作員ソーニャは、だんだんとスパイらしくなっていった。

何があってもくじけるな

一二月のある朝、ウルズラが電話に出ると、聞き覚えのある声が聞こえてきた。声の主は、ポーランド人カメラマンのグリーシャ・ヘルツベルクだった。「今日の午後、僕のアパートに来てほしい。リヒャルトが、そこで君と会いたがっているんだ」。これは事前に決められていた、会合があるかもしれないので準備しておくようにとの合図だ。「私は、グリーシャの家にはほとんど行ったことがなく、私の理解しているところによれば、彼がもう一度電話してきてから行くことになっているはずでした」。ウルズラは、二度目の電話が来るのを一時間待った。電話は来なかったので、彼女は買い物に出かけた。

その日の晩にハンブルガー家のダイニングテーブルを囲んでいたのは、教師で熱心なナチ党員のフリッツ・クック、建築家のエルンストと学者のヘルムートのヴィルヘルム兄弟、それと彼らの妻であった。この日のディナーパーティーは最悪で、客たちは「無口で退屈」で、有益な情報を収集できるチャンスはほとんどなかった。クックが中国内陸部への旅行を写したスライドを苦労しながら見せていて、ウルズラが退屈のあまりうとうとしていたとき、隣の部屋で電話が鳴った。

彼女は受話器を取った。この瞬間のことは、その後いつまでも記憶の中に鮮明に残り続けることになる。シュラハテン湖の湖畔に建つ子供時代の自宅の写真が、写真立てに入って電話の脇のテーブルに置いてあった。ダイニングルームからは、会話の声が漏れてきていた。

「今日の午後、君を二時間待っていたんだ」とリヒャルト・ゾルゲは言った。「さよならを言いたくて」。

ウルズラは、部屋が傾いたような気がした。彼女は椅子にドサッと座り込んだ。「まだそこにいるのかい？」。ゾルゲの声が、手から落ちそうになっている受話器から、かすかに聞こえてきた。

「ええ」と彼女は言った。「ええ、います」。

ゾルゲは急いで、私は明日出発することになったと説明した。モスクワに呼び戻されたのだ。驚くことではないが、たぶんもう中国には戻ってこられないだろうと、彼は言う。本部は彼を別の場所に派遣したいらしい。

「君が私や、他のみんなをいつもとてもしっかり世話してくれたことに、お礼を言いたいんだ。これは君にとって始まりにしかすぎない。これから先は、もっといろいろあるだろう。君は唇を引き締めたままにしておかなくてはいけない」――彼が使ったのは古い英語のフレーズで、「何があってもくじけるな」という意味である――「そのことを、ぜひ私に約束してほしい。でも今のところは――成功を祈っている、心から。じゃあ、さようなら」。電話が切れた。

ウルズラは動けなかった。ただぼんやりと壁を見つめていた。グリーシャは二度目の電話をかけるのを忘れていたのだ。スパイ活動での単純なミスだ。「私は、リヒャルトがもう行ってしまったということを理解できませんでした。これからは彼がこの椅子に座って、私に話しかけたり、私の話に耳を傾けたり、私に助言したり、私と一緒に笑ったりすることは、もう二度とないなんて」。彼は行ってしまい、彼女は別れの言葉を見つけることすらできなかった。

「私は何を考えていたのだろう？　彼が私にとってどれほど大切だったのかに気づいただけだったの

だろうか？」

これ以降、ウルズラが再びリヒャルト・ゾルゲに会うことはなかった。ふたりのロマンチックな関係は、もしかするととっくに終わっていたのかもしれないが、ウルズラの心の中では決して終わりになることはなかった。

ウルズラは、退屈きわまりないディナーの客たちのもとに戻った。彼女の心が砕けたことに気づいた者は、ただのひとりもいなかった。

故国もかつての姿ではなく

ゾルゲが去り、アグネス・スメドレーとの友情が終わり、ルディとの夫婦仲が静かな危機的状況にある中で、ウルズラはホームシックにかかった。ゾルゲの職務はカール・リムが引き継いだ。彼は有能なスパイ監督官で、そのまるまる太った体格とだるそうな物腰の裏には、「革命家としての勇気と情熱」が隠されていた。しかし、彼には前任者のような華やかさはまったくなかった。ウルズラはゾルゲが恋しくなった。彼のいない上海は、魅力と活気を失ったように思われた。「今では私たちは、もうひとつの故郷を恋しく思っています」と、彼女は両親に書き送った。[*3]「私は、中国人に強い共感を抱いています。もう四分の一はアジア人だと思っているの。この国を去ったら、いつまでも懐かしく感じると思うわ」。変化を求めて、彼女は春にドイツに帰ってミヒャエルを家族のみんなに紹介する計画を立てた。蒸し暑い気候のせいでミヒャエルの肺が弱ってきており、ドイツ人医師からは、息子を連れてヨーロッパに休暇へ行くようにと勧められていた。しばらくルディと別々に暮らすのも、お互いにとってプラスになると思われた。

しかし、ドイツから伝えられるニュースは恐ろしいものばかりだった。

ナチ党は党員数を急増させており、ファシスト対共産主義者の暴力は最高潮に達しようとしていた。一九三三年一月三〇日、ヒトラーが首相に就任すると、それまで見たこともないほど野蛮な、暴力と恐怖に満ちた運動を開始した。一か月後、国会議事堂放火事件を受けてヒトラーは、共産主義者による反乱を防ぐという名目で公民権を停止し、さらにドイツ共産党との「容赦ない対決」に取りかかった。ナチ党は共産主義者を次々と検挙し、共産党本部を閉鎖し、デモを禁止した。ドイツ共産党の指導者たちは、ソ連に亡命できた者もいたが、大半が逮捕された。ウルズラが入党したころには強力だった組織は地下に追いやられ、逮捕をまぬがれた党員たちは不安に駆られ恐怖におびえた。三月には全権委任法が成立し、行政命令によって国家を統治する権限がヒトラーに与えられた。ナチ党による独裁が始まり、この政治的激震の余波が中国にも伝わってきた。ツァイトガイスト書店は、ドイツからの資金が底を突いたため、突然に店を閉めた。楽観的なウルズラでさえ動揺した。「ドイツの労働者階級にファシストが権力を握るのを許すことができたなんて、私にはとうてい理解できませんでした」と書いている。

ドイツでは、依然として多くの人がこうした前兆を読み間違えていた。ユダヤ教徒ドイツ国民中央協会は、「誰も憲法で保障された私たちの権利に触れようとはしないだろう」との声明を出した。[*4] ロベルト・クチンスキーは、そこまで確証が持てなかった。彼は共産主義者ではなかったが、ユダヤ人の著名な左派系の学者であったため、マークされていた。ユルゲン・クチンスキーは、さらに輪をかけて危険な立場にあった。彼はマルグリットと一緒にアメリカから帰国した後、一九三〇年にドイツ共産党に入党していた。それ以来、ユルゲンはさまざまな共産主義系出版物のために執筆し、ドイツ共産党の正式な代表団とともにソヴィエト連邦を訪問さえしていた。二月二七日、『赤旗』の事務所に向かって歩いていたとき、途中で偶然出くわした友人から、今まさに秘密警察ゲシュタポが新聞社を襲撃している最中だと教えられた。ユルゲンはすぐにきびすを返し、すんでの所で逮捕をまぬがれた。さもなければ、ほぼ確実に殺されていたことだろう。

「私たちは、ドイツでの展開に仰天しています」と、ウルズラは実家に宛てて書いている。「実際に起きていることのほんの一部しか、こちらの新聞には載っていません。心が重くて言葉もありませんが、お願いですから、できるだけたくさん書いて知らせてください」。

三月、黒い制服を着たゲシュタポの一団が、シュラハテン湖の屋敷の門を激しく叩き、ロベルト・クチンスキーと話がしたいと要求した。オルガ・ムートが、旦那さまは外出中ですと答えた。ゲシュタポは、また来ると言って立ち去った。ロベルトはただちに身を隠し、まずは友人宅に潜み、次いで精神科病院に隠れた。ウルズラの義父母マックスとエルゼのハンブルガー夫妻は、ドイツ領シュレジエンとチェコスロヴァキアを隔てるリーゼン山脈〔チェコ語でクルコノシェ山脈〕を越えてすぐの場所にある絵のように美しい村グレンツバウデン〔現ポメズニー・ボウディ〕に、休暇用の別荘を持っていた。ハンブルガー夫妻は、すでにこの別荘に避難しており、ロベルトが学界に友人がいるイギリスかアメリカへ行く方法を見つけるまで、ここにかくまってもいいと言ってくれた。四月、ロベルトは国境を越えてチェコスロヴァキアに逃れた。ユルゲンは、本人いわく「指導部へのほとんど無条件の忠誠心」[*5]を示すため、ドイツにとどまって共産党の地下組織に加わり、党のさまざまな出版物のため、やはり恐ろしいほど長い文章を書き続けた。潜伏中のドイツ共産党党首エルンスト・テールマンでさえ、ユルゲンの長ったらしい文章は読むのが少々疲れると思い、この若き統計学者に「『周期的な危機』が多すぎ、壊れた便座の数が十分ではない」」、つまり抽象的な理論が繰り返されるばかりで具体的な事例が少ないと告げた。ベルタは絵筆をおいてしまい、以後その手に握ることは二度となかった。彼女と若い娘たちは、昔から住んでいた自宅に身を潜めて、じっと待った。

ウルズラは、父が指名手配され、反ユダヤ主義が強烈なウイルスのようにドイツ全土に広まり、同志たちが逮捕されるか殺されるか逃亡中である以上、ベルリンに戻るのは自殺行為だと思った。彼女の名前は、共産主義者の破壊活動分子を列挙したゲシュタポのリストに載っていた。ナチ党の暴力から逃れてきた人々が、すでに上海に押し寄せていた。帰国は延期せざるをえないだろう。「鉤十字旗がこちらの領事館ではためいています」と、ウルズラは母と妹たちに報告している。

ゲシュタポがロベルト・クチンスキーとユルゲン・クチンスキーを追いかけていたころ、上海工部局警務処の疲れを知らないトム・ギヴンズが、ソ連のスパイ網に迫ろうとしていた。捕まえた共産主義者の「自白」に基づき、このアイルランド出身の警部はソ連側スパイの疑いがある外国人のリストを作成していた。リストには、リヒャルト・ゾルゲの名前があった。アグネス・スメドレーの名もあった。ゾルゲがモスクワへ出発した直後、スメドレーも急いでソヴィエト連邦に向かっていた。

そして同じくウルズラも、ソ連へ向かうことになった。

6 スズメ

我が子か使命か

赤軍第四局の局長ヤン・カルロヴィチ・ベルジン将軍は、リヒャルト・ゾルゲに満足していた。暗号名「ラムゼイ」ことゾルゲは、スパイとして求められたことだけでなく、それ以上のことを成し遂げていた。これまでに彼は有能な工作員のネットワークを作り上げ、ヌーラン事件の余波を巧みに処理し、上海での三年間を、脚を骨折したのを除けば、無傷で切り抜けていた。

危機を切り抜けた経験なら、ベルジン将軍も豊富だった。

ラトヴィアの農民の息子だったベルジンは、革命派のパルチザン部隊を率いて帝政支持派の部隊と戦い、シベリアの捕虜収容所から二度脱走した後、赤軍に入った。レーニンによる赤色テロの時代には、敵を服従させる効果的な方法として人質を徹底的に射殺するよう扇動し、一九二〇年には、ソ連で最初の軍事情報機関である第四局に移るよう命じられた。ベルジンは魅力的な人物で、理路整然と話し、野心があり、驚くほど残忍で、狼のような目と氷のような微笑を持った優れた組織者として、地球規模に広がる「イリーガル」スパイの巨大ネットワークを構築し、世界中のあらゆる主要都市で秘密裏に活動させていた。第四局は局員に絶対的忠誠を求め、その忠誠にしばしば不誠実をもって報いた。もし将校や工作員がミスをしたり、スパイ網の情報が漏れたりしたら、スパイは自力で対処しなくてはならなかったし、裏切りを疑われた者には、ただちに極刑が下された。ある元工作員によると、第四局は「本部の冷酷さ」で際立っており、「完全に冷酷無情だった」という。[*1] 道義心も、感謝の念も、良識的配慮も、仕える者たちには示さなかった。局員たちは価値がある限り利用され、利用価値がなくなれば、「すまない」のひと言も金銭的補償もなく捨てられた。

第四局の本部は、クレムリンから一キロほど離れたボリショイ・ズナメンスキー小路一九番地にある平凡な二階建ての建物に入っており、ベルジンはここの執務室で、ゾルゲから直接、任務の報告を受けた。ベルジンが熱心に耳を傾ける中、工作員ラムゼイは上海のスパイ網に加わっていた補助工作員たちについて、日本人ジャーナリストの尾崎秀実や、中国人で学者の陳翰笙、赤毛の急進派イレーネ・ヴィーデマイヤーらの名前を挙げながら説明した。アグネス・スメドレーは「素晴らしい仕事」をしたと、ゾルゲは報告した。そしてドイツ人主婦ウルズラ・ハンブルガーについて、彼女は工作員として非常に前途有望だと告げた。すでにマンフレート・シュテルンからも、ゾルゲがスカウトしたウルズラについて肯定的な評価が伝えられていた。ベルジンは、話を聞いて工作員ソーニャに好印象を抱いた。

一週間後の上海で、ウルズラは、グリーシャ・ヘルツベルクと、ゾルゲの後任であるカール・リムとの会合に呼び出された。本部から、招待とも提案とも命令ともつかぬ通信文が来ていたのである。「あなたは、訓練課程に参加するためモスクワへ行く気はあるだろうか？」とリムは尋ねた。「期間は最低でも六か月だ。それに、訓練が終わってでも上海に戻ってこられる保証はない」。

ゾルゲの別れの言葉――「これは君にとって始まりにしかすぎない」――の意味が、これではっきりとした。彼は「赤軍の情報部に詳しく報告」し、彼女にさらなる訓練を受けさせるよう進言したに違いない。これはうれしかったが、まったく非現実的だった。「ミヒャエルはどうすれば？」と彼女は質問した。

「この提案を受け入れる条件として、子供はどこかに預けなくてはならない」とリムは、にべもなく言った。「君が息子をロシアに連れていけば、きっと向こうでロシア語を覚えるだろうから、そんなリスクを冒すわけにはいかない」。これは、残酷だが明快な論理的帰結だった。モスクワで訓練を受けた後、ウルズラはどこへ行ってきたのかを誰にも悟られることなく市民生活に戻らなくてはならない。今のミヒャエルは言葉を覚えるのが早く、両親からはドイツ語を、子守女からは、中国語と英語の混合言語で、都市部に住む中国人の多くが話しているピジン英語を習得していた。もしミヒャエルが戻ってきたとき、たとえ片言でもロシア語を話していたら、秘密は露見してしまうだろう。

ウルズラは、これほど苦しい決断を迫られたことは、これまでなかった。彼女は事実上、我が子を取るか、それともイデオロギー上の使命を取るか、家族と諜報活動のどちらか一方を選ぶよう求められたのである。

「活動を断念するという考えは、私には少しも浮かびませんでした」と、彼女は後に書いている。宗教の熱心な信者のように、彼女は自分の人生を捧げるべき唯一の揺るぎない信条を見つけていた。ヒトラーが台頭し、日本の侵略が激しさを増し、中国人共産主義者の殺戮が続いているのを見て、ファシズムと戦おうという決意は、いっそう強くなっていた。訓練課程に参加すれば、その気持ちはさらに明確になるだろう。それに、もしかするとリヒャルト・ゾルゲと再会できるかもしれなかった。本部の規則では、工作員と担当官は、別々の任務に就いているあいだ、互いに連絡を取ることを禁じられていた。ウルズラはゾルゲに手紙を書くことはできなかったし、ゾルゲもウルズラに手紙を書けなかった。しかし、彼はまだソ連にいるかもしれない。彼女は、ゾルゲが上海を去るずっと前から、彼の絶え間なく動く視線がどこか別の場所で止まることに気づいていた。おそらく彼は私を愛していないのだろうし、どの愛人も誰ひとり愛していなかったのだろうと、彼女は思った。それでも、もう一度どうしても彼に会いたかった。野心と、イデオロギーと、冒険心と、恋愛感情と、政治的見解とがひとつになって、彼女の決心を固め、ウルズラは共産主義革命の首都モスクワへ行くことに決めた。

「決断はすぐにつきました」と彼女は書いている。ところで、ミヒャエルはどこで暮らせばいいだろうか？　ベルリンは問題外だ。上海に置いていくのも、戻ってこられないかもしれないと言われているのだから、候補にはならない。長時間ルディと議論を交わした結果、ミヒャエルにはこの先六か月を、「転地療養」を名目に、父方の祖父母と一緒にチェコスロヴァキアの別荘で過ごさせることにした。ルディを上海に置いていっても物議を醸すことはないだろう。なぜなら「中国にいる外国人が妻と子供を長期間ヨーロッパの実家に帰らせることは、きわめてよくあることだった」からだ。ルディは、これで結婚生活が破綻せずにすんだと思った。彼自身も共産主義への関心が高まってきていた。もしソ連の情報機関がウルズラをモスクワへ行かせるつもりなら、彼は彼女を止めないだろう（しそもそも止めることなどできないだろう）。ミーシャは祖父母からきちんと世話をされ、ウルズラは、ソ連での訓練が終わったら、息子を迎えに行き、家族は再びひとつになって、新しいスタートを切れるはずだ。それがルディの希望だった。別れを告げるときが来ると、彼は息子をしっかりと抱きしめ、ミーシャが嫌がって身を振りほどくまで抱き続けた。

二歳になる息子との別れは、生涯消えない傷を残すことになった。ウルズラはその後死ぬまで、このときの冷酷な決断を自己弁護し続けた。しかし、自分を決して許しはしなかった。

ミーシャを置いて

一九三三年五月一八日、ウルズラとミヒャエルはウラジオストクに向かうノルウェーの貨物船に乗った。船が錨を揚げる直前、グリーシャがやって来て、本部に届ける文書の入った大きな鍵付きトランクを託した。長い船旅のあいだ、彼女は幼い息子に童謡を歌ったり昔話を聞かせたりした。デッキの鳥かごで飼われているカナリアに親子で何時間も話しかけて時間を過ごしたこともあった。「離れ離れになることを思うと、胸が締めつけられるようでした」と彼女は記している。天気は暖かく、積み荷である材木の匂いがあたりに立ちこめていた。「ミーシャは、おばあさまに優しく世話してもらえるはずよ」と彼女は自分に言い聞かせた。「山の空気も、この子にはいいはずなんだから」。

ウラジオストク港の船着場で、親子はソ連海軍将校の出迎えを受け、この将校に案内されてモスクワ行きの列車に乗った。小さな客室で過ごす最初の夜、ミヒャエルは線路のガタンガタンという音が気になって落ち着かなかった。「私は息子が眠りに就くまでベッドで抱いて添い寝をしたのですが、このとき改めて、息子と離れ離れになるのがどれほどつらいか思い知りました」。九日後、親子はモスクワに到着し、待っていた担当官たちにトランクを渡すと、別の列車に乗り換えてチェコスロヴァキアに向かい、最後にタクシーで小さな村グレンツバウデンに到着した。

マックスとエルゼのハンブルガー夫妻は、今ではチェコスロヴァキアに永住しており、嫁と孫を温かく迎えてくれた。ロベルト・クチンスキーは数か月前にこの別荘を去っていて、当時はイギリスにいた。「私はルディの両親に、私たちはソヴィエト連邦に引っ越そうかと思っていますと伝えました」とウルズラは書いている。彼女は、これから数か月をモスクワで過ごして、実際に引っ越してもやっていけるか調べてみるつもりですと説明した。義父母は「この計画をあまり喜んではいなかった」が、必要ならいつまでも孫の世話をすることに同意してくれた。

数日後、ウルズラの母がベルリンからやって来た。

ベルタ・クチンスキーにとって、これは長く待ち望んでいた長女と初孫との対面だったのだから、うれしい機会であるはずだった。しかし、かわいそうにベルタはまったく心ここにあらずだった。ロベルトが脱出してから数か月のあいだに、ナチ党による嫌がらせはエスカレートしていた。ゲシュタポは、シュラハテン湖の屋敷に再びやって来て、クチンスキーはどこへ行ったのか教えろと迫った。ユルゲンの家も強制捜査を受けた。ドイツ共産党の党首エルンスト・テールマンがハンス・クルチンスキーという名の男性の家で逮捕されると、名前がほぼ同じことから、クチンスキー家に改めて目が向けられた――単語を正しく読むのはゲシュタポの得意なことではなかった。ユルゲン本人が逮捕されたが、二時間尋問された後に釈放された。彼はひそかに一家の蔵書を国外へ運び出し始め、五万冊のうち最終的に約三分の二を救うことができた。今やユルゲンとマルグリットは、逮捕されるかもしれないという恐怖に絶えずさらされながら、地下生活を送っていた。

五月、ナチ党は「ユダヤおよびマルクス主義」文学の公開焚書（ふんしょ）を実施し、アグネス・スメドレーの『女一人大地を行く』などの危険な書籍が燃やされた。一九二九年にウルズラが作ったマルクス主義労働者貸出図書館の書籍も一冊残らず火中に投じられた。図書館の仕事を引き継いでいた友人のガボ・レヴィンは、殴られて投獄された。そのすぐ後に、ベルタ・クチンスキーが自宅で焚書を行なった。忠実なオルガ・ムートが地下室にあるボイラーの炉の前に立って、左翼的な本や書類をシャベルでくべ、残った家族が、ナチ党から有罪の証拠と見なされそうなものを、ウルズラが書いた文章の多くも含めて、何から何までひとつ残らず運び下ろした。ロベルト・クチンスキーの自筆原稿を燃やす段になると、オロが怒りを押し殺して「あいつら労働者党って名乗っているくせに、あなた方のお父さまが書いたものはどれも労働者の生活をよくするためのものだったっていうのに」とつぶやくのが聞こえた。数日後、再びゲシュタポが大挙して押し寄せ、今度は家中をくまなく捜索した。「彼らはいきなり入ってきたんです」と、ブリギッテは回想している。「私たちはまだベッドで寝ていたので、すぐに身支度をして一階にある一室へ行き、捜査が終わるまでその部屋でじっとしていなくてはなりませんでした」。オロは、「冷静で落ち着いた態度で」腕組みをして近くに立っていた。ゲシュタポは何も発見できず苛立ちながら帰っていったが、そのとき隊員のひとりが振り返ると、ペッと唾を吐いてこう言った。「そのうちあの女を捕まえてやる」。今ではウルズラも、ロベルトやユルゲンとともに指名手配リストに載っていたのである。ここまで来たら、もう脱出すべきだ。ベルタは懐かしい我が家を売りに出し、逃げ出す準備を始めた。

グレンツバウデン村の別荘に現れたのは意気消沈して老け込んだ女性で、ウルズラが三年前に最後に見たときの、魅力にあふれた母親の面影はなかった。ベルタは自分の孫にもほとんど関心を示さなかった。「もう何も楽しむことはできなかったのです」とウルズラは記している。ほんの数時間でベルタは帰らなきゃと言ってベルリンに戻っていった。

二歳のミヒャエルは、緊張した空気を感じ取っていた。「ひどく泣き始めて、『ママ、ミーシャと一緒にいて。お願いだからママ、ミーシャと一緒にいて』と、何度も繰り返したのです」。別れを告げる段になったら自分の感情を抑えることはできないと分かっていたので、ウルズラは夜明け前に荷造りをして、マックスとエルゼと抱擁を交わすと、声を立てずに涙を流しながら、まだ息子が眠っている隙に静かに立ち去った。

モスクワの駅に到着すると、数名の将校が彼女に「ソーニャ」と呼びかけて挨拶をした。[*2] ウルズラがリヒャルト・ゾルゲに付けられた暗号名を耳にしたのは、これが初めてで、このときすぐに彼女は上海の酒場で流行していた例の歌を思い出した。この言葉を聞いて、バイクに乗っていたあの人の記憶がどっとよみがえった。「たぶんそれが理由で、私は気に入ったのでしょう」と後に彼女は書いている。「この名前が、彼からの最後の挨拶のように思えたのです」。

待っていた車は南へ向かい、モスクワ川の右岸にあってモスクワ市内を見渡せる、樹木の茂った小高い丘陵「レーニン丘」を登った。ヴォロビヨーヴォ村（村の名は、ロシア語で「スズメ」を意味する単語に由来する）の近くに来ると、車は複数の建物から成る複合施設の門の前で止まった。施設は、二重になった金属フェンスで囲まれ、武装した憲兵と警備犬がパトロールしている。ここは、「第八国際スポーツ基地」であると同時に、極秘の「国防人民委員部無線訓練研究所」でもあった。研究所は「スズメ」という想像力のかけらもない暗号名で呼ばれており、それを取り仕切っていたのが、一九二六年にアグネス・スメドレーをスカウトしたコミンテルンのスパイ監督官ヤーコプ・ミロフ＝アブラモフで、このときはソ連の情報機関で通信部門のトップを務めていた。

スパイ学校というロマン

「スズメ」には、研究室と実習室と、最新の無線機器が備わっていた。最上階は通信用のドームになっており、送信機二台（出力は五〇〇ワットと二五〇ワット）と、ドイツのテレフンケン社製の強力な受信機一台が設置されていた。ここに、国籍や性別を問わず厳選された訓練生、約八〇人が集められ、送信機と受信機の組み立て方や、無線機器の作り方と隠し方、モールス符号による暗号化と解読の方法など、短波無線による秘密活動の技術を学んでいた。ほかにも訓練生たちは、外国語と歴史と地理を学び、マルクス・レーニン主義を教え込まれ、さらには、素手での格闘術と武装しての戦闘術、破壊工作、爆発物の調合と処理、監視術と監視を逃れる方法、デッドドロップやブラッシュ・コンタクト［第三者が何気なく見ているだけでは気づかないほど秘密裏に品物を渡す方法］や変装といった極秘スパイ術など、数々の実践的技能を訓練された。このスパイ学校の卒業生は、世界各地に派遣される前に、「陸軍のスポーツ・キャンプでの過酷な訓練」を受けさせられた。この訓練は肉体的に非常にきつく、参加者は訓練後に「疲労回復のためクリミア半島の保養所へ送られ」た。

ミロフ＝アブラモフは、「親切で、有能で、誠実な同志」だったが、同時に厳格で異常なほど厳しい専門家でもあり、訓練のため手ずから選んだ少数精鋭の者たちに献身と徹底した服従を求めた。ある同僚は、次のように記している。

候補生は、入念な審査を経て、ミロフ＝アブラモフに認められた。彼は優秀な心理学者だった。候補生を自分の執務室に招き入れると、君はヒトラーとファシズムを相手にいつでも戦いに積極的に参加できるよう準備しておきたいと思うかと質問した。それからさらに数回会った後、ミロフ＝アブラモフは候補生に、この訓練に参加するための条件を記した書面に署名して、ソ連の諜報組織に全身全霊を捧げるよう求めた。選抜される候補生は、言語か技術的事柄に特別な才能を持った、知能の優れた若い男女だった。不適切な候補生は、繰り返し実施される試験で排除される。訓練生は変名を用い、同僚にすら本当の身元を絶対に明かさないと約束しなければならなかった。訓練期間中は、友人との連絡をすべて遮断しなくてはならず、学校からひとりで出かけることは絶対に認められず、写真を撮影することも、学校とカリキュラムについて誰かに話すことも、許されていなかった。秘密の漏洩は死刑によって罰せられた。[*3]

ウルズラは、ミロフ＝アブラモフとの面接に合格し、契約書に署名して、背けば死刑になることを承知の上で、ソ連の諜報機関に忠誠を誓った。

なぜ彼女は忠誠を誓ったのだろうか？　ウルズラは（夫婦仲がよくなかったとはいえ）既婚者であり、母親であり、読書好きで心優しいユダヤ系中産階級の知識人で、ショッピングと料理と子育てという、ありふれた日常を楽しむ女性だった。世界が戦争へと突き進む中、似たような境遇の人は身の安全を求めて脱出していたが、彼女はあえて別の道を行き、危険に飛び込んでリスクを楽しもうとした。ウルズラは生まれつき率直でざっくばらんな性格だったが、これ以降、彼女の生涯は徹底した秘密と欺瞞によって形作られ、憎悪する相手に対してだけでなく愛する人々にも真実を隠して生きていくことになる。ソ連の諜報活動は生涯にわたる仕事であり、死んで終わることも少なくなかった。後年ウルズラは、来し方を振り返るとき、自分の人生のありようを、まるであらかじめ運命によって決められていたかのように捉え、自分の選択を政治的信念に基づく論理的な帰結として描写していた。しかし、イデオロギーだけですべてが決まったのではなかった。彼女の意識の中では、諜報活動は自分が彼女の大好きな兄と肩を並べる存在であり、父のように国際問題で活躍できる人物であり、アグネス・スメドレーよりも能力のある革命家であることを証明するチャンスを与えてくれるものだった。スパイ学校「スズメ」は、彼女がそれまで受けることのできなかった教育と、秘密のエリート集団の一員となることに伴うロマンを与えてくれた。ルディとの生活は、安全と安定を与えてくれた。そのどちらも彼女は欲していなかった。

スパイ活動は、依存性も高い。秘密の力という薬物は、一度でも味わったら、断つことは難しい。ウルズラは、おしゃべりばかりしていて取るに足らない上海の外国人居留民たちを見て、私は彼らの仲間ではなく、彼らとは違う、もうひとつの秘密の生活を営む人間だと思っていた。自分と家族を危険にさらす、重大な危機に直面したこともあったが、何とか切り抜けた。人は困難な状況を切り抜けると、アドレナリンで気分が高揚し、破滅を逃れたことで運命を強く感じるようになる。諜報活動は、つまるところ想像力を働かせる仕事であり、自分や他人を実世界から人工的に作り上げた世界へ移し、表向きはある人物を演じながら、裏では別の、他人に知られていない人間であり続ける意志が求められる。幼いころからウルズラは、文章の中で持ち前の豊かな想像力を駆使して、もうひとつの現実を探検し、どのエピソードでも常に自分が中心にいた。それがこれからは、訓練を受けた情報員として、歴史のページに自分自身の物語を書くチャンスを手にすることになった。

ウルズラがスパイになったのは、プロレタリア階級と革命のためだったが、同時に自分のためでもあり、心の中に絶えず潜んでいた野心とロマンと冒険心が入り混じった、並々ならぬ気持ちに突き動かされたからでもあった。

　訓練生の「外国人グループ」には、ウルズラ以外にドイツ人が二名、チェコ人一名、ギリシア人一名、ポーランド人一名、そして「ケイト」と呼ばれていた二〇代後半の魅力的なフランス人女性がいた。ケイトは「優れた知性と強い感受性」の持ち主で、やがてウルズラのルームメイトとなり、ふたりは親しくなった。フランスの港湾労働者の娘だったケイトは、本名をルネ・マルソーといった（彼女は後に、スペイン・ナショナリスト政権の指導者フランコ将軍を暗殺するため派遣されるが、そのときは偽造したイギリスのパスポートを使って「マーサ・サンシャイン」と名乗っていた。暗殺は失敗に終わったが、彼女はスペインから脱出し、レーニン勲章を授与された）。新たな訓練生たちは、実に多種多様な世界からやって来た者たちばかりで、ウルズラは彼らを魅力的だと思った。外国人グループの宿舎は、「スズメ」内にある、サクランボの果樹園に囲まれた赤レンガの大きな建物で、ここで全員が一緒に暮らした。

　ウルズラは、訓練に全力で取り組んだ。「私たちがしなくてはいけないのは、学ぶことだけでした」。海軍の元無線通信員による指導の下、彼女は民間のラジオ店で購入できる部品を使って無線装置を組み立てる練習を積み、暗号化した通信文を送る方法を覚えた。授業を毎日受ける中で、彼女のロシア語は急速に上達した。さらに、これは本人にとっても意外だったが、彼女は技術的なスキルをすぐに身につけ、送信機や受信機、整流器、周波数計を組み立てられるようになった。ウルズラにとってうれしいことに、このグループに、ゾルゲの無線通信員だった酒好きの「しらふ」ことゼップ・ヴァインガルテンが加わった。彼は、どうしても再訓練が必要だったので上海から送り返されてきたのである（同行してきた妻は、ゼップが共産主義のスパイであることにようやく気づいた。彼女は激怒した）。施設の食べ物は最高だった。「私はふくよかになりました。頰はどんどん丸くなって血色もよくなり、体重が生まれて初めて六〇キロを超えました」。

週末になると、ウルズラはルネと一緒に、礼儀正しいが厳しいボディーガードに伴われて、観光に出かけた。ふたりは通りを何時間も散策した。「私は、モスクワの冬の寒さが大好きでした」と、彼女は記している。彼女は教官たちに、ゾルゲの消息をそれとなく尋ねてみたが、すでに別の任務に就くため出発したと聞かされるだけだった。どこへ出発したのかは教えてもらえず、彼女もそれ以上しつこく聞いたりはしなかった。規則は明快で、工作員と担当官は、モスクワにいるときや任務に一緒に派遣されているときには親しく付き合ってもよいが、それ以外のときに接触することは厳しく禁じられていた。このときゾルゲは日本にいて、諜報活動で次の功績を挙げるための下準備をしている最中だった。ウルズラの愛人は、恋愛遍歴でも地図の上でも次に進んでいた。ソ連の諜報活動は、かつてはふたりを結びつけたが、今度はふたりを引き離した。ウルズラは、またいつか彼に会えるだろうかと考えては、胸を締めつけられる思いがした。

ゾルゲとの思い出が一気によみがえる出来事があった。ある日の午後、ノヴァヤ・モスコフスカヤ・ホテルのエレベーターに乗っていたとき、ウルズラは誰かに後ろから肩を叩かれた。振り返ってみると、そこには満面の笑みを浮かべたアグネス・スメドレーが立っていた。「私たちは、互いに飛びついて抱き合いました」と、ウルズラは書いている。スメドレーは中国に戻る準備をしていた。ウルズラはこの再会を偶然だと思っていたが、実際には、ほぼ間違いなく、スメドレーに友人と「偶然に出会って」進捗状況を確認せよとの指令が出ていたのだろう。ふたりの仲が以前のような睦まじいものに戻ることは当然ながらなかったが、それでもふたりは、孫文の元顧問で今は英字新聞『モスクワ・ニュース』で編集の仕事をしているミハイル・ボロジンを一緒に訪ねた。一九三三年秋、彼女とスメドレーは、赤の広場で行なわれる十月革命記念式典の入場チケットをもらった。式典はソ連の力を鮮やかに見せつけるショーであり、途中でスポーツ選手の一団が、スターリンが満足そうに見下ろす中、テニス・ラケットやボートや旗やサッカーボールを持ちながら横に広がって行進した。この行進は、後に「ランニングシャツを着た一〇万人行進」と呼ばれるようになった。その中には、機関紙『プラウダ』のジャーナリストでハンガリー人のラヨシュ・マジャールや、中国のコミンテルン派遣団代表で、ウルズラは知らないが、一九三一年に丁玲の夫である胡也頻を死に追いやった張本人にまず間違いない王明などがいた。ウルズラは、他の外国人共産主義者を紹介された。スメドレーを通して「私たちの学校の生徒が施設の外でこれほど多くの人と会うのは、珍しいことでした」とウルズラは書いている。彼女は分かっていなかった――あるいは、わざと分かっていない振りをしていたのかもしれない――が、ウルズラはスメドレーにスパイされており、有名な外国人共産主義者を紹介されたのは、彼女の忠誠心を強化し、紹介されたときの反応を観察し、彼女を見張っているためだった。ウルズラは教育を受けていたが、同時に監視も受けていたのである。

驚くべき申し出

ウルズラは毎日が忙しく、刺激を受け、かつてないほど健康になった。しかし同時に、幼い息子に会いたくて絶えず苦しみ続けてもいた。ルディを恋しいと思うことはほとんどなかったが、ミヒャエルに会えないのは責め苦に等しく、その苦しみは日ごとに増していった。彼女の内に秘めた苦痛と罪悪感に気づいていたのは、ルネだけだった。ウルズラは、ふと気がつくと「子供たちの明るい声をただ聞きたくて」子供たちの集団を後ろから追いかけていることがあった。「いつも息子に会いたいと思っていたので、出会った子供にはひとり残らず引きつけられました。店の前に立っているとき、ベビーカーが外に置いてあるのが目に入ると、女性というのは赤ん坊を着替えさせたりミルクをあげたり、『ウックン』という声を聞いたりしたいというだけの理由で赤ん坊を盗めるものなのだと、理解することができました」。ミヒャエルの三歳の誕生日が近づき、そして過ぎていった。母と子が別れてもう七か月になる。ウルズラには、「この失われた月日を取り戻すことは絶対にできない」だろうと分かっていた。ミヒャエルが一五〇〇キロ以上離れた場所ですくすくと成長しているあいだ、彼女は警備された施設で無線送信機を作り、本名を知らない人と仲良くなっている。母としての義務はミヒャエルと一緒にいることなのに、もう一方の義務はますます優勢になっている。ウルズラはときどき深夜に泣くこともあった。しかし、訓練をやめようとは一度も考えなかった。

お祝いのできなかったミヒャエルの誕生日が過ぎて一週間後、ウルズラはボリショイ・ズナメンスキー小路の本部に呼び出された。応対した少佐は、彼女の上達ぶりを褒めると、いきなりこう告げた。「もうじき君は任務に派遣される——目的地は満州の奉天だ」[*4]。

満州とは、中国東北部から内モンゴルにかけての地域で、この地には一九三一年に日本軍が侵攻して日本寄りの傀儡国家、満州国を建てていた。占領者である日本軍に対して中国人は、義勇軍や、農民の結社、匪賊、大刀会や紅槍会と名乗るパルチザン部隊など、広範囲にわたる人々や組織が参加して抗日運動を展開していた。そのうち最も激しい抵抗運動を進めていたのが共産主義者の地下ネットワークで、これをソヴィエト連邦は——日本の勢力が中国に拡大するのを脅威と見なして——支援していた。奉天（現在の瀋陽）でのウルズラの任務は、共産主義パルチザンと連絡を取り、支援物資を与え、軍事情報など各種情報を無線でモスクワに伝えることだという。「満州の政治状況はとても興味深かった」と、後に彼女は何気ないふうを装って書いている。「そして、奉天は活動の中心地でした」。さらに、きわめて危険でもあった。上海の官憲は反抗する何千人もの共産主義者を一掃していたが、日本の秘密警察・軍事警察である憲兵隊は、それとは段違いで、残酷で人種的偏見に満ちた、きわめて有能な組織だった。ウルズラの任務は重要なもので、そのことはスパイ組織の上官たちから高い評価を得るようになっていたことを示しているが、この任務からは生きて戻れないかもしれなかった。このときウルズラは赤軍の大尉になっていたが、この昇進を誰も彼女に知らせなかったし、そもそも軍隊の階級を持っていることすら教えていなかった。

「私は、この予期していなかった任務をためらうことなく引き受けました」と、後に彼女は記している。しかし、少佐の次の言葉に驚かされた。

「君は向こうで単独で活動するのではなく、この任務について全責任を負う同志が君に同行する。君がすでに中国を知っていることが、彼にとっては重要だ。私としては、君たちを夫婦として向こうへ送り込みたいと思う」

彼女は一瞬、言葉を失った。

「そんなにビックリした顔をしなくてもいい。エルンストは二九歳の立派な同志で、君たちはきっとうまくやれる」

「そんなのは無理です」と、彼女は異議を唱えた。「上海では、ルディと私はよく知られていますし、上海からは人が頻繁に奉天へ行っています。私は、表向きはヨーロッパに帰省していることになっていますから、偽造パスポートで他人の妻として突然姿を現すことなんて、できません。まったく非現実的です。ルディと離婚すれば話は別ですが、離婚するには時間がかかります」。

彼女は、まだ離婚するつもりはなかった。それに、夫婦を偽装するアイディアがいいのかどうかも、確信が持てなかった。

「私とその人の気が合わなかったらどうします？　誰にも知られず長期間ふたりだけで一緒にいなくてはならないのに」

少佐はニッと笑った。「この任務は重要だ。彼に会うまで待つといい」。

翌日、ウルズラはアジア課の課長ガイク・ラザレヴィチ・トゥマニャン大佐から、満州での任務についてブリーフィングを受けた。[*5] トゥマニャンは、「細長い顔と、カールした黒髪と、黒い瞳をした」アルメニア人で、心根は優しく穏やかな性格だったが、赤軍で昇進を続けてきた経験豊富なボリシェヴィキだった。通称を「トゥムス」といい、中国で数年間秘密活動に従事した経験があったので、自分がウルズラにどれほどのことを求めているのかを正確に理解していた。このときのことをウルズラは、「すぐに私は、自分が相手にしているのが知的な人物で、担当分野の専門家であり、私を信頼していることに気づきました」と記している。

トゥマニャンは、にっこりと笑って彼女に挨拶をした。「偽装夫婦のアイディアは取りやめになりました」と彼は告げた。「相手の同志は残念に思うかもしれませんね」。彼の笑いにウルズラは引き込まれた。

大佐は、あなたには上海に戻ってルディと会ってもらいたいと説明した。かつて彼女はルディに、離れて暮らすのは六か月になるだろうと告げていたが、それが今ではもう七か月になっていた。大佐の話は続く。上海に着いたら、隠れ蓑になりそうな奉天での仕事を見つけ、それから新たな同僚エルンストとともに満州へ行ってほしい。エルンストは労働者階級出身の船員で、経験豊富な無線技士だ。そうトゥマニャンは説明した。

ウルズラには、もうひとつ聞きたいことがあった。「教えてください。その人は、私に息子がいることを知っているのですか？　子供のことを誰か考えてくれているのですか？」。トゥマニャンは再び笑顔を見せた。「それについては、あなたが自分の口から話した方がいいでしょう」。

数日後、ウルズラは、ある店のショーウィンドーで子供用の毛皮の帽子を見つけ、すぐに買った。「満州は冬が寒いし、この小さな帽子は息子にピッタリに思えました。私は、金髪で青い目をしていて肌の柔らかい息子がこの帽子をかぶっている様子を想像しました」。

同じ日に、彼女は本部にある、がらんとした暖房のない部屋にいて、諜報活動の新たなパートナーとなる同志が来るのを待っていた。寒さのせいか不安のせいか分からないが、歯がガチガチと鳴った。ようやく、ひとりの男性が入ってきた。背が高くてスリムで、肉体労働に慣れているらしく肩幅が広い。「私たちは、さっと握手を交わしました。私は、彼の温かい手に触れて自分の指が冷たくなっているのを感じ、それから彼の金髪と、しわが刻まれていて顔の割には大きすぎる額と、前に突き出た、たくましい頬骨と、青緑っぽい目と、くっきりとした薄いまぶたに気づきました」。

しばらくふたりは互いに相手を観察した。

「震えていますね」と彼は言った。「寒いですか？」。

「私の返事を待たずに、彼はコートを脱ぐと私の肩に掛けてくれました。コートは床に付くくらいの長さで、とても重かったのですが、それを着て私は気分が軽くなりました」

エルンストは、本名をヨハン・パトラといった。リトアニアの港湾都市クライペダ出身の、三四歳の船員で、生まれはリトアニアだがドイツ語を話してドイツ人のように振る舞う男で、確固たる信念を持った共産主義者だった。頭は非常によいが、教育はまったく受けておらず、ドイツ語とリトアニア語とロシア語と英語を話せたが、どの言語でも文章を読むのは苦手だった。一九二〇年代後半、若い船員だった彼は、ソ連情報機関のブルガリア人情報員に見いだされてコミンテルンのため片手間仕事を始め、ハンブルクやリガなどの港を行き来するときに秘密文書の運び屋として活動した。一九三二年には訓練のためモスクワへ連れてこられ、最初は破壊工作を指導され、次に無線操作を学んだ。ウルズラが新たな上司と最初に交わした会話は、きわめてぎこちないものだった。パトラは言葉少なに、彼女が違法な送信機を操作できるかどうかを知りたがった。「無線操作については私より彼の方が詳しいことが、すぐに分かりました」。

ふたりはまだ立ったままだった。

再び長い沈黙が続いた後、彼は言った。「あなたが握りしめている、その帽子は、ちょっと小さくないですか？　あなたにはまったく合わないと思いますが」。

「これは私のではありません、息子のです」

パトラは驚いて、じっと見つめた。「息子さんがいるのですか？」。

「ええ。ミヒャエルは三歳で、一緒に連れていくつもりです。何か問題ありますか？」

彼女はすでに決心を固めていた。「私が革命かパルチザンとの武装闘争に関わるのでない限り、私は息子と二度と離れ離れになるつもりはありませんでした。もし息子を連れていくのを拒まれたら、私は行かないつもりでした」。拒まれたらどう言うかも、すでに決めていた。「もしあなたが、子供がいることで私の独立心や仕事の能力に悪影響が出ると考え、私は母親なので危険にあまり耐えられないだろうと思っているなら、私たちは上司に言って、あなたに別の同僚を見つけてもらうよう、お願いしなくてはなりません」。

彼女は待った。

突然パトラは、初めて笑顔を見せた。

「息子さんを拒むはずがないでしょう?」と彼は言った。「それに、革命には若い世代が必要なんですから」。

ウルズラは、どっと安堵した。

一週間後、ウルズラは案内されてヤン・ベルジン将軍本人の前に通された。「ひげをきれいに剃り、目を輝かせ、見た目は若いが、白髪で、どら声で、仕事人間」のベルジンは、ウルズラに、プラハでパトラと落ち合い、その後に息子を迎えに行ったら、南へ向かってアドリア海沿岸の街トリエステへ行くよう指示した。そして、イタリア発の上海行き定期船の乗船券を二枚、手渡した。乗船後にパトラと会ったら、初対面であるかのように振る舞わなくてはならない。ふたりは不倫関係に陥ったように装い、それから一緒に満州へ向かう。「夫婦がダメなら、少なくとも愛人どうしのように振る舞ってほしい」とウルズラは言われた。「それが、君が奉天にいるのをもっともらしく見せる最善の方法なのだ。彼はビジネスマンとして登録されるので、彼がその役割を果たせるよう支援しなくてはならないだろう」。

かくして、偶然の出会いと、船上での衝動的なロマンス、そして駆け落ちという、ウルズラ自身が筋を書いたのかもしれない偽装が始まった。

7　コンテ・ヴェルデ号の船上で

船上の母子とひとりの男

一九三四年三月の氷のように冷たい朝、ウルズラはプラハのホテル・モドラー・フヴィエズダ（ブルー・スター・ホテル）を出て、ヨハン・パトラに会いに行った。ヴルタヴァ川沿いでは、「葉を落とした木々の枝が霜に覆われていて、川に立ちこめていた霧のような雲が、やがてゆらゆらと上昇して、天まで届くと透明になり、非常に薄いベールのようにふっと破れました」とウルズラは記している。興奮していた彼女の気持ちは、ひしひしと迫る不安で静まっていた。明日にはミヒャエルを、別れてから七か月ぶりに祖父母のもとへ引き取りに行く。息子は私を覚えているだろうか？　それに、パトラがいる。彼女の上官で、新たなパートナーであり、ハンサムだが本を読めない男。「もし、どんなに頑張っても、お互いに気が合わなかったらどうしよう？」。ウルズラは、必ずしも一緒に暮らして楽しい相手ではなかったし、本人もそのことを自覚していた。「相手がどんなに立派な人でも、私はイラッとして、もうこれ以上この人とは一緒にいたくないと思うことがあります。特に相手がユーモアのない人だったり、退屈で面の皮が厚い人だったりする場合は、そうです。ですが相手の方も、私にイラッとさせられると思っているかもしれません」。パトラがコートを掛けてくれた、あの初顔合わせのときには、妙な底流というか、わずかな緊張感があった。もしかすると、彼は女性と活動するのをためらっていたのかもしれない。「彼には、自分の相棒がタフで、任せられた仕事は何があろうとやり遂げる人物であることを知る必要があるわ」と彼女は考えた。それとも、あまりにも「率直で鼻っ柱が強い」振る舞いをして、彼をうんざりさせてしまったのだろうか？

彼女は、市場の近くにあるカフェの隅にパトラが座っているのを見つけた。広い肩幅とボサボサの金髪が奇妙なほど目立っている。彼は背中を丸めて新聞をのぞき込み、指で紙面の文字を追いながら集中して読んでいた。

任務の詳細を打ち合わせているあいだ、パトラは以前と変わらず寡黙に見えた。しかし突然、明るい口調でこう言った。「映画館に行こう」。これは予定に入っていない行動だった。しかし、彼は上官だったし、それに彼女は、見たいと思っていたフランス映画『母の手』が近くの地下映画館で上映されていることを知らせるポスターを目にしていた。ふたりが席に座り、映画が始まると、ウルズラは選ぶ映画を間違ったことに気づいた。『母の手』は幼稚園を舞台に、親に捨てられた子が母親の愛を求める物語である。自分の息子と何か月も離れ離れになっていて情緒的にもろくなっていたウルズラにとって、この物語は酷だった。映画が始まって一〇分後、彼女はすすり泣きを始めた。「涙が顔を止めどなく流れ落ちました。止めようもありません。私は自分の弱さを呪いました。椅子の肘掛けをしっかりと握りましたが、それでも涙は流れ続けました」。

パトラにどう思われているかを考えると居たたまれなくなり、彼女は小声でこう言った。「私、普段はこんなじゃないんです」。

彼は、慰めるようにウルズラの肩に腕を回して言った。「あなたがこんなふうな人で、僕はうれしいですよ」。

その晩、夕食を食べながらパトラは身の上話をした。ウルズラは、目を泣き腫らしたままだったが、彼の語る貧しかった子供時代を聞いているうちに、さまざまな感情が再び込み上げてくるのを感じた。パトラの父は漁師で、稼ぎを酒に注ぎ込み、妻と子供にしばしば暴力を振るっていた。母親は「丈夫で忍耐強い」人で、自分の幸せを犠牲にして、長子のパトラを含む四人の子供を育て上げた。「彼が母親の話をするときに見せた尊敬の気持ちを、私は決して忘れることができませんでした」とウルズラは書いている。パトラによると、ある夜、父親が酔っ払って家に帰ってきたことがあった。一五歳だった彼は、母親を守ろうとして父と母のあいだに割って入ったが、けんか慣れした父が相手では、かなうはずがなかった。彼は父からボコボコになるまで殴られ、家から放り出された。その直後にパトラは商船の下働きとなり、クライペダには二度と戻らなかった。それからの五年間は、まず機関助手として働き、次に無線通信員になった。共産主義は、船員仲間のひとりから教わった。彼は少しずつ、一語一語苦労しながら、マルクスやレーニンの著作を読んだ。「仲間たちがカード遊びに興じたり、上陸したり、当直が終わってのんびりしたりしているあいだ、彼は自分には理解できない、見慣れない単語や長くて複雑な文章と格闘していたのです」。本や思想に囲まれていたウルズラには、共産主義は何の苦もなく理解することができた。だがパトラには、不可能に思えるほど難しかった。

「きっとヨハンには少しも楽な道ではなかったでしょう」とウルズラは思った。夕食が終わると、リトアニア生まれの船員は歩いて彼女をホテルまで送り、型どおりに握手をすると、夜の闇に消えていった。

翌日、列車がグレンツバウデンへ向かうあいだ、ウルズラの心の中では興奮と不安が交互に湧き上がっていた。「一分また一分と私は息子に近づいていました」。

待ち焦がれていた再会は、当然ながら期待に反する結果となった。子供は三歳にもなれば、自分が捨てられたことは理解できる。「知らない少年が私の前に立っていて、彼にとっても私は知らないおばさんでした」と彼女は書いている。「息子は私に挨拶さえしたがりませんでした。おばあちゃんに駆け寄ってスカートの後ろに隠れたのです」。三日間、ミヒャエルはウルズラに口をきこうとしなかった。ようやく口を開いたときには、今も彼の第一言語である中国系ピジン英語で、怒りを込めてこう言った。「ボク、グレンツバウデンの方が、上海の方より、いいと思うけど、ママとパパも、いつかはここに来て、おばあちゃんの山の家に、ずっといればいいのにと思う」。ウルズラは、罪悪感に改めて胸を刺される思いがした。息子は、母親と父親に、このチェコスロヴァキアの山々に戻ってきてほしがっているのだ。

最後には、彼女は泣きわめく息子を家から引きずり出して、待っている車に乗せなくてはならなかった。さらに悪いことに、ミヒャエルが百日咳にかかってしまった。数分おきに「咳の発作が起こり、顔色は青くなりました」。列車がトリエステを目指して南へ向かうあいだ、ウルズラは「私のか弱いスズメちゃんは、死んでしまうんだろうか？」と思った。

翌朝、母子は汽船コンテ・ヴェルデ号のタラップを登った。[*1] この大型外洋定期船は、海運会社ロイド・トリエスティーノの自慢の船で、三等級に分かれた船室に合計六四〇名の乗客を乗せることができた。航海初日にウルズラはパトラの姿を見つけた。彼は、表向きはタイプライター会社ラインメタルの代理人という、個人資産を持つビジネスマンとして旅行していた。ふたりはアイコンタクトを避けた。三週間の船旅のあいだ、船はアドリア海と地中海を南へ向かってカイロへ行き、スエズ運河を抜けてボンベイ［現ムンバイ］、コロンボ、シンガポールを経由して、最終目的地の上海に到着する。船に乗って最初の数日間、病気に苦しむミヒャエルは二等船室にこもっていた。熱っぽい状態が続いたため、幼いミヒャエルは「完全なパニック状態となり、汽船は沈んでボクとママは溺れ死ぬんだと思い込んでいました」。汗をかいて小さい体を震わす息子を、ウルズラはぎゅっと抱きしめた。ミヒャエルはまだ心を許さなかったが、それでも母子の関係はゆっくりと改善し、それに従って彼の体調もよくなった。一冊しかない子供向けの詩の絵本を親子で三〇回読んだ後、ウルズラは、百日咳よりも客室に閉じこもってストレスをため込む方が危険だと判断し、ほかの子たちに近づきすぎて百日咳をうつしてしまうことのないよう十分に気をつけた上で、息子をデッキに連れ出した。

コンテ・ヴェルデ号は、海に浮かぶ宮殿だった。グラスゴーのダルミュア造船所で建造され、全長は一八〇メートル、働く乗員の数は四〇〇名だ。ウルズラが乗船した四年後、この大型船は別の種類の乗客を運び始める。ナチ党による迫害が勢いを増す中、一九三八年から一九四〇年のあいだにロイド・トリエスティーノ社の全船舶が、ユダヤ人避難民一万七〇〇〇人を安全な上海まで輸送するのである。

コンテ・ヴェルデ号がスエズ運河を通過しているとき、ミヒャエルがボールを落とし、ボールはデッキをてんてんと転げていった。乗客のひとりが、海に落ちる寸前にボールを足で止め、持ってきてくれた。それはヨハン・パトラだった。彼は帽子を持ち上げると、少年の母親に、私はタイプライター会社ラインメタルのエルンスト・シュミットですと自己紹介した。ウルズラは、プラハで買ったノースリーブの美しい青いドレスを着ていた。ふたりは会話する振りをした。その日の夜、ふたりは一緒にディナーを食べた。翌晩もディナーをともにした。乗船客の中に、若くてエレガントなドイツ人女性が裕福なビジネスマンとずいぶん仲良くやっているらしいことに気づいた人がいたかもしれないが、そうしたことはコンテ・ヴェルデ号の上では特に珍しいことではなかった。「船上での恋愛は、温泉町でと同じくらい、よくあることでした」と、ウルズラは書いている。

船が南へ向かうに従い、天気も穏やかになっていった。日が暮れてミヒャエルが眠りに就くと、ふたりはデッキを散策しながら、熱心に話し込んだ。日中はプールで泳いだり、トランプをしたり、デッキチェアでのんびりしたりして過ごした。

「あなたは、いい母親ですね」と言って、パトラはウルズラを安心させた。

チェコスロヴァキアにいたとき、ふたりは船上では任務の話をしないことに決めていたが、パトラは自分で決めた決まりをすぐに破った。ウルズラは、満州で使う予定の送信コードを暗記していた。ある朝パトラは、朝食の後で「覚えていますか？」と尋ねた。彼女はうなずき、コードを暗唱した。翌日、彼は同じ質問をした。三たび質問されたとき、彼女はきっぱりとこう言った。「もういいでしょう。私を信頼してください」。彼は小声で反論した。「いいえ。私はあなたのことを十分よく知らないし、私はこの任務に責任がある」。

一時間後、ウルズラはパトラとミヒャエルが積み木で楽しそうに橋を作っている姿を目にし、それで怒りは消え去った。

「夜になると、私たちはデッキに出て、星空の下、手すりにもたれかかって、ただ海を眺めながら何時間も過ごしました。そのあいだは、何も言わなかったり、私たちの過ごしてきた、それぞれまったく違っているのに、同じ世界観に導いてくれた互いの人生について静かに語ったりしました」。ウルズラは、自分の子供時代のことや、中国で過ごした三年間のこと、リヒャルト・ゾルゲにスカウトされたことなどを彼に語った。パトラは船員時代の暮らしや、革命に関する書籍を理解するのに今も苦労していることを説明した。彼は、ルディについても質問した。

「もちろん、答えてくれなくてもかまわない」と、彼は言い足した。

「彼はいい人だけれど、気持ちが離れてしまったの。そう、彼は初恋の人だった……あのころ、私は何歳だったのかしら?」

「そんなことは尋ねていないけれど」

「いいえ、いいえ、秘密ではないもの。私は一八歳で……そして、そう、ほかの人は誰も目に入らなかったの」

パトラは、そんなことも尋ねてはいなかった。

「長い船旅のあいだ、昼間は暖かく、夜は雲ひとつなく、太陽と星空の下で毎日を過ごしていると、何とも言えない雰囲気が生まれました」と、彼女は書き記している。「船の手すりに寄りかかって立ち、小声でおしゃべりしながら、あるいは何も言わずに、海に目を向けていると、私にはもう、ふたりの関係をこれからも純粋に『同志愛』に基づくものにしておきたいのかどうか、自信をもって断言できなくなっていました」。パトラは息子をかわいがってくれているようだった。彼がめったに示すことのない一瞬の笑顔を見ると、息の止まる思いがした。

ふたりはともに階級闘争に取り組んでいたが、皮肉なことに、その階級がふたりをはっきりと分断していた。「彼は派手好みで、物腰もビジネスマンには見えませんでした」とウルズラは述べている。「私は、一等船室で旅する人は吸いかけのタバコを耳に挟んだりしないと、彼女ははっきり指摘した。そんな些細なことは気にしないけれど、ブルジョワのビジネスマンのように振る舞うのは偽装の一部なのよ」。彼がそれらしく振る舞えないと、全員が危険にさらされることになる。怒ったパトラは、あなたを「困らせ」ないよう別の場所に座ることにすると言って、その場を立ち去った。

ウルズラは当惑した。「こんなことって、あるだろうか」と彼女は思った。「私たちには、これから大きな任務が待っているし、この船に乗っている共産主義者は私たちだけで、私たちが長期間一緒に活動しなくてはならないことをふたりとも分かっているのに、それでいて、あんな些細なことで口論するなんて！」。

パトラは、ドイツの哲学者ヘーゲルの著書『大論理学』を読もうとしていた。そんなことは無理してやらなければと思ってやることではない。ウルズラが見つめる中、彼は文字がびっしり詰まったドイツ語の本を、集中するあまり顔をゆがめながら苦労して読んでいた。

彼は助けを求めた。「あなたは教育を受けているし、父親が教授なんだから、これを全部何の苦労もなく理解できるんだろう」。ウルズラは、私はヘーゲルなんて全然読んだことがないし、一九世紀に書かれたドイツ弁証法的形而上学についての八〇〇ページの本をデッキチェアに座って読みたいとは思わないと答えた。

「あなたにとっては、はるかに簡単なことなのに、無精だから必要な仕事をやりたくないのだろう」

「私だって、あなたに負けないくらい真剣だけれど、そのことを証明するのにヘーゲルを苦労して読む必要はないと思っているだけです」

しばらくすると、彼はリトアニアにいる母のために買った絵はがきを、自慢そうに彼女に見せた。夕日を浴びてピンクに染まる城を描いた、ひどく低俗な絵だ。

「船で売っている中で値段がいちばん高いやつだ」と彼は言った。「きれいだと思わないか?」。

「いいえ、趣味が悪いわ」と彼女は正直に答えたが、そう言ったことをすぐに後悔した。

「そう」。パトラは怒って舌打ちすると、絵はがきをビリビリに引き裂いた。「まあ、僕はしがない労働者で、こういうことは分からないからね。教養のない野蛮人……それに引き替え、あなたは知識人だ」。

今度は彼女が怒り出した。「もう、たくさん。そうやってあなたは私をそういう立場に押し込めようとしているけれど、そんなことはもうさせないし、私だって共産主義者としてずっと前から活動してきたんだから、あなたがそういう態度を取り続けるなら、あなたのことを全然尊敬できなくなるわ」。

パトラはたじろぐと、「そんなつもりじゃなかったんだ」とつぶやくような小声で言った。

バルト海沿岸出身のがさつな船員と、文学に親しむ中産階級のドイツ系ユダヤ人女性では、生まれた世界がまったく違っていた。「彼には、私がそれまでの人生で得てきたかもしれない利点が面白くないらしく、私が教育を受けていることも、流暢な英語を話せることも、彼より自信を持って人を扱えることも、すべて不愉快に感じているようでした」。

その日の晩、ミヒャエルをベッドに寝かしつけた後、ウルズラはパトラが船尾デッキで、ロープの山の上で憂鬱そうにパイプを吹かしているのを見つけた。彼女はけんかをやめて仲直りするつもりだった。「私は思うに任せて、彼の素晴らしいところを、情熱と感受性や、熱意、途方もない意志の力、私より豊富な経験など、何もかも伝えました」。

「僕があなたをどう思っているのか、言ってもいいかな？」と彼は答えた。

彼は、まるでつらい話を暗唱するかのように、よどみなく語り始めた。

「毎朝彼女は、自他ともに認める美しい姿を見せびらかすため違うドレスを着て現れ、毎朝彼女は、少なくとも二〇人に向かって愛想よく微笑む。彼女は新しい知り合いを作るのが好きだが、ここにいる連中が全員プチブルであることは気にしていない。彼女は、英語とフランス語の知識を披露して輝いている。特に、どちらの言葉もさっぱりわからない無教養な旅仲間の前では、そうだ。そして彼女は、その旅仲間に、彼が行儀作法の分からないプロレタリアに過ぎないことを思い知らせて喜んでいる。彼は彼女が部屋に入ってきても立ち上がらなかったし——何て恥ずかしいことだ——ソースを皿からすくって食べたし、タバコの吸いさしを捨てずに取っておいた。彼がそうしたミスをすると、彼女はタカのように攻撃する。彼は共産主義者で、一生懸命勉強したが、行儀作法は覚えなかった。党は、船員である彼を秘密文書の運び屋として使ってきた。以前ブラジルに行ったとき、警察が彼を捕まえた。彼は有罪の証拠となる手紙を持っていて、手を振りほどいて逃げようとした。警察は発砲し、銃弾が肩をかすめたが、彼は逃げ延びて三日間身を隠し、船に乗り遅れ、一文無しのまま取り残されてしまい、そうした日々を送っていたので、礼儀作法を身につけなくてはということにはまったく頭が回らなかった。そして今、彼はこの忌々しい汽船に乗って初めてブルジョワ社会に入り込み、目立ってはいけないと気をつけている。彼は、上品ぶった間抜けどもを絶えずじっと見ていて、あらゆることを観察し、どのフォークを口に運ぶのかや、サンドイッチを手づかみで食べるのではなく、小さく切ってからスティックに刺して食べるやり方を見ている。彼は船のボイラーのように汗をかき、ひどく不安で仕方がないが、裕福な家庭出身の知識人は、そうしたことをどういうふうに理解するのだろうか？」

ウルズラにこんなふうに話す人間は、それまでひとりもいなかった。彼女は怒りが込み上げてくるのを感じた。「それまで誰も私のことを、尊大だとか、うぬぼれが強いとか、享楽的だとか、意地悪だと考えたりはしませんでした」。ちょっと深呼吸しよう、と彼女は心の中で自分に言った。そして、こう答えた。

「あなたの非難に、ひとつひとつ反論してもいいですか？　私は、階級のない社会が到来するまで他の階級の人と仲良くしてはいけないとは思っていません。幸せであることは、人と仲良くすることと表裏一体です。それに、仲良くするのはうわべだけのことではありません。私は、落ち込んでいるときは自分の不機嫌が他の人に移らないよう、ひとりでいようとします。確かにあなたの言うとおり、私は人と知り合いになるのが好きです。人間にとても興味があるんです。人間は、気まぐれで、おかしくて、悲しくて、悪くて、立派で、誰もが自分の運命を持っていて、そうしたことは人付き合いや、その人本人を通して見えてくるのです。次に、ドレスについてのバカげた質問に移ります。私は四着持っています。もちろん、着るのを楽しんでいます。それまでの冬服を捨てて寒い三月から抜け出し、いきなり南国の夏に入って、ノースリーブを着てストッキングなしで走り回ったり、太陽の下で寝そべったり、プールで泳いだりするのは、とっても楽しいとは思わないんですか？　こうしたこと全部をあなたも楽しんでいると思っていました。今は楽しい時間なんです。で、ここまでは些細なことでしたけれど、これ以外にあなたが非難した点は、はるかにもっと重大で……」

パトラが口を挟んだ。「話を続ける前にひと言、僕にとっても今は楽しい時間なんだ」。そう言うと彼は立ち去った。

スパイの航路

翌日、船はコロンボに入港した。三人は上陸し、幼いミヒャエルは木々に猿がいるのを見てキャッキャと喜んだ。一行は、山の中腹にあって海を見下ろせるカフェで休んだ。パトラはミヒャエルを膝の上に抱いて座った。

その日の夕方、日が暮れて定期船が出港したとき、ウルズラとパトラは以前のようにふたり並んで手すりに寄りかかっていた。「私たちの腕が、満員列車で隣の人に軽くあたるような感じで、触れ合いました。私は自分の腕を、少し離れた場所に動かしました」。

「怖がらなくていい」とパトラは言った。

「本当に？」

沈黙。

「もう遅いわ、ミーシャを見に行かなくちゃ」

「戻ってくるかい？」

「もう遅いわ」

「ここで待っている」

戻ってきたとき、パトラは海の向こうをじっと見つめていた。彼女が近づく気配には気づかなかった。

ウルズラは思った。「さあ、風のせいで顔にかかった彼の髪を直してあげるのよ」。

その代わり、彼女は何も言わずに彼の隣に立った。

「今回のこと、大半は私のせいよ」と彼女は言った。「でも、あんなふうに侮辱されたら、いつまで耐えられるか分からないわ」。

「もし可能なら、手を引くかい？」と彼は聞いた。

「どうして、できもしないことについて考えるの？」

「僕は君を手放したくない」

パトラは黙って、船尾の波をじっと見下ろした。しかし、次に「彼は顔を上げて海の向こうを見つめ、私の方を向くと、私の顔にかかっていた髪を払ってくれました」。

これで線をひとつ越えた。

しかし、それでも彼女はためらった。すでに仲間のスパイをひとり愛して失っている。「私は外洋航海の、ロマンチックな夜が続いて、いつも一緒にいることで生まれる雰囲気に負けまいとしました」。まもなくふたりは一緒に働くことになる。彼は彼女の上官だ。いろいろな点で、ふたりは合わなかった。ウルズラは「終点のない曲がりくねった道を進むより、踏み込まないままの方がいい。仕事が私たちをつなぎ止め続けるのだから」と思った。彼女はパトラに強烈に惹かれていた。それは肉体的な欲求と、禁じられた愛と、冒険の可能性が結びついた、陶酔するような感覚だった。

パトラは押しが強かったが、忍耐強い男でもあった。「僕たちのあいだに重大な問題があるのは分かっているし、君がまだそういうふうに考えられないなら、僕は待てる」。

ふたりのスパイが中国へ向かっているのは、秘密の地下戦争に参加するためであり、その戦争でふたりとも死んでしまうかもしれなかった。コンテ・ヴェルデ号にいる他の乗客たちの目には、ふたりは恋に落ちて幸せそうな若いカップルにしか見えなかった。

8　満州の女

敬服すべき夫と腹の読めない恋人

ルドルフ・ハンブルガーは、イタリアからの定期船が上海に入港するのを波止場で待っていた。ウルズラとミヒャエルのいない数か月は、悲しいくらい孤独だった。ルディは、ふたりが戻ってこないのではないかと心配し、建築家としての仕事と家具店の事業に没頭した。そしてようやく、ふたりが帰ってきた。金髪の息子はボールをしっかりと抱いているし、妻は、ノースリーブの白いドレスがよく似合っていて、ソ連で増えた体重のおかげで以前に増して美しかった。彼は「圧倒的な幸福感」で胸をいっぱいにさせながら、妻子を霞飛路（ジョフル）の自宅に連れ帰った。家族が全員再びそろった。パトラは、ひっそりとホテルに向かった。

ルディの幸福感は、ほんの数時間しか続かなかった。

「私たちは顔を見に寄っただけだと彼に伝えるのは、容易なことではありませんでした」と、ウルズラは後に書いている。彼女は、私とミヒャエルはすぐに北の満州へ向かうことになっていて、しかも満州行きには別の人物が同行するのだと、できるだけ穏やかに説明した。

ほかの男だったら「何を言っているんだ、そんなのはダメだ」と激しく言いつのって、ミヒャエルは置いていけと迫り、皿やカップを投げつけ、脅迫し、裁判に訴えると言ったかもしれない。しかしルディは、この無慈悲な宣告を騒ぎ立てることなく受け入れた。「彼はとても落ち込みましたが、普段どおり冷静でした」。それでも彼は、今回は二度と戻ってこないかもしれないということだけは、絶対に受け入れようとしなかった。息子を手放す気はなかったし、妻と別れる気もなかった。ルディは彼なりに、妻に劣らず頑固だった。「ルディは一種独特の粘り強さを持っていて、彼の温和な外見の裏にそんな強さがあるとは誰も思っていなかったでしょう」と彼女は記している。「彼は、どんな形であれ私を責めもしなければ、反対もしませんでした。奉天ではひとりで暮らすわけではないかもしれないことさえ受け入れてくれました」。

ルディの冷静な態度には、もうひとつ別の要因があった。彼は、ウルズラは満州で「党の秘密活動」を実行するのだろうと思っていた。以前は妻の諜報活動に怒り、反対していたが、今は心から応援していた。彼は、歴史の力に後押しされて、自ら共産主義者だと宣言していた。彼らの家族は亡命中か逃亡中か、強まる迫害にさらされるかしていた。彼の祖国はファシズムに支配されている。難民が上海へ続々と流れてきており、クラブはナチ党員の巣窟となって、ユダヤ人である彼は今では歓迎されなくなっていた。ウルズラは、ルディの変化を驚きの目で見ていた。「もはや彼は、積極的に関わろうとしない、ただのシンパではなく、私たちと一緒に活動する覚悟のできた共産主義者になっていました」。彼女は、自分が結婚した素晴らしい男性に対して敬服の念が高まるのを感じた。しかし、だからといって彼を再び愛するようにはならなかった。

上海に戻って三日後、ウルズラは人力車を拾って、上海郊外にある小さなレストランに向かった。レストランでは、パトラが中国共産党の高官とともに待っていた。[*1] この名前不詳の中国人「同志」は、満州が侵略されたことで日本軍がソ連国境に迫り、ソヴィエト連邦自体が危機にさらされていると説明した。「ですから、あなた方の任務は二重の意味で重要なのです」と彼は言った。山岳地帯にいる共産党のパルチザンは、占領者である日本軍に対して激しいゲリラ作戦を展開しており、「満州は半ば戦争状態なのです」と同志は告げた。ウルズラとパトラは、抗日運動とソ連政府の接点になることが求められた。無線送受信機の部品を購入したら、列車で奉天へ向かい、市内に活動拠点を設ける。ふたりが満州におけるソ連の情報活動の主要な前哨部隊として行なうべき任務は、抗日部隊に資金と武器と爆薬を提供し、逃亡者をかくまい、モスクワで訓練を受けさせるパルチザン隊員を選抜し、地元住民をスカウトして無線通信員として訓練し、本部とゲリラ部隊幹部とのあいだに立って通信文や情報のやり取りを仲介することであった。中国人同志は、パルチザンとの接触方法も説明した。ふたりはヨーロッパ人居留民なので、中国人よりも自由に動き回れるが、日本軍は「誰であれ中国から満州に入る者は抗日運動の参加者かもしれず、よって潜在的な敵である」と考え、ふたりを厳しい監視下に置くだろう。最後に同志は、リスクについて説明した。「日本軍は外国人を、中国人相手にやるように単に『失踪』させることはできないだろう」が、もし憲兵隊に捕まったら、ふたりは拷問され、その後に殺されるだろうと、彼は述べた。

ヨハン・パトラは、真空管と整流器と電線コードを買いに行った。自作の無線機には、重さが二・三キロある鉄製の電源トランス（変圧器）が二台必要だった。これは、手荷物に隠すのは不可能なので、奉天に到着してから購入しなくてはならなかった。

ウルズラは、隠れ蓑として出版物関連の仕事を求めた。そこで、上海にあるアメリカ系の本屋エヴァンズ書店を訪ね、私は今度、奉天に移ることになったと説明し、この書店の満州での代理人として採用してもらえないかと提案した。採用されれば、彼女はまとまった量の書籍を卸売価格で購入して、英語を読める読者に小売価格で販売し、得た利益をすべて受け取ることになる。エヴァンズ書店は賛成し、正式の任命状と、印刷した名刺一セットを喜んで渡した。これでウルズラは、「満州国ブックエージェンシー」の最高責任者にして唯一の代理人となり、教育書・医学書・科学書の販売を専門に手がけることになった。もちろん、その裏で諜報活動も行なうのだ。

一九三四年五月半ば、奉天への出発を数日後に控えたある日、ウルズラはミヒャエルをルディに預け、二日後には帰ってくるからと言って出かけた。行き先は言わなかった。その日の午後、彼女とパトラは列車に乗って、上海から南西に二時間の場所に位置する歴史ある古都、杭州へ行き、美しい中庭に囲まれていて魅力的な、二階建ての小さなホテルにチェックインした。

「夢のような一日でした」とウルズラは記している。「私たちは手に手を取って、物売りや大勢の人であふれる古い路地を歩きました」。道端では磁器の修繕屋が割れたご飯茶碗を見事な腕前で継いでいて、ふたりは足を止めてその様子を眺めた。この修繕屋の老人は、音の出る独創的な宣伝道具を持っていた。竹竿に小さな円盤状の打楽器「鉦（しょう）」ひとつと二本の鎖を下げ、竹竿を担いで歩くとチリンチリンと音が鳴るようにしていたのである。ふたりは仏教寺院の庭へ行き、池のほとりのベンチに座った。「私たちは、孔子のことや、中国の紅軍のこと、池に浮かぶ蓮の葉のこと、通りがかった人たちのこと、ミーシャのこと、奉天行きのことなどを話しました。その日の夜のことは、何も話しませんでした」。

ホテルに戻ると、パトラは緑茶を取りに行った。誰かが麻雀をしている音が、中庭から二階に聞こえてくる。牌と牌がぶつかるときの、弱いカスタネットのような音だ。涼しい風が、窓から紙製の日よけを通って優しく吹き込み、天蓋付きの広いベッドに掛けられた蚊帳を揺らした。ウルズラは突然、肌寒くなった。彼女はパトラの上着を羽織り、数か月前に寒さと不安で歯がガチガチと鳴っていたのを見かねて彼がコートを掛けてくれたときのことを思い出した。

彼女が何気なく上着のポケットに手を入れると、写真が一枚出てきた。

パトラが、中国人売春婦の腰に手を回している。写真には日付が入っており、上海で五日前に撮られたものだ。

その写真をまだ見ていたときに、パトラがお茶を載せた盆を持って入ってきた。

彼女が手に写真を持っているのを見ると、パトラは後ろめたさから一方的に話し始めた。それは「何千人もの男たちが何千回と繰り返してきた、ありふれた、くだらない言葉」であり、必死に弁解しているが、まったく無意味な言葉であった。

「ただの旅の記念なんだ、何でもないんだ、まったく肉体だけの話だ、もうずっと忘れていたんだ、君が悪いよ、そもそも君がそんな……それに、僕はそんなことを……君への気持ちとはまったく関係がないんだ……僕は二度と絶対に……僕を怒鳴りつけてくれ、殴ってくれ……こんな些細なことで君は……」

これが延々と続いた。

彼女は何も言わなかった。

やがて、ふたりは大きなベッドに入った。「私は『放っておいて』と一回言えばいいだけでした」

と彼女は書いている。

パトラはすぐに眠った。ウルズラは目を覚ましたまま、わずかに聞こえる中国人たちの声と、麻雀牌が出すカチャカチャという冷たい音を聞いていた。

一九三四年、奉天、ヤマトホテル

奉天までの長い列車の旅で、幼いミヒャエルはウルズラとパトラのあいだに座って、大豆畑や小さな村々がどんどん飛び去っていくあいだ、ずっとおしゃべりを続けていた。真空管は、丸めた靴下の中に入れて、スーツケースのいちばん下に隠してある。パトラはウルズラの手に触れようとした。「あの上海でのバカらしい出来事ですべてを台無しにはできない。問題ないんだ……さあ、元気を出して、以前のように」。

ウルズラは何も言わなかった。「彼が私とまったく違う人間であることや、私をどれほど深く傷つけたかを理解できないことを責めるのは、無意味なように思われました」。

国境に来ると、日本軍の警備兵がスーツケースをひとつ残らず空にして、中身をプラットホームに積み上げた。パトラは事前に真空管を、客室で座席のクッションのあいだに押し込んでいた。

城壁に囲まれた古都、奉天は、上海を小さくして魅力を減らしたような都市で、何本もの狭い道路と何軒もの低いレンガ積みの家が密集している中に、巨大な公共建築物が点在していた。城壁の外には巨大な貧民街が広がっている。外国人は自分たちだけの居住区に住んでいた。ここでは、外国人居留民は上海よりも苦労しており、続々と移り住んでくる日本人と競争しなくてはならないため、経済活動による利益も少なかった。異彩を放つ放浪者たちが世界各国から奉天に流れ着いており、いかさま師や詐欺師や流浪者たちが、過去から逃れようとして、あるいは違う未来を求めて、やって来ていた。そんな場所に、結婚生活に不満な妻がまたひとり愛人と駆け落ちしてきたとしても、好奇の目を向けられることはほとんどなかった。奉天は、アヘン業者と犯罪者と売春婦にあふれていた。「ヨハンが写真コレクションを増やす機会はたっぷり」あるだろうと、ウルズラは苦々しげに思った。

ヤマトホテルに着くと、ふたりは荷物を解き、「ラインメタル」や「エヴァンズ書店」と印刷された各自の名刺を、スパイが見つけられるよう、わざと出したままにしておいた。その日の午後、パトラは無線の部品の隠し場所を探し始めた。ウルズラは、スーツケースをひとつ、中身を入れたままにして、留め具の上に短くて細い糸を置いておいた。ふたりがディナーから戻ってくると、糸はなくなっていた。スパイたちが調べたのだ。「ホテルでは、私たちは重要なことをひと言も口にしませんでした」。ウェイターがひとり残らず聞き耳を立てていた。

これからの任務で最も危険なパルチザンとの連絡は、ウルズラが担当することで話はすでに決まっていた。ベルジン将軍が、パトラを「最大のリスクにさらしてはならない」と強硬に主張したからである。二名チームのうち部下は彼女の方であり、ゆえに犠牲になるべきなのも彼女だった。一回目の接触は、奉天市内ではなく、そこから北に五〇〇キロメートル離れた都市ハルビンで実施することになっていた。突然パトラが、ハルビンへは彼女の代わりに自分が行くと言い出した。あらかじめ決められていた計画をどうして変更するのかと、彼女は迫った。

「何というか、君は女性で母親で、任務は君の手に余ると思うんだ」

「そんなのは、最初から分かっていたことでしょ」と彼女はピシャリと言った。「ミーシャは連れていきます」。

「小さい子供を長旅に連れ出し、何時間もホテルでひとりっきりにしておこうというのか？　そんなのは論外だ。君が行くなら、ミーシャは僕と一緒に残る」

パトラは、ミヒャエルの食事の時間、着る服、スプーンで飲ませる肝油の量など、子供の日課を何度も復唱した。「ミーシャのことなら安心していい」と彼は言った。「無事に戻ってきてくれ」。

ハルビンは満州最大の都市で、ロシア革命を逃れてきた数万の白系ロシア人が住んでいた。この都市をウルズラは嫌った。彼ら白系ロシア人たちは、言うまでもなく歴史の力の犠牲者になるべくしてなった者たちだが、粗末な身なりの亡命者たちが赤貧にあえぎ、犯罪に手を染めたり、人力車を引いたり、売春婦になったりしているのは、哀れを誘う光景だった。「大勢が街角に立って物乞いをしていました」とウルズラは記し、「私はいくつもの都市を訪れたことがありますが、その中でも当時のハルビンが最も悲惨でした」と書いている。

ウルズラに与えられていた指示は、日没の一時間後にハルビン郊外の墓地で、「リー」と名乗るパルチザンの連絡員と会えというものだった。彼女は昔から暗闇が怖かった。「それが私にとっては負担でした。なぜなら私たちの活動では、多くのことが夜間に起こるからです」。酔っ払いがふたり、歌を歌いながら千鳥足で通り過ぎた。男がひとり近づいてきて、こちらをじっと見つめた。彼女は合い言葉を待ったが、相手の表情を見る限り、どうやら男は諜報活動のために来たのではないらしい。彼女は逃げ出し、墓石の後ろに隠れた。約束の時刻が過ぎた後も、さらにもう一時間待ってから、彼女は明かりがうれしいホテルに帰った。翌日の晩、指示どおり再び墓地へ行ってみたが、パルチザンの現れそうな気配はやはりなかった。「どうして来なかったのだろう？　逮捕されたのだろうか？」。暗い気持ちで列車に乗って彼女は奉天に戻った。

ヤマトホテルでは、パトラがミヒャエルに夕ご飯を食べさせるのに必死になっていて、ウルズラがダイニングルームに入ってきたのに気づかなかった。「彼は、椅子に枕を載せて高くした所にミーシャを座らせ、ナプキンも、襟足の髪を結び目に巻き込んでしまわないよう、ずいぶん気をつけて縛っていました。スープを味見して熱すぎないことを確かめると、スプーンですくってミーシャの口元まで持っていきました。あごに垂れたスープは拭ってやって、子供の世話にすっかりのめり込んでいました」。

彼女は、愛情が込み上げてくるのを感じた。

背後まで来てしばらく立っていると、ようやくパトラが振り向いた。

「これで本当にほっとした」と、彼は静かに言った。

「ああ、ヨハン、あなたに何て言ったらいいのかしら？」。彼女はパトラの首に腕を回した。「彼はしばらく私をぎゅっと抱きしめてくれました」。

しかしその後、接触できなかったことを告げると、パトラの怒りが再び爆発した。「君はチャンスを台無しにする素晴らしい才能があるんだな」と、彼は厳しく言った。チャンスを台無しにしたのは彼も同じだった。その晩ふたりは再び別々に寝た。

リーとの接触がうまくいかなかった場合の予備日が、一週間後に組まれていた。今回はパトラが強く主張して、彼がハルビンへ行った。ウルズラは、彼の戻ってくる時刻が近づいてくるにつれ、腹立たしいことに、不安が募ってくるのを感じ、それは帰宅時刻が過ぎても変わらなかった。「こんなにすぐに誰かに慣れてしまうなんて、人って不思議ね」と彼女は思った。本を読むこともできずに彼女は部屋を歩き回った。「逮捕されたのかしら？　リーが拷問され、耐えられなくなって会う場所を教えてしまったのかしら？」。

深夜一二時、ようやくパトラが、疲れ切った様子で静かに部屋に戻ってきた。リーは現れなかったのだ。

彼はベッドに潜り込んで、彼女の隣に横たわった。安心感から感情が高まってくるのを、彼女はもはや抑えようとはしなかった。

「その夜は、それ以外はすべてが順調でした」とウルズラは書いている。

ドイツ・クラブの隣に住まう

最初の接触に失敗した場合に備え、代わりとなる会合場所が、奉天の東五〇キロに位置する撫順（ぶじゅん）の市内に指定されていた。ウルズラは本の在庫をカバンに詰めて出かけ、撫順では合計五冊しか売ることができなかったが、上機嫌で帰ってきた。パルチザンの連絡係が時間どおりに現れたのである。連絡係は「背が高くて寡黙で、あまりジェスチャーをしない北方中国人」で、簡単な中国語と、断片的なピジン英語と、鉛筆で描いた絵を使って、自分が労働者・農民・教師・学生・露天商から成る共産主義地下組織のリーダーだと説明した。「そうです、そうです、とてもいいです」と彼は繰り返し言った。彼によると、リーは「怖くなった」のだという。リーダーは「チュー」と名乗り、南満州鉄道の線路を攻撃する計画だが、そのために爆薬が至急必要だと訴えた。

「私たちの活動がようやく始まるのね」。ホテルに戻ったウルズラは、会合内容を記したメモをペチコートの縁に縫い込みながら、そう考えた。

しかし、大きな障害がふたつ残っていた。彼らには、送受信機に使う二台の電源トランスと、送信作業を行なうための安全な場所が必要だった。日本軍は、違法な無線送信を常に警戒していた。ホテルの屋根にアンテナを立てるのは危険だったし、そもそも不可能だったろう。ウルズラは送信局として使えそうな恒久的な拠点を探し始めた。

一方パトラは、奉天のラジオ店を一軒残らず当たってみたが、使えそうなトランスを見つけることはできなかった。仕方がないので、彼は列車に乗って上海に戻った。上海でトランスを購入して、このかさばる金属製品を国境の向こうへひそかに持ち帰る方法を考え出そうと思ったのである。ウルズラは、状況は奇妙だけれども私の夫は一〇〇パーセント信頼できるからと言って、ルディに相談するよう助言した。

日本の役人は奉天の不動産をほとんど手当たり次第に接収していたが、逃げていった中国人の将軍たちが放棄した大きな屋敷が、まだ数軒残っていた。そのひとつに、高い塀に囲まれた豪華な屋敷があった。満州軍閥・張学良将軍の親族が所有していたもので、奉天の「ドイツ・クラブ」の隣に位置している。ウルズラはこの屋敷を見てすぐ、けばけばしいし、荒れているし、予算をはるかに超えていると思ったが、敷地の隅に、それより小さな石造りの建物があるのに気がついた。使用人はニヤニヤしながら、これは屋敷の主人が愛人のためにわざわざ建てたものだと説明した。母屋の庭から地下道が通じていて、好色な主人は誰にも知られることなく、すぐに愛人のもとへ行くことができた。この小さな離れ家には水道がなく、暖房も薪ストーブしかないが、それ以外は理想的だった。高床にした一階には板張りの小さな部屋が三つあり、土間には炊事場があり、さらに主人と愛人用の巨大なベッドと、備え付けの脱出用トンネルもあった。三部屋とも外から中を見ることはできなかったし、ドイツ・クラブの近くというのも妙に面白かった。鉤十字旗のはためく建物の隣でファシズムと戦うことになるからだ。ウルズラは一年以上ぶりに安心できる自宅を持った。「ござを敷いたり、絵を飾ったり、花瓶を買ったりするのは、楽しいことでした」。

上海では、パトラが長さ二〇センチの重いトランスを二台購入していた。日本軍の国境警備隊は、目が節穴でない限り、これに気づかぬはずがない。解決策を思いついたのはルディだった。ふたりは、詰め物がたっぷり入った重い肘掛け椅子をひとつ買い、この「緑褐色の醜い化け物」を霞飛路（ジョフル）に配達させた。パトラとルディは、椅子を仰向けに倒すと、表地を留めていた鋲（びょう）を引き抜き、内部のスプリングに二台のトランスを針金とロープでくくりつけた。それから詰め物を中に戻して表地を鋲で留め直した。「外から見ても分からず、肘掛け椅子の重量が増えた分も感知できないほどわずかだった」。その後、椅子は鉄道貨物として奉天に発送された。おそらくルディは、妻と上官のあいだで関係が進展していることに、まだ気づいていなかったのだろう。仮に気づいていたとしても、騒ぎ立てるには彼はあまりに上品すぎた。ウルズラの夫と愛人は、一方が持つスパイ術と、もう一方が持つ家具と表地についての専門知識を合わせることで、初めての共同作業をやり遂げたのである。

奉天に戻ったパトラに、ウルズラは新たな家を案内した。

「僕たちの寝室は、この表側の部屋にしよう」と彼は言った。「それからミーシャが隣の部屋で、三つ目の部屋はリビングにして送信機を置けばいいし……どうしてそんな顔で僕を見ているんだ？」。

ウルズラは顔をしかめていた。「あなたが一緒に移り住むつもりでいたことを知らなくて」。

「僕たちのあいだには何の問題もなく万事順調なんだから、それが当然だと思っていた。君が僕と一緒だということは、誰もが知っている」

ウルズラは譲らなかった。同居はありえない選択だった。

「あなたと一緒のときは一分一分が楽しいし、昼も夜も一日の大半はそう感じると思うわ」

「じゃあ、なぜ一日中じゃないんだ？」

「なぜなら、私は生活のリズムが違うからよ。あなたは、私の方があなたのリズムに完全に合わせるべきだと言うはずだわ。私は、ときどきひとりになる必要があるの」

ウルズラは、ヨハン・パトラに好意を抱き始めており、守ってくれる優しさと、ミーシャに示す愛情と、革命への情熱に惹かれるようになっていた。だが一方で、彼は激しやすくて横柄で、「女性よりも男性に多くの機会を認める」昔ながらの男尊女卑であり、ウルズラの独立心を男の沽券に関わるものだと思っていた。

パトラは憤懣やるかたないまま、ドイツ人実業家の客間に引っ越した。しかしウルズラは、別々に住むべきだと言い続けたのは正解だったと確信していた。短気で強引な男性の多くと同じく、パトラの場合もうまくおだててやる必要があった。「徐々に私は不快な仕打ちに対応できるようになりました。彼には私の愛を惜しみなく示しましたし、いっさいの活動について私がこれほど従順で素直で忍耐強くなったことに自分でも驚きました。ですが、自分だけの時間がなければ、こうしたことはおそらくできなかっただろうと思います」。

緑色の醜い椅子は、期日どおりに奉天駅に到着した。ウルズラとパトラが椅子を家に運び込んでひっくり返すと、ふたりは目にした光景に「ギョッと」した。トランスが一台、半ば飛び出していたのである。貨車に揺られて運ばれるあいだに針金が切れ、鋭い角が表地を突き破ったのだ。ほつれたロープ一本だけで、どうにか固定されていた。「あと何回か動いていたらトランスは外に転げ落ち、日本人鉄道員が仮にどれほど無能であっても発見していたに違いありません」。

パトラは無線機――ウルズラの言う、ハートレー回路を使った三点式の送受信機――の組み立てに取りかかった。彼は有能な技術者であり、手先が器用で、無限の忍耐力と驚異的な集中力を持っていた。「彼は腕時計を見もしなければ、一度も休憩を取りもしませんでした」。ようやく無線機が組み上がった。重い整流器と、重いトランスと、大きな真空管と、手製のコイル――太い導線を空のビール瓶に巻いて作った――でできた、大きくて不格好な自作の機械だ。無線装置はクスノキ製の古い衣装トランクの底に隠し、さらにそのトランクを、パトラが作った偽の棚板の下に置き、その上にたたんだ毛布を置いて見えないようにした。この隠し場所は、徹底的に家捜しされれば見つけられてしまうだろうが、召し使いたちの好奇の目から装置を守ることはできるだろう。ウルズラは、蓋の下に羽毛をひとつ置いた。こうしておけば、誰かが蓋を開けたかどうかが分かる。最後に残った仕事は、屋根にフックス・アンテナを立てることだ。このアンテナは、何気なく見るだけなら普通のラジオ用の「受信アンテナと違わない」が、立てるところを見られたら不要な注目を集めることになるだろう。立てるなら、夜にするしかない。ウルズラはパトラに、立てるのは私に任せてと言った。

ウルズラは、ミヒャエルがぐっすり眠るまで待った。それから、長い竹竿二本と、ペンチとロープとアンテナ用のワイヤー一巻きを入れたリュックサックを持って、屋根裏のくぐり戸を抜けて屋根に登った。一本目の竹竿は、端に開けた穴にワイヤーを通して、糸の通った針のようにしたら、屋根の一方にある煙突に縛りつける。次に、同じようにワイヤーを通した二本目の竹竿を持ち、ワイヤーを伸ばしながら屋根の峰を進んで、反対側の煙突に縛りつけてから、ワイヤーの端を煙突の基部にしっかりと巻きつけた。「木々や屋根の輪郭がぼんやりと見えました」。一瞬、彼女はバランスを失い、「煙突に寄りかかりました。煙突は太くて安心できるように思えました」。しかしこのとき、彼女は

「下を見て、どこまでも続く漆黒の闇をのぞき込む」というミスを犯してしまった。突然、恐怖に襲われた。「臆病者」と彼女は自分に言い聞かせた。「弱虫め。空想の中以外、落ちる理由なんて何ひとつないのよ」。

このとき、ミヒャエルが大きな声で泣き出した。「普段、息子はぐっすりと眠っていました。それがひっきりなしに泣き叫んでいるのです」。

彼女は屋根を急いで引き返し、くぐり戸にリュックサックを放り込んでから自分もすぐに跳び込んだ。息子の泣き声は、近所の人をきっと起こしてしまうに違いない。ミヒャエルはベッドで起き上がり、泣きじゃくっていた。「指がシュワシュワするの」とミヒャエルは泣きながら言った。腕を下にして寝ていたせいで手がしびれてしまったのだ。「だからプロの革命家は子供を持つべきじゃないって言われそうね」と考えて悲しくなり、思わず苦笑した。ウルズラはミヒャエルの小さな手をさすり、頭をなでて、息子が落ち着くのを待った。

それから再び屋根に登った。

次の夜、無線機を試験する準備が整った。事前の打ち合わせで、送信を行なうのは夜間のみとし、送信時刻も常に変え、決められたわずかふたつの周波数の一方を使って、ウラジオストクにある赤軍の受信所、暗号名「ヴィースバーデン」に向けて送信することになっていた。ウルズラが机に向かって座り、パトラがバッテリーに接続すると、彼女は略号化された通信文を、緊張で震える指で電鍵を叩いて送った。数秒後、受信確認の信号が聞こえてきた。遠くソ連から、本部からの信号を伝える弱々しいモールス符号が届いたのだ。「私たちは顔を見合わせてにこやかに微笑みました」。

このとき、ウルズラの通信文に耳をそばだてていたのは赤軍だけではなかった。日本軍の偵察機が、昼と夜とを問わず、何機か頭上を行き来しながら、違法な電波が出ていないか調べていた。偵察機のうち二機が同時に信号を捉えれば、無線の発信位置を正確に特定することができる。もしそうなったら、日本の憲兵隊がただちに現れ、ウルズラはたちまち命を落とすことになるだろう。

9　放浪生活

乳母車で爆弾を運ぶ

ナチ党員が隣に越してきた。

ウルズラが屋敷の離れに住み始めて一か月もしないうちに、母屋の方に新たな借家人が居を定めた。隣人となったハンス・フォン・シュレーヴィッツは、あらゆる点において要注意人物だった。[*1]ドイツ人貴族で、武器商人であり、ナチ党員で、日本当局の高官とのコネを持つ人物だったからだ。しかも、彼は太っていて、いつも酔っ払っていた。ウルズラは、この男を一目で嫌悪しそうになり、危険の兆候が現れたらすぐにここを引き払おうと思った。

ところが実際のフォン・シュレーヴィッツは、魅力的で優しく皮肉の好きな人物であり、いわば、政治的・階級的な敵にも非常に愉快でとても役立つ人間がいることを示す生きた証拠であった。古い血筋を誇る昔ながらの君主制支持者だったフォン・シュレーヴィッツは、ヒトラーを「うすのろ」と見なし、ナチ党を嫌っていた。そのナチ党に入ったのは、そうする方が商売する上で都合がよかったからにすぎなかった。太鼓腹にはげ頭で、陽気で頭の回転が速く、非常に愉快で、「とても話し上手で、ウィットに富んで」いた。歩くときは片足を引きずっていたが、それは第一次世界大戦中にヴェルダンの戦いで榴散弾の破片を受けたせいだった。よく「鉄の破片が三〇個ほど、ここに入っているんだ」と言っては、太い腿をパンパンと叩いていた。満州に駐留する日本軍と密接に協力していた彼は普段からおしゃべりで、特に酒が入ると――彼はしょっちゅう飲んでいた――口はいっそう軽くなった。「もし私とどこかで会って、もう飲みすぎていると思ったら、お願いですから、私を家まで連れ帰ってください」と、よくウルズラに言っていた。

フォン・シュレーヴィッツとウルズラは、すぐに親しくなった。「私は、ここにいる俗物のドイツ人たちより、あなたと話している方がよっぽど楽しいですよ」と彼は言った。彼は家族をドイツに残してきたため寂しい思いをしており、そのせいか幼いミーシャをたいへん気に入り、自宅の広いダイニングルームにミーシャを招いて、椅子を並べて作ったコースを三輪車で走らせた。彼は庭の離れに住む知的なユダヤ人女性に対し、下心ではなく騎士道精神から、これ見よがしに親しげな態度で振舞い、彼女もそれに応えて親しげに接した。

タイプライターのセールスマンを装っていたヨハン・パトラは、アーリア人であったため他のドイツ人居留民から歓迎されてはいたものの、「ユダヤ人の愛人」をめぐる不快なうわさが流れていた。ウルズラがクラブへ行くときは、パトラかフォン・シュレーヴィッツと一緒でなくてはならず、行けば行ったで不愉快なひそひそ話に耐えなくてはならなかった。日本側は、ナチ党員と交際している人物をあまり厳しく疑わないだろう。フォン・シュレーヴィッツは、ウルズラが人種差別的な発言の的になっているのを耳にすると、血の気の多い若者のようにいきり立った。「誰であれ、ここにいるドイツ人が、あなたに髪一本でも触ったら、すぐに私に言いなさい」。そう言ってくれる新たな隣人は、脅威となるどころか、当初はまったく思ってもみなかった、ありがたい存在だった。日本側は、彼女を捕まえに来ても、まずはフォン・シュレーヴィッツを突破しなくてはならないだろう。

年上の男性が好意を寄せているのを見て、パトラに嫉妬の炎が燃え上がった。

「あのファシストは何歳だ？」

「五〇代半ばだと思うわ」

「ずいぶん好印象を持っているみたいじゃないか」

彼女はパトラに、バカなことを言わないでと話し、フォン・シュレーヴィッツは年齢が私の父とほとんど変わらないのよと言った。「彼には、私に何かしようなんて気は絶対にないわ」。

「君は、あのナチの酔っ払いとおしゃべりするのが好きで、やつの不平を聞いて笑っている。君が何をしているのかを知ったら、やつは君を撃ち殺すだろう。あいつには、いい顔をするのではなく、毒を盛って殺した方がいい」

「ヨハン、そんなふうに単純に考えないで。私たちがここに来たのは、ナチ党員を毒殺するためじゃない。同じドイツ人と仲良くしなくちゃいけないの。あなたもよ。そうすることが、私たちの偽装の一部なんだから」

実際ウルズラは、フォン・シュレーヴィッツとの交際を心から楽しんでいた。彼は付き合うと面白い人物だっただけでなく、格好の隠れ蓑であり、軍事情報を入手する便利な情報源でもあった。男女間の相性のよさを諜報活動の道具として利用したスパイは、何も彼女が最初ではなかった。

ウルズラの奉天での日々は、危険と家族生活を混ぜた奇妙なものであった。彼女は、家庭生活ではパトラやミヒャエルと一緒に過ごし、社交生活ではファシストたちと仲良くし、第三の秘密の生活では赤軍の将校として共産党の準軍事組織の作戦を調整していた。「パルチザンとの会合は毎回リスクを伴いました」と彼女は後に記している。「私たちは、パルチザンを支援していることが露見すれば死刑になるかもしれませんでした。どんな気持ちで私たちが危険に耐えていたと思いますか？　比較的冷静に耐えていました。絶えず危険にさらされている場合、その結果は二通りしかありません。危険に慣れるか、頭がおかしくなるかです。私たちは危険に慣れました」。

ウルズラは、チューのため爆弾を買いに出かけた。彼女はスパイ学校「スズメ」で破壊活動の教官から、ありふれた家庭用製品を混ぜて爆薬を作る方法を教わっていた。必要なのは、硝酸アンモニウム、硫黄、塩酸、砂糖、アルミニウム、過マンガン酸塩などだ。こうした材料は、どれも奉天で手に入ったが、一度に買いそろえたり大量に購入したりすれば注意を引く可能性があった。ウルズラは市内中心部の金物屋に行き、硝酸アンモニウムを一〇ポンド［約四・五キログラム］ほしいと告げた。硝酸アンモニウムとは、園芸用肥料として利用される白色の結晶で、アルミニウムの粉末か燃料油と混ぜると爆薬になる。金物屋の店主はウルズラの中国語を聞き間違えて、一〇〇ポンド［約四五キログラム］入りの袋ひとつを持ってきた。ウルズラは、思いがけず手に入った一〇〇ポンド爆弾の原料を乳母車に載せ、その上にミヒャエルを座らせて店を後にした。パトラがタイマーと信管を作った。チューが爆弾を受け取りに家までやって来た。チューは満面の笑みを浮かべながら「そうです、そうです、とてもいいです」と言った。

共産主義者による破壊工作作戦は激しさを増し、攻撃目標として、警備兵の詰め所、日本人が経営する工場、軍用車両のほか、満州経済にとって非常に重要な鉄道網が狙われた。作戦が成功したかどうかは、あらかじめ決めておいた信号によって伝えられた。「白月路の最初の十字路で右手側に立つ木の四本目に二叉の傷があるのを見るだけで、肩の荷が下りた気がします」とウルズラは書いている。日本の統制下にある報道機関は詳細をほとんど報じていなかったが、「テロリスト」がたびたび告発され、日本側の報復が残忍であることから、地下戦争が成果を上げていることは明らかだった。「先月は、抗日グループが奉天省だけで六五〇回の攻撃を実施しました」と、彼女は一九三四年七月に家族宛ての手紙に書いている。[*2]

ウルズラは、そうした攻撃で自分が果たした役割はいっさい明かさなかった。それどころか、両親にはほとんど何も教えていなかった。両親が知っていたのは、大胆不敵で親の言うことを聞かない長女が上海にいる夫と別居し、中国北部で本の行商人として働いているということだけだった。「朝から晩まで忙しくしているわ」と正直に書いた後、少しばかりごまかして、こう付け加えた。「私のことは、まったく心配しなくていいのよ。そんな必要、全然ないの。私は生きたいように生きていて、とても満足しています。心配しないで。この先いつかは、この放浪生活は必ず終わるんだから」。終わる場所が日本の死刑囚用独房になるかもしれないことは伝えなかった。手紙の最後には「親不孝だけれど満足している娘より」と書いている。ヨハン・パトラについてはいっさい触れなかった。

ロベルトとベルタのクチンスキー夫妻は、今では彼らの方が事実上の放浪生活を送っていた。

多くのユダヤ人は、ナチ党によるユダヤ人排斥の恐ろしさをなかなか理解できずにいた。しかし、ベルリンではユダヤ人とその財産に対する攻撃が日増しに激しさを増していた。やがて、ユダヤ人は軍隊から締め出され、ユダヤ人の俳優は舞台に上がるのを禁じられ、ユダヤ人の学生は医学・薬学・法学の試験を受けられなくなっていく。強制収容所のネットワークが急速に拡大した。アグネス・スメドレーを診察した優秀なユダヤ人精神分析医エリーザベト・ネーフは、「もう無理（Ich kann nicht mehr）」という短いメモを残して自殺した。[*3] ロベルトはイギリスから妹アリスに宛てて、夫ゲオルク・ドルパーレンと一緒に四人の子供を連れてドイツを出国しろと促す手紙を書いた。しかしゲオルクは、私は勲章を授かった戦争の英雄であり、高名なユダヤ人医師だと言って、出国を断固拒否した。彼は「自分が愛する祖国にとどまる」ことにしたのである。

一九三四年、ついにベルタはシュラハテン湖の屋敷をかなりの安値で売り払い、家族の荷物をまとめると、三女バルバラ、四女ザビーネ、五女レナーテの三人を連れてイギリスへ亡命し、先に来ていたロベルトと再会した。当時ロベルトはロンドン・スクール・オヴ・エコノミクス（LSE）ですでに職を得て植民地の人口統計を調査していた。しばらくして次女ブリギッテが合流した。一家の乳母オルガ・ムートには、ドイツに残るか一緒に来るかを本人に選択させた。アーリア人である彼女はドイツにいても脅威にさらされる心配はなく、ベルリンで新たな仕事を見つけられるはずだ。それに、オルガは英語がほとんど話せなかったし、イギリスに来たクチンスキー家の将来は、よく言っても不透明だった。「しかし、彼女は一家と一緒にいることを選択」し、北ロンドンの狭い賃貸アパートに住む一家のもとに身を寄せた。これでクチンスキー家は難民になった。

ウルズラの肉親のうち、ベルリンに残ったのはユルゲンだけで、彼は隠れ家を転々としながら、ペンをおくことなく書き続け、ますます絶望を深める共産党のため、その冗長な文章で代弁者を務めていた。

危険に慣れる

ウルズラがウラジオストクに送る無線通信文には、破壊活動についての報告のほか、パルチザンの士気、日本側の反乱対策、フォン・シュレーヴィッツをはじめとするドイツ人居留民から集めた軍事・政治情報などが含まれていた。彼女は通信文を週に最低二回は送受信し、「最速でやって来る信号を、ひとつもミスすることなく」書き留めた。しかし、これはストレスのたまる、時間がかかる作業だった。送受信機は出力が弱かった。ウラジオストクからの電波が妨害されたり判読不可能だったりする場合も多かった。断片的な通信文は、何度も繰り返し確認しなくてはならなかった。午前三時に机に向かって解読作業を始めて、窓を閉め切ったまま夜が白々と明け始めるまで働き続け、あと二〜三時間でミヒャエルが目を覚ますわと思うことも、たびたびだった。暖炉はあったが、煙突からの煙で夜に活動していることが知られるといけないので、あえて火はつけなかった。「トレーニングウエアを着て毛布を羽織り、手には指のない手袋をはめて、モールス符号用の電鍵の前に座りました。航空機が家の上空を旋回していました。彼らはいつか私を捕まえに来るはずでした（中略）私は心の底から、暖かいベッドに潜り込みたいと思いました」。毎回の送信がロシアン・ルーレットだった。

　しかし無線の調子がよく、上限五〇〇字の通信文が五回に分けて送られてきて、戦場へ向かう兵士の隊列のようにきれいに並んでいるときは、なぜだかひそかに気分が高揚するのを感じた。「雨戸を閉めた我が家は要塞のようでした。ミーシャは隣の部屋でぐっすりと眠っています。町中が眠っていました。私だけが起きていて、パルチザンの動静を夜空に向けて送り出し——ウラジオストクでは、赤軍の兵士が座って耳を傾けていたのです」。

ウルズラたちには支援チームが必要だった。チューは、無線操作の訓練を受けさせる人物を寄こしましょうと言った。そうしてやって来たのが若い中国人夫婦で、ふたりはパルチザンのリーダーからの「よろしく」という伝言と、偽装用にあらかじめ考えておいた滞在理由を伝えた。男性は「ワン」という名で、ウルズラに標準中国語を教え、妻で裁縫上手の「シューシン」は、ウルズラの服を繕ったり作ったりするかたわら、家事と子育ても手伝うというものだ。ワンが礼儀正しいが退屈な人物だったのに対し、シューシンは知識欲が旺盛で、ある程度英語ができたし、日本人を心の底から憎んでいた。顔立ちは幼いが、すでに四歳と二歳の子供がいて、ふたりとも彼女の両親のもとで暮らしていた。「ワンは真面目で几帳面なところがヨハンと似ていましたし、陽気でよく笑うシューシンは私に似ていました」。ふたりの女性はすぐに固い絆を結んだ。「彼女はとても明るくて、モールス符号の練習をしているときは、指が電鍵の上で踊っているようでした」。無線の訓練が終わると、毎回ふたりはお茶を飲み、男どもへの不満をぶちまけ、政治について論じ、それぞれのまったく異なる人生について語り合った。シューシンはウルズラのため、幅広のサマーコートを一着作った。コートの裏地には、真空管が二本入る大きさの秘密のポケットがあった。ある晩、おしゃべりしているうちに内容が暗い話題になった。日本軍に捕まったら、どうなるのだろう？　男性と女性とでは、どちらの方が投獄と拷問に耐えられるだろうか？

「子供を残してきたという余計な不安に女性は負けてしまうと思いますか？」とシューシンは尋ねた。

ウルズラがどう答えようかまだ考えている最中に、シューシンが自分の考えを口にした。「私は、耐えられるかどうかが苦痛の多さで決まるとは思いません。たぶん、子供たちのおかげで私たちは強くなれるんです」。

ミヒャエルはもうじき四歳で、遊び仲間から中国語を覚え、三つの言語で語彙を増やしていた。ウルズラは、息子が「知的で思慮深い質問」をしたり、汲めども尽きぬ好奇心を示したりするのを見て喜んでいた。「この子みたいな子供が四人ほしいわ」と彼女は手紙に書いている。パトラは、伝統的な中国楽器の収集を始め、ミヒャエルを連れて買い物に出かけるようになっていた。ウルズラが一緒に行くことはめったになかった。「ふたりとも、私が付いていったら邪魔だと思ったでしょう」。彼女は、この複雑でない関係が進展していくのを見るのがうれしかった。パトラに親としての素質があったからだ。いつかふたりの子供を作れないかなと、彼女は思った。

モスクワは、奉天にいるスパイ二名の協力関係が単なる仕事以上のものになったことを知らなかったし、ウルズラはこのまま知らせず秘密にしておくことに満足していた。「私たちは、しっかり協力していました」と彼女は書いている。「彼は私よりも複雑でした。寡黙で、ときどき怒り、不寛容で、神経質でしたし、それで私は彼を怒らせないようにし、だいたいのことは彼に譲るようにしていました」。諜報活動では、彼女は彼を完璧に信頼していた。しかし恋愛では、そこまで信頼していなかった。若いロシア人女性がパトラの隣に部屋を借りた。「すらりとした、美しいだけの女で、黄色い髪にピンク色のリボンをしていた」。ウルズラはすぐに怪しいと思った。パトラは「リュドミラは、じきにハルビンにいる両親の家に帰るんだ」と、少しばかりウキウキとした感じで告げた。彼女は自分の嫉妬心が嫌になったが、それでも「私は、自分がこのカサノバとどういう関係にあるのかを知る必要がある」と思った。パトラは短気で自分本位で、ほぼ間違いなく不実だが、優しくもあり、自分に自信のないところもあるが、強い人でもあった。彼は思いやりのある愛人だった。それに、優れた爆弾の作り方も知っていた。

「私たちは互いに愛し合い、危険の中を一緒に過ごし、ともに同志であり続けていましたし、私は彼が寝言を言うことや、私が身ぎれいにしていると私を自慢すること、ずいぶん長期間離れていると心配してくれること、けんかをしても仲直りすること、遠出していて会えないと互いを恋しく思うことが、とても素敵だと感じていました」。彼女はパトラと、政治や革命について話したり、ふたりがほとんど一緒に面倒を見ている幼いミヒャエルの愉快な言葉を話題にしたりすることができた。「私たちは、ナチ党の時代が終わったらドイツはどんな国になり、共産主義国家のドイツはどんなふうになるだろうかと話し合いました」。パトラは、ヒトラーが権力をいっそう強く掌握し、ユダヤ人を攻撃しているのを見て、そのヒトラーをあれほど多くの労働者階級のドイツ人が支持したことに、落胆していた。「私は自分の階級への信頼をなくしてしまった」と彼は言った。ふたりは、無線の送信回数が一〇〇回になったら記念にお祝いしようと決めていた。

あるときウルズラは、奉天から列車で南に二時間の所にある都市、鞍山(あんざん)でチューと会った後、地元の市場をのぞいてみると、杭州で見かけたのと同じような磁器の修繕屋がいるのに気づいた。「白くて薄いあごひげを生やした初老の男性」だ。ふと見ると、割れた茶碗を組み立てる修繕屋の手が震えている。ウルズラは修繕屋と片言交じりで会話を始め、竹竿に下げている小さな磁器製の鉦について尋ねた。年老いた修繕屋は、その鉦を手に取った。「私が仕事をするのは今日が最後なんですよ」と修繕屋は言った。「私には息子と孫と曽孫(ひまご)がいて、三日後に私は横になって死ぬんです」。ウルズラは一瞬言葉を失った。修繕屋は、磁器製の鉦を彼女の手に握らせた。「もらってください。長生きできますよ」と彼は言った。

その晩、奉天に帰るとウルズラはパトラに、最後の茶碗を修繕した磁器の修繕屋の話をし、彼のコレクション用にと言って、長寿を約束する小さな鉦を愛の証しとして彼に渡した。

日本軍からの監視

一九三五年一月、ルディがミヒャエルへのプレゼントと無線機の予備部品を持って訪ねてきた。ウルズラはモスクワに「ルディは、今では信念ある共産主義者になり、もう政治活動に消極的なままでいたくないと考えている」と報告した。数か月後、ルディは爆弾製造の材料を持って再びやって来た。彼は息子と庭で何時間も遊んだ。ミヒャエルはパトラと仲良くなっていたが、実の父親が突然不意に何の説明もなく来てくれるのは、ただただだうれしかった。後年ミヒャエルは、当人いわく「幻のようなモザイク状の断片」として子供時代の記憶を呼び起こしている。庭で父に抱えられてグルグルと回してもらったこと、父の着ていたツイードのジャケットを頬に押し当てたときの感触、眠るまで母が本の読み聞かせをしてくれたこと。それは「中国に住む幸せなドイツ人家族の幸せな子供」の姿だった。

ルディは、ウルズラとパトラの関係について問いただそうともしなければ、いつ上海に戻ってくるのか教えてくれとも言わなかった。彼は何の圧力も加えなかった。しかし、家族を諦めたわけではなかった。ルディは矛盾した性格を併せ持つ人物で、伝統的な考え方をする過激派であり、紳士のように礼儀正しい革命家だった。ある友人は、後に彼を評して「最後のヴィクトリア朝的共産主義者」と呼んでいる。[*4] これからも姿を見せ続けるため、そして息子のために、彼は幸せな家族の振りをする覚悟を決めた——自分の家族が本当に幸せな家族になれる日がいつか来ることをまだ願いながら。

一九三五年前半、モスクワからパトラに、シューシンとワンのため無線機を作るようにとの命令が来た。ウルズラはミヒャエルを連れて列車で天津へ行き、真空管を何本か買うと、息子のテディベアの中に縫い込んで、ひそかに満州に持ち帰った。数週間後、シューシンとワンはパトラが組み立てた二台目の無線機を持って出ていった。ふたりがどこへ行くつもりなのか、ウルズラは知らなかったし、尋ねることもしなかった。「たったひとりの友人だったシューシンと別れるのは、とてもつらかったです」。

奉天で任務に励んでいた時期は、幸福と不安が入り混じり、歓喜と疲労が繰り返され、愛と嫉妬が渦巻いていたが、ときどき恐怖に襲われることもあった。あるときウルズラは、山中でチューとの会合を終えて「自然なままの美しい」風景の中を近くの村へ歩いて戻っている途中、赤ん坊の死体が道端に転がっているのを見つけた。子供の死体を見るのは二年前に続けて二度目で、自分にどんな脅威が迫っているのかを衝撃とともに改めて思い知らされた。凶作のせいで、大家族の農民たちが飢えに苦しみ、やむなく子供を遺棄しているのだ。捨てられるのは、たいてい女の子だった。「女の子の体は、まだ温かかった」とウルズラは書いている。「親が子供を救うために別の子供を犠牲にしなくてはならないなんて、いったいどんな世界なの?」。心が折れそうになると、彼女はいつもチューの「そうです、そうです、とてもいいです」という簡単な感謝の言葉を思い出した。あの若い中国人ゲリラ指導者は「冷静さと威厳を放って」いた。彼女は、「私たちは日本のファシズムと戦って」いるのであり、そのためならどんな犠牲も払う価値はあるのだと自分に言い聞かせた。

満州を占領している日本軍は、激しさを増すゲリラ活動の裏にはソ連政府がいるに違いないと見抜いていた。外国人が尋問のため次々と連行された。ウルズラは奉天警察署に「招待」され、ある部屋に案内されると、そこにはひとりの日本人警官がいた。「その警官は、制服が体にピッタリと合っているせいで、がに股が目立っていました。まっすぐ立っていましたが、両腕を体から離して伸ばしていて、まるで取っ手のように見えました」。その警官は気軽な素振りで「サヂーチェシ・パジャールスタ」と言った。ロシア語で「どうぞ、お掛けください」という意味だ。これは、彼女がロシア語を話せるかどうか確かめ、それによってソ連のスパイである可能性があるかを確認する罠だった。

「何とおっしゃいました?」と彼女は答えた。

短時間、とりとめのない内容の尋問が続いた後で、ウルズラは解放された。しかし、憲兵隊が迫っているのは間違いなかった。

「送信機を頻繁に使うのも、化学薬品を購入して自宅に保管したり運んだりするのも、パルチザンと会うのも――すべて日本側に絶えず監視されている中で行なわれました」。ウルズラは危険に慣れたと言ってはいたが、夜中に眠っているとき、解読した通信文を破棄する間もなく敵にいきなり押し入られるという同じ悪夢で目を覚ますことが何度もあった。彼女は睡眠薬を飲み始めた。

フォン・シュレーヴィッツは、ウルズラが痩せていっていることに気がついた。「奥さん、今晩あなたをディナーに招待しますから、いちばんおいしい最高級の食事を注文しましょう」と彼は告げた。たっぷりの料理を食べ、たっぷりのワインを飲みながら、フォン・シュレーヴィッツは「どんな悩みがあるのか巧みに聞き出そうとしたが、うまくいかなかった」。とうとう彼女はこう言った。「もしレンガが私の頭の上に落ちるようなことがあったら、ぜひともミーシャの面倒を見てくださいな」。フォン・シュレーヴィッツは、喜んで面倒を見るし、場合によっては養子にしてもいいと言った。後にウルズラは「それは過分な申し出でした」と書いているが、このときは、ナチ党員の武器商人がユダヤ人の共産主義スパイの息子を育てるという辛辣な皮肉に思わず軽く吹き出した。それでも、自分とパトラが捕まっても心優しい隣人が息子の世話をしてくれると分かって、ほっとした。

フォン・シュレーヴィッツは、どうして彼女は「レンガ」が落ちてくるのを心配しているのかも、なぜ息子に里親が必要になるかもしれないのかも、どんな理由で軍事にあれほど興味があるのかも、いっさい尋ねなかった。この酔っ払いのビジネスマンは、彼女に漏らしたよりもはるかに多くのことを、おそらく知っていたのだろう。

一九三五年四月、ウルズラとパトラが石造りの離れで夕食を取っていたとき、誰かがトントンとドアを叩く音が聞こえた。玄関には、一六歳くらいの中国人の少年が息を切らして立っていた。少年はウルズラの手に紙切れを押しつけた。知らない人から、お金を上げるから、この「重病についての伝言」を届けてほしいと言われたのだという。

ウルズラはドアを閉めるとメモを開いた。簡単な英語が、チューの震える筆跡で書かれている。メモを読むと、部屋が左右に大きく揺れるような感覚に襲われた。それからメモを灰皿に入れてマッチで火をつけ、燃えるのをじっと眺めた。燃えさしがまだ赤々としているうちに、彼女はパトラの方を向いて言った。

「シューシンが捕まったわ」

10　北京からポーランドへ

奉天を出ろ

ウルズラは、モスクワへの緊急通信文を暗号化しながら、シューシンがどんな責め苦に遭っているかを想像した。モールス符号用電鍵の上で踊っていた、あの華奢（きゃしゃ）な指は、もう折られてしまっただろうか？「私たちは、彼らのやり方を知っていました。まず親指――『名前を教えろ！』――それから人差し指――『言え！』――と一本ずつ折っていくのです。全部折られてもまだ口を割らなければ、爪をはがしにかかります」。ワンも日本側に捕まったに違いない。シューシンは、プロの拷問に長くは耐えられないだろう。ウルズラは緊急通信文を送った。これが、本部への一〇〇回目の送信だった。

返信は迅速かつ明快だった。「パルチザンとの接触をすべて断て。無線機を分解して隠せ。奉天を出ろ。北京に移って、新たな活動拠点を作れ」。

任務は終わった。これまで一五か月をかけて慎重に作り上げてきたネットワークと装置と生活を、ただちに破棄しなくてはならない。

ウルズラは無線機を分解すると、部品をひとつひとつ麻袋に入れた。翌朝、彼女とパトラは別々の列車に乗り、二度乗り換えてから引き返し、奉天の北側の街外れにある森の端で落ち合った。ふたりとも尾行されてはいない。パトラは穴を掘ると、無線機の部品をすぐに埋めた。

それからふたりは、春の日差しを浴びながら小さな空き地に腰を下ろした。

「しばらく静かに落ち着いて話そう」と、パトラは優しく言った。「シューシンとワンは、幸せな結婚生活を送っていたんだろうか？」。

「とっても幸せな結婚生活だったわ」

この中国人夫婦からたどれば、すぐウルズラに行きつく。「ふたりは六か月間、君の家に出入りしていた」とパトラは言った。「君はすぐ出発しなくてはならない。今にも誰かが君の家に現れるかもしれない」。

確かに彼の言うとおりだった。しかし、ふたりが「ただならぬ慌てよう」で奉天を離れたら疑念を招く。シューシンとワンが口を割って日本の憲兵隊が彼女を捕まえに来るまで、多く見積もっても二〜三日しかないだろう。

「偽装用の作り話が必要だわ」とウルズラは言った。「パート1は、みんなが知っている。私たちは船で出会って、恋に落ちた。私はあなたを追って上海からここまで来た。これにパート2を加えるの。つまり、あなたに新しい恋人ができたので、私たちは別れたということにするのよ」。

彼女がパトラの隣に住むロシア人女性リュドミラに言及したのは、これが初めてだった。パトラは手にしていた帽子を握りしめた。数分間、彼は口を閉ざしたままだった。それから小声でこう言った。

「彼女は僕を尊敬していて、僕を学者のように思って話を聞いてくれるんだ」。

ウルズラは地面を見つめていた。木のゴツゴツした根のあいだから、苔に交じって金色の小さな花がいくつも顔を出している。

長い沈黙の末に、彼女は言った。「こんなこと言うべきじゃないけど、もし私が家に帰って誰かが玄関で待っていたら、それはそれでかまわない。少なくともそれなら、ほかの人たちが必ずしも苦しまなくて済むと思うから」。

彼女は声を殺して泣いた。パトラが彼女の髪をなでた。

ふたりが歩いて駅へ戻っていたとき、パトラは立ち止まって彼女の方を向いた。「君は僕が船の上で、いつまでも一緒にいようと言ったことを覚えているかい？　あのときは本気だったし、今はなおさらそうだ。いろいろあったけれども、君は僕に磁器屋の鉦をくれた。今思うと、あの娘とのことは、僕が今はもう必要としていないものを僕に分からせ、僕が君を必要としていることを理解させるのに必要なことだったような気がする」。

ウルズラは何も考えられなかった。

列車内でふたりは偽装用の作り話を確認した。まず彼女が北京に向けて出発し、ふたりが別れたというわさを広める。数日後にパトラが後を追う。「別れの手紙を書いてね――よくあるやつよ――あなたは別な女性に出会い、私たちはお互いのことをあまりよく理解できていなかった。特に私があなたに秘密を隠していたのは気に入らなかった。そう書けば、あなたは私の活動について何も知らなかったと思わせられる。それから、人種の違いを乗り越えられなかったというようなことも付け加えて」。

パトラは悲しそうな顔をした。「もう僕のことを何とも思っていないのかい？」。

「ヨハン、私とっても疲れているの」

彼女はフォン・シュレーヴィッツに、私は愛人に捨てられたので奉天から出ていくと告げた。陽気なドイツ人武器商人は、何も尋ねなかった。そう彼女が言うのなら、彼は遅かれ早かれやって来る日本軍に、その話をそのまますするつもりだった。フォン・シュレーヴィッツは駅でウルズラ母子を見送った。その後、彼女が彼と会うことは二度となかった。

列車が轟音とともに南西へ進むあいだ、彼女はこう考えていた。「何か月も必死に取り組んできた活動が突然中止になった。あまりにも多くのことが中途半端のままになった」。

幸福な休暇のあとで

ウルズラは北京のホテルのベッドで横になり、あごの痛みを抱えながら考えをめぐらせていた。長旅のあいだに、それまで鈍かった歯の痛みが急に強くなり、駅に着くと近くの歯医者に駆け込んで、二時間に及ぶ緊急の歯根管手術を受けた。歯科医がペンチを持って仕事に取りかかるのを、ミヒャエルは興味深そうに見ていた。「息子が死ぬまで歯科医を怖がるといけないので、私は声を上げませんでした」。拷問のような苦痛から、彼女はシューシンのことを連想した。麻酔が切れると、顔の片側からこめかみにかけてズキズキと痛み始め、それとともに罪の意識と吐き気にも襲われた。「圧倒的な疲れ」を感じていたし、睡眠薬も数錠飲んでいたものの、彼女は眠れなかった。「私たち、パルチザンを見捨てたのよ」と彼女は思った。「チューが次の会合にやって来ても、私はその場にいない」。おそらくシューシンはもう死んでいるだろう。ウルズラは、リュドミラと寝たことでパトラを憎んでいたが、それでも今は、とにかく彼にそばにいてほしかった。「離れ離れになってまだ数日しかたっていないのに、もう彼のことが恋しくなっていました」。無線機がないせいで、無防備な気がした。無線機は「兵士にとってのライフル銃や、作家にとってのタイプライターと同じように」彼女の人生にとって不可欠な一部になっていたのである。ようやく薬が効いてきて、彼女は眠りに就いた。

ウルズラとミヒャエルが北京駅で待っているところへ、奉天からの列車が到着した。パトラはミヒャエルを抱き上げて振り回し、ウルズラには時間をかけてしっかりとキスをした。翌日、彼は部品を集めて新たに無線機を組み立てた。モスクワからの最初の通信文は、予想もしない内容だった。「送信機を隠し、四週間の休暇を取れ」と命じられたのだ。赤軍のスパイは、普通は休暇を取らない。実は本部は、奉天のスパイ網が受けた被害を評価しようとしていたのである。その晩、彼らは夕食として、北京ダックとフカヒレのスープと緑茶を楽しんだ。「私たちは疲れていましたが、親密で幸せな気分でした」。

奇妙なハネムーンが始まった。「北京は天国です」と、彼女は両親に宛てた手紙に書いている。だんだんとふたりはリラックスし、「危険のない、この貴重な日々を一時間もおろそかにせず楽しむ術」をゆっくりと見つけていった。ウルズラは、あごの痛みが和らぎ、奉天を離れる前に感じていた吐き気も治まった。またよく眠れるようになった。ふたりは、頤和園(いわえん)の湖にミヒャエルを連れていったり、山に登ったり、市内の通りを散策したり、本を読んだりした。パトラは優しい気遣いを示し、ロシア人美少女は単なる過去の話になった。「きつい口論はありませんでした」と彼女は書いている。「ヨハンは、私たちが一緒に暮らすことができて喜んでいました。私は、北京でのあの四月を、暖かい光に包まれていた時期だったと思っています」。

四週間後、二人は再び無線機を組み立てた。パトラが眠っているときにモスクワからの通信文が届いた。その突然の命令にウルズラは激しく動揺した。「ソーニャは荷物をまとめて上海へ行け。エルンストはその場にとどまり、新たな同僚を待て」。続けて通信文には、上海に着いたら、そこからモスクワへ行ってさらに訓練を受け、その後にヨーロッパに移って家族と再会せよと記されている。上海工部局で五年働いたので、ルディとその家族には休暇を取って一時帰国する権利があった。ウルズラは、もう私は中国に戻ってこないのだろうと思った。彼女の任務は終わったのだ。

ウルズラはベッドに腰を下ろし、眠っているパトラに目を向けた。「しわの刻まれた額、高い頬骨、細い鼻、落ち着きがなくて神経質そうな口、手。私は涙が流れるがままにしました」。彼の前で泣くのは、これが三度目だった。最初はプラハの映画館、二度目は奉天郊外の森、そして今は北京で、彼が眠っている横で涙を流し、そして彼女は心の中で別れを告げた。

「それは永遠の別れということか」。翌朝パトラは、モスクワからの指令をウルズラから聞くと、そう言った。しかし、しばらくすると明るい表情になった。「本部の人たちは冷酷じゃないし、僕たちはいずれ一緒になれると思う。僕がここから出たら、すぐに結婚しよう」。

ウルズラは何も言わなかった。

パトラは駅まで一緒に行き、荷物を列車の客室に積み込み、ミヒャエルを抱きしめると、プラットホームに出て、客室の窓の下に、少しきまり悪そうにして立った。「中国を出たら、また手紙を書くよ。絶対に」と彼は言った。

ドアがバタバタと閉められ、汽笛が鳴った。パトラは手を振らなかった。そして、きびすを返して立ち去った。

彼女は彼に、妊娠していることを伝えなかった。

夫と愛人の取り決め

ウルズラの上官トゥマニャン大佐は、ボリショイ・ズナメンスキー小路の執務室で彼女を温かく出迎えると、奉天での活動をねぎらい、さらに、上海からの脱出が実は間一髪だったことを説明した。一九三五年五月、上海工部局警務処のトム・ギヴンズ警部が、高位のソ連側スパイを新たに一名逮捕した。「ジョーゼフ・ウォールデン」は、自分は文無しの作家だと主張したが、その正体はソ連軍情報部のヤコフ・グリゴリェヴィチ・ブローニン大佐だった。警務処はブローニンのアパートで、彼のタイプライターがウルズラ・ハンブルガーという女性から購入されたものである証拠を発見した。ルディは尋問され、警務処政治部に「タイプライターを処分したことについて、説得力はあるが真実ではない説明」をした。ギヴンズは、安心できないところまで迫ってきていたのだ。ウルズラは、もう戻ってくることはないだろうと思って、いちばん早くに上海を出る船に乗った。しかし第四局は、すでに次の任務を考えていた。「ポーランドへ行く気はありませんか？　ルディと一緒に？」とトゥマニャンは尋ねた。ポーランドの右派政権が共産党を地下へ追いやり、同国の同志たちは有能な無線通信員を至急必要としていた。ルディは今ではソ連の情報機関のために働くつもりでおり、その本気度をウルズラが保証しているので、ふたりはチームとして行動して、ポーランド共産党の下部組織間の活動を調整し、軍事情報を集め、モスクワに報告することができるだろう。[*1] 建築家というルディの仕事も、いい隠れ蓑になる。トゥマニャンは今もアジア課の課長だが、その彼が引き続き彼女の担当官を務める。トゥマニャン大佐は、ウルズラの結婚生活の現状について、まだ何も知らなかった。ヨハン・パトラの子を身ごもっていることを彼女は伝えなかった。「彼の視点から見れば、これは論理的な、思いやりのある提案でした」。

しかしウルズラの視点から見れば、この提案は少しも単純明快ではなかった。中国で堕胎するのは比較的簡単だったが、妊娠が分かった瞬間から、彼女の気持ちは決まっていた。「私はふたり目の子がどうしてもほしかったし、妊娠した以上はそのまま大切に育てたかったのです」。

妊娠によって奇妙な状況が生まれた。上海を出発する前、彼女はルディに、パトラの子を妊娠したことを告げた。驚いたルディは、中絶してくれと迫った。彼女からの手紙で知らされたパトラも、妊娠中絶するよう彼女を説得しようとした。奇妙なことだが、北京のパトラと上海のルディとのあいだで、彼女にどうさせるべきかを話し合う手紙がやり取りされた。「彼らふたりが私の将来について相談しているあいだ、私は何も言いませんでした」。彼女はお腹の子を育て続け、それをそのまま押し通した。ついにルディが、これまでと同じように寛大な態度を示し、「こんな状況で私をひとりにしておけないとはっきり言いました」。彼は、モスクワが彼女を派遣する場所にはどこへでも付いていくし、実際は違っていても表向きは彼女の夫であり続けるし、ミヒャエルの父親でもあり続ける。ふたりは、彼女のお腹にいるのが彼の子ではないことを誰にも知らせず、本部にも、それぞれの家族にも、秘密にすることにした。赤ん坊が生まれたら、その後どうするかは、ルディと一緒にいるかいないかも含め、彼女自身が決めればいい。この計画に対するパトラの反応も、それなりに立派だった。彼は、「もし僕が君と一緒にいられないのなら、ルディのほかに適任はいないし、君が彼と一緒なら僕ははるかに冷静でいられる」と伝えた。

共同で任務に当たるというトゥマニャンの提案は、この常識外れの取り決めに、まったく違った光を当てた。提案に従えば、ルディとウルズラは一緒に暮らし、一緒に働くことになる。ルディはよい父親であり、優秀な建築家で、優しい人だが、まったく無能なスパイにしかなれないだろうと彼女は思っていた。「彼は、その魅力と完璧な礼儀正しさから、どこへ行っても人気者で、特に女性たちから好かれていて、多くのチャンスを手にして」いたが、その一方、「彼は多くの点で考えが甘く、お人好しでした」。それに対して、危険はウルズラの生活の一部になっていた。彼女も気づいていたように、諜報活動にはリスクだけでなく、犠牲と喪失と苦痛も伴う。彼女は、ほかの男の子供を妊娠していた。パトラのことはまだ愛していたが、愛人関係に戻れる見込みはほとんどないと思っていた。「ルディと私が現在の状況下で人生をともにすることを期待する」のはフェアなことなのだろうか？

ウルズラはトゥマニャンに、私は任務を引き受けますが、まずミヒャエルを連れてイギリスへ行って家族と会い、それからワルシャワへ行きますと告げた。ルディは、彼女とは別にモスクワに来て、この任務についてトゥマニャンと話し合うことになった。その上で、彼女を追ってポーランドへ行くかどうかを自分で決める。もし行かないとなれば、ウルズラがひとりでポーランドへ行く。「私は、やるべき仕事をひとりで実行することを恐れてはいませんでした」。モスクワを出発する前、彼女はブルガリアの情報員ストーヤン・ヴラドフ（本名ニコラ・ポプヴァシレフ・ジダロフ）に引き合わされた。彼が、ポーランドでの主な連絡相手となる。[*2]

クチンスキー家の面々が、忠実なオロも連れ、全員そろってイギリスの港町グレーヴズエンドの波止場ヘイズ・ウォーフで待っているところへ、レニングラード（現サンクトペテルブルク）から来た汽船コオペラツィヤ号が、一九三五年一〇月二一日に接岸した。ウルズラはもう五年以上も、父や兄や妹たちと会っていなかった。

ユルゲンもこのときにはイギリスに来ていた。ウルズラの兄はギリギリまでドイツに残り、ドイツの労働者階級が正気を取り戻してヒトラーを打倒するのを期待しながら、共産主義地下組織のために活動を続けていた。一九三五年の初めにはソヴィエト連邦を訪問して、何人もの著名な共産主義者たちと会っており、その中には、ウルズラが上海で長男の出産後に読んだ本の著者カール・ラデックもいた。当時三〇歳だったユルゲンはソ連政府から見込みのある人物と見なされていて、ラデックによると、スターリン本人がクチンスキー青年に、君をソ連科学アカデミーの会員にするのは、君にとって助けになるか、それとも障害になるかねと聞いた。ユルゲンは、ナチ党に知られたら私を殺す口実がまたひとつ増えるからと言って、その栄誉を賢明にも辞退した。彼はベルリンに戻ってきたが、その時点では本人いわく「すぐに同志たちをドイツに呼び戻せるだろうと完全に確信して」いた。その確信は幻想に過ぎず、ユルゲンは、残っているドイツ共産党の資金をドイツ国外に秘密裏に持ち出してオランダの銀行に預けるよう指示されて、現実を思い知らされた。ナチ政権は、彼の友人や政治的な味方を次々と逮捕していた。母ベルタからは、手遅れになる前にイギリスに来ておくれと懇願する手紙が何通も来ていた。一九三五年九月一五日、ニュルンベルクでのナチ党年次党大会の後、ドイツ国会で「ドイツ国公民法［帝国市民法］」が可決され、これによってユダヤ人はドイツ人としての公民権を奪われた。自分の祖国で外国人扱いされ、共産党が復活する希望は潰え、ドイツでのヒステリックな反ユダヤ感情が激しさを増す中、ユルゲンと妻マルグリットは隠れ家から出て亡命した。ロンドンに到着して三日後、彼はイギリス共産党と連絡を取った。

家族は再び一緒になったが、北ロンドンの三部屋しかない狭いアパートにぎゅうぎゅう詰めという、かつての暮らしとはかけ離れた環境での生活となった。一九二九年以来初めてとなる家族全員そろっての毎日は、陽気で騒々しかったが、悲しみにも覆われていた。「私たちはみな、育った家と、慣れ親しんだ景色を懐かしく思っていました」。両親と兄妹たちは、ウルズラがふたり目の子供を妊娠していると知ると、父親は当然ルディだと思った。「嘘をつく必要はありませんでした」と後に彼女は書いているが、これなどは「嫌悪すべき欺瞞」と自覚していることを弁解する興味深い言い方だった。

家族が再会した後、彼女はユルゲンを脇に呼んで真相を告げた。この兄と妹は、相変わらず互いに張り合っていたが、昔と変わらず親密だった。彼女は、相手が誰かは言わなかったが中国で不倫をしたと話し、お腹の子の父親はルディではなく、ルディもそのことを知っていると説明した。ユルゲンは、おまえは「とんでもない」女だと言ったが、ほかの誰にも明かさないと約束してくれた。ユルゲンは、紙の上ではおしゃべりを止められないが、秘密は必ず守る人間であり、彼女は兄を完全に信頼していた。

クチンスキー家の子供たちは、程度の差はあれ、全員が左派的な考え方を身につけていた。ウルズラのすぐ下の妹ブリギッテは、すでに共産党の党員だった。彼女はヒトラー・ユーゲントの学生リーダーに平手打ちを食らわせたことでハイデルベルク大学を放校処分になり、一九三五年九月にイギリスへ亡命した。いちばん下のレナーテでさえ、「私は共産主義者だと誇らしげに名乗って」いた。この亡命一家の政治的立場は、気づかれずには済まなかった。

イギリスで外国の情報活動を担当する機関MI6がユルゲンについてのファイルを最初に作成したのは、一九二八年、彼が共産主義系の新聞に記事を書き始めたころのことだった。一家の長であるロベルトは、今ではLSEで人口統計学を教え、政府のために調査を実施しているが、それでもボリシェヴィキのシンパではないかと疑いをかけられていた。MI5こと保安局も、この新たにイギリスに住みついた左派ドイツ人一家に強い関心を抱き始めていた。その後の数年間に、MI5とMI6は、クチンスキー家について九四件ものファイルを作成することになる。ウルズラがレニングラードから到着したことはイギリスの入国管理当局に気づかれ、これによって彼女は初めてＭＩ５のレーダーに捕捉された。

数週間後にルディがイギリスにやって来た。彼はモスクワでトゥマニャン大佐と会ってきたが、その会合は、心底から満足できるものではなかった。「私の願いは、将来独立した〔情報〕活動を担当し、そのための適切な訓練を受けることだった。この願いはかなえられなかったが、私は約束を取りつけた」。ソ連の情報機関のために働くという決断は、政治的な選択だったが、同時に個人的な選択でもあった。ルディは今もウルズラを愛しており、「復縁できるかもしれないという、はかない望みにしがみついていた」。息子を手放す気はさらさらなかった。トゥマニャンはルディに、ウルズラと一緒にポーランドへ行って彼女を支援するようにと指示した。

ワルシャワでの退屈な生活

ウルズラたちは一九三六年一月に出発したが、もうひとり重要な人物が同行していた。オルガ・ムートが、私も連れていってとウルズラに懇願したのだ。レナーテはもうじき一三歳で、乳母のいらない年齢になる。ポーランドに行けば、オロはミヒャエルの面倒を見られるし、赤ん坊が生まれたら子育ての手伝いもできる。ウルズラは喜んで連れていくことにした。オルガ・ムートとは、三歳のころからの知った仲だ。「オロと私のあいだには、いつも特別な絆がありました」とウルズラは書いている。

ポーランドは混乱のただ中にあった。一九二六年以来ポーランドで政権を握ってきた独裁的な右派政治家ユゼフ・ピウスツキが死んだばかりで、残された政府は徹底した反ソ連の立場を取り、共産主義を一掃する決意を固めていて、そのため共産主義者は大部分が地下に潜ることを余儀なくされていた。ポーランドでのユダヤ人差別も強まってきていた。ポーランド政府は、ヒトラーと交渉してソヴィエト連邦に共同で攻撃を仕掛けようとしていた。だから、ポーランドで共産主義スパイとして活動するにはタイミングが悪かった。あるいは見方を変えれば、絶好のタイミングだとも言えた。

ハンブルガー夫妻は、ワルシャワ郊外のアニン地区にアパートを借り、ルディはポーランド人建築家二名の助けを借りて仕事を見つけた。ウルズラはポーランド語の学習を始めるかたわら、送受信機の組み立ても開始した。独力で組み立てるのは初めてで、完成品は、蓄音機の木製ケースの内部を取り出した中に隠した。ある夜、彼女は「アパートで薄明かりの中、初めてキーを押し」た。二分後、ソ連からの応答が、完璧な明瞭さで返ってきた。

第四局の上官であるブルガリア人ストーヤン・ヴラドフは、すでにポーランド人情報提供者のネットワークを構築しており、ネットワークに「モンブラン」という暗号名を付けていた。映画館の元楽団員だったヴラドフは、一九一四年に共産党に入り、銃の密輸で五年間服役した後、モスクワで軍事と情報収集活動の訓練を受け、現在は広大な園芸農場で働いてバラを育てながら、赤軍のためスパイ活動を行ない、ポーランドの共産主義者たちを支援していた。月に一度、ウルズラは彼とクラクフで会って、それまでに彼が集めた情報を受け取り、ワルシャワに戻ってモスクワに伝えた。「私は彼に助言することになっていました」と彼女は書いている。しかしヴラドフは助言を欲しなかったし、必要ともしていなかった。

ウルズラは退屈になった。中国で興奮と危険に満ちた日々を送ってきた後では、ここでの日常が平凡同然に感じられた。ヴラドフの口述を書き取るためクラクフを往復するか、さもなければアパートに閉じこもって通信文を暗号化して送信したり、第二子を出産する準備をしたりするだけだったからだ。ルディの諜報活動は、これ以上に限定的だった。ときどき送信機を担当したり、「一般的な修理と整備」を行なったりしたが、それより大きな責任を負わせるのを本部はためらっていた。「何度か彼はどうしてもと言って、自分の通信文を送り、いつになったらモスクワへ行って、独力で情報活動を実施できるよう訓練を受けられるのかと問い合わせました」。モスクワからの返事は「いつも決まって否」だった。ルディはどうしてもスパイになりたかったが、赤軍は今のところ彼を必要としていなかった。

ウルズラも彼を必要としていなかった。「ルディと私は同志として協力し、口論はしませんでした」と記しているが、ふたりの関係はポーランドの冬のように寒々としていた。当時幼いミヒャエルは、「家族が再び一緒になったという強烈な幸福感」しか感じていなかったが、後年になって、父親は「この虚構がもたらす精神的負担」にどうやって耐えていたのだろうかと考えた。名前だけの夫になったルディは、近づく子供の誕生を喜ぶ素振りなどまったく見せなかった。ウルズラの思いはヨハン・パトラに向いていることが多く、今どこにいて、安全なのだろうかと考え、「彼はひとりでは何もできない。バカなことをしているんじゃないかしら」と思った。しかし月日が流れるにつれ、別れているのがつらくなくなってきた。彼女とパトラは根本的に合わなかった。パトラには「生涯の伴侶として、まったく別な種類の女性が必要でした。彼を批判することなく受け入れ、問い詰めたり議論をふっかけたりしない女性が必要だったのです」。ふたりの関係は、初めのうちは彼が上司で彼女が部下だった。それが今では本部の目には対等に映り、もしかすると彼女の方が上に見られているかもしれない。このような逆転は、頑固で保守的なパトラには絶対に受け入れられないだろう。それでも、パトラの子供がお腹の中で大きくなっているのを思うと、彼の不在が決して消えない鈍い痛みのように感じられた。店のウィンドーに映った自分の妊婦姿が目に入ると、ウルズラは「この子が生まれるのをワクワクしながら待っているのがふたりでないのがとても悲しい」と思った。

だが実を言うと、待っている人はちゃんとふたりいた。もう五五歳になっていた献身的なオルガ・ムートが、得意になって新しく生まれてくる子の準備をし、ミヒャエルの面倒を見、さらには、一家の諜報活動をそれとなく支援していた。オロは、自分の雇い主がファシズムと戦うスパイであることをよく分かっており、口にこそ出さなかったが、ウルズラたちに賛同していた。若奥様になった後もオロが依然として「つむじ風」と呼ぶ若い娘が、回転盤にベートーヴェンの「エグモント」序曲のレコードを載せた蓄音機の中に違法な送信機を隠しており、夜遅くにそれを使って通信文を送っていることも、オロは知っていた。ふたりの女性の協力体制は暗黙のもので、政治的立場ではなく人と人との信頼に基づいており、この件をふたりでおおっぴらに話し合ったことは一度もなかった。「私は、自分の活動がどういうものか口にしたことはありませんでした。それにオロも尋ねませんでした」とウルズラは記している。オルガ・ムートは子守女だったが、同時に補助工作員でもあった。

赤旗勲章を受ける

一九三六年四月二七日、ワルシャワ郊外の診療所でウルズラは元気な女の子を産んだ。女の子はヤニーナと名づけられ、縮めて「ニーナ」と呼ばれた。出産の八時間後、彼女はアパートに戻ると「シェード付きランプのそばの、違法送信機の前に座って」、次の一文で始まる通信文を送った。「遅れて申し訳ありません、先ほど娘を産んできたばかりなもので」。

両親に宛てた手紙は、もっと感激にあふれていた。「帰宅して、森の中に建つ私たちの家の前に赤ん坊の入った小さなベビーベッドがあるのを見るのは、何て幸せなことでしょう。（中略）オロはものすごく助けてくれるし、ヤニーナに夢中です。ルディはとても忙しくしています」。

ニーナが六か月のとき、本部からウルズラに、ダンツィヒ（現グダニスク）に移って現地で攻撃を受けている共産党地下組織を支援せよとの指示が来た。バルト海に面する港湾都市ダンツィヒは、ポーランドとドイツに挟まれた「自由都市」つまり自治権を有する都市国家で、表向きはどちらの国からも独立していた。しかし現実には「自由」とは名ばかりで、住民のほとんどはドイツ人で、市政府はナチ党に支配されており、一九三六年にはダンツィヒを第三帝国に併合しようという動きが高まっていた。ウルズラが到着したとき、ダンツィヒでは大々的なナチ化が進行中で、「鉤十字旗が公共建築物に下げられ、ヒトラーの肖像画が役所の壁を飾り、ポーランド人は恐怖におびえ、ユダヤ人は脅され、迫害され、逮捕されていました」。「優美な顔立ち」をしたカール・ホフマンという、結核のため激しく咳き込む若い共産主義者が、小さなレジスタンス組織を作っていて、ダンツィヒの造船所で建造中のUボートを破壊したり、予想されるナチの侵攻を妨害するため交通信号機を動かなくする計画を立てたりしていた。[*3] ウルズラは、ホフマンたちとモスクワを結ぶ連絡係になった。

ウルズラ、オロ、ミヒャエル、ニーナの四人は、市内のオリヴァ地区にある現代的なアパートの日当たりがよい部屋に移り住んだ。ウルズラは、昼は赤ん坊をベビーカーに乗せて買い物に出かけてホフマンのスパイたちから報告を集め、夜になって家族全員が寝静まると、送受信機を蓄音機から取り出して、モスクワと通信文のやり取りをした。幼い子供ふたりの母親だったため、隠れ蓑とする仕事は不要だった。

ミヒャエルは地元の子供たちと仲良くなろうとした。ある日、彼は母親に『歓迎されない』って、どういう意味？」と尋ねた。「ダメ」という意味だと彼女は答えた。ミヒャエルはさらに尋ねた。「ユダヤ人的って何？」。彼女は話題を変えようとした。ミヒャエルは短い歌を作って歌い始めた。「タバコはダメ、ユダヤ人はダメ、騒音はダメ」。静かにしなさいとウルズラは言った。ミヒャエルは歌詞を変えて、「唾吐きはよし、ユダヤ人はよし、歌うのはよし……」と歌った。ウルズラはミヒャエルを平手打ちした。そんなことをしたのは、彼女の生涯でこれが最初で最後だった。涙を流しながらミヒャエルは部屋から飛び出していった。ウルズラは自分がしたことに自分でひどいショックを受けた。緊張が徐々にこたえ始めていた。「私が捕まったら、子供たちはどうなるんだろう」と彼女は思った。自分を慰めようとして、「ふたりとも金髪で、青い目をしているから、残酷な目に遭わなくて済むはずだわ」と考えた。この考えが間違っていることを、彼女はよく承知していた。

活動は退屈であると同時に危険でもあり、やりがいはなかったが、評価されなかったわけではなかった。

ミヒャエルの六歳の誕生日が過ぎてすぐ、それまでとは雰囲気の違う通信文が本部から到着した。彼女個人に当てられた通信文で、そこにはこう記されていた。「ソーニャ殿　国防人民委員部は、貴殿に赤旗勲章を授与することに決定した。心から祝福するとともに、今後の活動でのさらなる活躍を願っている。局長」。

ロシア革命後に制定された赤旗勲章は、戦場での勇気と英雄的行為に対して与えられる、ソ連で最高の軍事勲章である。スターリンもトロツキーも受勲している。この名誉ある知らせに、彼女は当初、自分の「価値が過大評価されている」のではと思って当惑したが、やがて胸の内に静かな誇りが満ちてきた。これまでの六年あまりのあいだ、彼女は上海と満州とポーランドで繰り返し命を危険にさらしてきた。今も、ナチ党が支配するダンツィヒでユダヤ系ドイツ人の共産主義スパイとして活動している以上、逮捕されればドイツへ強制送還され、投獄されて死刑になることは分かっていた。彼女は過大評価されているのではなく、自分で自分を過小評価していたのだ。その証拠が、今こうして第四局の局長から送られてきた、秘密の赤軍兵士として彼女が成し遂げた業績を認める通信文だった。

数日後、アパートの前の道路で、彼女は上の階に住むナチ高官の妻とばったり出会った。ファシストで、お節介な女性だが、ウルズラがユダヤ人であることには気づいていなかった。

「あなたのところは、ラジオにずいぶん雑音が入らない？」と女性は尋ねた。

「何も聞こえませんが」とウルズラは、背筋が突然冷たくなるのを感じながら答えた。「何時ごろでした？」。

「一一時ごろよ……昨夜（ゆうべ）は、また特にひどかったのよ」

昨晩ウルズラはモスクワに長い通信文を送っていた。

女性はおしゃべりを続けた。「主人が言うには、すぐ近くで無線送信している人がいるらしいのよ。金曜日にアパートを包囲するよう手配するつもりですって……」。

その晩、上の階の明かりが消えると、ウルズラは大急ぎでモスクワに、これからただちに無線機を別の場所に移し、そこで返信を聞くことにするという内容の通信文を送った。ホフマンの組織のメンバーが所有する隠れ家で彼女は無線機を組み立てた。モスクワから何度か繰り返し送られてきた返信は、「ポーランドへ戻れ」だった。ダンツィヒでの任務は三か月で終わった。

ワルシャワに戻った後、さらに一通の通信文が来た。数日後に同志が一名、指定された会合場所へ彼女に会いに来るという。その指定場所にトゥマニャン大佐本人がにっこりと笑って現れたとき、ウルズラは思わず彼にキスしそうになった。勲章を受けたソ連軍の英雄は互いにキスなどしないものだ。トゥマニャンは、ベルジン将軍からの祝いの言葉を伝えた。当時ベルジンは、スペインで内戦を戦う共和国軍のため軍事顧問を一年間務めた後、赤軍情報機関のトップとしてモスクワに戻ってきていた。「局長はあなたの活躍に満足しています」とトゥマニャンは言ったが、ワルシャワ市内を散策しているうちに、表情が次第に深刻になった。「上官ではなく、友人としてひと言いいですか？　今のあなたは、以前のように幸せいっぱいというふうには見えません。ルディとの仲は、どうなんですか？」。

自分でも意外だったが、ウルズラはすべてを大佐に打ち明けた。夫婦仲が冷え切っていることも、ヨハン・パトラと関係を持ってニーナを産んだことも話した。「このとき大佐には、私はヨハンを高く評価していて、今も懐かしく思っているが、彼のもとには戻りたくないと告げました」。さらに彼女は、ポーランドでの任務に対する不満も伝えた。「私は経験が足りないと思うんです」と彼女は言った。「無線機の組み立てについての最新技術をよく知りません。それに何より、もっと訓練を受けたいんです」。

トゥマニャンは、うむうむとうなずいた。「それでは、数か月モスクワに来て、それからポーランドに戻ってはどうです」。

まったく意図せずウルズラは、自分の物語の新たなページをめくったのである。

11　一ペニーで買えますよ

再訓練と再会と

一九三七年六月一五日、クレムリンの内部で、ボリシェヴィキの長老のひとりが赤軍の期待の星である若手のひとりに勲章を授けた。

ミハイル・カリーニンは、元執事で、早くからレーニンに従った支持者であり、ソヴィエト連邦では初代国家元首、政治局員、最高会議幹部会議長を務める重鎮で、スターリンに従順な旧友であり、ソ連の一般市民にとっては雲の上の存在だった。ロシア西部にある都市カリーニングラードは、その名を彼にちなんでいる。一九三七年当時、カリーニンは象徴的な存在として、政治の実務にはほとんどタッチしていなかったが、儀式の場には担ぎ出されていた。この日も彼は、陸海軍の兵士約二〇名に、さまざまな勇気ある行為を称えて赤旗勲章を授けていた。勲章の授与はこれまで何度もしてきたが、今回がそれまでと違っていたのは、受勲者のひとりに三〇歳の女性がいることだった。

その日の朝、ウルズラはグレーのスーツを着、靴をピカピカに磨いて履いて、軍用トラックに乗り込んだ。クレムリンに着くと、受勲者たちは長い廊下を案内されて大講堂に入った。数分後、「白髪の年老いた同志が部屋に入ってきました」。

カリーニンは、ウルズラの襟に九四四番の勲章を付けると、彼女の手をしっかと握った。「赤軍の男たちがいつまでも盛んに拍手してくれましたが、それはたぶん、その場に女性が私ひとりしかいなかったからでしょう」。老人の顔に目をやると、そこには「純然たる親切心」が浮かんでいた。しかし、それに惑わされてはならない。カリーニンは残忍な男だった。三年後、彼がソ連の政治局員として署名した命令により、スモレンスク近郊の森で捕虜となったポーランド軍将校など二万二〇〇〇名が処刑された。これが有名なカティンの森虐殺事件である。

ウルズラはワルシャワからモスクワへ行く際、途中でチェコスロヴァキアに寄り、子供ふたりを、いつも有能なオルガ・ムートと一緒に、ルディの両親に預けた。当時、義母のエルゼ・ハンブルガーは体調が悪く、余命が一年弱だった。ポーランドに残るルディは、ウルズラに「つらい時期にわざわざ母親に余計な悲しみを負わせないでほしい」と訴え、ニーナはルディの子供だという作り話を通すことにした。その後ウルズラは、トゥマニャンが支給したソフィヤ・ゲンリコヴナ・ガンブルゲル名義の偽造ソ連パスポートを使ってフィンランドに行き、そこから国境を越えてソ連に入国した。

赤軍は下にも置かぬ歓迎ぶりだった。トゥマニャンは、せっかくだから黒海沿岸の町アルプカにある専用の休暇村で短い休暇を取り、その後はモスクワで私が家族と住んでいるアパートに泊まればいいと、熱心に勧めてくれた。赤軍は上下関係に厳しい組織だったが、ウルズラにとって、上司でもあるソ連のタフな先輩情報員と親交を結ぶのは何よりも自然な流れだった。スパイ学校「スズメ」に戻って、彼女は再び厳しい訓練課程を受け始めた。最新の「プッシュプル方式」の送信機の操作法を身につけ、爆弾の作り方を学び、電線と導火線と酸を材料にして、酸でゴムの被膜を溶かして雷管を発火させる多種多様な時限信管を製造する方法を覚えた。モスクワ郊外の空き地で鉄道の線路を爆破する練習もした。教官の中には、以前スペインにいて、フランコ率いるナショナリスト派（ヒトラーが支援）と共和国派（ソヴィエト連邦が支援）のあいだで繰り広げられている内戦で実戦を経験してきた共産主義者がいた。また経験豊富な秘密工作員もいて、「敵戦線の後方で活動するパルチザンが知っておかなくてはならないこと」を教えてくれた。同僚や教官たちは敬意をもって接してくれた。何しろ彼女は、偉大なカリーニンから授与された赤旗勲章を襟に付けていたのだから。

空き時間にウルズラは（上官たちからは認められそうになかったので内緒で）短編小説を書いた。「しらふ」ことゼップ・ヴァインガルテンをモデルにした物語で、主人公である共産党の秘密工作員は、白系ロシア人女性と恋に落ちるが、自分が本当は何に忠誠を誓っているかは隠している。物語のヒロインは、ソ連での生活の素晴らしさに感動して最後にはマルクス・レーニン主義に転向し、ふたりはソ連という社会主義の楽園でいつまでも幸せに暮らすというストーリーだ。後に彼女は「この原稿は本当につまらないものでした」と認めている。しかし、あか抜けしない共産主義プロパガンダ作品にしては驚くほどよく書けており、まさしく生まれながらの物語作家が書いた作品だった。

ウルズラは、子供たちと離れ離れになっていることを痛いほど意識していて、すでに経験したことのある、罪の意識と不安が入り混じった気持ちになっていた。今回は子供どうしで遊べるのがせめてもの救いだと、彼女は自分に言い聞かせた。でも、ふたりに拒絶されることになったら？　実際、かつてミヒャエルは長期にわたって離れていた後に母親を拒絶している。彼女はチェコスロヴァキアから来る手紙を一通残らずむさぼるようにして読んだ。幼少期の記憶の一部が自分なしに形作られるのだと思うと悲しくてつらかったが、今の仕事を辞めようとは一度たりとも思わなかった。どのスパイもそうだが、彼女も自分の人生の異なる側面を区別して考えていた。モスクワでの活動と、母であることとは、それぞれ別世界での話だった。彼女の悩みは絶えなかった。

あるとき本部から連絡が来た。「あなたの親友が今モスクワに来ており、あなたさえよければ会いたいそうだ」。

「いやあ、相変わらずスリムだね」とヨハン・パトラは言いながら、ボリショイ・ズナメンスキー小路一九番地の本部のロビーで彼女を抱きしめた。パトラは、無線の再訓練を受けるため中国から呼び戻されていたのである。この後すぐ上海に戻ることになっていた。

パトラは、離れてほぼ二年たった今でも以前と同じ関係が再開されるものと勝手に思い込んでいて、すぐウルズラに、一緒に中国に戻らないかと尋ねた。彼女は、それは不可能だと答えた。ふたりのあいだに子供がいるのは確かだ——ウルズラは、彼の娘の写真を誇らしげに見せた——が、恋愛感情はとっくになくなっていた。「彼には確かな才能がありましたが、以前よりもはるかに短気で頑固で不寛容になっていました」。ふたりは友人として別れた。

ドイツ時代に仲間だった共産主義者たちの多くが、亡命を余儀なくされてモスクワに来ており、その中には、かつてグルーネヴァルトの森で銃の撃ち方を教えてくれたガボ・レヴィンとハインツ・アルトマンもいた。現在レヴィンは共産党系のドイツ語新聞の編集をしており、アルトマンはジャーナリストになっていた。ある日、上海でゾルゲの後任を務めていたカール・リムが、先任将校の制服を着てスパイ学校に現れた。彼女は彼をハグし——「厳密に言えばマナー違反でした」——その晩ふたりは夕食をともにした。再会できて最もうれしかった人物は、上海時代の写真係グリーシャ・ヘルツベルクだった。黒い瞳と悲しげな物腰が印象的なポーランド人である彼は、赤軍の情報機関で着実に昇進を重ねていた。ウルズラとグリーシャは、開通したばかりのモスクワ・ヴォルガ運河を一緒に船で遊覧した。ふたりとも規則により、相手に自分がどこにいて何をし、この次は何をするのか教えることはできず、そうした制限がちょっとした壁にはなったものの、この機会にふたりは友情を再確認した。彼らは泳ぎに行った後、運河の岸に寝転んで、「さえぎるもののない日の光を浴びて幸せ」に過ごした。

粛清に消えた友人たち

しかし、ウルズラの幸せには暗い影が落ちていた。すでに友人や同僚たちが恐ろしい勢いで殺されていたのだ。

スターリンの大粛清は、史上まれに見る非常に大規模な連続殺人のひとつだった。激しい猜疑心と、革命は内部から蝕まれているという思い込みを引き金にして、一九三六年から一九三八年までのあいだにソ連政府は、反逆・反革命・破壊工作・諜報活動などの罪で一五四万八三六六人を逮捕した。このうち六八万一六九二人が殺された。そのほとんどは無実だった。NKVD（KGBの前身）は、拷問によって自白を引き出し、拷問を受けた者ひとりひとりに自分以外の「人民の敵」の名を挙げるよう強制して、絶えず拡大し続ける疑念と破壊の渦を作り出した。犠牲者は、運がよければ「グーラグ」と呼ばれた強制労働収容所に送られた。それ以外の者は即座に処刑された。党の幹部、知識人、富農（ロシア語で「クラーク」）、ポーランド人などの少数民族、トロツキスト、半トロツキスト、官僚、科学者、聖職者、ユダヤ人、音楽家、作家など、スターリンの権威にとって少しでも脅威になりそうな人物は、たとえ現実的には脅威になるはずがなくても、全員が殺された。日々の処刑リストに承認の署名をしながら、スターリンはこう言ったという。「このくだらない連中のことを一〇年後や二〇年後に誰が思い出すというのだ？　誰も思い出しはしない」[*1]。

ソ連軍は裏切りの具体的な温床と見なされ、NKVDと競合関係にある軍の情報機関は、ファシストのスパイたちをかくまっているとして非難された。陸海軍の将校たちは、コミンテルンの大半とともに事実上一掃された。スパイは怪しまれ、外国人と接触するスパイや、ロシア人でないスパイは、なおさら疑われた。さらに、NKVD自身もスパイの集まりだったため、NKVDは内部のメンバーを告発して組織的に処刑していくようになった。

ヤン・ベルジン将軍の危機回避能力も、今度ばかりは通用しなかった。彼は第四局の局長を解任され、逮捕されると、NKVDの本部ルビャンカの地下室で銃殺された。彼の前任者も殺された。後任者は、わずか数日在職しただけで、やはり処刑された。「残念ながら、当時は指導する立場にある同志が頻繁に変わりました」と、ウルズラは残酷な事実を遠回しに書いている。もちろん「残念」という言葉では、この恣意的で抑えの利かない大量殺戮を正しく言い表すことなどできない。「第四局全体がドイツ側の手に落ちている」[*2]と、スターリンは一九三七年五月に宣言した。一九三七年から一九三九年のあいだに軍の情報機関トップを務めた六人は、ひとりを除いて全員が殺された。五人のイギリス人共産主義スパイ、通称「ケンブリッジ・ファイヴ」をスカウトした有名な工作員たちも、モスクワに呼び戻されて粛清の犠牲になった。

ウルズラが心から好きだった人や尊敬していた人の多くは、ひとりまたひとりと逮捕され、残酷に殺された。彼女がモスクワに来る前に殺された者もいれば、モスクワ滞在中に殺された者もいたが、モスクワを後にしてからも、さらに大勢が殺された。ソ連に逃げてきたドイツ人共産主義者は、何百人も殺され、殺されなかった者はナチ・ドイツに送り返されて同じ目に遭った。ウルズラの少女時代からの友人ガボ・レヴィンは、反革命活動で有罪となり、強制収容所に送られた。一九二四年に共産主義青年同盟に加わるよう熱心に勧めてくれたハインツ・アルトマンは、ガボより先に拘束された。ウルズラが一九三二年に上海で会ったマンフレート・シュテルンは、その後スペイン内戦に参加し、「クレベール将軍」という変名で国際旅団を率いていた。そのシュテルンは、一五年の重労働刑を言い渡され、一九五四年に強制収容所で亡くなった。アグネス・スメドレーをスカウトし、ウルズラのスパイ学校「スズメ」への入学を認めたヤーコプ・ミロフ＝アブラモフは、拷問を受けて自白し、一九三七年一一月二六日に銃殺された。彼の妻は、その三か月後に処刑された。カール・リムは、「反革命テロ組織」のメンバーだったとして一九三八年に粛清され、そのすぐ後に妻ルイーゼも殺された。リヒャルト・ゾルゲは、召還されたとき賢明にも日本から戻るのを拒否したため犠牲にならずに済み、上司が次々と代わって殺されたため逃げ切ることができた。ハンガリー人ジャーナリストのラヨシュ・マジャールと、著作を残した政治家カール・ラデック――ウルズラが革命に忠実な知識人として尊敬していた人々――は、たちまち社会から消え去った。ウルズラがミヒャエルを産んだ直後に読んでいた小説の著者ボリス・ピリニャークは、スパイ活動をしていてスターリンを殺害する計画を立てていたとして告発された。彼の裁判は一九三八年四月二一日に行なわれ、同日に処刑された。ミハイル・ボロジンは、ルビャンカで厳しい拷問を受けて死んだ。ゼップ・ヴァインガルテンは、いつの間にかいなくなった。イーザ・ヴィーデマイヤーもいなくなった。ソ連にいた外国人共産主義者は、虐殺により一掃された。アグネス・スメドレーの元夫ヴィレンドラナート・チャットーパディヤーイは、一九三七年九月二日に死刑を宣告されて即刻処刑された。スターリンと親しくても安心はできなかった。ウルズラがミハイル・カリーニンから勲章を授与された一年後、カリーニンの妻でユダヤ人のエカチェリーナは逮捕され、レフォルトヴォ刑務所で拷問された後、収容所に送られた。

後にウルズラは、私は粛清のことも、殺戮がどれほどの規模だったのかも、捏造された罪状が根拠薄弱だったことも、犯罪的な虐殺にスターリン本人が関与していたことも、知らなかったと主張した。彼女は、資本主義諸国のスパイがソヴィエト連邦の内部に相互不信の種をまき、「責任ある立場の人々が誠実な同志の失敗と敵の活動とを容易に区別できないように」したという作り話を信じていた。もっとも、大量殺戮を語る上で「失敗」という語は、確かな証拠に基づかずに実行された処刑を正当化するために使われる逃げ口上に過ぎない。

しかしウルズラは、友人や同僚たちが次々と殺されていることを知っていたし、彼らが無実であることも知っていた。後に彼女は「彼らは共産主義者であって敵ではないと、私は確信していました」と記している。当時、彼女はそう言わなかった。彼らがどのような罪状で告発され、どこへ行ったのかを尋ねることもしなかった。好奇心を少しでも示せば、それだけで死を招くことになったからだ。他の数百万人と同じく、彼女も口を閉じて、抗議めいたことは一切言わず、次は誰の番かと考えた。

グリーシャ・ヘルツベルクは、モスクワ・ヴォルガ運河の岸でウルズラと日光浴して一日をのんびり過ごした直後、突然、完全に姿を消した。彼が処刑された日付も場所も分かっていない。ほかの大勢と同じく、三二歳のポーランド人も一夜にして消えてしまったのだ。ウルズラとグリーシャは、ディナーへ行く約束をしていた。グリーシャは待ち合わせ場所に現れなかった。ウルズラは、彼がどこへ行ったのかを本部に問い合わせなかった。彼女が再び彼の名前を口に出すのは、何年も後のことになる。

ウルズラは、ひそかに恐怖していた。これまでも危険に直面したことはあったが、いつどこでどういう形で裏切りという偽りの告発を受けるか分からないという恐怖とは、比べものにならなかった。外国生まれのスパイで、粛清された者たちの多くと関係があった彼女は、命の危険にさらされていた。ソ連政府からの脅威は、これまで経験してきた共産主義の敵たちからの脅威よりも、はるかに大きかった。女性だからといって安心はできなかった。スターリンは男女平等に殺害していた。ポーランドに戻りたいと申し出るのは、罪を認めたと見なされる恐れがあった。言葉にできないほどの恐怖に直面した人の例に漏れず、ウルズラは何も起きていないという振りをすることを選び、友人たちはいずれ帰ってくるだろうし、帰ってこない人は失敗をしたに違いないと思うことにした。彼女は、常に警戒の目を光らせながらも、真実からは目を背けていた。

どうして彼女が無事だったのかは、今も謎のままだ。本人は運がよかったのだと言っているが、実際はそれだけではなかった。ウルズラには、相手を誠実にさせるという稀有な能力があった。欺瞞と嘘に基づく世界で、彼女は一度も裏切られたことがなかった。粛清の犠牲者たちは、ほかの裏切り者の名前を言えとけしかけられたが、誰もウルズラの名を挙げなかった。後年、彼女は誰かが「手を打って私を守ってくれた」に違いないと推論した。その「誰か」とは、満州とポーランドでのウルズラの活動を指導した経験豊富なアルメニア人情報員トゥマニャン大佐だった。トゥマニャンは、常にウルズラを見守り、彼女の秘密を誠実に守り続けた。彼は、彼女とパトラの関係や、結婚生活が暗礁に乗り上げていることを知っていたし、諜報活動と日々の家庭生活とのバランスを取ろうと苦労していることも知っていた。「彼は、そうしたことについて話し合うことのできる類いの人」であり、いつも「軍での階級が示す威厳を保っていた」が、黒い瞳の奥には感受性の強い魂が宿っていた。ウルズラは、彼を友人として見るようになっていた。トゥマニャンが上司でいる限り、彼女は安心していられた。

しかし、ほかの多くの人と同じく、トゥマニャンもいなくなった。

ウルズラが呼び出されて本部に行くと、上司の執務室からはトゥマニャンの私物がすべてなくなっていて、大佐の制服を着た、体のがっちりとした男がトゥマニャンの席に座っていた。頭をそり上げ、深くくぼんだ目をした男は、トゥマニャン大佐は「新しい任務」を与えられたと、淡々と語った。彼女にはトゥマニャンの身に何が起こったのかまったく分からなかったし、新たな上司の表情からは、質問しない方がきわめて賢明だと察せられた。

ハジ＝ウマル・マムスロフ、通称「同志ハジ」は、北オセチア出身のムスリム農民の息子で、赤軍でも屈指のタフな戦士だった。スペイン内戦では、ナショナリスト軍の戦線後方でパルチザン部隊を指揮し、その冷酷ぶりは評判となって文学の世界に不滅の名を残した。アーネスト・ヘミングウェイが小説『誰がために鐘は鳴る』の主人公ロバート・ジョーダンのモデルのひとりとしたのが、このウマル・マムスロフだった。

マムスロフ大佐は組織内での駆け引きに長けた人物で、ゲリラ戦で培ったテクニックを、スターリン時代の官僚社会という裏切りに満ちた世界に応用し、出世を重ねて後にソ連軍情報機関の副局長を務めることになる。ウルズラは彼の不滅の回復力に感心するようになるが、マムスロフはトゥマニャンのような感受性をまったく持ち合わせていなかった。同志ハジは、ウルズラを見守ってはくれなかった。自分の身を守るのに精一杯だったのだ。

モスクワに来て五か月後、ポーランドへ戻る前日にウルズラは第四局の新たな局長セミョン・ゲンジンとの謁見を許された。ゲンジンは受勲歴のある軍人で、NKVDの幹部であり、ベルジンの後任の後任だった。彼はウルズラの活動を称賛し、ポーランドに戻るよう指示し、ルディに感謝の意を伝えてくれと言づけした。数か月後、ゲンジンは前任者たちと同じく死刑囚房へ連行された。

次なるステージを目指す

粛清はやがて自然に収まるが、粛清によってソ連国民の心に永遠に消えない不治の傷が残った。ウルズラは、忠誠心が薄れることはなかったが、今ではその忠誠心に恐怖が交じるようになっていた。疑念の虫が、彼女の心に巣くった。これ以降、モスクワへの召還命令が勲章を受けるためなのか銃弾を受けるためなのか、彼女にはまったく分からなくなった。

ポーランドに戻って子供たちと再会したウルズラは、再び家庭生活だけに、少なくともしばらくは専心できてうれしかった。実家に宛てた手紙には、子育てのことや、髪をカットしたこと、オロが赤ん坊のニーナをかわいがったりミヒャエルと口げんかしたりしていること、在留許可の更新に苦労していることなどが、事細かに記されている。ルディとは、子育てと諜報活動の職務を一緒に担ったが、それ以外はいっさい共有しなかった。一家は、タトラ山脈のふもとにある保養地ザコパネの新居に引っ越した。

後にミヒャエルは当時を振り返り、子供時代の一続きの思い出として、口笛を覚え、木登りをし、父親と一緒にボール紙で家を作って窓にセロハンを貼ったことなどを、苦痛の交じったノスタルジアとともに語っている。母親については、「温かい茶色の目、少しクシャクシャとした黒い髪の毛、目立つ鼻の下で大きく笑う口」と回想している。七歳のミヒャエルが「天国の夢」として記憶した日々は、実際には夫婦関係が破綻しようとしていた時期であった。

ウルズラは二週間に一回のペースでモスクワと無線で交信し、ブルガリア人の園芸家でスパイ担当官のストーヤン・ヴラドフと通信文のやり取りをした。彼女はモスクワで、橋梁を爆破したり秘密工作員を運用したりする方法を教わってきたが、ポーランドに戻ってからの仕事は、秘密の郵便配達員と大差なかった。

ナチの脅威が高まり、ヨーロッパが戦争へと傾く中、世界のほかの地域では仲間の共産主義者たちが激しい戦いを繰り広げていた。ヨハン・パトラは、もうじき中国に戻って日本軍を相手にスパイと破壊工作員の新たなネットワークを運用することになっていた。スペインでは、共和国軍が退却を余儀なくされていた。ベルリンでは、ウルズラのかつての日々をしのぶ最後の名残が次々と破壊されていた。一九三八年半ばまでに、二五万人以上のユダヤ人がドイツとオーストリアを脱出し［一九三八年三月、ドイツはオーストリアを併合した］、さらに数十万人が国外に逃れようとしていた。共産党地下組織の生き残りたちは武力による抵抗を準備していた。イギリスでは、ユルゲンが反ファシズムのパンフレットを次々と世に送り出し、イギリスに亡命したドイツ人共産主義者の事実上のリーダーとしてたちまち頭角を現していた。

ウルズラはこうした展開を、恐怖とフラストレーションを感じながら眺めていた。「私は、ポーランドではたいした業績を上げていないと感じていました」。彼女には新たな冒険が必要だった。一九三八年、彼女は再びモスクワに行く許可を求めた。そのころには、友人やドイツ人同志は誰ひとり残っていなかった。モスクワに着くと、彼女は同志ハジに、私は新たな挑戦に向かう覚悟ができていますと伝えた。

すでに本部も、工作員ソーニャは十分に活用されていないとの結論に達していた。彼女の次の任務地は中立国スイスと決まった。スイスは人口当たりのスパイの数が世界で最も多い国で、ソ連の諜報活動の主要なターゲットのひとつだった。ジュネーヴの国際連盟にはウルズラの父の知人たちがおり、何かの役に立つかもしれない。ルディも、スイスで建築家の仕事を見つけられるだろう。スイスには、国外に脱出した数千のドイツ人がすでに身を寄せており、ユダヤ人亡命者がさらに一家族増えても、すぐに目立たなくなるだろう。

最終ブリーフィングで、ウルズラはマムスロフ大佐から、あなたは少佐に昇進したと知らされた。自分が軍の正式な階級を与えられていたとは知らなかったので、そう聞かされて驚いた。「私は、行進の仕方はおろか、敬礼の仕方も知りませんでした」。それでも悪い気はしなかった。「赤軍の一員になれて誇らしかったです」。モスクワを出発する前に、彼女はフランツ・オーバーマンスという名の若いドイツ人を紹介された。彼女より五歳年下のオーバーマンスは、元ウェイターで、ベルリンの共産主義抵抗組織のメンバーであり、一度ゲシュタポに逮捕されたものの、その手を逃れてスペインで第一三国際旅団に所属して戦った男だった。マムスロフは、この若者は無線の訓練を終えており、ウルズラに続いてスイスに行って副官兼助手として働いてもらう予定だと説明した。オーバーマンスは熱心で勇敢だったが、ひどい間抜けでもあった。彼はフィンランドの偽造パスポートを使って、「エリキ・ノキ」[*3]という名で移動することになっていたが、これは隠れ蓑としてはおかしな選択だった。それというのも、オーバーマンスはフィンランドに行ったことがなく、フィンランドについては何も知らず、フィンランド語はひと言も話せなかったからだ。

カウベルと鳩時計で知られる平和な国スイスは、方針として軍事的中立を掲げる世界最古の国であり、一八一五年以降、いかなる戦争であれ巻き込まれるのを巧みに回避していた。そのためスイスはスパイ活動にとって理想的な国となり、かつ非常に危険な国にもなっていた。ナチ党が支配するドイツとオーストリア、ファシズム政権のイタリア、そして民主主義国家フランスに囲まれているスイスは、国際的な諜報活動の温床だった。ドイツ人も、イギリス人も、フランス人も、ソ連人も、アメリカ人も、みなスイスで競合しながらスパイ網を運用しており、敵国で作戦を実施する前線基地としてスイスを利用していた。上海での秘密の戦争は、残忍だったが無計画だった。満州では、恐ろしいほど有能な日本軍憲兵隊の魔の手をウルズラはかわしていた。ポーランドとダンツィヒでは、共産主義地下組織への連絡係を務めた。しかし、スイスでは事情はまったく違っていた。国中で諜報活動が行なわれており、あらゆる種類のスパイにとって国際的な活躍の場だった。誰もが他人をスパイしており、スイスの保安当局は、無礼にならぬようにしながらも執拗に、他のスパイ全員をスパイしていた。

ソヴィエト連邦は、ヒトラーを恐れ、かつ信用していなかったので、ドイツ国内での軍事力増強についての情報を必要としており、ナチ・ドイツと三六〇キロメートルにわたって国境を接している中立国スイスは、そうした情報を収集する拠点として理想的な場所だった。ウルズラに与えられた命令は、イギリス経由でスイスに入り、ジュネーヴ近郊に居を定め、違法な無線送受信機を組み立て、すでに存在しているソ連の情報員ネットワークと接触し、暗記した一連の暗号を使ってモスクワとの安定した無線通信を確立せよというものだった。同時に本部からは、彼女自身の工作員チームをスカウトして、ドイツに潜入させて軍事情報を集めさせたり破壊活動を実施させたりせよと指示されていた。初めてウルズラはヒトラー政権を直接ターゲットにするのだ。彼女は待ちきれなかった。

ナチ党は多くのスパイをスイスに送り込んでおり、スイス情報機関の内部にも多数の情報提供者がいた。スイス警察は違法な無線機を探知できる高性能な装置を開発していたし、スイス政府は諜報活動について厳密に中立を守っていて、一律に厳しく対処しており、スパイ活動が発覚した者は、国籍や政治信条に関係なく逮捕されて国外追放になった。ウルズラは、もしドイツに送還されたら殺されるだろう。もちろん、それ以外に、ゲシュタポかその工作員に何をしているのかを突き止められ、彼らにスイスで殺害される可能性もあった。

モスクワを出発する前、ウルズラはある提案をしていた。スイスへ向かう途中のロンドンで新人をスカウトし、秘密工作員としてドイツに送り込んではどうでしょうか、と申し出たのだ。すでに何人ものイギリス人共産主義者が義勇兵としてスペインで国際旅団に加わって戦っており、帰還者たちの中には、もしかするとファシズムとの戦いを続けるため潜入スパイとしてぜひドイツに送り込んでもらいたいと思っている者がいるかもしれない。イギリス人は、ドイツでは今でもそれなりに信望があり、両国間の対立が高まってはいるものの、ウルズラいわく「一風変わった裕福なイギリス人」が休暇でドイツに姿を現すことは、一九三八年であっても「珍しいことではありませんでした」。彼女がイニシアチブを取って独自に計画を立案したのは、これが初めてだった。彼女はもはや、ただ命令に従っているだけではなかった。指示されるスパイから、指示を出すスパイ監督官に変わろうとしていた。本部は提案を承認し、ウルズラはロンドンで家族を訪問中に「スペイン内戦において勇気があり信頼できる人物であることを証明した同志を一名または二名」採用するよう努力し、その後ジュネーヴへ出発することとされた。また、イギリス共産党との接触は避けるようにと言われた。最後にマムスロフ大佐は書類を一枚手渡して、そこに署名するようにと言った。それは「彼女が暗号を許可なく第三者に開示した場合に本部は彼女を射殺する権利があることを認める声明書」だった。これは法的に有効な文書ではなく、警告であった。

彼女は、上海ではゾルゲの下で働いていた。奉天では、パトラと一緒にスパイ活動をした。ポーランドでは、ルディが助手として指定されていた。しかし今度は、単独のスパイとしてスイスへ向かうことになる。彼女とルディは「もう一緒には暮らしていけないことを理解するようになって」いた。この二年間ふたりの関係が続いてきたのは、一緒に子育てをするためと、同じイデオロギーを抱いていたからにすぎず、これでついに結婚生活は恨みつらみなく終わった。ルディは、僕はこれから上海に戻り、建築家として仕事を再開して、君とは別にソ連軍の情報機関のため働き始めたいと思うと告げた。今年の夏はアメリカへ行って兄ヴィクトルのもとで過ごし（当時ヴィクトルはセントルイス・ワシントン大学で発生学の教授を務めていた）、それからパリで無線技術の講習を修了させて、中国に戻ったとき本格的なスパイ活動に取り組めるよう準備を済ませたいと考えていた。マムスロフは、いささか不承不承同意した。ルディの思い描く諜報員としての将来像が、モスクワの考えよりも野心的なものだったからだ。

共産主義を奉じる一家

ウルズラが持っていたドイツのパスポートは、第四局の偽造担当者によって丁寧に改竄（かいざん）され、「極東に滞在していたことを示す査証や検印のあるページの代わりに」白紙のページが綴じ込まれた。これでウルズラは、過去二年間をドイツで過ごしていたように見える。一九三八年六月一〇日、彼女は多くのユダヤ人難民が身の安全を求めて押し寄せるのに紛れてイギリスに到着した。入国管理の担当者に、両親のもとに三か月ほど滞在するつもりだと告げ、九月二〇日までに出国すると約束する正式の書面に署名した。書面には、「私は、もし許可された期間を超過して滞在した場合は、いかなる嘆願にもかかわらず強制的にドイツへ送還される措置が取られることを了承しました」と記されていた。[*4] 通説とは異なり、イギリスはドイツ系ユダヤ人なら誰でも歓迎していたわけではなく、特に相手が共産主義者の場合はそうだった。

当時クチンスキー家は、まだ北ロンドンのハムステッドに住んでいた。ブリギッテは、スコットランド人共産主義者アントニー・ルイスと結婚し、ローン・ロードにあるアパート「アイソコン・ビル」で両親が住む部屋の二部屋隣に引っ越した。アイソコン・ビルはモダニズム建築のアパートで、後に怪しいほど多くの共産主義スパイが住んだことで有名になる建物だ。ユルゲンは、近くのアッパー・パーク・ロードに居を定めた。イギリスの左派は、亡命してきた彼らドイツ系ユダヤ人の知識人一家を熱烈に歓迎した。実際、ある歴史学者の言葉を借りれば、「クチンスキー家の友人知人リストは、当時のイギリス左派の政界・学界・文学界の人名録のようなもの」だった。例えば、文筆家としてはセシル・デイ・ルイス、シドニーとベアトリスのウェッブ夫妻、ロザモンド・レーマン、ローズ・マコーレー、ジョン・ストレイチー、スティーヴン・スペンダーがいるし、そのほかに出版人ヴィクター・ゴランツ、労働党の政治家アナイリン・ベヴァンとトム・ドライバーグ、歴史家アーノルド・トインビーなども知り合いだった。ユルゲンは、女性参政権論者シルヴィア・パンクハーストや、当時のイギリス王妃の従姉リリアン・ボーズ・ライアンとも親しくなった。一九三八年にハムステッドでディナーパーティーに出席すれば、必ずと言っていいほどクチンスキー家の誰かと出くわした。

ユルゲンは、イギリスにおけるドイツ人反ファシズム運動の旗手となり、拡大を続ける亡命ドイツ人共産主義者コミュニティーの中心人物になった。イギリス国内を回って講演を行ない、難民のため募金を集め、何十もの会合を開き、イギリスの左派と親交を深め、小冊子・歴史書・報告書・プロパガンダ用パンフレットなどを休むことなく書き続けた。『資本主義下における労働者の状態の歴史』の執筆も開始し、以後この著書を生涯にわたって拡張し続けることになる。文章を書き綴っていないときは、自由ラジオ29・8の資金集めに奔走した。これはドイツ向けの反ナチ放送局で、アルベルト・アインシュタインやアーネスト・ヘミングウェイ、トーマス・マンらが放送原稿を執筆している。またユルゲンは、自由ドイツ文化同盟の設立にも尽力した。この団体は、「ドイツ文化の育成を目的とした、ドイツ人の反国民社会主義的・反ファシズム的・非党派的な難民組織」だった。ユルゲン・クチンスキーは疲れを知らず、何でも徹底的にやる男だった。

さらにユルゲンは、ソヴィエト連邦のためひそかに政治・経済に関する報告書を書いては、ソ連大使館経由でモスクワに送っていた。ユルゲンの家を頻繁に訪ねていた人物に、アナトーリ・グロモフ（本名はゴルスキー）という男がいた。表向きはソ連大使館の報道官だが、その正体はイギリスにおけるソ連情報機関のトップで、暗号名を「ワジム」といった。彼はユルゲンに、あなたの報告は「氷のように冷徹な論理」がモスクワで高く評価されていると言って、褒めちぎった。ユルゲンは、イギリスに来てからフランスが降伏するまでのあいだ、「陰謀の原則が許すたびに」何度かパリに渡って、コミンテルンや亡命中のドイツ共産党の指導者たちと会い、命令を受けたり情報を渡したりしていた。

ユルゲン・クチンスキーは、ひそかにスターリンに情報を送っていた筋金入りの共産主義者だった。妹が、どの程度かは分からないがソ連の諜報活動に携わっていることは知っていた。貴重な情報をソヴィエト連邦に渡すことは、同志としての務めだと彼は信じていた。それをもって彼をスパイと見なすかどうかは、見る者の立場によって変わってくるだろう。

イギリスの秘密情報機関は、クチンスキー一家をどう考えたらよいのか、皆目見当がつかなかった。ナチズムに強硬に反対しているのは間違いないが、その一方で彼らはドイツ人・共産主義者・ユダヤ人であり、かなりの数の反ユダヤ主義者がいるMI5の目には、三重の意味で疑わしく見えていた。MI5は、ユルゲンの共産主義活動やパリ旅行について知っていたが、ソ連の情報機関と接触していることまでは知らなかった。LSEの教授ロベルト・クチンスキーの方が、息子以上に怪しいと考えられていた。ブリギッテは、イギリス共産党（北ロンドン支部）の積極的なメンバーであることが判明していた。一家は監視されていたが、ドイツとの戦争が近づくにつれ、MI5は、緑の多いハムステッドに住む一握りの共産主義シンパよりも、ナチのスパイを見つけ出すことの方に注意を向けていった。

ウルズラは、ただちに仕事に取りかかった。まずはモスクワからの提案に従い、フランツ・ウーレンフートと接触した。ウーレンフートはドイツ人の詩人・弁護士・画家・共産主義者で、スペイン内戦に参加した元義勇兵であり、ウルズラは彼に、国際旅団の元イギリス人同志の中に「ドイツ国内での違法で危険な仕事」を喜んで引き受けてくれそうな人はいないでしょうかと尋ねた。ウーレンフートは、この質問を国際旅団で仲間だったダグラス・スプリングホールに伝え、そのスプリングホールはイギリス大隊の元大隊長フレッド・コープマンに連絡した。コープマンは、イギリスに戻ってきたばかりの若い義勇兵を推薦した。

アレグザンダー・フットが加わる

アレグザンダー・アラン・フットは、現代諜報史における最重要人物のひとりだが、同時に、きわめて長期にわたって謎に包まれていた人物でもある。

ヨークシャーの養鶏農家の息子だったフットは、このとき三三歳であり、生え際の後退した金髪を広い額から後ろへなでつけていて、青くて鋭い目をしていた。一六歳で学校をやめ、自動車整備工場で働いた後、石炭の小売商になり、それから鶏用飼料会社の本人いわく「せわしない販売部長」になった。[*5] 彼は、父親が持っていた「養鶏への一途な愛」を受け継いではいなかった。フットは、さまざまな要素が混じった不思議な人物だった。楽しいことが大好きで、冒険を好み、チャンスと見ればすぐ行動に移す、魅力的な男だった。一〇代のうちに共産主義の議論グループに入ったが、一九三六年にスペインで内戦が始まったのをきっかけに、浅薄ながら役立つ政治思想を身につけた。「内戦が、すべてを白黒はっきりさせているように思えた」と彼は書いている。スペインのナショナリスト派と、それを支援するファシズム諸国は民主主義を破壊しようとしており、共和国派はソヴィエト連邦の支援を受けて民主主義を守ろうとしている。「すべてはそんなふうに単純に見えた」。共産党には入らなかったが、「ちょっとしたボリシェヴィキ」と自称していた。

フットは一九三五年にイギリス空軍に入ったが、一九三六年一二月二三日、「追い出されそうになった矢先に」イギリス南部ゴスポートの兵舎から脱走してロンドンに行くと、理想に燃える数百のイギリス人義勇兵とともにスペインへ向かった（その大半は、二度と戻ってこなかった）。フットの動機は、政治以外の部分が大きかった。彼は若い女性を妊娠させており、スペインでのリスクの方が、女性の激怒した父親からのリスクよりも小さいと判断したのである。第六国際旅団に属するイギリス大隊は、スペイン北東部のカタルーニャ地方に集結しており、イギリス人のほか、アイルランド人とイギリス植民地出身者、および数名のスウェーデン人と、少々戸惑い気味のエチオピア人一名で編成されていた。大半は、程度の差はあれ共産主義者だった。フット軍曹は輸送係に任命された。彼はスペインに二年とどまり、やがて元イギリス海軍水兵でヘビー級ボクサーだったコープマンの従卒になった。大隊長だったコープマンは、優秀な指揮官とは言えなかった。部下のひとりは彼について「いくぶん頭がおかしく、まったく的外れな命令を目に入った者なら誰彼かまわずに言いつけ、相手が命令に従わないと顔をぶん殴ろうとする」と述べている。それでもコープマンはフットに、大義のために死にたいと願う怒れる青年とは違う何かを見いだしていた。一九三八年秋にフットは、バーミンガム市公会堂で開催される第一五回イギリス共産党大会に出席するためイギリスに戻るのを許可されたが、実際に出席した大会は非常に退屈なものであった。それからまもなく、フットはコープマンとその妻キティから夕食に招かれ、ロンドンのルーイシャム地区にあるコープマンの自宅を訪ねた。

「スプリングホールから、ある任務に誰かを推薦してほしいと頼まれているんだ」とコープマンは言った。コープマンはスペインで顔と首を銃で撃たれ、負傷兵として帰国させられたばかりだった。「私たちは、君がピッタリだと思っている。任務については、場所は外国で、非常に危険だということ以外は何も知らない」。フットは、本人いわく「誰のために、あるいは何のために働くのか何も分からない」まま、即座に承諾した。コープマンはハムステッドの住所を記したメモを渡した。

この時点でウルズラはすでにスイスに向けて出発していて、一九三八年九月二四日にはドーヴァーを離れていた。だから、フットがローン・ロードの緑色のドアをノックしたとき、ドアを開けたのはウルズラではなく、当時は英語風にブリジット・ルイス夫人と名乗っていたブリギッテであった。ウルズラの妹ブリギッテは、このころにはソ連諜報活動の共犯者になっており、アレグザンダー・フットと名乗る人物が現れたら、そのときに何をすればよいか正確に分かっていた。

フットが木綿更紗を張った肘掛け椅子に少々緊張して座っているあいだ、「わずかに外国語訛りがある上品な主婦」が、紅茶とビスケットでもてなしながら、彼に厳しい質問をした。「アパートの全体的な雰囲気は、中産階級にふさわしい、まったく上品なものだった」。一〇分後に面談が終わった。「私はその主婦から、まるで家政婦を雇うときのように、テキパキと事務的に扱われた」。

「これからジュネーヴへ向かってください」とブリギッテは、一〇ポンド紙幣を一枚渡しながら言った。「向こうに着いたら、こちらからあなたに接触して、さらなる指示を与えることになっています」。

次に彼女が述べた言葉は、二流のスパイ小説からそのまま引っ張ってきたかのようだった。

「来週の木曜日、正午きっかりにジュネーヴ中央郵便局の外で待っていてください。その際、必ず白いスカーフを巻いて、右手に革のベルトを持っていてください。正午に、紐で編んだ買い物袋に緑色の小包を入れた女性が近づいてきます。彼女は英語で、『そのベルトはどこで買いましたか？』と言います。あなたは、『パリの金物屋で買いました』と答えてください。それから、あなたがお持ちのようなオレンジはどこで買えますかと質問してください。すると彼女は、『イギリスの一ペニーで買えますよ』と答えることになっています」

12 モグラ塚

一九三八年、レマン湖を眺めながら

ウルズラが暮らしている場所は、まるでスイスの絵はがきのようだった。レマン湖を見下ろす山腹の、コー＝スュル＝モントルー村の近くに建つ小さな農家は、世界屈指の絶景に囲まれていた。「私たちの目の前から、草地がなだらかに下りていって森に続き、その森の向こうに盆地があって、湖とリボンのようなローヌ川とがキラキラと輝いていました」と彼女は記している。[*1] 遠くにはアルプスの山々が堂々とそびえ、家の裏手には青々とした牧草地が広がっていて、ロシェ＝ド＝ネー山の山頂下の、松の木に覆われた尾根まで続いていた。いちばん近いお隣さんは農夫とその妻で、四〇〇メートルほど離れた家に住んでいる。狭い一本道がコー村に通じており、そこから曲がりくねった道を下っていけば、レマン湖に面したモントルーに出る。夜には、母屋の裏にある牛小屋から牛の優しい寝息が聞こえてくる。夕方には、ウルズラはミヒャエルとビンゴゲームに興じ、ニーナは人形の髪をとかし、オロは縫い物をしながら歌を歌った。日が落ちると、ウルズラは開いた窓辺に立って澄んだ空気を吸い込んだ。「空気は冷たかったです。それまで私は、いくつもの国や都市、村々、アパート、ホテル、寄宿舎などに住んだことがありましたが、あれほど素晴らしい景色の中で暮らしたのは、後にも先にも、あのときだけでした」。この農家は、ジュネーヴの不動産賃貸店の窓に広告が貼ってあった物件で、崩壊しそうな世界から身を守る避難場所のように思われた。

「モグラ」を意味する英単語「mole」が「スパイ」を指す隠語として使われるようになるのは一九六〇年代以降のことだから、現代人の耳には、この農家の名前は言い得て妙に聞こえる。なぜならその名は、フランス語で「モグラ塚」を意味する「ラ・トピニエール」だったからである。

夜になって誰もが寝静まると、ウルズラは送受信機を組み立てた。モールス符号用電鍵、バナナプラグのついたアンテナ、「ひとつが辞書サイズの大きさ」の重いバッテリー二個などの部品は、ジュネーヴ、ヴヴェ、ローザンヌといった近隣の町の金物屋から買い集めたもので、彼女はそれらを屋根裏の干し草置き場に隠しておいた。家には作りつけの洋服ダンスがあり、いちばん下の棚の奥は、羽目板がネジで留められていて、その裏側には、組み立てた送信機を隠しておくのにちょうどいいスペースがあった。彼女は、ベニヤ板の仕切りに小さな穴をふたつ開け、そこに電線を通すことで、タンスから出さなくても送信機を使えるようにした。電線を差し込んでいないときは、木製の栓で塞いで穴を隠したので、遠目には板の節目にしか見えない。隠した送信機は「家の中をざっと調べただけでは見つからない」だろうが、「無線信号の方向を調べて場所を特定されたら、どんなに巧妙な隠し場所でも役に立たない」ことは承知していた。

ウルズラは、木製の大きなベッドを洋服ダンスの横に動かして「山々を見られるように」すると同時に、ベッドで体を起こした状態でモスクワと通信できるようにした。

一九三八年九月二九日、送信にうってつけな、よく晴れた涼しい夜に、ウルズラは自作の無線機を初めてテストした。午後一一時二〇分、周波数六・一一八二メガヘルツで良好な接続を確立すると、自分のコールサインと、五つの数字が並ぶ「数列」六つから成る短い通信文を送信した。彼女は通信文を、飛んでいく流れ星のように思い描いた。「光の速度で私の数字は、半月が見える夜空を横切り、今か今かと待たれていた場所に到着して、同志を助け、力を与えたのです」。約一五〇〇キロメートル離れた、ポーランドとウクライナの国境に近いディモウカの森にある受信所で、赤軍の通信員が信号をキャッチし、受信確認の短い返信を送った。ソーニャの送信機が機能し始めたという報告は、ディモウカから本部へ送られ、スイスにおける諜報活動の責任者である女性将校ヴェラ・ポリャコワ少佐のデスクに届けられた。

どっと安堵したウルズラは、開いた窓辺に立った。「私は窓の縁に両肘を乗せて外を見ました。夜になっても森と牧草地の香りがして、とても静かでした」。

ウルズラはアドレナリンが出て眠れず、ベッドに横になったまま何時間も過ごした後、ラジオのスイッチを入れ、家の者を起こさないよう音を小さくして、周波数をBBCに合わせた。そのときラジオから聞こえてきたニュースに、その夜の眠気が吹き飛んだ。ラジオから「イギリスの首相がドイツと不可侵条約を結び、『ヨーロッパに平和を』もたらしたとして熱烈に歓迎されています……」との声が流れてきたのだ。[*2] このミュンヘン協定により、ナチ・ドイツはチェコスロヴァキア西部のズデーテン地方を併合し、その見返りとして平和を約束した。もちろん、この約束はすぐに破られることになる。ウルズラの言葉を借りれば、この協定は「領土拡張を目指すヒトラーにゴーサインを出した」ようなものだった。戦争がひたひたと近づいてきていた。

「あいつなんざ、自分の傘で殴られりゃいいんですよ」。翌朝、ウルズラからネヴィル・チェンバレンの協定を聞かされたオルガ・ムートは、そう言い放った。[*3]「それに、もしヒトラーがスイスも欲しがったら、私たちはどうなるんです？」。

ニュースは悪くなる一方だった。スペインでは、「ミュンヘンの裏切り」によって反ファシスト同盟の最後の望みが断たれ、共和国軍の士気は地に落ちた。フランコ軍はただちに前進し、エブロ川の戦いでナショナリスト派が勝利したことで、スペイン共和国の終焉と国際義勇軍の崩壊は決定的になった。「どれほど私が、彼らと一緒にその場にいられたらと思ったことか」とウルズラは記している。「でも現実の私は、この自分の戦線で、子供ふたりと初老の女性ひとりと牛一二頭と一緒にいるのです」。ファシズムの波は四方八方で高まっていた。彼女は恐怖を感じながら一一月九日の出来事についての記事を読んだ。その日、ナチ党は「水晶の夜」と呼ばれる忌まわしい暴力事件を引き起こし、ユダヤ人の商店やシナゴーグ［ユダヤ教の礼拝堂］を破壊し、ユダヤ人を殺したり逮捕したりした（「水晶の夜」という呼び名は、道路に散乱したガラスの破片が水晶のように見えたことに由来する）。イギリスの新聞『タイムズ』は、「外国のプロパガンダ機関は世界に対してドイツを誹謗中傷しようと躍起になっているが、そうした機関でさえ、放火と暴力、あるいは無防備な無辜(むこ)の民に対する卑劣な暴行といった、昨日この国の名誉を汚した話をしのぐことはできないだろう」と報じている。[*4]ロベルトの父が創業し、一族の生活をかつて支えていた富の源泉クチンスキー銀行は、一夜のうちに没収されてアーリア化［ユダヤ人の資産をアーリア人（非ユダヤ人）に売却すること］された。ウルズラが一九二八年に働いていたユダヤ人企業ウルシュタイン出版社も同じ憂き目に遭い、以後、同社はヒトラーのプロパガンダ文書とナチ党系の新聞『ダス・ライヒ』を出すことになる。

スイスの山腹に建つラ・トピニエールから、ウルズラはロンドンにいる両親に手紙でこう伝えている。「私たちの意気込みは、そちらのみんなと同じで、ゼロにまで落ち込んでいます」。

さわやかな秋の日の光を浴びながらジュネーヴ中央郵便局の前をうろついていたアレグザンダー・フットは、この日はスイス中の主婦が昼食用にオレンジを買ったようだと、心の中で苦笑いした。彼は自分がスイスで何をするのか、よく分かっていなかった。列車でここへ来るあいだにも、闇取引の密輸行為に巻き込まれたのだろうかとか、あるいは「小説『紅はこべ』の主人公さながらに、ダッハウ強制収容所から収容者を救い出す役割を任せられた」のだろうかと考えていた。ただ、この仕事が秘密で違法で、自分の何となく左派的な政治姿勢と合致しているのは間違いなく、それだけでフットは満足だった。しかし、白いスカーフを巻いて手に革ベルトを持った姿でぼんやりと立ち、時計が時を刻むあいだ、行き交う女性をひとり残らずジロジロ見るのは、えらく目立つような気がした。「私は自分が自意識過剰なバカのような気がして、よくても墓穴を掘ってばつの悪い思いをするか、悪ければ客引きでスイス当局に訴えられるのではないかと思っていた」。市内の鐘が一二時を打っているとき、彼は彼女に気がついた。「スリムで、美しい容姿と、それ以上に美しい脚をしていて、黒い髪を上品に整えており、スイス人の群衆の中で目立っていた。年齢は三〇代前半で、フランス領事館の下級官吏の妻かもしれないと思った」。彼女はオレンジと、緑色の小包を入れた編みバッグを持っていた。

「すみませんが」とウルズラは言った。「そのベルトはどこで買いましたか?」。

近くのカフェでコーヒーを飲みながら、ふたりは相手を観察した。「彼は背が高く、少し太り気味でした。髪は赤みがかった金髪で、まつげは金髪、肌は色白で、瞳の色はブルーでした。彼の話し方は、ほかのイギリス人が聞けば下位中流階級の出身だと分かるでしょうが、ドイツでは問題にならないと思いました」。彼女は彼に、私のことは「ソーニャ」と呼ぶようにと告げ、あなたは今後あらゆる通信で「ジム」と名乗ってくださいと説明した。フットは彼女に惹かれた。「感じのいい人で、一緒にいて楽しく、私の諜報活動での最初の接触は思っていたほど恐ろしくはなく（中略）彼女は少し外国語訛りのある英語を話し、私が思うに、おそらくロシア人かポーランド人だろう」。ウルズラは彼をじっくり――「言葉も、声の抑揚も、身振りも、ひとつ残らず」――観察して、「彼が物事を素早く理解し、賢明な質問をする」ことに気づいた。一時間後、彼女は腹を決めた。

「あなたには、一年の観光ビザでミュンヘンに行ってもらいます」と彼女は言った。「向こうに着いたら住まいを定め、ドイツ語を身につけ、できるだけたくさん友人を作って、常に目を光らせておいてください」。さらに、無線技術について本を読んで学び、写真術の基本を習得するようにと命じた。ミュンヘンでの最初の任務は、ＢＭＷの工場に勤める工員や職員と親しくなることだ。自動車会社のＢＭＷは、当時は車だけでなく、ドイツ空軍のため航空機のエンジンも製造していた。フットが、私はドイツについて何も知りませんと言うと、彼女は素っ気なく「公立図書館へ行ってミュンヘンについて調べてください」と答えた。住まいが決まったら、その住所をロンドンのブリギッテ経由で小説を一冊送って知らせてほしいとウルズラは言った。小説の決められたページに、コーンスターチを水で溶いて作った隠顕（いんけん）インクで住所を記して送るのである。そのページにヨウ素液を刷毛で塗れば、見えなかった文字が浮かび上がる仕組みだ。それから彼女は、「必要経費として」二〇〇〇フランを渡し、今日からきっかり三か月後の正午にローザンヌの郵便局の前で私と会うようにと、フットに告げた。さらに、尾行されているかどうかを見分ける方法について簡単なアドバイスもした。そして最後に、誰かを推薦してほしいと頼んだ。スペインのイギリス大隊はすでに解散し、生き残った三〇五名の義勇兵は帰国していた。フットの元戦友の中に、彼と同様の任務に適していそうな人はいないだろうかと、尋ねたのである。フットはしばらく考えてから、ハラマ川の戦いで一緒に戦った友人で、恐怖を知らないとの評判を得た共産主義者を紹介した。この男は、フットによると、「彼の旧友の中で、危険な仕事を独力で実行する能力のある唯一の人物」だという。

男の名前はレン・バートン。ウルズラはその名を記憶した。

偶然のランチタイム

アレグザンダー・フットは、軽い心と重い財布で列車に乗り込んだが、この先何が待ち構えているのかについては、ほんの少ししか分かっていなかった。「困難で危険な」任務が待っていると言われていたが、経費向こう持ちでのミュンヘンでの休暇は、困難でも危険でもないように思われた。何らかの諜報活動に関わることになったのは間違いないが、誰のためにスパイ活動するのかはもちろん、そもそもどんなスパイ活動をするのかさえ、さっぱり分からなかった。おそらくソーニャは、以前おぼろげに耳にしたことのある共産主義組織コミンテルンの一員なのだろうと、彼は思った。イギリスに戻ると、イギリス南東部の町イーストグリンステッドに住む姉［または妹］に預けておいた私物を取りに行き、ドイツの観光ビザを申請し、ローン・ロードのルイス夫人を再び訪ねて「ドイツの状況」について教えてもらい、住所を伝える秘密の手順を確認した。ブリギッテは、もう以前のようにぶっきらぼうでも事務的でもなかった。彼らはさらに二回、フットのいう「社交」のために会った。

MI5の報告書には、フットが「ブリギッテと情事を交わしていた可能性がある」と記されている。[*5]

その年、スイスでは例年より早く雪が降り、山々を白く覆った。「その素晴らしい風景は、まるでこの家の背景として特別にしつらえられたかのようでした」と、ウルズラは書いている。七歳のミヒャエルは、毎日コー村の学校までスキーで通った。日曜日になると、家族みんなで小さな青い列車に乗って山頂まで行き、そこから家までの一・五キロをスキーで滑り降りた。ニーナとオロは、毎日午後にそり滑りをした。ウルズラは、ジュネーヴの大きな在留外国人コミュニティーと交際を始めた。

このコミュニティーでは、スパイたちが外交官やジャーナリストのほか、何をしているのかよく分からない有象無象の人々と交わっていた。いつものようにウルズラは、意見が同じ人とはもちろん、考え方がまったく違う人とも親しくなった。いずれも興味深い人々で、例えば、イギリスの新聞『マンチェスター・ガーディアン』の特派員ロバート・デルと、彼の娘の夫で国際労働機関に勤めているデイヴィッド・ブレロック、年配のユダヤ人女性でラビ［ユダヤ教の宗教指導者］との不幸な結婚から逃げてきたリリアン・ヤコービ、国際連盟の図書館員マリー・ギンスベルクなどがいた。ジュネーヴでは外交が最も重要な話題で、ゴシップと秘密が主要な取引通貨だった。この多種多様な面々がそろう奇妙な世界では、誰が誰のためにスパイしているかを判別するのは不可能だった。ウルズラが新しく作った知り合いの多くは、悪化の一途をたどる国際情勢に詳しく、うっかり口を滑らすこともあった。彼女はコツコツ集めた情報をすべてモスクワに伝えた。「私は、同情してくれる人たちを騙していたのだろうか？」と彼女は思った。またウルズラは、地元の農夫の妻フュースリ夫人と親しくなった。[*6] フュースリ夫人は、心根は優しいが疲れ果てたスイス人女性で、子供四人と横暴な夫と一緒に暮らしており、「人なつっこい茶色の目」をしていた。女性ふたりの会話は、フュースリ夫人が谷の向こう側に住む農夫と浮気していて、その男性とどうしても結婚したいと思っているという話になることが多かった。

ある春の日の午後、ラ・トピニエールの戸口にヨハン・パトラが現れた。彼は前回モスクワでウルズラに会った後、中国に戻って共産主義ゲリラを支援していて（運よくソ連国内にいなかったおかげでスターリンの粛清の犠牲にならずに済んだようだ）、今はこれから一時的に本部を再訪し、その後また上海に戻ることになっていた。彼はウルズラがどこに住んでいるかを知り、連絡なしにいきなり立ち寄ってみようと思ったのである。ウルズラは、彼に会えてうれしかったが、彼が今ではとても単純な人間に見えることに驚き、自分の子である元気いっぱいな三歳の娘にほとんど関心を示さないことにがっかりした。「私は彼を責めませんでした。でも、理解もできませんでした」と彼女は記している。ふたりが相手のことを本当に理解し合ったことは、おそらく一度もなかったのだろう。ふたりの恋愛関係は、今では遠い昔のおとぎ話のように思われた。

オロは、以前と変わらず何かと助けてくれていて、料理、掃除、縫い物、幼いニーナの世話と、何でもやってくれていた。特にニーナとは、ときには「私の子」と呼んだりして、強い絆を結んでいた。ふたりは同じベッドで眠った。ときどきウルズラは、我が娘に対するオロの愛着がちょっと異常ではないかと思うこともあった。オロはミヒャエルにはかなり厳しく接していた。オルガ・ムートは、ウルズラがたびたび夜遅くまで働いていて、洋服ダンスの底に隠した送信機で通信文を送っていることに気づいていた。ウルズラが寝不足のため疲れ切った顔で朝食に下りてくると、オロは彼女を二階に押し戻した。「遅くまでお部屋の明かりがついていたのを知っていますよ……さあ、ベッドで寝ていなさい。子供たちは静かにさせておきますから」。このころになると、ふたりの共犯関係はますますオープンになっていた。ウルズラは、もし警察が踏み込んできたらどうすべきかを、オロに伝えてさえいた。「どんなことがあっても、あなたは何も見ていないし何も聞いていないし、最後までそう言い張るのよ」。

ウルズラの子供時代の家庭もそうだったが、母親と乳母のあいだの対抗意識は、口にこそ出さなかったが、強烈だった。オロは、自分の方がよい母親だと考え、一度など、ウルズラは諜報活動に夢中で母親としての義務をおろそかにしているとほのめかしたことさえあった。傷ついたウルズラは反撃した。「子供がいるから仕事を諦めろというの？　それとも、違法な活動をするなら子供を諦めろとでも？　そんなこと、どちらも私には無理ね」。オロは痛いところを突いていた。ウルズラは、無線通信文を送ったり会合場所へ行ったりする必要のあるとき、母親であることを一時停止し、彼女自身の母親がまったく別の理由からそうしていたのと同じように、母親業をオロに任せていた。子供のことは大好きだったが、母親を休んで再びスパイになれることが、ときには気晴らしになっていた。子供より仕事を優先させることは絶対になかったが、子供を育てながらスパイとしてのキャリアを積むことは可能だと、固く信じていた。

話は戻って一九三八年の冬、フットはミュンヘン市エリーザベトシュトラーセ通り二番地にある家具付きのアパートに落ち着いた。ナチ親衛隊（SS）の将校でもあるオイゲン・ラールという大学生がドイツ語を教えてくれることになり、しかもラールは他のナチ党員たちを喜んで紹介してくれた。フットは指示に従い、小説を一冊買うと隠顕インクで住所を書き込み、ローン・ロードに郵送した。ところが、どのページに通信文があるかを伝えるのを忘れてしまい、そのためブリギッテは「秘密の文章を見えるようにするため一冊丸ごとヨウ素液に浸す」羽目になった。一方、フットは小説を送って一段落した。エキセントリックで裕福なイギリス人観光客を装っている彼は、「ポケットマネーはたっぷりあるが、やるべきことは、楽しく過ごすこと以外ほとんどない」状態で、しかも、楽しく過ごすのは彼が得意とするところだった。

フットは毎回外食をした。ある日、ランチの場所を探していると、シェリングシュトラーセ通りで、おいしそうなセット・メニューを出す「オステリア・バヴァリア」というレストランを見つけた。その店でフットがマスのフライのポテトサラダ添えをガツガツと食べていたとき、「入り口が騒がしくなったかと思うと、ヒトラーが入ってきた」。

偶然にもフットがランチに選んだ店は、第一次世界大戦の元戦友が経営するヒトラーお気に入りのレストランだったのである。いつもヒトラーは、コート掛けを兼ねた薄い木製のパーティションで他の食事客から隔てられた奥の別室で食事をした。ひとりではなく、たいてい副官のヴィルヘルム・ブリュックナー突撃隊大将と数名の側近が同席した。独裁者の例に漏れずヒトラーも食事にはうるさく、注文は毎回決まって「卵とマヨネーズ、野菜とパスタ、フルーツのコンポートまたは生のリンゴのすりおろし、ファッヒンゲン水」だった。[*7] ファッヒンゲン水とは、薬効があるとして当時流行していたミネラルウォーターで、これを飲めば胃の病気が治ると言われていた。ヒトラーは食事中にしょっちゅう放屁した。それに苦情を言う者はひとりもいなかった。一九三五年三月、ヒトラーはオステリア・バヴァリアで、ナチ党を支持するイギリス人、ユニティとダイアナのミットフォード姉妹と食事をした。ユニティは、正気を疑いたくなるほど熱狂的なヒトラー・ファンであり、ダイアナは、イギリスにおけるファシズム運動の指導者オズワルド・モーズリーの愛人だった。ランチを食べながら、ダイアナはヒトラーの「灰色がかった青い目」にうっとりとし、目の色が「とても濃くて、しばしば茶色くくすんで見えた」と述べている。一年後、彼女は宣伝大臣ヨーゼフ・ゲッベルスのベルリンにある家で、ヒトラー臨席の下、モーズリーと結婚した。

ヒトラーという悪名高い人物と同じ店にいたことを愉快に思ったフットは、そのレストランで定期的にランチを食べることにし、ヒトラーがミュンヘン滞在中に多いときは週に三度この店で食事をすることを突き止めた。「この些細な事実が驚くような結果を招くことになった」と彼は記している。

フットとウルズラは、計画どおり、ローザンヌ郵便局の前で再び会った。ソーニャは彼の役割についてまだ「少しだけ教えている」にすぎなかったが、気前よく与えてくれる資金の額は、フットの不安を和らげるのに十分だった。彼女は、あなたはすでに月給一五〇ドル、プラス諸経費で雇われていると説明し、その見返りとして、「ドイツの政治・経済状況」について報告書をまとめてくださいと言った。さらに興味をそそられたのは、まもなくあなたのもとに「新たな協力者」から接触があると告げられたことだった。ふたりは協力して「将来の破壊工作」を立案し、「それを指揮官が承認するときまで保留しておく」ようにと命じられた。

任務の情報はあまり得られなかったが、資金はたっぷりもらってフットはミュンヘンに戻った。当時のミュンヘンは「ヨーロッパの平和という残光を浴びる観光客にまだあふれて」いたが、その平和もそう長くは続きそうになかった。「私は、SSの友人たちとの会話と、私が自分の目で見た証拠から、この国で軍事機構が主導権を握って戦争を始めるのは、もはや時間の問題だと確信していた」。

惜別と新たな出会い

ルディ・ハンブルガーが、別れを告げにスイスにやって来た。パリで二か月に及ぶ無線講習を修了してきた彼は、中国に戻ってソ連側スパイとして独自に活動を始めたいと願っていた。モスクワはついに彼の願いを聞き入れ、ルディは赤軍で中国を担当する先任情報将校とともに、マルセイユから上海へ船で向かうようにと命じられた。その情報将校も中国へ戻る予定で、到着後はルディの秘密活動を監督することになっていた。

その将校とは、ヨハン・パトラだった。

男ふたりにとってこの状況は、控えめに言っても奇妙なものだった。ヨハンは、かつての不倫相手の夫と働くことになる。ルディは、妻の元愛人で、誰もがルディの娘だと信じている子の実の父親から命令を受ける。本部に思いやりがあるとは思われていなかったが、それでも冷酷非情なウマル・マムスロフですら、君はパトラの下で働く覚悟ができているのかとハンブルガーに問いたくなった。ウルズラによると、「寛大で高潔なルディは、ヨハンを高く評価していて、その下で働くことに同意した。ルディは現実を冷静に受け止めていた。あるいは、受け止めた振りをしていただけなのかもしれない。彼はこう記している。「彼が以前に私の妻と同棲していたことについて、私たちのあいだに個人的な衝突はいっさいなかった。男性として私たちは互いに理解し合っていた。過去のことは、もう終わった話だった」。

ルディは、醜態を演じるのは何としても避けようと考えていて、ウルズラの家にも数日しか滞在しなかったが、家族との最後の別れは、この上なくつらかった。幼いミヒャエルは父親のことが本当に大好きで、別れたときのことを八〇年後に、薄れずに残る心の痛みとともに、次のように思い出している。「父がさよならと言ったのを覚えていますし、すぐに戻ってくるよと言ったのも覚えています。母は、パパは帰ってくると言いましたが、父は帰ってきませんでした。母は、そのことについては私に正直ではなかったのです。昨日まで父はいたのに、今日からはいない。私はいつまでも待ち続けました」。オロも、ルディが出ていくと聞いて驚き、結婚が本当に終わったという事実を受け入れようとしなかった。

ウルズラは、モントルーの駅まで見送りに行った。ルディは初恋の人だった。彼女が一八歳のときからふたりは、結婚とイデオロギーと諜報活動におけるパートナーだった。彼のことはもう愛していなかったが、彼が出ていくことで彼女は知人をさらにひとり失うことになる。これまでにウルズラは、愛した人たちを何人も失っていた。ゾルゲとパトラ、友人だったアグネス・スメドレーとシューシンとグリーシャ、スターリンやヒトラーによって殺された数え切れないほどの同僚や同志たち。まるで彼女の人生は、駅でのつらい別れや波止場での悲しい船出の回数で評価されてきたかのようだった。誠実で頑固なルディは、彼女が心から信頼できる数少ない人間のひとりだったのに、その彼も去っていってしまう。彼女は「プラットホームに立ち、青くて小さな山岳列車がカーブを曲がって見えなくなるまで、その姿を見つめて」いた。

レン・バートンは驚いていた。まさか自分がレマン湖に面するスイスの町ヴヴェに来て、一九三九年一月一五日の一一時五〇分きっかりに小売チェーン店「ユニプリ」の前で、左手にリンゴ一個を持ち、たたんだ新聞を右脇に抱えて立って、群衆の中からオレンジの入った編みバッグを持った女性を探すことになるとは夢にも思っていなかった。考えてみれば、スペインから帰国してからの数週間は驚きの連続だった。元大隊長から連絡が来て、ハムステッドのとある番地を訪ねるようにと言われ、その番地で「わずかに外国語訛りのある」上品な女性と会って、現金をもらい、スイスへ行くよう言われ、果物と新聞と、おかしな合い言葉を使った複雑な手順をすべて暗記させられたのだ。安心できたのは、ルイス夫人が元戦友アレグザンダー・フットの名を出してからだった。フットが一枚かんでいるなら、これはきっと何らかの「国際的な詐欺」なのだろう。何から何まで、ひどく危険な気がする。しかしレンは気にしなかった。レンは危険がたいへん好きだったし、少しも怖くなかった。そもそもレンは、恐怖とは何かをまったく理解していなかった。

ウルズラは、近くの出入り口から、この若くてハンサムなイギリス人を観察していた。「彼は二五歳で、ふさふさとした茶色い髪と、つながりそうな眉毛と、明るい薄茶色の目をしていました。細身のスポーツマンタイプで、筋骨たくましい人でした」。レンは、首を回して彼女が見ていることに気づくと、にっこりと微笑んだ。

「アイスクリームはお好き？」と彼女は尋ねた。

「いいえ、ウイスキーなら」と彼は答えた。

ふたりでヴヴェを散策しながら、ウルズラはレンに、あなたは「スペインでの戦いの続きとなる、ドイツでの危険な仕事」ができる人物として推薦されたのだと説明した。この仕事はきわめて危険なものになるかもしれないと警告すると、「彼の顔は明るくなりました」。彼女はレンに指示を出した。まず、いったんイギリスに戻り、それからドイツの軍事機構の要である巨大企業ＩＧファルベンの本社があるフランクフルトへ向かってもらう。向こうでは、独学でドイツ語を学び始めてほしい。行き先は誰にも漏らしてはならない。フランクフルトに落ち着いたら、ミュンヘンにいる旧友アレグザンダー・フットと連絡を取り、次の指示を待つこと。説明を聞いても、レンは何も質問しなかった。自分がどんな組織のために働くのかも、いつまでドイツにとどまらなくてはならないのかも、知りたいとは思わなかった。彼は不安を少しも示さず、躊躇する素振りすら見せなかった。ただ、彼女からもらった現金をポケットにしまい、ウルズラと目を合わせることなく温かい握手をすると、ニコニコと笑いながら立ち去った。

ウルズラは、この七歳年下の若いイギリス人に興味をそそられた。「半ばシャイで、半ば強引な彼からは、少年のような生硬な印象を受けました」。彼はウルズラに、「控えめな好青年」だが「感受性が非常に鋭い」という印象を与えたのである。

レン・バートンは、ソーニャと名乗った女性のことを考えずにはいられなかった。

当時の私は二五歳で、恋愛経験は、少年時代に手の届かない映画スターに憧れたことくらいしかなかった。だから、ソーニャを一目見たときの反応のせいで、初めて会ったときに何を言ったのかの記憶が少々曖昧になってしまったのだろう。彼女は、私がスペインでの爆弾攻撃から十分に回復していないと思ったのではないだろうか。もちろん彼女は、彼女こそが爆弾だったとは知る由もなかっただろう。[*8]

レンは、ウルズラがオレンジを入れたバッグを持ってスイスの小売チェーン店の出入り口に立っているのを見た瞬間から、彼女に恋していたのである。

その瞬間まで、レオン（通称「レン」）・チャールズ・バートン（「バートン」の綴りは「Beurton」だが、発音は「Burton」と同じで、公文書などでも「Burton」と記されていることが多い）は、愛情と少しでも似ているものを経験したことがまったくなかった。レンの人生は、ロンドン東部のバーキング地区で一九一四年、妊娠のため両親がやむなく結婚した三週間後に始まった。フランス生まれの父はホテルのウェイターだったが、第一次世界大戦が始まるとフランス軍に加わり、前線に到着して数週間後に戦死した。母フローレンス・バートンは、息子が六歳になると、妻を亡くした鉄道員トマス・フェントンに金を払ってレンを里子に出した。「学校が休みになったら帰ってくるからね」と母は言った。「毎朝、彼は今日こそ母が帰ってくるとの思いを新たにして目を覚ました」。しかし、レンが再び母に会うことはなかった。フェントンは、すでに息子がふたりおり、里子のことは無視した。「愛情などなかった。それは純然たる商取引だった」と後にレンは書いている。一四歳のとき、彼は家を飛び出して農業労働者として働き、その後ロンドンで機械工やトラックの運転手になった。週末になると、イギリス陸軍の予備役部隊である国防義勇軍の施設で銃の撃ち方を習い、昼食休憩の時間にはロンドンのブラックフライアーズ地区にあるボクシングジムでボクシングをした。「特に華々しいボクサーの多くはユダヤ人だった」という。「ユダヤ人の少年が成功するには、ユダヤ人以外のボクサーの二倍タフでなくてはならなかった。私は彼らを自然に尊敬するようになった。このことが、ヒトラーの反ユダヤ主義が公的な政策になったときに私が憤慨して軽蔑する基盤になった」。

一八歳のとき、ジャージー島の採石場で仕事を見つけ、ここで彼はモリアーティという名のアイルランド系アメリカ人の元船乗りの世話になった。たくましい大男で、物腰は柔らかだが政治のこととなると熱くなるモリアーティは、ジャック・ロンドンの急進的な著作や、アメリカの労働運動家で一九一五年に死刑となったジョー・ヒルの逸話をレンに紹介した。「モリアーティは、三キロのハンマーで花崗岩（かこうがん）を切り出す方法だけでなく、それよりはるかに多くのことを教えてくれた。革命の精神が私の人生に入ってきた」。ふたりは一緒にラジオから流れるモスクワ放送を聞いた。「私たちは、ファシズムの台頭を目撃し、ドイツの労働者階級がいずれヒトラーに反撃するだろうと一緒に固く信じていた。私たちはスペイン情勢も追っており、反ファシズム派が行くべき場所は国際旅団しかないと判断した」。

バートンは、一九三七年一月にスペインのイギリス大隊に加わり、三週間後の二月一二日、ハラマ川戦線で戦闘に参加した。何年も後に、彼はスペイン内戦における激戦のひとつ「スーイサイド・ヒル(自殺の丘)」の戦いについて、自分の記憶を次のように詳しく書き残している。この戦いは、ナショナリスト派の部隊が、マドリードに通じる道路を守る共和国軍と国際義勇軍を排除しようとして始まった。

その日の朝は寒く、雲ひとつない快晴だった。世界がさわやかに見える中、自分たちもさわやかな青年だと思いながら、我ら六〇〇名の大隊はハラマ川を見下ろす細長い丘に登った。日暮れまでに、我々はわずか三〇〇名になった。一三日の朝、我々の人数は二二五人だった。一四日には一四〇人になった。この歴史的な一四日に、ファシスト軍の攻撃を撃退した。生命線であるマドリードとバレンシアを結ぶ道路は守られた。大隊は戦死者を埋葬した。イギリスの労働者階級出身者に、これほど大きな名誉とともに死んだ者は今までひとりもいなかった。我々は、この前線を四か月間、守り抜いた。かつて旧友モリアーティは、『連帯』と『団結』のふたつは、革命家の唱える言葉の中で最も美しい単語だ」と言っていた。ハラマ川の戦いは、彼の発言が正しいことを証明した。

大隊は、バートンが生まれて初めて知った家族であり、この家族に受け入れられて一か月もしないうちに、その四分の三が死んでしまったのである。

レンは、その生い立ちを思えば無理からぬことだが、精神的に不安定で、感受性が異常に強く、すぐに不平を言う男だった。スペインでは、戦闘が収まっているあいだ戦線の後方で田園風景の中をひとりで歩き回っているときが、いちばん幸せだった。しかし、彼にはひとつ特筆すべき資質があった。恐怖を感じなかったのだ。勇敢だったわけではない。ただ、他の人々が恐怖に震えているときも、彼だけは平然としていた。あるアメリカ人精神分析医は、戦闘の真っ最中に彼と面談して、「身体的恐怖がこれほど完全に欠落している人間には、今まで会ったことがない」と断言した。一九三七年二月、バートンが大隊の炊事場から助手席にジョージ・ネーサン大尉を乗せてトラックを運転していたとき、トラックが砲弾の直撃を受けた。バートンは残骸から抜け出てきたが、無傷だっただけでなく、なぜか上機嫌だった。その後も砲撃でトラックをさらに二台失うが、不安な様子は少しも見せなかった。「私の神経系は、ストレス下だと効率的に機能することに私は気づいた」と彼は記している。

ヒトラー暗殺計画を練る

一九三九年四月、レン・バートンは列車に乗ってフランクフルトからミュンヘンに行き、エリーザベトシュトラーセ通り二番地の呼び鈴を鳴らした。フットは、ソーニャが言っていた「新たな協力者」が旧友のレンだと知って喜んだ（し、あまり驚かなかった）。彼は、本人いわく「ちょっとヒトラーを見に」オステリア・バヴァリアでランチを食べようと誘った。案の定、ふたりのイギリス人は席に着くとすぐにタバコを消すよう言われた。病的なほどタバコが嫌いなヒトラーがまもなく到着するのだ。「私たちは、イギリス国民だったので敬礼する必要はなかったが、他の客たちに倣って立ち上がった」。彼ら以外にふたりの女性もヒトラーの到着を待っていた。ひとりはイギリス人のヒトラー信奉者ユニティ・ミットフォードで、もうひとりはヒトラーの愛人エーファ・ブラウンだった。「明らかに彼女たちは互いに相手のことを嫌っていた」と、レンは述べている。ヒトラーは、二名の女性ゲストに会釈して、それぞれの手にキスすると、盛んな拍手を浴びながらレストランを奥に進んだ。その瞬間、レンはジャケットの内ポケットに手を伸ばした。シガレットケースを探しただけなのだが、フットの目には、その動きは「リボルバーを出そうとするかのように」見えた。彼は血の気が引いた。ヒトラーの随行員の中には「すぐに銃を撃ちたがるゲシュタポ隊員がかなりの人数交じっているはず」で、そうした連中は暗殺実行の兆しが少しでも見えたら発砲するに違いない。しかし「何事も起こらなかった」。総統の警護係たちが退屈そうな顔で突っ立っている中、レンはタバコを取り出し、ヒトラーは奥の個室へと消えた。フットはほっと息をつきながら、こう考えた。「こうした非公式の場で安全対策が取られていないことを考えると、誰もあいつを殺そうとしないのが不思議なくらいだ」。

ソーニャはフットとバートンに、ナチ・ドイツ国内で破壊活動のチャンスを探り、ドイツの再軍備を遅らせて世界各国の報道機関の注目を集められるほど派手に破壊できそうな目標を特定するよう指示していた。レンは、理想的な目標をすでに見つけたと思っていた。彼は親切な大家に連れられ、水素を詰めた巨大な旅客用飛行船「グラーフ・ツェッペリン号」の見物に行った。一九三六年、ゲッベルスはツェッペリン号をドイツ各地に派遣して、プロパガンダ用のビラをまき、軍楽を大音量で流させている。この巨大飛行船はすでに退役し、当時はドイツの科学力・軍事力・国家的威信を示す誇り高いシンボルとして、フランクフルト空港の巨大な格納庫に展示されていた。レンは、これを爆破しようと提案したのである。

フットは「バカなことを言うな」と言ったが、話し合ううちに、ツェッペリン号爆破作戦はうまくいきそうな気がしてきた。バートンは熱心に、「遅延信管を取りつけた時限爆弾をタバコの箱に入れて座席の下に潜り込ませて、あとの仕事は爆弾と、ガス袋に入った水素にさせればいいんだから、まったく簡単なことだ」と言った。彼は飛行船をもう一度見に行き、クッションやカーテンと、飛行船を覆う「キャンバス地に樹脂を染み込ませた外皮」を念入りに調べた。爆発物をゴンドラに仕掛ければ、飛行船全体が巨大な花火のように燃え上がるだろうと思われた。

次にウルズラとヴヴェで会ったとき、フットは計画の概要を説明した。ソーニャは「たいへん興奮」し、性能のいい爆弾を砂糖とアルミニウム粉と木炭で作ることができると説明した。爆破する前に逃げられるよう破壊工作員に十分な時間を与える「かなり正確な時限信管も、作るのは難しくなかった」。彼女はフットに、「混ぜたものを、静かで落ち着いた場所で試せるよう」――妙な言い方だが、要は手製の爆弾を試しに爆発させてみようということだ――翌朝私の家に来てくださいと言った。ソーニャの家に招かれてフットは喜んだ。「スパイ網への加入に向けて一歩前進したと思った」からだ。ふたりは、ラ・トピニエールの母屋に接した差し掛け小屋で、材料を混ぜて爆弾を作ると時限信管を差し込んだ。「すべてがタバコの箱に収まった」。それからふたりは、この爆発物をソファーのクッションの下に置いて、母屋に避難した。「結果は、大量の黒い煙と、ひどい臭いが出ただけだった」。コットン製のクッションに火を付けることができなければ、飛行船の家具に張られた厚い革を燃やすことなど、まず不可能だった。

ふたりはディナーの席で、この計画はたぶん無理だと認め合った。会話は、フットのミュンヘン生活に移った。彼は、私はオステリア・バヴァリアで食事を取るようになったが、そこはヒトラーがやる気のないボディーガードたちを連れてたびたびランチに来る店だと説明した。「ヒトラーとレストランの広間とを隔てる仕切り壁には、コートだの帽子だのが掛けてありますから、その下に爆弾を入れたスーツケースを置くのは造作もないことだと思いますよ」と、彼は何気なく言った。ソーニャの反応に、彼はビックリした。

「何て素晴らしいアイディアなの」

「ただの思いつきだった」と彼は後に述べている。「彼女は私に、ヒトラーを暗殺してほしいと思ったのだ」。

フットがミュンヘンに戻ると、ウルズラはただちにモスクワへ通信文を送り、工作員ジムが「ヒトラーに近づいて暗殺できる可能性を提案」したと報告した。返信には、「局長は、ヒトラーに関する報告にきわめて強い関心を抱いて」おり、フットに「彼の動静と習慣を調べ」させるようにと書かれていた。

「雪が解け、春はおとぎ話のような美しさでした」とウルズラは記している。気候が暖かくなると、家の背後に広がる丘には野生のラッパスイセンが一面に咲き、ラ・トピニエールに三人のスパイが集まった。アレグザンダー・フットとレン・バートンは、別々にスイスにやって来て、レマン湖のほとりにあるホテル「ボン・ポール」を見下ろすモントルーの民宿「ペンション・エリザベート」にチェックインした。翌日、子供たちとオロが「花の海を進みながら、ラッパスイセンを抱えきれないほど摘んでいる」あいだ、三名の共謀者たちはウルズラのキッチンに座って、ヒトラーを殺害する方法について話し合った。

フットは、この数週間のあいだに、オステリア・バヴァリアに来たヒトラーを「見張れ」という曖昧な指令が「ソ連政府の目の前で本格的な暗殺計画へと急速に発展し、どうやらレンと私が主要な役割を任されたらしい」と知って、明らかに驚いていた。バートンはやる気満々だった。「アタッシェケースに入れた時限爆弾をコートと一緒に置いて、早めのランチを食べたら、あとは運を天に任せて、モミ板の向こうでのんびりとランチを食べているヒトラーとその取り巻きたちを爆弾が吹き飛ばしてあの世へ送ってくれることを祈っていればいいのだから、これより簡単なことなどあるはずがない」というわけだ。代案──「もっと従来どおりの形での暗殺」──として考えられたのは、ヒトラーがレストランの中を歩いているときに銃撃し、怠慢なボディーガードたちの反応が鈍くて邪魔されないのを期待するというものだった。この第二案で唯一問題なのは、これが自殺行為である点だった。ウルズラとバートンは、ヒトラー暗殺は可能なだけでなく道徳的な要請でもあるという確信をともに抱いていた。彼女は、「私たちはふたりとも、個人に対するテロ攻撃に効果があるとは思っていませんでした。ですが、そのルールを私たちがどちらも破る覚悟を決めなくてはならないほど、危険で凶悪だと思える人間が存在したのです」と書いている。フットはそこまで乗り気ではなかった。彼も、ヒトラーには死んでもらいたいと思っていた。ただ、自分は死にたくないと思っていた。バートンは恐怖を知らない男かもしれないが、フットはそうではなかった。

翌日、彼らは爆弾を作る練習をし、ウルズラはこの協力者たちに初めて無線技術を指導した。このふたりのイギリス人はまったく違っていると、ウルズラは思った。レンは「知的で博識で、観察眼が鋭い」が、「ジムのような自信に満ちた態度は持って」いなかった。フットは「機転が利いて抜け目がなく」て「組織をまとめる才能」があるが、ウルズラは彼に「皮肉な態度を取る傾向」と贅沢な生活を好むところがあることに気づいていた。どうやら彼はドイツでかなり度を超して楽しく過ごしているようだった。バートンはひとりで山中を歩き回るのを好み、フットはジュネーヴの歓楽街にいるときがいちばん生き生きしていた。「私は、感受性の鋭いレンの方が好きでした」と彼女は書いている。「自然を愛し、私の子供たちに関心を持ってくれましたから」。

開戦前夜

ウルズラがモスクワで紹介された副官フランツ・オーバーマンスが、予定より数か月遅れてスイスに到着した。この若いドイツ人共産主義者は、訓練中に爆弾を早まって爆破させ、飛んできたガラスであごに深い切り傷を作ってしまった。本部から、顔を包帯でグルグル巻きにしていたのではスイスで目立ちすぎると言われ、やむなく傷が治るまで出発を遅らせたのである。ウルズラは、オーバーマンスとスイスの首都ベルンで会うと、彼への命令として、スイス西部の町フリブールで滞在先を見つけ、送信機を作り、監視されている兆候がないか警戒し、さらなる展開を待てと指示した。ただ、彼を信頼できる気はしなかった。確かにやる気はたっぷりあるが、顔にはまだ生々しい赤い傷跡があった——「秘密活動で利点になるとはとうてい言えませんでした」。それに彼は不器用そうだった。

一九三九年の夏の時点でウルズラには、作動中の送受信機二台と、ドイツに潜入させた工作員二名と、オーバーマンスというやる気だけはある助手と、ヒトラーを爆殺する計画とがあった。モスクワ本部は作戦の資金として、ロンドンの銀行口座に出所を偽装して金銭を振り込み、そこからウルズラが必要に応じて現金を引き出していた。本部は満足していた。ソーニャ少佐のスイスのスパイ網は時計仕掛けのようにスムーズに動いており、しかも戦争が差し迫ってきていた。

すでに三月にはドイツ軍がプラハを占領していた。スペインではフランコ率いるナショナリスト派が勝利を確実にした。「次はスイスの番だろうか？」とウルズラは思った。外国人は、ナチの侵攻を恐れてすでにスイスから脱出し始めている。ナチ・ドイツは、ふたつの独立した情報機関をスイスで活動させていた。ひとつはアプヴェーア（国防軍情報部）であり、もうひとつはハインリヒ・ヒムラー率いる国家保安本部（ＲＳＨＡ）である。この国家保安本部は、ゲシュタポと親衛隊保安部（ＳＤ）を統合して成立した組織だ。ドイツからスパイ狩りのためやってきたスパイハンターたちは、国家の敵が潜んでいないかスイス中をしらみつぶしに調べていた。「ジュネーヴは、多くの国々から来た秘密工作員であふれていて、ゲシュタポの隊員たちは大挙して押し寄せました」とウルズラは書いている。彼女が持っているドイツのパスポートは、一九三五年に上海で発給されたもので、一九四〇年五月に失効を迎えるが、公民権を剝奪されたユダヤ人であるため、新しいパスポートを受け取ることはできないだろう。パスポートも在留許可もなければ、おそらく強制送還されることになるが、それは死刑を意味していた。ドイツでユダヤ人の身に何が起きているのかについては、恐ろしい話がすでにジュネーヴにも伝わっていた。国際連盟の図書館員マリー・ギンスベルクはポーランド系ユダヤ人で、偽造パスポートを使ってユダヤ人をドイツからひそかに脱出させる地下組織に加わっていた。彼女が救いの手を差し伸べてくれた。二〇〇〇スイスフランを払えば、ベルンにいるボリビアの外交官がウルズラにボリビアのパスポートを支給してくれるというのだ。それがあればある程度は身を守れるが、十分ではなかった。ウルズラが必要としていたのは、合法的に手に入れたドイツ以外の国籍と、ナチが侵攻してきた場合に急いでスイスを出国できる本物のパスポートだった。

ある日の午後、オルガ・ムートが気がかりなうわさを耳にして村から戻ってきた。「パスポートが失効したユダヤ人はドイツ国境の向こう側に引き渡される」というのだ。

ウルズラは、たいしたことではないという素振りを見せて、こう言った。「パスポートのない人はたくさんいるし、強制送還も、そういう場合もあるというだけでしょ」。

オロは納得しなかった。「あなたの活動のことが少しでも気づかれたら、あなたの番になるんですよ。ヒトラーの所でどんな目に遭うか、分かっているでしょ。生きて帰れませんよ」。

しかし、ここまで言ってからドイツ人乳母は顔を明るくしていった。「でも、ひとつだけ約束します。子供たちは、たとえ隠さなくてはならなくなったとしても、私がきちんと預かります。私がドイツに送り返されるときには、一緒に連れていきます。青い目と金髪だから、注意を引くこともないでしょう。三人で暮らしていくのに十分なお金も稼げます。子供たちのことは心配しなくていいですよ。私と一緒に楽しく過ごしますから」。

ウルズラは、この会話の向かっていく先が気に入らず、話を素っ気なく打ち切った。「私はまだ生きているわ。私の活動は発覚しないかもしれないし、仮に逮捕されたとしても、送り返されないかもしれないわ」。

オルガ・ムートは、安心させようとしてそう言ったのだろう。しかし、彼女の言葉には妙な恐ろしさがあった。この乳母は、もしウルズラが死んだら子供たちを連れてナチ・ドイツに戻り、ふたりを養子にして自分で育てる計画をすでに練っていたのである。

13　偽装結婚

独ソ不可侵条約の衝撃

一九三九年八月二三日、ドイツとソヴィエト連邦の外務大臣は、モスクワで外交文書に署名した——そして、ウルズラの政治世界は崩壊した。ヨアヒム・フォン・リッベントロップとヴャチェスラフ・モロトフによって合意された取り決めにより、それまで不倶戴天の敵だったナチ・ドイツとソヴィエト連邦は、互いに相手を攻撃しないと約束したのだ。さらに、この独ソ不可侵条約に付随する秘密条項により、両国はポーランド、リトアニア、ラトヴィア、エストニア、フィンランドをドイツの勢力圏とソ連の勢力圏に分割することにも合意した。[*1] これは、最も利己的な武力外交であり、双方が衝突するより戦争を回避した方が当面のあいだは得られる利益が大きいと計算した結果であった。ヒトラーは、ソヴィエト連邦との戦争は「避けられない」と内心では思っており、やがて本当に戦争を始めることになる。しかし、つい最近ウルズラが赤軍の全面的な賛同を得て暗殺を計画した相手であるヒトラー総統は、もはや敵ではなくなってしまった。

独ソ不可侵条約が締結された翌日、ウルズラは本部のヴェラ・ポリャコワ少佐から次のような無線通信文を受け取った。「ドイツに対する活動をすべて停止せよ。工作員を全員引き揚げさせ、残りの潜伏工作員との接触はすべて断て」。

ウルズラは心の底までショックを受けた。彼女の家族を亡命に追いやり、ドイツ共産党を滅ぼし、ユダヤ人同胞に対する組織的な大虐殺を開始した政権に対する攻勢作戦を、モスクワは何の前触れもなく中止したのだ。彼女は成人して以来、ドイツ、中国、満州、ポーランド、そして今はスイスと、あちこちを転々としながら常にファシズムと戦ってきた。ソヴィエト連邦のために幾度となく命を危険にさらしてきた。それなのに今、彼女が心から支持する信条である共産主義は、彼女が心から嫌悪し、人種差別的な暴力と死をもたらしている信条であるナチズムと手を組んだのである。

ウルズラがこのような政治的良心の危機を経験したことは、それまで一度もなかった。スターリンの大粛清は、この体制の根底にある残忍性をむき出しにしたが、彼女は、これは個人の「失敗」の結果だと自分に言い聞かせていた。独ソ不可侵条約は裏切りだった。ジュネーヴでは何か月も前から、ドイツとソ連が秘密交渉をしているといううわさが広まっていたが、ウルズラは「ジャーナリストのゴシップ」だとして無視していた。若いころからさまざまな試練に耐えることができたのは、モスクワからの指導を受けている党は絶対に正しいと信じていたからだった。やがてウルズラは、不可侵条約は必要な一時的休戦であり、ナチ・ドイツとソ連を戦わせて互いに自滅させようとする西側資本主義諸国の陰謀を阻止するための手段だという作り話を繰り返すようになる。実際には、彼女は当時の共産主義知識人の大半と同じく、ヒトラーは彼女が信じるものすべての対極に位置し、スターリンは、その方が都合がいいからという理由でヒトラーと和解することを選んだのだと分かっていた。ウルズラは打ちひしがれ、深く失望したが、それは彼女だけではなかった。独ソ不可侵条約は、世界各国の共産党から落胆をもって迎えられ、世界中のユダヤ人から恐怖をもって受け止められた。日本などドイツの同盟国は驚き、ドイツの敵には衝撃が走った。二日後、イギリスとフランスはポーランドと条約を結んで同国の防衛を約束した。その翌日、スイスではドイツ軍の侵攻に備えて陸軍が動員された。いつもの年なら夏の訪問客で賑わうコー村も、観光客がひとり残らず逃げ出してゴーストタウンと化した。

ウルズラは、モスクワが悪魔と手を結んだことで悲嘆に暮れたかもしれないが、それでも規律正しい赤軍の将校であり続けた。独ソ不可侵条約のニュースが伝えられたとき、アレグザンダー・フットはジュネーヴにいた。ウルズラは彼に、今いる場所にとどまって、レン・バートンに、ただちにドイツを出てスイスにいる私たちと合流するよう伝えなさいと命令した。モスクワに抗議するようなバカな真似はしなかったが、スイスからアメリカへの転勤を願い出る通信文を本部に送って、自分の苦悩をそれとなく伝えた。本部からは、「アメリカにさらなる工作員は必要ない」という厳しい返信が来た。そしてソーニャに、今の任地にとどまり、命令を待ち、フットとバートンに短波無線の操作法を訓練して時間を有意義に使えと指示した。

九月一日、ドイツがポーランドに侵攻した。ダンツィヒ自由都市は第三帝国に編入され、同市の共産主義地下組織はほとんどが一夜にして一掃された。組織のリーダーで、ウルズラと一緒に活動した結核持ちの優美な男カール・ホフマンはすぐに殺され、組織は解体された。

レンは、フットからの「できるだけ急いでドイツから出ろ」と指示する電報をバイエルン州で受け取った。彼が国境を越えてスイスに入ったのは、一九三九年九月三日のことだった。

その日、イギリスはドイツに宣戦布告した。

フットとバートンはペンション・エリザベートにチェックインし――宿泊客は彼らふたりだけだった――わずか三人だけのスパイ網はスイスの山岳地帯に身を隠した。本部は不気味な沈黙を続けていた。「ヨーロッパで戦争が始まって最初の一週間、私たちはいかなる種類の指示も受けなかった」とフットは書いている。これまでウルズラは、ふたりへの命令がどこから来ているのかを具体的に教えてこなかったが、もはやファシズムと戦っているのではない以上、補助工作員たちにもっときちんと説明しなくてはならなかった。ウルズラは彼らに本名を明かし、中国とポーランドでの活動について語り、私は赤軍の将校だと説明した。ドイツへのスパイ活動を停止せよという命令は、モスクワから直接伝えられたものだった。フットは、ヒトラー暗殺のための準備がすべて「完全に無駄になった」と茶化したが、自分がソ連軍情報部に雇われていることを知っても、それほど動揺しなかった。ウルズラは、ソ連の劇的な方針転換に自分が動揺していないように見せようとしたが、ふたりには彼女が憤慨し困惑していることがよく分かった。

フットは、「独ソ不可侵条約は」彼女にとって「青天の霹靂」だったと書いている。「ソーニャに与えた影響は破壊的だった。彼女は常々、党の方針はぶれることなく一貫して反ファシズムの方を向いていると思っていた。そのすべてがただの一撃で変わり、模範的な党員だった彼女は、今度はナチ党を仲間と見なし、民主主義諸国を仮想敵国と考えなくてはならなくなった。それは彼女にとって本当にたいへんなことだった」。

かくして、奇妙な宙ぶらりんの時期が始まった。戦争勃発の数日後、ウルズラはイギリスにいる両親に宛てて、こう手紙に書いている。「始まってしまいましたが、とても信じられません。おかしなことに、夕暮れの風景は今も昔と変わらず美しくて穏やかです。ここにいると寂しくなります」。毎日ふたりの男が、無線の指導を受けるためラ・トピニエールまで歩いて登ってきた。フットは、午後は日光浴をして過ごし、夜はジュネーヴのバーやレストランでルーマニアの外務大臣の妹を口説いていた。ウルズラとレンは、田園風景の中を長時間散策した。フットより年下のレンは少しずつ心を開き、子供のころ母親に捨てられたことや、急進的な政治思想に転向したこと、スペインでの体験などについて語った。レンは普通と違う生い立ちのせいで「感受性が異常に鋭く、内向的」になったのだろうとウルズラは思ったが、同時に、この「シャイで物静かで、知的で勇敢で、高い倫理観を持った人」には何か特別なところがあるような気がした。彼はたびたび夕食をごちそうになり、子供たちと遊んでからペンションに帰るようになった。

「モスクワは意図的に私たちを放置していた」とフットは書いている。「私たちが役立っていた時期はとりあえず終わり、赤軍は、再稼働させるべきときが来るまでスパイ網を休眠状態にさせておくことで満足していた。モスクワは、私たちから諜報活動の翼を切り取ったのである」。ウルズラはそれまでどおり、政治状況に関する退屈な月例報告を本部に送り続けていたが、フットも述べているとおり「仕事に身が入っていなかった」。そうした幻滅は、一九三九年一一月にソヴィエト連邦がフィンランドに侵攻したことで、いっそう強くなった。この侵攻は、領土拡張を目指すあからさまな侵略行為だった。ウルズラの副官フランツ・オーバーマンスも、同様に幻滅した。「驚き、当惑して、私たちは何時間も話し合いました」とウルズラは書いている。スイス当局は、外国人に対して抜き打ち検査を実施するようになっていた。あるときオーバーマンスと会話していると、警官がひとり何の前触れもなく玄関に現れた。ラ・トピニエールまで上がってくるのに疲れてハアハアと息を切らしている。

ウルズラは、顔に傷跡のあるこの若者は私の求婚者のひとりだと言ってごまかし（地元のゴシップ好きの住民たちは、山腹に住む魅力的な独身女性の家に何人もの男たちが足繁く通っていることに気づいていた）、警官は、オーバーマンスの偽造された身分証を調べて「エリキ・ノキ」という名を書き留めると、満足して立ち去った。

乳母、運び屋になる

独ソ不可侵条約により、積極的な諜報活動は表向きできないことになっていたが、だからといってゲシュタポは、共産主義スパイや破壊活動分子の摘発をドイツの国内外で中断することはなかった。ソ連政府は、ドイツにわずかに残る共産主義運動への支援を継続していた。一〇月下旬、ウルズラに対して、ジュネーヴで運び屋からまとまった額の現金を受け取れるよう手配し、それを国境を越えてドイツに持ち込んで、投獄されているドイツ共産党の指導者エルンスト・テールマンの妻ローザ・テールマンに渡すようにとの指示が出された。このこと自体は「国際的連帯の意思表示」として非常に素晴らしいことだったが、ウルズラもオーバーマンスも、ふたりのイギリス人も、ドイツに入国すればその場で逮捕されるのは確実だった。彼女は、オルガ・ムートのドイツのパスポートを使って入国を試みるべきだろうかと考えた。「うまくいかなかったら、彼女は私に盗まれたと言えばいい」。しかし、どれほど変装したところで、ウルズラの身長を一五センチ低くし、二五歳老けさせ、瞳の色を茶色から緑にすることは不可能だった。オロが自分で行くことに同意してくれた。まさか白髪交じりの乳母が共産主義者の息がかかった金の運び屋だとは誰も疑わないだろうし、オロなら自分が育った軍の孤児院を訪ねる予定だと言い張ることもできる。オロにとっていちばん気がかりなのはニーナのことだった。「私は年寄りですから、うまくいかなくてもたいしたことはないでしょう。でも、私の子と離れ離れになることだけは、耐えられません」。

次の日曜日、昼の一二時にアレグザンダー・フットはジュネーヴにある植物園の入り口の前で金の運び屋を待っていた。彼は指示どおり、濃いブルーのフェルト帽をかぶり、たたんだ雨傘を右の脇に抱え、右手には革の手袋を、左手にはイギリスの写真雑誌『ピクチャー・ポスト』を持って立っていた。受け渡しは一分もかからなかった。ラ・トピニエールに戻ると、ウルズラが古くなった衣類用ブラシの背を取り外し、紙幣を折りたたんでブラシの中にぎゅうぎゅうに詰めると、背を接着剤で貼りつけた。「何も知らない、小柄で、ねずみ色をした」オロが、ドイツに向けて出発した。何をしているのかナチに感づかれたら、彼女は戻ってこないだろう。

当初ローザ・テールマンは、知らない女性がアパートの玄関に現れたとき、これはナチの罠ではないかと疑った。しかし、部屋に入るとオロは、ナチズムに弾圧された他の犠牲者たちの「飢えに苦しむ家族への物質的支援」となる現金を預かってきたことをローザに納得させた。翌日、ベルリンの公園でオロは袋に入った衣類用ブラシを渡した。ふたりの女性は抱き合って、しばらくのあいだ静かに涙を流した。「このことは絶対に忘れないわ」とローザは言った。

「すべてうまくいったわよ」。オロは、ラ・トピニエールへの道を小走りで駆け上がりながら叫んだ。ウルズラは、オロの姿を見て安堵し、心から感謝した。しかし、この乳母が三歳の少女をさっと抱き上げてしっかりと抱きしめるのを見て、ウルズラは「彼女はニーナにしか興味がない」と思わずにはいられなかった。

かつては安全な避難所だったスイスは、巨大な鳥かごになろうとしていた。違法無線の取り締まりが強化され、外国人はスイス当局の監視をますます受けるようになった。ヒムラーのスパイハンターたちは追跡にさらに力を入れた。「確認できる限りでは、私は監視下に置かれていませんでした」とウルズラは書いている。それでも送信機のスイッチを入れるたび、これが最後になるのではないかと思っていた。スイスの金融当局は外国からの送金に対する規制を強化し、そのためモスクワからの資金は底を突いた。今ではウルズラは、子供たちとオロだけでなく、フットとバートンとオーバーマンスも養っていた。本部は金をもっと送ると約束した。しかし、実際に送られてきたことは一度もなかった。

ある朝、スイスの保安機関の担当官が前触れもなくやって来て、あれこれと質問してきた。ウルズラは質問をかわすと、強い調子でこう言った。「民主的な中立国のスイスが、ヒトラーに迫害されたドイツ人を怪しむって、どういうことなんですか？　そんなことしてないで、この国にわんさか来ているドイツのナチ党員の方に集中すればいいじゃないですか」。その担当官は、悲しげな顔でこう答えた。「私だって、そうできれば何倍もうれしいんですが」。この訪問は不安を招いた。レン・バートンは森の中に穴を掘り、板をかぶせると土や落ち葉で覆って、いざというとき送信機を隠す場所にした。

アレグザンダー・フットはウルズラが好きだったが、彼女から結婚してほしいと言われたときは少々驚いた。

彼女が結婚したがった理由には、ロマンチックさのかけらもなかった。彼女が持っているドイツのパスポートが失効すると、彼女を法的に守るものは、ボリビアの偽造文書を除けば、何もなくなってしまう。しかし、イギリス人の妻になればイギリス国籍を取得でき、ジュネーヴのイギリス領事館にイギリスのパスポートを申請できる。そうすれば、仮にナチ・ドイツがスイスに侵攻してきた場合、ロンドンへ逃げて家族と合流できるだろう。

本部はこの計画を承認し、フットはウルズラからの結婚のプロポーズを受けた。「当時のスイスでは、法的文書を入手するためだけに数多くのマリアージュ・ブラン〔mariage blanc　性的関係のない偽装結婚〕が行なわれていた」とフットは書いている。ウルズラは、「離婚はいつしてもいい」と確約した。唯一の問題は、中国のどこかにいるルディと彼女はまだ婚姻関係にあることだった。フットは、据え膳を喜んで食うタイプだったが、重婚となると話は別だ。再び解決策として、恐ろしいほど単純な手が取られた。フットがスイスの離婚裁判所に、ルドルフ・ハンブルガー（現住所不明）が「ロンドンのホテルでソーニャの妹のひとりと姦通」を働いたという内容の正式な供述書を提出したのである。もちろんルディはそんなことはしておらず、実際に姦通をしていたのは、おそらく当のフット本人とブリギッテだったろう。何年も後にフットは「スイスの裁判所で偽証したことをあっさり認めた」が、この策略は後にウルズラを悩ますことになる。一九三九年一〇月二六日、ウルズラの婚姻関係は、ルドルフ・ハンブルガーの姦通を理由に解消された。これほど不当な離婚の判決は、後にも先にもまずないだろう。

一二月初旬、フランツ・オーバーマンスがチューリヒで予定されていた会合場所に現れなかった。一週間後に決められていた予備の会合場所にも姿を見せなかった。ウルズラはひどく不安になり、ありとあらゆるルールを破って、フリブールにある彼のアパートに電話した。知らない声が電話に出て、彼はもうここには住んでいませんと告げた。

スイス警察がエリキ・ノキに怪しい点があると気づくのに、なぜこれほど時間がかかったのかは、今も謎のままである。そもそも、顔に特徴的な傷跡のあるこの男は、カナダで発給されたフィンランドのパスポートで移動しているのに、フィンランド語も英語も話せないのだ。彼のアパートを強制捜査した結果、「雑多な無線部品の数々」が見つかり、オーバーマンスは逮捕された。ウルズラは、警察資料のどこかに「エノキ」という人物をラ・トピニエールで見たという報告書があることを知っていた。その晩、彼女とレンは洋服ダンスから無線機を引っ張りだし、分解して部品をひとつひとつ湿気に当たらないよう丁寧に包むと、森に掘っておいた穴に埋めた。今後は、モスクワと連絡を取るたびに無線機を掘り出して組み立てなくてはならない。ベッドで送信することは、もうできなくなった。

警察はすぐさまオーバーマンスの身元を確認し、ゲシュタポは、かつて有罪となった共産主義活動家がスイスで勾留されていると知ると、すぐさま引き渡しを要求した。この要求は、彼がすでにパスポート偽造の容疑でスイス当局の取り調べを受けているからとの理由で拒否された。運のなかったスパイは、ここで運に恵まれた。その後オーバーマンスは、比較的快適なスイスの収容所で終戦までを過ごすことになる。「この事件全体にソーニャはひどく動揺した」とフットは記している。

同じころ、フットとバートンは互いに相手が気に障るようになってきていた。ふたりは、スペインで同じ経験をしたこと以外、共通点がほとんどなかった。バートンは真面目で酒を飲まなかったが、フットはしばしば自分が秘密の休暇中ででもあるかのような態度を取り、ヨーロッパが戦火で燃えているあいだ、胴回りも懐も肥え太っていった。レンは、パートナーであるフットは「エゴイストで、快楽を重視しすぎている」と不満を言った。さらにフットは気まぐれだった。離婚が成立して数週間後、彼はウルズラに「告白」しなくてはならないことがあると言い、私がスペインへ行ったのはイギリスで妊娠させた女性との結婚から逃げるためだったと告げた。そして、もしウルズラと結婚したら

「この件が再び持ち上がるだろう」から、結婚はやめにしたいと言ったのである。これは、きわめて不都合であると同時に、イデオロギーの面から見ても厄介だった。もしフットの言葉が真実なら、フットは政治的信念ではなく下劣な理由からスペインで戦ったことになる。そして、もし嘘なら、彼は赤軍直々の命令に従わずに済むよう言い逃れしようとしていることになる。

しかし、フットには代案があった。「代わりに、レンと結婚することを考えてみては?」。

「また別の男だなんて!」

ウルズラはプランBに満足した。というより、こちらの方がうれしかった。ふたりのイギリス人のどちらと結婚しても、それはパスポートを手に入れるためのパスポートになるが、彼女はレンの方が好きだった。このアイディアを彼女はバートンに伝え、結婚は厳密に形だけのものだと請け合った。

「あなたが離婚したいと思ったらすぐしますから、その点は信用してください」。

レンの反応は厳しいものだった。「私は、『書類上だけの結婚』の意味を完璧に理解しています」と、彼は鋭い口調で言った。それでも結婚には同意した。

ウルズラは、レンの「いつにない攻撃的態度」に驚いた。偽装結婚に対する彼の敏感な反応に心を動かされたのである。この瞬間から、ふたりの友情関係は少しばかり違った色合いを帯びるようになった。初めのうち、彼女はそのことを自覚できていなかった。この引きこもりがちなイギリス人青年は、よそよそしい態度を取っているが、その内気さと勇敢さが混じり合い、優しさとタフさが共存する性格には、どこか心引かれるものがあった。彼らはスイス当局に監視されているのかもしれない。ドイツ軍が侵攻してくるかもしれない。ゲシュタポに見つかったら全員殺されるかもしれない。しかし、緊張感や危険は、彼に影響をほとんど与えていないように見えた。あるときなど、彼は自分からドイツ側にスパイになりたいと申し出るという作戦を提案したことさえある。スパイに採用された後で「彼らを裏切るため」であり、これは現実的ではなかったが勇気あるアイディアであった。またウルズラは、レンがミヒャエルとの関係を深め、「ためらいながらも息子の気持ちに寄り添おうとしていること」に感動した。

オルガ・ムートは、ウルズラがレン・バートンと婚約したと知って衝撃を受けた。「あの人とは仕事だけの関係だと思っていましたよ」と彼女は抗議の声を上げた。「それで、ここに一緒に住むことになるんですか?」。

ウルズラは乳母の肩に手を置いて言った。「彼はいい人よ。子供たちとも絆ができているし。それに、この結婚は本当にとっても重要なの。そのおかげでようやく私は有効なパスポートを手に入れられるんだから」。

「そうなったら、あなたが連中に捕まって国境の向こうに追い出されるかもっていう心配をしなくてよくなるの?」

ウルズラはうなずいた。

「じゃあ、それだけが理由であなたは彼と結婚する――見せかけの結婚ってこと?」

ウルズラは、今度はやや自信なげにうなずいた。「パスポートが大切なの……」。

オロは不機嫌そうにため息をつくと、幼い女の子を叱るかのように、激しい非難の言葉を浴びせ始めた。「いかにもあなたらしいわ。最初にいい人を見つけ、しかもその人は、これ以上ないくらい立派な男性だった。それが突然、ルディから気持ちが離れたと言って、ちっちゃい子を連れて中国の片田舎に行ってしまう。私たちみんなショックだったんですよ。お母さまも私も、この裏には政治的な何かがあるんじゃないかと疑っていました。ところが次に聞かされたのは、子供が生まれるっていう話。しかも私たちは、その子の父親に会ったことさえなくって、そして今度は——また別の男だなんて！」。

ウルズラは動揺した。オロは昔から歯に衣着せなかったし、ルディを気に入っていた。しかし、愛する乳母の反応には、もっと邪悪で、もっと危険な何かがあった。オルガ・ムートは怒っているだけではなく、怖がっているようにも見えた。

ハンブルガー夫人がイギリス人の男ふたりのうち若い方と婚約したというわさは、こうした話が小さな共同体で出た場合の例に漏れず、あっという間にコー村に広まった。農夫の妻フュースリ夫人は、婚約の持つ裏の意味は知らなかったが、ウルズラのために喜んだし、ウルズラの親友になっていた年配のユダヤ人女性リリアン・ヤコービも喜んだ。

婚約したふたりは、スキーに夢中になった。ウルズラはすでに名人級のダウンヒルスキーヤーだったが、レンは、やる気だけは人一倍あるが腕前の方はさっぱりで、恐怖心はまったくないという、危険きわまりないスキーヤーだった。ある日の午後、ふたりは小さな列車に乗って海抜二〇四二メートルのロシェ＝ド＝ネー山に向かった。山から見下ろす景色は絶景だった。ふたりはスキーを履くと、猛スピードで斜面を滑り降りた。レンの方は、そのスピードがかなり出すぎていた。そのため急斜面でコントロールを失い、氷壁にぶつかって履いていたスキーを二本とも折ってしまった。ふたりは、滑落しないよう互いにしっかり抱き合いながら、深い雪の中を苦労しながら家まで歩いて帰ってきた。降りてくるあいだじゅう、レンはずっと楽しそうな笑い声を上げていた。ウルズラは、「私がどれほどレンのことが好きか、少しずつ分かっていきました」と書いている。いきなり愛に目覚めて突然恋に落ちたわけではない。ただ、レンにはいつでも好きなときに離婚していいと言ってはいたが、本心では彼から離婚したいと言われたくないと思っていることに、だんだんと気づいていったのである。

バートンは、それまで家庭生活というものを味わったことが一度もなかった。「彼にとって、私たちの家族の一員となり、楽しくて仲のよい雰囲気の中で温かみと優しさを感じることは、決定的な体験でした。私たちは、仕事と危険を通じて結びついた同志でした。本や人々についての意見も同じでした。私たちは毎日景色の美しさを意識して楽しんでいました。子供たちに対するレンの理解は、とても素晴らしいものでした」。

ふたりは結婚する日として、政治的に縁起のいい二月二三日を選んだ。この日は、現在「祖国防衛者の日」と呼ばれている赤軍の創設記念日だった。結婚式は、周囲にほとんど気づかれないほど地味だった。ヴヴェのユニプリで買った紙製の指輪二個を使い、ジュネーヴの登記所で簡単に事務手続きを済ませ、ポーターと事務員に証人になってもらった。それからレオン・バートン夫妻はラ・トピニエールの自宅に戻り、オロが用意したパンケーキのランチを食べた。

この仕組まれた結婚が、単なる形式だけの、性的関係を持たない偽装結婚でなくなったのはいつなのか、それについての記録は当然ながら存在しない。しかし、赤軍創設のちょうど二二年後の夜にラ・トピニエールでふたりの結婚が本物になった（そして、レンが童貞を失った）可能性は、十分に考えられる。

ウルズラ・クチンスキーは、ふとしたことからレン・バートンと恋に落ち、しかも、そこに至る道はいちばん遠回りだった。生涯で四度目となる、最後まで続いた愛は、非合法工作員としての活動と偽装結婚の結果として生まれたものだった。

後にふたりは、恋愛関係がスタートした正確な瞬間がいつなのかを話し合った。

「あなたは、いつ自分が私のことを好きだと気づいたの？」と彼女は尋ねた。

「小説では、よく『一目惚れ』って言うね。ヴヴェで非合法工作員として、ユニプリの店の前で最初に会ったときなんだ」

「そんなに早く？　ちっとも気づかなかったわ！」

「ずっと自分だけの秘密にしていたからね」

しかし、ウルズラがレンに恋したのも、自分で認めているよりも早い時期でのことだった。ふたりが婚約してすぐ母親に宛てて書いた手紙の中で、彼女はこの七歳年下のイギリス人と結婚するつもりだと説明し、「私は彼を愛しているの」と付け加えている。

何年も後にレンは、ウルズラの妻・情報将校・革命家としての評価を次のように書き記している。

品格、気品、自制心、慎み深さ、敵との戦いを遂行する率先力、それらに加えて、ストレス下でも動じない安定性。自分の上司であり妻である人物をそのような言葉で語るのは厚かましいと思われるかもしれない。ソーニャには、牽制技術の実行能力、爆弾の製造と使用能力、無線通信に関する理論と実践力、および他人に教える能力が備わっている。彼女は、自分にできないことを要求することは決してなかった。ファシズムを壊滅させようとする彼女の決意は厳然たるものだった。しかし彼女は女性的であり続け、どの母親よりも献身的であった。[*2]

幸福な結婚生活にはたいてい言えることだが、この夫婦も常に順風満帆というわけではなかった。ときどきレンは、妻を「偉そうに指図する」と言って非難した――事実彼女は、特に専門の諜報活動については、そういうふうに振る舞うことがあった。自分が上官と結婚したことは彼も重々承知していた。ウルズラは、彼がちょっとしたことですぐに怒り、何の脈絡もなくいきなり気が変わる性質であることに気づいた。「私にはどうでもいいと思えることに、彼は大騒ぎしました」。しかし、ウルズラはレンに惜しみない無償の愛を与えた。それは、これまでレンが味わったことのないものだった。一方の彼女は、それまで何年ものあいだ危険とともに生き、リスクを求めてきたが、そのあいだずっと恐怖につきまとわれ、ときには恐怖で動けなくなることもあった。そんなウルズラに、終生変わらぬ誠実さと結婚証明書のほかにレンが与えたのは、彼自身の変わった性格の副産物だった。レンは、恐怖を感じない鈍感さを彼女に伝染させたのである。

リヒャルト・ゾルゲは、魅力と危険を振りまいていた。労働者階級出身の船員ヨハン・パトラは、世界が違う人間であり、嫉妬深くて競争心が強く、どうしようもないほどロマンチックな革命家だった。しかし、レンは彼女の上司でもなければ競争相手でもなかった。彼は、それまでの誰とも違う形で彼女を必要とし、ありのままに熱烈かつ無条件に彼女を愛した。ウルズラが冒険をがむしゃらに求めていたのは昔の話で、今では熟練の秘密工作員として、また訓練を積んだ情報将校として、子供ふたりと、スパイ網と、重い責任を背負う身だった。猛スピードのバイクに乗ったり、明け方まで政治談義にふけったりする生活は、もうしていなかった。彼女は、精神的にも任務の上でも、後ろから支えてくれる存在が必要だった。気持ちをあおってくれる人や議論の相手は、もういらない。彼女は、よい夫が欲しかった。そして、それを手に入れたのだった。

ウルズラは結婚の翌日にイギリスのパスポートを申請し、それを受けて領事はロンドンの旅券局に文書を送って、パスポートを発給してもよいか尋ねた。返信は一九四〇年三月二八日に来た。いわく、「当方にはウルズラ・バートン夫人に関する記録はなく、共産主義者らしい感じがする元夫の形跡と思われるものがあるのみである。一見したところでは、貴殿がイギリスのパスポートの発給を拒否する理由は見当たらない」。

MI5は、そう考えなかった。

狙われた一家

MI5ことイギリス保安局は、このころにはクチンスキー家を強く疑っており、一家のメンバーがもうひとりイギリスに来るかもしれないと知って懸念を深めた。「赤の脅威」への恐怖は、独ソ不可侵条約により高まっていた。ロベルト・クチンスキーもユルゲン・クチンスキーも、モスクワから伝えられる党の方針を受け入れていて、この大戦は帝国主義者どうしの衝突であって共産主義者には関係がないと、おおっぴらに非難していた。ロベルトはMI5から、「反戦」の態度を取って「敗北主義を広めている」と評されていた。[*3] 一家は自由ドイツ文化同盟にも深く関わっていたが、この団体をMI5は「共産主義者の隠れ蓑としての組織」と考えていた。

一九三九年の末、ユルゲン・クチンスキーは外国人審判所に呼び出された。外国人審判所とは、イギリスに七万人いるドイツおよびオーストリア出身の「敵性外国人」のうち、誰を敵の工作員の可能性がある人物として収容すべきかを判定するため、イギリス内務省が設置した機関である。MI5は、彼が共産主義者であること（そのことは、本人も特に隠したりはしていなかった）を示す証拠を提出し、一九四〇年一月二〇日、ユルゲンは、休暇施設を改装したデヴォン州のシートン収容所に、ほとんどがナチ党員である「カテゴリーA」の収容者五六八名とともに、強制収容された。ロベルトは「カテゴリーC」と判定されて収容されずに済んだが、それがMI5には不満で、「彼が根っからの共産主義者で、帝国主義戦争への反感を至る所で公言していることは、判事も含め、誰もが知っていることだ」と言っていた。[*4] MI5はレン・バートンも疑っていたが、彼が共感しているのが共産主義なのかナチズムなのかは、まだ確信が持てずにいた。「バートンは、ドイツ語の文法書とドイツ語読本を買うほどドイツに関心があったことが判明しており、一九三九年九月にはドイツにいたと言われていた」。彼は「中央保安部戦時ブラックリスト」に、破壊活動分子の可能性ありとして掲載された。

ユルゲン・クチンスキーを強制収容したことで、彼を閉じ込めたままにしたがっているMI5と、彼を拘束すべき理由はないと考える内務省のあいだで衝突が起きた。有力者とのコネを持つ友人が何人も集まって、彼は完全に無実だと（誤った）主張をしてユルゲンの解放を要求した。労働党のクレメント・アトリー党首は、ユルゲンが収容され続けている問題を何と議会下院で取り上げた。王妃の従姉リリアン・ボーズ・ライアンはユルゲンの妻マルグリットに手紙を書いて、夫が監禁されていることを慰めた。内務省事務次官サー・アレグザンダー・マックスウェルは、共産主義者であること「それ自体は収容の理由にならない」と指摘し、「これらの資料に記載されている以外の情報がMI5にないのであれば、クチンスキーは解放されるべきである」と主張した。一九四〇年四月一九日、ユルゲンは収容所の所長から「知的に非常に有能な男で、まったく善良な人物」だと激賞されて、収容所から解放された。MI5は激怒した。ユルゲンがソ連の諜報活動にどれほど関与しているのかはまだ分からなかったが、それでもMI5はユルゲンを「非常に危険な人物」と見なし、その妹にはイギリス国籍を与えるべきでないと考えていた。

ＭＩ５は、ウルズラのパスポート申請を急いでストップさせようとして、こう連絡した。「我々は先ほどウルズラ・バートン夫人に関するさらなる情報を入手し、彼女にはイギリスのパスポートを発給すべきではないと強く確信している」。返信には、こう記されていた。「四月二四日にパスポートの発給を認可したので、現時点でできることはほとんどない」。

ウルズラは、ジュネーヴのウィルソン通り四一番地にある領事館で「貴重な書類」を受け取った。彼女は手遅れになる前にスイスから脱出できる手段を手に入れた。これでナチ・ドイツが侵攻してきても逃げられるし、実際ナチ・ドイツは完全にスイスを攻める気でいた。

ウルズラがイギリス国民としてパスポートを受け取った一週間後、ヒトラーは電撃戦を開始した。すでに四月上旬に北方への侵攻を開始していたドイツ軍は、五月、「ダンツィヒ」という合い言葉をきっかけに、誰にも止められない装甲部隊の波となって一気に西方へ攻め込んだ。デンマーク、ノルウェー、オランダ、ベルギー、ルクセンブルクが蹂躙（じゅうりん）された。六月一四日にナチ・ドイツはパリを占領し、フランス南部の「自由地域」のみがペタン元帥率いるヴィシー政府に任された。ドイツのスイス侵攻計画は、フランスが降伏した日に始まった。表向きヒトラーは、「いついかなるときも、何があろうとも、我々はスイスの不可侵中立を尊重する」[*5]と宣言していた。だが裏では、スイス人を「我らが民族の出来損ない」「ヨーロッパの顔にできた吹き出物」[*6]と見なしていて、スイスを大ドイツ国に併合するつもりだった。

ウルズラの言葉を借りれば、「スイスはファシストに囲まれていて、一本の細い道がフランスを通じて開いているだけ」だった。

後にフットは、ウルズラとレンは相手のことで頭がいっぱいで国際情勢にあまり注意を払っていなかったと述べている。実際そんなことはなかったが、それでもふたりが「新婚カップルのように振る舞い」、手に手を取ってスイス・アルプスを散策してラッパスイセンを摘んでいたのは確かである。「これが偽装結婚などでないことは、火を見るより明らかだった」とフットは書いており、ふたりの熱愛ぶりをとても愉快だと思っていた。しかし、オルガ・ムートは違った。この結婚は便宜上の偽装結婚だと言われていたのに、実際には明らかに本物の夫婦になっている。彼女ははらわたの煮えくりかえる思いがした。オロは、ルディに対してまだ残っていた熱い忠誠心を感じていた。そもそもルディは、妻が勝手に離婚して新たな夫と新たな名前と新たな国籍を手に入れたことを、まったく知らないでいるのだ。

しかし、当のルドルフ・ハンブルガーは、こうした事態を何とかできる状況になかった。そのころ彼は、中国の刑務所で拷問を受けていたのである。

14　赤ん坊泥棒

囚われのルディ

雑誌『ニューヨーカー』の中国特派員エミリー・ハーンが、重慶の外国人記者専用宿泊施設「プレス・ホステル」の防空壕に避難していたとき、中国軍の憲兵隊がいきなり入ってきて彼女と同じ宿泊客のひとりを逮捕した。その男性宿泊客は銃を取り出し、奪われるまでしばらく格闘を続けたが、一枚の紙を飲み込んでしまうことはできなかった。彼は縛られて連行された。「まるで映画のようだった」とハーンは書いている。[*1]

エミリー・ハーン、通称「ミッキー」は、三五歳にしてすでに数多くの劇的な経験を積んでいた。ミズーリ州セントルイス出身で葉巻と冒険が好きな彼女は、ピグミーと呼ばれる部族と一緒に暮らし、男装でT型フォードを運転してアメリカを横断し、中央アフリカを端から端までひとりで歩ききっていた。上海には、ウルズラとほぼ入れ替わるようにしてやって来て、アヘンを吸ったり、ペットのテナガザル「ミスター・ミルズ」におむつをはかせてオーダーメードのディナージャケットを着せ、一緒にディナーパーティーに出席したりして、話題になっていた。アグネス・スメドレーから親しくされたが、そのスメドレーは、警察に盗み見されたくない手紙を受け取る「メール・ドロップ（秘密通信用住所）」として、ハーンの上海での住所を利用した。一九三七年に日中戦争が始まると、ハーンは仲間のジャーナリストたちと一緒に、蔣介石が率いる中国国民政府の戦時首都である重慶に移った。重慶は、日本の爆撃機により繰り返し空襲を受けた。サイレンが鳴ると、重慶プレス・ホステルの国際色豊かな宿泊客たちは、多くが寝間着姿のまま、庭の洞窟内部に造られた防空壕に逃げ込んだ。外で焼夷弾が降り注ぐあいだ、防空壕では中国人ウェイターが軽い食事やカクテルを出した。そうした一風変わったパーティーのひとつでエミリー・ハーンは、ルドルフ・ハンブルガーにとって最初のスパイ任務が短期間で無残な最後を迎えたのを目撃したのである。

出だしは前途有望だった。一九三九年四月二〇日、ルディとヨハン・パトラはマルセイユで日本の貨客船「香取丸（かとり）」に乗った。船は、ヨーロッパから逃げ出して、ルディいわく「彼らに門戸が開かれていた、世界で数少ない土地のひとつ」[*2]上海へ向かおうとする大勢のユダヤ人で込み合っていた。上海に着くと、彼は小さな一軒家を借り、パトラは裕福な中国人家族の家で部屋を借りた。一九三〇年代にルディとウルズラが知り合いになった人々はほとんどいなくなっていたが、ルディの家族のうち、弟のオットーと、男やもめになった父マックスのふたりが、当時は上海に住んでいた。建築関係の仕事はほとんど見つからず、そのためルディはパトラからの指示を受けて無線機を操作したり爆弾を作ったりして毎日を過ごした。ふたりはうまくやっていた。ウルズラが話題に出ることはめったになかった。ルディはスパイとして活動を始めたいと強く願っていたが、モスクワは今なお彼をなかなか任務に就かせようとしなかった。じりじりしながら待つこと一年弱、ようやく彼は、外国人共産主義者を情報提供者としてスカウトせよという曖昧な命令とともに、中国南西部の都市、重慶に派遣された。パトラは彼のために、通常の民間用ラジオの中に隠せる短波無線機を作って渡し、「連絡を保つように」と言った。ルディは船で香港へ向かい、そこから飛行機に乗って、一九四〇年三月九日に重慶に到着した。

空港の到着ロビーで、中国警察が手荷物を調べてラジオを押収し、二日後に取りに来るようにとルディに告げた。有能なスパイなら、ここですぐさま逃げ出しただろう。しかしルディは、言われたとおり取りに行った。ラジオを「何も言われずに」きちんと返されると、中に隠してある違法な送信機を見つけられないとは中国人は何て「無能」なんだと思った。だいぶ後になってルディは、「彼らはそれが諜報活動レベルの送受信装置であることを非常によく理解しており、すでに警戒態勢を取っていた」ことに気がついた。

国際的な危機は一風変わった人々を引きつけるものであり、このときもジャーナリスト、作家、起業家、そしてスパイが、重慶プレス・ホステルに集まっていた。ここでルディは、偶然アグネス・スメドレーとばったり出会ってビックリした。スメドレーと言えば、その友情を通じてウルズラの人生を大きく変え、それに連動する形でルディの人生も変えてしまった張本人だ。当時のスメドレーは、中国の共産主義のために無謀な行動を続けていて、紅軍とともに移動し、紅軍の指導者たち（毛沢東も含む）にインタビューし、欧米の新聞向けに見え透いたプロパガンダを書き、日中戦争の最前線で、男女を問わずどの特派員よりも長い時間を過ごしていた。彼女は行く先々で人々の心を奪ったり激怒させたりしていた。重慶プレス・ホステルに現れたのは、再び神経衰弱を起こし、交戦地帯で一年以上を過ごした後であり、栄養失調、マラリア、じんましん、肝臓障害、さらにおそらくチフスを患っていた。足の爪は剝がれそうになり、歯は抜け落ちそうになっていたが、相変わらず異彩を放っていて、ハーンによると「桃色のサテンのナイトガウンは似合っていなかった」という。ルディはスメドレーがスパイであることを知っていたが、スメドレーの方は十中八九、旧友の夫が今では自ら諜報活動に加わっていることを知らなかったに違いない。

すぐにもスパイ活動を始めたいと思ったルディ・ハンブルガーは、無線の追加部品を買いに出かけた。そうした品物の購入は、すべて中国の情報機関に注意深く監視されていた。国民政府には、「中国のヒムラー」こと戴笠(たいりゅう)将軍がトップを務め、スパイの掃討を専門とする秘密警察「軍事委員会調査統計局」があった。ルディは絶好のカモであった。

エミリー・ハーンは、ホステルに到着した「自称・亡命ドイツ人」に気づいたが、このベレー帽をかぶった建築家を必ず避けるようにしていた。なぜなら「彼をミュンヘンから来た、非常にゲルマン民族的な芸術家たちのひとりだと思い(中略)彼は完全にそのように見えた」からだった。一九四〇年四月二一日の夜、ホステルの宿泊客たちが「震えたり、あくびをしたりしながら」防空壕の中を所在なく歩き回って空襲が終わるのを待っていたとき、いきなり中国兵の一団が入ってきた。捕まったとき、ルディは「隠し事は何もないと言って抗議した」が、リボルバーを取り出したため、無実だという主張はいくぶん説得力を欠いていた。ちなみに彼は、リボルバーの使い方をまったく知らなかった。

ハーンは、自分の目が信じられなかった。

彼は紙をかんで飲み込もうとした。そこには、まさに映画のように、暗号が記されていた。誰もがこの光景にひどく動揺した。それまで私たちは、彼を完全に本物の亡命者として受け入れていた。（中略）彼は逮捕されても驚いてはいないようだったし、怒ってすらいないようだった。「服を着させてもらえないだろうか？」と彼は言った。兵士たちは、ロープで彼の両手を縛り、パジャマ姿で一列に突っ立ったまま口をあんぐりと開けている私たち全員の目の前で、彼を連行していった。彼は、私たちの誰にも顔を向けなかった。その後、私たちはさまざまな話を耳にしたが、その中で最も筋の通っていたのは、彼はナチ党のためではなく、中国共産党のためにスパイ活動をしていたという話だった。

ルディの宿泊していた部屋を捜索した結果、送信機など有罪の証拠が見つかった。警察署の敷地にある木製の小屋に閉じ込められて一夜を明かした後で、尋問が始まった。「怒号とともに質問が発せられた――どの国または組織に私が属しているのか、といった質問だ――が、無駄であった」。ルディ・ハンブルガーは、どうしようもないスパイだったかもしれない（「父は愚直な性格だったので、秘密活動ではまったく使い物にならなかった」と、彼の息子は述べている）が、異常なくらい頑固だった。彼は質問に答えるのを拒否した。「八日後、彼らは拷問に訴えた。私は両腕を後ろに回して縛られ、腕に一種の滑車を付けられて、地上から五〇センチほどの高さに吊り上げられた」。彼はぶら下げられたまま放置され、両肩の腱が徐々に伸びて、ついに切れた。「私は、かなりの苦痛を伴う姿勢で吊るされていた」と、ルディはいかにも彼らしい控えめな表現で書いている。

尋問が四週間続いた後、彼は嘉陵江（かりょうこう）を約二〇キロさかのぼり、松林の山並みの裾野に広がる歌楽山地区という美しい谷間にある大きな屋敷「白公館」に連れてこられた。白公館は、政治犯の強制収容所・拷問施設であり、「周囲を電気柵で囲まれ、侵入者を見かけたらすぐ発砲する武装パトロール隊によって警備されていた」。地元の住民は、ここを「歓楽谷」と呼んでいた。

白公館には、約五〇人の男性収容者がいた。外国人はルディだけだった。彼の同房者はウォン・ピンフォンという名の、英語を話す若い中国人で、自分は違法な街頭デモに参加したため逮捕されたのだと言った。彼が、ハンブルガーが誰のために働いているのかを突き止めるため同じ監房に入れられたのは明らかだった。ルディは、この「おとり」に細心の注意を払って接したが、ウォンは自力で正しい結論に到達し、「実際、あなたはアメリカかソヴィエトの諜報機関のメンバーに違いない」と断言した。毎日一五分間、ハンブルガーは鉄格子のはめられた窓から、白公館の前に広がる景色――五〇キロにわたる、起伏の多い青々とした風景――を見ることを許されたが、一五分が過ぎると再び監禁された。これは、自然の移ろいを伴った、巧妙な精神的拷問だった。六週間おきに彼は役人の前に連れてこられて、自白せよと言われた。ほかの収容者たちと同じく、彼もマラリアになった。収容所の食事は白米で、しかも量が次第に減っていったため、彼は肉体的にも精神的にも衰弱していった。「私はどれくらい拘束されるのだろう？」と彼は思った。「何か月？　何年？　今この国は戦争中で、戦争中にはどんなことでも起こりうる」。

「やるべき仕事がたくさん」

一九四〇年六月、フランス降伏の直後にウルズラはモスクワから、ジュネーヴにいる同志「アルベルト」と接触して、「オフィスはまだ機能しているか？　財務状況はどうか？　イタリア経由で本部に通信文を送れるか？　送信機は必要か？」という一連の質問をするようにとの指示を受信した。その意味するところは明らかで、しかも、まったく思ってもいないことだった。もうひとつ別のソ連側スパイ網が、このアルベルトという謎の人物に運用されて、スイスで活動しているに違いない。指示されたとおり、彼女はローザンヌ通り一三番地の郵便受けにメモを入れて手はずを整え、数日後に改めて訪問した。

ドアを開けた男性は、「丸々としたと言っていいほどずんぐりとした人物で、黒い髪と黒い目をしていて、哀愁を漂わせていた」[*3]。丸眼鏡をかけ、重そうな目で悲しげな表情をしているので、見た目は、太っていてちょっと元気のないフクロウに似ていた。「ヴェーバー氏がよろしくとのことです」とウルズラは言った。男は、合い言葉が分かった印にうなずくと、彼女を「本と地図にあふれていて、机の上には新聞や雑誌が散らばる」事務所に通し、彼女が座れるスペースを空けた。ウルズラは、この男性は学者か何かだろうかと思った。一方、このフクロウも訪問者をじっと見つめた。「背が高くて、ほっそりとした、華奢な感じの女性で、体にピッタリとしたウールのワンピースを着ていた。年齢は三五歳くらいだろう。彼女の動きは滑らかで、少しばかりけだるそうだった」[*4]。

「私の暗号名はソーニャです」と、ウルズラは微笑みを浮かべていった。ふたりはドイツ語で話した。「局長から、あなたと連絡を取るようにと言われました。あなたの名前と住所を教えられ、あなたを訪ねて、あなたのグループの現状がどうなっているかを確認するよう指示を受けました。私は、局長に報告することになっています。あなたは今後、きっと私を通してさらなる指示を受けることになると思います」。

「アルベルト」は、アレクサンデル・「シャーンドル」・ラドーというユダヤ系ハンガリー人の共産主義者で、「こだわりの強い地図製作学者」を職業としていた。その彼は、後に「赤い三人組（Rote

Drei ローテ・ドライ）」の名で知られるようになるソ連側スパイ網のリーダーだった。「赤い三人組」とは、ヒムラーのスパイハンターたちが「赤いオーケストラ（Rote Kapelle ローテ・カペレ）」と名づけた、もっと大きな反ナチ諜報網の要となるグループである。[*5] ハンガリー赤軍の元政治委員だったラドーは、ベルリンで地図製作を学び、オーストリアで反ナチ・プロパガンダ活動を行なっていたが、一九三三年にパリへ逃走し、ナチ党から「社会にとって最大の敵」としてリストアップされていた。一九三五年には第四局にモスクワでスカウトされ、「ドーラ」という、「ラドー」を並べ替えただけの、ちょっと信じられないバカげた暗号名を与えられた。一九四〇年当時、この丸顔で気取らないハンガリー人地理学者は、ジュネーヴで「ジオプレス」という地図製作会社を経営し、ヨーロッパ各国の新聞社に地図を販売していた。同時に彼は、少将の階級を持つ、スイスにおけるソ連のレジジェント（諜報機関の支局長を指すロシア語）であり、「赤いオーケストラ」（イタリア、スペイン、スイス、そして何よりも重要なナチ・ドイツ国内で活動しているスパイ網）で最も重要なセクションを指揮していた。それまでラドーは、報告書をタイプすると、マイクロ写真を使って報告書をピリオドほどの大きさの「マイクロドット」に縮小し、本に糊で貼りつけると、運び屋を通じてパリへ送っていた。本がパリに着くと、ソ連軍情報機関のフランス支局によって、報告書は拡大され、暗号化されてモスクワへ送信された。しかし、ナチ・ドイツがフランス北部を占領したことで、この通信ルートは遮断されてしまった。ラドーの言葉を借りれば、「私は諜報グループのリーダーであり、戦争は続行中だったが、連絡がまったく取れない状況だった」。

「重要な情報がたまったままになっている」と彼はウルズラに告げた。表向き、ドイツに対する積極的な諜報活動は独ソ不可侵条約によって停止されていたが、ラドーのチームは重要な軍事情報の収集を続けていた。「ジオプレスが安全な隠れ蓑になっていて、地元の当局は何も疑っていない」とラドーはウルズラに説明した。「今も定期的に情報を受け取っているが、本部へ送る方法がないので、たまる一方だ。私たちには、送信機と、訓練を受けた複数の無線通信員と、通信の拠点となるアパートか一戸建ての家が必要だ。暗号と、送信時間と受信時間も知りたい。ご覧のとおり問題は山積みで、どれも至急解決しなくてはならない」。

後にラドーは「私はソーニャについてほとんど何も知らなかった」と書いている。「彼女がどこに住んでいるかも、誰と働いているかも、どのような種類の情報を集めているのかも、分からなかった。秘密活動のルールに従い、そうしたことを私は彼女に尋ねなかった。私たちの二グループ――ソーニャのグループと私のグループ――は、諸般の事情からやむなく私たちが接触するまで、互いに独立して完全に別個に活動していた」。

ウルズラは、森の穴から無線機を引っ張り出した。ラドーは、薄葉紙を使って暗号化前の報告書を清書し、それからジュネーヴの街角にチョークで白い×印を書いた。ウルズラは、この「信号地点」[仲間のスパイに送る合図として、公共の場所に残される秘密の信号]を確認すると、スパイ用語で「デッドレター・ボックス」あるいは「デッドドロップ・サイト」と呼ばれる、通信文を残しておける安全な場所――このときは、向かいのアパートの玄関にある手すりの下の小さな穴が利用された――から小包を回収した。それから彼女は、小包の中身である薄葉紙を折りたたんで、大型の懐中電灯の中に入れた。この懐中電灯には、あらかじめレンが細工を施していて、二個必要な電池のうちひとつを取り出し、配線を変え、ワット数の小さな電球に交換していた。これで懐中電灯は、中に数枚の薄葉紙を隠しても、少し暗くはなるが明かりをつけることができる。ウルズラはラ・トピニエールに戻ると、報告書を暗号化して夜通しモスクワに送信し、返信が来ると、その暗号を解読し、ジュネーヴにある別のデッドレター・ボックスを使ってラドーに渡した。

ラドーが書く報告書の量は膨大で、ウルズラは再び自分が役に立っていると感じた。「やるべき仕事がたくさんあったので、これでほかの心配事が減っていたら、私は喜んでいたと思います」と書いている。

スイスは、ヨーロッパの他の諸国から事実上切り離され、ドイツ軍侵攻の脅威にさらされて経済は悪化を続けていた。スイス政府は、ドイツ軍の兵士がひとりでも国境を越えたらスイス軍は国内の産業インフラをすべて破壊し、山岳地帯にこもってゲリラ戦を行なうと警告した。ラドーは次のように記している。「今やスイスは世界最大の監獄だという悲痛なジョークが広まっていた。ヒトラーとムッソリーニは、四〇〇万の人間を完全に孤立させていた。ジュネーヴ付近の細い回廊だけがまだ開いていて、ペタンの非占領地域へ行くことができた〔が〕ヴィシー・フランスに通じる――そして、そこからスペインやポルトガルを経てイギリスやアメリカへ行ける――この回廊も、いつの日か封鎖されるだろうと考えられていた」。

最大のリスクは家庭内に

ウルズラは、「ほかの心配事」に頭を悩まされるようになっていた。オルガ・ムートの行動が、ますます常軌を逸するようになっていたのだ。幼いニーナを離そうとせず、レンにはほとんど話しかけず、ミヒャエルとはひっきりなしに言い争いをするようになった。ウルズラは両親への手紙の中で、「誰かがミーシャを褒めようものなら、たちまちオロが反論し、ニーナのことを話し始めるのです」

と書いている[*6]。ある日の午後、ウルズラはキッチンで年配の友人リリアン・ヤコービとおしゃべりをし、部屋の隅ではオロが座って静かに縫い物をしていた。リリアンはイギリス行きのビザを取得したばかりで、イギリスにはすでに息子が難民として行っていた。彼女はもうじきスイスを出国することになっており、ウルズラにも、ぜひそうするようにと強く勧めた。「あなたは今ネズミ捕りの中にいて、ナチ党の連中が来たら罠が閉じてしまうのよ。書類があるからだいじょうぶなんて思わないで。子供たちのためにも出国しなきゃダメよ。イギリスなら、戦争中でもここの一〇倍は安全だわ」。

その瞬間、オロは叫び声を上げて飛び上がり、泣きながら二階へ駆けていった。ウルズラが後を追いかけると、オロはベッドで仰向けになり、青白い顔をして震えながら天井をじっと見つめていた。

「どうしたの、具合が悪いの？」

「具合なんて悪くありません、でも、何もかも分かったんです」とオロは答えた。

「何の話をしているの？」

オロは起き上がると、ベッドの端をバンッと叩いた。

「私のことをバカだと思っていたんでしょうが、そうはいきませんよ。しらばっくれないで。あれこれ計画しておいて、私が気づいたころにはもう手遅れになっているとでも考えていたんでしょう。でも、そうは問屋が卸しませんよ！」

「何のことを言っているのか、まだ分からないわ」とウルズラは、いきなり怒鳴られたことに驚きながら、そう言った。

「ちゃあんと分かっているはずよ。あなたは子供たちを連れてここから出ていくため新しいパスポートを欲しがっていた。あなたは、子供たちとレンを連れてイギリスへ行こうとしていて、でも私はドイツ人で一緒には行けないから、私のことは、ニーナのいないここに、ひとりっきりで残していくつもりなんだ。それが、散々世話になった私への恩返しなんだ！」

ウルズラが言葉静かに、スイスを出ていくことなんて考えていないと言うと、オロのヒステリーはだんだんと静まっていった。しかし、この乳母の不安に根拠がないわけではなかった。もしドイツ軍が侵攻してきたら、一家はイギリスのパスポートを使って脱出し、オロは後に残されるだろう。戦争はオロとウルズラのあいだに容赦ないくさびを打ち込むかもしれず、そのことはどちらも分かっていた。数日後、オロはウルズラとふたりきりになると、涙ながらに「ニーナがいなくては生きていけない」と訴え、ある提案をした。「あなたたちがイギリスへ行くときは、ニーナを私の所に残していったらどう？　その方がよくない？　お金は要らないわ。私は身を粉にして働くから、あの子は何ひとつ不自由しないはずよ。ニーナをイギリスに連れていって、ドイツ軍の爆撃にさらしたくはないでしょ？　あんな小さな子を、あなたのせいでそんな危険に引き込みたくはないわよね？　世の中が落ち着いたら、あの子をあなたの所へ連れていくわ」。オロの立場から見れば、この提案はまったく論理的に思えた。ウルズラは、諜報活動と新しい夫との生活で忙しかった。確かに子供に読み聞かせをしたり、ハイキングやスキー旅行に連れていったりしているが、オロの目には、ウルズラは彼女の母と同じく母親失格に見えた。ニーナの頭にシラミがわかないよう髪の毛をとかしてあげたのも、ふたりにしか分からない赤ちゃん言葉で話したのも、ドイツ語の子守歌で寝かしつけたのも、オロだった。九歳のミーシャは懐こうとしなかったが、ニーナは今も彼女の赤ちゃんで、オロから離れようとしなかった。

突然ウルズラは強烈な恐怖を覚えた。みんなから愛され、何年も一家を支える岩盤だったオロが、娘を連れ去ろうとしているのだ。

ウルズラは、このとんでもない提案を検討すらしなかった。その代わり、話題を変えた。「休みを取ったらどう？」と彼女は言った。「ステキな場所を見つけてあげるから、二〜三週間ゆっくりしてから帰ってくればいいわ」。

オロはきっぱりと言った。「いいえ。ここから無理やり出ていかされるもんですか。あなたを私の目の届かない所に行かせはしないよ。何が何でもね」。

ラ・トピニエールでは緊張の火花が散るようになった。オロは食事を取るのをやめ、涙を滝のように流し、ほとんど口も利かず、「無言の怒り」を発していた。夜になると、今もニーナと一緒に寝ている部屋のドアに鍵をかけた。眠っているあいだにウルズラが娘を連れ出し、夜中のうちにこっそり出ていってしまうのを恐れたからだ。さらにオロは双眼鏡を入手し（「どこで手に入れたのだろう？」とウルズラは思った）、家事をしていないときは、いつも家より上の山腹に座って彼らを監視した。「私がレンとふたりきりで話をしているときには、ドア越しに話を聞こうとしました」。スパイが逆にスパイされているのだ。オロは、ウルズラの手紙に蒸気を当てて開け、中身を勝手に見るようになった。

ある日の午後、ウルズラがジュネーヴでデッドドロップ・サイトからラドーの新しい報告書の束を回収して戻ってくると、両親からの手紙が届いていた。封筒の封じ直し方が雑だったが、たとえそうでなくてもオロの激怒した顔を見れば、彼女が中身を読んだのは明らかだった。手紙は、ウルズラにスイスを出国するよう切に訴える内容だった。「ヒトラーがその国を侵略するまでとどまっていては、確実に死んでしまいます。あなたの旦那さんがどういう人か私たちは知りませんが、その旦那さんの仕事の都合でそちらにいなくてはいけないのなら、せめて子供たちだけでも寄こしなさい。でも旦那さんだって、状況を理解すれば、あなたもこちらへ来られるようにしてくれるでしょう」。オロにとってはこの手紙こそ、彼女がもうじき見捨てられ、「彼女の」子を奪われるという動かぬ証拠だった。

翌日、オルガ・ムートは帽子をかぶり、美容院へ行ってきますと告げた。実際には美容院ではなく、モントルーにあるイギリス領事館へ直行した。怒りにあふれ、覚悟を決めたオロは、独自の計画を立てていた。ウルズラがニーナを連れて出国できないようにするため、イギリス側に、私の雇い主は共産主義スパイだと密告することにしたのである。

オロの錯乱

後にウルズラはこの件を錯乱した女がしたことだと述べているが、オロ本人の考えに従えば、この計画は完全に理性的なものだった。彼女はクチンスキー家で次々と生まれた子供たちひとりひとりを愛してきたが、ニーナへの愛情には、自分のものにしたいという別の要素が加わっていた。それは、年老いて子供もなく、ほとんど訳の分からぬ国際情勢に翻弄されて恐怖におびえる女性の異常なまでの執着だった。オロは自分を、残酷な裏切りの犠牲者だと思っていた。私はすべてをクチンスキー家に捧げてきたのに、今になってウルズラは私を除け者にした脱出計画を考えている。それならイギリス政府に、新しく誕生したレオン・バートン夫人は、イギリス国籍を手に入れる、ただそれだけのために結婚したスパイだと告げよう。そうすれば、イギリス国王がウルズラのパスポートを取り上げ、全員がスイスに残って、めでたしめでたしとなる。イギリス側に全部を説明した後で、髪の毛をカットしてもらい、それからリリアンを訪ねよう。以上がオロの計画だった。しかし、計画は思い通りには進まなかった。

オルガ・ムートは、片言の英語しか話せなかった。応対したイギリス領事館の役人は、フランス語はできたがドイツ語はほとんどできず、割ける時間もごくわずかしかなかった。かなり多くの人がイギリスへの避難を求めていたため、領事館には嘆願や問い合わせ、「うわさや告発」が殺到しており、そうした中には事実らしいものもあったが、多くは筋の通らぬもので、まったく荒唐無稽な訴えもあった。オロは、役人に自分の名前と住所を告げると、大声で一気にまくし立てた。自分では英語を話しているつもりだったが、実際には、所々に妙な英単語を混ぜたドイツ語を話しているにすぎなかった。外国語を話せない人はたいていそうだが、オロも、たとえ知っている単語が少なくても、大声で言えば相手に通じるものと思い込んでいた。「彼女がメチャクチャな英語で話すたわごとは、まったく支離滅裂だった」と後にフットは書いているが、[*7]このときもあまりに支離滅裂だったため、オロが言葉を切って息をつくと、役人は立ち上がり、非常に礼儀正しい態度で、彼女に出ていくようにと言った。そして「彼女の名前を、領事館を日々悩ませている精神錯乱者のリストに書き加えた」。

計画失敗に苛立つやら驚くやらのオロは、美容師に秘密を打ち明け（なぜか人は、よく美容師に秘密を打ち明けるものだ）、自分の雇い主を告発するにはスイスのどの役所に行けばいいかと尋ねた。この男性美容師は根っからの反ナチで、そんなことと関わり合いにはなりたくないと言った。そしてオロの髪の毛を「わざと雑に」カットした（少なくとも、オロはそう思った）。彼女は、誰か英語が話せて、自分の代わりにイギリス側に事情を説明してくれる人が必要だと思った。

オロは、ひどい髪型のまま「興奮し、混乱した」状態でリリアン・ヤコービのアパートの玄関にやって来た。リリアンは彼女に、横になって不安を鎮める自然薬セイヨウカノコソウのエキスを数滴飲むようにと言った。

「ぜひ手伝ってくださいな」とオロは何度も言った。「一緒に来てくれなくちゃ。私がニーナなしでは生きていけないのはご存じでしょ？　さあ、一緒に来てください、これからすぐ」。

リリアンは、どうしたらいいか戸惑った。オロは大声でわめき続けた。

「あの人たちがスイスから出ていきたがっていることは、ずっと前から分かっていました。そうじゃないっていう振りをしてますけどね。あの人たちは悪人です。私に嘘をつき、私を捨てたがっています。でも、私はニーナを手放す気なんてありません」

オロは、すでにイギリス領事館へ行ってきたことを説明した。いわく、私はイギリス当局に、ウルズラとレンが「夜にひそかに無線局を開いている共産主義者で、だからイギリスはふたりを入国させてはならず、ふたりはここに残っていなくてはならない」と告げようとした。しかしどうしたわけか「自分の話をきちんと理解してもらえなかった」。だから、ぜひリリアンには「一緒に領事館へ行って、何から何までもう一度きちんと説明」してもらいたい。そうオロは訴えた。

リリアンは、ウルズラがスパイだと知って驚いたが、それ以上に、そのことをオロが当局に密告して雇い主を裏切ろうとしていることに衝撃を受けた。

「本当に、あなたはなんてことをしたの？　ふたりともすぐ逮捕されるかもしれないのよ」

乳母の反応にリリアンはゾッとした。「そうなったら、あの子は私の手元に残るわ」と言って、わっと泣き出したのである。

オロは、相談相手を間違えた。リリアンは、ソファーに座ってわんわんと泣いている女性を見下ろすようにして立つと、激しい非難の言葉を浴びせた。

「あなた、正気に戻っても、もう二度と幸せにはなれませんよ。自分で背負い込んだ恐ろしい罪の意識に、永遠に苦しめられるんです。あなたは自分がひどい裏切りをしようとしていることに気づいていないの？　あなたがあの一家を不幸のどん底に突き落としたら、まともな人間は誰もあなたを許しませんよ。今のあなたは病気のようだから、助けてあげましょう。もちろん私は、あのふたりが秘密の共産主義者だとは、これっぽっちも知らなかったけど、正直言って、私にはそれは立派なことだとしか思えないわ」

そしてオロに、このまま家に帰って、ウルズラには今日のことをいっさい話してはいけないと告げた。そのウルズラは、翌日にモントルーへ買い物に来ることになっていた。

ウルズラが列車から降りると、すぐにリリアンは彼女を近くの公園に連れていき、「とんでもないことがあったのよ」と言って、昨日の一件を説明した。

ウルズラは驚き、激怒し、そして心底怖くなった。オロは、ほかに誰に秘密を打ち明けただろう？美容師は警察へ行っただろうか？　オロはラドーのことは何も知らないから、スパイ網はおそらくしばらくは安全だろう。しかし、オロがアレグザンダー・フットの正体と居場所を知っているのは確実だった。それにルディも、彼が今どこにいるのかは分からないが、もしオロが知っていることをナチ・ドイツに話せば、彼の身にも危険が及ぶに違いない。

ウルズラは、上海では中国の秘密警察とイギリス当局の手を逃れたし、日本軍の憲兵隊からも、スイスとポーランドの保安機関からも、ＭＩ５やゲシュタポからも、逃れてきた。これまで彼女を裏切った者はいない。シューシンは、拷問を受けながらも秘密を漏らさなかったし、トゥマニャンをはじめスターリンの粛清の犠牲者たちも口を割らなかった。ルディでさえ、彼女の秘密をしっかりと守っている。それが今、三歳のときに出会ってからずっと家族のように慕ってきた女性に密告されて、破滅させられそうになっているのだ。

「私たちが苦心して非合法的に築き上げてきたものすべてが、今や崩壊の危機に瀕していました。私たちはただちに行動しなくてはなりませんでした」

そのとき突然、別の恐ろしい考えが彼女を襲った。昨日オロは、疲労と不安の入り混じった顔で夜遅くに帰宅した。その日はそのままベッドへ向かい、今日ウルズラがラ・トピニエールを出たときには、まだ起きてきていなかった。レンは山歩きに出かけるだろう。「オロがニーナを連れてこの国を出るのを妨げるものは、何もないのではないか?」。もしかすると、すでにドイツへ向かっているかもしれない。「すぐに戻らなくては」。ウルズラは、それまでタクシーで帰るなど一度もしたことがなかったが、このときばかりはタクシーを拾ってコー村まで行き、最後の一・五キロの上り坂を、強烈な恐怖に頭をクラクラさせながら、家に向かって走った。もしオロが娘を連れていったのなら警察に通報しなくてはならないが、警察が国境の手前でオロを捕まえたら、彼女はすべてを警察に話すだろう。再びウルズラの諜報活動と家族が真正面からぶつかり合った。「もし警察に知られたら私たちの活動は終わってしまうが、そうした事態になることだけは何としても避けなくてはなりませんでした。ですが私には、娘が連れ去られてナチの手に渡され、おそらく二度と会えなくなってしまうことのないよう、全力を尽くす義務がありました」。息をハアハア言わせながら森の先で道を曲がると、牧草地の向こうでニーナとミヒャエルが日の光を浴びながら楽しそうに遊んでいる様子が目に入った。「膝から力が抜けました。私は草地に寝転がり、仰向けになって空を見上げて、呼吸が落ち着くまでそのままでいました」。

その晩、家中が寝静まると、彼女はレンに何があったかを話した。ふたりは無線機を分解し、暗い中を森の穴まで運ぶと、「水に濡れ、泥で汚れ、疲れ切った」体で再びベッドに潜り込んだ。

翌朝、ふたりは家の外のベンチに座り、子供たちが鬼ごっこをするのを見ながら、さわやかな朝の光の中でコーヒーを飲んだ。オロはまだ自分の部屋にいる。「牧草地は秋の花であふれていました。ニーナが楽しそうにキャッキャッとはしゃぎ、ミヒャエルがハハハと笑っていました」。

レンがウルズラの方を向いた。「彼女はすでに、あまりにも多くの人にしゃべりすぎた。彼女が君や他の人たちを警察に引き渡してニーナを誘拐する前に、何とかしなくちゃいけない」と言い、そしてこう付け加えた。「君は彼女を殺さなくてはならないだろう」。

15　楽しい時代

そして別れの列車は出ていった

ウルズラはベッドに横になったまま、乳母を殺すべきかどうか考えていた。レンの決心は固かった。「彼はスペイン内戦中に、その目で死を何度も見ていました」。オロを止めない限り、彼女のせいで全員が殺されるかもしれない。「オロはスイス当局へ行くだろうか、それとも思い切ってドイツのファシストたちと接触しようとするだろうか？」。諜報活動は死と隣り合わせの仕事であり、そのことはウルズラもよく分かっていた。「それまでにも、死を扱わなくてはならないことが一度ならずありました」。しかし、オルガ・ムートを「抹殺」するというのは、その裏切り行為がどんなにひどいものであっても、ウルズラにとっては考えるのさえつらいことだった。「私たちはテロリストでも犯罪者でもないし、無情でも冷酷でもありませんでした」。それに、ウルズラは彼女のことが大好きだった。子供のころにオロが優しくしてくれたことや、ゲシュタポがシュラハテン湖の屋敷を捜索したときに揺るぎない勇気を見せてくれたこと、口が堅かったこと、ローザ・テールマンにお金を届けるため勇敢にもナチ・ドイツへ行ってくれたことなどを思い出した。彼女は「非合法の雰囲気に見事に適応し、当然のこととして私を支えてくれました」。ウルズラは、こんなひどい状況になったのは自分のせいだと考えた。「私たちを失うという彼女の不安は、あの子を愛し、さらに私を愛していたからこそ生まれたものでした。オロは、私が広い心と忍耐をもって対処すべき人でした」。オロは、ウルズラのために命を危険にさらしてきた。そんな彼女を殺すことはできないし、モスクワにオロの殺害命令を出させる機会を与えたくもなかった。

眠れぬまま長い夜を過ごしながら、ウルズラは計画を立てた。まず、子供たちをオロの手の届かぬ所に内緒で移動させ、ひそかにジュネーヴにアパートを借りて、そこに送受信機を設置する。その上で、オルガ・ムートを解雇してドイツへ送り返す。それが済んでから、何があったのかをモスクワに説明して指示を待つという計画だ。けれども、オロが同じ屋根の下にいて一挙手一投足を監視している状況では、この計画は何ひとつ実行できない。この状況をアレグザンダー・フットに話すと、フットは「忠実な年寄り」への同情を口にしたが、「彼女は我々全員にとって危険であり（中略）忠実な召し使いがいつまた告発しようと思ってもおかしくない」ことに同意した。

子供たちは、緊張感を察して落ち着きがなくなっていた。あるときミヒャエルが、またオロと口げんかしている最中に、この乳母を「魔女」と呼んだ。オロはミヒャエルの顔に平手打ちを食らわせた。これにウルズラは激怒した。「いいわ。もうたくさん。あなたとはもう誰だって一緒に暮らせません。延々と泣き続けて、ありもしないことばかり考えて、おかげで私たちみんな頭がどうにかなりそうよ。しかも、今度は息子を殴った。もうこれまでよ」。オロは、本当は嫌でたまらなかったが、様子が落ち着くまでフュースリ夫人の家に移ることに渋々ながら同意した。家を出るとき、彼女は「あなたを私の目の届かない所に行かせはしないよ。何が何でもね」と不気味につぶやいた。翌朝早く、フュースリ家の前にあるベンチに小柄な人物が背中を丸めて腰掛け、双眼鏡の照準をラ・トピニエールに合わせた。「私たちのうち誰かがドアから出ると、彼女は双眼鏡を持ち上げました。私が村へ行くときは、見えなくなるまで私の方に双眼鏡を向けていました」。数日後、フュースリ夫人が牛小屋を掃除するためやって来ると、ウルズラを近くに呼んで、オロからあなたがスパイだと言われたと告げた。「私は、政治のことなんて分かりません」とフュースリ夫人は言った。「でも、戦争とヒトラーが災厄であることは分かっているの。私、彼女がしたことや、今もしようとしていることに、本当に腹が立つわ」。オロは、ドイツ行きの列車の時刻表を調べたり、ジュネーヴにあるドイツ総領事館へ行く計画を立てたりしているという。夫人は、オロがジュネーヴへ出かけたらすぐあなたに知らせるわと約束してくれた。こうして、ウルズラをスパイしているオロはフュースリ夫人にスパイされることになった。そして、時間的余裕はだんだんとなくなってきていた。

ローザンヌとジュネーヴの中間に位置するグラン村に近い、レマン湖を見下ろす人里離れた場所に、レ・レイヨンという寄宿学校があり、ここがミヒャエルとニーナを、費用前払いという条件で、いつでも受け入れてくれることになった。ドイツ系の経営者たちは優しそうで、ウルズラは「私たちが逮捕されても、しばらくは子供たちを預かってくれるだろう」と確信した。それから、ジュネーヴの中心部で二部屋の賃貸アパートを見つけた。「モルタルを塗った冷たい壁」の部屋で、「山の中腹の、呼吸しているかのような暖かい家」とは大違いだった。ラ・トピニエールを出ていかなくてはならないと思うと、とてもつらかった。「山の景色は生活の一部になっていました。私にとっては日々の喜びだったのです」。

「さみしくなるわ」。フュースリ夫人は、ウルズラから家を引き払うことになったと言われて、そう答えた。引き払う理由をわざわざ聞く必要はなかった。

その晩、ウルズラは夫とふたりで荷造りをし、レンが夜の闇に紛れて荷物を村まで、掘り出した送信機と一緒に運んだ。翌朝、濃い霧が夜明けの山を包む中、ウルズラは子供たちに厚着をさせると、母子は歩いてコー村への道を下りていった。レンは家に残り、万一オロが出ていく三人を見つけて後を追おうとしたら、すぐにオロの行く手を遮ることができるよう待機していた。オロは追いかけてこなかった。「秋の冷たい霧は、私たちに好都合でした」とウルズラは書いている。子供たちと別れるのは、つらく苦しかった。「ねえママ、どのくらいボクたちをよそにやっておくの？」と、ミヒャエルは寄宿舎の門の前で尋ねた。ニーナはウルズラにしがみついて泣いた。「いつか、この子たちにまた会えるのかしら」と彼女は思った。その瞬間、彼女が最初にミヒャエルをチェコスロヴァキアの山村に置いていったときのことが、痛々しいほど鮮明によみがえり、「ママ、ミーシャと一緒にいて。お願いだからママ、ミーシャと一緒にいて」という声が頭の中で響いた。ラ・トピニエールに戻ったウルズラは、彼女いわく「私が味わった数少ない絶望の瞬間のひとつ」を経験したが、その後すぐに改めて怒りが爆発した。「これは全部、私の仕事のせいじゃなく――もしそうなら私は平気だ――頭のおかしな老女のせいだ。あの女のせいで、私たちは家を離れ、子供たちを預け、革命運動を中断しなくてはならないのだし、もしかすると刑務所に行くことになるかもしれない」。

乳母オルガ・ムートが正午にやって来ると、人気（ひとけ）のない玄関ホールにウルズラだけがいた。

「子供たちはどこ？」とオロは言った。「私のニーナはどこ？」。

「ふたりとも安全よ」とウルズラは答えた。「ふたりは、あなたがニーナに手出しをできない場所にいるわ。たとえ私の身に何かあっても、あなたは手を出せない。それに、今となっては私がどうなろうと関係ない。さあ、あなたがやろうと思っていたことをやりなさい。あなたは私のことをよく知っているから分かっているると思うけど、私は怖くないわ」。

オロは顔から血の気が引き、石畳の床に崩れ落ちた。

「オロ、あなたはこれからどうするの?」。ウルズラは、自分の膝にオロの頭をそっと乗せて、優しい声で尋ねた。

「どうでもいいです」。オロはむせび泣きながら言った。

「半年分の生活費をあげてもいいのよ」

「そんな大金、持っていないでしょう」

ウルズラはブローチを売ったのだと説明した。それは、彼女の手元に最後まで残っていた貴重品だった。

「駅まで一緒に行っていいですか?」とオロは聞いた。

「つらくなるだけよ」

「この最後のお願いだけは、聞いてくださいな」

コー駅でウルズラが小さな列車に乗るあいだ、オルガ・ムートはプラットホームで声を出さずに泣いていた。「彼女は、これが永遠の別れであることを分かっていました」。ウルズラの人生から、別れの列車がまた出ていき、愛が再びえぐり取られた。客車が進み始めると、小柄なオロは、おぼつかない足取りでよろめきながら一緒に進み、涙を流しながら何かを大声で叫んだ。その言葉は、ウルズラには聞き取れなかった。忠実で愛情に満ちた裏切り者オルガ・ムートは、列車がカーブを曲がって見えなくなっても、プラットホームに立ち続けていた。

待ち受けるMI5

モスクワからの指令は「スイスを出国せよ」という、ぶっきらぼうなものだった。オロがイギリス当局に告発したことで、スパイ網は危機にさらされていた。フランツ・オーバーマンスがまだ収容所にいたし、スパイ網に属していない者が少なくとも三人、彼女の諜報活動を知っていた。今や工作員ソーニャはスパイ網の手足を引っ張る存在となり、正体発覚のリスクがあまりにも大きくなっていた。ポリャコワ少佐はウルズラに、送信機をフットに渡して、ラドーの無線通信員の職務を彼に引き継がせ、それが済んだらレンと子供たちを連れて、ヴィシー・フランスからスペインとポルトガルを経由してイギリスに向かうようにと指示した。

シャーンドル・ラドーは、ウルズラの慌ただしい出国を「脱走同然」と思ったが、このフクロウに似たスパイは、彼女の後任であるイギリス人「ジム」に感心した。フットはラドーに、「政治教育はまったく受けていない」が「知的で決意が固い」男だとの印象を与え、実際彼は間違いなく「ソーニャの有能な弟子」であり、「卓越した作業能力を持った優れた無線通信員」だった。ウルズラはフットにモスクワからの指令として、ラドーのため無線通信員をもうひとり訓練し、送受信機をもう一台作り、それからローザンヌに移るようにと指示した。彼女はスパイ網を順調に活動できる状態で引き渡そうとしていた。一九四〇年末の時点でラドーは「私は、送信機二台と、訓練を受けた無線通信員三名を自由に使うことができた」と書いている。

この三人の通信員のうち、ひとりはレン・バートンなのだが、そもそも彼には通信員を務める気などさらさなかった。ウルズラはスペインを通過するビザを難なく取得できたが、レンの申請は却下された。国際旅団の元兵士だった彼は、フランコ政権下のスペインでは歓迎されない外国人リストに名前が載っていた。スペイン領事館は、通過ビザの発給をきっぱりと拒絶した。彼はスイスから出られなくなった。

　ウルズラは、身の回りの品々をスーツケース一個に詰め、レ・レイヨンから子供たちを引き取ると、今もスイスに残る数少ない友人たちに別れを告げた。「大好きな人や尊敬している人にさよならを言うのは、それが永遠の別れになるかもしれないと分かっているときには、なおさらつらいものです」と彼女は述懐している。本部に宛てた最後の通信文のひとつで、ウルズラはイギリス到着後にソ連情報部と接触する方法を提案した。その通信文が、「ウェーク・アームズ。エピング1&15。ＧＭＴ３」だ。[*1] これを分かりやすく翻訳すれば、「ロンドン北部エピングの森の近くにあるパブ『ウェーク・アームズ』（ちなみにこのパブは、昔イギリスの有名な追いはぎディック・ターピンが行きつけにしていた店だ）で、毎月一日と一五日、グリニッジ標準時で午後三時に会いましょう」となる。しかし、モスクワ本部はそれとは別の会合地点として、ロンドン中心部にある凱旋門マーブル・アーチの南側の街角を指定した。さらに本部は、新たな暗号表と送信時刻を送ってきたので、それらをウルズラはフットに渡した。

　ウルズラはイギリス領事館に、私が目指す目的地はイギリスだと伝える必要があった。領事がロンドンの入国管理当局に知らせると、各所の警報が一斉に鳴った。

　イギリスに入国しようとするドイツ人は徹底的に審査されており、ウルズラは不審人物のチェック項目のほぼすべてに該当していた。まず、クチンスキー家はすでにＭＩ５の監視下にあった。それにかつて彼女は「共産主義者らしい感じ」がする男性と結婚していた。共産主義者である兄ユルゲンは、治安上の危険分子として一時期収容所に入れられていた。父親は反戦を唱える左派の知識人である。新たな夫は、スペインで戦い、大戦勃発の直前にドイツを訪れていて、破壊活動分子の疑いがある人物だ。バートンとの結婚そのものも怪しく見える。なぜなら「彼女は明らかにまったく異なる社会階層の出身」だからだ。

「一家は移動してくるらしいので、我々は彼らの到着に備えておくべきである」とMI5は判断した。「これが偽装結婚であることはかなり明白と思われるが、彼らがイギリス国民である以上、我々は彼らが来るのを拒むことはできない。夫はすでにブラックリストに載っており（中略）彼女の名をブラックリストに掲載して彼女の行動から目を離さずにおくのが最善と思われる」[*2]。

一九四〇年一二月一一日、ウルズラ・バートンは、イギリス社会にとって脅威となる可能性のある人物として正式に指定された。

その一週間後の明け方、レン・バートンは妻と子供たちと一緒にジュネーヴのバス乗り場まで行き、三人の荷物を屋根の荷台に積んだ。バスが出ていっても、レンはぬかるみの中、さみしげな姿で「道路の端にひとり立ち続けていた」。結婚してわずか一〇か月、ふたりが次に会えるのは二年も先のことだった。

クリスマス・イブの日、家族三人は地獄のような長旅の末にようやくポルトガルに到着した。ジュネーヴを出てからは、まずバスに二八時間揺られてフランス南部のニームに着いた。そこで理由も分からず六時間足止めされ、さらに一二時間かけてフランスとスペインの国境に到着した。そこで書類の確認と手荷物検査でさらに待たされ、それからフランスを出てスペインに入った。夜のうちにスペインの田舎を南下し（「月の光が明るく、小さな町や村は寝静まり（中略）いくつか山が見え、左手には地中海が広がっていました」）、午前三時にバルセロナに着いた。そこからマドリード行きの列車に乗り、一二月二三日午後一一時に、ようやくリスボン行きの満員電車に乗り込んだ。親切なリトアニア人夫婦が子供たちをベッドで眠らせてくれ、ウルズラは通路に立ったまま夜を過ごした。正午に列車はけたたましい音を立ててリスボン駅に到着した。ウルズラは、安いホテルを見つけ、高熱を出しているニーナのため医者を探し出し、クリスマス・プレゼント用に人形と積み木を買うと、硬いベッドに倒れ込むようにして眠った。

そして彼らは待った。イギリスを目指す人々は、戦争遂行への貢献度に応じて船か飛行機かに振り分けられていた。ウルズラとその子供たちは、ヒトラーから逃げようとする数多くのドイツ系ユダヤ人のうちの三人にすぎず、優先順位は下から数えた方が早かった。ニーナはすぐに回復した。ウルズラは、レンのため（スペインを迂回できるよう）マルセイユからイギリスへ向かう船を予約しようとしたが、うまくいかなかった。スイスを出る前、彼女は銀行に残っていたわずかばかりの金を全額引き出していたが、旅費はすでに底を突こうとしていた。両親に電報を二通、手紙も二通、送ったが、当時ロンドンからオックスフォードに引っ越したばかりの両親からは、何の返事も来なかった。一月四日付の手紙（ＭＩ５が検閲）には、こう書かれている。「私は今、かなりたいへんだった旅を終えて、子供たちと一緒にリスボンにいます。さらに三週間待たなくてはならないようです。どこ行きの船に乗るのか、まだ分かりません。（中略）どうしてお返事がもらえないのか、まったく分からず途方に暮れています」。

ようやくウルズラは、汽船アボセータ号に乗ってリヴァプールへ向かうことになると告げられた。

MI5は乗客名簿に目を通し、リヴァプールの入国管理当局にこう警告した。「彼女が到着したら、彼女の目的地、人相風体、および列車のどの車両に乗るかについて、当方に教えていただきたい。その後はこちらで彼女を追跡するよう手配する」。イギリスに足を踏み入れる前からウルズラへの尾行は始まっていた。

一九四一年一月一四日、アボセータ号は、鉄鉱石・木材・果物を運ぶ商船一四隻の船団とともに、ドイツ軍による潜水艦攻撃に備えてイギリス海軍の軍艦八隻に護衛されながら出港した。商船団長サー・バートラム・セシジャーを船長とするアボセータ号は、建造から一七年を経た、スピードの遅い全長約一〇〇メートルの旅客汽船であり、格好の攻撃目標だった。当時ドイツ軍の潜水艦Uボートの艦長たちは、大西洋で損害をほとんど受けることなくイギリスの商船を何隻も沈めており、そのためこの時期を「楽しい時代（die glückliche Zeit）」と呼んでいた。ウルズラと子供たちにとって、ジブラルタルを経由しての三週間の船旅は少しも楽しいものではなく、前回ウルズラがヨハン・パトラと一緒にコンテ・ヴェルデ号に乗って過ごした航海とは、まったく対照的だった。三人は狭い船室に詰め込まれ、その船室にあるたったひとつの丸窓は、ネジで固定されて塞がれていた。子供たちは絶えず船酔いに苦しめられた。ウルズラは、いろいろな思いが次々と浮かび、閉所恐怖症になりそうだった。レンはスイスから出られるだろうか？　ルディはどうなったのだろう？　規則によれば、彼女は中国にいる彼と直接連絡を取ることは禁じられていたが、ルディは子供たちに宛てて何度も手紙や絵はがきを送ってきていた。ところが一九四〇年の春にそれがピタリと止まり、以来、何の音沙汰もない。手紙を寄こさないのは、筆まめなルディにしては珍しく、だからとても心配になった。この不安を、ウルズラはミヒャエルには伝えなかった。イギリスに着いたら、彼女はドイツと戦っている国の内側でスパイ活動をすることになる。「本部は私にどんな仕事をさせたがるだろう?」と彼女は考えた。「私に実行できるだろうか? 誰も現れなかったら、どうしよう?」。天気は悪く、強風が吹き荒れて波がうねっている。乗員たちは緊張している。気分が悪く、イライラし、退屈していたウルズラは、いつドイツ軍の魚雷が撃ち込まれるかと思って気を引き締めていた。

その頃ルディは

オットー・ハンブルガーは心配していた。兄から一年近く連絡がないのだ。一九四〇年の春に重慶へ出発して以降、ルディは姿を消してしまった。兄が残していったスーツケースを開けると、「共産主義の資料がたくさん」詰まっていた。オットーは最悪の事態を予想した。ところが一九四一年の初め、オットーは上海での仕事で知り合いになったドイツ人ディーター・フラトーから電話をもらい、お互いの職場の中間にある街角で会えないだろうかと尋ねられた。会ってみるとディーターは、彼の兄弟であるゲルハルトが重慶から「ロートヴェルシュ(Rotwelsch)」で書かれた電報を送ってきたと説明した。「ロートヴェルシュ」とは、南ドイツで盗賊や秘密結社が使う、知る人ぞ知る隠語のことだ。電報には「H's Bruder als Späher in Kittchen. Soll weggeputzt werden.」と記されていた。[*3] 大雑把に訳せば、「H〔ハンブルガー〕の兄がひそかに嗅ぎ回って〔スパイ活動をして〕ブタ箱に入れられた。このままだと消される」となる。電報の内容は、中国当局には無意味だったが、オットーにはこれ以上ないほど明白だった。彼はただちに「ルディの共産主義者の友人」ヨハン・パトラに電話し、パトラは無線でモスクワ本部に連絡した。

一九三七年に中ソ不可侵条約が結ばれて以降、ソ連と中華民国の関係はよくなっており、日本との戦争を続ける中国の国民政府にソ連政府は大規模な軍事援助を行なっていた。一九四一年一月には、ソヴィエト軍事顧問団の首席顧問としてワシーリー・チュイコフ将軍が重慶に到着し、両国関係はさらに改善された。後にスターリングラードの戦いを勝利に導くチュイコフは、当時は蔣介石の外国人顧問の中で階級が最も高く、頼み事ができる立場にあった。

三週間後、ルディ・ハンブルガーは白公館の監房から出され、調査官の前に連れてこられた。九か月にわたって監禁され、餓死寸前となり、マラリアで衰弱していたルディは、まるで幽霊のようだった。その彼は、以前のように自白せよと命じられるのでなく、まもなく釈放されて、飛行機でソ連へ行くのを許されるだろうと告げられた。「それは友人たちが介入した結果だった」とルディは書いている。こうして歓楽谷での獄中生活は終わりを告げた。

二月初め、ルドルフ・ハンブルガーはモスクワに到着すると、郊外のクンツェヴォ地区にあり、近くにスターリンの私邸がある、厳重に警備された屋敷に連れていかれた。ルディは父親に宛てた手紙で「歓迎は熱烈でした」と記し、自分が宿泊する部屋は「森に囲まれた美しい土地に建つ素敵な保養所にある」と説明している。監禁されても諜報活動への熱意が冷めることはまったくなかった。それどころか、これほどまでに不向きな仕事で人より優秀になりたいとの決意はいっそう強くなっていた。この屋敷には大きな図書室があり、知的刺激を何か月も奪われていたルディは、共産主義の書物をむさぼるように読みあさった。以前は懐疑的だったルディも、これで一人前の共産主義信奉者になった。「四人の人物〔マルクス、エンゲルス、レーニン、スターリン〕は、この五〇年間で最も偉大な思想的展開を成し遂げた」と彼は断言した。最初の任務が紛れもない失敗に終わったにもかかわらず、本部は彼のために新たな計画を立てていた。ルディは、東西間の一大緩衝地帯であり、中立国の例に漏れず諜報活動の中心地でもあるトルコへ派遣されることになった。

アボセータ号は一九四一年二月四日の午後にリヴァプールに入港し、ウルズラと子供たちは「冷たく凍え、疲れ切って」下船したが、ドイツ軍のUボートに攻撃されない場所まで来られてホッとしていた。彼女が船の上で感じていた胸騒ぎは、やがて現実のものとなる。数か月後、ドイツ軍の潜水艦U－203の艦長が、潜望鏡でアボセータ号を発見し、その左舷に四発の魚雷を撃ち込んだのである。アボセータ号は、艦長いわく「つまずいた馬のようによろめいた」[*4]後、女性二三人と子供二〇人を含む乗員乗客一二三名を乗せたまま、あっという間に海に沈んだ。

入国管理官ジョン・ピーズが、入国審査の列からウルズラを連れ出した。他の乗客たちが見つめる中、母子三人は連行された。「ニーナは泣き始めました」。質問が矢継ぎ早に投げかけられた。「あなたの夫は今どこにいますか？　どこに住むつもりですか？　なぜスイスを出国したのですか？」。二時間後、ピーズは子供たちに一ペニーずつ与え、ウルズラをMI5のテイラー少佐に引き渡し、タイプライターで次のような報告書を作成した。

バートン夫人は、中央保安部戦時ブラックリストの個別事例第一八六番の対象者である。彼女は、オックスフォード市ウッドストック・ロード七八番地に住む父ロベルト・ルネ・クチンスキー教授のもとへ行く予定である。スイス出国の理由は、有名な反ナチ一家の一員であるためこれ以上スイスに滞在することを恐れたからであるという――父親はおよそ八年前に同じ理由でドイツを出国し、現在は人口問題の専門家としてロンドン大学で講義を担当している。バートン氏は、スペインのビザを入手できないためスイスを出国できずにいる。

今度はテイラー少佐がウルズラを質問攻めにする番だった。彼女は尋問に耐える訓練を受けており、質問にひとつひとつ丁寧に答えた。しかし、テイラーの方も尋問には長けていて、バートン夫人の話には何か不自然な感じがすると思った。「彼女は自分の行動について非常に曖昧に話し、しかも彼女のパスポートは最近発給されたばかりだったため、陳述内容の裏づけを取ることは不可能だった」。ウルズラは、レン・バートンと出会ったのはスイスで、当時の彼は「結核から回復中」だったと言ったが、テイラーから、いつ、どんなふうに出会ったのか正確に説明するよう求められると、「よく覚えていない」と言った――そんな大事なことを新婚夫婦が忘れてしまうとは妙な話だ。「彼女は正確な日付すら答えられず、また答えようともしなかった。（中略）さらに彼女は、今ではバートンは結核から回復し、彼女と一緒にイギリスに戻りたいと思っていたと言った」。大戦勃発の直前にレンはドイツで何をしていたのか？　彼女の答え――「まだドイツに残っていた彼女の資産を確保しようとしたが、うまくいかなかった」――は、嘘のように思われた。二時間後、テイラーは彼女に退室してよろしいと告げた。それからＭＩ５本部に、「ウルズラ・バートン夫人を監視下に置くようにした方がよいでしょう」という緊急の報告書を送った。

ウルズラは安ホテルにチェックインした。数時間後、母子三人は空襲警報のサイレンで目を覚まし、ドイツ空軍の爆弾がリヴァプール港に降り注ぐ中、他の宿泊客たちと一緒に地下室へ逃げ込んだ。

ウルズラと子供たちは、家はなく、事実上無一文で、戦時下の国で空襲を受けている。最初の夫は行方不明になった。二番目の夫はスイスから出られずにいる。乳母はナチ・ドイツにいて、おそらく今ごろはゲシュタポに秘密を話していることだろう。しかし、少なくともウルズラにとっては、これで自分がいつか捕まりドイツに強制送還されて死の収容所に送られるのではないかと恐怖しながら毎日を過ごさなくてもよくなった。列車が雨の中イングランドの静かな田園地帯を抜けて南へと進むにつれて、ウルズラは積もり積もったストレスと恐怖が次第に薄れていくのを感じることができた。この地で彼女を追跡することは、ナチのスパイハンターたちには不可能だろう。

しかし、イギリスのスパイハンターには可能だった。

16 バルバロッサ

一九四一年、ロンドンにて

モスクワ本部は、スパイの会合にまったく不適切な場所を選んでいた――そこはロンドンの赤線地区のど真ん中だったのである。

夕闇が濃くなる中、シェパード・マーケット地区をうろつきながら、ウルズラは自分がひどく人目を引いているような気がしていた。ときどき男が暗がりから近づいてくるので、そのたびに彼女は手を振って追い払っていた。この辺に普段からいる売春婦たちは、この地味な服装をした女性があちこちをぶらぶらしながら上客を断って仕事を邪魔する気でいるらしいのを見て、次第に疑いの目を向け始めていた。

ウルズラへの指示は明確で、毎月一日の午後七時一五分、ハイドパークの東にあるこの街角へ行き、ソ連大使館から来る軍の情報将校が接触してくるのを待てというものだった。もし将校が現れなければ、一五日に再び同じことを繰り返すことになっていた。彼女は三か月間、二週に一度オックスフォードから列車に乗ってロンドンに来て、売春婦とポン引きと酔っ払いに交じって待ち続けた。将校は現れなかった。ある晩、灯火管制の中を目的地に向かっていたとき空襲警報のサイレンが鳴り、彼女は通りを離れて地下鉄の駅に入った。駅の中では数千のロンドン市民が、落ち着いて普段どおりに行動せよとの指示を守っていた。「彼らは、夕食を食べたり、サーモスの魔法瓶から紅茶を飲んだり、編み物をしたり、新聞を読んだりするのです」とウルズラは書いている。[*1]

ロンドンは、激しい空襲を受けていたが、屈服してはいなかった。ウルズラはレンに宛てた手紙の中で、「昨日ロンドン市内を散策しました。大きなデパートの残骸もありましたが、それよりも、小さな家が瓦礫となり、洗濯物の列がキッチン・レンジの上に干したままになっているのを見ると、心が痛みます」と記している。住民を恐怖に震えさせようとして始まったロンドン大空襲は、逆効果しか生んでいなかった。「彼らはヒトラーとファシズムを嫌っていました」とウルズラは書いている。「国が一丸となって祖国防衛のために立ち上がったのです」。初めて彼女は、自分が新たにイギリス人になったことを誇りに思ったが、不満も感じていた。ファシズムとの戦いは続いているのに、自分は傍観者になっていたからだ。送信機の部品を購入したものの、それを使う機会は決してめぐってこないだろうとの確信がますます強くなっていた。モスクワで何かあったに違いない。彼女のスパイとしてのキャリアは終わってしまったようだ。「本部から誰かが会いに来るのではという、わずかな希望が残っているだけでした」。

大戦中のイギリスに避難してきた難民一家はたいていそうだったが、クチンスキー家の人々も、散り散りになり、精神的に落ち着けず、家計は火の車だった。多くのロンドン市民が大空襲を逃れて他の市町村に移り住んだため、オックスフォードでは貸し部屋が不足していた。ある女性家主は、私と一緒に毎晩トランプをしてお祈りをするようにと言った。別の女性家主は、ウルズラの「外国人らしい風貌」に我慢がならず、数日で彼女を追い出した。続く四か月のあいだに、ウルズラと子供たちは住む家を四度も変えた。オックスフォードシャー警察は、彼女の動きを追ってＭＩ５に報告した。例えばチャールズ・ジェヴォンズ刑事は、次のように報告している。「彼女は現在キングストン・ロード九七番地で妹と同居している。彼女を訪ねてくるのは、父親とその妻だけである。クチンスキーは、聞くところによると、強い共産主義的な見解の持ち主である」。すでにロベルト・クチンスキーは、法定年齢の六五歳で大学を退職していた。彼は学者として高名にもかかわらず、収入の少ない仕事しか得られなかった。「父はプライドがあまりに高すぎて、うまく職探しをすることができないのです」とウルズラは書いている。ユルゲンとマルグリットの夫婦と彼らの幼い子供ふたりは、ハムステッドのアパートに押し込められ、ユルゲンが執筆や講演で稼ぐわずかな収入で食いつないでいた。ユルゲンが妹ウルズラを迎える態度には、明らかに熱意がなかった。後にアレグザンダー・フットは、「ユルゲンは、ソーニャがイギリスに戻ったことを怒っており（中略）なぜなら彼女がソ連の工作員としてこの地にいると、クチンスキー家の他の者たちの政治活動を損なう恐れがあったからだ」と述べている。[*2] 仕事もなければ決まった住まいもなく、財産はほとんどなく、家計を支えてくれる夫は来られず、本部から資金も送られてこないため、彼女は赤貧にあえいでいた。「貯金は底を突きました。こうした悩みを私は家族には打ち明けませんでした。家族の誰も、助けてくれる余裕はなかったのです」。ようやく一九四一年の四月に、彼女はオックスフォードから約八キロ離れたキドリントン村のオックスフォード・ロード一三四番地で、家具付きの平屋住宅が貸家になっているのを見つけて移り住んだ。ＭＩ５は彼女の手紙を検閲していた。しかし、彼女のロンドン行きに一定のパターンがあることにも、いかがわしい地区の街角をぶらついてからオックスフォードに戻っていることにも、気づかなかった。

生まれて初めてウルズラは鬱状態になり始めていた。レンへの手紙は、寂しさと会いたい気持ちとにあふれていた。例えば、こうだ。「あなたに聞いてもらいたい細々(こまごま)としたことがたくさんあります。友人はまだ見つけていません。今朝は乳母車を引っ張って大急ぎで石炭一袋を取りにいきました。これで数週間ぶりにお風呂に入れます」。レンは、シャーンドル・ラドーの「赤い三人組」の無線通信員として活動を続けていたが、仕事には身が入っていなかった。スペイン当局は今も通過ビザの発給を拒否しており、いつスイスから出られるか分からなかった。「あなたが来るのを、どれほど待っていることか」と彼女は書いている。「いろいろと考えています――『私たち、一緒にここを散策しなくちゃ』とか『この本について話し合わなくちゃ』とか……でも、私たちには無理だという事実に慣れなくてはいけないのね」。彼女は、自分ひとりしかいないのに、夫となって一年足らずの男性のために、持っている中でいちばん上等な服を着た。「今、新しいワンピースを着ています。あなたの知らない最初のワンピースよ。赤地に白い水玉模様で、白いベルトと白い襟がついているわ」。彼女は、私がこのワンピースを着ている姿をレンが見ることがあるのだろうかと思った。

五月一五日、彼女はもう一度シェパード・マーケット地区へ行き、売春婦たちのにらむような目を無視して、今日も無駄足かと思いながら街角に立っていた。「私はほとんど諦めかけていました」。そのとき、彼の姿が見えた。「屈強そうな男性――がっしりしていて、髪の毛は薄く、大きな鼻と大きな耳をしていました――で、見るからに、けんかになっても自分の身は自分で守れる感じの人でした」[*3]。彼はウルズラをじっと見ていた。「その男性は近づいてきました。この忌まわしい通りで近づいてきた男性はこれまで何人もいましたが、今回こそは私が待っていた相手でした」。

ニコライ・ウラジーミロヴィチ・アプテーカリは、オデッサ出身の三二歳の元トラクター運転手で、ソヴィエト大使館付き空軍武官の運転手兼秘書を務めていた。彼はまた、「イリス」という暗号名で活動している赤軍の将校で、ロンドンにいるソ連軍の大規模な諜報組織の主要メンバーでもあった。モスクワ本部は、イギリスを含む世界各国で、二種類のまったく異なるスパイを運用していた。ひとつは「リーガル（合法工作員）」で、これはアプテーカリのように、外交官の身分を隠れ蓑にして大使館を拠点に活動する情報員のことである。もうひとつの「イリーガル（非合法工作員）」は、ウルズラのように普通の民間人として生活していて、そのため外交的に保護されることのない工作員を指す。アプテーカリは、レニングラードの航空学校を卒業し、空軍に整備兵として勤務した後、軍情報部に転属となってイギリスに派遣された。外見はプロボクサーのようだが、非常に有能な情報員で、英語の理解力に優れ、スパイ術と軍事技術についてしっかりとした基礎知識を持っていた。

アプテーカリは合い言葉をささやいた。ウルズラも合い言葉で応じた。ふたりはすぐに別れ、互いに反対の方向へ歩いていった。ウルズラの心は高鳴った。「私はまるで翼に乗っているかのように、通りを一本、さらにもう二本と滑るように進んで、私たちが話をする予定の場所に行きました」。「私のことはセルゲイと呼んでください」。数分後、ある店の入り口の陰でアプテーカリはそう言った。ウルズラは彼の本名を終生知らなかった。彼は「本部からの挨拶と祝辞」を伝えると、ウルズラの「金銭上の心配をすべて解消するのに十分な額の現金」が入った封筒を渡し、自動車事故のせいでもっと早く来られなかったことを詫びた。「本部は情報を必要としています」と彼は言った。イギリスは、ソヴィエト連邦の敵ではなかったが、まだ味方ではなかった。モスクワは情報を貪欲に求めていた。「どのような人物と接触できますか？　軍関係ではどうですか？　政界では？　あなたには新たな情報網を構築してもらいます。いつから送信機を運用できますか？」。

彼女はアプテーカリに、無線機は二四時間以内に組み立てて運用できますと答えた。

かくしてウルズラは仕事に復帰した。

独ソ戦始まる

彼女がモスクワとの無線連絡を再開してまもなく、一〇〇〇キロ以上離れたソヴィエト連邦西部国境で起きた出来事によって大戦の様相は一変するが、これにはウルズラも関与していた。

一九四一年六月二二日、ドイツはソ連を攻撃した。バルバロッサ作戦の始まりである。これは、戦争史上最大の侵攻作戦で、約三〇〇万のドイツ兵が約三〇〇〇キロの戦線で一斉に進軍を開始した。これはヒトラーによる絶滅戦争であり、彼が以前から構想していた、ソヴィエト連邦西部に住むユダヤ人とスラヴ人を皆殺しにして、ドイツ人のためのレーベンスラウム（生存圏）を作り出し、ソ連共産主義を撲滅するための作戦だった。「ソ連は腐った建造物であり、我々がドアを蹴破って入るだけで崩れ落ちるであろう」[*4]とヒトラーは豪語していた。この発言が破滅を招くほどの間違いだったことは、過酷な戦闘が四年間続いて数百万人が死亡したことで最終的に証明される。ソヴィエト側のスパイたちは、東京のリヒャルト・ゾルゲやスイスのシャーンドル・ラドーなど何人もが、ドイツ軍の侵攻が迫っているとの警告を送っていたが、スターリンは信じようとせず、ドイツがイギリスとの戦いに釘づけになっている限りヒトラーはソ連を攻撃して二正面戦争を開始したりは絶対にしないだろうと思い込んでいた。スターリンの部下たちは、恐怖のあまり真実を伝えることができなかった。

　ウルズラと、彼女の家族と、夫と、元夫と、かつての恋人たちと、仲間のスパイたちにとって、東部戦線での戦争勃発はすべてを変える出来事だった。イギリスとソヴィエト連邦は、これで同盟国となり、その六か月後には日本軍による真珠湾攻撃を受けてアメリカも加わった。何人もの共産主義者たちから忌み嫌われていた独ソ不可侵条約は、一夜にして粉砕された。

　ウルズラは驚き、そして大喜びした。ドイツ軍は連戦連勝を重ねて進軍し、ソ連の領土を次々と占領していた。このままいけばモスクワは陥落し、共産主義そのものも消滅しそうな勢いだった。ウルズラは、この奇襲の知らせを聞いて「衝撃を受けた」と述べている。しかし、同時にホッとした。これからは、スターリンがヒトラーと結んだ打算的な条約を支持する振りをして苦しむ必要がなくなったからだ。モスクワ本部は、彼女が諜報活動を通じてナチズムの破壊に再び専念できる、まさにその瞬間に彼女に接触したのである。今や彼女は、単なる傍観者ではなく戦闘員となり、イギリス人と手を組んで戦うことになった。

　バルバロッサ作戦が始まった日、イギリス首相ウィンストン・チャーチルはBBCの生放送で、大戦中の演説の中でもとりわけ国民を熱烈に鼓舞した演説を行なった。まずチャーチルは、「神のご加護によって、彼の影を地上から消し去るまで」陸でも空でも海でもヒトラーと戦うと誓った。今やイギリスは、アメリカおよびソヴィエト連邦と肩を並べて協力する関係となった。「ソ連の危険は、我が国の危険にしてアメリカ合衆国の危険であり、家族のために戦うすべてのソ連人の理念は、地球上のあらゆる地域に住む自由な人間と自由な国民の理念である」。

　ウルズラはラジオにかじりつくようにして、チャーチルの堂々とした演説にうっとりと耳を傾け、「素晴らしい」と言い切った。「ヒトラーのソヴィエト連邦侵攻は、イギリスに強力なインパクトを与えました」と彼女は書いている。

バルバロッサ作戦が開始されてから数日間、モスクワ本部はウルズラの通信文に返信することができなかった。ようやく無線がつながると、本部はウルズラに、イギリスについての情報を熱心に求めてきた。政治家や軍首脳は、本当はどう考えているのか？　チャーチルの言葉は、どこまで本心なのか？　イギリスはソ連を支援するつもりなのか？　こうした質問に答えることのできる絶好の立場にいたのが、広い人脈を持つ友人知人に恵まれた父ロベルト・クチンスキーだった。彼が知る左派の経済学者や労働党の政治家たちの多くは、戦争遂行に直接携わっていた。ウルズラはこの機会に、父をソ連側工作員としてスカウトすることにした。ロベルトは、集めた情報をひとつ残らず渡すことに同意した。それをウルズラが何らかの手段でモスクワに伝えるのは分かっていたが、自分の娘が赤軍の情報将校であることは知らなかった。ロベルト・クチンスキーは、「イギリスの主要な政治家と軍人たちは、ソヴィエト連邦は三か月以内に敗北するだろうと予想している」と報告した。

独ソ不可侵条約が破れると、ユルゲン・クチンスキーは一夜で立場を転換させて、この戦争は帝国主義者の策略だと言って非難するのをやめ、戦争を道徳的な要請だとして強力に擁護するようになった。ＭＩ５は彼の変心を歓迎し、この共産主義の扇動者は「難民のあいだに敗北主義的プロパガンダを広めること」をやめ、今では「連合軍の戦争遂行への協力と、ソ連への積極的な支援を支持している」と記している。同時にユルゲンは、ソ連政府が興味を示しそうなことや、ソ連政府に役立ちそうなことについて、集められる情報をすべてウルズラに伝えていた。ソ連軍情報部に正式にスカウトされることはなかったものの、ユルゲン・クチンスキーはすでに「カロ」という暗号名を与えられていた。ロンドンのレジジェントゥーラ（ソ連大使館内部にある諜報班）からモスクワへ送られていた通信文は、一九四一年に傍受されて戦後かなり経過してから解読されたが、そこには次に示すように、ユルゲンがロンドンに駐在するソ連軍情報部トップのイワン・アンドレーイェヴィチ・スクリャロフ少将から高く評価されていたことがうかがえる。「私はユルゲン・クチンスキーを躊躇することなく推薦する。彼は優れた学者であり、ユダヤ人で、強いマルクス主義的信念を持った経済学者である。彼は完全に信頼できると思う。彼はドイツだけでなく他のヨーロッパ大陸諸国とイギリスも知っており、私が知る誰よりも我々の役に立つし信用できるであろう。(中略) 彼は背が高く、やせ形で、髪の毛は黒く、顔は醜く、非常に優秀で、政治的に非常に安定している」。[*5] ユルゲンは父親と違い、ウルズラに渡した情報がどこへ行くのかを正確に知っていた。

ソーニャのスパイ網は、自分の家族から始まって徐々に拡大していき、やがて、ソ連政府に役立つ経済・政治・技術・軍事に関する多種多様な情報を、意識的か無意識的かを問わずに伝えてくれる情報提供者たちを含んだ一大ネットワークに成長した。ハムステッドでのディナーパーティーでは、イギリスの左派知識人たちがうわさ話や秘密を自由に打ち明け合っていたが、彼らはそのすべてがクチンスキー家の誰かを通してウルズラの無線通信によってモスクワに伝えられているとは知る由もなかった。「豊かな情報源」のひとりが、ハンス・カーレというドイツ人共産主義者で、かつて国際旅団の一員としてスペインで戦った彼は、当時はアメリカの雑誌『タイム』と『フォーチュン』の戦時特派員として、きわめて有益な情報にアクセスすることができた。

ロンドンのレジジェントゥーラからモスクワ本部へ一九四一年七月三一日に送られ、一部が一九六〇年代に解読された報告書には、「イリスは七月三〇日にソーニャと会合を持った」と記されている。この記録からは、ソーニャは毎晩一時間おきにモスクワへ通信文を送るかたわら、追加の情報を、マイクロ写真を使ってピリオドほどの大きさにして手紙に貼りつけ、それを中立国であるスペインかポルトガルの隠れ家に送ってソ連情報部に回収させていたことが分かる。本部は彼女に月五八ポンドの報酬をリヴァプール到着時にさかのぼって支払っており、これは戦時下のイギリスではかなりの額だった。MI5は、何年たってもイリスの正体が分からず頭を悩ませており、「おそらく英語の個人名『アイリス』を女性の暗号名として使ったものだろう。ロシア語の『イリス』は、花のアヤメか、菓子のタフィーを意味する単語であり、暗号名としては選ばれにくいと思われる」と考えていた。言うまでもなくイリスとは、がっしりとしたソ連情報員ニコライ・アプテーカリのことであり、彼は自分が女性と間違えられていることや、お菓子や花にちなんで名づけられたと思われていることを知ったら、さぞかし面白がったことだろう。

半月に一度、ウルズラは列車に乗ってロンドンへ行き、「セルゲイ」と会っていた。同じ場所で二度会うことは決してなく、会合時間は一五分以内で、通常は暗闇の中で会っていたが、彼女はこの暗闇が昔から怖かった。「あの灯火管制の敷かれた街で、街灯もなく、おぼろげに見えるはずの窓の明かりもない中で、私は恐怖を感じていました。通りにはほとんど誰も歩いておらず、通り過ぎる人がいても、その姿は見えません。私は漆黒の闇の中で、今にも誰かに顔や喉をつかまれるのではないかと思いながら立っていました。静かな足音が聞こえるたびに、私は恐怖で息を凝らし、足音の主が『私たちの仲間』のものだと分かると、ホッとしました」。

MI5はクチンスキー家の監視を続けていた。一九四一年二月の記録には、ユルゲン・クチンスキーがソ連情報部と直接接触しているとの報告が「さまざまな情報源」から寄せられていると記されている。しかし、英ソ協定によってMI5は注意の矛先が変わっていた。ソ連が味方になったことで、

ＭＩ５は共産主義者の破壊活動分子を監視することではなく、ナチ・ドイツの工作員を捕まえることに関心を向けていた。クチンスキー家に対する監視は徐々に縮小され、やがて休止同然となった。実を言うと、イギリスには活動中のドイツ側スパイはいなかった。イギリスの暗号解読機関ブレッチリー・パークのおかげで、ナチのスパイはひとり残らず逮捕され、処刑されるか寝返るかしていたのである。しかし、ソ連側スパイはたくさんいた。ケンブリッジ・ファイヴ——キム・フィルビー、アントニー・ブラント、ドナルド・マクレイン、ガイ・バージェス、ジョン・ケアンクロスの五人。全員がイギリスの支配体制の中で権力のある地位にいた——や、オックスフォードシャーに住む控えめな避難民の主婦である工作員ソーニャなど、多くの者がイギリスにおけるソ連軍情報部の目となり耳になっていた。

翻弄されるスパイたち

ウルズラは、ソ連の同盟国を支援することと、その同盟国をスパイすることに、何の矛盾も感じていなかった。それについては、最初の夫も同じだった。

ルディ・ハンブルガーが新たに受けた命令は、イランを経由して陸路トルコへ向かうことだったが、この不運なスパイの経歴では実にしばしば起こることとはいえ、計画はうまくいかなかった。彼がテヘランまで来たときにバルバロッサ作戦が始まり、戦争の勢力図が一変した。ルディはトルコのビザを入手できなかった。一九四一年八月、イギリス軍とソ連軍は、ドイツ軍に奪われる前に油田を確保するため共同でイランへの侵攻を開始した。それまで大戦の脇役だったテヘランはいきなり戦略上の要地となり、とりわけ、アメリカ軍がやって来て、その支援の下、燃料などの物資を東部戦線にいるソ連軍に補給し続けるのに必要な輸送インフラが建設されてからは、決定的に重要になった。ルディによると、「私は、トルコ行きのビザを入手しようとするのは断念してイランでの任務に集中せよとの指示を受けた」という。つまり、イギリス軍とアメリカ軍の部隊の動き・武器の輸送・軍事活動を監視せよと命じられたのである。ルディはイランの首都テヘランに居を定め、ソヴィエト連邦の同盟国をスパイし始めたが、そのやりようはいかにも彼らしく不器用だった。

スイスでは、アレグザンダー・フットがバルバロッサ作戦後にモスクワから来た最初の通信文を受信した。いわく「ファシストの獣どもが労働者階級の母国に攻め込んだ。貴官には、力の限りを尽くしてドイツでの職務を遂行せんことを求む。局長」。シャーンドル・ラドーは即座に作戦を拡大させた。その後の二年間に、フットはローザンヌのアパートから数百件の通信文をモスクワへ送って、ナチ・ドイツ国内にいるスパイたちが集めた、ドイツの軍事作戦を驚くほど詳細に知らせる簡潔な情報を伝えた。フットの言葉を借りれば、モスクワの将軍たちは「事実上こうした資料に基づいて戦争を進めて」いた。

それとは対照的に、レン・バートンは次第に「赤い三人組」のために働く意欲を失い、ついにはラドーと衝突して報酬の支払いを止められた。「レンの望みはひとつしかなかった」とフットは書いている。「それは、イギリスに戻ってソーニャと再会することだった」。賄賂を受け取ってウルズラに偽造パスポートを発給したボリビアの領事は、レンにも発給しようと約束し、見返りとして二〇〇〇スイスフランを受け取った。しかしフランス領事は、「ルイス・カルロス・ビルボア」が偽名だと気づき、フランスの通過ビザを発給するのを拒否した。イギリスではウルズラが、国際旅団協会に頼んでレンがスイスから出られるよう政府に働きかけてもらった。さらに、労働党の下院議員で、「難民大臣」というニックネームをつけられるほどドイツ人亡命者のために尽力していたエレナー・ラスボーンに、ウルズラは手紙を書いて訴えた。外務大臣アントニー・イーデンにも、レン・バートンの窮状は知らされた。しかし、何をやっても効果はないように思われた。

「やる気がなく、妻を恋しく思い、金はなく、運に見放され、何としてでもイギリスに帰りたいと思っている」[*6]レンは惨めだった。しかし、イギリスとソヴィエト連邦が新たに同盟関係を結んだことで、突然に希望の光が差してきた。ウィルソン通りにあるイギリス領事館は、レマン湖に面した彼のアパートからわずか数百メートルの位置にあった。レンは、雑談のため立ち寄った。

ヴィクター・ファレルはパスポート審査官だった。その彼がＭＩ６の職員で、しかるべき逃亡者に進んでパスポートを発給していることは「ジュネーヴでは誰もがよく知る『秘密』のひとつ」だった。バートンは、ＭＩ６の職員であるファレルに、もし私がイギリスに戻るのを手助けしてくれるのなら「有益な情報資料を」提供しようと提案した。レンがＭＩ６に渡した情報とは具体的に何だったのかは今も不明だが、関連する文章が、秘密指定を解除された文書に記されている。彼は、ソ連情報部のためにやっていたウルズラの活動や自分の仕事については、いっさい漏らしていない。しかし、ラドー配下の工作員のうち少なくともひとりの身元を明かしたのは間違いない。それは、Ｌ・Ｔ・ワンという名の、国際連盟に派遣されていた中国人ジャーナリストだった。ワンの家を頻繁に訪れていた人物に、アレクサンダー・フォン・ファルケンハウゼン将軍がいた。将軍は、かつて中国で蔣介石の軍事顧問だった人物で、現在はナチ・ドイツの占領下にあるベルギーの軍政長官を務めていた。ワンは、ファルケンハウゼンをひそかにスパイし、情報をラドーに渡していた。レンは、この中国人ジャーナリストをファレルに引き合わせた。ファレルはワンを「人なつこくて謎めいている」と思ったが、やがて彼が豊かな情報源であることに気がついた。イギリスとソヴィエト連邦は今では味方どうしなので、バートンはワンをＭＩ６に引き渡すことに何の気のとがめも感じなかった。ファレルは見返りとして、バートンに偽造パスポートを渡すことを約束した。

新たな政治状況の下で、忠誠心が地殻変動を起こしていた。ウルズラとルディは、モスクワの同盟国であるイギリスをスパイしていた。イギリスの情報員ヴィクター・ファレルは、ソ連の人材を使ってスイスにいるナチ党員をスパイしていた。レンは、ソ連情報部の工作員でありながら、モスクワに知らせることなく秘密裏にＭＩ６に協力していた。彼らは、広い目で見ればナチズムとの戦いで全員団結していたと言えるが、現実には連合国どうしが互いにスパイし合っていたのだ。もっとも、いつの時代も味方は味方どうし互いにスパイし合うものなのだが。

ヒトラーのソヴィエト連邦侵攻は、重大な連鎖反応をもうひとつ引き起こした。それは、史上最も重要なスパイのひとりをソーニャの網に追い込むことから始まった。

17　地獄への道

「赤いキツネ」と極秘研究

クラウス・フックスは、二種類の法則に従って生きていた。[*1] ひとつは不変の物理法則で、彼はこれを通して恐ろしいほど巨大な力を扱う新たな学問分野の開拓に貢献したいと考えていた。もうひとつは社会政治的な法則で、これに従えば共産主義が必然的に勝利すると、彼は物理法則を信じるのに劣らぬほど強く心の底から信じていた。科学とイデオロギーという違いはあれ、このよく似たふたつの思想体系が出会ったことで、フックスの中で連鎖反応が始まり、彼を優秀な物理学者から世界で最も危険なスパイへと変えることになった。一九五一年にアメリカ議会の委員会は、「フックスひとりで、アメリカ合衆国の歴史のみならず諸国家の歴史においても、他のどのスパイよりも多くの人々の安全に影響を及ぼし、大きな損害をもたらした」との結論を下している。

彼には、そんなつもりはまったくなかった。

クラウス・フックスは、ドイツ西部のルター派牧師の家に、四人きょうだいの三番目［上は兄と姉で、下は妹」として生まれた。父親のエーミールは、並外れた勇気を持ち、自分の意見を歯に衣着せずに主張し、自分は道徳的に絶対正しいと思い込んでいて、子供たちには、結果がどうなろうとも自らの良心が命ずるところに従えと教えていた。ウルズラの四つ年下だったフックスも、政治的・経済的に混乱していたワイマール時代のただ中で大人になった。クチンスキー家と同じく、フックス家の子供たちも、共産主義を支持し、ドイツ共産党に入党し、一九二〇年代にますます暴力的になっていった学生デモや街頭デモに身を投じた。クラウスは、姓の「フックス（Fuchs）」がドイツ語で「キツネ」を意味することから、「赤いキツネ」というあだ名をつけられていた。あるとき、反ナチ集会に参加して帰宅する途中、ナチ党の突撃隊の待ち伏せに遭い、ボコボコに殴られた末に、前歯を折られて川に投げ込まれたこともあった。キール大学で物理学を学んでいた一九三一年、母親が塩酸を飲んで自殺した。その二年後には、父がヒトラーに反対する発言をしたとして逮捕された。きょうだいのうち、兄は投獄された後に妹と亡命し、姉はナチ党にしつこく追い回されて最後はベルリンで線路に投身自殺した。クラウス・フックスがファシズムによって家族を破壊されたと思ったのも、無理からぬことであった。彼は政治を、科学を理解するときと同じように、正解がただひとつしかない方程式と見なし、白黒のはっきりとした世界だと考えていた。「中間色は存在せず（中略）ナチ党員となるか共産主義者になるかしかなかった」と彼は語っている。マルクス主義が、幼いときから慣れ親しんできた宗教に取って代わった。

すでに才能の傑出した科学者だったフックスは、二二歳のときベルリンのカイザー・ヴィルヘルム物理学研究所に入ったが、このころには共産主義扇動者としてマークされており、いつ逮捕されてもおかしくなかった。秘密の会合でドイツ共産党の指導部は、彼にドイツを脱出して外国で研究を続け、革命が起こってヒトラーを必ずや破滅させるのを待つよう説得した。フックスは一九三三年九月にイギリス南東部のフォークストンに到着したが、そのときの様子は「青白い顔をしていて、今にも飢え死にしそうで、汚れた下着をキャンバス地の袋に詰め込んで持ってきていた」。

ナチズムから逃れてきた多くの学者がそうだったが、フックスもイギリスの科学界から温かく迎え入れられた。まずはイギリスの物理学者ネヴィル・モットにブリストル大学で研究助手として雇ってもらい、その後に物理学の博士号を取ると、一九三七年にエジンバラ大学に移り、同じドイツ人亡命者である著名な物理学者マックス・ボルンの下で、電子の振る舞いや電磁放射について研究した。MI5は通り一遍の調査をして、彼は安全保障上の脅威ではないと結論づけていた。

フックスは、研究者仲間の目から見てもエキセントリックな人間だった。ときには他のドイツ人亡命者たちと交際することもあり、ユルゲン・クチンスキーとはロンドンの自由ドイツ人クラブで知り合いになった。しかし、基本的には孤独を好む謎めいた人物であり、チェーンスモーカーで、独学でバイオリンを演奏し、時間に非常に正確で、ときどき酒に酔っ払い、背は高く、近視で、ひょろりと痩せており、「神経質で好奇心旺盛そうな顔と、少々戸惑っているような雰囲気」をまとっていた。ある同僚は、こんな戯れ詩を作っている。

フックスは
ふっと見ると
苦行僧のような
理論物理学者だ。

このドイツ人青年は、「ぼんやり教授の完璧な見本」のように見えた。政治を論じることはまったくなく、そもそも物理学以外のことはほとんど話さなかった。あの分厚い丸眼鏡の奥ではいったい何を考えているのかと、誰もが首をひねっていたが、彼がいずれ一流の科学者になるだろうということは、当のフックス本人も含め、誰もが信じて疑わなかった。彼は、道徳的に正しくあるべしという父親の厳しい意識を受け継いでおり、後に「権力を持つ者よりも状況がはっきりと見えているがゆえに罪悪感の重荷を意図的に背負う人物が、ときには必要である」と述べている。

一九三九年、第二次世界大戦の勃発直前にフックスはイギリス国籍の取得を申請したが、それが認められないうちに、ドイツから来た他の敵性外国人たちと一緒に強制収容されて、最初はマン島に送られ、その後はカナダに移送されてケベック郊外の収容所に入れられた。こうした仕打ちを受けても恨みに思わず、マックス・ボルンと遠く離れたまま共同研究を続けた。ボルンは、同僚であるフックスは「この国にわずかしかいないトップクラスの理論物理学者のひとり」だと言って、その解放を訴えた。この働きかけが功を奏し、一九四一年一月一一日、前々週に二九歳の誕生日を迎えていたフックスはリヴァプール港に上陸してイギリスに戻ってきた。この港にウルズラが到着する一か月前のことである。

四月三日、ユルゲン・クチンスキーはハムステッドのローン・ロードにあるアパート「アイソコン・ビル」の六号室で「フックスのイギリス帰国を祝う」パーティーを開いた。出席者には、ドイツとイギリスの著名人数名、数多くの共産主義者、何人かの科学者、そして、ごく少数のスパイたちがいた。客の中には、当時ロンドン・スクール・オヴ・エコノミクスで秘書として働いていたブリジット（ブリギッテ）・ルイスや、ドイツ人共産主義者ハンス・カーレもいた。カーレはフックスと同時期にカナダの収容所におり、そこで彼と親交を結んでいた。そのカーレは、ウルズラに情報を提供するだけでなく、「ソ連の情報機関にとっての人材発掘人」でもあった。フックスの帰国パーティーは彼のアイディアだったのかもしれない。飲み物がふんだんに出され、主賓も存分に堪能した。パーティーの途中、ユルゲンはフックスに「礼儀正しくて知的で、完璧な英語を話し、科学に関心を持つ男性」を引き合わせた。この男性は、アレグザンダー・ジョンソンと名乗った。ふたりの会話は、話題が「原子力エネルギーの実現可能性」に移った。すでに一九三八年にドイツの科学者たちが、ウランを核分裂させるとエネルギーと中性子が解放され、その中性子がさらに核分裂を引き起こして連鎖反応が起こる可能性のあることを発見していた。デンマークの理論物理学者ニールス・ボーアは、ウランの同位体のうち数が非常に少ないウラン235で核分裂が起こることを証明し、これが突破口となって、フックスいわく「長期にわたる電力生産の可能性」を秘めた新たなエネルギー生成装置（原子炉）を製造できる見込みが生まれていた。パーティーの最後に、フックスは「ジョンソンのため原子力エネルギーの可能性について簡潔にまとめた文章を準備する」ことを約束した。それから千鳥足で夜道を帰り、エジンバラに戻る列車に乗り遅れた。

「ジョンソン」の正体は、ソ連軍情報部の将校で、暗号名を「バーチ」といったセミョーン・ダヴィドヴィチ・クレーメル大佐であった。

パーティーの一年前、ドイツから亡命してバーミンガム大学で研究をしていた二名の物理学者オットー・フリッシュとルドルフ・パイエルスは、後に世界を変え、やがては世界の存続を脅かすことになる秘密の科学文書を作成した。この「フリッシュ＝パイエルス・メモ」[*2]は、原子核科学を大きく前進させる恐ろしい内容の文書だった。原子核の持つエネルギーを利用して「太陽の内部に匹敵する温度」で爆発する「スーパー爆弾」、つまり核兵器の製造方法を実用レベルで初めて詳しく解説していたからである。この爆弾について、フリッシュとパイエルスは、最初の爆風が「広範囲で生命を死滅させる」のに加え、その後に生じる放射能の雲で、さらに大勢が死ぬだろうと予測している。

パイエルスは、原子爆弾を大至急開発すべきだと主張した。なぜなら「ドイツがウラン235爆弾の潜在力を理解しているという確証はないが、その可能性は高く、もしかするとすでに製造を完了させているかもしれない」と考えたからだ。イギリス政府は、暗号名を「モード」という極秘の委員会を立ち上げ、そのような兵器を実際に製造できるかどうか研究させることにした。この委員会がきっかけとなって、やがてイギリス各地の大学で働く科学者数十名が参加して原子爆弾の研究・開発を進める産業プロジェクト「チューブ・アロイズ」計画が始まることになる（「チューブ・アロイズ Tube Alloys」とは「鋼管用合金」という意味で、これも実態を悟られないよう意図的に選ばれた暗号名だった）。

ハムステッドでのパーティーから約一か月後の五月一〇日、パイエルスはフックスに手紙を書いて、「非常に複雑な数学的問題に関わる理論研究に参加」しないかと誘った。手紙の中でパイエルスは、「この研究の性質や目的については明らかにすることができない」と書き添えている。後にイギリス政府は、フックスを原子爆弾プロジェクトにスカウトすると決断したことを、次のように正当化している。「この研究を支援するには、利用できる最上最高の頭脳が必要だったのであり、フックス博士の持っているような頭脳は、非常に貴重なものである。彼は、現在生きている理論物理学者の中では屈指の存在として知られていたし、事実そうであることを証明している」。ＭＩ５は、フックスが

「ドイツで行動的な共産党員」だったことを知り、彼に機密事項の取り扱いを許可すべきか、その妥当性について議論したが、最終的に「将来発生するかもしれないリスクを容認する」との決断を下した。フックスは、この新たな秘密の仕事は「原子力エネルギーの研究に関連したもの」だろうと思っていたが、バーミンガムに到着してパイエルス夫妻の家に引っ越した後で、この仕事の真の姿を初めて知った。パイエルスは、フックスなら「ヒトラーに先んじることを目的としたプロジェクトに参加する機会を歓迎する」だろうと推測しており、実際そのとおりだった。ただ、フックスがプロジェクト参加を別の目的に利用するとは、パイエルスはまったく想像していなかった。六月、フックスは原子爆弾の仕事を始めた。その数日後、ヒトラーがソヴィエト連邦に侵攻した。

原爆製造計画は筒抜け

フックスは、見かけこそ浮世離れした学者先生だったが、心の中では昔と変わらぬ熱心な共産主義者であり、猛烈な反ファシズム派だった。ウルズラと同じく彼も独ソ不可侵条約に反発したが、「ソ連は単に時間稼ぎのために条約を結んだのだと言い聞かせて自分で自分をごまかした」。現在イギリスは、これまでの世界史上で最も強力な兵器の開発を急ピッチで進めているが、そのことをソ連政府には知らせていない。それがフックスには不公平に見え、締結まもない英ソ協定の不履行だと感じられた。後に彼はこう書いている。「私は自分をスパイだと思ったことは一度もなかった。ただ私には、なぜ西側が原子爆弾をソ連政府と共有しようとしないのか、その理由が理解できなかった。あれほど圧倒的な破壊力を持つ物は、すべての大国が平等に利用できるようにすべきというのが、私の考えだった」。幼いころからフックスは自分の良心に従えと教えられて育ち、彼が住む白か黒かしかない道徳の世界では、ソ連政府に新兵器の情報を知らせることはイギリスに対する裏切り行為ではなく、共産主義者の連帯を示す行為であり、ナチズムを撲滅するのに個人として貢献できるチャンスであった。後にイギリス当局はフックスの行動を「純粋に内省的な人間の、内に秘めた断固たる傲慢さ」の表れだと非難するが、フックスは多くのスパイと同じように自分を秘密の英雄だと思っていた。「私はソ連の政策を完全に信頼しており、ゆえに何のためらいもなかった」。ドイツがソ連を攻撃したことで、彼はソヴィエト連邦のため秘密裏に働きたいと強く願うようになり、「私は共産党の別の党員を通じて連絡を取った」。

その党員とは、ユルゲン・クチンスキーだった。

一九四一年の夏、フックスはハムステッドにユルゲンを訪ね、「できるだけ一般的な言葉を用いて、私の情報がどのような種類のものであるかを彼に伝えた」。ユルゲンは回想録に「私はイギリスでの政治的リーダーだったので、クラウスは当然のごとく私の所にやって来た」と書いている。[*3] ユルゲンは、核物理学については何も理解できなかったが、チャンスの生かし方は知っていた。彼はただちに、駐英ソ連大使で個人的な友人でもあったイワン・ミハイロヴィチ・マイスキーと連絡を取った。当時マイスキーは、NKVDのレジジェントであるアナトーリ・ゴルスキーと職場での権力争いを繰り広げており、そのため、この情報をゴルスキーにではなく、ソ連軍情報部のロンドン支局長スクリャロフ少将に伝えた。スクリャロフが本部に電報を打つと、本部から「フックスをスカウトせよと指示」され、その仕事を副官のセミョーン・クレーメル大佐に任せた。

クレーメルは、もともとは赤軍の戦車部隊の部隊長だったが、軍情報部へ転属となり、一九三七年、ソ連大使館付き陸軍武官を隠れ蓑としてイギリスに派遣された人物である。MI5はクレーメルを監視下に置き、「チャリング・クロス・ロードを行ったり来たりしながら、『ジェーン海軍年鑑』の最新版を買ったり、現代戦術に関する本を手当たり次第に購入したりして」いるのを確認していた。しかし一九四一年八月八日、ＭＩ５が監視をしていなかったこの日に、クレーメルは「ハイドパークの南にある個人宅」に入っていった。数分後にフックスが到着して玄関をノックすると、四か月前にアイソコン・ビルでのパーティーで会った「アレグザンダー・ジョンソン」がドアを開けた。クレーメルは「クチンスキーさんがよろしくとのことです」と言った。それが識別暗号だった。

当時のフックスはパイエルスと働いて二か月になり、同位体を分離する気体拡散法の問題に取り組んだり、核兵器に欠かせない濃縮ウランの製造プラントを設計したりしていた。フックスは、フリッシュ＝パイエルス・メモの概要やウラン濃縮方法など、原子爆弾の製造について自分が知っていることをまとめた六ページのメモ書きをクレーメルに渡した。これが、彼が大量に提供することになる情報の第一号だった。

「あなたは、なぜこの情報をソヴィエト連邦に渡そうと決心したのですか?」とクレーメルは質問した。

「ソ連も独自に爆弾を持つべきだと思うからです」とフックスは答え、その後に続けて、金銭的な報酬はいらないから、この情報が確実に「スターリンのデスクに置かれる」ようにしてほしいとだけ頼んだ。

スクリャロフは、このメモを外交用郵袋に入れてモスクワに発送するとともに、以下の通信文を暗号化し、「至急。最重要」と記して本部に送った。

バーチが、ドイツ人物理学者で、バーミンガム大学で特別チームの一員としてウラン爆弾製造の理論面を研究しているクラウス・フックスと会合を持った。ウラン爆弾が持つ原子力エネルギーの少なくとも一パーセントが解放されたと仮定すると、一〇キログラムの爆弾はダイナマイト一〇〇〇トン分に相当すると考えられる。ブリオン。

モスクワからはすぐに返信が来た。「あらゆる手段を講じて、ウラン爆弾についての情報を入手せよ」。フックスには「オットー」という暗号名がつけられた。

このころソ連軍情報部は、新たな名称と新たなトップを迎えたばかりだった。スターリンの命令により、第四局は「情報総局」、略して「GRU」と改称された。GRUの新たな総局長アレクセイ・パンフィーロフ将軍は、イギリスから来た情報を評価し、もしこの新兵器が実用化されたら「人類を地獄への道に乗せることになるだろう」と語った。[*4]

その後の六か月間にフックスは、イギリスが進める原子爆弾製造計画の心臓部から、およそ二〇〇ページ分になる秘密の科学情報を、小分けにしてクレーメルに渡した。通常ふたりは週末に、人でごった返すバス停で会い、同じ二階建てバスに乗ると、二階に上がって何も言わずに並んで座った。フックスが座席に小包を置いて先に下車することで情報の受け渡しは行なわれた。ときには同じタクシーに乗り、後部座席で受け渡しをすることもあった。フックスは、スパイ術をあまりよく理解できていなかった。隠密活動(コンスピラーツィヤ)の原則を完全に無視して、自分の仕事場からクレーメルに電話することが数回あったし、ソ連側の資料によると、一度など「四〇ページ分のメモ」を持って何の予告もなくソヴィエト大使館に姿を現したことさえあった。一方のクレーメルも、諜報活動のルールをそれほどよく理解しているわけではなかった。誰かに尾行されていないか、絶えず後ろを振り向いていたのだ。そんなことをすれば怪しまれるに決まっている。「彼はフックスに、尾行しようとしている者を振り切るためロンドンのタクシーに長時間乗り、何度も来た道を引き返すようにと言って、フックスを怒らせていた」。

クレーメルは、自分が受け取っている情報の中身をほとんど理解しておらず、ロンドンのバスの二階で奇妙な青年科学者と会っているよりも、戦車に乗って戦っていたいと思っていた。かなり後のことになるが、フックスはユルゲン・クチンスキーの自宅を「私の秘密の住居」と呼んでおり、そのことから彼がローン・ロードのアパートを足繁く訪ねていたことがうかがえる。ソヴィエト大使館は監視下にあり、電話も盗聴されていた。クチンスキー家は見張られていた。クレーメルはソ連の情報員であることが判明していた。MI5には何が起きているのかに気づくチャンスが山ほどあったが、それをひとつも活かすことができなかった。

あるとき、フックスとの会合の後でこんなことがあったとクレーメルは回想している。「彼は私に、はぎ取り式の大きなメモ帳を渡した。縦四〇センチ、横二〇センチほどの大きさで、開くと数式や方程式がびっしりと書かれていた。彼は私にこう言った。『ここには、あなた方の科学者たちが核兵器の製造をどうやって進めればよいかを知るのに必要なことがすべて書いてあります』。この資料をすべてモスクワへ送ると、フックスとの連絡を途絶えさせるなという指示が帰ってきた。しかし、あの資料がどの程度役に立つのかについては、いつもどおり何も言ってこなかった」。

この資料は役に立つどころではなく、計り知れないほど貴重なものだった。一九四一年八月、ソヴィエト連邦側のスパイだったイギリスの公務員ジョン・ケアンクロスが、核兵器製造計画の目的を略述したモード委員会の報告書の写しを自分のソ連側担当官に渡した。フックスは、爆弾の具体的な開発状況を、気体拡散プラントの設計をはじめ、爆発を起こすウラン235の臨界質量の推定値、核分裂の測定法、イギリス側とアメリカの原子核科学者たちとの協力推進など、実験段階ごとに詳細に伝えた。一九四一年の末には、フックスはウラン235同位体の分離について重要な論文を共著で二本執筆した――そして、論文の研究成果をクレーメルにも渡した。

ところが一九四二年の夏、一年前にフックスの人生に突然登場したクレーメルは、そのときと同じく突然に、予告も説明もなくフックスの人生から姿を消した。このソ連軍将校は急にモスクワへ戻ると、東部戦線で再び戦車旅団の指揮を執り、二度負傷して、最後には少将にまで昇進した。不思議なことに、クレーメルもモスクワ本部も、クラウス・フックスとの接触を維持するための手配をまったくしていなかった。この不思議な中断が起きた理由は、いまだにきちんと説明されていない。クレーメルは通常戦の舞台にどうしても戻りたかったし、大使館での同僚たちともうまく行っていなかった。単に腹立ちまぎれに職を辞めたのかもしれない。ともかく、理由はどうあれ、フックスは決定的に重要な時期に担当官がいなくなって途方に暮れた。彼とパイエルスは、濃縮ウランの製造に要する時間の計算法で大きな進展を遂げたばかりで、フックスはそのことをモスクワに伝えたいと思っていた。そこで再びユルゲン・クチンスキーに頼ったところ、今回ユルゲンは大使館を通さないことにした。その代わり、妹に連絡した。

二重生活が軌道に乗る

七月に家族がハムステッドに集まったとき、ユルゲンはウルズラを脇に呼んで、「Fという名の物理学者が、ソヴィエト大使館の軍事担当代表者で『ジョンソン』と名乗っていた人物と連絡が取れなくなった」と言った。その晩ウルズラはキドリントンに戻ると、モスクワ本部に通信文を送って指示を仰いだ。本部は、歴史に残る大失策を犯すところだったとおそらく気づいたのだろう、返信で「オットーと接触せよ」と命じた。

実を言うと、すでにウルズラは家族ぐるみの友人を通じて、原子爆弾の秘密に関わる諜報活動に携わっていた。

メリタ（レティ）・ノーウッド（旧姓サーニス）の諜報活動は、一九三七年に始まった。[*5] ラトヴィア人の父とイギリス人の母のあいだに生まれたレティ・サーニスは、イギリス南部の保養都市ボーンマスで育ち、二五歳のとき共産党に入った。父親が早くに亡くなると、一家はロンドン北西のヘンドンに移った。妹は、ロベルト・クチンスキーのLSEでの元教え子で、母のガートルードは、クチンスキー家がローン・ロードにイギリスで最初の定住場所を見つけるのに手を貸していた。一九三二年にレティは、冶金学研究を行なう半官半民の団体、イギリス非鉄金属研究協会（BNFMRA）の秘書になった。その五年後、ソ連のNKVDが彼女を情報提供者としてスカウトした。彼女は、数学教師で共産主義者のヒラリー・ノーウッドと結婚してロンドン南東のベクスリーヒースにある二軒長屋に引っ越し、そこで子供を育てたり、平和主義の書物を読んだり、自家製ジャムを作ったりした。ソ連では大粛清でKGBが人員不足に陥ったため、彼女はソ連軍情報部に転属になった。暗号名を「ホラ」といったメリタ・ノーウッドは、イギリス本土で最も長期にわたって活動していたソ連側工作員だったかもしれないが、同時に、その活動が長年にわたって最も鈍い工作員でもあった。それが、一九四二年にイギリスの原子爆弾開発計画が始まったことで一変した。さまざまな金属の特性を調べる研究は、その多くがBNFMRAで実施されており、研究対象にはウランも含まれていたため、上司から「完璧な秘書」と評価されていたノーウッドがアクセスできる情報は、いきなり非常に貴重な秘密になったのである。一九四一年八月、チャーチルは世界の指導者として初めて核兵器開発計画を承認し、その数週間後、ノーウッドは最初の提供情報として、高温でのウランの振る舞いに関する論文をソ連情報部に渡した。以後、彼女は原爆計画に関する極秘情報を途切れることなく渡し続け、フックスが提供する膨大な情報をときに補完し、ときには裏づけ、さらには拡張することさえあった。彼女は、動機がフックスとまったく同じだった――いわく「私はソ連に西側と同じ立場に立ってほしいと思いました」――だけでなく、自己イメージや自分で自分を騙す発想も同じで、「私は自分をスパイだと思ったことは一度もありませんでした」と述べている。新聞『タイムズ』は、「彼女は、チューブ・アロイズに関するファイルを上司の金庫から抜き出し、小型カメラで写真に撮ると、彼女を担当するソ連側監督官とロンドン南東の郊外で秘密裏に会って、その写真を渡していた」と後に報じている。[*6] この監督官こそ、ウルズラ・バートンであった。

ノーウッド家は以前からクチンスキー家と親しかったので、ふたりの女性が会う口実はいくらでもあったし、「お互いの家で」会合を持つことさえできた。

本部は工作員ソーニャを「イギリスにおける我々のイリーガル支局長」[*7]と見なして、ますます頼りにするようになっていた。彼女が送る良質な情報には、ノーウッドのような個々の情報提供者からのものだけでなく、イギリスの権力階級の上層部から間接的に収集したものも含まれていた。例えば労働党の政治家サー・スタッフォード・クリップスは、ロベルト・クチンスキーの親友であり、チャーチルの戦時内閣の信頼厚い閣僚だった。一九四二年、イギリスの駐ソ大使としてモスクワで二年の任務を終えて帰国したばかりのクリップスは、英ソ関係について非常に詳しく、重要な国家機密にも通じていた。しかも、学者であるドイツ人の親友と一緒のときは、驚くほど口が軽くなった。ロベルトは、スタッフォード・クリップスやほかの知人たちから集めた情報をひとつ残らず娘ウルズラに伝え、それをウルズラはすべてモスクワに送った。

諜報活動と並行して進められる、もうひとつの生活では、ウルズラは急速にイギリスの主婦になりつつあった。子供たちは新しい環境に難なく順応した。ミヒャエルは、キドリントンにある地元の小学校に通い始めた。彼は幼くしてすでにドイツ語、中国語、ポーランド語、フランス語の四つを身につけていた。そして今度はほぼ一夜にして英語を、オックスフォードシャー訛りではあるが話せるようになった。ウルズラが家を留守にするときは、近所の人にニーナの世話をお願いした。いつの時代も村人というのは好奇心旺盛で遠慮も何もないものだが、よそ者が、数多くの亡命者も含めて大勢田舎にやって来ている状況では、オックスフォード・ロードで静かに暮らすシングルマザーに多くの注意を払う者などひとりもいなかった。彼女の英語はたいへんうまく、訛りもほとんど分からないくらいだったので、たいていの人は彼女がドイツ人だとは気づかず、イギリス人か、そうでなければフランス人だろうと思っていた。地元の住民から見て唯一の問題と思えたのは、彼女の名前だった。「Beurton」という綴りは、もちろんフランス語に由来するのだが、その外国語風であるところが怪しく見えたのである。それで村人たちは彼女を「バートン夫人」と英語の「Burton」と同じ発音で呼び、フランス語風に「ブールトン」と呼ぼうとはしなかった。ある意味これは、村人に受け入れられた証しだった。

ウルズラの日常の表と裏である、家庭生活と諜報活動というふたつの側面は、それまで決してなかった形でひとつに融合していた。一三四番地に住むバートン夫人としての彼女には、落ち着いて暮らせる家と、満足そうな子供たちと、親切な隣人と、支えてくれる家族があった。工作員ソーニャとしての彼女には、マイクロドットを製作するためのカメラと、補助工作員のネットワークと、助力を惜しまず高く評価してくれるソ連側担当官と、寝室の戸棚に隠した違法無線送信機があった。さらに彼女は、同僚スパイである夫も取り戻していた。

一九四二年七月三〇日、リスボンから来た飛行機がイギリス南部のプール空港に着陸し、ジョン・ウィリアム・ミラー名義のイギリスのパスポートを持った、背が高くてやせた男性が、タラップを下りて滑走路に立った。MI6のヴィクター・ファレルは、約束どおりレン・バートンに脱出手段を提供し、おかげでジュネーヴからイギリスまでの旅は、結局のところ驚くほど簡単だった。スイスでも、フランスでも、スペインでも、ポルトガルでも、係官たちは何の異議も唱えずにミラー氏を通過させた。しかし、イギリスでは違った。プールに着くと、荷物が徹底的に調べられ、レンはウルズラが経験したのよりもはるかに厳しい尋問を受けた。[*8]

軽率にもレン・バートンは、所持していたイギリスのパスポートも、スーツケースから見つかったルイス・カルロス・ビルボア名義のボリビアのパスポートも、偽物であることを認めた。その後の彼の供述は、入念な嘘の積み重ねだった。まず、一九三九年にドイツへ行ったのは「ヒトラーの権力奪取後に亡命し、今ではロンドン大学で人口統計学の教授を務めているルドルフ〔原文のまま〕・クチンスキー氏の所有する財産を売却しようとしたため」だったと主張した。さらに、スイスを出国したのは「世の中がちょっと騒がしくなってきているように思えた」からだと答えた。仕事もないのに三年間どうやって経済的にしのいだのかと問われると、レンは、戦前にジャージー島で働いていたとき

「フランスの親戚から二万ポンドを相続し」、以来その金で生活してきたと主張した。

尋問官たちは、何か怪しいと思った。ウルズラに尋問したとき、そもそもレンがスイスに行こうと思ったのは結核のせいだったと言っていたが、当のレンは結核のことにはひと言も触れていない。彼の父親は無一文のフランス人ウェイターだったから、その親戚が二万ポンドもの大金を蓄えられようとは思えないし、ましてやそれを、イギリスに住む遠縁の若者に残すとは考えられなかった。しかも、「聞かれた質問に答える際には」明らかに「うさんくさい態度」を取っていた。偽造パスポートを入手した経緯も、さらなる調査が必要だった。「尋問官は、バートンについて明確な意見をまとめることがまったくできないことを認めている。（中略）彼は、正式な政府機関（特に軍）に対して生来の反感と不信感を抱いているらしく、そうした機関の前では常に少々怪しげに振る舞っている」。レンはすでに中央保安部戦時ブラックリストに載っており、尋問結果からは、掲載を継続すべきと考えられた。レンは解放されたが、その前にＭＩ５は関係者に「旅券局に、レオン・バートンに出国許可証を出すときは必ず事前に我々に問い合わせてほしいと頼んでくれないだろうか？」と依頼して、彼が出国できないよう措置を取った。この夫婦のうち、本当に疑いの目を向けるべきは妻の方であったが、ＭＩ５は、当時の根強い性差別意識を反映して、夫の方を主たる潜在的脅威と見なしていた。

ウルズラとレンが会うのは一九四〇年以来二年ぶりだった。ふたりの再会は喜びと情熱に満ちたものとなった。レンは、自分のいないあいだに子供たちがすっかり大きくなって、ニーナは赤ちゃん言葉ながら英語を話し始め、ミヒャエルはイギリスで人気の球技クリケットに興味津々であることに驚いた。彼は、このふたりを自分の実の子と考えるようになっていた。家族そろっての生活が、アルプスのドラマチックな絶景から、オックスフォードシャーの田園地帯の、緩やかな起伏の続く緑豊かな風景に場所を移して、以前とほとんど変わらぬ形で再開された。キドリントン周辺の田園地帯を時間をかけて散策しながら、ウルズラはソヴィエト連邦のために今も続けている諜報活動の概要を説明した。寝室に隠してある無線機もレンに見せた。しかし、秘密活動の詳細には触れなかったし、レンも尋ねはしなかった。ウルズラは夫婦のあいだでさえ「知る必要がある事項のみを知らせる」という方針を貫いており、まだレンが知る必要のないことはたくさんあった。

レンがイギリスに着いて三日後、イギリス政府から、一九三八年にレンをスペインから帰国させたときの費用を支払うようにとの督促状が届いた。この手紙は明確なメッセージを伝えていた。「この督促状で、当局がレンの帰国に気づいていることが分かりました」。レンは、こう書いている。「私たちの生活は疑いの雲の下で始まり、その雲はそのままとどまり続けた」。

プールに到着したとき、レンは自分がイギリスに来た目的を「妻と再会し、軍務に復帰すること」だと述べていた。最初の目的が果たされると、彼は二番目の目的も遂行しなくてはならないと感じるようになり、自ら志願してイギリス空軍に入った。

レンが召集令状を待つあいだ、ミヒャエルはクリケットでスピン・ボールを投げる練習をし、ニーナは数の数え方を覚え、そしてウルズラは、イギリスにいる普通の主婦と同じように、戦時中の乏しい配給でやりくりし（ただし、ソヴィエト連邦から幾ばくかの資金援助はあった）、子供たちの面倒を見、垣根を挟んでお隣さんと戦況についてあれこれおしゃべりをして過ごした。はた目から見る限り、ここに住むのは再会を喜ぶ、どこにでもいるような、ありふれた家族だった。唯一違っていたのは、数週間に一度ウルズラは家族に留守を任せて、ひとり自転車に乗って人知れずイギリスの別の農村地帯へ向かい、ほかの男と腕を組んで野原を歩いていることだった。

18　原爆スパイ

「最大の獲物」との逢瀬

一九四二年の晩夏、ナチ・ドイツから逃れてきた男性と、同じくナチ・ドイツからの難民である女性が、バーミンガムでスノーヒル駅の向かいにあるカフェに座って熱心に話し込んでいた。誰かが聞き耳を立てたとしても、格別変わった話は聞こえてこなかっただろう。ふたりは、本や映画や戦争について、最初はドイツ語で、その後はふたりとも流暢に話せる英語に切り替えて、おしゃべりをしていた。最後にふたりは、一か月後にまた会う約束をした。

立ち上がって店を出るとき、男性は四八ページ分の文書が入った厚いファイルを渡した。内容は、チューブ・アロイズ計画の最新報告書であり、それは世界で最も危険な秘密であった。

「会話するだけでも楽しかったです」とウルズラは、このときのクラウス・フックスとの重要な初会合について書いている。[*1]「私は、この最初のときに、彼が非常に穏やかで、思いやりがあり、頭の回転が速く、教養のある人だということに気づきました」。実を言うと、フックスは強い不安を抱いて会合場所にやって来ていたのだが、ソーニャと名乗った女性の「相手を安心させる態度」を見て気持ちが落ち着いたのだった。クレーメルは打ち解けにくくて実務的だったが、目の前にいる女性は「こちらの気持ちを打ち明ける」[*2]ことのできる人物だとフックスは思った。

バーミンガムの鉄道駅は、スパイが定期的に会う場所としては、あまりに人目に立ちすぎた。自宅へ向かう列車の窓から、ウルズラは会合にもっとふさわしい場所を見つけた。

バンベリーは、オックスフォードとバーミンガムの中間にある静かなマーケット・タウン［市場開設の権利を持つ町］で、平々凡々な場所として有名だった。古くから伝わる童謡に、この地で起こった唯一の重大事件を題材にした、こんな歌がある。

木馬に乗ってバンベリー市場(クロス)に行こう、
白馬に乗った貴婦人に会いに。
お指にはリング、つま先にはベルをつけているから、
貴婦人さまはどこへ行っても音楽と一緒。

それから八〇〇年以上、こののんびりとした小さな町を騒がせることはほとんど何も起こっておらず「童謡に登場する「白馬に乗った貴婦人」については、裸で白馬に乗ったことで知られるゴダイヴァ夫人（一一世紀）だとする説がある」、だからこそ、この町はウルズラの目的にはうってつけだった。

一か月後、彼女はバンベリー駅の近くでフックスと会い、ふたりは「違法な会合を行なう際の昔からある原則」に従い、はた目には秘密の逢い引き中の恋人どうしに見えるよう、腕を組んで田園地帯

を散策した。最初の仕事は、デッドレター・ボックス、つまり通信文を残して次回の会合の場所と日時を指定できる秘密の隠し場所を決定することだった。一本の小道に入り、人気（ひとけ）のない草地を横切って進むと、本街道からは見えない場所にある少し離れた森に着いた。ウルズラは小さな移植ごてを持参しており、ある木の根元の、根と根に挟まれた土の部分に穴を掘った。「クラウスは隣に立ったまま、眼鏡越しに私のすることを見ていました」。彼は手伝いましょうなどとはいっさい言わず、まるで実験を観察でもしているかのように、とても集中した表情でじっと眺めていた。「私は、それでまったくかまわないと思いました。私は、彼と違って普通の人間でしたし、彼よりも現実的でした。私は一度だけ彼を見上げて、『ああ、やっぱり学者先生なのね』と思いました」。

それからの一年間、数週間おきに、週末の午前中にウルズラは列車に乗ってバンベリーへ行き、その日の午後に会う場所と時刻を記した手書きの通信文をデッドレター・ボックスに残した。フックスは、午後の列車に乗ってバーミンガムからやって来た。ふたりの会合は、常に「バンベリー近郊の田舎道」で行なわれたが、同じ場所は二度と使われず、会っている時間も一回あたり三〇分を超えることはなかった。「開けた田園地帯の方が、私たちを尾行するのは難しかったでしょう」とウルズラは書いている。また、「一緒に少し散策した方が、怪しまれずに済む」と思われた。それに、彼女はフックスと一緒に過ごすのを楽しんでいた。

フックスはウルズラの素性や経歴については何も知らず、ウルズラは核物理学についてほとんど何も理解できなかったが、それでもふたりは過去とイデオロギーと秘密を共有していた。「あのような孤独の中で暮らしたことのない人には、同じ境遇のドイツ人同志と会うのがどれほど貴重なことだったのか分からないでしょう」と、後に彼女は記している。「私たちがともに危険な仕事に従事していることも、親近感を深めました」。フックスは「感受性が強くて知的」に見えたが、同時に世間知らずで浮世離れしていて、周囲を騙していることで孤独を感じているらしかった。絆はすぐに結ばれた。

ウルズラは、フックスは「バンベリーから来た女性」(後に彼は彼女をこう呼んだ)が同志ユルゲン・クチンスキーの妹だとは知らなかったはずだと述べている。フックスは、彼女に本名を尋ねたり、どこに住んでいるかを聞いたりしないよう気をつけていた。ふたりを引き合わせたのはユルゲンだったが、この兄妹がフックスの話をすることはなかった。「兄と私は仲がよかったですが、私は規則を厳格に守っていました」。ウルズラは、自分が本部に渡している情報の歴史的な重要性にまだ気づいてはいなかった。しかしモスクワからの返信——熱狂的で、感謝に満ち、要求を次第に強めていた——を見て、自分が相手にしているのはこれまでのキャリアで最大の獲物に違いないと確信していた。ソ連軍情報部はお世辞など言ったりしないが、彼女が送った通信文への返信には「重要」「非常に価値がある」といった言葉が添えられていて、以前に受け取ったどの返信よりも本部の興奮ぶりがはっきりと表れていた。

フックスが一九四一年から一九四三年のあいだにソヴィエト連邦に渡した科学上の秘密は、諜報史上きわめて内容が濃い収穫物で、量にして約五七〇ページになる情報には、報告書の写し、計算式、スケッチ、数式と図形、ウラン濃縮装置の設計図、急速に進む原爆開発計画の段階ごとの指針などが含まれていた。こうした資料の多くは非常に複雑かつ専門的で、暗号化して無線で送ることができなかったため、ウルズラは「ブラッシュ・コンタクト」で文書を直接「セルゲイ」に渡した。緊急情報を伝えなくてはならないときや、分厚いファイルを渡さなくてはならないときは、あらかじめ決めておいた「信号地点」を使ってアプテーカリに連絡した。まずはウルズラが信号地点を作るため、「私はロンドンに行って、ある時間にある場所で、短いチョークを一本落として踏みつけなくてはなりませんでした」。二日後、ウルズラは自転車で会合地点に向かった。会合地点は、オックスフォードからチェルトナムに向かう途中の脇道で、幹線道路A40とA34の交差点を過ぎて一〇キロメートルの場所にあった。アプテーカリは、大使館付き武官用の自動車でロンドンを出発し、約束の時刻に回収地点にやって来て、素早く受け渡しを行なった。あるとき、こうした会合でアプテーカリはウルズラに、マイクロドットの作成と文書の複写用に使う新しいミノックスカメラと、小型だが強力な送信機を渡した。この送信機は、大きさが一五センチ×二〇センチと自作の無線機の六分の一で、より簡単に隠すことができた。ウルズラは自作の無線機を分解したが、「緊急時に使えるよう」予備として取っておくことにした。

フックスは原爆計画の核心部分に関与しており、何ひとつ包み隠さずに伝えた。最初の一年間に、彼とパイエルスは共同で一一本もの報告書を書いており、それには同位体の分離や、原爆の破壊力の計算についての重要な論文も含まれていた。フックスの最新の伝記によると、「フックスとソーニャを通じてソ連政府は、チューブ・アロイズ計画が生み出す事実上すべての科学的データについて、一年以上にわたって情報を受け取っていた」という。[*3] かつてGRUはフックスの価値をなかなか認めなかったが、ソーニャが監督官になってからは、この工作活動はギアがトップに入り、ターゲットである核兵器開発計画にはソ連側から、モスクワで高まる興奮を反映した暗号名「エノルモス」［語源は、英語で「巨大な」を意味するenormous。ちなみに、enormousには「凶悪な」という意味もある］が与えられた。自分の情報をスターリンのデスクに直接届けてほしいというフックスの願いは確かにかなえられた。今やフックスとソーニャはソ連の指導者のレーダーにしっかりと捉えられていたが、そうした状況は、この気まぐれな殺人者の身近にいる者なら誰もが同意すると思うが、必ずしも居心地のいいものではなかった。

一九四二年四月、ソ連のモロトフ外相は、この新型の超強力兵器について説明した数々の情報報告書（その大半はイギリスから得られたもの）を一冊のファイルにまとめ、そのファイルを、どのような処置を取るべきかを決定せよとのスターリンからの命令を添えて、化学工業大臣に渡した。科学者たちは、ソヴィエト連邦もできるだけ早急に独自の原子爆弾製造計画を開始すべきだと提言した。その年の暮れには、国家防衛委員会がウラン爆弾を開発する研究所の設立を認可し、開発の責任者として、レニングラードのヨッフェ物理学技術研究所で核物理学のトップを務めるイーゴリ・クルチャートフが指名された。一九四三年二月、ソ連で原爆開発に関わる科学者たちは、クラウス・フックスとウルズラ・クチンスキーから大量に流れてくる秘密資料のおかげで半ば解決済みの問題に、熱心に取り組み始めた。

イギリスが原子科学の分野で成し遂げた数々の発見は、アメリカにも、もっと合法的かつ正式な形で、しかしやはり極秘情報として、伝えられていた。これより先の一九四一年一〇月、アメリカのローズヴェルト大統領はイギリスのウィンストン・チャーチル首相に、両国が協調して原子力研究を進めるべきだとするメッセージを送っていた。その二か月後にアメリカが第二次世界大戦に参戦すると、共同研究にさらなる弾みがついた。しかし、原爆開発競争ではアメリカの方が先を行っていることがすぐに明らかとなり、原爆研究の中心地（および、主な資金提供者）は、大西洋を越えてアメリカに移っていった。アメリカのマンハッタン計画は、イギリスとカナダを従属的なパートナーとして、やがてチューブ・アロイズ計画を吸収し、一三万人を雇用し、世界最初の核兵器を製造することになる。

アメリカとイギリスは、驚くほどのスピードで科学的な業績を積みながら、極秘裏に共同で原爆開発に取り組んでいた。両国とも、もうひとつの主要な同盟国であるソヴィエト連邦には、原爆開発を支援もしなければ知らせもしなかった。しかし、それでもソ連政府はスパイを通じて支援をひそかに手に入れていた。スターリンは、原爆についてすべてを知っていただけでなく、自分が知っているということをイギリスもアメリカも知らないということを知っていた（これは、諜報活動では非常に大きな利点だ）。さらにスターリンは、配下のスパイたちにもっと情報を見つけよと要求していた。

「母さんは昼寝ばかり」

一九四二年の秋、ウルズラとレンと子供たちは再び家を引っ越した。今度の住居の家主は、イギリス法曹界の重鎮のひとりで、イギリス・ユダヤ人社会の大黒柱であり、ソ連側スパイを裏庭に住まわせているとは決して疑われないような人物だった。ネヴィル・ラスキ判事は、イギリス・ユダヤ人代表者委員会の代表を退任したばかりで、オックスフォードの北に位置する緑豊かな住宅街サマータウンにある一九世紀初頭の大邸宅に住んでいた。ラスキは、固い信念を持った愛国者だった。ミュンヘン協定後には、「なかんずく、イギリスのユダヤ人の主たる責務は、その国籍に対する厳格で揺るぎない忠誠である」[*4]と宣言していた。ラスキの弟ハロルドは左派の政治理論学者で、LSEで政治学の教授を務めており、ロベルト・クチンスキーの友人だった。ネヴィル・ラスキと妻フィナ（愛称シシー）は、ウルズラがキドリントンで借りている家の賃貸契約がもうじき切れると聞くと、邸宅の本館裏にある「アヴェニュー・コテージ」を貸してあげようとウルズラに言った。「アヴェニュー・コテージ」は、四部屋から成るチャーミングな元馬車置き小屋で、らせん階段があり、本館とは別にジョージ・ストリート（現ミドル・ウェイ）五〇番地ａという番地が割り振られた玄関もあった。「古くておかしな小さい家で、草で覆われた裏庭代わりの小さな土地と、たくさんの古い小屋がありました」とウルズラは記している。

引っ越してきた日、ウルズラが昼前にラスキ夫人を訪ねると、シシーはまだベッドの中にいて、「レースの飾りがついたナイトガウンを着たまま、まるで映画に出てくるお金持ちさながらに、銀のトレイから朝食を食べていました」。この光景にずいぶん戸惑いながら、ウルズラは新たな家主夫人に「私たちの屋根から、こちらの馬小屋のひとつにまで延びるアンテナを立てる」許可を求めた。ラスキ夫人は、そのアンテナが「普通のラジオ受信機用のもの」ではないとは少しも疑うことなく、愛想よく承諾した。ウルズラとレンは小型送信機を庭の壁のくぼみに隠し、コケに覆われた石で蓋をした。

ウルズラにとって、クラウス・フックスは秘密を収集する最も重要な情報源だったが、情報源は彼ひとりではなかった。一年のあいだにソーニャのネットワークは、十数名のスパイを含むものに拡大し、軍事・政治・科学について大量の情報を収集していた。メリタ・ノーウッドは、原子力研究で担う役割を増していたイギリス非鉄金属研究協会で、重要な文書を一枚残らずこっそり複写していた。ユルゲン・クチンスキーとロベルト・クチンスキーは、情報やうわさ話を飽きることなくどんどん集めていた。ハンス・カーレは一か月に最低一度は報告書を提出していた。[*5] 一九四二年、ウルズラは新たなイギリス人工作員をスカウトした。イギリス空軍の技術部門に所属する将校で、「ヒトラーに対抗するためソ連に建設的な支援を提供したい」として、ランカスター爆撃機が搭載する一〇〇〇ポンド（約四五〇キロ）爆弾を投下するのに使うトリガー機構など、軍用機開発の詳細について情報を提供した。ウルズラは彼に「ジェームズ」という暗号名をつけた。「彼は私たちのため、重量と大きさ、荷重負担能力、特性など正確なデータを手に入れてくれたほか、まだ空を飛んでいない飛行機の設計図の写しさえ、手を尽くして渡してくれました」。元溶接工で共産主義のシンパだったジェームズは、報酬の受け取りを拒否し、「自分を『スパイ』だとは思っていなかった」が、実際には彼は明らかにスパイであった。

こうした情報は、すべて報告書にまとめ、暗号化してモスクワに送らなくてはならなかった。一九四二年末の時点で、ウルズラは送信を週に二〜三回実施していた。幼いミヒャエルは、母さんはどうしてよく昼寝をするんだろうかと不思議がっていた。ほとんど夜通し活動していてクタクタになることがしばしばだったのだ。

戦争が始まると、イギリス国内での「違法な無線送信」を探知するため無線保安局という組織が設立された。その主な目的はドイツに無線通信を送っているナチの工作員を発見することだったが、一九四三年には、この「秘密の聴取者たち」は「ソ連向けの大量の通信」[*6]を傍受するようになっていた。傍受されたモールス符号の生データは、暗号解読機関ブレッチリー・パークに送られた。解読可能な暗号機エニグマを使っていたドイツ側工作員とは違い、ソ連の情報機関は、解読不可能と考えられていた「ワンタイム・パッド」システム［暗号化に用いる乱数列を使い回しにせず、毎回新しい乱数列を使う暗号化法］を採用していた。イギリス情報部は、ソ連の無線通信を、たとえ解読できなくとも、せめてストップさせようと決意し、違法無線が探知されるたびに、高性能の方向探知装置を積んだ無線探知車を派遣して、疑わしい地域を徹底的に調査した。

「いつかは送信機を発見されるだろうと思っていなくてはなりませんでした」とウルズラは書いてい

る。モスクワからの命令に従い、ウルズラとレンは新たな無線通信員として、オックスフォード南東のカウリー地区にある自動車工場で働く整備工「トム」を訓練し、緊急事態の際は彼に送信任務を引き継いでもらうことにした。トムは共産主義者で、イギリスの同盟国であるソヴィエト連邦を助けることで自分は反ファシズムという目的に直接貢献しているのだと信じていた。

こうした態度は、戦時中のイギリスでは珍しいものではなく、特にインフォーマルな共産主義シンパのネットワークでは、その傾向が強かった。レンは、スパイのスカウトで成果を上げていた。「国際旅団の一員だったという経歴には、プラス面があった」と彼は書いている。「そのおかげで、進歩的でリベラルなグループへの扉が開けた。人々が基本的に抱く反ファシズム感情は、ゲーリングの無差別爆撃と、ソヴィエト連邦が孤立無援で戦っていることで獲得した大きな称賛とによって高まっており、私たちの任務を容易にした。接触する際には、人となりを慎重に判断することが常に不可欠だった」[*7]。彼がスカウトしたひとりに、スペインで一緒に戦った「かつての戦友」がいた。後にウルズラは、この人物を曖昧に「化学者」と呼んで、その正体を隠そうとした。

おそらくレンがスカウトしたのは、エキセントリックなマルクス主義者で科学者のJ・B・S・ホールデンだったと思われる。ユニヴァーシティ・カレッジ・ロンドンで生物統計学の教授だったホールデンは、内戦中のスペインに三度行って共和国側を支援し、そこでレン・バートンと親しくなった。一九四一年にホールデンは、ゴスポートにある海軍の極秘水中研究施設の一員になった。「彼は、戦車揚陸作戦についての情報だけでなく、潜水艦のレーダーで使われる重要な器具も渡してくれました」とウルズラは書いている。この物品を受け取ると、彼女はポケットにチョークを忍ばせて大急ぎでロンドンに向かった。二日後、セルゲイがオックスフォードの西にある会合場所で待っていると、ウルズラがいつもの古い自転車に乗り、重要な実験用軍事器材を背負いカゴに入れてやって来た。彼女は、こう記している。「当時レーダーは非常に新しく、本部はとても強い関心を示していました」。

ウルズラがロンドンから戻ってくると、レンがニコニコして出迎え、子供たちもまだ起きていて、えらくワクワクしている様子だった。三人は、ウルズラに言って目を閉じさせると、手を引いて、庭に置いたモリソン・シェルター［屋内用の移動式防空シェルター］の所まで連れていった。そこには、いくつもの旗で飾られた新品の自転車があった。レンは、古い自転車は「命にも脚にも危険」だが、この新しい自転車なら「あちこちの違法な会合場所へ」行くのに便利だろうと言った。レンは、感情を表に出すタイプではなかった。この贈り物は、諜報活動の道具であると同時に愛の証しでもあり、このプレゼントにウルズラは感激した。

一九四三年の早春、戦争が激しさを増し、諜報網がフル回転している最中、ウルズラはうれしいことに、自分が三六歳でまた妊娠したことに気がついた。以前から彼女はレンにふたりの赤ちゃんが欲しいと言っていたが、レンはなかなかうんと言わず、むしろ、自分はいつ軍隊に呼ばれるか分からないし、そうなったら、三人の幼い子供と、拡大を続けるスパイ網の両方の面倒をウルズラひとりで見なくてはならなくなると言って反対していた。しかし、ウルズラは譲らなかった。「私は彼の子供が欲しかったし、一九四二年の暮れにはスターリングラードでドイツ軍への包囲が始まって、勝利の兆しが見えてきていました。（中略）私は強く主張しました」。ソ連の勝利を祝うのに、三人目の子供ほどいい方法はないはずだ。それに、「子供は身の潔白を証明する格好の材料になりました」。子供が多ければ多いほど、疑われる可能性は低くなる。彼女が人生で下してきた大きな決断の例に漏れず、今回もプロのスパイとしての決断と、政治的な決断と、個人的な決断とが絡み合っていた。

ウルズラは、新たに子供を妊娠していることを本部に知らせなかった。GRUは、男性が動かす人使いの荒い官僚組織で、女性はほとんど採用しておらず、産休の制度はなかったが、仮にあったとしても、ウルズラは産休を取らなかっただろう。お腹の中の赤ん坊が大きくなるにつれ、彼女の仕事量も増えていった。

スターリンからの重圧を受け、本部は最高の情報提供者を本格的に酷使するようになった。GRUのある報告書によると、フックスは塑像用粘土プラスチシンを使って、バーミンガムの研究所で使用されている各種の鍵の型を取り、それをウルズラ経由でソ連情報部ロンドン支局の科学技術情報班の主任ウラジーミル・バルコフスキーに渡していた。「バルコフスキーが手ずから作った複製鍵の助けを借りて、〔フックスは〕自分の金庫と同僚の金庫の両方から秘密文書を大量に手に入れることができた」[*8]。バルコフスキーは、アプテーカリから職務を引き継いで新たな「セルゲイ」となり、ウルズラとソヴィエト大使館の「合法的(リーガル)」なスパイたちとをつなぐ連絡係を務めていた。彼はモスクワに宛てた報告書の中で、フックス(当時の暗号名は「レスト」で、後に「チャールズ」に変わる)は「我々のために喜んで活動しているが(中略)金銭的な報酬は完全に拒否している」と述べている。ときには、フックスから渡される情報が大量すぎてウルズラの手に負えるのか心配になることもあった。ある会合で、フックスは一〇〇ページ以上ある「設計図を集めた厚い本」を手渡した。「すぐに送ってください」と言われ、ウルズラはまた急いでロンドンへ行き、またチョークで印をつけ、さみしい田舎道でまた会合を持った。

一九四三年六月、スターリンはモロトフ外相に原子爆弾プロジェクトに関する一二の質問リストを渡し、速やかな回答を求めた。モロトフは、そのリストをGRU総局長イワン・イリイチェフ中将に渡し、中将はすぐさまロンドン支局に向けて、ソーニャ宛ての電報を送った。六月二八日、ウルズラはバンベリーでフックスと会い、スターリンの「一二の緊急の要求」を伝えた。これでふたりは、ソ連の指導者が直々に作った項目リストに従ってスパイ活動をすることになった。フックスは、それまでに集めた全情報と、チューブ・アロイズ計画について自分が知っていることすべてについての完璧な報告書を期日までに仕上げてきた。それは、彼の科学者としての才能を見事に証明するものであると同時に、もしイギリス側の手に落ちたら有罪の動かぬ証拠になるものでもあった。

ルディは再び苦境に

約四五〇〇キロメートル離れたテヘランでは、ルドルフ・ハンブルガーが元妻に劣らず精力的にスパイの任務を果たそうと努力していたが、元妻のような成功はひとつも収めることができずにいた。その無能ぶりは一見すると喜劇のようだが、最終的には、ふたりのどちらも予測できなかった影響をウルズラの人生に与えて悲劇的な結末を迎えることになる。イランでのルドルフの任務は、出だしは順調だった。イラン財務省の新たなビルを設計する仕事を手に入れた後、ルディは、イギリスとアメリカが東部戦線のソ連軍に物資を供給し続けるために建設した道路・鉄道インフラについて、根気強く情報を収集し始めた。スターリンは、相変わらず同盟国にも疑いの目を向けていて、配下のスパイたちに、イギリス軍やアメリカ軍がソ連国境のすぐ近くに集結しているのは、何かよからぬことを企んでいるからではないのか確認せよと命じていた。ルディは、「私の任務は、こうした計画や動きをすべて監視し、特に油田のあるイラン南部において『輸送のための展開』を装って集結している部隊の兵数と特徴を確認することだった」と記している。[*9] モスクワ本部からは、アルミのケースに入った大きくて扱いにくい無線送信機を支給されており、彼はそれを、借りているアパートの使っていない煙突の中にロープで吊るして隠しておいた。この建築家兼スパイは一年以上にわたって、連合軍に雇われた地元住民から集めたものを中心に、重要度の低い情報をポツリポツリと送っていた。テヘランの乾燥した気候のおかげで、中国の収容所でかかったマラリアの発作はあまり出なくなっていた。幾ばくかの金も貯め、それをアメリカの銀行経由でウルズラに送った。ルディからの手紙が戦時中の郵便制度下で紆余曲折を経てアヴェニュー・コテージに届いたのは、一九四二年のクリスマス直前のことだった。一一歳のミヒャエルは舞い上がり、帰ってくるという約束を父親が果たす日のことをあれこれと想像した。「私は、父が以前のように姿を現してくれるものと、ずっと思っていました。父のことが本当に大好きだったのです」。

ルディ・ハンブルガーのテヘランでの生活は、孤独だったがエキゾチックで、建築業と諜報活動の二足のわらじのせいで猛烈に忙しかった。共産主義に対する彼の態度は、転向者に特有の熱意を反映していた。彼は幸せと言ってもいいくらいだった。しかし、いつものごとく、すべてがうまく行かなくなった。

ルホラ・カルビアンは、アルメニア系イラン人で、鉄道業務を監督するアメリカ人の個人秘書兼通訳を務める人物だった。ある日の午後、ルディは紅茶を飲みながらカルビアンに、「私はソ連人で、イギリス軍の部隊や軍事施設について、できるだけ探り出したいと思っている」[*10]と告げ、秘密情報を売ってほしいと単刀直入に頼んだ。ルディは「中東でのアメリカの外交政策に影響を与えるものには(中略)大金を払う」と申し出た。驚くほど大雑把な手法で接触されたカルビアンは、この件をすぐさま雇い主に伝え、雇い主はアメリカ軍の保安部門に報告した。カルビアンの家のリビングにマイクが仕掛けられ、次にルディがお茶に来たときには、隣の寝室に速記者がイヤホンをつけて潜み、メモを取る用意をしていた。アメリカ情報部の指示を受けて、カルビアンはルディの申し出に関心がある振りをし、詳しい話を聞かせてほしいと言った。「ハンブルガーは、彼が誰のために働いているのか、その相手の名前を開示するのを、あくまでも拒んだ」。しかし、国際政治について次のように説いた。「ヒトラーは打倒しなくてはならないが、それで私たちの仕事が終わりになるわけじゃない。いいかい、カルビアン、イギリスとアメリカとソ連は、今は味方どうしだが、戦争が終われば、また敵どうしになるかもしれないんだ。私のグループは、手に入る情報はひとつ残らず集めたいと思っている。私たちは、戦後に新たな秩序を完成させたいと思っている。私たちは、すべての同盟国の動機に対する答えを知らなくてはならないんだ」。盗聴者たちにとっては、これで十分だった。四月一九日、ルドルフ・ハンブルガーはアメリカ軍の憲兵に逮捕された。自宅アパートを捜索した結果、二〇〇〇ドル分のトラベラーズチェックと、ホンジュラスの偽造パスポートが発見されたが、煙突に隠した無線機は見つけられなかった。「ハンブルガーは、現行犯で逮捕されたことを認め、その結果を進んで受け入れていたが、協力者の名前を明かそうとはしなかった」。アメリカ軍に身柄を拘束されて一週間後、彼はイランに駐在するイギリスの治安機関に引き渡された。

ＭＩ５の海外支局である国防保安部のジョー・スペンサー大佐は、引き渡された人物がスパイであることは分かったが、どこのスパイであるかはまだ分からずにいた。ハンブルガーは、明らかに「非常に知的で扱いやすい」人物だったが、このドイツ人建築家は「質問に答えることをきっぱりと拒否」し、「脅迫や厳しい尋問もまったく気にかけていない」様子だった。スペンサーは、放置してしばらく様子を見ることにした。

ルディ・ハンブルガーは、人としてはあまりに正直すぎ、スパイとしてはあまりにも無能すぎて、秘密をいつまでも抱えていることはできなかった。読み物と話し相手を奪われた彼は、次第に落ち込み、やがて話をしたがるようになった。スペンサーは、利口な監禁者が昔からやってきたように、彼に雑誌とタバコを与え、愛想よく彼の話に耳を傾けた。数週間がたつと、ルディは以前よりもはっきりとしたことを言うようになった。「彼は、自分は連合軍に不利な活動をしているのではなく、自分が属する『グループ』のために情報を集めているにすぎないと言い続けたが、その『グループ』の詳細について打ち明けることは断固拒んだ。彼は、この『グループ』がいずれ自分のために介入してくれるものと強く確信していた。建築技術者としてグループからよい仕事をもらえることを期待しており、さもなければ中国に戻ることになるだろうと考えていた」。

八月、ついに彼は自分が「ある連合国」のために活動していることを認めた。

スペンサーは笑ってこう言った。「連合国は二五か国もあるんですよ。まさかあなたは、私に二五か国を全部回って聞いてみろとは言わないでしょう」。

「ヒントをあげましょう」とルディは言った。「イギリスとアメリカ以外で、イランでの物資輸送に関心を寄せている連合国は？」。

翌日、身柄を拘束されてから四か月後にルディは白状した。「彼は、自分が以前からソ連側のプロの工作員であり、今後も工作員であり続けるつもりだと認めた。その供述によると、彼の任務は、連合国の意図についての政治情報を、特に陸軍の将校たちから集めることであった。彼は、カルビアンとの面談で失策を犯したことを認めた」。ルディはスペンサーに、ソ連側に電話して私の話の裏を取ってはどうかと言った。「でも、私の方から電話の件を持ち出したとは言わないでほしい。私の今後がかかっているから」。

スペンサーはソ連大使館付き武官と連絡を取り、それから三日後に、確かに「ハンブルガーはソ連側のために働いており、こちらに引き渡してほしい」との返事をもらった。

スペンサー大佐に関しては、これでこの一件は落着した。「我々は、最もドラマチックなスパイ映画のように、まったく何も分からぬまま、夜中に人気のない道路で彼をソ連側に引き渡した。これは単純な事件だった——同盟国の工作員をそうとは知らずに逮捕し、そのまま素直に引き渡しただけのことだった」。ルディも、未来はそのまま素直に進んでいくと思っていた。「ハンブルガーは、ソ連側に引き渡されても何もされないと強く確信しているようだった。彼は、自分は工作員として働き続けるだろうが、場所はおそらく別の国になるだろうと言っていた」。

イギリス側もアメリカ側も、今ではルディ・ハンブルガーに関する非常に分厚いファイルを作っており、ウルズラ・クチンスキーの最初の夫が、自白したソ連側スパイである証拠を手にしていた。ウルズラとルディはすでに離婚し、今では数千キロ離れた場所にいたが、ふたりの物語とふたりの運命は、依然として切り離せないほど密接に結びついていた。スパイとして彼は人畜無害だったが、元妻にとっては危険きわまりない存在だった。

ルドルフ・ハンブルガーは、八月末に飛行機でモスクワへ移送された。移動中、彼はモスクワに着いたら、英雄として出迎えられることはないだろうが、少なくとも「たいへんだったね」と親身に同情してもらい、新たな任務を与えられるだろうと思い込んでいた。かつて「友人たち」が中国の収容所から出してくれたときのように、きっと本部は私を再び快適な場所でゆっくり休養させた後で、どこかへ派遣するだろうと思っていた。何と言っても、彼は「長年、目を見張るほどの不屈の精神と熱意と忠誠心を示してきた」のだ。ルディは、もしかすると昇進するかもしれないとさえ思っていた。その予測は完全に間違っていた。

猜疑心に凝り固まったソ連側の目から見れば、ルドルフ・ハンブルガーは無能なだけでなく、きわめて怪しい人物だった。

モスクワに到着して二日後、ルディはアメリカまたはイギリスの諜報機関のために働いた容疑で逮捕され、「調査勾留」というと聞こえはいいが、要は、裁判のない無期限の監禁・尋問を受けた。彼は、あまりにも簡単にイギリス側から解放されていた。「ハンブルガーがイランで拘束を解かれた状況から、彼は外国の情報機関によってスカウトされたのではないかとの疑いが浮上した」のである。共産主義者が誰かを迫害する際のひねくれた論理に従えば、ルディが無罪を主張しても、それは彼が有罪であることを裏づけているにすぎなかった。「おまえは我々の敵に買収され、彼らのスパイとして働くために戻ってきた」と、尋問官は言い張った。「そう、おまえはスパイになった……さあ、さあ、この汚いスパイめ、買収されたと認めろ。おまえはスパイになったんだ。白状しろ」。ルディは弁護士を呼んでほしいと言ったが、その要求は無視された。「二四時間、眠ることを許されず、飢えとストレスに苦しめられた」とルディは書いている。「とにかく、何も考えずに眠りたかった。食べ物はひどく（中略）飢えは過酷な拷問だった」。彼の健康はたちまち悪化した。数か月で体重が二〇キロも落ちた。

正式な裁判はなく、判決だけが言い渡された。ルドルフ・ハンブルガーは、刑法第五八条により「社会的危険分子」として政治犯罪で有罪となり、懲役五年の刑が科せられた。本部は介入しなかった。元妻がソ連の情報将校として活躍していることは、何の役にも立たなかった。「外国人である私の立場は明白だった。敵のスパイとされたのだ。彼らは私に、敵であり裏切り者だという烙印を押した。これは、刑務所の独房や飢えよりも耐えがたいものだった」。他の大勢と同じく、彼もまた人民の敵という身に覚えのない汚名を着せられて、ソ連の強制労働収容所という巨大な穴に飲み込まれた。こうして、ルドルフ・ハンブルガーの地獄落ちが始まった。

家庭菜園にいそしむ凄腕大佐

ルディが逮捕されたころ、ウルズラ・バートンは大佐に昇進した。ソ連軍情報部で当時ここまで出世した女性はウルズラしかいなかった。ただし、昇進したことは彼女には伝えられなかった。諜報活動での人間関係はどれもそうだが、スパイとスパイ担当官の関係も「知らせる必要があることのみを知らせる」という原則に従って管理されており、モスクワ本部は、ソーニャには彼女がどの階級なのかも、最初に産んだ子の父親が彼女の仕えている政権によって今では収容所に送られていることも、知らせる必要はないと判断していた。

サマータウンのアヴェニュー・コテージに住む「バートン夫人」は、一九四二年の冬を、新しい自転車に乗ってオックスフォードとその周辺を走り回ったり、戦時中の配給食料を受け取りに行ったり、子供たちと夫の世話をしたり、戦争の進展状況を新聞などで読んだりしながら過ごした。彼女は礼儀正しく、控えめで、人当たりのよい、どこにでもいる普通の主婦で、家計のやりくりに苦労し、当時「勝利の庭（ヴィクトリー・ガーデン）」と呼ばれて流行していた家庭菜園を裏庭に作ったりもした。出産を待つあいだ、自転車用に「グリーンの地にデイジー」をあしらった新たなサドルカバーを縫った。近所づきあいも良好で、ときどき本館に住むシシー・ラスキとお茶をともにした。ニーナはサマータウンにある保育園に通い、ガールガイド［日本ではガールスカウトと呼ばれる組織］に入った。ウルズラは、ドイツ語訛りがさらに目立たなくなった。イギリス人が最後に勝利するのは自分たちだと確信しているのを見て感心し、イギリス人に心から親近感を抱くようになっていった。ただ、特定のイデオロギーを持った人物の例に漏れず、彼女も自分自身の政治的立場というプリズムを通して戦争を見ており、「イギリス人はソヴィエト連邦に好意的だった」と書いている。

ウルズラの妹たちは、四人ともそれぞれがイギリス人と結婚してイギリスに居を定めていた。母ベルタは、かつてのドイツでの生活を懐かしがっていたが、今ではイギリスが永住の地になったことを受け入れていた。父ロベルトの妹でウルズラが慕っていた叔母アリスと、叔母の夫で婦人科医のゲオルク・ドルパーレンは、最後までベルリンから離れようとしなかった。一九四二年九月二二日、アリスは可愛がっていたドイツ人家政婦ゲルトルートに宛てて、次のような手紙を書いた。「いよいよあなたにお別れを告げ、難しい時代にあなたが私たちに示してくれた友情と心遣いに心から感謝すべき時が来たようです。（中略）夫は見事なくらい冷静で、私たちは恐ろしい運命と向き合う覚悟ができています。その運命を無事に切り抜けられたらと願っています」。三日後、ドルパーレン夫妻は逮捕されてテレージエンシュタット強制収容所へ送られ、そこで殺害された。ウルズラはゲオルク叔父さんの勇気に感服していたが、同時に「ヒトラーが権力の座に就いたとき父のアドバイスに従わず、愛する祖国ドイツにとどまったことも、勇気ある行動だったんだろうか？」と思わずにはいられなかった。

新たな祖国に対する愛国心が大きくなっていたにもかかわらず、ウルズラは不満も疑問も感じることなくイギリスをスパイし続けていた。レンは、召集令状がなかなか来ないことをもどかしく思いながら、イギリスのために戦う覚悟を決めていたが、その一方でソヴィエト連邦のためにスパイ活動も続けていた。ふたりとも、それによって利害の衝突が生じるとは思っていなかった。党と革命が最優先であり、ウルズラは、共産主義を守ることで自分はイギリスを助けているのだと――イギリスがそうした方法で助けてもらいたいと思っているかどうかは別にして――考えていた。後年、彼女は「当時もし誰かから、私たち、あるいは私たちに協力してくれている［イギリス人の］同志たちはイギリスを裏切っているのだと言われたら、私たちはきっと反論していたと思います」と述べている。彼女は自分を第二の祖国に対する裏切り者とは思っていなかったかもしれないが、大半のイギリス人は事実を知ったら裏切り者だと思っただろう。それにウルズラの弁明口調には、彼女自身の不安が反映されているようにも感じられる。ウルズラはこれまでと同様、イギリスでも楽々と友人を作っていた。しかし、その友人たちをひとり残らず騙していた。ウルズラは、ソヴィエト側のスパイであることと、イギリスの愛国者であることは両立可能だと思っていた。ＭＩ５は、そう考えていなかった。

アヴェニュー・コテージのバートン夫人は、近所の人たちとお茶を飲みながら、一緒になって物資不足の愚痴をこぼし、戦争にはすぐに終わってもらわなくちゃという周囲の意見にうなずいていた。ニーナはイギリス国旗の大きな絵を描き、窓に飾っていた。ミヒャエルは友人たちと何度も戦争ごっこをし、毎回イギリス軍が「野蛮なドイツ人を打ち破った」。ウルズラは戦費の足しになるようにと、国民貯蓄運動に少額ながら参加した。

その一方で赤軍のクチンスキー大佐は、イギリスで最大のスパイ網を運用していた。彼女が女性であり、母親であり、妊娠していて、表向きは単調な家庭生活を送っていることが、全体として完璧なカムフラージュになっていた。普通の主婦が、粉末卵で朝食を作り、子供たちを学校と保育園に送り出した後で自転車に乗って田舎に出かけるという日常を過ごしながら、その裏で重要な諜報活動を実行できるとは、男たちにはとうてい信じられなかった。ウルズラは、女性という生まれながらの利点を存分に活かしていた。

ウルズラの偽装は、女性でなければ見破ることはできなかっただろう。ＭＩ５の防諜班には、女性がひとりしかいなかった。

そして、その女性がウルズラの跡を追っていた。

19　ＭＩ５のミリセント

ウルズラの強敵

ミリセント・バゴットは、たとえて言うなら、外国人と子供と銀行支店長から怖がられ、「女傑」と呼ばれそうなタイプのイギリス人女性――つまり、ユーモアのセンスがなく、少々恐ろしい感じのする未婚女性であった。当時のＭＩ５に勤務する数少ない女性のひとりで、女性として初めて幹部局員になったバゴットは、非常に頭がよく、仕事熱心で、プロ意識が高く、必要に迫られれば徹底的に無礼に振る舞うこともできた。無骨な眼鏡をかけ、バカ者どもには少しも容赦しなかった。実際、たいていのバカは自分がバカだと思い知らされた。父親がロンドンの事務弁護士だったバゴットは、一二歳までフランス人家庭教師から教育を受け、女子校であるパトニー・ハイスクールで学んだ後、オックスフォード大学で最古の女子カレッジ「レディー・マーガレット・ホール」に進んで古典学を専攻した。一九二九年、二二歳のときにロンドン警視庁公安部に破壊活動対策班の臨時事務員として加わった。この班の所属先が一九三一年にＭＩ５こと保安局に変わったとき、バゴットも一緒に異動し、以後MI5で生涯のキャリアを積んでいくことになった。彼女は、ロンドンのパトニー地区で子供時代の乳母と一緒に暮らしていた。屋内でも帽子を取らずにかぶって過ごす。戦時中もそうでないときも、毎週火曜日には午後四時四五分に退勤し、バッハ合唱団で歌っていた（声はアルトで、たびたびフォルティッシモで歌った）。「手続きにやかましく、自説を変えない面倒な同僚」というのが、ある同僚による人物評で、「彼女は几帳面で他人に厳しく、自分よりも知的能力で劣っている者を相手にするときは自分の考えを包み隠さずズバズバと言った」という。職場でバゴットは「ミリー」の通称で知られていたが、彼女に聞こえる場所でそう呼ぶ者はひとりもいなかった。MI5の内情を暴露した元局員ピーター・ライトは、「彼女はいささか変人だったが、事実や資料について抜群の記憶力を持っていた」と書いている。[*1] 同僚たちは、バゴットが廊下の向こうから大声で話しながらやってきたらおそらく姿を隠しただろうが、その彼女の能力を疑う者はひとりもいなかった。FBI（アメリカ連邦捜査局）のJ・エドガー・フーヴァー長官は、MI5も女性もまったく評価しない人物だったが、そのフーヴァーでさえ彼女に個人的な感謝状を送っている。そんなバゴットは、性格こそまったく違ったものの、ウルズラと非常によく似た立場にあった。彼女は高度な訓練を受け、仕事に打ち込み、相手が男でもひるまず、ウルズラが共産主義に傾倒していたのに負けないくらい、反共産主義の信念を強く抱いていた。後にバゴットは、ジョン・ル・カレのスパイ小説に登場するエキセントリックでワーカホリックなオールドミス、コニー・サックスのモデルとなって、小説史上に不朽の名を残した。イギリスでミリセント・バゴットほど、国内における共産主義の脅威について知っている者はいなかった。

一九四一年にMI5は、破壊活動対策を専門とする「F部」を創設した。部内で共産主義者対策を担当するＦ２ｃ課は、ベテラン局員ヒュー・シリトーが表向き課長を務めていたが、それは「名目上は男性を責任者としておいた方がよいと考えられたため、管理職としての漠然とした任務」[*2]を与えられていたにすぎなかった。バゴットが共産主義者の取り締まり部門の主導権を握っていたことに、疑問の余地はほとんどなかった。「ミス・バゴットは、実に傑出した人物である。彼女は二〇年以上にわたって共産主義問題に取り組んでおり、この件について実に百科事典的な知識を有している。（中略）〔彼女は〕この部全体で最も貴重なメンバーである」。この熱烈な評価を下したのは、Ｆ部の部長でバゴットの直属の上司であるロジャー・ホリスだった。タバコ会社の元社員で、ウルズラが上海にいた一九三〇年代に同地の共産主義者グループの周辺をうろうろしていた、あのホリスだ。ミリセント・バゴットとロジャー・ホリスは、ソーニャをめぐって対照的な役割を演じ、そのことが後にイギリス史上で類を見ないほど長期にわたって唱えられ、非常に深刻なダメージを与えた陰謀説を生み出すことになる。

ミリセント・バゴットは、クチンスキー家がイギリスに到着した瞬間から一家を監視していた。ユルゲン・クチンスキーを収容所から解放することには、強硬に反対した。「我々には、この人物が反英プロパガンダ活動に積極的に関与していることを示す大量の情報があるが、内務省を説得するのに少々苦労している」と、彼女はＭＩ６に宛てて書き送った。[*3] Ｆ部のファイルにはユルゲンについて「過激な共産主義者であり、熱狂的なスターリン支持者。モスクワの最も優秀で最も危険なプロパガンダ活動員のひとり。彼は、ソ連の秘密情報機関と接触しているイリーガルだと言われている」と記されている。ウルズラ・クチンスキーがイギリスのパスポートを申請したとき、彼女とその父親の両名についてすでにファイルが存在しており、レン・バートンとの結婚はイギリス国籍を取得するための偽装にほぼ間違いないと指摘したのも、バゴットだった。一九四一年にクチンスキー家がオックスフォードに居を定めると、彼女はオックスフォード警察に注意を促し、ウルズラが一九三八年から一九四一年のあいだにスイスから家族に送った手紙（配達前に開封され、写真を撮られていた）を改めて調べ直した。

バゴットは「二〇メートル先からネズミの臭いを嗅ぎ当てられる」[*4]と言われており、クチンスキー家からはネズミの群れの臭いを感じ取っていた。彼女はウルズラ・バートンにしっかりと目をつけていたが、最初に強く疑われていたのは、家族のうち男性で、ゆえに当然、より大きな脅威だと見なされていたレンの方であった。

バートン家がアヴェニュー・コテージに引っ越してきてわずか数週間後、ひとりの警察官がドアをノックし、レンに向かって「都合のいい日に」「保安関係の職員」[*5]と会うためロンドンに来てほしいと、丁寧に依頼した。レンは心配していなかった。ジュネーヴでイギリスの情報機関に協力していたので、何らかのアプローチがあるだろうと予測しており、もしかすると仕事を世話してもらえるかもしれないと思っていたからだ。一九四二年九月一八日、レンが陸軍省の０５５室（ＭＩ５が外部で会合を行なうときは、いつもここを使っていた）にやって来ると、そこにはＭＩ５の局員デズモンド・ヴィージーとＭＩ６のアーノルド・ベイカーが待っていた。「バートンの話にはいくつか妙な点がある」とＭＩ５は記している。ウルズラが夫はスイスで療養していたと主張していたのに、当のレンは自分が結核だったとはひと言も言っていないこと。フランス人の親戚から多額の財産を現金で相続したという話。権力のある人々に対する反感。それに「うさんくさい態度」。レンは、ふたりの情報員から次々と質問を浴びせられたが、数時間後には、家に帰っていいと言われた。「全体として、バートンは好印象を与えた」とヴィージーは書いている。

ミリセント・バゴットと彼女の部下たちには、ここで終わりにする気などなかった。翌日、バートン家の手紙を検閲するための令状を手に入れた。その理由として、バゴットの名目上の上司で事実上の副官だったヒュー・シリトーは、次のように書いている。「この人物は最近スイスから戻ってきたが、スイスでは外国勢力の工作員と接触していたと考えられている。私には、この話は多くの興味深い可能性を示唆しているように思われる。バートンはソ連のためスイスからドイツに対する諜報活動に従事していたのかもしれない。ソ連側が秘密工作員をスカウトする場として国際旅団を利用していることも判明している」。

ＭＩ５はオックスフォードの保安担当官に「バートンが普段から出かけているかどうか、出かける場合はいつどこへ行くのか、どのような友人がいるのか、どのようにして時間を過ごしているのか（中略）について、警察が慎重に調査するよう手配してほしい」とのメモを送った。しばらくして警察は「その家は周囲からだいぶ離れており、一家は隣人たちとあまり交際していないようである。（中略）ずいぶん楽な暮らしをしているらしく、家賃として週四ギニー半を支払っている」と報告した。ちなみに四ギニー半という家賃は、夫婦がふたりとも仕事をしておらず、ほかに分かっている収入源もないことを考えれば、かなりの大金である。これといって怪しい点はなさそうだったが、テムズ・ヴァレー警察署のアーサー・ロルフ警部補は、アヴェニュー・コテージにひとつ目につく特徴があることに気がついた。「たいへん大きな無線機を持っており、最近アンテナ用に特製のポールを立てた」ことだ。この重要な情報は、一九四三年一月にＭＩ５に届けられた。ちょうどウルズラがフックス・クラウスをフルに運用していて、週二回以上モスクワに送信していた時期に当たる。さらに、無線保安局の責任者からは、傍受担当者がオックスフォード地域のどこかで違法な無線送信機が使われていることを突き止めたとの知らせも入った。バートン家に関するＭＩ５のファイルには、「最も興味をそそられる点は、〔彼らが〕大きな無線機を所有していることであり、これはさらなる調査に値すると思われる」とはっきり記したメモが残されている。

ＭＩ５内の協力者？

ところが、Ｆ部のトップでミリセント・バゴットの直属の上司であるロジャー・ホリスは、無線アンテナ用のポールが調査に値するとは思わなかった。さらに、アヴェニュー・コテージでの生活が見かけとは違うことを示す他の証拠も、徹底的に調べようとはしなかった。ホリスはクラウス・フックスへの調査も、うっかりなのか意図的なのか、とにかく実施しなかった。たどっていけばまっすぐウルズラに行きついたはずの明白な手がかりと思えるものは、何度も何度もホリスによって放置されて、そのままうやむやになった。

ロジャー・ホリスを、上海でリヒャルト・ゾルゲによってスカウトされ、その後イギリス情報部に送り込まれたソ連側スパイだとする説が最初に世に出たのは一九八一年で、以来、何度も公式に否定されてきたにもかかわらず、消えることなく唱えられ続けている。ホリスは、一九三八年にＭＩ５に入ると着実に出世を重ね、一九五六年には長官となり、九年後に退職するまでその地位にあった。彼を告発する人々は、ホリスは地位を利用してウルズラなどイギリスにいるソ連側スパイを何人も守ることができたと主張しており、そのスパイたちは陰謀説を意図的にあおる発言をしていた。後年ウルズラは、上海でホリスと知り合ったことは否定したが、「ＭＩ５にいる人間が、同時にソヴィエト連邦のために働き、私たちを守っていたというのは、起こりえる話だったのでしょうか？」と述べている。現在MI5は、その可能性を完全に否定し、ホリスに対する告発は「調査の結果、根拠のないものであることが判明した」と、ウェブサイト上で主張している。

しかし、ホリスがウルズラ・バートン、ユルゲン・クチンスキー、クラウス・フックスに関して取った――より正確には、取らなかった――行動のパターンは、控えめに言っても奇妙である。例えば一九四〇年、ミリセント・バゴットがユルゲンの強制収容を継続させようと働きかけていたとき、ホリスは「クチンスキーがOGPU［ソ連情報機関のこと］の工作員であるとは一瞬たりとも思わなかった」と述べ、この見解は、ホリスが「クチンスキーを個人的に知っている」ことを根拠に、MI5の局長によって了承された（この個人的関係がどのようなものであったかは、現在に至るまで判明していない）。作家・ジャーナリストのチャップマン・ピンチャー（ホリスを一貫して告発し続けていた人物）によると、アメリカ大使館がMI5に、イギリスにいる外国人共産主義者のリストを作成してほしいと依頼したとき、クチンスキー家はリストから除外されたという。ホリスは、フックスもやはり調査しようとしなかった。「バゴットはフックスの件をすぐに大きく取り上げたようだ」と、フックスの最新の伝記を書いた作家は記しているが、[*6] ホリスはフックスが与える潜在的な脅威について「非常に楽観視して」いたという。ウルズラが屋根に大きな無線用アンテナを立てて暮らしていたコテージの家主ネヴィル・ラスキがホリスの友人だったことも、偶然ではなかったのかもしれない。

チャップマン・ピンチャーの没後、その跡を継いで告発の中心人物となったポール・マンクは、ホリスはF部のトップという立場を利用して、バゴットのチームがウルズラ・バートンとその夫や家族、および彼女の主要な工作員クラウス・フックスを調査しようとするたびに、その取り組みを妨害していたと主張し、次のように書いている。「バゴットは、すでに一九四〇年の段階からソーニャを追跡していた。(中略) 彼女がソーニャを疑惑の目で見て監視下に置くべきだと主張したとき、その発言を封じたのはホリスだった。(中略) バゴットは、判明しているソーニャの経歴から彼女の動きを疑っていたが、その意見はホリスによって一蹴された (以下略)」[*7]。

ホリスの行動には二通りの解釈しかない。彼は裏切り者であるか、あるいはバカ者であるかだ。何人ものソ連側スパイを守りながらも、自分が関与した痕跡は残さずに三〇年以上もMI5の内部に身を潜め続けるには、まれに見る鋭い頭脳を持ったスパイでなくてはならなかったはずだ。しかし、ロジャー・ホリスをそうした頭脳の持ち主だと言う人間は、ひとりもいなかっただろう。彼は真面目なだけが取り柄の、いささか覇気に欠ける、想像力のあまりない官僚だった。嘘をつくことは簡単だ。しかし、いくつもの嘘と隠蔽工作と陽動作戦を何年も維持し、それらをすべて暗記しておくのは、きわめて難しいことだ。人を騙すことにかけては並外れた才能を持っていたキム・フィルビーでさえ、最後には自分の正体を明かすことになる証拠を残している。ホリスは、そうした類いの技能をまったく備えていなかった。膨大な証拠は今のところ、ホリスが裏切り者ではなく無能だったことを示している。彼は頭が非常に鈍かった。

ウルズラに関するMI5のファイルには、FBIからの問い合わせに対する回答としてホリスが書いたメモが残されており、そこには彼の態度が実に見事に要約されている。「バートン夫人は、自分の時間をもっぱら子供たちと家事に注いでいるらしく (中略) 彼女についてはいかなる政治的つながりも知られていない」。ほかの多くの人々と同じく、ホリスもウルズラの本当の姿を、彼女が女性であったがゆえに、見ることができなかった。

マンハッタン計画と出産

一九四三年八月一九日、カナダでチャーチルとローズヴェルトは、原子爆弾の開発を共同で進めるという秘密の取り決め「ケベック協定」に署名した。同時に英米両国は、原爆を相互の合意なく相手国または第三国に対して使用しないことと、原爆開発についてスターリンには伝えないことでも、合意した。この一大産業プロジェクトを推進するため、原子炉と気体拡散プラントを建造し、アメリカの資金と専門技術を大量に投入することが必要になった。イギリスの科学者たちもマンハッタン計画に参加するが、その立場は従属的なパートナーとされた。機密が漏れたり、プロジェクトがドイツ軍爆撃機の被害を受けたりしないよう、活動はアメリカへ移されることになり、それに伴ってクラウス・フックスもアメリカへ渡ることになった。イギリスとアメリカが結んだケベック協定の核心は、原爆プロジェクトについてすべてをソヴィエト連邦には秘密にしておくという決定であり、このことも、連合国は同じ味方どうしであっても、国によってまったく異なる歴史を歩んでいたことを如実に物語っていた。

一説によると、ソ連政府は秘密のケベック協定について、締結のわずか一六日後にウルズラからの報告で知っていたという。情報活動について執筆しているロシア人作家ウラジーミル・ロタは、「他の研究者には利用が禁止されている」情報源を引用する形で、「九月四日、Ｕ・クチンスキーはケベックでの会談結果に関する情報を本部に伝えた」と書いている。[*8]

ケベック協定は極秘として厳重に守られており、ウルズラがその情報を（もし入手したのが事実なら）どうやって入手したのかは、今も謎のままである。フックスが協定について知らなかったのはほぼ間違いない。ひょっとしたら、原爆をめぐるこの最新情報は、兄ユルゲンか父ロベルトがイギリス政界にいる知人のひとりを通して手に入れ、ウルズラに渡したのかもしれない。しかし、ウルズラがこの情報を渡したという主張が事実ではなく、はるか後になってからウルズラとGRUをできるだけ優秀に見せるためのプロパガンダとして捏造された可能性も考えられる。ウルズラ本人は、九月四日にケベック協定の内容を伝えたとはいっさい主張していない。しかし、九月四日のすぐ後に、妊娠八か月だったウルズラは、暴風雨の中、ロンドンへ行って「セルゲイ」（おそらくバルコフスキー）に会っている。「彼は、私が送った報告を称賛する総局長からの臨時通信文を持ってきました」と彼女は記している。「総局長は、『もしイギリスにソーニャが五人いたら、この戦争はもっと早く終わるだろう』と書いていました」。もしかすると、この称賛（GRUの基準からすると絶賛と言える）は、イギリスとアメリカが今では正式に、ソヴィエト連邦に隠れて共同で原爆開発に取り組むことになったことをモスクワに知らせるウルズラからの報告に対してのものだったのかもしれない。

ウルズラは、サマータウンで食料品を買っているとき産気づいた。午後三時、彼女はオックスフォードのラドクリフ診療所で、予定日より三週間早く男の子を出産した。午後五時にはベッドで起き上がり、母親に宛てて、こんな手紙を書いている。「一二時四五分にはまだ買い物に出かけていました。それが、赤ん坊が生まれてもう二時間たっています。つまり、とっても安産だったの」。レンは、ロンドンでソ連の情報機関と会合中で、診療所にはその日の夜遅くに着いた。ウルズラの腕に抱かれた小さな子供を数分間じっと見つめると、彼はこう言った。「君がこんなに幸せそうにしているのを見るのは初めてだ。ソーニャがふたりいるみたいだ」。

ピーター・バートンは、一九四三年九月八日に生まれた。彼の母親は、その数日前に、冷戦を開始させる秘密をソヴィエト連邦に渡していたらしい。彼の父親は、その日はソ連側のスパイ担当官と違法な会合をして過ごし、彼が生まれて数時間後に、その母親の顔を見て暗号名で呼びかけた。何時間か後には、彼の母親は仕事に戻り、いつもどおり諜報活動を開始した。

それらを除けば、ピーターの誕生に変わった点は何もなかった。

クラウス・フックスは、マンハッタン計画に参加するイギリス在住の科学者一七名のひとりに選ばれた。彼はイギリスの原子爆弾研究に当初から加わっており、パイエルスがこの有能な同僚をぜひとも連れていきたいと主張したのである。一七名がアメリカへ向けて出発する前に、マンハッタン計画の責任者レスリー・グローヴズは「全員が信用調査を間違いなくクリアしているという保証」を求めた。フックスに対して型どおりの身元調査が行なわれ、その結果、彼は「紳士的で穏やかで、典型的な学者であり（中略）研究活動にのめり込んでいて政治問題に割ける時間はほとんどない」と判断された。一九四二年七月にはホリス自ら、フックスをイギリス国民にする事務手続きを「この申請に異存はない」と言って進めさせた。イギリスに帰化したフックスは、これで出国許可とアメリカへの一時渡航ビザを手にする権利を法的に有することとなった。ただひとり異議を唱えたのは不屈のミリセント・バゴットで、彼女は、フックスがイギリス人になることを知らされていなかったと訴える簡潔なメモを残しており、その中で「私たちは彼の帰化は検討中だと思っていたが、既成事実になっていた［とは知らなかった］」と記している。

ウルズラ・バートンには、アメリカでもフックスが、今度はマンハッタン計画の中枢部から、原爆の秘密を引き続きモスクワに次々と伝えられるようにする仕事が任された。計画では、フックスはまずニューヨークのコロンビア大学で働くことになっており、ウルズラは本部から、ニューヨーク市内で適切な会合地点を選び、ソ連側情報機関との接触が円滑に進むようフックスに会合のとき身につける目印と会合の日時およびパスワードを伝えるようにと指示されていた。ウルズラは会合場所を探して若いころの記憶をたどった。そうして選んだのは、一九二八年に二一歳の書店員だった彼女が住んでいた、リリアン・ウォルドの運営する移民向けホステル「ヘンリー・ストリート・セツルメント」だった。

フックスの出発日が近づいていたころ、本部から次のような通信文が送られてきた。「ソーニャへ。オットーがアメリカへ出発する件に関する貴官の電報を受け取った。ニューヨークでの会合の場所と条件は了解した。オットーには、我々を助けてくれたことに対する感謝の念を伝え、お礼として五〇ポンドを渡してほしい。そして、新たな地での我々との活動もイギリスに劣らず実り多いものになるだろうと思っていると、彼に伝えてもらいたい」。

フックスは、ほぼ休みなくスパイ活動を続けるわけだが、今度は別な国で、新たな担当官の下、ソ連情報機関の別の組織のために働くことになった。

ソ連の政府情報機関と軍情報部の対抗意識は、ロシアとなった今日もそうだが、昔から非常に強かった。政府情報機関であるＮＫＶＤ（内務人民委員部）は、当時はＮＫＧＢ（国家保安人民委員部）に改組されており、これがやがて、情報収集機関と国家保安機関と秘密警察の役割を兼ね備えた、世界最大にして世界で最も恐れられた諜報組織ＫＧＢ（国家保安委員会）になる。表向き、軍の諜報活動はもっぱらＧＲＵが担当することになっていたが、現実には、スターリンの取り巻きである「グルジア・マフィア」［グルジアは、現在のジョージアのこと。スターリンはグルジアの出身だった］のひとりフセヴォロド・メルクーロフをトップとするＫＧＢが無限の権力を振るっていた。メルクーロフは最初期の冷戦主義者のひとりで、特に資本主義国であるイギリスには強い反感を抱いていた。「遅かれ早かれ、共産主義者の熊と西側のブルドッグのあいだで衝突が起こるだろう。我々がテムズ川でソ連の馬に水を飲ませるときが来るはずだ！」と彼は豪語していた。[*9]

　ＫＧＢは、イギリスで大規模なスパイ網を運用しており、一九四三年にはフックスを有力候補と見なしてスカウトしようとしたが、彼がすでに約二年前からＧＲＵの工作員になっていたことを知らされた。ＫＧＢは、ＧＲＵの補佐役に回るのが気に食わず、メルクーロフがトップに就任してから四か月後の一九四三年八月、権力闘争を開始した。その結果、ＧＲＵで活動していた「原爆スパイ」たちは、全員丸ごとＫＧＢに異動になった。マンハッタン計画への潜入作戦「エノルモス」は、メルクーロフの監督下に入れられた。フックスは、本人の知らないところでＫＧＢのスパイになったのである。

　一九四四年二月五日、クラウス・フックスは、マンハッタンのローワー・イーストサイドにあるヘンリー・ストリート・セツルメントの向かいの角に、ソーニャから指示されたとおり、片手に緑色の本を持ち、もう一方の手にテニスボールを持って立っていた。午後四時きっかりに、がっしりした体格の男が、両手に手袋をはめ、左手にもう一組の手袋を持って現れた。一分後、その男は道を渡ってフックスの方へ来ると、こう尋ねた。「チャイナタウンへの道を教えてもらえませんか？」。

「チャイナタウンは五時に閉まると思います」と、フックスは決められたとおりに答えた。

　その男は「レイモンド」と名乗った。彼は本名をハリー・ゴールドといい、化学者で、共産主義者で、ソ連側のスパイであり、大西洋のこちら側でウルズラの任務を引き継ぐ人物だった。ふたりは歩いて地下鉄の駅に行くと北へ向かう列車に乗り、それからタクシーで三番街にあるレストラン「マニー・ウルフ」へ行った。後にゴールドはKGBに「彼は、身長五フィート一〇インチ［一七八センチ］、やせていて、色白で、最初は非常によそよそしい態度だった（中略）明らかに彼は以前に我々の仲間と働いたことがあり、自分がしていることを完全に自覚している」と報告した。[*10] ウルズラの選んだ会合場所についても、彼は「理想的」だと報告し、「人通りがまったくない」ので、「ふたりの人物が互いに歩み寄って会話しても」――たとえ、そのふたりのうち一方がテニスボールを持ち、もう一方が手袋を二組持っているとしても――「誰も変に思わない」場所だったと、ゴールドは記している。

かくして、フックスの長期にわたる諜報活動は次の段階に入り、この期間中にフックスはニューメキシコ州の砂漠で世界初の原爆実験を目撃し、原爆製造の秘密をモスクワに渡すことになる。GRU本部は、フックスをKGBに譲る前に、本工作について次のように評価していた。「フックスは、赤軍情報部に協力していた時期に、ウラン原子の分裂や原子爆弾の製造に関わる理論的計算を含む、重要な資料を渡してくれた。（中略）一九四一～一九四三年のあいだにフックスから受け取った情報の合計：貴重なデータが書かれた書類、五七〇枚以上」。

フックスは、ウルズラの手を離れた。しかし、ウルズラの人生と無関係になったわけではなかった。ドイツ生まれの科学者フックスは、彼女に協力しているあいだ「バンベリーから来た女性」についてほとんど何も知らされなかったが、彼の知っていることだけで、彼女を破滅させるには十分だった。この原爆スパイは、ソーニャ大佐の最大の功績であると同時に、彼女を破滅させるかもしれない存在であり、いわば、まだ爆発していない時限爆弾であった。

20　ハンマー作戦

ファウスト作戦が始動

一九四四年六月下旬、ウルズラはユルゲンから、至急ロンドンに来てほしいというメッセージを受け取った。兄妹ふたりで自然公園ハムステッド・ヒースの中を歩きながら、ユルゲンは、先日アメリカの若い情報部員がいきなり訪ねてきて、ナチ・ドイツにスパイをパラシュートで潜入させたいので、そのスパイをスカウトするのを手伝ってほしいと頼まれたことを説明した。アメリカ側が特に目をつけていたのはロンドンに住む亡命ドイツ人だった。彼らなら、ヒトラーに反対しているのでアメリカのため喜んで第三帝国に潜入して情報収集作戦を実行してくれるのではないかと考えたのである。

「そうした人物を誰か知りませんか?」と、この熱心な若いアメリカ人は聞いた。ユルゲンは、そうした人物を確かに数名知っていた。彼の妹も知っていた。ウルズラはオックスフォードに戻ると、急いで本部に通信文を送った。

アメリカ陸軍のジョーゼフ（ジョー）・グールド中尉は、元は映画業界の広報担当で、労働組合の組織者であり、アメリカ軍の情報機関に採用されたばかりの人物だった。ニューヨーク出身で、押しが強い二九歳の彼は、熱心で愛国心にあふれていたのに加え、想像力が極端に豊かで、演劇的なセンスが非常に発達していた。グールドは、いわば自作自演のスパイ映画の監督だった。彼の情報活動報告書は、ハリウッド映画の脚本のようだった。

アメリカが参戦すると、グールドは志願してアメリカ陸軍の情報部に入り、ノルマンディー上陸作戦の直後に、具体的な任務を胸にイギリスへ派遣された。

CIA（中央情報局）の前身である戦略事務局（OSS）は、敵戦線後方での軍事諜報活動を調整する目的で一九四二年に創設された組織である。OSSの内部に「秘密情報部」という部署があり、その下に、ヨーロッパにある労働組合系の秘密地下組織を使って情報収集を目指す「労働課」があった。ヒトラーはドイツの労働運動を壊滅させようとしたが、一部の労働組織は生き残り、ファシズムに対する秘密抵抗運動の中核をなしていた。連合軍が東西から第三帝国に迫る中、アメリカの情報機関は、ドイツの軍需・工業生産に関する戦略的な情報を必死に求めていた。そうした情報を提供できる特異な立場にいたのが労働者だった。労働課の課長で、後にニューヨークの弁護士から最高裁判所判事になるアーサー・ゴールドバーグは、「我々は、ヨーロッパの労働運動のメンバーたちが抱くヒトラーへの憎しみを利用できるだろう」と書いている。ドイツで迫害を受けた労働組合員たちは大勢国外に脱出しており、その多くがイギリスに居を定めていた。こうしたナチに反対する亡命者たちのうち何人かをスパイとしてひそかにドイツに帰国させることができれば、彼らに反体制派の労働者組織と連絡を取ってもらい、それを出来合いの諜報網として利用することで、ドイツの国防体制、工業・軍需生産、政治、民間人の戦意などについて重要な情報にアクセスできるだろうと考えたのである。

こうして誕生したのが、ＯＳＳによる「ファウスト」作戦だった。その概要は、「よい」ドイツ人の一団をイギリスでスカウトして訓練し、最新の通信機器を装備させたら、パラシュート降下でドイツに潜入させ、その後は彼らが、現地にうまく溶け込んで労働運動組織と合流し、戦争の最終幕を開始するのに必要な情報を送信し始めるという計画だ。ヒトラーの支配するドイツに「地上で迎えてくれる者たちも隠れ家も味方もいないまま」パラシュートで闇雲に降下する覚悟のある人間を見つけるのは容易なことではないだろうが、労働組合に通じていて、あふれるほどのエネルギーを持つグールドは、チャレンジ精神旺盛な男だった。

グールドは、一九四四年六月一三日にロンドンに着くと、ファウスト作戦の「出演者」をスカウトする仕事に取りかかった。彼は鋭い勘を頼りに、亡命者のたまり場として知られていた、ニューボンド・ストリートにある外国書籍を専門とする古書店に向かった。店主のモリス・アビーは、この「眼鏡をかけた丸顔の若い陸軍中尉」が店に入ってきて――まるで稀覯本のセットを注文するかのように――私は反ナチのドイツ人を集めているのだとはっきり言うと、この男を「すぐに気に入った」。アビーはグールドに、常連客のひとりが亡命ドイツ人コミュニティーのリーダーで、反ファシズム団体の自由ドイツ運動――ヒトラー反対で緩やかにまとまった亡命者の組織――の分派である自由ドイツ文化同盟の創設者だと話した。そして教えたのが、ユルゲン・クチンスキー博士の電話番号だった。数日後、グールドはハムステッドで「中年初期のやせた男性」とお茶を飲みながら、私は「ドイツ国内で行なう予定の、細心の注意を要する非常に危険な任務を引き受けてくれる工作員を探している」と説明した。この興奮しやすいアメリカ人青年が帰ると、ユルゲンはすぐ妹に連絡を取った。

ファウストとは、ドイツの伝説に登場する人物で、この世の知識を得るためなら自分の魂を手放してもいいと考えている。そして、悪魔と契約を結ぶことでファウストは自分の望みをかなえるのである。

スパイ監督官なら、誰もがスパイを敵の情報機関に潜入させたいと願うものだ。その願いをソヴィエト側は、MI6にキム・フィルビーを、MI5にはアントニー・ブラントを潜入させて、実現させていた。そして今度はウルズラに、彼女自身の工作員を一名ではなく数名、極秘任務を行なうアメリカの情報機関に潜り込ませるチャンスがめぐってきた。モスクワからの指示に従い、彼女はイギリス在住の信頼できるドイツ人共産主義者のうち、アメリカ側のスパイとして働く用意はあるが、それと同時に情報をひとつ残らずモスクワ本部に渡してもよいと考えてくれそうな人物のリストを作成した。ファウスト作戦のスパイたちは、ナチ・ドイツを相手にスパイ活動を行なうアメリカ情報機関の工作員であるが、実際には二重スパイとして赤軍のウルズラ・クチンスキーのために働くことになる。

スパイ用語で「カットアウト」とは、スパイとその担当官のあいだに立つ仲介者のことであり、このカットアウトがいることで、仮にスパイが逮捕されても担当官の正体は露見せず、スパイ網全体が危険にさらされずにすむ。モスクワ本部はウルズラに「警戒する」よう忠告し、ファウスト・スパイとの連絡係として活動できる人物を見つけよと命じた。そこで彼女が頼ったのが、昔なじみのエーリヒ・ヘンシュケだった。一九二九年にマルクス主義労働者貸出図書館を設立するのを手伝ってくれて、鳩の糞の臭いがするベルリンの地下室で共産主義の書籍を有料で貸し出していた、あの同志ヘンシュケだ。ヘンシュケは、その後ゲシュタポによってドイツから追い出されると、ソヴィエト連邦で軍事教練を受け、義勇兵としてスペイン内戦で戦った。ヘンシュケは昔と変わらずけんかっ早く、党の規律に非常に厳格で、銃と一緒に大きなメガホンを持ち歩いては、仲間の共産主義者たちに戦えと呼びかけていた。一九三九年、彼は偽造したフランスの身分証と「カール・カストロ」という偽名でイギリスに入国した。一九四四年当時はロンドン郊外のアクトンにあるウォールズ・アイスクリーム［イギリスで非常に有名なアイスクリームのブランド］の工場で働きながら、国際旅団協会で事務の仕事もしていた。ウルズラはヘンシュケを「頭の回転が鈍く、なかなか決断を下せない男」と思っていたが、彼は「誠実で信頼でき」、ドイツ人コミュニティーの人間をひとり残らず知っていた。ヘンシュケこそ、理想的なカットアウトだった。

ウルズラは兄に、ヘンシュケをグールドに引き合わせるよう指示した。ふたりは非常に親しくなり、ニューヨーク出身の若者はカール・カストロにすぐさま仕事をオファーした。月五ポンドの報酬で、ファウスト作戦のために工作員を集める手伝いをしてほしいと頼んだのである。

ウルズラはスカウト候補として、チェコスロヴァキア経由でイギリスに亡命してきたドイツの元労働組合員たちを中心とする三〇名のリストをヘンシュケに渡した。この三〇人については、すでにモスクワに名前と略歴および写真を送って承認を得ていた。「私が本部に相談することなしに何らかの行動を起こすことはありませんでした」と彼女は述べている。

一九四四年八月、ハムステッドのパブでグールドは、ファウスト作戦の中核を担うことになる四人のドイツ人と最初の会合を持った。四人のひとりパウル・リンドナーは、ベルリン出身の三三歳の旋盤工で、ドイツ金属労働組合の組織者であり、もともとハンサムだった顔は傷跡と数本の折れた歯で台無しになっていて、ナチ党員たちによる暴行がどれほどひどかったかを物語っていた。リンドナーは、ゲシュタポに追われながらチェコスロヴァキアに脱出し、一九三九年にイギリスへ来ると、イギリス女性と出会って結婚し、ロンドンに居を構えていた。ふたり目のアントン・「トニー」・ルーは、リンドナーの親友の石版印刷工で、ベルリンの非合法印刷所で反ナチのパンフレットや国外脱出を図るユダヤ人のための偽造パスポートを印刷していたが、やがて彼も亡命を余儀なくされ、チェコの地下組織の助けを借りてロンドンにやってきていた。三人目のクルト・グルーバーはルール地方出身の炭坑作業員で、四人目のアドルフ・ブーフホルツはベルリン・シュパンダウ区出身の金属加工労働者だった。この四人は、四人とも労働組合運動と反ファシズム抵抗運動に熱心だった。全員が筋金入りの共産主義者で、ウルズラが選びに選び抜いたメンバーだ。前もってヘンシュケはこの四人に、表向きはアメリカ側のために働くことになるが、本当の雇い主はモスクワにいることを説明していた。ウルズラの言葉を借りれば、「この同志たちは、この件がソヴィエト連邦によって承認されていることを知っていた」のである。

四人のドイツ人は、「安いスーツとネクタイ姿で居心地悪そうにしながら」[*1]、グールドの話に熱心に耳を傾けた。グールドはまず、彼は今、ドイツ各地にパラシュートで降下してドイツ国内の状況についての情報をアメリカの諜報機関に送ってくれる人物を探していると説明した。「彼は四人の経歴や、詳しく知っている都市はどこで、どこに行けば情報提供者がいそうで、誰に身をかくまってもらえるかなどを尋ねた」。アメリカ政府との正式な雇用契約により、志願者はチェース・ナショナル銀行の口座を通じてひとりあたり毎月三三一ドルを受け取ることになる。帰還できなかった場合は、残った家族に補償金が支払われる。四人のドイツ人は熱心にうなずき、飲み物を飲んでしまうと、「今の話についていていろいろ考えたり、グループの仲間たちと話し合ったりするために」少し時間がほしいと言った。数日後、ヘンシュケはグールドに、あの四人は喜んで志願することに決めたと伝えたが、当然ながら、志願せよとの命令がウルズラとGRUから直接伝えられたことは明かさなかった。グールドは、他の候補者からさらに三人の志願者を選抜した。作戦は、五つの異なるミッションに分けられ、そのそれぞれに、情報活動で名前をつけるときによくある気まぐれから、同じテーマの暗号名がつけられた。その名は、「ハンマー」「チゼル（のみ）」「ピックアックス（つるはし）」「マレット（槌）」そして「バズソー（電動丸のこ）」。これら五つは、まとめて「ツール（工具）」ミッションと命名された。

ジョーン＝エレナー・システム

新たに採用された者たちは、自分たちが全員ドイツ共産党の党員であることを明かさなかった。彼らの政治的立場をグールドがどこまで知っていたのかは、今も判明していない。ツール・ミッションのために集めた者たちが左翼であることを知っていたのは確かだが、彼らがひそかにモスクワのために働いていたことは知らなかったに違いない。後にリンドナーは、グールドは共産主義シンパだったのかもしれないと考え、「彼はアメリカ人同志だと推察できるだろう」と書いている。しかし、グールドは共産主義者ではなかった。スカウトした工作員たちの政治的立場に関心がなかったにすぎない。彼ら「自由ドイツ人」たちに、課せられた役割を果たすのに必要な勇気と労働組合とのコネがあるのは明らかであり、ジョー・グールドにはそれだけで十分だった。

ツール・ミッションのための準備がただちに始まった。マンチェスター近郊のリングウェイ飛行場で、ドイツ人たちは集中的なパラシュート降下訓練を受けた。それからロンドン近郊のライスリップにある秘密のスパイ学校で、偽名と偽造身分証と、経歴を偽るための作り話を与えられ、厳しい体力トレーニングを積んだ。銃の扱い方や、音を立てずにナイフで人を殺す方法も覚えた。新人工作員たちは、各人ができるだけ出身地の近くに降下することになった。その方が現地に溶け込みやすいだろうと考えてのことだ。イギリスへ新たにやってきたドイツ人避難民から徴発された普通の服が、ロンドン中心部を走るブルック・ストリートの倉庫に保管されており、ここで工作員たちは来たるべき任務で着用する服を選んだ。「すべてに共通していたのは、どの品物も――スーツから、シャツ、ネクタイ、帽子、ベルトのバックル、カフスボタン、ネクタイピン、靴紐に至るまで――ドイツ製ということだった」。イギリス製を示すラベルがひとつでもあれば、処刑される恐れがあった。ドイツ製の眼鏡旅行カバン、ドイツ製のタバコ、ドイツ製のかみそり、ドイツ製の歯磨き粉、それにドイツ製のが、中立国であるスウェーデンで購入され、アメリカ国務省の外交用郵袋に入れられてロンドンに送られた。シカゴ美術大学の卒業生で、偽造にかけてはOSS一の名人ボブ・ワークが、本物と区別がつかないほど精巧な、ドイツの偽造パスポートと、偽造した旅行許可証と、偽造した身分証明書を用意した。工作員たちは、ドイツを離れてもう何年にもなっていたので、国内情勢について学んだり、同郷の者たちと再び交じって暮らすのに慣れたりするため、ひそかにドイツ人捕虜収容所に送り込まれた。そこで知ったことに彼らは心を乱された。ドイツ人捕虜の大半は、最後にはヒトラーが勝つとかたくなに信じており、一部には、ジェノサイドで「アメリカとイギリスのユダヤ人が我々と戦うため最前線にやってきた」のだから、ヒトラーはユダヤ人を絶滅させるのを戦争に勝利するまで待つべきだったと考えている者さえいたのである。ライスリップでの訓練は、「月曜日は戦術の講習、水曜日はSSのパトロール隊への対処法、金曜日は地図製作法の学習」というように、厳格な時間割に従って進められた。

最も重要な訓練は、通信技術の分野でアメリカが成し遂げた最新の大発明に関するものだった。その発明品とは、地上と空中との通信を初めて可能にした、片手で持てる携帯型の送受信両用無線機だ。携帯電話の先祖と言うべき装置で、ニューヨークのＲＣＡ電子工学研究所が設計したのを、デ・ウィット・Ｒ・ゴダードと、スティーヴン・Ｈ・シンプソン海軍少佐がＯＳＳのために改良・開発したものである。後に「ウォーキートーキー」の名で知られることになるが、発明当初、この先駆的な装置は「ジョーン＝エレナー・システム」という長くて奇妙な名前で呼ばれていた。「ジョーン」とは、地上にいる工作員が持ち運ぶ携帯式の送信機で、長さは約一五センチ、重さは約一・四キロあり、折りたたみ式のアンテナがついている。「エレナー」は、それより大きい航空機搭載用の送受信機で、これを積んだ飛行機が、あらかじめ決められた時刻に頭上を飛ぶことで通信を行なう。ちなみに、エレナーはゴダードの妻の名前であり、ジョーンはシンプソンの恋人だった陸軍婦人部隊の少佐の名だった。ジョーン＝エレナー・システムで利用される周波数は二五〇メガヘルツ以上で、ドイツ軍がモニターできる範囲よりはるかに高かった。この元祖ＶＨＦ（超高周波数つまり超短波）無線機を使えば、内容を暗号化することなく最長二〇分間通信することができ、モールス符号や暗号化などウルズラが経験したような複雑な無線通信の訓練をする必要がなくなる。地上にいるスパイからの言葉は、上空を飛ぶ航空機の機内に作られた専用の酸素室に詰めている通信員によって受信され、ワイヤレコーダーに録音される。使用される航空機は、改造された高速機デ・ハヴィランド・モスキート爆撃機で、任務中は、ドイツ軍の高射砲が届かない高度七六〇〇メートル以上で飛んだ。上空を旋回飛行する航空機に乗っている情報員は、地上の工作員と直接通信することができた。敵戦線の後方で通信可能なジョーン＝エレナー・システムは、まったく新しい装置で、敵に探知されず、使いやすかったため、一九七六年に機密解除されるまで極秘扱いだった。ライスリップ・スパイ学校でドイツ人志願者たちは「ジョーン」の使い方を覚え、イギリスのワットン空軍基地に駐屯するアメリカ第二五爆撃群の乗組員たちは、「レッドストッキング」という暗号名で「エレナー」の使い方を指導された。ジョーンからエレナーへのコールサインは「ハインツ」とされ、それに応えてエレナーからジョーンに送るコールサインは「ヴィック」と決められた。工作員がドイツに潜入した後は、数字を並べた特別な暗号をBBCラジオで放送して、工作員にいつ送信を行ない、いつどこで補給物資の投下を待つべきかを伝える。ツール・ミッションに関連する暗号がまもなく放送されることを知らせる合図として、ノルウェーの作曲家クリスティアン・シンディングが作曲した人気のピアノ曲「春のささやき」が集中的に流されることになった。

一一月二二日、シンプソンは初めてシステムの運用テストを実施し、ナチ・ドイツが占領するオランダの上空九一〇〇メートルを旋回飛行しながらOSSの工作員「ボビー」からの送信を録音することに成功した。

アメリカは任務の進捗状況に満足した。そしてソ連も満足していた。

ドイツ人志願者たちは、ひとりひとりが定期的にハムステッドでヘンシュケと会っていた。パウル・リンドナーは、GRUの工作員に「宣誓就任」したと述べている。それによると、ヘンシュケはパブ「ウェルズ・タヴァーン」でビールを飲みながら、「本日をもって、君は自分がソ連にいる我々の友のために働いていることを肝に銘じ、あらゆる問題を、自分が赤軍の指揮下にあるつもりで考えなくてはならない」と明言したという。トニー・ルーは、やはり同じ手続きを踏んで工作員となり、学んだことを何から何まで「非常に詳細に」カットアウトであるヘンシュケに伝えた。「我々は同志ヘンシュケに、学校で使われているあらゆる手法についてのほか、パラシュート降下の訓練や、課された任務の内容、捕虜収容所での我々の活動、さらには、我々も継続的に扱っているこの装置〔ジョーン＝エレナー・システム〕の詳細についても、報告しなくてはならなかった」。ヘンシュケはそうした情報をウルズラに伝え、それをウルズラはモスクワ本部に送った。ツール・スパイたちは、自分たちの報告をモスクワに送って黒幕として活動している女性、つまり自分たちを動かしている秘密のスパイ監督官に、一度も会ったことはなかった。

ウルズラを通じてモスクワ本部はツール・ミッションについてOSSとほぼ同程度に知っていたし、MI6よりも詳しく知っていた。スパイたちの偽の身元も、偽造書類と衣服のことも、彼らの装備も、送信予定日時も、何もかも本部は知っていた。赤軍は、スパイたちがいつどこに降下するかも、彼らが反ナチ抵抗運動と接触することも、「レッドストッキング」「ハンマー」「バズソー」の本当の意味も、知っていた。数字を使った暗号システムや、地上にいる工作員に指示を伝えるためにBBCが放送するピアノ曲のことさえ知っていた。冷戦が近づいていたこの時期、アメリカ人がどのように秘密作戦を計画し、OSSの訓練方法を決め、人員を組織するかは、相手よりも優位に立つのに必要な情報だった。しかし、このミッションでモスクワが最も強い関心を寄せたのはジョーン＝エレナー・システムだった。ソ連にこうした技術はまったくなかった。だから、ウルズラのスパイたちが何とかしてGRUの手に入るようにしてくれれば、ありがたかった。

「私は本部に詳細をすべて報告し、総局長は関心があるとはっきり言っていました」とウルズラは書いている。アメリカは、この戦争で最後となる大規模な情報作戦を開始しようとしていたが、OSSの人間が誰も知らないうちに、ソ連側はひそかに最前列の席に座って一部始終を見物していたのである。

グールドはツール・ミッションのスパイたちに感心し、スパイ監督官なら誰もがそうであるように、配下の工作員たちに強い個人的な絆を感じていた。中でも、コンビとしてハンマー・ミッションを担当して第三帝国の首都ベルリンに降下することになっていたパウル・リンドナーとトニー・ルーには、強い思い入れを抱いていた。グールドは、自分が「これらの部下たちと親密になりすぎるという、プロにあるまじき罪」を犯しているのではないかと思った。彼は、このふたりの特徴を詳細に記した文書を残している。パウル・リンドナーについては、こう書いている。「顔：角張っている。肌の色：たいてい青白い。本人によると、体調がよければよいほど病気ではないかと尋ねられる回数が増えるという。何と言おうかと考えているときは額にしわを寄せ、ときには頭をかしげることもある。身体的特徴：鼻柱の右と左目の下に赤いあざ。ナチ党員の手にはめられていたメリケンサックでできたもの。また、右臀部の上側に、一九三三年にナチ突撃隊から受けた銃剣の傷あり」。そしてトニー・ルーについては、「大柄な男で、頭には白髪が交じり、物静かで周囲を安心させる堅実さを備えている」と記している。

「これはバランスの取れたチームだった」と、グールドは述べている。ハンマー・ミッションという作品に主演する二名の俳優はどちらも役柄にピッタリの配役だとグールドは思ったが、ふたりがまったく異なる脚本に従っており、姿の見えない舞台監督が何から何まで舞台の袖から指示していることには、まったく気づいていなかった。モスクワ本部はウルズラに、ツール・ミッションに集中し、ジョーン＝エレナー・システムをソ連側が入手するのに必要なことはすべてやるようにと指示した。

　ＭＩ５では、ミリセント・バゴットだけが裏で何かが進行中だと嗅ぎつけていたが、それが具体的に何なのかまでは、この時点では分からなかった。Ｆ２ｃ課の粘り強い追跡者バゴットは、ＯＳＳの任務についてては知らなかったが、しばらく前からエーリヒ・ヘンシュケ、別名カール・カストロを監視していた。一九四三年九月に彼女はヘンシュケについて、「マルクス主義を強く信じる昔からの共産主義者であることに疑いはない［が］、この人物は今のところ何の問題も起こしておらず（中略）静かな生活を送っているようだ」と記している。[*2] この評価は翌年に、ＭＩ５が自由ドイツ運動に潜入させていたスパイから、カストロは見かけどおりのアイスクリーム工場の人畜無害な従業員ではなく、「カストロは、テールマン・グループと関係しており、ソ連で軍事教練を受け、［ドイツ］共産党の準軍事組織〔赤色戦線戦士同盟 Rotfrontkämpferbund のこと〕に加わっていた」との報告が来て、修正された。彼女からＭＩ６に「カストロは偽名と言われており（中略）〔彼は〕『粗暴で暴力的なタイプ』だと評されてきた」と、警告する内容のメモが送られた。ミリセント・バゴットはカール・カストロを監視下に置いた。彼女はカストロを信用しておらず、また、ウルズラのことも以前から疑っていた。もしふたりが一緒にいるところを彼女に見られたら、それで万事休すとなるだろう。

　グールドは新たにスカウトした部下たちの忠誠心をまったく疑っていなかったが、すでに大戦中から冷戦の風が連合国の政治組織のあちこちで吹き始めていた。ＭＩ５は、自由ドイツ文化同盟を共産主義組織と見なしていた。ＯＳＳの局員ビル・ケーシーは、元は頑固な弁護士で、当時は秘密情報部の責任者であり、後にＣＩＡの長官になる人物だが、そのケーシーは、この極秘任務のためにスカウトされた者たちの中に共産主義者が交じっているのではないかと恐れていた。このケーシーの懸念に対し、労働課の課長アーサー・ゴールドバーグは、ＯＳＳが特に目指しているのは「普通と違った部隊」をスカウトすることであり、そこには当然ながら普通と違った考えを持つ人間も含まれるだろうと主張し、両者は衝突した。ふたりの対立は、ＯＳＳの創設者で局長のウィリアム・「ワイルド・ビル」・ドノヴァン少将にまで伝えられた。

ドノヴァンは戦いを好む人物で、革命が起きたメキシコで革命家パンチョ・ビリャと戦い、第一次世界大戦ではドイツ軍と戦い、ＦＢＩのＪ・エドガー・フーヴァー長官と戦い、禁酒法時代にはニューヨーク地区の連邦検事として酒類の密造・密売業者と戦った。彼がＭＩ６を直接モデルにして作ったのがＯＳＳだ。ドノヴァンは豪傑肌で、政治家というより海賊に近かった。「興奮すると競走馬のように鼻息を荒くする」[*3]彼にとって、ツール・ミッションは「戦闘とごまかしを、勇気を持って、気高く、がむしゃらに、楽しみながら、ときには極悪非道な手も用いて追い求める」という彼の好みに完璧に合致していた。グールドと同じく彼も工作員の政治的見解には何の関心もなく、「ヒトラーに勝つ助けになるならスターリンをＯＳＳに雇う」と言ってはばからなかった。もちろん彼は、スターリンの工作員がすでにツール・ミッションに雇われていることを知らなかった。ドノヴァンはケーシーの意見を退けた。任務は先へ進んだ。

これと同じ頑固な（あるいは単純な）態度は、アメリカがイギリスで最も著名なドイツ人共産主義者のひとりをきわめて重要な極秘プロジェクトに採用するという決断にも及んでいた。戦争終結が見えてきた一九四四年一一月、アメリカの陸軍長官は、連合軍の爆撃によってドイツが受けた経済的損失を評価する新たな組織の創設を命じ、この組織に、爆撃が軍需・工業・農業の各分野での生産をどこまで減らしているのかを報告させることにした。こうして生まれたアメリカ戦略爆撃調査団（ＵＳＳＢＳ）は、さまざまな方法で調査を進めた。上空からの偵察や、報道記事、さらには民間人の栄養状態も、爆撃の効果を知る手がかりとなった。また、破壊された戦車や航空機の認識番号を丹念に調べることで、兵器の生産水準を評価することができた。貨物列車の時刻表も、経済の健全さを示す指標になった。USSBSのメンバーには、後にイェール大学の経済学教授になるリチャード・ラッグルズや、高名でリベラルな経済学者ジョン・ケネス・ガルブレイスなど、優秀な頭脳が何人か含まれていた。しかし、調査団が何よりも必要としていたのは、ドイツ経済を直接知っており、ヒトラーの軍需産業などナチ・ドイツの主要な生産部門について詳細な統計学的知見を提供してくれる人物だった。そのようなドイツ人は、ロンドンにひとりしかいなかった。

ユルゲン・クチンスキーは、『資本主義下における労働者の状態の歴史』の最新巻として、一九三三年以降のドイツ経済を詳細に分析した本を出版したばかりだった。一九四四年九月、彼はアメリカ大使館に来てほしいとの手紙を受け取って大使館に出向くと、USSBSでの仕事をオファーされ、引き受けてくれるのなら、かなりの額の俸給と、さっそうとしたアメリカの軍服と、中佐の階級を用意すると言われた。彼は「考える時間」がほしいと答えた。その「時間」は、当然ながらウルズラと連絡を取るのに使われ、ウルズラはただちに本部に知らせた。「返事はすぐに来ました。彼らは関心を示しました」。これで兄妹は、属する軍隊は違うが、どちらも佐官級の将校になった。

ツール工作員たちは、共産主義者であることを半ば秘密にしていた。ユルゲン・クチンスキーは、共産主義者であることをはっきりと公言していた。MI5での破壊活動対策の責任者で、クチンスキーによる脅威を一貫して軽視してきたロジャー・ホリスでさえ、やむなく「彼の貢献を利用する者は、ドイツの経済状況に関する彼の結論は政治的信念の影響を受けている可能性があることを知っておくべきである」という警告を出した。[*4]

最終的にUSSBSは、連合軍による戦略爆撃の「決定的な」影響を詳細に記した、全二〇八巻から成る分析結果の報告書をまとめた。[*5] 調査団のメンバーのうち、報告書全体に目を通すことができたのは、ユルゲンを含め五名のみであり、報告書はローズヴェルト大統領、チャーチル首相、アイゼンハワー将軍、ドノヴァン局長に提出された。さらに、スターリンの手にも渡った。本部はウルズラに、この情報活動での成果物はドイツ経済の崩壊状況を可能な限り最も明確に伝えるものとして、まっすぐ「ソヴィエト軍最高司令官I・V・スターリン」のもとに送られるだろうと内々に保証していた。

仕事も家庭もひとりで背負う

戦争が多くの血を流しながら最終盤へと一気に向かうにつれて、ウルズラは諜報活動と子育てと家事でてんてこ舞いになった。彼女は来る日も来る日も、父、兄、「トム」、「化学者」などスパイ網のメンバーたちから集めた情報を整理したり、ツール・ミッションから情報を収集したりするかたわら、洗濯物を干したり皿を洗ったりしながら、アヴェニュー・コテージで家事が滞りなく進むよう奮闘していた。このころ原子爆弾プロジェクトのためプルトニウム原子炉の製造に協力していたイギリス非鉄金属研究協会からは、メリタ・ノーウッドが情報を絶え間なく提供してくれていた。同協会の研究責任者G・L・ベイリーは、個人秘書ミス・ノーウッドに口述筆記させた手紙の中で政府に対し、私の研究チームは「非常に厳しい秘密保持規定」を守り、「権限のない人物が情報を入手することのないよう予防措置を講ずる予定だ」と約束していた。そのかたわらでノーウッドは、チューブ・アロイズ関連の会議の議事録をタイプで清書し、そのカーボンコピーをソーニャ用に一部余計に作っていた。ミヒャエルは、好奇心旺盛で頭のよい少年に成長していた。この子から「夜の送信」をいつまで隠し通せるだろうかと、ウルズラは考えた。気は進まなかったが、これが息子にとっていちばんいいのだと自分に言い聞かせて、ミヒャエルをイギリス南部イーストボーンにある寄宿学校に送り出した。ミヒャエルは、今も父親を慕い続けていた。後に彼は、「年月がたつにつれ、次第に私は、父はもう帰ってこないと思うようになりました。とても会いたかったです。母が父の話をすることは、ほとんどありませんでした」と語っている。ウルズラは、ロンドンへ「セルゲイ」に会いに行くときは下の子供ふたりのためにベビーシッターを見つけなくてはならなかった。母ベルタがときどきやってきて助けてくれたが、九月にベルタは肺炎で倒れてしまう。「何があっても、お医者さまが治ったと思うまで入院していなくちゃダメよ」と、ウルズラは母に書き送った。モスクワに送信する夜には、無線傍受用のバンが近くを走っているのではないかと思いながら、夜明け前まで働いた。暗号化と解読に使った紙は、一枚残らず暖炉で燃やした。負担を少なくしようとして、七歳のニーナもロンドン北東のエッピング・フォレストにある寄宿学校に送った。その数週間後、ニーナは盲腸が破裂して病院に運び込まれ、生死の境をさまよった。ウルズラは三日三晩、罪の意識にさいなまれながら、つきっきりで看病し、退院すると娘を家に連れ帰った。「私は、娘を二度と遠くへやらないと誓いました」。

子育てとスパイ活動という二重の重荷をレンに分担してもらおうにも、レンはようやくイギリス空軍の訓練に呼ばれて、すでに家にはいなかった。ウルズラは、時間ができるたびに自転車で片道四〇キロを走って兵舎にいる空軍のバートン訓練兵を訪ねたが、夫はいつも不機嫌で退屈そうにしていた。「ひと月に二度会うだけでは足りません」と彼女は書いている。レンは、パイロットの訓練も、皮肉なことに無線操作の訓練も、受けさせてもらえなかった。戦闘部隊に転属したいという要望も却下された。MI5が彼の申請を裏でひそかに妨害していたのだ。ミリセント・バゴットと彼女のチームに、バートンを国外へ出させるつもりはなかった。「レンからは、とても悲観的な手紙が何通も来ている」とウルズラは母親に告げている。そうした陰気な手紙も、すべてＭＩ５に読まれていた。ＭＩ５のシリトーは「私は彼を監視下に置くよう手配中だ」と記し、さらに、監視は慎重に行なうつもりだとして、「バートンの件が通常と同じ方法で扱われているのではないことを彼に悟られるような行動を取ることは望ましくない」と書いている。

気持ちが前向きなとき、ウルズラは、赤軍が今もベルリンに迫っており、ついに革命が勝利して瓦礫の中から共産主義国家ドイツが生まれるのだと考えて、自分を慰めていた。しかし、赤ん坊が泣きやまなかったり、山のような無線業務がいつまでたっても終わらないように感じられたりして憂鬱なときには、戦争は本当に終わるんだろうかと考えた。今のウルズラは、母親としてもスパイとしてもパートナーのいない状態だった。気分が落ち込んだときはいつもそうだが、彼女は自分の中に引きこもり、憂鬱の影や、秘密の生活から来るストレスを、他人に悟られないようにした。彼女は誰も信用していなかった。普段から欺瞞工作でごまかすのが当たり前だったので、自分の感情もごまかすようになっていた。気持ちがどん底まで落ち込んでいるときには、自分の選んだ奇妙な生活が子供たちに与えている影響を思って嘆いた。とりわけミヒャエルは、ごくごく幼い時期を、国から国へと、話す言葉を変えながら、父親ではない男性たちと次々と一緒に暮らしながら過ごしてきた。「彼は違う母親だったらよかったのです」と彼女は書いている。「子供時代を、夕方に帰宅する父親と、いつも近くにいてくれる母親と一緒に、ずっと一か所で過ごすべきだったのです」。

真面目な共産主義者の例に漏れず、ウルズラも記念日を大切にしていた。一一月七日、ボリシェヴィキ革命が起きた記念日に、彼女は子供たちを近所の人に預けて、ロンドンへ「セルゲイ」に会いに行き、記念日を祝うGRU総局長からのメッセージを受け取った。彼女は赤いバラを買うつもりだったが、戦時中のイギリスにバラなど一本もなかった。ウルズラは、がっかりして寂しい気持ちでアヴェニュー・コテージに帰ってきた。「この日を誰とも祝うことができませんでした。私の思いは過去へと向かいました」。

ルディ・ハンブルガーから最後に連絡があってから、もう二年近くがたっていた。彼がどうなったのか、彼女はあえてモスクワに問い合わせなかったし、たとえ問い合わせたところで本部は何も教えてくれなかっただろう。もう死んでいるのかもしれないと思っていたが、その思いはミヒャエルにも他の子供たちにも秘密にしていた。ヨハン・パトラは、もっと前から音沙汰がない。アグネス・スメドレーはアメリカに戻り、ニューヨーク州北部の作家村に住んで、今も中国共産主義のため熱心にプロパガンダ記事を書いている。シューシンとグリーシャとトゥマニャンがどうなったのか、今もウルズラには分からなかった。アレグザンダー・フットとシャーンドル・ラドーは、もしまだ捕まっていなければ、今もスイスでスパイ活動をしているはずだ。リヒャルト・ゾルゲについては、彼女の手元に思い出として残っているのは、すり切れた一枚の写真だけだった。

ゾルゲの最期

そのころ地球の裏側では、東京にある巣鴨拘置所の死刑囚監房で、ウルズラをスカウトした男が絞首刑執行人の来るのを待っていた。

リヒャルト・ゾルゲの日本におけるスパイ網は、諜報活動で数々の偉業を成し遂げていた。熱心なナチ党員を装い、女と酒を求めながら東京のあちこちを歩き回っていたゾルゲは、ドイツ大使館と日本の政権内部にスパイを潜入させて、その両方から極秘情報を引き出した。一九四一年には、日本はシベリアに侵攻する意図も能力もなく、ソ連軍の主力をモスクワ防衛に回すことができるとソ連政府に伝えることができるまでになっていた。バルバロッサ作戦の二日前には、モスクワ本部に通信文を送って、「ドイツとソ連の戦争は不可避である」と警告していた。しかし、他人を感謝も信頼もしないスターリンは、ドイツの攻撃が迫っているというゾルゲの報告を誤報だとして退けた。

やがてドイツ側は、ゾルゲは敵方のために活動しているのではないかと疑うようになり、調査のため、雑踏の中でも目立つほど大柄なナチ党員であるゲシュタポの極悪人ヨーゼフ・マイジンガー大佐を派遣した。ゾルゲは、マイジンガーを東京の夜に連れ出して一緒に飲み歩くことで、この脅威をただちに無力化した。

驚くほど次々と幸運に恵まれてきたゾルゲだったが、その運も、スパイ網の末端で活動していた工作員が偶然逮捕されたことで、ついに尽きた。ゾルゲは逮捕され、拷問を受けて自白した。日本は、ソ連側に逮捕されている日本側スパイ一名との交換を申し出たが、ソ連政府は、彼はソ連側の工作員ではないと言って、関係を否認した。これはスターリンが、ゾルゲの警告は正しかったのに、それを却下したことが明るみに出るのを望まなかったためだと言われている。ソ連では、ゾルゲの妻カーチャがドイツ側スパイだという容疑で逮捕され、強制労働収容所に送られて、そこで死亡した。ゾルゲの最も重要な情報提供者だった日本人ジャーナリスト尾崎秀実も逮捕された。

巣鴨拘置所に入れられて二年後、ついにゾルゲは諜報活動で有罪となり、絞首刑を言い渡された。死刑を主張した日本の検察官は、「私は彼ほど立派な人間にこれまで会ったことがない」と語った。[*6]

ゾルゲは、一九四四年一一月七日に絞首刑にされた。両手両足を縛られ、首つり縄を首にゆるく巻かれた姿で、彼が流暢な日本語で言った最後の言葉は、「赤軍万歳！　世界の共産党万歳！　ソ連共産党万歳！」だった。

長時間にわたる情け容赦ない尋問で、ゾルゲはスパイとしての経歴について多くのことを日本側に供述した。その内容はたいていい真実だったが、そうでないものも含まれていた。

この有能なスパイは、一九三〇年代の上海スパイ網について、所属していた女性スパイたちのことも含め、何度も繰り返し尋問された。ゾルゲは、ウルズラがどれほど活躍しているのかは知らなかったが、もし今も生きているなら枢軸諸国を相手にスパイ活動を実行していて、身を危険にさらしているだろうと思っていた。彼は、獄中で書いた手記にこう記している。「女というものは政治的な、あるいはいろいろな知識がないから情報活動には全然駄目で私は女からよい情報を得たことは一度もない」［『現代史資料（1）』みすず書房、一九六二年より引用。ただし表記を一部改めた］。もちろん、実際はその逆だった。ゾルゲのスパイ網には数多くの女性がおり、その筆頭がウルズラだった。彼は、自ら大切に育てたスパイであり、同じ情報員仲間になった彼女から注意をそらすため、日本の尋問官たちに嘘をつき、そうすることで彼女を守ろうとした。

ゾルゲは、恋人としてはまったく不実な男だったが、彼なりに最後まで誠意を尽くしたのだった。

ジョー・グールドは、クリスマスの日をツール・スパイたちと一緒にリンドナーの家で過ごした。誰もが酔っ払い、ドイツ語でクリスマスキャロルを歌った。グールドの息子が後にこのときのことを「ユダヤ系のアメリカ陸軍将校と、彼がスカウトして全員同じ目的を共有している七人のドイツ人とが互いに尊敬し合っていた」瞬間だったと語っている。それを除けば、第二次世界大戦が冷戦に変わろうとしていたこの時期、すでに彼らは敵と味方に分かれていた。

数週間後、グールドはエーリヒ・ヘンシュケに、これからパリへ行くので同行してほしいと頼んだ。解放されたフランスの首都パリでは自由ドイツ委員会が組織されており、グールドは、スパイたちが隠れ家として使えそうな「ドイツ国内での反ファシズム運動家の住所」を、ヘンシュケの助けを借りて集めたいと思ったのだ。ふたりは一緒に自由ドイツ委員会の本部と、スペイン共和国義勇兵友の会（Amicale des Volontaires de l'Espagne Républicaine）という団体を訪問した。「彼は必要としていた住所をすべて持ち帰った」が、そうして手に入れたドイツ国内の信頼できる反ナチ連絡員のリストが、モスクワ本部によってあらかじめ承認されたものだとは知らなかった。赤軍の情報機関は、ツール・ミッションを監視しているだけではなかった。ウルズラとヘンシュケを通して、少し離れた場所から任務を動かしていたのである。

そして、このふたりをミリセント・バゴットが監視していた。

ヘンシュケがロンドンに戻った直後、バゴットはMI6で対ソ連作戦を担当する責任者にメモを送って、カール・カストロを疑っていることを詳しく説明し、この共産主義者であることが明らかな男がパリで会った人物たち、中でも国際旅団の元兵士たちについて、もっと調べる手助けをしてほしいと依頼した。「このフランスの団体について何か情報はないでしょうか?」。バゴットがメモを送った相手は、キム・フィルビーであった。

一九四五年の時点で、フィルビーはソ連側工作員として一〇年を過ごし、MI6の局員として五年を過ごしていた。有能で頼りになる人物だった彼は、イギリスの情報機関でトントン拍子に出世する一方、国益を大きく損なう情報をKGBの担当官に大量に渡していた。また、共産主義の利益やソ連の国益を脅かしそうな作戦があれば、その進行を気づかれぬように妨害するのが非常にうまかった。バゴットの問い合わせに対してフィルビーが出した一九四五年二月二二日付の返信は、見事なまでに何の役にも立たなかった。いわく、「現時点で当方には、スペイン共和国義勇兵友の会についての情報はない」。

ツール・ミッションにソ連側スパイが潜入していることを暴く最後の機会は失われた。

一週間後、ハンマー・ミッションが始まった。

21　春のささやき

チームをドイツに投下

これまでウルズラは、常に外国の地でファシズムと戦ってきた。作戦をナチ・ドイツ国内で実施できるチャンスに最も近づいたのは、中止になったヒトラー暗殺計画のときだった。それが、戦争が最終盤に入った今、彼女のスパイたちは第三帝国の深部に入り込もうとしていた。

一九四五年三月一日、午後九時、ジョー・グールドとハンマー工作員たちは、イギリス・ノーフォークのワットン空軍基地に到着した。パウル・リンドナーとトニー・ルーはリュックサックを担いでおり、その中には、一万四〇〇〇ライヒスマルク分の現金、配給票、濃縮食品、ガスマスク、隠顕インク、ダイアモンド二個、さらに闇市での物々交換用としてコーヒーとアメリカ製のタバコ一四〇〇本が詰められていた。ふたりともポケットにはボブ・ワークが巧みに偽造した書類が入っており、彼らがフランクフルト出身のエヴァルト・エンゲルケと、ドイツ語を話すチェコ人アントン・ヴェセリーであり、どちらも熟練した国防労働者として軍務を免除されていることを証明していた。リンドナーの財布には、偽造したナチ党員証が入っていた。ふたりはそれぞれ、逮捕されそうになったときに身を守る三二口径のピストルと、抵抗むなしく逮捕された場合に使う毒入りカプセルも携帯していた。

さらに、グールドは知らなかったが、ふたりはウルズラ・クチンスキーからの指示も頭の中に入れて持参していた。その指示とは、いつ、どこで、どのようにすればドイツ国内でソ連の情報機関と連絡を取れるかについての明確な指令だった。GRUは、空襲で大きな被害を受けているベルリンに潜入工作員を送り込む計画も立てていたが、戦争の進み具合があまりにも速くて、数週間のうちにソ連軍がベルリンに到達しそうな勢いだった。ウルズラはヘンシュケを通じて、工作員ひとりひとりにソ連の情報機関の工作員であることを証明する特別な合い言葉を支給していた。ソ連軍と連絡が取れたら、工作員は「それ以降はOSSからの命令には従わず、ハンマー・ミッションの残りの期間は赤軍から受け取る指示にのみ従う」こととされていた。[*1]

飛行場には、爆弾搭載室を改造してパラシュート降下員を二名収容できるようにしたアメリカ軍の軽爆撃機A－26が駐まっていた。グールドは緊張していて、「最も勇敢で非常に腕のいい操縦士だけが、ベルリンから四七キロメートル離れた、地上七〇〇フィート［約二一〇メートル］の目的地までハンマー・ミッションの工作員たちを安全かつ正確に運ぶことができるだろう」と考えていた。[*2] 飛行場の仮兵舎で二名の工作員が、民間人の服装の上からキャンバス地のジャンプスーツを着込み、パラシュートを装着した。グールドはブランデーの入ったポケット瓶をふたりに渡し、受け取ったドイツ人はふたりともゴクゴクと飲んだ。

グールドは、「映画のシナリオのような人生を送っているという感覚に」悩まされていた。工作員たちはふたりとも妻と幼い子供がおり、「目の前で展開しているドラマは彼らの犠牲の上に成り立っているように思われた」からだ。それでも、続く場面を説明する彼の言葉は、徹底して映画的であった。

小雨が降っており、地表を覆う暗いもやの向こうに唯一はっきり見えるのは、五〇メートル先に駐まったA－26の高く大きくそびえる角張った尾翼だけだった。パウルとトニーは、タバコを吸いながら小声で話し合っている。深夜零時の三分前、シンプソン少佐がドアを開けて合図を出した。一瞬、我々の立っている場所へ、準備を終えて滑走路で轟音を立てているA－26からプロペラの出す強風が吹きつけてきた。機体の爆弾搭載室から見える赤っぽいライトを頼りに、我々は風に体を傾けながら、歩いて爆撃機に向かった。ドアの所まで来ると、パウルとトニーを乗せて座席に座らせた。音がうるさくて言葉を交わすことはできなかったし、そもそも話をすべき時間でもなかった。我々は滑走路から手を伸ばしてふたりと握手した。このころには、夜空はすっかり晴れ上がっていた。突然、A－26が動き始め、それから滑走路を走っていった。視界から消えそうになったところで爆撃機は離陸し、たちまち上昇すると、機体を傾けて北東へ向かった。

パイロットのロバート・ウォーカー中尉は、時速四八〇キロメートルを維持したまま、低空でドイツ領空に侵入した。「彼は飛行中に機体を横にしたり、回転させたり、傾けたりして、敵のレーダーを混乱させようとした」。午前二時五分、爆撃機はベルリン北西の集落アルトフリーザックにある降下地点の上空に到着した。雲はまばらで月は明るく、視界は良好だ。ウォーカーは爆弾搭載室のドアを開け、送り出し係のミシュコ・デアが降下するふたりの背中をポンと叩くと、パウル・リンドナーとトニー・ルーは暗闇の中へ飛び出した。

二名のドイツ人スパイは、畑に着陸すると、ジャンプスーツとパラシュートと、武器とジョーン通信機を土の中に埋めて隠した。ここは、二〇年前にウルズラが近くにある納屋の二階で若い共産主義者たちの一団といっしょに、共産主義者が支配するドイツはどんなだろうかと想像した場所だった。午前六時三〇分、彼らはベルリン行きの列車に揺られていた。その姿は、戦時中の他の疲れた通勤客と何ら変わるところがなかった。夜が明け始めたころ、列車はベルリンに到着した。リンドナーが、ベルリン中心部から南東に位置するノイケルン地区へ行き、子供時代を過ごした家の正面の窓をそっと叩いたとき、母親のフリーダ・リンドナーはまだ眠っていた。パウルがゲシュタポに追われて一九三五年にドイツを脱出してから、母は息子に一度も会っていなかった。「いつかナチと戦うために帰ってくると思っていたわ」と、フリーダは言った。

翌日、ウルズラのスパイたちは、戦禍の激しい首都を防空壕から防空壕へと移動しながら情報収集を開始した。集めるべき情報は、空襲による被害、防衛体制、弾薬の保管場所、部隊の配置、民間人の戦意、そして何より、史上かつてないほど激しい空襲を受けたドイツが軍需と民需の生産を今後も維持できるかどうかについてだった。連合軍の空襲により、ベルリンのかなりの部分が灰と瓦礫になっていた。赤軍はベルリンの東五五キロにいて、ヒトラーの首都へ最終攻勢をかける態勢を整えていた。それでもベルリンは依然として都市機能を維持しており、打ちのめされて半死半生の状態にありながらも頑強に耐えていた。ナチの千年王国は最後に大量の血を流しながら滅亡しようとしていたが、それでもヒトラーは、掩蔽壕（えんぺいごう）にこもってベルリン防衛の命令を出し続けていた。ゲッベルスの率いる宣伝省の担当者たちは、今も壁という壁に「ドイツ人はひとり残らず首都を守る。我々はベルリンの壁でアカの群れを食い止めねばならぬ」と書き殴っていた。リンドナーとルーは、ベルリンの工場の約三分の二がまだ稼働しており、鉄道網は動いていて、電気もまだ流れていると知って驚いた。ふたりのスパイは観光地の覆面調査員のように、そうした驚きをすべて飲み込んだ。潜入して一週間後、ふたりは降下地点に戻って武器と通信機器を回収した。それからリンドナー夫人の応接間に落ち着いて、ＢＢＣラジオを聞きながらシンディングの「春のささやき」が流れるのを待った。

そのころオックスフォードでは、ウルズラが不安を募らせながら知らせを待っていた。彼女もスパイ監督官の例に漏れず、自分がスカウトし、ヘンシュケを通じて指示を与え、死と隣り合わせの危険な任務に送り出した部下たちに対して、親が子に抱くのに似た責任感を感じていた。セルゲイからは、もしスパイたちがベルリンで赤軍と連絡を取ったら知らせようと約束してもらっていた。毎週彼女はサマータウンにある公衆電話からヘンシュケに電話して、グールドは男たちの運命について何か情報を受け取っていないかと質問した。しかし何の知らせもなかった。ＢＢＣはベルリンへの進軍について、ごくごく一般的なことしか報じてくれない。気を紛らわせようとして、ウルズラはレンに宛てて長い手紙を何通も書き、日常の細々としたことについて、例えばピーターが言葉をどんどん覚えていて強いイギリス訛りを身につけていることや、ニーナが動物に夢中になっていること、ミヒャエルがイーストボーンでいい成績を取っていることなどを、詳しく知らせた。彼女はニーナに新しい服を縫ってあげた。「裁縫のいいところは、やりながら考え事ができる点です」とウルズラは振り返っている。[*3] 彼女はいろいろなことを考えたが、必ず最後には、ふたりの男が燃えさかるベルリンへ空からゆっくりと落ちていく映像に戻っていった。

三月一一日、ドイツの首都の上空で、アメリカ陸軍航空軍の無線通信員カルフーン・アンクラム中尉は、エレナーをジョーンと初めて交信させる準備をしていた。モスキートPRⅩⅥ爆撃機の窮屈な通信室に乗り込む前にアンクラムは、ステーキ、トースト、トマトのスライス、グレープフルーツという、空気をあまり含まない食事を取っていた。上空七五〇〇メートルでは、腹にたまったガスが激しい腹痛を引き起こす恐れがあったからだ。ツール・ミッションではすべてに万全の注意が払われており、飛行機の乗員の消化器官も例外ではなかった。通信機器には爆薬が縛りつけられていた。飛行機がドイツ国内に不時着せざるをえなくなったら通信装置は破壊することになっていたからだ。ジョーン＝エレナー・システムは、何があっても敵の手に渡してはならなかった。午後九時、アンクラムは通信機のスイッチを入れた。

一万メートル下の、ベルリン郊外の麦畑からパウル・リンドナーの声が上がってきた。

「ハインツか？」

「ヴィックか？」

「聞こえるか、ハインツ？」

「よく聞こえないんだ、ヴィック……」

このやり取りは、緊迫した状況には不釣り合いな内容だったが、雑音が入りながらもＶＨＦ無線で交信できたことは技術上の勝利だった。このとき初めて西側の連合軍は、ナチ・ドイツの奥深くに潜入させたスパイと直接に話をすることができたのである。それから六週間、ＢＢＣの放送する暗号で指示された間隔に従って、ハンマー工作員たちは、地下に潜った労働運動抵抗組織から集めた情報を中心に、彼らが目撃したり発見したりしたものを報告した。具体的には、ベルリンの防御施設、道路網と鉄道網、部隊の動き、大型の戦車工場をはじめ今も操業している軍需工場などで、これらは優先的に空襲すべき標的のリストになった。三月二九日には、巨大なクリンゲンベルク発電所がまだ動いていると報告された。また、郊外にある鉄道の車両基地を夜間に偵察したところ、貨物列車が二六本、旅客列車が一八本確認され、これらも連合軍による爆撃の格好の標的となった。

ロンドンのOSS本部では、ビル・ケーシーが大喜びしていた。ハンマー・チームは、「今も稼働していて主要な工場を動かしている発電所を爆撃目標とするための重要なデータや、ベルリンの交通網の現状と連合軍が爆撃すれば交通網を分断できる主要地点についての詳細など（中略）大成功」を収めていた。一方、ソヴィエト軍は猛スピードで前進しており、ハンマー・ミッションのスパイたちは、最終攻勢が始まる前にベルリンの防衛態勢を弱体化できそうな情報を大急ぎで伝えようとした。リンドナーは、近づいてくるソ連軍部隊に先立って送り込まれているはずのGRU工作員と会えると思って、ウルズラから指定された会合地点に行ったが、誰も姿を見せなかった。

ソ連がベルリンを包囲

ミヒャエルがイースター休暇で家に帰ってきた。ウルズラは、ユダヤ人でドイツ人で無神論者だったが、息子からのたっての願いで、イースターの日曜日に、子供たちのためにイギリスの伝統的なイースター・ランチを作る――正確には、肉屋からもらったマトンの切れ端と、ラスキ家の裏庭に作った畑で取れたジャガイモとキャベツという、戦時下の乏しい食料を使って、できるだけそれらしいものを作る――と約束した。ミヒャエルの厳しい監視の目を受けながら料理を作る合間に、彼女はサマータウンへ歩いていって、毎週日曜日にやっているように、エーリヒ・ヘンシュケに電話をかけた。電話に出た彼の声の調子から、彼女がずっと待ち望んでいた暗号文をヘンシュケがまだ口にしないうちに何があったのかが伝わってきた。ハンマー・スパイは無事に潜入し、接触に成功したのである。それはすなわち、ジョーン＝エレナー・システムが今にもソ連側の手に入るかもしれないということだ。彼女のスパイたちは無事だった。少なくとも、包囲下の都市にいるリスクを別にすれば、何の心配もなかった。

イースター・ランチは、その年のアヴェニュー・コテージでとりわけ楽しい出来事になった。ミヒャエルは、イースターの定番である十字の印が入った菓子パン、ホットクロスバンを六つも食べた。

それと同じ日である一九四五年四月一日の日曜日、リンドナーとルーは、投下される予定の食糧と補給物資を回収するため、ベルリンから北西に遠く離れた場所に向かっていた。ベルリンの周囲では、ドイツ軍の兵士たちが死力を尽くして首都を守るため塹壕を掘っていた。疲れ切った国防軍や武装SSの兵士だけでなく、老人や、ヒトラー・ユーゲントの一〇代の少年たちも塹壕掘りに駆り出されていた。そうした中でふたりのスパイは、自分たちがいつの間にか、最終決戦のため北へ向かう装甲師団の隊列に紛れ込んでしまったことに気がついた。バイクに乗った若い将校が、職務でもないのに怪しく思って、身分証を出せと言った。リンドナーは、エヴァルト・エンゲルケとアントン・ヴェセリーであることを示す偽造書類を提出し、私たちは愛国者による防衛部隊に加わるためベルリンに戻るところですと説明した。将校は納得せず、リュックサックを空にしろとふたりに命じた。ルーのリュックのいちばん下には、ジョーン通信機が汚れた衣服をかぶせて隠してあった。ルーは面倒そうに、できるだけゆっくりと、チェコ語でぶつぶつと言いながら、靴下をひとつずつ取り出してリュックを空にし始めた。リンドナーは肩をすくめ、この「ドイツ語の分からないバカなチェコ人」とか何とか言った。それと同時にコートのポケットの中で、ピストルの安全装置を解除した。ルーがあまりにのろのろしているのに将校は腹を立て、手を振ってふたりを立ち去らせた――この判断のおかげで、スパイふたりと、それにおそらくこの将校も、命拾いをした。「私は喜んで彼を撃っていたでしょう」と、後にパウル・リンドナーは述べている。

四月一六日、ベルリン包囲を完了させたソ連軍は、最終攻勢を開始した。西側の連合軍はベルリンを目指す競争から手を引いていた。ベルリンについては、戦闘が終了したらただちに四つの占領区に分割することで合意が成立しており、アイゼンハワー将軍は、ヒトラーの首都を占領するという名誉はソ連軍に任せると決定していた。連合軍による空襲がやむと、ソ連軍は市内に突入し、空襲に代わって赤軍の砲兵隊が砲撃を開始して、西側連合軍がそれまでに投下した爆弾の総トン数よりも多くの砲弾をベルリンに浴びせた。

ベルリン攻防戦はクライマックスに達しようとしていた。四月二一日、ハンマー・スパイたちは、ジョーン＝エレナー・システムを使って連絡を試みている最中に、南から進軍してきて街路を一本また一本と制圧しながらドイツ軍守備隊を押し戻していたソ連軍に、危うく蹂躙されそうになった。翌日、またBBCの暗号放送が届き、リンドナーはルーをベルリンに残したまま、戦線を越えてソ連占領区へ行くようにと命じられた。すでに何千人ものベルリン市民が街から逃げ出そうとして追い返されていた。リンドナーは、防衛線を突破することができなかった。

同じ日の午後、第二次世界大戦最末期の戦いのひとつが行なわれた。ドイツ軍が、市内南東部のトレプトー地区をソ連軍の激しい攻勢から守ろうとしたのである。この戦闘に、リンドナーとルー、それにリンドナーの父親の三人が巻き込まれ、彼らは捨て置かれた武器を使ってドイツ軍陣地への攻撃に参加した。ソ連軍は、この三人を激しく抵抗する愛国者たちだと勘違いして銃撃を開始したが、やがて三人が反ナチのパルチザンであることに気づいた。ソ連軍はベルリンになだれ込み、報復として婦女暴行と殺戮と破壊があちこちで行なわれた。ハンマー・ミッションは、少なくともアメリカ側が想定していた形としては、これで終わった。

その日の夜、リンドナーとルーは瓦礫と化した市街を抜けてヴァルテンベルク地区へ行き、一か月前にヘンシュケから教えられた住所を訪ねた。そこに住む女性ヴァリ・シュミットは、ウルズラと同じ共産主義青年同盟のメンバーで、かつてふたりはしばらく連絡を取り合う間柄だった。ウルズラは、彼女が熱心な共産党員であることを知っていた。二月、ヴァリは労働者の地下組織を通して、待機しているようにと指示する通信文を受け取っていた。午前三時、彼女の家のドアをルー（ちなみに彼も、ヴァリとは一九二〇年代に知り合っていた）がそっとノックした。ヴァリがドアをほんの少し開けると、ルーは小声で「ソーニャ」と合い言葉を言った。ヴァリの家の裏には手入れされていない家庭菜園があり、ふたりは夜の闇の中、プラムの木と鶏舎のあいだにジョーン通信機を慎重に埋めた。

ＯＳＳからの最後の通信文のひとつで、リンドナーとルーは「ヒトラーの行方」を確認せよと指示されていた。正確な爆撃でヒトラー本人を殺害しようと考えてのことだ。しかし、その必要はなかった。四月二二日、自分の出した反撃命令が実行されなかったことを告げられて、ヒトラーはほぼ完全な神経衰弱に陥った。その八日後、ソ連軍が総統地下壕まで五〇〇メートルに迫る中、彼は拳銃で自殺した。

ヒトラーが泣きながら神経衰弱になったのと同じ日、リンドナーとルーは、ノイケルン地区に入ってきた赤軍の戦車部隊に近づいて、自分たちはソ連軍情報機関の工作員だと説明した。ふたりは、マルトフ大尉という将校の前に連行された。

後にリンドナーとルーが語ったところによると、マルトフはふたりの話を信じようとせず、リュックサックにOSSの暗号帳が入っているのを見つけると、ふたりを逮捕させて敵の工作員として射殺するぞと脅したという。ふたりは最終的にライプツィヒ近郊でアメリカ第六九歩兵師団に引き渡されたが、そのとき彼らは、二か月間ソ連側に捕らわれていたと主張した。しかし、この話は明らかに事実ではない。スターリンの軍隊では、よほどの間抜けでない限り、GRUの工作員だというふたりの主張を必ず調査しただろうし、すぐに問い合わせればリンドナーとルーの話が事実であることも確認できたはずだ。おそらく実際には、ふたりはウルズラから支給された、GRUの工作員であることを証明する特別な合い言葉を言った後、情報機関の本部に連れていかれ、自分たちの任務について、ジェーン＝エレナー・システムも含めて何から何まで詳しく説明したのだろう。

ベルリンがソ連に占領されて数日後、赤軍の将校がひとり、ヴァルテンベルク地区にあるヴァリ・シュミットの家に現れた。ふたりは一緒に、プラムの木と鶏舎のあいだの穴からジョーン通信機を掘り出した。その将校は、官僚らしい几帳面さで、画期的な最新通信システムの片割れを受け取ったという受領書をヴァリに渡した。本部はイギリスにいる工作員ソーニャに、回収が完了したことを伝える暗号文を送った。

一九四五年五月二日、ベルリン防衛軍の司令官が赤軍の将軍に無条件降伏した。ちなみに、この降伏を受け入れた赤軍の将軍とは、一九四一年に重慶でソヴィエト軍事顧問団の首席顧問を務めていたとき、ルディ・ハンブルガーを中国の収容所から出すのに一役買った、ワシーリー・チュイコフであった。これでヨーロッパでの戦争は終わった。

リンドナーとルーは、ツール・ミッションで幸運に恵まれた工作員だった。チゼル・ミッションでルール地方に向かったA－26は、三月一九日の夜にシュヴェーゲという町の近くに墜落し、乗員全員が死亡した。ヴェルナー・フィッシャー（バズソー工作員）は、ドイツ軍の動きと、コルディッツなどにあるイギリス人捕虜収容所の内部の様子について報告するという任務を負って、四月七日ライプツィヒの近郊に無事着陸した。ところが、降下直後に赤軍の兵士に囲まれてしまう。赤軍は、OSSが考えていたよりも深くドイツ南部に進撃していたのだ。しかもフィッシャーは、ゲシュタポの特殊工作員エルンスト・ラウターバッハであることを示す偽造書類を携帯していた。彼は、私は諜報任務に当たっているドイツ人共産主義者だと主張した。しかし信じてもらえず、兵士たちによってその場で射殺され、死体は排水溝に投げ込まれた。ハンマー以外で目的を達成したのはピックアックスだけで、このミッションでは二名のスパイがミュンヘンに近いランツフートに着陸した。ビル・ケーシーによると、「工作員たちは、ジョーン＝エレナーを使って九回も報告を実施し、鉄道および道路交通、通信拠点、ならびに部隊の動きについて大量の情報を上空で待機しているモスキートに送った」という。

リンドナーとルーは、GRUの指示に従ってアメリカ側に、自分たちはイギリスに戻ってアメリカの情報機関のためにぜひ働き続けたいと説明した。しかしOSS局員ヘンリー・サットンは、彼らに対して「とげとげしく、必ずしも友好的とは言えない」雰囲気の聞き取りを行なった。ふたりの「イギリスに強く戻りたがっている態度」は、サットンには「どことなくおかしい」と感じられた。おそらくこのふたりは共産主義者で、しかも、解放されるまでかなりの期間をソ連側の管理下で過ごしていた。「どうしてもサットンは、彼らが二重スパイになっていないと確信することができなかった」。これがグールドだったら、ふたりの政治思想を気にしなかっただろうが、サットンはそんなことはまったくなく、「このふたりの政治的背景を考えると、我々が戦後のドイツで実施する活動に彼らが適格であるかどうかについて、重大な疑いがある」と報告した。第二次世界大戦が終わって冷戦が始まる中、共産主義に対する寛容さは深い疑念へと変わりつつあり、その場しのぎにすぎなかった戦時中の同盟関係は、高まる戦後の敵対関係に取って代わられようとしていた。

それでもハンマー工作員たちは、一九四五年八月に任務を解かれ、OSSから「我々のためにしてくれた英雄的で非常に価値ある仕事」に対して感謝され、「戦争中、諸君らは冷静かつ能率的に行動し、あらゆる手段を尽くして難しい任務を実行する素晴らしい能力を披露した。諸君らが任務を成功裏に完遂させたことは、連合軍にとって非常に大きな価値があり、敵を打ち破るのに大いに貢献した」と絶賛された。さらにOSSは、自画自賛してこうも言っている。「ジョーン＝エレナー・システムによる工作員チームとの連絡は、ドイツに対する攻勢の重要な時期に成功裏に確立・維持された。ベルリンの状況、ベルリン周辺における部隊の配置、および残っている爆撃目標について重要な情報が入手され（中略）きわめて価値の高い情報が手に入った」。

そして新たな戦いが始まる

ベルリン陥落の知らせにイギリス全土が手放しで大喜びし、とりわけオックスフォードのアヴェニュー・コテージは歓喜にあふれた。

それまでウルズラは、グールドがヘンシュケに伝える情報を通してツール・ミッションの進捗状況を確認することができていた。ハンマー・スパイはふたりとも生還したが、他のスパイたちの何人かは命を落としていた。彼女は、生まれ育った都市ベルリンをナチズムの呪いから解放するのに大きな貢献をした。それに何より、アメリカの軍事技術を示す最新の装備をソ連側の手に渡す任務を調整した。彼女はソ連が原爆を製造する手助けをしていたが、それに加えて、ウォーキートーキーを作るのも支援したのだ。レンでさえ、妻がどんなことを成し遂げたのかを知らなかった。ウルズラは、ひそかにひとりで勝利を祝った。

ラスキ家は、五月八日にVEデー（ヨーロッパ戦勝記念日）を祝って街頭パーティーを企画した。「テーブルが道路の端から端まで並べられました」とウルズラは書いている。住民たちは乏しい配給を出し合って戦勝ケーキを焼いた。レモネードとビールで何度も乾杯が交わされ、通りは手製の連続旗で飾られた。ウルズラは、このときほど隣近所のイギリス人たちに親近感を抱いたことはなかったし、イギリス国民の気持ちを理解できたこともなかった。彼女は大きなヴィクトリア・スポンジケーキを作り、それにニーナが赤と白と青のデコレーションを施した。「私はすべての人と喜びを分かち合いました」。

その一方で、彼女は赤軍の将校として新たな戦いに向かおうとしていた。歴史は、彼女の周りで回転し始めていた。戦争が始まる前、ウルズラはファシストや反共産主義者、中国人、日本人、ドイツ人を相手にスパイ活動を行なっていた。戦争中は、ナチと連合軍の両方をスパイしていた。そして戦後になって、これからは冷戦の新たな敵である西側諸国を相手にスパイ活動をすることになる。サマータウンでの戦勝パーティーを撮影した一枚の写真には、ヒトラーの敗北をうれしそうに祝う笑顔のウルズラが写っている。同じ写真には、軍服を着ている男性がいる。指を二本掲げて、勝利を意味するVサインを作っている男性もいる。しかし、誰もが安堵し、勝利を祝い、明るい未来を確信している光景の裏には、まもなく新たな対立で噴出するイデオロギー上の違いが隠れていた。「誰もがよりよい世界を望んでいました」とウルズラは書いている。「けれども、このときすでに私たちは互いに違う未来を思い描いていたのです」。

二か月後、アメリカ・ニューメキシコ州の人里離れた砂漠で、マンハッタン計画の科学者たちが「トリニティー」という暗号名をつけられた実験で最初の核爆弾を爆発させ、TNT爆弾二万トンに相当するエネルギーを解放させた。明け方の空をバックに巨大なキノコ雲が立ち上がるのを見ていた科学者の中に、それまでに人類が作り出した最も強力な兵器の中心的な開発者のひとりクラウス・フックスがいた。一九四四年八月、彼はマンハッタン計画の中枢であるロスアラモス研究所に移った。ある科学者は、この研究所を「西側世界で有数の傑出した数多くの科学者たちを、原子爆弾開発競争でヒトラーに勝つ方法を考え出すために集めて学部のメンバーとした、巨大な大学のキャンパス」だったと語っている。[*4] フックスは、研究所の理論物理学部門でハンス・ベーテの下で働いた。そのベーテはフックスを「私の部門で最も有能な人材のひとり」であり「私たちの所にいる最高の理論物理学者のひとり」と評していた。

フックスは、KGBのハリー・ゴールドを通して、科学情報をひとつ残らずモスクワに渡していた。ふたりの会合場所は、ニューヨーク市のクイーンズ区や、メトロポリタン美術館のそば、あるいはマサチューセッツ州ケンブリッジだった。フックスはゴールドに、ウランとプルトニウムを使った「原子」爆弾開発の進捗状況だけでなく、それよりもさらに強力な水素爆弾の研究が急ピッチで進んでいる現状についても伝えていた。一九四五年六月、ゴールドがニューメキシコ州サンタフェの中心部でベンチに座って待っているところへ、フックスが「ボロボロの古い二人乗り自動車」に乗って近づいてきて、数週間後に砂漠でテストされる予定のプルトニウム爆弾について詳細に説明した文書を手渡した。ソ連側は、「トリニティー爆弾の事実上の青写真」を受け取って歓喜した。

ポツダム会談中の七月二四日、アメリカのトルーマン大統領はスターリンに、アメリカは「並はずれた破壊力を持つ新兵器」[*5]を開発したと伝えた。しかしスターリンは驚いた様子を見せなかった――その反応は、特に驚くべきことではなかった。なぜなら彼は、その新兵器について、すでにすべてを知っていたのだから。

二週間後、アメリカ陸軍航空軍は、日本の広島に原子爆弾を投下し、さらにもう一発を長崎に落とした。太平洋での戦争は終わり、冷戦が本格的に始まろうとしていた。

これまでの四年間、イギリスにいるウルズラの隣人や友人たちは、彼女の味方だった。それがこれからは、新たな対立が作り出した強固な戦線を挟んで、彼らは彼女の敵となった。

22　グレート・ロールライト

戦後、コッツウォルズの農村へ

グレート・ロールライトは、イギリスを代表する田園地帯オックスフォードシャー・コッツウォルズ北部のただ中に位置する、周りを農地に囲まれた絵のように美しい農村である。一九四五年当時、この村には一八世紀から続くパブ「ユニコーン」と、郵便局と、中世に建てられた教会があり、人口は二四三人で、そのほとんどが三世代前から住み続けている農家だった。当時は村にバンベリーとチェルトナムを結ぶ鉄道が通っていて、ロールライト駅には列車が一日に二本停車していた。グレート・ロールライトは、立派な集落名にしてはグレートなところが少しもなく、魅力的で人里離れた、非常に静かな村落だった。ヨーロッパ戦勝記念日の一週間後、ウルズラと子供たちは、この村の外れにある「モミの木荘」に引っ越した。コッツウォルズ・ストーンと呼ばれる蜂蜜色の石でできた家で、寝室が四部屋あり、加えて納屋がふたつと、屋外トイレひとつがついていた。家には電気も電話もなく、お湯も出なかった。すきま風が入るので五月には心地よいが、一二月には寒くて凍えそうになる。

しかし、玄関のまわりにはバラが何本も植えられており、裏口からはどこまでも広がる「なだらかなコッツウォルズの丘」が見えた。ウルズラは、一目でここが気に入った。

これまでウルズラは、中国から始まってポーランドやスイスなど、さまざまな場所で暮らしてスパイ活動をしてきたが、この「築二五〇年の、太い木の梁と、低い天井と、裏庭と納屋と自然風の庭園がある」家こそが、彼女にとって何よりも大切な場所になった。ここは、彼女いわく「私たちにとって最初の本当の家」だった。アヴェニュー・コテージは、育ち盛りの子供たちには狭すぎた。ここなら、十分な広さはあるし、家賃は安いし、鍵のかかる大きな地下室は違法な無線機器を隠すのにうってつけだった。隣人たちは親切で、余計な詮索はしなかった。ミヒャエルは、休暇になるとイーストボーンから帰ってきた。ニーナは、学校の新しい制服をきちっと着て、近くの町チッピング・ノートンにある州立のグラマースクールにバスで通学した。ピーターは、牧師の妻が運営する村の保育園に通った。ウルズラは、菜園を作り、庭に鶏小屋を建て、やがて子豚を飼い始めた。迷い猫が、どこからともなくやってきて居ついた。この猫を、ニーナはペニーと名づけた。

イギリスの村はたいていそうだが、グレート・ロールライトでの生活は、パブと、一二世紀に建てられた教会と、クリケット・クラブと、地元のゴシップと、収穫と、年に一度の慈善バザーを中心に回っていた。一家はあっさりと受け入れられて、すぐに溶け込んだ。モールトン夫人という地元の農家の妻と仲良くなったウルズラは、だんだんとこの村に根を下ろしていった。マルクス主義を支持する筋金入りの無神論者であることに変わりはなかったが、一家は毎週ほとんど欠かさず教会へ行った。九歳のニーナは、子供らしい熱心さでイギリス国教会の教えを受け入れた。「説教のあいだ、私は最前列に座って熱心に耳を傾け、一言一句すべて信じていました」と後にニーナは述べている。彼女は修道女になろうと決めた。その後、考えを変えて戦闘機のパイロットになろうと決心した。村にある聖アンドルー教会の鳴鐘係が、日曜礼拝の後にたびたびお茶を飲みに来た。ウルズラの焼くスコーンは絶品だった。スイスでフュースリ夫人と過ごしたときと同じように、ウルズラは、かまどのそばに座ってモールトン夫人とニワトリのことや天気のことや子供のことなど、村での暮らしのあれこれについて何時間もおしゃべりして過ごした。ウルズラは中古の家具を何点か買い、上海から持ってきた中国の絵を飾った。「絹の掛け軸が古い農家とよくマッチするのが、とても意外でした」。子供たちを連れてストラトフォード＝アポン＝エイヴォンへ出かけたこともあった。「子供たちには、ひとりにつき炭酸飲料四つ、アイスクリーム三個、雑貨店ウールワースで品物をじっくり選んでの買い物二品までを許可しました」。さらに、ウルズラはぜひにと言って、みんなでシェークスピアの生家も訪ねた。

イギリスのまさに中央部でウルズラはイギリス人になりつつあったが、そのかたわらにイギリス人の夫はいなかった。レン・バートンは、イギリス空軍から陸軍に転属したいとの要望が突然認められ、当の本人にとっても意外だったが、コールドストリーム近衛連隊（「イギリスの全連隊の中で最も封建的な部隊」と、ウルズラは皮肉交じりに記している）に入れられた。その後はドイツに派遣され、そのまま二一か月間を連隊で過ごすことになる。MI5はレンの上官に、「彼の記録には妙な点があり、彼が現在または以前からソ連側工作員である可能性がある。（中略）ドイツにおいて、もしくは彼がソ連側と接触しそうないかなる場所においても、彼を通訳として採用するのは望ましくない」と告げ、彼から目を離さないようにと注意を促した。レンは、それまでの一年間の大半をイギリス空軍の兵舎で過ごしていた。それが今度は外国へ行くことになった。ウルズラは、「私はずっとひとりでした」と書いているが、その後にこう付け加えている。「でも、私には仕事がありました」。

メリタ・ノーウッドがイギリス非鉄金属研究協会から持ち出す秘密は滞りなく流れていた。ユルゲンはアメリカ戦略爆撃調査団から帰ってきており、東ベルリンに戻る準備を進めていた。やがて東ベルリンでは、共産主義者たちがソ連管理下のドイツ東部にドイツ民主共和国（東ドイツ）を建国することになる。ただ、ユルゲンも父ロベルトも今のところはイギリス政界とのコネを通じて有益な情報をもたらしてくれている。イギリス空軍将校の「ジェームズ」は断片的な技術情報を提供している。

送信機は毎日のように使用された。バートン夫人が不規則な生活を送っていることに村人は誰も気づいていなかったが、娘のニーナは違った。彼女は後にこう記している。「子供である私たちは、家事や庭の手入れをしなくてはなりませんでした。私たちは毎日午後四時に学校から帰ってきます。すると、そんな時間なのに母が眠っていることがよくありました。よその母親は昼寝などしなかったので、私はこう思いました。うちのお母さんは私に庭の草むしりをさせておきながら、自分は昼寝しているのね！」。元ハンマー・スパイのトニー・ルーは、イギリスに戻ってくると防衛関連企業に就職した。

一九四六年の前半、彼からエーリヒ・ヘンシュケを通じて、「戦闘機の射撃用特別装置」だという航空機の部品の試作品が届けられた。ウルズラは、この試作品を誰にも分からないようピーターの乳母車に入れると、グレート・ロールライト近郊の森まで押していって埋めた。ところが、恥ずかしいことに、後で回収に行ったとき試作品をどこに埋めたか、どうにも思い出せなかった――これは、二〇年近く諜報活動をしていて最初のミスだった。しかし、それ以外の点では彼女は模範的なスパイだった。無線機は順調に作動していたし、GRUに接触して情報を渡す方法もうまく機能している。赤軍情報部からは定期的に十分な額の報酬が支払われている。ウルズラの諜報網は円滑に動いていた。

ところが、それがいきなりストップした。

一九四六年の秋、ウルズラは最新の「セルゲイ」との定例会合のためロンドンへ行った。しかし、GRUの局員は現れなかった。初めのうち、彼女は気にしていなかった。「接触できなかった場合の特別な対処法が決められていました」。グレート・ロールライトから西へ数キロメートル離れた地点に、バンベリー・チェルトナム直通鉄道が、バンベリーとオックスフォードを結ぶ道路をまたぐ鉄道橋があった。この橋をくぐって最初の交差点を過ぎると木が何本か並んでおり、左側の四番目の木には、根元にうろがあった。このうろが、会合ができなかった場合、その月の特定の日にウルズラ宛ての通信文と現金を置いておくデッドドロップ・サイトであった。会合が不首尾に終わって一週間後、ウルズラは自転車に乗って鉄道橋をくぐり、自転車を止めると、誰も見ていないことを確かめてから、うろの中に手を入れた。デッドドロップ・サイトには何も入っていなかった。翌月も空だった。その次の月も空だった。スパイ網が危険にさらされているのだろうか？　規則によれば、モスクワ本部が通信を遮断した場合、彼女は指示が来るまで無線で通信を復旧しようとしてはならないことになっていた。何の音沙汰もなく二か月が過ぎると、ウルズラは本気で心配になり、金銭が乏しくなり、不安な気持ちにさいなまれた。「私は何年もこの仕事を生きがいにしてきたのに、それが今では、私の毎日は空しく過ぎていくだけになったのです」。毎月毎月、誰かに行動パターンを気づかれないかと心配しながら、彼女は見晴らしのよい道路まで自転車で行き、木の根元のうろに手を入れた。本部は接触を完全に断っていた。「ちゃんとした理由があったに違いない」と、彼女は自分に言い聞かせた。

確かに理由はあったのだが、それはちゃんとしたものではなかった。

ソヴィエト連邦の偉大な軍事情報収集機関であるGRUが、木を間違えたのである。

GRUの配達担当者は、交差点を過ぎてから四番目の木の下に通信文を置くのではなく、鉄道橋を過ぎてから四番目の木に現金を置こうとした――そして、偶然とは言え運の悪いことに、その木にも根元にうろが存在した。諜報活動では、人的ミスは他のどの職業とも同じように普通に起こるものであり、そうした人的ミスのせいでGRUは大失態を犯したのだ。しかし、本部もウルズラと同じく当惑していた。「理由はよく分からないが、ソーニャは約束された期間内にデッドドロップから現金を回収せず、我々は現金を持ち帰った」と、報告書には記されている。本部にしてみれば、接触を断ったのは工作員ソーニャの方であり、接触を断った理由はひとつしか考えられなかった。つまり、イギリスの保安局MI5が彼女に迫ってきているに違いない。そして、事実そのとおりだった。

ウルズラの過去が、三つの異なるルートから、三人の異なる男性を通して、彼女を悩ませるべく戻ってこようとしていた。その三人とは、ルディ・ハンブルガーと、アレグザンダー・フットと、クラウス・フックス。つまり、彼女の元夫と、元協力者と、配下の最も優れたスパイであった。

元夫は収容所の中

一九四六年三月二五日、ロンドンのアメリカ大使館法務官でFBI支局長のジョン・シンパーマンは、MI5のロジャー・ホリスに次のような書簡を送った。「ルドルフ・アルベルト・ハンブルガーに関する過去の通信文を調べていただきたい。彼は、ソ連側工作員であることを自白した人物であり、その行方は、一九四三年五月二二日にイランを出国して以降、確認されていない。ルドルフの現在の行方を突き止めるため、ハンブルガーの元妻ウルズラ・ハンブルガー・バートンを尋問するよう取り計らっていただけるとありがたい」。当時FBIは、共産主義と関係のある人物をひとり残らず積極的に調査していた。そのため、ルディの兄で当時シカゴ大学にいたヴィクトルは疑わしい人物と見なされていた。

アメリカ側は、ソ連側スパイであるハンブルガーとその元妻に突然興味を抱き始めた。当時ルディ・ハンブルガーがいた場所は、なだらかな丘が続くコッツウォルズからは想像もできないほど遠く離れていた。彼はカラガンダ強制労働収容所という、カザフスタン草原の約三万六〇〇〇平方キロメートルを占める巨大なグーラグにいたのである。ここでは大勢の収容者たちが五〇の炭坑で強制労働させられており、周囲には荒涼とした風景が広がっていて、収容所に機関銃を持った警備兵を置く必要がないほどだった。逃げ出そうとした者は、極寒の荒野ですぐに命を落とした。「朝が来るたび、私がどうやってここに来たのか、自分には分からないような気がした」とルディは書いている。

ルディの収容所生活は、モスクワの南東約八〇〇キロのヴォルガ河畔にあるサラトフ強制労働収容所で「政治犯」として五年の刑期を務め始めることでスタートした。「裏切り者、テロリスト、社会の敵。そういう者に、私はなった」と彼は記している。[*1] サラトフ収容所は、木材の伐採が行なわれていて、強制労働で運営されている流刑地であり、スターリン主義国家が考え出せる中で生き地獄に最も近い場所だった。収容者たちは、全員が襟と袖のない短い胴着と、木綿でできた黒いキルト帽という、まったく同じ囚人服を着ていた。服従の精神を強めるための制服であり、凍てつく寒さから身を守るには不十分だった。食事は、ぼそぼそとした黒パンと水っぽいスープで、スープの中身は「ニンジンの切れ端と、魚の骨と、スープの中から死んだ目でこちらをじっと見つめる、反吐が出そうな魚の頭」だった。収容されて六か月で、ルディの体重は五〇キロを切った。思い切って鏡をのぞき込むと、そこに映っているのは「白髪の目立つ頭と、こけて青白い顔をした、年の割に老けた男」の姿だった。本も新聞もラジオもなく、収容所の外にいる誰とも連絡は取れなかった。ルディと同じ収容者の中には、恐怖と暴力と恐喝によって収容所内で横暴に振る舞うプロの犯罪者もいたが、彼のような政治犯である「五八条人」、つまり刑法第五八条で有罪となった「社会的危険分子」たちもいて、これには、勇気を出して表現の自由を求めた学生たちや、ひとり息子を奪った戦争を批判した夫婦、ドイツ軍の飛行機が落としたナチのプロパガンダ・パンフレットを拾って取っておいた者などが含まれていた。

「落ち着いて規律を守り続けるんだ」と、ルディは自分に言い聞かせた。「口を慎め。ここは無限の独裁権力が支配する国だ。黙っていろ」。彼は、退屈と飢えに心の底まで苦しめられた。「板を張っただけのベッドで横になっていると、悲惨な運命をぼんやりと待つ、虐待された動物のような気になった」。彼は以前の生活や、かつて自分が愛したものを忘れようとした。「感情という贅沢を捨て、美術と建築と音楽という形で私の人生の一部を構成していた芸術的な美を思い出さないことは、できるはずだ。（中略）収容所で生き延びたければ、決して何かを考えてはならない」。

あるときアメリカ軍の工兵チームが、戦時中の救援プログラムの一環として、化学工場の建設を監督するためサラトフにやってきた。親切な事務官が、ルディにアメリカの写真雑誌を一冊くれた。「ようやく私は、自分のよく知る言語で何かを読んで、絶望的な考えから気を紛らわすことができた」。数週間後、この雑誌は没収され、彼は収容所に反ソヴィエト的なプロパガンダを持ち込んだとして告発された。二度目の裁判が始まった。「裁判官は、私が祖国プロイセンにいたころから知っている、鋭くて刺すような口調で話した。彼の職務は、恐怖を引き起こし、被告を最初から有罪の犯人という立場に押しやり、抵抗しようという試みをすべて抑え込むことだった」。ルディは刑期を八年追加され て、独房に入れられた。「独房の闇の中では、昼と夜の区別はほとんどつかない。私は日々を無為に過ごし、シラミの餌場になった。（中略）私は壁にできた氷の層に、木製のスプーンを使って建物の間取り図を描いた。どこかの夢の国にある家の平面図を。たいていい私は完全な無気力状態で横になっていた」。

ベルリン陥落の知らせが収容所に届き、その瞬間のことを、ルディはこう記している。「『戦争が終わった――ファシストは敗れた』と看守が笑いながら言い、うれしそうに両手を挙げた。突然の幸福感が私に押し寄せてきた。ジェノサイドは終わり、ヒトラーのファシズムは敗れたのだ。平和になった。突然、この素晴らしい出来事の前では私自身の運命など些細なことのように思われた」。

ルディは何もかもなくしていたが、頑固さだけは失っていなかった。飢えと寒さに苦しみ、シラミにたかられ、クタクタになるまで働かされ、無情な共産主義体制によって無実の罪を着せられていたが、それでも彼は、ウルズラに強く勧められて受け入れたイデオロギーをかたくなに守っていた。彼はこう書いている。「一〇年に及ぶ革命の衝撃と、このたびの大戦によって、新たな社会を建設しようとする英雄的な男女の世代が生み出された。グーラグを有刺鉄線で囲んでも、星空を見えなくすることはできない」。

一九四五年、彼はカラガンダに移され、新たな宿舎の設計と建設に携わることになった。「荒涼とした草原での暮らしだったが、ここの収容所の方が耐えやすかった」と彼は書いている。外見がまったく同じ木造の小屋を何列も作るのは、彼が上海で手がけたアールデコ調の建築物とは天と地ほどの違いがあるが、少なくとも建築家としてのスキルは発揮できた。彼はしばしばウルズラのことを考え、息子ミヒャエルのことを思い、息子には二度と会えないのではないかと恐れていた。「この、生命のかけらもない不毛の土地にいて、有刺鉄線に囲まれて八年間を過ごすと思うと、とことん押し潰される気がした。もし八年たっても生きていたら、そのあと私はどこへ行けばいいのだろう？」。

ＭＩ５は、ＦＢＩがウルズラ・バートンと、彼女の元夫で、モスクワに引き渡された後で姿を消したソ連側スパイに再び関心を持ったことに当惑し、いささかムッとした。「ＦＢＩはこの件に非常に執着しており、もしかすると彼らはハンブルガーについて、我々にはない最新情報を持っているのではないかと考えられる」と、ＭＩ５のジョン・マリオットは書いている。[*2] アメリカ側には、すでに一年前に、バートン夫人は「自分の時間をもっぱら子供たちと家事に注いでいるらしく」、それゆえ疑わしいところはないと告げていた。それなのに今度はシンパーマンがやってきて、ＭＩ５に彼女を尋問して元夫の居場所を確かめろと要求している。「夫人が彼の質問に答えられると考える妥当性は何ひとつないようだ」とマリオットは書き残している。彼はシンパーマンに、こう告げた。「この夫人は、共産主義に共感していることが判明しており、この種の問題について彼女を尋問するのは望ましくないと思う。確かに、我々が彼女の現在の夫を調査しても、彼に対して我々が抱いていた疑念を裏づける証拠は見つからなかったが、疑念は今も残っており、彼がソ連側工作員ではないという結論に我々はまったく満足していない」。ウルズラ・バートンを尋問すれば、復員したばかりで今はプラスチック工場で働いている夫に、自分はＭＩ５に疑われていると気づかれるかもしれないというのが、マリオットの考えだった。ここでもやはり、男性だけに注目するあまり女性の方に目が届かず、重要度が高い方のスパイを見逃すことになったわけだ。

尋問には消極的なマリオットだったが、それでも彼はＭＩ６のキム・フィルビーに、次のメモを渡していた。「貴殿はルドルフ・ハンブルガーを覚えていることと思います。ソ連側の工作員で、一九四三年五月にイランで、まずアメリカ側に、ついでイギリス側に拘束され、その後イギリス側がソ連当局に引き渡した、あの人物です。目下FBIから当方に、ウルズラ・バートン（ご記憶と思いますが、彼女はかつてハンブルガーの妻でした）を尋問してほしいとの依頼が来ています。さまざまな理由から、私はこの要請に応じることはできないと感じています。ルドルフ・ハンブルガーの現在の行方について何らかの情報を貴殿からいただけないでしょうか？」。

イギリスで最上位のKGBスパイだったフィルビーは、ウルズラ・バートンの件について詳細を知っていた。そのフィルビーが、彼女がソ連のために働くスパイ仲間だということも知っていて意図的に彼女を守ったのかどうかは、今も不明である。いずれにせよ、フィルビーの返事は非常に丁寧だったが、真相解明を完全に妨げるものだった。「残念ながら」MI6は「ハンブルガーの現在の行方についていて何も知らない」とMI5に告げたのである。

元協力者は転向

一九四七年八月二日、ベルリンのイギリス管理区にある公使館に、ひとりのイギリス人が入ってきて、驚く受付係に向かって、私はソ連側スパイであり、こちらに逃亡したいと説明した。

アレグザンダー・フットは、一九四〇年一二月にスイスでウルズラに別れを告げてから、少なくとも四つの異なる名前を使って四重生活を送っていた。シャーンドル・ラドーのスパイ網「赤い三人組」の要として二年間、大量の軍事情報を本部に送り、ときには暗号化と暗号解読のため一日に二〇時間働き、当人いわく「修道士のような生活」を送っていた。スイス当局は、ローザンヌのどこかで違法な無線送信機が使われていることに気づいていた。ドイツ軍情報部も気づいていた。彼はいずれ、そのどちらかに捕まる運命だった。一九四二年一一月二〇日の午前一時一五分、フットがモスクワからの通信文を書き留めていたとき、「バキバキッという、凄まじい音」[*3]が聞こえてきた。アパートの玄関ドアが斧で叩き割られる音だ。わずかな時間のあいだに彼は無線機を破壊し、いざというときのため普段から手元に置いておいたライター用燃料と真鍮製の灰皿でメモを燃やしたところで、部屋は武装したスイス警察の警察官でいっぱいになった。「私は、何らかの動きが起こることを数週間前から予測していて、すでに記録や請求書などをすべて破棄しており、そのため黒焦げの灰の山と壊れた送信機のほかは、警察の役に立つものは何もなかった」。フットは逮捕され、ボワ＝メルメ刑務所に連行された。彼に対する尋問はきわめて礼儀正しかった。「あなたの活動を否定しても無駄ですよ、フットさん」と、スイス保安機関のパッシェ警部は、フットの独房で一緒にスコッチ・ウイスキーのボトルを空けながら説明した。「あなたがスイスの国益に反する活動をしていたという気配はありませんし、そもそもあなたは、この世界でスイスの独立を脅かす唯一の国ドイツを敵に回して活動していたのですから、私個人としてはあなたに便宜を図ってあげたいのです。さあ、何もかも白状してください。そうすればすぐに釈放してあげますよ」。フットは、相手に劣らぬ丁寧な口調で、私は何も白状するつもりはないし、たとえあなたの言うとおり釈放されても、ソヴィエト側は私が自白したと思い込み、私を殺すだろうと言った。そして、「私は、このまま刑務所にとどまりたい」と要求した。フットは刑務所内での生活を満喫した。「数年ぶりに私はすっかりリラックスでき、誰にも邪魔されずに刑務所の蔵書を少しずつ読んでいった」。

一九四四年九月に釈放されると、フットはパリへ向かい、ソ連軍事使節団と連絡を取って本部に通信文を送った。数週間後、アルフレート・フォードロヴィチ・ラピドゥス名義のソ連の偽造パスポートが送られてきて、解放されたパリから飛び立つ最初のソ連機に乗ってモスクワに向かえと命じられた。同じ飛行機に乗る人物の中に、丸顔のシャーンドル・ラドーがいた。「赤い三人組」の黒幕だったラドーは、スイスで逮捕をまぬがれてパリに来ていた。もうひとりの同乗者は、ガヴリイル・イリイチ・ミャスニコフという古参のボリシェヴィキ党員だった。ミャスニコフは、ロマノフ家で最初に暗殺されたミハイル・アレクサンドロヴィチ大公の殺害に関与した人物で、レーニンと衝突した後フランスに亡命していたが、今回ソ連大使館の提案で帰国することになった。フットは彼を「人好きのする老悪党」だと思い、彼が言った「ロシアに行って、スターリンに身の程をわきまえさせてやる」という言葉に感心した。

一九四五年一月六日の午前九時に飛行機が離陸すると、フットは物思いにふけり、やがて不安を感じ始めた。彼が共産主義と向き合う姿勢は、昔から表層的なものにすぎなかった。「かなり前から私は本部の態度に幻滅し、不満を抱いていた」が、それでも、やるべき職務がまだ残っていると感じていた。「意図的に仕事を放棄するのは、私の見解では敵前逃亡に匹敵する行為だった」。それに、これだけ頑張ってきたのだから、スパイ監督官たちから感謝されて当然だった。もっとも、監督官たちが彼を信頼していればの話だが。

途中カイロに立ち寄ったとき、フットとラドーはルナ・パーク・ホテルの同じ部屋に泊まった。このハンガリー人の地図製作者は、いつにも増して憂鬱そうに見えた。「最初の晩はほとんど口をきかず、遊び納めにカイロへ繰り出そうという誘いも断った」。その夜のうちにラドーは、帽子もコートも荷物も残したまま姿を消した。残された品々を見て、フットは「怖じ気づいたスパイがいた無言の証拠」だと言った。大戦中に抜群の功績を残した共産主義スパイのラドーは、自分の忠誠心にスターリンが報いてくれるとは少しも思っておらず、それも無理からぬことであった。

飛行機は一月一四日にモスクワに着いた。ミャスニコフは、ソ連外相のモロトフが公用車のリムジンを迎えに寄こしているだろうと自慢げに言っていた。確かに車が待っていたが、フットは「案内人たちの厳しい表情」を見て、どうやら歓迎は老ボリシェヴィキ党員が期待していたほど温かいものではなさそうだと思った。ミャスニコフはその場で逮捕された。八か月後、彼は殺された。

それに比べて、フットを出迎えた人物ははるかに魅力的だった。大戦中にモスクワからスイスのスパイ網を運用していた、英語を話せる赤軍の将校ヴェラ・ポリャコワ少佐が来ていたのだ。髪が黒くて、すらりとした体形のポリャコワは「すごい美人」だったと、フットは回想している。彼は近代的なアパートに連れてこられ、二間の部屋に通されると、イワンという名のがっしりとした男性を紹介された。イワンは「通訳と案内係と護衛係を兼ねた人物」だった。尋問が翌朝から始まったが、その雰囲気は友好的でなかった。「尋問の口調から、本部が私をイギリス側から送り込まれた扇動工作員と見ていることは明らかだった」。何日も何週間も、ポリャコワは彼に質問を浴びせ続けた。ときには面と向かって、ときには書面で、根掘り葉掘り同じ質問を何度もしたが、それは、紛らわしくて矛盾した尋問をすることで彼のミスを誘う罠だった。彼女はフットに、シャーンドル・ラドーは「スイスで資金を横領した犯罪者」だと告げた。GRUは彼を連れ戻すつもりだった。そのラドーは、カイロのイギリス大使館に政治亡命を求めて拒否された後、自殺未遂を犯していた。一九四五年八月、彼はソ連に送還され、諜報活動により禁固一〇年の刑を言い渡されることになる。

「指名手配になった者は、世界中のどこにいてもすぐにソ連が迎えに行きます」とポリャコワはフットに言った。これは「逃亡したら、どんな目に遭うか」を知らせる警告だった。つまり、ポリャコワは冗談を言っているのではなく、もしフットが逃亡しようとしたら引きずり戻して殺すと告げていたのである。

フットは、アレクサンドル・アレクサンドロヴィチ・ディモフという新たな偽名を与えられ、イワンが同行することを条件に、市内を散策してよいと告げられた。あるとき散策中に、ふたりは警官に止められ、身分証を出せと命じられた。イワンはその警官に、上官に会わせろと言った。しばらくして、身長一五〇センチで片目に青黒いあざのあるKGB局員がやってきて怒鳴り始めた。ふたりは前もってポリャコワから質問にはいっさい答えてはならないと言われていたので、この小男から名を名乗れと怒り声で命じられたとき、フットは、わめき散らす小役人を見下ろすと、正確にゆっくりと「失せやがれ（ファック・オフ）」と言った。KGBの小男はノートにメモを取った。この騒動は一本の電話で解決し、フットと護衛はアパートに戻ったが、この一件は消えることのない、ちょっとした誤解の跡を残した。フットが散策に出るたび、警官たちから親しげに「同志ファッコフ」と呼ばれるようになったのである。

連日の尋問が六週間続いた後、ポリャコワ少佐が再びやってきた。今回は上官が一緒で、この上官は完璧な英語を話し、まったく似合っていない派手なネクタイを締めていた。「四〇代前半で、頭がよくて知的で、一流の尋問官だった」。これは誰あろうGRUの総局長その人で、直々にフットを締め上げに来たのだった。尋問は真夜中過ぎまで続き、翌日に再開された。「私は、生死を賭けた試練にさらされていると思った」とフットは書いている。やがて、総局長は立ち上がるとフットにねぎらいの言葉をかけた。「彼は、君には責められるべき点は何ひとつなく、君の容疑は完全に晴れたと言

う と、スイスでの私の活動に対して礼を述べた」。フットは、私がソヴィエト連邦のさらなる栄光のため仕事に戻れるのはいつになるでしょうかと尋ねた。総局長は、はっきりしたことを言わなかった。「私を再び外国で働かせるには、その前にまず事態をしばらく落ち着かせる必要があるとのことだった」。試練は非常に厳しかったが、危険は去ったとフットは思った。「我々が別れたとき、総局長は私が大義全般に対して、具体的にはソ連の諜報活動に対して、燃えるような熱意を抱いていると確信していたと思う。それこそ、私が与えたかった印象だった」。

その印象は、うわべだけにすぎなかった。かつてフットが共産主義に抱いていたわずかばかりの熱意は、実際にソヴィエト連邦で暮らしてみて感じる厳しい現実の前に、次第に消え失せていった。「私は、ここから抜け出して、自由が単なるプロパガンダの宣伝文句ではない世界へ戻ろうと決心した。生きて脱出できる唯一の方法は、提示された諜報計画にはどんなものであっても熱意がある振りをして、できるだけ急いで本部の手中から抜け出すことだった」。そのチャンスが到来するのに、さらに一年かかった。一九四七年の春、GRUはフットに、「アルベルト・ミュラー」というドイツ人に偽装してベルリンに行くよう命じた。ミュラーについては、イギリス人を母に持つ（これは、フットの英語訛りを正当化するため）元ドイツ兵で、スターリングラード近郊でソ連軍の捕虜となり、現在はドイツに帰国したいと思っている人物と設定されていた。フットは、ドイツで身分証を入手したら、すぐにアルゼンチンへ向かう。アルゼンチンでは、頑迷なファシストを装って、逃亡したナチ高官たちのグループに潜入し、その後は南アメリカを足がかりにしてアメリカ合衆国の国内に新たなスパイ網を築くというのが、彼に与えられた任務だった。アメリカでは工作員数名が摘発されたため「本部がアメリカに築いたスパイ網はひどい状態にある」とポリャコワ少佐は言い、赤軍はスパイ網を「一から建て直すことに決めた」と説明した。その再建をフットは任されたのである。

二月下旬、フットは「グラナトフ」の偽名で飛行機に乗ってベルリンにやってきた。「最後の最後でへまをするのでない限り、すぐに本部から永遠に自由になれる見込みは大いにあると思えた」と彼は書いている。一九四七年夏の、ある晴れた日の午後、アルベルト・ミュラーは、ベルリンのソ連管理区とイギリス管理区の境界にある交差点で警備兵に書類を見せると、そのままイギリス情報部のもとへ直行した。二日後、MI6に付き添われて彼はロンドンに戻ってきた。

アレグザンダー・フットは、MI6にほぼすべてを話した。スペイン内戦から戻ってきた若い戦士だった自分が、ロンドンでスカウトされてスイスに派遣されたことや、「工作員ソーニャ」ことウルズラ・クチンスキーが、彼とレン・バートンに無線通信と爆弾製造の訓練を施したこと、ヒトラーの暗殺や飛行船ツェッペリン号の爆破を計画したが中止になったこと、ウルズラの乳母がスパイ網を危うく破壊しそうになったことなどを説明した。シャーンドル・ラドーのスパイ網が進めていた活動の実態や、フット自身がスイス当局に逮捕されて釈放された件、その後にローザンヌからパリを経てモスクワへ行き、そこからベルリンに行って最終的にロンドンに来た経緯なども詳しく話した。ロンドンのウェスト・ケンジントンにあるラグビー・マンションズ一九号室の隠れ家にかくまわれて、フットは何から何まで正確に打ち明け、それによってMI6は、戦時中にソ連情報機関がスイスでどのように活動していたのかを初めて詳細に知ることができた。フットは「緊張感がまったくなく」[*4]無限の自信を示していた。「彼は自分を一流の諜報員だと思っている」とMI6は記している。なぜ立場を変えたのかと問われてフットは、ソ連に「自由がないこと」に幻滅したし、かつての上司たちに背を向けたのは「彼らが戦争を起こそうとしているように思ったから」だと説明した。尋問官は怪しいと感じ、「私は、フットには本心から信じる政治的な主義主張が果たしてあるのだろうかと疑問に思う」と述べている。フットは、イギリスの情報部で例えば二重スパイとして仕事がしたいとほのめかした。「ソ連側は私に全幅の信頼を置いていて、私はほとんど何でもできると思っているし、実際、私はどんなことでもできる」。MI6は感心した。「フットは怖じ気づいていたわけではなく、追われていないのも確か」だったが、行動を予測できないため二重スパイとして使うことはできなかった。「フットのような性格と立場の人物は犯罪に向かう可能性があり（中略）放っておくのが最善なのかもしれない」。

MI5の手が迫る

アレグザンダー・フットはMI6に真実を語ったが、すべてを話したわけではなかった。彼は、ウルズラ・クチンスキーははるか昔にスパイ稼業から足を洗ったと言い張ったのである。

フットは、ウルズラは独ソ不可侵条約とスターリンによるフィンランド侵攻に激怒したと、事実をありのままに説明し、その後で、彼女はそのためモスクワとの関係をすべて断ち切ったと、事実と異なる主張をした。イギリスへ行ったことでウルズラの諜報活動でのキャリアは終わったとも言った。「今も続いているソ連との関係」について漠然とした話はしたが、彼女は一九四一年以降活動していないと彼は断言した。「彼女は喜んでまともな一市民に戻っていった。モスクワも同様に喜んで彼女が去るのを認めた。そのとき以降、彼女はソ連のスパイ網とは何の関係もないと思う」。フットは、この自分の主張が真っ赤な嘘だと知っていた。彼は自ら進んでMI6にソ連の諜報活動についてすべてを話したが、旧友を裏切るつもりはなかった。しかも、彼女を守ろうとするフットの努力は、これで終わりではなかった。

一九三八年にフットがスカウトされたとき、それに一役買ったのがドイツ人共産主義者フランツ・ウーレンフートで、彼がきっかけを作ったことでスペイン内戦の元戦友とウルズラは接点を持ったのである。それから九年後、ハムステッドの自宅にいたウーレンフートは、誰かが来たのに気づいて玄関のドアを開けた。「目の前に立っていたのは興奮した人物で、ウーレンフートは誰だかすぐには分からず、物乞いか病人だと思った」[*5]。それは、かつての戦友フットだった。「彼は家に入るのを拒み、震えながら、取り乱した様子で、たどたどしくこう言った。『レンとソーニャ、大いに危険、活動するな、すべてを破壊せよ』。それだけ言うと、走り去った」。ウーレンフートは、この奇妙な訪問を伝える緊急通信文をウルズラに送った。

フットが興奮しながら口にした言葉は、ウーレンフートには何のことだがよく分からなかったが、ウルズラにはこれが重大な事態を意味していることが分かった。彼女の元協力者は相手側に付いたに違いない。おそらく彼は、スイスでの活動についてすでに秘密を漏らしたのだが、今も残る忠誠心と「イギリス的なフェアプレーの精神」から、「保安局の局員が私たちの家に来る前に、危険を冒して秘密の警告を発した」のだろう。彼は、彼女を裏切らなかった。ウルズラの工作員たちは決して彼女を裏切らなかった。しかしフットのせいで、イギリスのスパイハンターたちは彼女の玄関先まで迫っていた。

GRU内部では、フットが失踪したことに誰もが驚き、非難合戦が始まった。ポリャコワ少佐はすぐに解雇され、やがて消息不明になった。情報活動でフットと接触のあった者たちは、最も重要なウルズラも含め、全員が今では危険にさらされていた。すでに本部はウルズラとの連絡を誤って遮断していた。それが今後は、意図的に遮断されることになった。ソーニャは自力で何とかしなくてはならなかった。

ウルズラはＭＩ５が現れるのを待った。ただし、いつまでも待つ必要はなかった。ミリセント・バゴットが以前から抱いていた疑いは、裏が取れた。ウルズラ・バートンは、少なくとも以前は、ソ連側のスパイだったのだ。バゴットは、ウルズラがスイスから家族に送った手紙を再び見てみた。すると、一九四〇年に義姉マルグリットに宛てて書いた手紙が、よく調べてみると明らかに怪しく見えた。ウルズラは、こう書いていた。「編み物（私の得意分野ではありませんが）以外、ここではできることがあまりありません。でも、輸血の準備をしようと呼びかけるチラシを読んで、応じてみました。調べてもらったところ、私の血はとても役に立つそうで、いろいろな血液型の人に使えると言われました」[*6]。バゴットは、この手紙には秘密のメッセージが隠されているのではないかと思った。つまり、「輸血（blood transmission）」は「無線送信（radio transmission）」を意味する暗号で、「いろいろな血液型の人」云々というのは、ウルズラがいろいろな人を無線通信員として訓練していることを示す秘密のヒントと解釈できるというわけだ。ＭＩ５は、「暗号文は、秘密の政治活動を指しているものと思われる」と結論づけた。

それまでバゴットの上司たちから通り一遍の興味しか示されてこなかった問題が、いきなり注目の的になった。この件はバゴットの手を離れ、ＭＩ５の新長官で元警察署長のサー・パーシー・シリトーに引き継がれた。「モミの木荘」でやり取りされる手紙は、すべて途中で検閲され、綿密に調べられた。ウルズラの兄妹たちの電話は盗聴された。怪しい金銭の動きがないか証拠を探して、ウルズラの銀行口座の取引明細書が徹底的に調査された。当時レンは、バンベリーにあるノーザン・アルミニウム・カンパニーで機械の整備工として働いていたが、この会社にＭＩ５は、元警官のリチャード・カーリーを情報提供者として忍び込ませていた。レンが仕事場に出ているあいだに、カーリーは社員用ロッカールームにあるレンのブリーフケースを開け、中に「共産主義プロパガンダのさまざまな書籍やパンフレット」が入っていたと報告した。それとなく現地に問い合わせたが、ウルズラの行動に特別変わった点は見られず、ＭＩ５の中には、「彼女は家事でまったく手一杯」なのだからスパイをする時間などないのではないかと考える者もいた。

モミの木荘を直接監視下に置くのは不可能だった。グレート・ロールライトのような田舎の村に見知らぬ人物が現れたら、すぐに気づかれてしまうからだ。村を担当する警察官に、バートン家を特に注意して見張るようにとの命令が出され、オックスフォードシャー州警察署のハーマン・ラザフォード署長には、この件についてひそかにブリーフィングが行なわれた。「我々は、警察による監視と我々による調査を通じて、彼らの活動についてもっと探り出し、彼らが現時点においても諜報活動に従事しているかどうかを判断できるようにしたいと願っている」。そう告げられたラザフォード署長は、本件に「強い関心を示した」と、記録には書かれている。しかし、これは控えめな表現だった。内心ラザフォードは興奮で舞い上がっていた。グレート・ロールライトから共産主義スパイを見つけ出すと考えるだけで気持ちは高ぶったし、署長は自分の手で彼女を逮捕したいと思った。

まごまごしている暇はなかった。「ウルズラは、たとえ今はまだソ連側から『正体が発覚した』と思われていないとしても、フットがイギリスに逃亡したことが知られれば、いずれ間違いなくそう思われるはずだ」とＭＩ５は警告し、「彼女が任務を帯びてここに来た可能性は排除できない」と言った。彼女をただちに、「できることなら、ソ連側がフットの件を彼女に知らせる時間のできないうちに」尋問しなくてはならない。

この仕事に最適な人物はミリセント・バゴットだった。しかし、任務は監視班「ウォッチャーズ」の班長で、追及尋問にかけてはイギリスで「第一人者」と言われていた元警部補のウィリアム・「ジム」・スカードンに任された。スカードンは、ウルズラのファイルを嬉々として読んだ。そしてMI5で最高の尋問官は、彼女の正体を暴くべく、すぐにもグレート・ロールライトへ向かうつもりだった。

23　非常に手ごわい相手

一九四七年九月、ティータイムの来客

一九四七年の夏、ウルズラの両親がモミの木荘に泊まりに来た。彼女は、自分の抱える不安のことを両親には話さなかった。母ベルタは顔色が悪く、元気もなかった。ある晩、午前二時にウルズラは、両親の寝室からうめき声が聞こえてくるのに気がついた。「母が心臓発作を起こしたのです」。薄い壁の向こうから母の叫び声が聞こえてきた。「ああ、お兄ちゃん」[*1]。「母はユルゲンのことを、いちばん上の子で、子供たちの中で母がいちばん愛していた兄のことを考えていたのです」。グレート・ロールライトで唯一の公衆電話は村の共同緑地にあったが、あいにく故障中だった。ウルズラは闇の中、自転車を飛ばしてチッピング・ノートンへ行くと医者を叩き起こし、医者は彼女を自動車に乗せて一緒に家に向かった。しかし「手遅れでした」。ウルズラと母はいつも衝突を繰り返していたが、それでも母の死は大きな痛手だった。ベルタは、グレート・ロールライトの教会墓地に埋葬された。結婚して四四年、苦楽をともにしてきた妻に先立たれて、ロベルト・クチンスキーはひどく落ち込んだ。

ウルズラは父を説得して、しばらくモミの木荘で一緒に暮らすことにした。

数週間後、ヴィクトル・ハンブルガーから手紙が届いた。「いい知らせだ。ルディは生きている」[*2]。手紙によると、ヴィクトルはマリア・ヤブウォニスカと名乗るポーランド人女性から、はがきを受け取ったのだという。彼女はダンツィヒ出身で、最近グーラグ（収容所）から解放されたばかりだった。はがきには、こう書かれていた。「私はソ連から戻ったばかりで、あなたの弟さんのルドルフが生きていることをお伝えできて、うれしく思っています。弟さんは家族、とりわけミーシャをとても恋しく思っています。はがきのお返事をいただければ、もっと詳しいことをお伝えします」。ヴィクトルの手紙は、こう続いていた。「私たちがみなどれほどうれしく思っているか、お分かりでしょう。（中略）もちろん、数年で再会できるという望みは、あらかた捨ててしまわなくてはなりません」。ウルズラは、ミヒャエルに父親がソ連の収容所にいると教えたものか、頭を悩ませた。ミヒャエルは、「母は私に、非常に遠回しな言い方をしましたが、ともかく父が『追放中』だと教えてくれました」と回想している。「どこにかは教えてくれませんでしたが」。

ＭＩ５は、この手紙を興味深く読み、ＦＢＩのジョン・シンパーマンに、ハンブルガーは生存していて、ソ連の強制労働収容所に監禁されていると伝えた。テヘランでルディを尋問してからソ連側に引き渡したイギリス国防保安部のジョー・スペンサー大佐にも、次のように伝えられた。「彼が期待していると貴殿に話したソ連側の優しい歓迎は用意されていなかったらしく、彼は現在、強制収容所にいて、刑期がまだ五年残っている」。

ウルズラは、ルディが生きていると知ってホッとしたが、同時に新たな不安が次々と頭に浮かんできた。かわいそうにルディはどんなひどい目に遭ってきたのだろう？　あとどれくらいソヴィエト連邦の収容所に入れられているのだろう？　自分の息子にまた会える日は来るんだろうか？

夏が終わろうとする中、ウルズラは母親の死を悲しみ、ルディの心配をし、モスクワ本部から心強い合図が来るのを願い、フットの秘密通信文のことを考え、ＭＩ５の放った猟犬たちの来訪を告げるノックが家の玄関から聞こえるのを待った。

ノックの音は、一九四七年九月一三日、土曜日の午後一時二〇分ちょうどにやってきた。

ウルズラがドアを開けると、玄関口に警察官一名が、私服の男性ふたりを左右に従えて立っていた。警察官は制帽を脱ぐと「チッピング・ノートン警察署のハーバート刑事」だと名乗った。同行している二名は、「サヴィル氏」（実はＭＩ５のマイケル・サーペル）と「スネッドン氏」だと紹介されたが――このスネッドン氏こそ、ＭＩ５の有名な尋問官ジム・スカードンだった。

「バートンさん、こちらのおふたりが、あなたと話がしたいそうです。お邪魔してよろしいですか？」

ロベルト・クチンスキーは、リビングで雑誌を読んでいた。彼は立ち上がると、「優雅にお辞儀をして出ていった」[*3]。ハーバート刑事も、ウルズラに警察の記章を見せると退室した。男性ふたりは、ぎこちなくソファーに腰を下ろした。ウルズラは、この招かれざる客たちをじっと見つめた。

サーペルは、「共産主義者による破壊活動の専門家」だったが、これからエプロン姿の主婦を尋問することに、ひどく決まりの悪い思いをしていた。一方のスカードンは、スパイ逮捕チームのリーダーにふさわしい服装をしてきたのだろう、グレーのレインコートを着て、フェルトの中折れ帽をかぶり、薄い口ひげを生やし、かすかに冷笑的な表情を浮かべていた――しかし、これらは見せかけにすぎず、実際には、これからどうするか具体的な考えをほとんど持っていなかった。ある同僚によると、「パイプ党で身なりのきちんとした元警察官のスカードンは、自分のことを有能だと考えて」[*4]おり、その考えに周囲の者も賛同するよう強く促していたという。彼は女性を好まず、女性局員が監視活動に参加するのを、男性局員が「婚外交渉への誘惑」にさらされるかもしれないからという理由で、認めようとしなかった。重々しい態度を取り、几帳面で礼儀正しいが、ウォッチャーズの班長にしてはビックリするほど不注意だった。「彼は、その振る舞いに、中流階級の常識的な価値観の世界――午後の紅茶とレースのカーテンに代表される世界――を凝縮させた人物」であり、彼のような考え方は、感情に左右されないソ連側スパイたちにはまったく通用しないことがやがて明らかとなった。例えば彼は、後にキム・フィルビーを一〇回尋問するが、その結果、自分はもともとフィルビーを潔白だと思っていたが、尋問を終えてその思いをいっそう強くしたと断言している。アントニー・ブラントには、一三年のあいだに一一回尋問し、そのたびに「上流階級らしい空威張り」[*5]に騙されて彼は潔白だと結論づけている。さらに、ケンブリッジ・ファイヴのひとりジョン・ケアンクロスと、フィルビーを最初にKGBに推薦したイーディス・チューダー＝ハートも、彼は無罪放免にした。スパイ逮捕人として有名な割に、彼はスパイを捕まえるのが恐ろしく下手だったのである。

スカードンの最初のミスは、相手を過小評価したことだった。いわく、「バートン夫人は、いささか野暮ったいタイプで、白髪の目立つ、むさ苦しいボサボサの髪をしていて、かなりだらしない外見をしている」。第二のミスは、自分の手の内を明かしたことだった。「あなたは、フィンランド戦争で幻滅するまで、長期にわたってソ連側の工作員でしたね」とスカードンは決めつけた。そして、息をつく間もなく、こう続けた。「我々は、あなたがイギリスでは活動していないことを知っていますし、あなたを逮捕しに来たわけではありません」。

この一言でスカードンは、MI5の立場が弱いことを暴露した。ウルズラがスイスで実施した諜報活動はドイツを相手にしたものだった。彼女が責任を問われるとすれば、それは彼女がイギリスでスパイ活動をイギリスまたはその同盟国を標的として実施していた場合に限られ、しかも、たった今スカードンは、彼がその証拠をまったく持っていないことを白状したのだ。

「この『心理的』に不意を突こうとした試みは、非常に滑稽かつ的外れで、私は面食らうどころか、思わず大声で笑い出しそうになりました」とウルズラは述べている。

「紅茶はいかがですか?」と彼女は尋ねた。「主人を呼んできましょうか?」。

庭にいたレンを呼び、やかんを火にかけたウルズラは、すでにこちらが優位に立っていることを確信していた。あとは質問をのらりくらりとかわしさえすれば、いずれスネッドン氏は材料が尽きて手詰まりになるだろう。ウルズラとしても、彼に追及の材料を与える気はまったくなかった。

レンがリビングに入ってきた。「バートンは、三三歳にしては非常に若く見える」とスカードンは書いている。「しかし彼は、家庭をすっかり取り仕切っている妻の陰に完全に隠れていた」。

お茶が出されると、スカードンはすぐに話を再開した。「私はただちに攻撃を開始し、バートン夫人に、我々は大量の情報を有しており、曖昧な点を明らかにするためあなたの協力が必要なのだと伝えた」。彼はそれとなく、証拠は「ソ連情報機関からの漏洩」で得られたものだとほのめかした。

ウルズラはにっこりと微笑んで言った。「協力はいたしかねます。私は嘘を言いたくありませんから、質問には答えない方がよいと思います」。

スカードンは、このような女性にそれまで会ったことがなかった。そもそも彼は、女性たるもの身ぎれいにして従順であるべきと思っていた。「彼女が取った態度から、彼女は自分が過去にソ連情報部のために働いていたことを暗に認めたと即断してよいと思う。彼女の受け答え方は、かつて受けた訓練の賜物だった。なぜなら、考えられるありとあらゆる甘言・計略・策略を駆使したものの、まったく成功しなかったからである」。

スカードンは食い下がった。「我々は、あなたがソヴィエト連邦のフィンランド侵攻後、共産主義に幻滅したことを知っています。あなたが愛国心あふれるイギリス臣民であり、非難されるべき活動にこの国で従事するつもりがいっさいないことも知っています。心配することはないのです。あなたがこの国では何の罪も犯していないことを、我々は知っています。共産主義の真の姿に気づいたのであれば、どうして我々に協力してスイス時代のことを話してくれないのです？」。

ここでもウルズラは相手を軽くいなした。

彼女はこう書いている。「私は、確かに国に忠誠を誓っていますが、だからといって私がイギリス国民になる前の人生について話す義務があるとは思いませんと言いました。そして、私が失望したのは事実ですが、自分を反共産主義者だと言うことはできませんと答えました。それに、私は愛国的なイギリス国民であることと左派的な見解を持つことは矛盾しないと考えているとも言いました」。

スカードンは苛ついた。質問に答えるのを拒否されては、自分が一流の尋問官であることを証明することはできない。「彼女は、ただの一度も否定せず、ひたすら『協力しません』という岩の陰に何度も隠れ続けた」。

「尋問は期待外れ」

スカードンは「いささか不機嫌そうに」注意をレンに向けた。「我々は、あなたがアラン〔原文のまま〕・フットと非常に親しかったことを知っています」。

「フット?・」とレンは、まるで遠い過去から名前をおぼろげに思い出しているかのような口ぶりで言った。「ああ、覚えていますよ。彼は今、何をしているんですか?・」。

スカードンの、うわべだけのにこやかな態度は、みるみるうちに消えていった。ウルズラは紅茶のおかわりを勧めると、ちょうど今、子供たちが息子ピーターの四歳の誕生日を祝って開くパーティーのためケーキを焼いているところなので、ちょっと中座してもかまわないかと尋ねた。

スカードンとサーペルは、ふたりが夫婦のうち「弱い者」と見なした方と三人だけになると、レンの尋問に取りかかった。「我々は口数の少ないバートンに話をさせることができたが、誘いの手を尽くしたにもかかわらず、彼から引き出すことができたのは、バートン夫人とブライトンで一九三六年に会ったという発言だけだった」。レンは、「プリ＝ユニ〔原文のまま〕〔正しくは前出の小売チェーン店「ユニプリ」〕で誰かとばったり会うように」スイスで「まったく偶然に」彼女と再会したのだと主張した。

スカードンは、今では当然ながら苛立っていた。「ずいぶんと間を置いてからバートン夫人は戻ってきたが、依然として非協力的な態度のままだった。我々は、ありとあらゆる論法を彼女に対して用いた〔が〕彼女は、なぜ協力できないかを説明すればどうしても過去に触れることになるので、誤解させるよりは何も言わない方がいいと思うと言った」。

スカードンはウルズラに、あなたの「以前の雇い主に対する忠誠心」は報われないだろうと告げた。それに対して彼女は「自分の忠誠心は理想に対するものであって、人に対するものではない」と答えた。彼は、あなたが事実を言わなければ家族の何人かが「嫌疑を受ける」かもしれないと警告したが、彼女は「スラヴ系らしい冷淡さを崩さなかった」。

紅茶を飲みながらの言葉と言葉の戦いが何の成果もないまま三時間近く続いた後、スカードンは立ち上がり、「もしかすると彼女は熟考した末に態度を変えるかもしれないと期待して」翌日また来ると、きつい調子で告げた。

しかし、次の日も彼女の態度は変わらなかった。

「もう一度、協力する場合の利点と、そこから推論される、沈黙を続けた場合の危険について、彼女にすべて説明したが、彼女は動じなかった」

一度だけ、ウルズラのガードが緩んだ瞬間があった。すでにフットは、ウルズラが確実に離婚できるよう、ルディ・ハンブルガーがブリギッテとロンドンのホテルで密通していたとスイスの裁判所で偽証したことを正直に認めていた。スカードンの記録によると、「サーペル氏は『離婚』という言葉を繰り返し使うことでバートン夫人を非常に巧みに攻め立てた」。ウルズラとレンは、ひそかに視線を交わした。「この結婚解消が彼女の守りを破れる弱点であることに疑いはないが、書類に不備はなく、全力でバートンとハンブルガーの結婚を無効にして彼女をドイツ国籍に戻そうとしても、その努力を正当化できる根拠はほとんどないように思われる」。

尋問二日目も、一日目と同じく手詰まりで終わった。

辞去するとき、サーペルは世間話をしようとして、玄関先で咲くウルズラのバラを褒めた。「ここはきれいな所ですね。こんなふうに暮らしたいものです」。

ウルズラはにっこりと笑った。「よろしければいかがですか。私、部屋を賃貸ししようと思っているんです」。

スカードンは、尋問結果について次のような怒りのこもった報告書を書いた。

我々は肯定的な情報をほとんど得ることができなかった。バートン夫人については、ソ連側が大戦当初、反ファシズムの立場から見て非常に好ましくない行動を取ったとき、彼女がイデオロギー的理由からソ連側のために活動するのをやめたと信じるに足る理由がある。彼女が熱烈な反ファシズム主義者であることは明々白々であり、一九三九／四〇年当時のソ連の政策に彼女が失望したことを、多くの人が政府への信頼を失ったと発言して、ある程度は認めたが、ソ連の政治的信条を今も保持している。バートン夫人に話をさせる試みは、かなり惨めな失敗に終わったが、一条の光明はある。彼女は、もし何らかの理由で気が変わったらチッピング・ノートンのハーバート刑事を通して我々に知らせることに同意した。彼女がこの機会を利用する可能性は、わずかばかりではあるが、確かにある。尋問がもたらしたと思われる効果として、これ以上は情報活動に関係したくないというバートン夫妻の気持ちを強めたことが挙げられるだろう。我々は、彼らが現在は諜報活動に従事していないことに当然ながら満足しており、最近まで従事していたと考えるべき理由もない。

サー・パーシー・シリトーは、オックスフォードシャー州警察のラザフォード署長に次のような手紙を書いて、世間の注目を浴びる逮捕をしたいという署長の願いを打ち砕いた。「尋問は期待外れに終わり、これら両名の生活について新たな事実は明らかにならず（中略）両名とも共産主義者ではあるが、現在はおろか近年についても諜報活動を疑うべき理由は存在しない」。

ＭＩ５は、ウルズラがすでに一九四〇年にスパイ活動をやめていたという作り話を信用した。スカードンが彼女を捕まえるためには、ウルズラがイギリスでスパイ活動をしていたという動かぬ証拠が必要であり、そうした証拠を彼は何ひとつ持っていなかった。少なくとも、この時点では。

ウルズラは、MI5と対決したことで見かけ以上に動揺していた。ロベルト・クチンスキーも非常に心配し、このときすでに癌を患っていて数か月後に命を落とすことになるのだが、急ぎロンドンに戻って、何があったのかをブリギッテに話した。ウルズラが尋問されたという知らせは、家族内ですぐに広まった。ユルゲンはすでにベルリンに戻っており、ウルズラに手紙を書いて、こちらへ来て一緒に東ドイツという新たな共産主義国家を建設しないかと促した。手紙にはこう記されていた。「できるだけ早く我々のもとへ来るよう努力してほしい。ぜひとも、こちらの状況を自分の目で見て、それから万事について決断して、それに従って計画を立てればいい」。

ウルズラは、ユルゲンの提案に興味を引かれた。不愉快なスネッドン氏は追い払ったが、またいつ戻ってくるか分からない。レンはひどい状態で、アルミニウム工場での仕事にうんざりしていて、夜はほとんど眠れていない。スペインで砲火を浴びた後遺症から、ひどい頭痛に悩まされていたのだ。「彼は鬱状態になる回数が増えました。何日も続けて黙りこくっているのです」。デッドドロップ・サイトの確認は続けていたが、GRUが連絡を再開する見込みはないようだ。「私は人生の身動きが取れなくなりました」。

過去からの声

しかし、新たな生活を考え始めたまさにそのときに、ウルズラの過去が、彼女を最初に諜報活動の世界に引き込んだ、あの忘れられない女性の姿となって再び現れた。ウルズラは偶然、アグネス・スメドレーがイギリスにいて、わずか数キロ先のオックスフォードに住んでいることを知ったのである。

スメドレーが休むことなく猛烈な勢いで国際共産主義のために進めてきた活動は、終焉を迎えようとしていた。彼女は、一九四一年にアメリカに戻ると、ニューヨーク州北部にある芸術家コロニー「ヤドー」に居を構えて、中国共産党軍の将軍である朱徳の伝記を書きながら、新聞『シカゴ・トリビューン』のいう「中共の主要な弁護者」[*6]としての活動を続けていた。FBIは監視していた。一九四八年、スメドレーはヤドーから追い出された。数か月後、アメリカ陸軍の情報報告書が、彼女をリヒャルト・ゾルゲのスパイ網の中心人物だったと特定し、アメリカ中で新聞の一面に「陸軍、ソ連側スパイが日本の戦時機密を入手していたと発表。女性作家を告発」という見出しが躍った。スメドレーは訴えると言って脅したが、告発が事実であることを考えれば、それは危険な作戦だった。マッカーシズムを支持する赤狩りの手先たちが一斉に攻撃を開始した。彼女は、「卑劣なマスコミが新たな魔女を火あぶりにした」と言って、自分の殉教を受け入れた。何年も中国の戦闘地域で過ごしてきたせいでスメドレーの健康はすでに損なわれており、新たな戦いに向かう覚悟はあったが、心と体がついてこなかった。彼女はイギリス行きの片道切符を予約し、友人マーガレット・スロスが住むオックスフォードの家に避難した。

ウルズラは、スメドレーにもう一度会いたかったが、そうすることでMI5の目が旧友に向かうのではないかと懸念した。「もし私が考えもなく訪問していたら、彼女を政治的に危険にさらしていたかもしれません。とにかく私は、長年のあいだに彼女がどれほど変わってしまったのか知りませんでした。それに、どうやって連絡を取ればいいのかも分かりませんでした」。ふたりともMI5の監視下にあるのかもしれなかった。もし、ソ連側スパイだと告発されている人物と接触しているところを見つかったら、MI5の疑惑を強めることにしかならないだろう。どんな結果になろうとも危険を冒してスメドレーと連絡を取るべきか、それとも、付き合いが最も長い旧友であり、最初の指導者でもあった彼女と接触するのは避けるべきだろうか？　このときまたもウルズラは、自分の正直な気持ちとスパイ活動のふたつに引き裂かれていた。以前、中国でふたりの関係が決裂したとき、スメドレーはウルズラを、運動への取り組みよりも個人的な問題を優先させていると言って非難した。今回ウルズラが下した決断は、その非難が間違っていることを証明していた。彼女は、自分をスカウトした女性と再び連絡を取ろうとしてはならないし、取るのをやめようと決心したのだ。アグネス・スメドレーは、もう何年も前にスパイ活動をやめていたが、ウルズラはまだ続けており、両者の溝はもはや埋めることなどできなかった。

それとは別の声が、今では考えられないほど遠く離れた過去から漂ってきた。上海からヨハン・パトラが、たどたどしい英語で窮状を訴える手紙を何通も送ってきたのである。手紙でパトラはウルズラに、中国にあるドイツの移民救援組織に手紙を書いて、僕がナチズムから逃れてきた避難民で、ドイツに送還されるべき人間だという主張を裏づけてほしいと頼んでいた。GRUはパトラとも連絡を遮断しており、スパイどうしの連絡を禁じる規則は、もう守らなくてよかった。当時パトラは機械工として働いていて、何とか飢え死にせずに済むだけの収入を得ていた。

「外国人は続々と中国を離れ、南北アメリカやオーストラリアやソ連やヨーロッパなど、さまざまな国へ向かっている。UNRRA〔連合国救済復興機関〕は、僕が望めば別の国へ行くための旅費を出してくれることになっている。君は、これをどう思う？　やはり君のアドバイスは重要なんだ！　もし南アフリカや中央アメリカといった別の国へ行けば、たぶん僕はもっと金を稼げるかもしれないし、そうなれば君を助けてあげられるだろう。それに、僕は現実的な観点から物事を考えられるようになった。君は本当に僕よりずっと強くヨーロッパと結びついているしね」[*7]。パトラはさらに手紙の中で、自分はルイーザという名のドイツ人女性と結婚し、養子をひとり取ったと説明した。「僕に妻と子供がいるなんて、君に想像できるかい？　きっと君には理解できないだろう。僕のことを石か何かと考えていたからね。養子にした男の子は、まるで実の子のようにかわいい。（中略）ペーターという名前をつけた。こちらの経済・政治状況は非常に悪く、いずれ劇的な変化の時期が来るはずだ。君に会いたくてたまらない。君のことがとても誇らしい。君は重要な問題に取り組んで充実していることだろう」云々。ウルズラは、パトラの要望どおり移民組織に手紙を書いたが、その後は何の音沙汰もなかった。

ロベルト・クチンスキーは、一九四七年一一月二五日に死去し、グレート・ロールライトでベルタの隣に埋葬された。この先駆的な統計学者を称える死亡記事がいくつも掲載された。しかし、そのどこにも、彼が娘を通じてソ連のために行なっていた秘密の活動について触れた箇所はなかった。ウルズラは深い悲しみに沈んだ。「私たちはしばらく前から、こうなることを予期していましたが、それでも父が亡くなったのはひどいショックです」と、彼女はユルゲンに宛てた手紙に書いている。「父は最後の最後まで立派でした」。ウルズラは、父を敬愛していて、自分が父から見て政治的力を持った人間であることを証明し、父を秘密の世界にスカウトした。そんな父の死によって、彼女をイギリスと結びつけていた糸がまた一本切れた。故郷に戻って新たな生活を始めたいという気持ちが次第に大きくなっていった。このとき彼女はまだ四〇歳で、十分に再スタートを切れる年齢だった。当時ベルリンのソ連管理区に住んでいたユルゲンは、次のように手紙で熱心に呼びかけていた。「私たちのところに来なさい。（中略）今の空疎な生活をすぐに全部捨ててしまえば、すぐにこちらで好きなように政治活動ができるだろう」。ユルゲンは、自分の手紙がＭＩ５に読まれることを知っており、「政治活動」とは「スパイ活動」を遠回しに言ったものだった。ウルズラはこう返信した。「夫と子供たちのために家事をする以外、私の人生はまったく無駄のように思えています。（中略）執筆？　どれほどやりたいと思っていることか。（中略）これからレンの夕食を作らなくてはいけません。もうじき遅番から帰ってくるのです」。

ソ連軍によって占領され、軍政が敷かれていたドイツ東部では、管轄外である西ベルリンをぐるりと取り囲む形で、ドイツ民主共和国（東ドイツ）が建設されようとしていた。ドイツの共産主義者が統治する東ドイツは、やがてソ連政府に屈従する衛星国として、何もかも監視している秘密警察「シュタージ」によってイデオロギーを厳しく統制される国になる。しかし一九四八年の段階では、この国はドイツ人共産主義者にとって希望の光だった。ユルゲンのような人々の目には「社会主義的な労働者と農民の国家」はマルクス・レーニン主義の天国のように映り、彼はこの天国の一員になるつもりだった。ユルゲンはウルズラも来るようにと促した。新生ドイツには忠誠心厚い共産主義スパイが活躍できるチャンスがたくさんあると思ったからだ。

それでも彼女は躊躇した。レンは、ドイツ語があまり話せない。子供たちは、今ではすっかりイギリス人になっている。「子供たちはグレート・ロールライトを愛していました」。一九四八年の夏、彼女とレンは子供たちを連れて、イギリス南岸にあるバトリン休暇村［実業家ビリー・バトリンが創設した大型娯楽施設チェーン］に行った。ニーナは、このいかにも戦後イギリス的な休暇を、それまでの短い人生で「最高の経験」だったとして、次のように語っている。「昼のあいだはずっとスピーカーからお知らせが流れ、毎晩ダンスパーティーが開かれ、メリーゴーラウンドやブランコもありました。ハイライトは美人コンテストです。すらりとした脚ときれいな顔——必要なのはそれだけでした。休暇村へ行ってから、私には新しい夢ができました——バトリンさんと結婚してお金持ちになり、毎年こんな休暇村で休暇を過ごせるようになりたいと思ったのです」[*8]。ピーターは「お姉ちゃんなんて、くず屋と結婚できればいい方さ」と言って姉を泣かせた。ニーナはイギリス王室に夢中で、王室について書かれた新聞記事は残らず切り抜いて大きなスクラップブックに貼りつけていた。中でもエリザベス王女［後の女王エリザベス二世］には熱烈に憧れていた。「菜園から大きなキャベツを取ってきてと言われると、私は大声でこう言ったものです。『王女さまは、菜園でそんな仕事をしなくていいんだよ』と」。幼いピーターは、亜鉛合金でできたミニカー「ディンキー」を集めていた。ミヒャエルは、アバディーン大学で哲学を専攻するため奨学金を獲得していた。本当にウルズラは、イギリス人となった子供たちを、三人が故郷と考えている場所から無理やり連れていくことができるのだろうか？　三人とも共産主義体制での生活に順応するだろうか？　ウルズラは共産主義に「失望」したとスカードンに語っていたが、それは決して嘘ではなかった。イギリスを離れて約二〇年前に見たきりの国へ行くのは狂気の沙汰と思われた。グレート・ロールライトにいると心が和んだ。「落ち込んだときは、近くにあって野原と山々を見渡せるお気に入りの場所へ、よく歩いていきました」[*9]。

一九四八年、彼女は西ベルリンへ行くため短期ビザを申請したが、現時点でビザを取得できるのは公用で訪問する人間だけだと告げられた。ユルゲンが代案を思いついた。彼は翌年初めに研究者としての仕事でチェコスロヴァキアに行くことになっており、ベルリンでなくチェコで会おうと提案した。両親を失ったウルズラは、今すぐ兄に会って、抱えている問題を整理して「役立つ助言」をしてもらう必要があると感じていた。彼女は一九四九年一月一八日、プラハ行きの飛行機に乗った。MI5はMI6のプラハ支局長に、ウルズラが向かっていることを知らせ、「ウルズラ・バートンは、大戦中にスイスで活動していた諜報員であり、（中略）チェコスロヴァキアで彼女が貴官の目にとまったら知らせてほしい」と伝えた。兄妹の再会は期待外れに終わった。ユルゲンはお歴々と会うのに忙しく、妹のためには一時間しか時間を割くことができなかった。彼の頭は仕事のことでいっぱいだった。「ユルゲンには、こちらから胸の内を明かしたり気持ちを表に出したりする時間は少しもありませんでした」。彼は、ウルズラはベルリンに戻るべきだが、まずはモスクワの承諾を得た方がいいと主張し、「本部の承認なしにドイツにとどまるのは非常に難しいだろう」と言った。ユルゲンは、妹たちに何をすべきかを命じる癖がまったく抜けていなかった。彼女は、諜報活動の規則を破ってGRU総局長に手紙を書き、本部から二年間連絡がないことと、デッドドロップ・サイトがグレート・ロールライトの近郊にある鉄道橋をくぐって最初の交差点を過ぎた場所であることを説明し、ドイツに行く許可を求めた。手紙を書き終えると「ソーニャ」と署名し、大使館付き陸軍武官を宛先とした封筒に入れて封をして、尾行されていないことを確認した上で、自分の手でプラハのソ連大使館に届けた。それからイギリスに戻って反応を待った。

かつての配下、逮捕さる

一九四九年八月二九日、冷戦の戦線が恐怖とともに明確に引き直された。この日ソヴィエト連邦がカザフスタンで最初の核兵器実験を秘密裏に実施したのである。アメリカの気象観測機が放射能を帯びた破片を回収し、九月二三日、アメリカのトルーマン大統領は「我々は、過去数週間のあいだにソ連で核爆発が起こったという証拠を持っている」と発表した。[*10] ソ連の原子力科学者たちが見事な成果を上げることができたのは、クラウス・フックスを筆頭とする、マンハッタン計画に潜入させたスパイたちのおかげだった。ウルズラは核実験についての報道を読み、誇らしい気持ちが高まってくるのを感じた。ソ連の原爆は、事実上アメリカの原爆のコピーだった。アメリカでは、この成功した実験にスターリンをふざけて呼んだ名前から「ジョー＝1」という暗号名をつけたが、情報機関の関係者たちは、ソ連の原爆開発計画がこれほど急ピッチで進んだことに衝撃を受けていた。CIAは、ソ連が原爆を開発するのは早くても一九五三年以降になるだろうと踏んでいたし、MI6はもっと遅くなるだろうと予想していた。アメリカによる核の独占は一夜にして消失した。水素爆弾を開発せよという圧力が高まった。以前からアメリカ政府の内部では、アメリカ空軍のカーティス・「オールド・アイアン・パンツ」・ルメイ将軍などタカ派の人々が、アメリカの世界的覇権を確立させるため、ソ連が独自に核兵器を開発する前に原爆で攻撃すべきだと訴えていた。それが今では、攻撃しようものなら同じだけの破壊力で反撃を食らうことになった。危ういバランスの上に成り立つ「相互確証破壊」という恐ろしい時代の始まりだった。ウルズラ・バートンやクラウス・フックスなどのスパイたちは、核兵器の秘密を一方から盗んで他方に渡すことで自分たちは軍事的均衡を守っているのだと主張していた。自分たちは共産主義陣営を強くすることで世界を平和にしていると思っていたのである。

MI5の内部では、ウルズラ・バートンの件は未解決のままになっていた。数か月ごとに、モミの木荘へ尋問官を再び派遣するかどうかについて、熱のこもらぬ議論が行なわれた。「ウルズラ・バートンを再び尋問するべきである」と、防諜班のジェームズ・ロバートソン大佐は書いている。「私は、この種の人物に対しては、もう何も引き出せないことが疑念の余地なく確認されるまで何度も繰り返し尋問すべきだと思う」。しかしスカードンは、わざわざ再尋問しようという気はなく、「私は、ウルズラ・バートンを再尋問する可能性について熟考を重ねた結果（中略）そうした取り組みを以前より多くの成果が出るものにできると期待できそうな出来事は最近何も起こっておらず、ゆえに成功を当然視することができない以上、私としては、この件を再開しようという気にはなれない」と述べた。議論の結果、バートン夫人について最善の策は何もしないことだということで意見はまとまり、「彼女は、すでに一度尋問したが何の成果も得られず、非常に手ごわい相手である」と記された。

一九四九年の冬は、寒さがことのほか厳しかった。レンはバイクで滑って転倒し、片腕と片脚をひどく骨折した。医師からは、少なくとも八か月間は仕事を休むようにと言われた。アルミニウム工場は、これを口実に彼を解雇した。父から相続したわずかばかりの遺産は今にも底を突きそうだった。レンは鬱症状がますますひどくなった。ニーナが飼っていたペットのネズミが、モミの木荘の窓の下枠で凍死した。水道管が破裂した。そんな毎日にうんざりし、ＧＲＵが今も沈黙を続けていることに当惑し、将来の見通しも立たない中でウルズラは、自分のスパイとしてのキャリアも凍結状態にあると感じていた。

一月下旬、ある日の朝にウルズラは、期待してというより単にそれまでやっていたからという理由で、自転車で再びデッドドロップ・サイトに向かった。路面は凍結していて滑りやすかったが、彼女は通い慣れた道を進み、鉄道橋の下をくぐって交差点を通り過ぎた。自転車を四番目の木に立てかけ、木の根に手を伸ばした。その手に小さな包みが当たった。凍える指で包装紙を破って開けると、そこには現金とともに、ドイツ行きを許可する本部からの手紙が入っていた。三年ぶりにソーニャは孤立状態から脱した。

ウルズラは、故郷をもう一度見たいと強く願っていたが、故郷に住みたいと思っているのか自分でもよく分かっていなかった。ミヒャエルはもうじき一九歳で、今はスコットランドで大学二年生をやっている。レンは、たとえ一緒に行くのに同意したとしても、脚にギプスをしているので旅行は無理だ。ウルズラはベルリンで休暇を過ごす準備をゆっくりと始めた。ビザの制限はすでに緩和されていて、必要な許可を得るのに問題はまずないだろうと告げられた。急ぐ必要はなかった。これまで彼女は、中国と日本の秘密警察や、スイスの保安当局、ゲシュタポの追及を逃れてきた。悲しげな口ひげを生やしてのろのろ歩くスネッドン氏を怖がる必要はほとんどなかった。ＭＩ５が彼女の最近の諜報活動について何も知らないことは明らかだった。

一九五〇年二月三日、ウルズラはモミの木荘の玄関口で新聞を拾い、一面の見出しを見て突然の「衝撃と悲しみ」に襲われた。「ドイツ人核科学者、逮捕」。ソ連に原爆の情報を渡した科学者クラウス・フックスが捕まったのだ。

その四年前、フックスはアメリカから戻り、イギリスのオックスフォードシャーにあるハーウェル原子力研究所で理論物理学部門の責任者の地位に就いた。この研究所では科学者たちが、エネルギーを生産する民生用原子炉の設計に取り組んでいた。しかしその裏では、アメリカに頼らず原子爆弾を製造するためプルトニウムを生産するという第二の秘密計画が進められていた。フックスは、そのチームの中心メンバーだった。

フックスはすでにＫＧＢの監督下に移っていたため、ＧＲＵの将校であるウルズラは彼の帰国を知らなかった。フックスはしばらくスパイ活動を控えていたが、イギリスに戻って一年後に指示を受け、イギリスの新聞『トリビューン』を一部持って北ロンドンのウッド・グリーン地区にあるパブ「ナッグズ・ヘッド」へ行き、KGB連絡員アレクサンドル・フェクリソフと会うことになった。指示によると、フェクリソフは赤い本を抱えており、ビールを持ってくると、「黒ビールはあまりおいしくない。私はラガーの方が好きだ」と言う。それに対してフックスは「私は、ギネスがいちばんだと思います」と答えることになっていた。[*11]

このとき以降、数か月に一度のペースで、フックスはロンドン市内のさまざまなパブでフェクリソフと会った。それぞれギネスとラガーを飲みながら、彼は最新の秘密科学情報を渡した。具体的には、イギリスの原爆計画、実験炉の建造、プルトニウム生産に関するメモ、核実験の正確な計算などで、これらを使えばソ連の科学者たちは西側の核兵器保有量を計算できるはずだ。さらに彼は、アメリカで開発が進む水素爆弾の主な特徴も説明した――この情報をきっかけに、ソヴィエト連邦は独自の「スーパー爆弾」製造に取り組み始めた。

KGBでフックスを受け持った担当官たちは、スパイ術に凝りすぎていた。例えば、フックスが緊急会合を要求するには、ソフトポルノ雑誌『メン・オンリー』を一部入手し、一〇ページ目にメッセージを書いたら、スタンモア・ロードとキュー・ロードの角から王立植物園キューガーデンの中へ、三本目の木と四本目の木のあいだに落ちるよう壁越しに雑誌を投げ入れ、それからホームズデール・ロードの東端にある木の向かいにある北側のフェンスにチョークで印をつけなくてはならない。このチョークの印が、スタンモア・ロードの家にいる人物に、キューガーデンに回収すべき物があることを知らせる合図になる。こうした手順に比べれば、プルトニウムの生産方法を暗記する方がよっぽど楽だっただろう。

フックスは規則を几帳面に守っていた。ミスもまったくしなかった。MI5が通常業務の一環として改めて記録を見直しても、怪しい点は何ひとつ発見されなかった。

フックスが捕まったのは、アメリカの暗号解読者たちの大活躍により、大戦中にKGBとGRUが送った数万件の通信文が、一部ながらも解読できたからだった。これでスパイハンターたちは過去に目を向けることができるようになった。「ヴェノナ」という暗号名をつけられた過去の無線通信文から、ソ連側が高位の潜伏スパイをマンハッタン計画の内部に送り込んでいたことが判明し、ソ連が最初の原爆実験を行なう一か月前の一九四九年七月までに、イギリスとアメリカの調査員たちは、そのスパイはクラウス・フックスに違いないとの結論に達していた。ただ、ヴェノナ通信文は機密度が高すぎるため、法廷で証拠として公開することはできない。フックスの電話を盗聴し、手紙を検閲し、徹底的に監視したが、何の手がかりも得られなかった。有罪に持ち込むには自白を引き出すしかない。MI5はジム・スカードンを送り込んだ。

正体露見は時間の問題

この時点でフックスは、スパイになって八年が経過しており、そのストレスが心身にこたえていた。その上、イギリスを心の底から敬愛するようにもなっていた。MI5が怪しいと感づいたのとまったく同じ時期に、彼はソ連側担当官との接触を断(た)っていた。

一九四九年一二月二一日、スカードンはハーウェルにあるフックスの研究室で彼と対決した。スカードンは、ウルズラを相手にしたときと同じように、単刀直入に切り出した。「私は、あなたがソヴィエト連邦のために諜報活動という罪を犯してきたことを示す正確な情報を有しています」。フックスは一瞬考えてから、曖昧な返事をした。「私はそう思いませんが……よければ、その証拠が何なのか教えてもらえませんか?」」。このMI5局員はヴェノナに関与していなかったので、教えることはできなかった。四時間たってもスカードンは判断できず、フックスが有罪なのか分からなくなった。二度目の尋問の後では、彼はフックスを無実だと判断した。三度目の尋問では結論が出なかった。スカードンは、目と鼻の先にいるスパイを見逃すという、あの安定した能力をまだ失ってはいなかった。

しかし一九五〇年一月二三日、フックスはスネッドン［スカードン］氏に、ハーウェルの自宅に来てほしいと連絡した。

「明らかに彼はかなりの精神的ストレスを感じていた」とスカードンは書いている。「私は彼に、何もかも話すことで心の重荷を下ろし、気持ちをすっきりさせた方がいいと言った」。フックスが拒むと、スカードンは、この機を逃さず押すのではなく、ちょっと休憩して一緒にパブで昼食にしようと提案した。「食事のあいだ、彼は問題を解決しようとしているらしく、ずいぶん上の空のように見えた」。ふたりが家に戻ったころには、フックスは気持ちを固めていた。「彼は、質問に答えることが自分にとっていちばんの利益になるだろうと判断したと言った」。この急展開は、後にスカードンが尋問者として天賦の才を持っている証拠として引き合いに出されるようになる。しかし実を言えば、フックスは自分の判断ですべてを言おうと決めただけで、新たに何かを言われたわけではなかった。現にスカードンは、フックスから自分がこれまで八年間ソヴィエト連邦のためにスパイとして活動していた「不規則だが頻繁に会合を持って原子力に関する情報を渡して」いたと告白されて、心の底から驚いた。

三日後、フックスは陸軍省の055室で一〇ページに及ぶ供述書に署名した。諜報活動を始めたときもそうだったが、フックスが自白しようと決断したのは、牧師だった父親の影響を受けた、信条に基づく行動だった。フックスはこう述べている。「人の心の中には、無視することのできない一定の道徳的行動規範が存在する。（中略）私は今も共産主義は正しいと思っている。しかし、今日ソ連で実践されている共産主義は正しくないと思う」。

フックスは、胸の内に隠しておいた真実をすべて打ち明けてしまったのだから今後もハーウェルで研究を続けられるだろうと甘い考えを抱いていた。だから、収監されたときはショックだった。

クラウス・フックス逮捕の報は、イギリス中の新聞の一面を飾り、ウルズラが購読していた『オックスフォード・タイムズ』にも掲載された。記事を読み進むにつれ、ウルズラは純然たる恐怖に背筋がゾッとした。新聞には、このドイツ出身の科学者は原爆の秘密を「バンベリーで黒髪の外国人女性と会うこと」でモスクワに渡していたと書かれている。スネッドン氏がいくら無能でも、これほど明白な手がかりを見逃すはずがないと思われた。

今やウルズラは、オルガ・ムートの裏切り以降で最大の危機にさらされていた。ただちにレンと秘密会議を開いて、フックスの逮捕で何が起こるかを話し合った。チッピング・ノートンのハーバート刑事はまだ逮捕状を持ってやってきていないので、おそらくフックスは彼女の名前を明かしていないのだろう。もしかすると、そもそも名前を知らないのかもしれない。ウルズラはこう書いている。「私が彼の家に行ったことも、彼が私の家に来たことも、ありませんでした。私は彼の働くバーミンガムに泊まったこともなく、なのでホテルの宿泊記録も存在しませんでした」。フックスは、まだ彼女の正体を暴露していないかもしれないが、すでに会合の詳細をいくつか漏らしているのは明らかだし、法廷で宣誓したら秘密をさらに漏らすに違いない。一方、MI5も今ごろは手がかりを集めているることだろう。「私は、自分がいつ逮捕されてもおかしくないと思いました」。フックスの裁判は二月二八日に開かれることになっている。スネッドン氏はすぐにも彼女を捕まえに来るだろう。しかし、イギリスから出国するのは容易なことではなかった。

ドイツのビザを取得するには、仮にMI5が妨害しなくても、少なくとも一〇日はかかる。彼女は下の子供ふたりに、みんなで休暇に出かけましょうと告げた。アバディーンにいるミヒャエルは、母親が東ドイツに亡命する準備をしていることを知らなかった。レンはイギリスに残り、脚が治った段階で、もし刑務所に入れられていなければ、母子たちと合流することに決まった。

一年前からウルズラは、家計の足しにするため、使っていない部屋をジェフリー・グレートヘッドと妻マデリンという若い夫婦に賃貸ししていた。ジェフリーは農場労働者で、マデリンは地元の名士の家で清掃係として働いていた。マデリンは、家の中を明るくしてくれる存在だったが、同時にたいへん詮索好きでもあった。この年の二月、彼女はウルズラがとても「悩んでいる」らしく、裏庭で書類の山を燃やしていることに気がついた。後にマデリンは、「私たちは、地下室に入るのを固く禁じられていました。（中略）彼女がロンドンへ行くときは（ロンドン行きはしょっちゅうでした）彼女の子供であるピーターとニーナの世話を私に見てもらえないかと、よく頼んだものでした」と書き残している。[*12] マデリンはうわさ話が大好きだった。「私たちは怪しいと思うようになりました。（中略）後に私たちは、自分たちが抱いていた疑念について話しましたが、周りの人は、そんなのはみんな作り話だろうと言いたげな顔をしたものです」。マデリンはウルズラのことが好きだった――「彼女には、アイスクリームやスポンジケーキの作り方を教えてもらいました」――が、何か変なことが起こっていると感じ取り、家主をそれとなく見張って何をしているのかを探ることにした。ウルズラは、それまで二〇年間、監視されている兆候がないか常に警戒しながら過ごしてきたので、マデリンの質問が単なる好奇心ではないことにすぐ気がついた。またもや彼女は自分の家でスパイと同居することになった。

愛した男の写真を携えて

ウルズラは、ハンブルク行きの航空券を三枚買った。それからアメリカ製の大きな旅行カバン四つに、自分と子供たちの着替えや日用品を詰めた。そんな準備をしていると、ふと二〇年近く前に上海で、自分とまだ赤ちゃんだったミヒャエルのため脱出用の荷造りをして、共産党が支配する中国内陸部へ逃げろというリヒャルト・ゾルゲからの合図を待っていたときのことを思い出した。神経が極限にまで張り詰める中、彼女はグレート・ロールライトの大地に目をやって、MI5の監視員たちの気配がないかを探った。

そのころスカードンは、フックスのいるブリクストン刑務所の独房で、彼をゆっくりと順序立てて尋問していた。フックスがイギリスとアメリカの両方で行なっていた諜報活動の規模に、両国の情報機関トップは愕然とした。フックスは、ソヴィエト連邦に原子爆弾の情報を渡したことを否定しなかった。しかし、かつてフットがそうだったように、彼もMI5にすべてを告げたわけではなかった。二月八日、フックスが公職秘密法違反の罪で正式に認否を問われる二日前に、スカードンはイギリスで「情報活動に関与していたことが知られている、またはその疑いのある人物」の写真数十枚を並べ、フックスに、この中に知っている人物がいるかどうか尋ねた。そのうちの一枚は、ウルズラ・バートンの写真だった。フックスは何枚かの写真を、小声で「見覚えのある顔だ」と言いながら脇にのけた。しかし、ウルズラの写真は飛ばして選ばなかった。ユルゲン・クチンスキーの写真とハンス・カーレの写真も選ばなかった。六日後、スカードンは戻ってくると、フックスにソ連側の担当官についてもっと詳しく話すようにと迫った。スカードンは次のような詳しい記録を残している。「二番目の連絡員は女性で、この女性とフックスはオックスフォードシャーのバンベリー近郊にある田舎道で会った。（中略）この女性は、彼の意見によれば外国人だが、英語がうまく、諜報活動でのやり取りは英語で実施された。彼女は三〇歳代半ばで、背が低く魅力的でない女性だと彼は説明している。フックスには、その女性と思われる人物の写真を何枚も見せたが、その中から該当する女性の写真を特定することはできなかった」。

MI5がウルズラ・バートンとはっきり結びつけて考えることができなかったのは、今にして思えば、歴史に残る防諜上の大失態だった。すでにフックスは、外国人女性のソ連側スパイとバンベリーで会っていたと認めていたし、その数か月前にはジム・スカードンが、バンベリーから一六キロしか離れていないグレート・ロールライトで外国人女性のソ連側スパイを尋問していた。しかも、MI5のレーダーに引っかかっていた外国人女性のソ連側スパイは、ひとりしかいなかった。それなのにMI5は、「ほかに情報がないため、この連絡員を特定するのは不可能と思われる」と結論づけたのである。

二月一八日、ウルズラがドイツにいる「友人を訪問する」許可を求めた申請書が、「異議なし」の判を押されて内務省から戻ってきた。これで最初の大きな難関はクリアされた。しかし、彼女の名前はMI5の監視リストに載っていた。遅かれ早かれMI5の内部で警報がけたたましく鳴り響き、すべての空港に通知が送られてドアはバタンと閉じられるだろう。それまでどれくらいの時間的余裕があるかは、推測の域を出ない。イギリスの官僚組織では、歯車はゆっくりと、というか、予想と違う速さで回りがちだ。それに対して村のうわさ話は、ほとんど魔法のようなスピードで伝わる。バートン家の子供たちは、「休暇」に出かける——それも学期の半ばに出かける——のだと、おおっぴらにしゃべっていた。だが、片脚を骨折して難儀している夫を置いて外国へ行く妻が、いったいどこにいるだろう。それに、四つの大きな旅行カバンも、女性ひとりと子供ふたりで短い休暇に出かけるにしては荷物が多すぎるようだ。モミの木荘で妙なことが起きているというわさは、もしかすると、すでにパブ「ユニコーン」のラウンジ・バー［中流階級以上の客が利用する部屋。「サルーン」とも］に到達しているかもしれない。そこからなら、ハーバート刑事の耳には、ほぼ一瞬で届くだろう。

マデリン・グレートヘッドは、ウルズラの旅行計画に並々ならぬ興味を示し、いろいろと質問し続けた。ウルズラは、この下宿人の注意をそらすと同時に、彼女を利用して偽情報を広めようと決心した。マデリンによると、「ある日［ウルズラは］私に、父の財産相続を主張するため明日ドイツへ戻るので、アイロンがけを手伝ってもらえないだろうかと頼んできました」。山のような洗濯物のアイロンがけを任せて好奇心旺盛な下宿人を厄介払いすると、ウルズラは最後の準備に取りかかった。地下室から送信機を運び出し、粗い麻布で包むと、森の下草の中に埋めた。今もグレート・ロールライトの森のどこかに、さびた手製の短波無線機が、スパイの埋めた遺物として残っているはずだ。無線機を埋めた後、ウルズラは持っていく思い出の品として、上海で買った中国の版画、スイスの絵はがき、そして額に入れたリヒャルト・ゾルゲの写真を、丁寧に梱包した。それが終わると、最後に自転車に乗ってバンベリーへ向かった。途中、いつもの監視対策に従って、来た道を二度引き返して誰にも尾行されていないことを確認した。交差点を過ぎて木の根のうろまで来ると、仕事を辞めてひそかにベルリンへ向かう旨を説明したGRU宛ての通信文を入れた。そして工作員ソーニャは自宅に帰り、二度とこの場所に来ることはなかった。

翌日の午後、レンは旅行カバン四つをチッピング・ノートン・タクシーのトランクに入れた。ウルズラは夫を強く抱きしめながら、このときもまた、いつかまた会えるのだろうかと思った。「永遠の別れか、しばしの別れか——どちらになるか、私たちにも分かりませんでした」。ニーナとピーターは、もうすぐ飛行機に乗れるのがうれしくて、はしゃぎ回っている。三人は、マデリンと猫のペニーに別れのハグをすると、後部座席に乗り込み、レンが見えなくなるまでリアウィンドー越しに手を振り続けた。

ロンドン空港（現ヒースロー空港）に到着すると、ウルズラは出発ロビーの硬いベンチに座って待つあいだ、足元で子供たちがポーカーダイスで楽しそうに遊んでいるのをよそに、胸の奥で不安が絶えずふつふつと湧き上がるのを感じながら、ドアをじっと見つめていた。今にも警察が跳び込んできて彼女を逮捕するに違いない。クラウス・フックスの裁判は翌日に始まることになっており、おそらくすでにフックスは「バンベリーから来た女性」の身元を特定していることだろう。ハーバート刑事も今ごろは、怪しんでいたマデリンからの通報を受けて、受話器を取ってＭＩ５に電話しようとしているかもしれない。イギリスは彼女を受け入れてくれたのに、その彼女は今、大好きになった国から逃げ出そうとしている。あと数分で、出国して今では何も知らない国へ行くのか、それとも札付きの共産主義スパイだと非難されて、この先十数年をイギリスの刑務所で過ごすことになるのかが決まる。彼女は、逮捕されても何も言わず、何も認めまいと心に決めた。訓練を受けたソ連の情報局員として母の規律を守るつもりでいた。クチンスキー大佐に口を割る気などなかった。しかしミヒャエルは、母親の顔がイギリス中の新聞に掲載されたら、どうするだろう？　彼女とレンが有罪になったら、子供たちはどうなるだろう?

彼女は人込みに目を向け、その中から、フェルトの中折れ帽をかぶった男が警官たちを引き連れ、薄い口ひげの下に勝利の微笑みを浮かべながら近づいてくる気配がないか探った。

しかし、スネッドン氏はとうとう現れなかった。

母子三人は飛行機に乗ったが、迎えてくれた客室乗務員は、酒に酔って騒ぐイタリア人サッカーファンの一団に気を取られていて、おしゃべりに夢中な子供ふたりの手をしっかり握った無害な女性には、あまり注意を向けなかった。窓側の席からウルズラが雨に濡れる滑走路を眺めると、軍用機が一機、離陸のためゆっくりと移動していた。本能的にウルズラは、その軍用機の標識を記憶した。そして、イギリスに向かって開かれていたドアがついに閉じられた。

一九五〇年二月二七日、ウルズラと子供ふたりは飛行機でドイツへ向かった。それから四〇年間、彼女が戻ってくることはなかった。

24　ルート・ヴェルナー

一九五〇年二月、故郷に降り立つ

一九五〇年三月一日、九〇分間続いた裁判のあと、クラウス・フックスは「仮想敵国に情報を伝えた」として有罪となり、最高刑である禁固一四年を言い渡された。数か月後、ジム・スカードンはスタッフォード刑務所にフックスを訪ね、「もじゃもじゃの髪の毛」をした女性の写真を渡した（ウルズラの女性にあるまじきボサボサの髪に、スカードンは最後まで不快感を抱き続けた）。「ウルズラ・バートンの写真をフックスの前に置いて私は言った。『これは、すでに以前あなたに見せた写真です』。すると彼はすぐに言った。『それがバンベリーから来た女性です』。彼は、彼女が連絡員で間違いないと言うが、この写真を以前に彼の前に置いたときにはなぜ気づかなかったのか、その理由を説明することはできない」。ウルズラは、すでにスネッドン氏の手の届かぬ所にいた。

スパイハンターたちは、彼女がいなくなったことを信じようとしなかった。MＩ5のサー・パーシー・シリトー長官は、オックスフォードシャー警察のラザフォード署長に、こう書き送った。「私は、ウルズラ・バートンの現在の居所を確認したいと切に願っている。（中略）彼女はベルリンにいる友人を訪ねるつもりだと述べており、当然ながら、このまま戻ってこない可能性がある」。チッピング・ノートンのハーバート刑事は、モミの木荘は現在空き家となっており、家具はすべて売却され、レン・バートンは行方不明になっていると報告した。MI5にとってさらに不愉快だったのは、ウルズラ逃亡の証拠がFBIからもたらされたことだった。ジョン・シンパーマンが、次のような怒りに満ちたメモをジョン・マリオットに送ってきたのである。「しばらく前に、貴官に彼女を尋問させてほしいと依頼した〔が、〕望ましくないと判断されたことがあった。現在我々は、ウルズラ・バートンがドイツへ帰国するためイギリスを出国したという内容の情報を受け取っている」。遅ればせながらMI5は、国境管理担当者らに、ウルズラがイギリスを出入国した場合は身柄を確保せよと指示した。「対象者は共産主義活動家で、外国勢力のため諜報活動に従事していた人物たちと関係を持っている。髪は黒、目は茶色。判明している最終所在地：ベルリン。職業：主婦」。

　ウルズラを出国前に捕まえられず面目を失ったMI5は、後に、彼女は「一九四七年にドイツへ逃亡していた」[*1]という作り話を広めた。例えばMI5長官を務めたディック・ホワイトは、伝記作家に向かって、ウルズラはスカードンの尋問を受けた二日後に逃亡したと（現実には、尋問後もイギリスに二年半いたことを重々承知の上で）語っている。

　一九五〇年二月にウルズラが戻ってきた東ベルリンは、戦争で破壊し尽くされた都市であり、通りには瓦礫が山をなし、焼け焦げた建物が真っ黒な残骸をさらしていた。どこのホテルにも空室はなかった。わずか数日で、子供たちはグレート・ロールライトに帰ろうよと言い始め、レンはどこにいるのかと尋ねるようになった。ニーナは飼い猫のペニーに会いたがった。ピーターはミニカー「ディンキー」を欲しがった。ユルゲンはウルズラに、すでにソヴィエト当局には君の到着を知らせてあるのだから辛抱強く待つようにと言った。ウルズラは子供を連れて寒いワンルームのアパートに移り、本部が接触してくるのを待った。「私は孤立した生活を送っていました」。彼女は子供たちを近くの学校に入れた。ふたりはドイツ語をほとんど話せなかったため、学校では容赦なくいじめられた。毎日、特に何もすることのないウルズラは、市内を当てもなく歩きながら、自分の身に起きたことをいろいろと考えた。イギリス脱出という強烈にドラマチックな事件のあとでは、ここはまるで、生きるので精一杯な人々が住むだけの、灰色に覆われた不完全な世界のように思われた。ユルゲンは多忙で、妹が新しい環境に慣れるよう助けてはくれなかった。食べ物はほとんどなく、することは何もなかった。それでも、この二〇年間で初めて彼女は誰かに付け狙われていると思わずに過ごすことができていた。隠さなくてはならない無線送信機はなく、連絡を取るべき工作員もおらず、自分の政治思想を隠す必要もなかった。ウルズラは、それまで経験したことのない感覚を味わっていて、初めのうちは、それが何だかよく分からなかった。彼女が感じていたのは、ある種の安心感であった。

ようやく五月に、本部が使者を派遣するという連絡がユルゲンを通じてもたらされた。彼女の知らないGRU局員が、私服姿で彼女のアパートの玄関にやってきて、かなり形式張った口調で、あなたを「お祝いの食事」に連れていきたいと告げた。局員は友好的だが堅苦しい態度を取っていた。彼は、ウルズラが中国、ポーランド、スイス、イギリスで行なってきた活動を称賛し、オックスフォードシャーのデッドドロップ・サイトをめぐる混乱で連絡がかなりの長期にわたって途絶えてしまったことを謝罪した。世界は急速に変化を遂げていると、彼は説明した。いわく、同志スターリンは、西側の資本主義諸国はソヴィエト連邦を攻撃するため核兵器を製造中だと警告している。朝鮮半島には戦争の影が迫っている。GRUは、迫り来る戦いで重要な役割を演じることになるだろうし、やるべき重要な仕事もある。あなたは、いつになればソ連軍情報部のため活動を再開する準備が整いますか？

そう聞かれたウルズラは、料理の皿を脇へ押しやると、一回深呼吸して、私はもうスパイでいる気はありませんと説明した。

モスクワから来た男は絶句した。

後で振り返ってみても、ウルズラは自分がいつ諜報活動を辞める決断をしたのか、その瞬間を特定することができなかった。フックス逮捕のときかもしれないし、本部から何か月も放っておかれた時期かもしれない。あるいは、イギリスから脱出した瞬間だったかもしれない。ベルリンに来て足かけ四か月、孤独だったが不安を感じることのなかった彼女は、この間ずっと心の平穏を味わっていた。武器を下ろしたことで得られる平和を享受し、魂の休戦を経験していたのだ。GRU局員は翻意させようとしたが、彼女は譲らなかった。「私は民間人として暮らしたかったのです。私は彼に、ソヴィエト連邦への忠誠心や私がこれまでしてきた仕事に対する熱意に変化があったわけではないが、私の神経と集中力はもう以前ほどよくないのですと言いました。二〇年で十分だと思ったのです」[*2]。

ソ連側のスパイという職業は、簡単に辞められるものではない。GRUは、入るのが困難な組織だが、それ以上に出ていくのが難しい組織だった。情報員が仕事を辞めるのは、たいていは、年を取ったときか、失脚したときか、死んだときのいずれかだった。早期退職は契約になく、辞職しようとする者は、誰であろうと裏切り者の可能性ありと考えられた。二〇年前、ゾルゲはウルズラに、もし手を引こうとしたらどんな目に遭うかと、脅すように警告していた。これまで彼女はソ連軍のため数々の危険を冒してきたが、そのどれよりも勇気ある行動が、この職を辞するという決断だった。

ウルズラはすでに腹を決めていた。「私は、自分の決意を守り通しました」。そして本部は辞職を認めた。かつてウルズラが粛清を無傷で生き延びたのと同じように、今回GRUは、他の局員なら認められなかったような形で彼女が組織を去るのを許したのである。スターリンの権力は絶対服従の上に成り立っていたが、ウルズラは、ほかの多くの場合と同じように、これについても例外だった。彼女が非難も報復もされず、後悔することもなくスパイ稼業から去っていけたのは、彼女が名声を得ていた証しだった。

ウルズラは、東ドイツ政府の広報部のためプロパガンダを製作する仕事を与えられた。毎日プレスリリースを書き、隔週で発行される『アメリカ帝国主義反対広報』の編集を担当した。奇遇にも上司は、かつてイデオロギー面での監視役として、上海でスカウトされたばかりの彼女を見張り、帽子をかぶるべきだと言ったゲルハルト・アイスラーであった。

今度も子供たちは、まったく新しい生活に順応した。ニーナは、あれほど夢中になっていたイギリス王室への関心を捨て、自由ドイツ青年団に加入した。ピーターは、田舎訛りの英語に代わってベルリン方言をあっという間に身につけた。レン・バートンは、脚が治るとすぐにベルリン行きの飛行機に乗り、一九五〇年六月に到着した。MI5は出国を阻止しようとしなかった。レンは、東ドイツの国営通信社に雇われた。ミヒャエルは、理想に燃える若い社会主義者になっており、翌一九五一年にアバディーン大学を辞めて共産主義国家の東ドイツに移り住んだ。こうして家族全員が再びそろった。

ベストセラー作家に

東ドイツは監視国家であり、国民は互いに互いを見張るよう、奨励され、買収され、強制されていた。国家保安省、通称「シュタージ」は、史上屈指の有能で抑圧的な秘密警察であり、巨大な密告者ネットワークを有していた。誰もが監視されており、ウルズラも例外ではなかった。

ウルズラに関するシュタージの報告は、当初は好意的で、彼女は「二〇年間を、党のため秘密活動を実施しながら外国で過ごして」いたと記している。[3] 性格については、「謙虚で控えめで（中略）偏見がなく正直で信頼できる」と評している。しかし、西側から戻ってきた者は誰もがそうだったし、とりわけユダヤ人や情報活動に関係していた者にはなおさら当てはまったことだが、彼女も何となく怪しいという疑いをかけられるようになった。「資本主義国に亡命していた者は、全員が信頼に値しないと思われていました」と彼女は書いている。シュタージはウルズラに、MI5による尋問や、アレグザンダー・フットをスカウトした経緯について詳しく教えるよう要求した。さらにはなぜか、ジュネーヴにいた国際連盟の図書館員で、偽造パスポートを入手する手助けをしてくれたマリー・ギンスベルクについても説明を求められた。実はギンスベルクは「アメリカ・シオニスト諜報組織」と関係があるのではないかと疑われていたのである。シュタージは、ウルズラを非難するかのように「ブルジョワ一族の出身である」と記している。彼女は党中央統制委員会の前に呼び出されて宣誓させられた。シュタージの極秘報告書には、彼女は独立心が強すぎると記され、「彼女は今もプチブルジョワ的傾向をすべて克服したわけではなく、そうした傾向からは個人主義的態度が現れている」と書かれている。かつては監視を逃れることで出世してきたウルズラが、今では国家による絶え間ない監視に神経を苛立たせていた。彼女は、人々に恐れられていたシュタージ長官エーリヒ・ミールケに、私が政治的に信頼できるかどうかを隣人たちにしつこく尋ねるのはやめてほしいと訴える抗議文を送ってさえいる。その抗議文によると、「ある家では、両親が不在だったので一八歳の娘さんが、私が信頼できるかどうかやどんな行動をしているかについて判断するよう求められた」という。そしてウルズラはミールケに、「あなたの部下たちに、このような詮索は慎むように命じてください」と訴えた。彼女は謝罪文を受け取った。しかし、監視は続けられた。

東ドイツでユダヤ人をスパイだと疑う警戒心が社会全体で強まると、イギリスの情報機関は、これを好機と捉えた。もし東ドイツ政府がユダヤ人共産主義者の追放を実施するなら、ウルズラ・バートンとユルゲン・クチンスキーはそのターゲットになるだろう。MI5は、このふたりを試しにスカウトするか、少なくともイギリスに再び亡命するよう説得する計画を立てた。一九五三年一月二三日、防諜班のロバートソン大佐はMI6にメモを送り、ウルズラとユルゲンに取引を持ちかけたいと提案した。取引の内容は、ふたりが協力してくれるなら、その見返りとしてイギリスでの身の安全を保証し、訴追免除を与えようというものだった。「これらの者たちは、おそらくソ連の諜報活動について貴重な情報を有しており、ゆえに彼らと、彼らの持っている情報とを入手するためなら、どんなことでも徹底的にやる価値はある。（中略）これらの者たちは、共産主義政権下での自分たちの未来が不確実であることに強い不安を抱いているかもしれないが、それよりも、イギリス当局による合法的またはその他の手段による処罰行為に対する恐怖の方が大きいのかもしれないと、我々は考えており、（中略）ほかならぬその件については何も心配はいらないと彼らに知らせるために、あらゆることをすべきである」[*4]。この取引が実際に持ちかけられたのかどうか、もし持ちかけられたのなら、それにウルズラとユルゲンはどう反応したのかについては、MI6のファイルが今も未公開のため分かっていない。

一九五三年後半、ウルズラは機密文書を金庫にしまって施錠せず机に出しっぱなしにしていたとして、正式な懲戒処分を受けた。世界を変えた秘密を何十年も隠し続けてきた人物が、何の問題もないプレスリリースを出しっぱなしにしたせいで「甚だしい背信行為」をしたと言われるというのは、皮肉と言うよりほかにない。彼女は辞職し、短期間だけ外務省に移ったものの、その後は国家のために働くことをすっかりやめてしまった。

しかしウルズラの人生には、もうひとつ意外な新章が続いた。一九五六年、彼女は専業の作家になり、もうひとつの名前と、新たな職業と、それまでとは違うアイデンティティーを獲得したのである。これ以降、彼女は小説家ルート・ヴェルナーとなった。

ウルズラは幼いころから文章を書いており、生き生きとした想像力を注ぎ込んで愛と冒険の物語を創作していた。スパイと小説家は、どちらも想像の世界を作り上げ、そこに他人を引き込もうとするという点では、それほど大きな違いはない。二〇世紀を代表する小説家の中には、たとえばグレアム・グリーン、サマセット・モーム、イアン・フレミング、ジョン・ル・カレのように、元スパイだった人たちもいる。多くの点でウルズラの人生は、実際とは違う人物像を外の世界に向かって演じていたという意味でフィクションだった。そして再び、彼女はルート・ヴェルナーという別の人物になった。

ウルズラは、子供やヤングアダルト向けの物語を中心に、生涯で一四冊の本を書いた。それらは「フィクション」と銘打たれているが、実際には自伝的要素がふんだんに盛り込まれていて、若い共産主義者としてベルリンで過ごした体験や、数々の恋愛経験、中国やスイスでの生活などが描かれている。執筆活動は、東ドイツの検閲官を出し抜いて自分の秘密生活について書く策略的な側面もあったが、それ以上に、内なる衝動を満たしてくれるものであった。彼女は常に自分自身を自分が描く進行中のドラマの中心人物と見なしており、人生においても紙の上でも彼女は生まれながらのスリラー作家だった。ウルズラは登場人物の正体を慎重に隠したが、これらの物語は基本的に実話であり、次々と事件が起こる冒険に満ちた人生を入念に観察して、それを美しい文章で描いたものだった。どの本も売れ行きは好調で、何冊かはベストセラーになった。今もヴェルナーは、少しばかり誇張して、東ドイツのイーニッド・ブライトン［イギリスを代表する児童文学作家。一八九七〜一九六八］と呼ばれている。ウルズラは、適当に選んだルート・ヴェルナーという筆名で本名以上に有名になった。

スターリンが死んで三年後の一九五六年、後継者のニキータ・フルシチョフによってスターリン批判が始まり、恐怖に満ちた大粛清の実態が徐々に明るみに出るようになった。ウルズラは、スターリンによる数々の犯罪とその大虐殺の規模に愕然とし、そして激怒した。「私は友人をとてもたくさん失いました」と彼女は書いている。[*5] 一九三七年当時モスクワにいた彼女は、何の罪もない男女が殺されていることを知っており、その犠牲者には彼女の親しかった人たちが何人も含まれていたが、それでも彼女は声を上げなかった。抗議するのは自殺行為に等しかった。だから、他の何百万人と同じく、現実から目をそらして自分の仕事に集中していた。そして今、彼女はサバイバーズ・ギルト――災厄を生き延びた者が抱く罪悪感――に苦しんでいた。「なぜ私は無傷で済んだのだろう？　私には分かりません。もしかすると、いわゆる罪人に選ばれるかどうかは運次第だったからなのかもしれません」。

家族それぞれの旅路

ウルズラが東ドイツ政府の仕事を辞めたのと同じ年、ルドルフ・ハンブルガーがようやくグーラグから釈放された。

一〇年間、ルディはソ連の強制労働収容所に入れられた一五〇万人のひとりとして、メモを取ったりスケッチを描いたりして、飢えと疲労と寒さと退屈と愛を記録に残した。カザフスタンの草原に建つカラガンダ収容所で、ルディはファーティマという名のイラン系女性と知り合った。彼女は許可を得ずに自宅でイスラーム教徒の集会を開いたため収容されていた。彼女は収容所の厨房で働いていた。ふたりは倉庫用の小屋で愛し合った。「せわしなく愛の快楽を味わう中で、私たちは長期にわたる流刑の残酷さを忘れることができた」と彼は書いている。[*6] ファーティマは妊娠したが、流産した。その直後、ルディは再び別の収容所へ移された。「彼女は声を上げて泣き、その黒く濡れた瞳は、私が門を出たあとも、ずっと私を追い続けた。(中略) この世界のどこかに、幸せや平和や人間らしさはまだ残っているのだろうか?」と彼は思った。ウラル山脈の麓にある木材伐採収容所に移送されたものの、森林での仕事をするには体力が落ちていたため、かつては前途有望だった建築家は、建物の日常的な保守点検を任された。「すべてにゾッとさせられた」と彼は記している。「私に課された取るに足らない仕事、粗末な宿舎と、私がどこにいるのかを忘れられないようにするための有刺鉄線、飢え、シラミ。生き延びて自由になったところで、期待できることなど何があるだろう? 飢えに苦しみ、虫に食われ、白髪になり、普通の生活からも仕事からも遠ざけられてきた人間である私に何があるというのだ? しかし、ファーティマは正しかった——諦めてはならない。諦めるということは、死を意味していた」。ある収容者仲間が、家族から砂糖四キロを差し入れてもらうと、ベッドに座り、四キロを一気に食べて、その直後に死んだ。砂糖による自殺だった。一九五一年、ルディはまた別の収容所に移された。そこでは収容者たちが世界最大の水力発電所を建設していた。その後に彼は再び「恐ろしいウラル山脈」に戻された。

一九五三年、ルドルフ・ハンブルガーは正式に釈放されたが、別な形で監禁状態に置かれた。ソヴィエト連邦から出られなかったのである。「どこへ行きたいのだね？」と彼は尋ねられた。パスポートはなく、身元を証明できるものは釈放証明書しかない。「九年半も外界から隔離されていたため、この国について知っていることなど何ひとつなかった。いわば私は、目が見えないのに部屋の色は赤がいいか青がいいかと聞かれているようなものだった」。紆余曲折の末、彼はウクライナ国境に近い小都市ミレロヴォにたどり着き、建設現場の監督になった。そのころにはウルズラたちが、彼がどこにいるのかを聞きつけ、ドイツに帰国できるよう働きかけていたが、戦争捕虜でもナチ・ドイツからの避難民でもなかった彼は、役所が決めたどのカテゴリーにも当てはまらなかった。結局、事務手続きが完了するまでさらに二年を要した。

ようやく一九五五年七月に、ルディ・ハンブルガーはベルリンに戻ってきた。ウルズラは子供たちに、彼は「ソヴィエト連邦での長期滞在を終えて戻ってくる」のだと言った。ミヒャエルが最後に父と会ったのは、一六年も前のことだ。またウルズラは、この機会を利用して娘に、あなたは自分のお父さんはルディだとずっと信じていたと思うけれど、実はそうではなく、あなたの知らないリトアニア人の船員が本当の父親なのだと説明した。ニーナは、取り澄ました口調でこう答えた。「ママにそんなにたくさん男がいたなんて、私ちっともうれしくないわ」。

ルディは、一〇年に及んだ収容所生活で肉体的に痛めつけられていたが、心まですさんではいなかった。「私が会ったのは失意の人ではありませんでしたが、私が思い描いていた姿からは変わっていました」とウルズラは記している。「白髪が増え、少し猫背になり、冷たい声で話し、地下室から光の中に出てきた人のような、まごついた態度を取り、少しばかりの哀愁を秘めた微笑みを浮かべる、半ば知らない人物でした」。政治思想の変わっていなかったルディは、共産主義者が主導権を握る政権政党、ドイツ社会主義統一党に入った。「もしかすると我々は将来、これまでになかった、まったく新しいタイプの人間、つまり、新たな経済制度から生まれる人間を育成することになるだろう」と彼は書き残している。ルディはドレスデンに移り住み、市議会から建築家として雇われた。収容所での体験はいっさい口にせず、ただ（ある意味、嘘偽りなく）「ソ連の建設現場で働いていた」と言うだけだった。ミヒャエルは、父親がグーラグにいたことを一九七〇年代まで知らなかった。

一九五八年、ルディ・ハンブルガーはシュタージの情報提供者としてスカウトされ、「カール・ヴィンクラー」という暗号名を与えられた。その任務は、一七万人いるシュタージのスパイのひとりとして、同僚たちについて報告することだった。彼は、他人の名誉を傷つけるような情報を集めて渡すことは拒否したが、それでもシュタージでの活動成績は「良」と評価されていた。[*7] ルドルフ・ハンブルガーは、共産主義国家の諜報組織によって容赦なく虐待されたが、結局は、そういう諜報組織のために働くことになったのである。

ルディとウルズラの息子ミヒャエル・ハンブルガーは、ドイツを代表するシェークスピア研究家のひとりになり、三〇年にわたってベルリンのドイツ座で劇作家・演出家として働いた。ニーナ・ハンブルガーは教師になった。末っ子のピーター・バートンは、東ベルリン科学アカデミーの著名な生物学者・哲学者になった。ウルズラの子供たちは、母親を敬愛していたが、完全には信用しておらず、果たして自分はどれだけ母親のことを知っているのだろうかと思っていた。「私は、母が子供である私たちをスパイ活動の隠れ蓑にしていたとは考えていません」と後にニーナは語っているが、その真意は、隠れ蓑にしていなかったと思っているわけではなく、隠れ蓑にしていたのではないかと疑っているということだろう。ピーターは過去を振り返って、母親の人生にはふたつの競合する衝動があったとして、次のように述べている。「母にとって大切なものがふたつありました。子供たちと、共産主義の大義です。母がどちらかを選ばなくてはならなくなったらどうしたか、私には分かりません」[*8]。ピーターは、母親が子供たちの秘密を探り出そうとしていたらしいことに憤慨していた。「母はいつでも質問をふたつ余計にしてきました。いつだって、私が教えていいと思っていることより少し多くを知りたがったのです。いつも緊迫したやり取りになりました。姉は母にすべてを教えていました。兄は母に何も教えず、自分の秘密を隠し通していました」。

特にミヒャエルは、通常では考えられない子供時代を送ったせいで、心に深い傷を負った。大好きだった父親は、何の説明もなく姿を消して、少年時代から青年期にかけての大半は不在だった。母親は見かけとは違う人間だった。母親が自分の支持する思想のため子供たちを危険にさらしたという思いが、常に彼を悩ませた。「母は自分の信念から人類解放のためあれだけのことをやったわけで、その点に関して私は母を誇りに思っています。ですが、もし母がポーランドで捕まっていたら、私は孤児院へ送られていたか、もっとひどい運命をたどっていたことでしょう。そう考えると今も体が震えます」。一〇歳までに、彼は六つの異なる国に住み、住所を一〇回以上も変えた。ミヒャエルが、つらい気持ちとともに思い出す家族生活は、秘密に満ちたものだった。「私は三度結婚して三度離婚しています」と、ミヒャエル・ハンブルガーは八八歳のときに語っている。「おそらく私は、どうやっても他人を信じられなかったのでしょう」。彼は、本書の原稿を読んですぐ後の二〇二〇年一月に亡くなった。

「母はずっと彼を愛していたのです」

一九六六年、ウルズラを愛したもうひとりの男が、彼女の人生に不意に戻ってきた。ヨハン・パトラは、当時は妻と息子と一緒にブラジルで暮らしており、電気技師として働くかたわら、小さな農場で野菜を育てていた。パトラはウルズラに手紙を送り、「君も知ってのとおり、僕は昔から物質的な富にまったく興味がなかった」と言って、東ドイツに移住したいと伝えてきた。ウルズラは、試しに一度来てみてはと言って彼を招待したが、こちらでの生活に順応するのは難しいかもしれないと助言するのも忘れなかった。翌年一月、彼女の家の玄関先に、ひどくやせて震えていて、誰だかよく分からない人物が立っていた。「彼は今にも倒れそうでした。話すこともできませんでした。でも、それを言うなら私も言葉が出ませんでした」。

パトラは落ち着きを取り戻すと、これまでの人生を語り始めた。本部が中国にいるパトラと再び接触してくることはなかったが、それでも彼は共産主義者たちとの連絡を維持し続け、そのため奉天ネットワークの末路を知ることができた。「シューシンは殺された。誰の名前も明かさなかった。彼女の夫は、その少し後に逮捕され、どんな目に遭ったのか分からないが正気を失って、どうやら自白したらしい」。ふたりの子供たちがどうなったのかは誰にも分からなかった。一九四九年、蔣介石の国民党が国共内戦で最終的に敗れ、中華人民共和国が成立すると、外国人は全員中国から強制的に退去させられた。パトラは、ヨーロッパに帰ってきたくて仕方がなかった。ウルズラとパトラは何時間も語り合ったが、ウルズラはふたりのあいだに埋められない溝があることに気がついた。「私たちは、どちらも相手にとって他人同然でした」。パトラは今も融通の利かないマルクス主義者のままだった。

「彼には、ほかの意見を検討する気がありませんでした。まるでレンガの壁に向かって話しているようでした。けれども、意志の力、自己犠牲、思いやりの心といった、彼の優れた資質はまだ残っていました」。このときもウルズラは、ふたりがあのまま関係を続けていても絶対にうまく行かなかっただろうと思った。彼は、自分の娘ニーナに会いもせずに帰っていった。パトラはサンパウロから手紙を寄こして、ドイツへの移住については考えを変えたと告げ、ヨーロッパでは革命は絶対に起こらないだろうとの結論に達したからだと説明した。手紙には、「ドイツ民主共和国でさえ、中産階級的価値観が蔓延している」とあった。

一〇年後の一九七七年、ウルズラ宛ての小包がブラジルから届いた。布にくるんで丁寧に縫い合わせてある小包だ。「私は手に取って重さを確かめました。小包は重くはありませんでした。ハサミで縫い目を切りながら、目の前でヨハンが、太い針と太い糸で、ゆっくりと丁寧に布を縫っていく様子を思い描きました。思い出が、悲しさと心の痛みをもたらしました。出てきたのは細長いボール箱で、中には、かんなくずとブラジルの新聞が詰められていました。彼は何を送ってきたのだろう?」[*9]。最後の包装紙をめくると、手のひらの上に円盤形の焼き物が出てきた。それは磁器修繕屋の鉦だった。

一か月後、彼女はヨハン・パトラが死んだことを知った。

ウルズラは、彼女を愛した男たちの誰よりも長生きした。レン・バートンは、東ドイツでの生活では心からくつろぐことができず、たびたび発作的に鬱状態になった。彼をスカウトして情報活動の世界に引き込んだのも、彼を訓練したのも、彼との結婚を決めたのも、ウルズラだった。彼は常に従属的なパートナーであり、連帯感と気遣いを示してくれたが、それまでの恋愛のような高揚感やロマンチックな気分はほとんど与えてくれなかった。レンはときおりイギリスに帰りたいと言ったが、実際に帰ることはなかった。ロンドンのバーキング地区生まれの孤児は、スイスの小売チェーン店の前で会った、オレンジの入ったバッグを持った女性をいつまでも愛し続けた。レンは一九九七年、八三歳で亡くなった。ルドルフ・ハンブルガーは、一九八〇年にドレスデンで亡くなった。一〇年後、彼はソ連政府によって死後に名誉を回復された。彼がグーラグでの日々を記した回想録『収容所での一〇年（*Zehn Jahre Lager*）』は二〇一三年に出版され、ある批評家から「人類に対する尽きることのない希望に気持ちが高まる」本だと評された。

彼女は、ルディをその優しさゆえに愛し、パトラをその革命への決意ゆえに愛し、レンをその長きにわたる優しい仲間意識ゆえに愛した。しかし、生涯を通じて最も愛した男性は、一九三一年に、上海市内を猛スピードで突っ走るバイクの後ろに座って黄色い声を上げていたときに見つけていた。額に入れたリヒャルト・ゾルゲの写真が、ウルズラの書斎の壁に終生掛けられていた。「母はゾルゲを愛していました」と息子のミヒャエルは語っている。「ずっと愛していたのです」。

共産主義者たちは、ウルズラに名誉と称賛を惜しみなく与えた。一九六九年にソ連から赤旗勲章を、一九三七年にクレムリンで授与されたひとつめに続いて、もうひとつ与えられた。東ドイツからは、国家賞、カール・マルクス勲章、愛国功労勲章、記念勲章を授けられた。

一九七七年、彼女は自伝『ソーニャの報告書（*Sonjas Rapport*）』を出版し、有名な作家がかつては大活躍したスパイだったことを明らかにした。子供たちは、母の過去を知って仰天した。同書は即座にベストセラーになった。この本はシュタージの管理下で書かれ、上品ぶった国家検閲官たちは、型破りな男性関係を語った部分を削除するよう命じた。それを彼女は、「私には、道徳的・倫理的見地から恥じるべき理由などひとつもありません。そのような削除を要求するとは、恥を知りなさい」と言って拒否した。それでも、最終的に完成した本は、ある程度までは共産主義プロパガンダ作品だった。国家が彼女に暴露してほしくなかった箇所を含むオリジナルの無修正版は、現在はシュタージ記録機関に収蔵されている。ウルズラは八四歳のとき、自伝を宣伝するためイギリスへ行くことを許可された。イギリスの下院議員には彼女の逮捕を求める者もいたが、法務長官は刑事訴追を認めなかった。恥をさらすだけの裁判など、ＭＩ５が最も望まないことだった。

誰よりも強運な革命家

ウルズラの共産主義者としての信念は、次第に角が取れ、現実に適応し、ゆっくりと弱くなっていったが、消えてしまうことはなかった。共産主義への信頼はスターリンによる大粛清の実態を知って大きく揺さぶられたが、彼女は「スターリンを念頭に二〇年間活動したわけではなかった」と言って、自分の過去を弁護した。私の敵は常に一貫してファシズムだったと、彼女は主張した。「だからこそ私は毅然とした態度を取れるのです」。それでも、「ソ連式の共産主義は一〇代のころに支持していた理想を真に体現している」などと心にもないことを言い張るには、彼女には現実があまりにもよく見えていた。一九五六年、ハンガリー反ソ暴動がソ連の軍事介入で鎮圧された。一九六一年、ファシストたちが東ドイツに流入するのを防ぐという名目でベルリンの壁が建設されたが、実際は東ドイツ国民を国外へ逃亡させないのが目的だった。一九六八年には、チェコスロヴァキアで改革運動が始まると、ソ連の戦車部隊が侵攻して「プラハの春」を終わらせた。こうした出来事を、ウルズラは不安を募らせながら見ていた。一九七〇年代には、本人いわく「私たちが社会主義と思っているものには致命的な欠陥があること」を実感するようになっていた。

彼女は人生を振り返り、かつての自分が何でも鵜呑みにする世間知らずだったことを認めた。年を取ってからは、「党内で年々強まる教条主義、成果の誇張と失敗の隠蔽、政治局の人民からの乖離（かいり）」を非難した。「私をごまかし欺いていたのかもしれない党の指導者たちに対して怒り」を感じ、腐敗していく東ドイツ政府と距離を置くべきではなかったかと考えた。彼女は、自分が「間違っていると分かっているものに屈し」、国家が与えたチャンスを利用したのだと考えていた。「私は、自分が気づいた悪と戦いましたが、それはあくまで、私が党員であり続けて今後も本を書くことが許される範囲内でのことにすぎませんでした」。

それでも、一九八〇年代末に共産主義体制が崩壊しても、彼女の中核にあった左派的な価値観は変わらなかった。「私は依然として、よりよい社会主義は（中略）グラスノスチとペレストロイカを推進し、独裁や絶対権力の代わりに民主主義を拡大させ、現実に即した経済対策を取ることで実現可能だと信じていました」。

一九八九年のベルリンの壁崩壊は、衝撃と同時に安心感ももたらした。「ひとつの民族をいつまでも壁で分断させておくことなどできません」と彼女は書いている。

一九八九年一〇月一八日、東ドイツの旧指導者たちが一掃されたこの日、八二歳のウルズラは、ベルリンのルストガルテン広場に集まった大群衆に向かって演説を行ない、改革された共産主義という新時代が来ると予言した。「私の演説は、党に対する信頼を失ったことについてです」と言うと、彼女の言葉をさえぎるように万雷の拍手が起こった。「私はみなさんに言いたい。今起こっている変化が終わったら、党の一員となって、党で働き、未来を変え、清廉な社会主義者として活動しましょう！　私には勇気があるし、楽観的に見ています。なぜなら、それが現実になると分かっているからです」。しかし、現実はその言葉どおりにはならず、ウルズラは生まれて初めて幻滅を味わった。生前最後のインタビューで、ドイツ再統一と共産主義の崩壊についてどう思うかと問われて、彼女はこう答えている。「［そのことは］私の世界観に何の影響も及ぼしていません。ですが、それまで経験したことのないような、ある種の絶望感が私の中に広がりました」。

ウルズラ・クチンスキーはフェミニストではなかった。もっと広い世界における女性の権利や役割については興味がなかった。当時の独立心旺盛な他の女性たちと同じく、彼女も男性優位の職業に就き、女性であることで得られる、ありとあらゆる利点を駆使して頭角を現した。彼女を突き動かしていたのは確かにイデオロギーであったが、それは、一九三〇年代にイギリス中産階級出身の道楽好きな大学生たちがケンブリッジ大学の暖かい談話室でシェリー酒を飲みながら賛同した共産主義とは違っていた。彼女のイデオロギーは、ワイマール共和国時代の過酷な経済格差と、ナチズムの恐怖と、死んだ赤ん坊が道端に置き去りにされる世界を直接見てきたという、苦痛に満ちた個人的体験から生まれた信念だった。彼女は、熱意にあふれ、ロマンチックで、リスクに果敢に挑み、ときには自己中心的に振る舞うこともあるが、思いやりがあって、粘り強い人物であり、まさに二〇世紀の歴史の最悪の部分を経験してきた者にしか持てない素質を備えていた。彼女は一度も裏切られたことがなかった。ウルズラの正体を暴いて彼女の命と諜報活動を不愉快な形で即座に終わらせるのに十分なチャンスを持っていた人は——ドイツであれ、中国であれ、ポーランドであれ、スイスであれ、イギリスであれ——何十人もいた。しかし、実際にそのチャンスを活かした者は、乳母のオロ以外いなかった。頑固な共産主義者にしては、彼女は抜群に面白く、スタイリッシュで、優しい愛情にあふれていた。友人を作る才能と、相手にいつまでも続く献身的愛情を抱かせる能力と、自分と根本的に違う意見の持ち主であっても話にじっと耳を傾けて支援しようとする意欲を持ち合わせていた。革命家でありながら、考え方が驚くほど柔軟で寛容だった。人を愛する術と、人に愛される術を知っていた。そして、見事に生き延びた人の例に漏れず、彼女も途方もなく運に恵まれていた。

ウルズラ・クチンスキーは、二〇〇〇年七月七日に九三歳で亡くなった。

その二か月後、第二次世界大戦の戦勝五五周年を祝う式典で、ロシアのウラジーミル・プーチン大統領は、ウルズラを「軍情報部のスーパー工作員」だと宣言して友好勲章を授与する大統領令に署名した。

ウルズラ・クチンスキーは、磁器の修繕屋が予言したとおり長生きをした。ロシアでボリシェヴィキ革命が起きたときは一〇歳で、ベルリンの壁が崩壊したときは八二歳だった。その生涯は、共産主義体制が激動の中で生まれ、大変動を起こして崩壊するまでの歩み全体に及んでいた。彼女は、そのイデオロギーを若者らしい無限の情熱で受け入れ、高齢者に特有の失望した目で、そのイデオロギーが死ぬ場面に立ち会った。大人になってからは、自分が正しいと信じたもののために戦い、自分の信じたものの多くが間違っていたことを知って死んだ。それでも彼女は、自分の過去を振り返って満足していた。何しろ、ナチズムを相手に戦い、存分に恋愛を楽しみ、子供を育て、ちょっとした数の良書を書き、ソヴィエト連邦が核兵器開発競争で西側に遅れずついていけるよう手助けをして脆弱な平和を確保したのだ。ウルズラは、非常に長かった人生の中で、多くの名前と数々の役割とたくさんの隠れ蓑を持った女性として、複数の異なる生活を最後まで全うしたのである。

しかし晩年になっても、彼女は自分が今も昔も常にスパイであることを無意識に思い知らされていた。彼女はこう記している。「眠っているとき、よく悪夢を見ます。敵がすぐ後ろに迫っているのに、情報を破棄する時間がないという悪夢を」[*10]。

終　章──他の人々のその後

それぞれの陣営の役者たち

クラウス・フックスは、刑務所で九年を過ごした後に釈放されると、そのまま飛行機で東ドイツに向かった。空港には、共産党の幹部で古くからの知人でもあるグレーテ・カイルゾンが出迎えに来ていた。三か月後、ふたりは結婚した。フックスは東ドイツ政府から歓迎され、愛国功労勲章とカール・マルクス勲章と国家賞を授与された。西側での生活を懐かしんだが、後悔を口にしたことは一度もなかった。彼は一九八八年に亡くなった。東ドイツのスパイ監督官マルクス・ヴォルフはフックスについて、「ソ連政府が原子爆弾を製造する能力に最も大きな貢献をし、アメリカによる核独占を打破することで世界の勢力バランスを変えた」と記している。[*1] アメリカでフックスのKGB担当官だった**ハリー・ゴールド**は、禁固三〇年を言い渡された。その後、刑期を半分務めたところで釈放され、その後はフィラデルフィアにあるジョン・F・ケネディ病院の病理学部で臨床化学者として働いて生涯を送った。

ジム・スカードンは、その後もスパイを続々と捕まえることはできなかった。彼は、「一九六一年に退職するまで上級情報員に一度も昇進できなかった」ことに当惑した。このスカードンについて、一九六三年にモスクワへ亡命した**キム・フィルビー**は、後に書いた回想録の中でその尋問手法を「非常に礼儀正しい」[*2]――つまり、まったく効果がなかったと言ってあざけった。**ミリセント・バゴット**は、その迫力ある個性と、共産主義系の破壊活動分子たちに関する深い知識で男性局員たちを圧倒しながら、ＭＩ５を支える中心人物のひとりであり続けた。コミンテルンの国際的な陰謀について詳細な報告書を書いたほか、最も早い段階でフィルビーの忠誠心に疑問を呈した情報員のひとりでもあった。バゴットは一九六七年に退職するが、その後も長くＭＩ５は共産主義スパイを一掃するのに彼女の助力を求め続けた。合唱団の練習には毎回欠かさず出席し、二〇〇六年に亡くなった。**ロジャー・ホリス**は、一九五六年にＭＩ５の長官になり、一九六五年に退職するまでその地位にあった。彼がＧＲＵの潜伏スパイであったかどうかに関する調査は、彼が一九七三年に死んだ時点でもまだ継続中で、彼が裏切り者だったという説は、今も消えることなくくすぶり続けている。この説が正しいとは思えない有力な根拠のひとつが、ウラジーミル・プーチンだ。ロシアのプーチン大統領は元ＫＧＢの大佐で、母国の諜報活動の歴史を常々自慢している。もしホリスが本当に一九三二年から一九六五年までトップレベルのソ連側スパイだったとしたら、ＧＲＵのファイルに証拠がたっぷりあるはずだ。ＧＲＵのファイルは折に触れてロシアの「公認」歴史学者たちに閲覧が許可されているが、それにもかかわらず、そうした証拠はこれまでいっさい公表されていない。ソ連がＭＩ５の内部でイギリス人の裏切り者を運用していて最後まで捕まらなかったという証拠が見つかれば、それはロシア政府にとって計り知れない価値を持った、宣伝戦での大成功になるだろう。それゆえこれは、ホリスがウルズラを守ったという説に対する主要な反証となる。もしＭＩ５の長官が本当にソ連側の超優秀な潜伏スパイだったとしたら、そのことをプーチンが吹聴して回らないはずがない。

ウルズラがイギリスを出国して三か月後の一九五〇年五月、**アグネス・スメドレー**は潰瘍の手術後にオックスフォードで亡くなった。同時代のデンマーク人女性作家カリン・ミカエリス（ミヒァエリス）は、スメドレーを「とてつもなく大きな翼を持った孤独な鳥、巣を決して作ろうとせず、名声も、自分個人の幸せも、安らぎも、安全も、何もかも捨てて、偉大な大義にすべてを捧げるという、ただそれだけのために生きた鳥」と評している。[*3] スメドレーの遺灰は一九五一年、北京の八宝山革命公墓に埋葬された。スメドレーによる諜報活動の全容が明らかになるのは、二〇〇五年のことである。

リヒャルト・ゾルゲの遺体は、戦後、日本人の愛人、石井花子によって掘り起こされ、茶毘（だび）に付された後、東京の多磨霊園に改めて埋葬された。彼は、ようやく一九六四年になって功績をソ連政府に認められて「ソ連邦英雄」の称号を贈られ、ＫＧＢのプロパガンダ担当者たちによって崇拝の対象に持ち上げられた。二〇一六年には、モスクワ地下鉄の新駅が彼にちなんで「ゾルゲ駅」と命名された。ゾルゲの最も近しい中国人協力者だった**陳翰笙**は、中国における社会科学の先駆者と見なされている。その研究は毛沢東思想の「農民大衆」の力に関する理論に根拠を与えるものだったが、彼は共産党政権と衝突し、国民党のスパイだとして告発された。文化大革命の最中には緑内障の治療を受けられず、そのため失明した。その後、二〇〇四年に一〇七歳で亡くなった。上海でウルズラの友人だった小説家の**丁玲**は、約三〇〇冊の本を書いたが、共産党支配下の中国でありとあらゆる迫害を受けた。当初は毛沢東から称賛されたが、その後、党の男尊女卑思想を批判したとして糾弾され、公衆の面前で自己批判させられ、検閲を受け、文化大革命では五年間投獄され、さらに一二年の強制労働を科せられ、一九七八年にようやく名誉を回復された。上海でスパイ逮捕を担当していた陽気な**パトリック・T・ギヴンズ**は、一九三六年に工部局警務処を退職し、アイルランド南部ティペラリー県にある築三〇〇年の邸宅バンシャ・キャスルで隠遁生活を送った。GRUでウルズラの上司だった**ハジ・マムスロフ**は、大粛清と、ソ連情報組織の激しい内部抗争と、戦争を生き抜いた。特殊部隊「スペツナズ」を創設して強制収容所を二か所解放し、陸軍大将の階級で退役して生まれ故郷のオセチアで余生を過ごした。勇猛果敢なアメリカ人ジャーナリスト、**エミリー・ハーン**は、八〇歳を越えても雑誌『ニューヨーカー』に記事を書き続けた。

アレグザンダー・フットは回想録『スパイのためのハンドブック（*Handbook for Spies*）』を出版し、ウルズラを「マリア・シュルツ」という変名で登場させた。MI5は、この本を「反ソ連プロパガンダの見事な実践」[*4]と見なして出版に協力した。出版以降、彼は二重スパイでずっとMI6のために働いていたのだという根拠のない説が唱えられている。フットは農業水産省での仕事を与えられ、作家・TVジャーナリストのマルコム・マガリッジと親しくなった。当人は農水省での仕事について、スパイとしての生活と比べたら「非常に退屈だ」と、珍しく控えめな言葉で語っている。彼は一九五六年に亡くなった。**シャーンドル・ラドー**は、スターリンが死んだ後の一九五四年一一月にソ連の刑務所から釈放され、ハンガリーに戻った。二年後には公式に名誉を回復されて、ハンガリーの地図製作機関のトップに指名され、その後、ブダペストのカール・マルクス経済大学の地図製作学教授になった。**メリタ・ノーウッド**は、一九五八年に、ひそかにソ連労働赤旗勲章を授与された。この勲章は、ウルズラが受けた軍人向けの赤旗勲章に相当する民間人向けの勲章である。彼女は、一九六五年にMI5から危険人物であると特定されたが、そのことは一九九九年まで公表されなかった。この年、K

GBの記録保管係ワシーリー・ミトロヒンが大型の旅行カバン六個分のファイルを持って亡命した。そのファイルに、工作員ホラは「訓練を受けた、献身的で信頼できる工作員〔で、〕科学的・技術的内容の文書を非常に大量に渡していた」[*5]と記されていた。この話が広まると、彼女は郊外にある自宅の前で、買い物袋を抱えて帰ってきたところをマスコミによって写真に撮られ、そのため有名なスパイ小説をもじって「生協から帰ってきたスパイ（The Spy Who Came in from the Co-op）」と呼ばれた。[*6]当時八七歳だった彼女は、あまりに高齢だったため起訴は見送られた。正体が発覚した直後、ノーウッドのもとにウルズラのサイン入り自伝が一冊届けられ、そこには「レティへ。ソーニャから敬意を表して！」という、元担当官からの手書きのメッセージが添えられていた。[*7]

ジョー・グールドは、戦争が終わると映画業界に戻り、最初はユナイテッド・アーティスツの、次いでパラマウント映画の宣伝部長となり、パラマウント映画ではヒッチコック監督の映画『サイコ』の宣伝を手がけた。最後の仕事は、ワシントンにある防衛情報センターの広報部長だった。没後の二〇〇九年、戦時中の活動に対して青銅星章を贈られた。

ツール・ミッションの生存者たちは、戦後は東ドイツに住んだ。**エーリヒ・ヘンシュケ**は、新聞『ベルリナー・ツァイトゥング』の編集者となり、ベルリン市会議員を経て、最後には東ドイツ国営テレビの記者になった。**パウル・リンドナー**は、国際放送ラジオ・ベルリン・インターナショナルの編集局長になった。**トニー・ルー**は、東ドイツ税関局局長に任命され、その後に東ドイツの駐ルーマニア大使となるが、赴任先で一九六四年、原因不明の自殺を遂げた。リンドナーは、その五年後に自然死した。ハンマー・ミッションを担当したリンドナーとルーは、二〇〇六年の式典でアメリカ政府から銀星章を贈られ、「軍における最高の伝統に合致する勇敢さ」[*8]を称賛された。このふたりは、戦時中の勇敢な行為でアメリカ軍の勲章を授与された最初のドイツ国民であり、かつ唯一のソ連側スパイであった。

過去からの引力

一九五〇年一〇月、**オルガ・ムート**が西ベルリンのイギリス領事館に姿を現し、ウルズラ・バートンの秘密を暴露したいと申し出た。この元乳母はMI6に、私は一九一一年からクチンスキー家のために働いてきたと説明した。「ウルズラは二〇歳のころから、『ハイル・モスクワ！』という挨拶を使い始めたんです」[*9]とオロは言うと、あらかじめ練習しておいた告発を開始した。オロは、ウルズラがポーランド、ダンツィヒ、およびスイスで行なっていた諜報活動のことや、無線機のこと、ラ・トピニエールでの秘密の会合のことなどを次々と説明した。雇い主であるウルズラから、「こうした活動は見て見ぬ振りをし、その後のことはすべて忘れるように」と言われたとも語った。そして最後に、勝ち誇った顔でこう締めくくった。「ウルズラはソ連側のスパイに他ならなかったのです」。オロの告発内容をMI6はとっくに知っていたし、そもそもウルズラはMI6の手が届かない東ベルリンにいる。イギリスの情報機関は、オロが突然やってきたのは当のバートン夫人が仕掛けた策略ではないかと疑った。つまり、「ウルズラが、現時点で我々が一家にどのような関心を抱いているかを探るため彼女を我々のもとへ送り込んだ可能性は排除できない」と考えたのだ。オルガ・ムートは、領事館から丁重に追い出された。またもやイギリスの役人たちはオロの告発を聞くのを拒んだ。一回目のスイスでは、彼女が何を言っているのか理解不能だったためであり、二回目である今回は、彼女がウルズラのスパイではないかと疑ったからだった。

クチンスキー家の下の四姉妹であるブリギッテ、バルバラ、ザビーネ、レナーテは、全員イギリスにとどまり、当初はMI5によって厳重に監視されていたが、やがて監視は緩み、最後にはMI5に忘れられた。ユルゲン・クチンスキーは、イギリス国籍を捨てて東ドイツに永住した。フンボルト大学の教授に任命された後、同大学で経済史研究所を設立し、東ドイツ人民議会の議員となり、ソヴィエト文化研究協会の会長として会員を指導し、「ソヴィエト連邦で見られるような人類の進歩を嫌い軽蔑する者こそ、憎まれ軽蔑されるべき存在である」と語った。[*10] 時代が変わってもスターリン主義を固持していたが、一九七三年の回想録でスターリン主義を批判し、そのため党から叱責された。彼は自分を「党の路線に忠実な異端者」だと述べている。ユルゲンは党の幹部たちから、何をしでかすか分からない危険人物と見なされており、短期間ながら「帝国主義者側のスパイ」ではないかと疑われたこともあったが、それでも新たな共産主義国家で活躍を続けた。一九七一年には、東ドイツの指導者で強硬派のエーリヒ・ホーネッカーの対外経済問題担当顧問に任命された。その一方で、取りつかれたかのように執筆を続け、代表作である『資本主義下における労働者の状態の歴史』全四〇巻を含め、合計で四〇〇〇冊以上の本を残した。もっとも本人は、数の計算は本の執筆ほど得意でなかったのか、自分の著作数を「一〇〇冊くらい」と言っていた。クチンスキー家が三世代にわたって収集した膨大な蔵書約五万冊は、現在ベルリン中央図書館にあり、書架を一〇〇メートルにわたって占拠している。

ユルゲンは一九九七年に九二歳で亡くなった。

ユルゲンとウルズラは、人生最後の日まで、口論し、張り合い、相手に腹を立て、それでいて互いに敬愛し合っていた。あるとき、原因が何だったのかは今に伝わっていないが、ともかく何らかの理由でとりわけ激しい口論をした後、ユルゲンはこんな手紙をウルズラに送っている。「君は本気で、僕たちの関係をひどい危険にさらせると思っているのかい！　君は、あれほど散々に悪口を浴びせられる世界に僕が君を置き去りにするだろうとか、僕が君との関係を変えようとするだろうとか言いたいようだが、君との関係は僕の人生の確かな基盤になっているんだよ。（中略）この件については、君は何も変えられないだろう。なぜなら、過去からの引力はあまりにも強いのだから」[*11]。

謝辞

本書は、ウルズラのご家族、とりわけご子息であるピーター・バートンと故ミヒャエル・ハンブルガー両氏のご助力がなければ書き上げることはできなかっただろう。おふた方は、私がしつこく質問したり何度も自宅にお邪魔したりしても、嫌な顔ひとつせず、どこまでも忍耐強く応対してくださった。二〇二〇年一月にミヒャエルが亡くなってからは、そのご子息マックスとご息女ハンナが、家族の膨大な写真コレクションを整理・照合・コピーするという複雑で時間のかかる作業を、ご親切にも引き継いでくださった。

歴史家で、クチンスキー家の伝記の決定版を執筆したジョン・グリーンは、その専門知識を快く教示してくださったばかりか、ドイツの公文書館で追加調査を行なって数々の手がかりを詳しく調べてくださった。翻訳会社トレンド・トランスレーションズのガリーナ・グリーンには、ウルズラの著作を英語に翻訳するという最高の仕事をしていただいた。また、イギリス国立公文書館と、ベルリンにあるドイツ連邦公文書館ならびにシュタージ記録機関の職員の皆様にも、感謝申し上げたい。ロバート・ハンズは、私の過去六冊のときと同じく今回も熟練の腕で初稿の校閲をしてくれたし、セシリア・マッカイの写真調査はいつもどおり完璧だった。トマス・カンペン、ベルント＝ライナー・バルト、マシュー・スティッビーなど、ドイツ語で研究している何人もの学者・研究者らの成果を利用できたのも幸運だった。ロシアでは、ミハイル・ボグダノフとトム・パーフィットに一方ならずお世話になった。ツール・ミッションの話を最初に私に教えてくれたのは、アンドルー・マーシャルだった。原稿は、数名の友人と専門家（そのうちの何人かからは、名前を挙げないでほしいと頼まれた）に読んでもらったおかげで、大幅に改善され、いくつものミスをまぬかれることができた。読んでくださったロージー・ゴールドスミス、ジョン・ハリデイ、ナターシャ・マケルホーン、サンドラ・ピアス、ローランド・フィリップス、アン・ロビンソンなど、多くの方に感謝したい。

出版元であるヴァイキングとクラウンの出版チームは、コロナ禍という厳しい時代にありながら、優れたプロフェッショナリズムと熱意で再び最高の仕事をしてくださった。私のエージェントであるジョニー・ゲラーは、常に頼りになる存在として支援と知恵を提供してくれた。

そして今回も我が子たちが、新たな本の執筆という長距離走に挑む父親に、あふれんばかりのユーモアと忍耐力で伴走してくれた。私はロックダウン中、時間の大半を一九二〇年代のベルリンと一九三〇年代の上海で過ごした。そんな父の仕事に最後までしっかりと付き合ってくれた愛するバーニー、フィン、モリーの三人にありがとうと言いたい。そして最後に、私の愛するジュリエットにも、感謝の気持ちを伝えたい。

訳者あとがき

ウルズラ・クチンスキーという名を聞いても、おそらくほとんどの日本人は「誰?」と思うことだろう。しかし、彼女が一九三〇年代初頭の上海でリヒャルト・ゾルゲにスカウトされてスパイになり、一時期はゾルゲと愛人関係にあったと聞けば、俄然興味がわいてくるのではないだろうか。なにしろゾルゲは、日本近現代史で最も有名なスパイだからだ。

リヒャルト・ゾルゲ(一八九五~一九四四)については、改めて説明するまでもないだろう。ドイツ人でソ連のスパイだったゾルゲは、一九三〇~三二年に上海を拠点として諜報活動に従事した後、一九三三年に来日するとスパイ網を組織し、一九四一年一〇月に逮捕されるまで、駐日ドイツ大使館や日本政界の上層部を含め、各所から情報を収集・分析してモスクワに報告していた。しかもその報告は、例えば独ソ開戦を予知したり、日本の対米開戦方針を伝えたりするなど、精度がきわめて高かった。ゾルゲ事件は戦前の日本を震撼させ、戦後の早い時期から詳細に研究されてきた。ウルズラ・クチンスキーも、そうしたゾルゲ研究の場では知られた存在で、例えば一九九一年にNHKが放送したTV番組「国際スパイ・ゾルゲ」では、「ルート・ヴェルナー」という変名(この名については第24章を参照)で出演してインタビューを受けている。しかし、それはあくまで「上海時代のゾルゲの協力者」という位置づけに過ぎなかった。一九九一年一二月にソ連が崩壊し、旧ソ連の秘密資料が閲覧できるようになると、ウルズラが「ソーニャ」という暗号名のソ連側工作員として数々の業績を挙げていたことが明らかになってきた。その業績のひとつに、スパイとなった理論物理学者クラウス・フックスの担当官を務めたことが挙げられる。フックスは英米の原爆開発の中枢にいて、原爆の極秘情報をソ連側に漏らした人物であり、彼が長期にわたってスパイ活動を進められたのは、ウルズラが早い段階で担当官になったことが大きかった。ソ連が原爆を早期に開発できたのはフックスの情報のおかげだったから、ウルズラは冷戦の歴史で大きな役割を果たしたことになる。こうしたことから、研究者の中にはウルズラを史上最も成功したスパイと評する者さえいる。このウルズラ・クチンスキーの生涯を描いたのが、本書『ソーニャ、ゾルゲが愛した工作員』(*Agent Sonya*)である。

本書が一三作目となる著者のベン・マッキンタイアーは、綿密な調査に基づいて歴史の真実を明らかにし、それを物語形式で綴ることで定評のあるノンフィクション作家だ。ここ十数年は、主としてスパイ物ノンフィクションを執筆しており、「ノンフィクション界のジョン・ル・カレ」と呼ばれるほど高い評価を受けている。代表作のひとつで、二〇二二年に監督ジョン・マッデン、主演コリン・ファースで映画化された『ナチを欺いた死体——英国の奇策・ミンスミート作戦の真実』(拙訳。中央公論新社。二〇一一年)では、ミンスミート作戦という諜報活動そのものに焦点を当てているが、近作の『キム・フィルビー——かくも親密な裏切り』(拙訳。中央公論新社。二〇一五年)と『KGBの男——冷戦史上最大の二重スパイ』(拙訳。中央公論新社。二〇二〇年)では、特定の諜報活動だけを取り上げるのでなく、スパイの心理に深く分け入り、スパイ活動に伴う葛藤や人間関係の危機を克明に描き出している。

本書も、主人公ウルズラ・クチンスキーの実像をさまざまな角度から明らかにしている。それを如実に示しているのが、本書のサブタイトル「愛人、母親、戦士にしてスパイ」(*Lover, Mother, Soldier, Spy*) だ。これは、エピグラフにあるイギリスの童謡を（あるいは、ジョン・ル・カレの有名なスパイ小説のタイトルを）もじって付けられたものだが、このサブタイトルが示すとおり、ウルズラはスパイであったのみならず、愛に生きた女性であり、三人の子を産んだ母親であり、共産主義のために戦う戦士であった。

二〇世紀は「共産主義の時代」であり、一九一七年のロシア革命から一九八九年の東欧革命と一九九一年のソ連邦崩壊まで、多くの人が共産主義を支持し、共産主義の描く理想社会に期待を寄せた。一九〇七年に生まれ、二〇〇〇年に亡くなったウルズラは、まさに共産主義の時代を生きた女性だった。彼女がなぜ共産主義者になり、共産主義者として何を目指し、何に苦悩したかを知ることは、彼女の行動を理解する上で欠かせない。また彼女の生涯から、なぜ二〇世紀に多くの人が共産主義に夢を託したのか、その理由の一端を垣間見ることができるだろう。

ウルズラは、愛に生きた女性でもあった。彼女は生涯で四人の男を愛したが、その四人に求めたものはすべて違っていた。四人の男たちも、それぞれ違った形で彼女を愛した。中でも最初の夫であるルドルフ・ハンブルガーは、第1章で登場してから、まるで裏主人公でもあるかのように、たびたび姿を現して、読む者に強い印象を残していく。ハンブルガーも含めた彼ら男たちとウルズラの関係を通して、男と女の千差万別な愛の形が見えてくるのではないだろうか。

さらに、ウルズラは三児の母親でもあった。母親としては、愛する子供たちと時間と思い出を共有して、強い絆を育みたい。しかしスパイである以上、相手が愛する我が子であっても秘密を共有することは許されず、偽りの関係を築かなくてはならない。そうした状況下で彼女が抱える葛藤と苦悩が、随所で克明に描かれる。

こうしたさまざまな要素を踏まえた上で、ウルズラ・クチンスキーのスパイ活動が語られる。ウルズラは一九三〇年にスパイとしてスカウトされて以降、一九五〇年まで上海、満州、ダンツィヒ、スイス、イギリスで命を危険にさらしながらスパイとしての実績を重ねてきた。ときには直接ヒトラーを標的とした作戦を計画したり、第二次世界大戦末期に実施された「ツール作戦」を裏で操ったりしたこともある（ツール作戦の詳細は本書の第20章と第21章を参照。ちなみにマッキンタイアーはある動画で、当初はこの作戦について本を書くつもりで調査を始めたが、その過程でウルズラの存在を知り、彼女の本を書くことに決めたと語っている）。さらに彼女の周囲には、ゾルゲやフックスだけでなく、著名な経済学者である兄ユルゲン・クチンスキーや、アメリカ人女性作家アグネス・スメドレー、メリタ・ノーウッド（二〇一八年のイギリス映画『ジョーンの秘密』のモデルとなった人物。ただし映画の設定は史実と大きく異なっている）など、個性的な人々が数多くいた。そんな彼女の物語を、ぜひ多くの読者に知っていただきたいと思う。

最後に、本書での固有名詞の表記について何点か補足的に説明しておきたい。

ヨーロッパ諸国では、名前の綴りは同じでも、国によって発音が違う。例えばドイツ生まれの主人公「Ursula」は、ドイツでは「ウルズラ」（ドイツ語読み）と呼ばれていたが、一時期国籍を取得して移り住んだイギリスではイギリス人から「アーシュラ」（英語読み）と呼ばれていただろう。本書では混乱を避けるため、原則として登場人物の第一言語（母語）での発音に基づく表記を採用し、「Ursula」は一貫して「ウルズラ」と表記した（慣用読みの「ウルスラ」も採用しない）。同様に、ウルズラの第一子「Michael」はドイツ語読みの「ミヒャエル」を、第三子「Peter」は英語読みの「ピーター」を、それぞれ採用した。ミヒャエルは、一〇代をイギリスで過ごしたので英語風に「マイケル」あるいは「マイク」と呼ばれるのを好んだだろうし、ピーターは七歳で東ドイツに移り住んでからはドイツ語風に「ペーター」と呼ばれることに慣れていたと思うが、本書では一貫して「第一言語での表記」とした。

ウルズラの暗号名「Sonya / Sonja」は、ロシア語に由来するものなので、ロシア語の発音に準じて「ソーニャ」とした。日本語資料の中には、英語式の綴り「Sonia」から「ソニア」とするものもあるが、それは採用しなかった。

彼女の再婚後の姓「Beurton」は、日本語資料ではフランス語風に「ブルトン」「ブールトン」とするものが多い。だが、本書では「発音は Burton と同じで、公文書では Burton と記載されることが多かった」とあるため、一貫して「バートン」と表記した。

中国人の名前は、著名人を除き、すべてカタカナ表記とした。これは、原注にあるように、名前の多くが仮名または偽名と考えられ、漢字表記を特定できないからである。中国の地名は、原則として漢字表記とした（一部の音訳地名にはルビを振った）。ただし、第9章に出てくる奉天の道路名「White Moon Street」だけは漢字表記を特定できなかったため、「白月路」の漢字を当てた。また第4章に、ウルズラが自分の名前にどんな漢字を当てたかを手紙で説明する箇所がある。ここも、正確な漢字を特定できなかったため、最も可能性の高い字を当てた。読者諸賢には、ご了承いただきたい。

本書の翻訳に当たっては、中央公論新社の打田いづみさんと、オフィス・スズキの鈴木由紀子さんにたいへんお世話になりました。どれほど感謝しても、しきれるものではありません。本当にありがとうございました。

二〇二一年一二月

小林朋則

*11　Close, *Trinity*. また、Fuchs に関するＭＩ５のファイル TNA KV 2/1245–1270 も参照。
*12　http://www.greathead.org/greathead2-o/Sonia.htm.

24　ルート・ヴェルナー

Ursula に関する Stasi のファイルは、Bfs HA IX/11 FV 98/66 Bd 19 である。
*1　Pincher, *Treachery*.
*2　Werner, *Sonya's Report*.
*3　Bfs HA IX/11 FV 98/66 Bd 19.
*4　Kuczynski 兄妹をスカウトしようというＭＩ６の取り組みについては、Matthew Stibbe, 'Jürgen Kuczynski and the Search for a (Non-Existent) Western Spy Ring...' を参照。
*5　Werner, *Sonya's Report*.
*6　Hamburger, *Zehn Jahre Lager*.
*7　Hamburger に関する Stasi のファイル MfS HA IX/II. FV 98/66.
*8　Ursula の子供たちの意見は、著者が行なったインタビューによる。なお、'Codename Sonya', BBC Radio 4（2002年）: https://genome.ch.bbc.co.uk/59623532dbb240c3aa1c2bd002b932f5 も参照。
*9　Werner, *Der Gong des Porzellanhändlers*.
*10　Werner, *Sonya's Report*.

終　章

*1　Close, *Trinity*.
*2　Kim Philby, *My Silent War*.（キム・フィルビー『プロフェッショナル・スパイ：英国諜報部員の手記』笠原佳雄訳、徳間書店、1969年）
*3　Price, *Smedley*.
*4　Pincher, *Treachery*.
*5　Christopher Andrew and V. Mitrokhin, *The Mitrokhin Archive*.
*6　*The Times*, 11 September, 1999年9月11日。
*7　Pincher, *Treachery*.
*8　Gould, *German Anti-Nazi Espionage in the Second World War* 参照。
*9　Beurton 家に関するＭＩ５のファイル TNA KV 6/41–45
*10　Jürgen Kuczynski の後半生については、Green, *A Political Family* 参照。
*11　日付不明の手紙。Peter Beurton の厚意により引用。

war/AAF/USSBS/ を参照。
＊6　Matthews, *Impeccable Spy*.

21　春のささやき

＊1　SAPMO 文書 DY 30/IV 2/4/123, BL 123–282 参照。
＊2　USNA, OSS Record Group 226.
＊3　Werner, *Ein ungewöhnliches Mädchen*.
＊4　Close, *Trinity*.
＊5　Catherine Putz, 'What if the United States...'

22　グレート・ロールライト

グレート・ロールライトでの生活の描写は、Werner, *Sonya's Report*, Janina Blankenfeld, *Die Tochter bin ich*, およびMichael Hamburger と Peter Beurton へのインタビューによる。
＊1　Hamburger, *Zehn Jahre Lager*.
＊2　Beurton 家に関するＭＩ５のファイル TNA KV 6/41–45.
＊3　Foote, *Handbook for Spies*.
＊4　Foote に関するＭＩ５のファイル TNA KV 2/1611–1616.
＊5　Werner, *Sonya's Report*.
＊6　ＭＩ５による Ursula と Kuczynski 家に対する調査については、Charmian Brinson and Richard Dove, *A Matter of Intelligence* を参照。

23　非常に手ごわい相手

＊1　Werner, *Sonya's Report*.
＊2　Hamburger に関するＭＩ５のファイル TNA KV 2/1610.
＊3　スカードンの尋問記録は、Beurton 家に関するＭＩ５のファイル TNA KV 6/41–45 にある。
＊4　Wright, *Spycatcher*.（ピーター・ライト、ポール・グリーングラス『スパイキャッチャー』久保田誠一監訳、朝日新聞社、1987年）
＊5　Close, *Trinity*.
＊6　Price, *The Lives of Agnes Smedley*.
＊7　Beurton 家に関するＭＩ５のファイル TNA KV 6/41–45 に収められた、検閲された手紙。
＊8　Blankenfeld, *Die Tochter bin ich*.
＊9　Werner, *Sonya's Report*.
＊10　Raymond H. Geselbracht (ed.), 'The Truman Administration during 1949: A Chronology', Harry S. Truman Library.

19　MI5のミリセント

＊1　Wright, *Spycatcher.*（ピーター・ライト、ポール・グリーングラス『スパイキャッチャー』久保田誠一監訳、朝日新聞社、1987年）
＊2　Michael Smith, *The Secret Agent's Bedside Reader* に引用あり。
＊3　Jürgen Kuczynski に関するMI5のファイル TNA KV 2/1871–1880.
＊4　Close, *Trinity.*
＊5　Beurton 家に関するMI5のファイル TNA KV 6/41–45.
＊6　Close, *Trinity.*
＊7　Paul Monk : https://quadrant.org.au/magazine/2010/04/christopher-andrew-and-the-strange-case-of-roger-hollis/【訳注／出典に本文と対応する箇所なし】
＊8　ケベック協定をめぐる議論については、Monk, ibid., Pincher, *Treachery*, Vladimir Lota, ГРУ и атомная бомба, Antony Percy, www.coldspur.com を参照。
＊9　Nikolai Tolstoy, *Victims of Yalta*.
＊10　Allen M. Hornblum, *The Invisible Harry Gold*.

20　ハンマー作戦

ツール・ミッションについて最も詳しいのは、Jonathan S. Gould, *German Anti-Nazi Espionage in the Second World War*。また、Joseph E. Persico, *Piercing the Reich*（J・E・ペルシコ『ナチ・ドイツの心臓を狙え：OSS（米戦略情報部）秘密作戦』宇田道夫・芳地昌三訳、サンケイ出版、1981年）および CIA Library: https://www.cia.gov/library/center-for-the-study-of-intelligence/csi-publications/csi-studies/studies/vol46no1/article03.html【訳注／リンク切れ】も参照。

この任務に関するアメリカの情報機関の記録は、US National Archives (USNA): OSS Record Group 226 に保持されている。また、OSS War Diary, vol. 6, 421–456 も参照。

1953年にドイツ民主共和国（東ドイツ）の調査委員会がハンマー工作員に対して行なった尋問の結果は、Die Stiftung Archiv der Parteien und Massenorganisationen der DDR（ドイツ民主共和国の政党および大衆組織の文書財団。SAPMO）: DY 30/IV 2/4/123, BL 123–282 にある。
＊1　Persico, *Piercing the Reich*.（J・E・ペルシコ『ナチ・ドイツの心臓を狙え：OSS（米戦略情報部）秘密作戦』宇田道夫・芳地昌三訳、サンケイ出版、1981年）
＊2　Karl Kastro (Erich Henschke) に関するMI5のファイルTNA KV 2/3908.
＊3　Richard Dunlop, *Donovan*.
＊4　Kuczynski に関するMI5のファイル TNA KV 2/1871–1880.
＊5　アメリカ戦略爆撃調査団の報告書については、http://www.ibiblio.org/hyper-

＊3　Jonathan W. Haslam, *Near and Distant Neighbours*.

＊4　Von Hardesty and Ilya Grinberg, *Red Phoenix Rising* に引用あり。

＊5　これを含め、モスクワ本部との間でやり取りされ、ヴェノナ・プロジェクトで解読された通信文については、Alexander Vassiliev, *Yellow Notebooks*: https://www.wilsoncenter.org/sites/default/files/Vassiliev-Notebooks-and-Venona-Index-Concordance_update-2014-11-01.pdf 参照。また、John Earl Haynes et al., *Spies* および Nigel West, *Venona* も参照のこと。

＊6　Paddy Ashdown, *Nein!*

17　地獄への道

＊1　フックスに関する最新の最も詳細な分析が、Frank Close, *Trinity* にある。ほかに伝記として、Robert Chadwell Williams, *Klaus Fuchs*, Mike Rossiter, *The Spy Who Changed the World*, Norman Moss, *Klaus Fuchs*（ノーマン・モス『原爆を盗んだ男：クラウス・フックス』壁勝弘訳、朝日新聞社、1989年）, Alan Moorehead, *The Traitors*, H. Montgomery Hyde, *The Atom Bomb Spies* などがある。Fuchs に関するＭＩ５のファイルは、TNA KV 2/1245–1270 にある。

＊2　フリッシュ＝パイエルス・メモ（Frisch-Peierls memo）は、http://www.atomicarchive.com/Docs/Begin/FrischPeierls.shtml にある。

＊3　Jürgen Kuczynski, *Memoiren*.

＊4　Close, *Trinity* に引用あり。

＊5　Melita Norwood の生涯と経歴については、David Burke, *The Spy Who Came in from the Co-op* に詳しい。

＊6　https://www.thetimes.co.uk/article/melita-norwood-x2lrfkj7vm5.

＊7　Vassiliev, *Yellow Notebooks*.

＊8　Len Beurton の尋問と調査結果は、TNA KV 6/41–45 にある。

18　原爆スパイ

＊1　Werner, *Sonya's Report*.

＊2　Ruth Werner の死亡記事、*The Economist*, 2000年7月13日付。

＊3　Close, *Trinity*.

＊4　https://link.springer.com/chapter/10.1057%2F9780230598416_2.

＊5　Hans Kahle に関するＭＩ５のファイル TNA KV 2/1561–1566.

＊6　Pincher, *Treachery*.

＊7　Len Beurton の未発表原稿。Peter Beurton の厚意により引用。個人蔵。

＊8　Bochkarev and Kolpakidi, Суперфрау из ГРУ.

＊9　Hamburger, *Zehn Jahre Lager*.

＊10　Hamburger に関するＭＩ５のファイル TNA KV 2/1610.

13　偽装結婚

＊1　独ソ不可侵条約については、Roger Moorhouse, *The Devils' Alliance* 参照。
＊2　Len Beurton の未発表原稿。Peter Beurton の厚意により引用。個人蔵。
＊3　内務省のファイルTNA HO 396/50/28.
＊4　ユルゲンの収容をめぐる衝突については、Green, *A Political Family* と、Kuczynski に関するＭＩ５のファイル TNA KV2/1871–1880 に詳しい。
＊5　Christian Leitz, *Nazi Germany and Neutral Europe* に引用あり。
＊6　Bormann, *Hitler's Table Talk*（アドルフ・ヒトラー著、ヒュー・トレヴァー＝ローパー解説『ヒトラーのテーブル・トーク：1941–1944』上下巻、吉田八岑監訳、三交社、1994年）に引用あり。

14　赤ん坊泥棒

＊1　Hahn, *China to Me*.
＊2　Kögel, 'Zwei Poelzigschüler' および Hamburger, *Zehn Jahre Lager* 参照。
＊3　Werner, *Sonya's Report*. Sandor Radó に関するＭＩ５のファイル TNA KV 2/1647–1649.
＊4　Sandor Radó, *Codename Dora*.
＊5　ローテ・ドライ（Rote Drei）については、https://www.cia.gov/library/center-for-the-study-of-intelligence/kent-csi/vol13no3/html/v13i3a05p_0001.htm【訳注／リンク切れ】, V. E. Tarrant, *The Red Orchestra*, Anthony Read and David Fisher, *Operation Lucy*（アンソニー・リード、デイヴィッド・フィッシャー『スパイ軍団〈ルーシイ〉を追え』井上寿郎訳、サンケイ出版、1982年）、Anne Nelson, *Red Orchestra* 参照。また、Hamel に関するＭＩ５のファイル TNA KV 2/1615 も参照のこと。
＊6　Werner, *Muhme Mehle*.
＊7　Foote, *Handbook for Spies*.

15　楽しい時代

＊1　TNA KV 6/43 参照。
＊2　ＭＩ５による Beurton 家の追跡については、TNA KV 6/41–45 参照。
＊3　Hamburger, *Zehn Jahre Lager*.
＊4　Glyn Prysor, *Citizen Sailors*.

16　バルバロッサ

＊1　Werner, *Sonya's Report*.
＊2　Foote, *Handbook for Spies*.

10　北京からポーランドへ

＊1　ルドルフ・ハンブルガーの生涯と経歴については、MI5のファイル TNA KV 2/1610 と、Hamburger に関する Stasi のファイル MfS HA IX/II. FV 98/66 を参照。また、Kögel, 'Zwei Poelzigschüler' と Hamburger, *Zehn Jahre Lager* も参照のこと。

＊2　ニコラ・ジダロフの経歴については、Bochkarev and Kolpakidi, *Суперфрау из ГРУ* に詳しい。

＊3　ホフマンの組織については、Werner, *Sonya's Report* に詳しい。

11　一ペニーで買えますよ

＊1　スターリンの粛清については、Robert Conquest, *The Great Terror*（ロバート・コンクェスト『スターリンの恐怖政治』上下巻、片山さとし訳、三一書房、1976年）および Hiroaki Kuromiya, *The Voices of the Dead* を参照。

＊2　Matthews, *An Impeccable Spy* 参照。

＊3　Franz Obermanns に関するMI5のファイル TNA KV 6/48.

＊4　Ursula に関するMI5のファイル TNA KV 6/41–45 参照。

＊5　Foote, *Handbook for Spies* および Footeに関するMI5のファイル TNA KV 2/1611–1616 参照。

12　モグラ塚

＊1　スイスにおけるGRUのスパイ網については、Werner, *Sonya's Report* および Foote, *Handbook for Spies* 参照。

＊2　http://news.bbc.co.uk/onthisday/hi/dates/stories/september/30/newsid_3115000/3115476.stm

＊3　オルガ・ムートの生涯については、Werner, *Muhme Mehle* に詳しい。

＊4　*The Times*, 1938年11月11日付。

＊5　Footeに関するMI6のファイル TNA KV 2/1611–1616.

＊6　「リリアン・ヤコービ」（Lillian Jakobi）と「フュースリ夫人」（Frau Füssli）（Werner, *Muhme Mehle*）は、どちらもおそらく仮名であろう。

＊7　オステリア・バヴァリア（Osteria Bavaria）については、TNA KV 2/1611–1616、Stasi のファイル Bfs HA IX/11 FV 98/66 Bd 19 の注、Foote, *Handbook for Spies*, および the Mitford Society: https://themitfordsociety.wordpress.com/tag/osteria-bavaria/ を参照。

＊8　Len Beurton による未発表手記。Peter Beurton の厚意により引用。また、Beurton に関するMI5のファイルTNA KV 6/41–45 も参照のこと。バートンのスペインでの軍務については、Richard Baxell, *British Volunteers in the Spanish Civil War and Unlikely Warriors* を参照。

＊4　ユダヤ教徒ドイツ国民中央協会（Centralverein deutscher Staatsbürger jüdischen Glaubens）運営委員会の声明。
＊5　Green, *A Political Family* 参照。

6　スズメ

＊1　Alexander Foote, *Handbook for Spies* 参照。
＊2　以下、ウルズラがモスクワで体験したことについては、Werner, *Ein ungewöhnliches Mädchen* と *Sonya's Report* を参照。
＊3　Price, *The Lives of Agnes Smedley* に引用あり。
＊4　ウルズラの奉天時代については、Werner, *Der Gong des Porzellanhändlers* に詳しい。
＊5　トゥマニャンや、後述のパトラとマムスロフなど、ソ連の情報員の経歴については、Viktor Bochkarev and Aleksandr Kolpakidi, Суперфрау из ГРУ に詳しい。同書は、一部に信頼できない箇所もあるが、GRUのファイルを閲覧した内容を参考にしている。

7　コンテ・ヴェルデ号の船上で

＊1　汽船コンテ・ヴェルデ号での船旅の様子は、Werner, *Der Gong des Porzellanhändlers* と *Sonya's Report*, Panitz, *Geheimtreff Banbury* に引用された手紙、Michael Hamburger による未完原稿、およびＭＩ５のファイルにある傍受された通信記録で詳しく描かれている。

8　満州の女

＊1　ウルズラの奉天での情報活動、およびパトラとの関係については、Werner, *Der Gong des Porzellanhändlers* に詳しい。

9　放浪生活

＊1　「ハンス・フォン・シュレーヴィッツ」のほか、本章に登場する「シューシン」「ワン」「チュー」（Werner, *Der Gong des Porzellanhändlers*）は、すべて仮名と思われる。
＊2　これを含む以降の手紙は Panitz, *Geheimtreff Banbury* に引用されている。
＊3　エリーザベト・ネーフの生涯と死については、Price, *The Lives of Agnes Smedley* および Veronika Fuechtner, Douglas E. Haynes and Ryan M. Jones, *A Global History of Sexual Science* を参照。
＊4　Green, *A Political Family* 参照。

＊1 ‘The Man from Moscow’, *Time*, 1947年2月17日号。
＊2 Werner, *Ein ungewöhnliches Mädchen*.
＊3 Tani E. Barlow, *I Myself am a Woman*.
＊4 Frederic Wakeman Jr., *Policing Shanghai*.
＊5 トム・ギヴンズについてはHergé, *Le lotus bleu*（エルジェ『青い蓮』川口恵子訳、福音館書店、2011年）も参照。
1920年代の上海については、Harriet Sergeant, *Shanghai*（ハリエット・サージェント『上海：魔都100年の興亡』浅沼昭子訳、新潮社、1996年）とEdgar Snow, *Random Notes on Red China*（エドガー・スノウ『中共雑記』小野田耕三郎・都留信夫訳、未来社、1964年）を参照。

4 ソーニャがダンスを踊れば

＊1 Price, *The Lives of Agnes Smedley*に引用あり。
＊2 ゾルゲ・スパイ網については、Werner, *Sonya's Report*, Matthews, *An Impeccable Spy*, Whymant, *Stalin's Spy*（ロバート・ワイマント『ゾルゲ　引裂かれたスパイ』上下巻、西木正明訳、新潮文庫、2003年）に説明あり。
＊3 Willoughby, *Shanghai Conspiracy*.（C・A・ウィロビー『赤色スパイ団の全貌：ゾルゲ事件』福田太郎訳、東西南北社、1953年）
＊4 Wakeman, *Policing Shanghai*に引用あり。
＊5 Stasiのファイル NY/4502/ sig 14393 参照。
＊6 Matthews, *An Impeccable Spy*.
＊7 ヌーラン事件については、Wakeman, *Policing Shanghai*とFrederick S. Litten, ‘The Noulens Affair’を参照。また、Noulensに関するMI5のファイルがTNA KV 2/2562にある。
＊8 Harold Isaacs. Wakeman, *Policing Shanghai*に引用あり。

5 彼女を愛したスパイたち

＊1 Matthews, *An Impeccable Spy*.
＊2 ホリス問題に関する出典は、告発側と弁護側に分けるのがよいだろう。告発側で最も有名なのが、Peter Wright, *Spycatcher*（ピーター・ライト、ポール・グリーングラス『スパイキャッチャー』久保田誠一監訳、朝日新聞社、1987年）とChapman Pincher, *Treachery, Betrayals, Blunders and Cover-Ups*およびPaul Monk, https://quadrant.org.au/magazine/2010/04/christopher-andrew-and-the-strange-case-of-roger-hollis/である。弁護側には、Christopher Andrew, *Defence of the Realm*とMI5, https://www.mi5.gov.uk/sir-roger-hollisがある。この問題は、Antony Percyがwww.coldspur.comで徹底的に調査している。また、William A. Tyrer, ‘The Unresolved Mystery of ELLI’も参照のこと。
＊3 これと、その他の手紙についてはPanitz, *Geheimtreff Banbury*参照。

1　つむじ風

＊1　Ruth Werner, *Ein ungewöhnliches Mädchen* 参照。ウルズラの少女時代についての主な資料には、ほかに Werner, *Sonya's Report*, Eberhard Panitz, *Geheimtreff Banbury* に引用された手紙と日記、および Peter Beurton と故 Michael Hamburger の回想がある。
＊2　John Green, *A Political Family* に引用あり。
＊3　Agnes Smedley, *Daughter of Earth*.（アグネス・スメドレー『女一人大地を行く』尾崎秀実訳、角川文庫、1962年ほか）
＊4　Ruth Price, *The Lives of Agnes Smedley* に引用あり。
＊5　Carlos Baker, *Ernest Hemingway*.（カーロス・ベーカー『アーネスト・ヘミングウェイ』全2巻、大橋健三郎・寺門泰彦監訳、新潮社、1974年）

2　東洋の娼婦

＊1　Werner, *Sonya's Report*.
＊2　J. G. Ballard, *Miracles of Life*.（J・G・バラード『人生の奇跡：J・G・バラード自伝』柳下毅一郎訳、東京創元社、2010年）
＊3　Emily Hahn, *China to Me*.
＊4　Austin Williams, *The Architectural Review*, 2018年10月22日号。
ハンブルガーの前半生と建築については、Eduard Kögel, 'Zwei Poelzigschüler' に詳しい。また、Rudolf Hamburger, *Zehn Jahre Lager* も参照のこと。

ウルズラの上海での生活の描写は、Werner, *Ein ungewöhnliches Mädchen* と *Sonya's Report*, および Panitz, *Geheimtreff Banbury* に引用された手紙による。

アグネス・スメドレーの生涯についての主な典拠は、Price, *The Lives of Agnes Smedley* と J. R. and S. R. MacKinnon, *Agnes Smedley: The Life and Times of an American Radical*（ジャニス・マッキンノン、スティーヴン・マッキンノン『アグネス・スメドレー　炎の生涯』石垣綾子・坂本ひとみ訳、筑摩書房、1993年）である。Smedley に関するＭＩ５のファイルは、TNA KV 2/2207–2208にある。また、46箱の資料からなるアグネス・スメドレーの記録がアリゾナ州立大学に保管されており、そ　のURLは http://www.azarchivesonline.org/xtf/view?docId=ead/asu/smedley.xml;query=agnes%20smedley;brand=default である。

3　工作員ラムゼイ

リヒャルト・ゾルゲの生涯については、Owen Matthews, *An Impeccable Spy*, Robert Whymant, *Stalin's Spy*（ロバート・ワイマント『ゾルゲ　引裂かれたスパイ』上下巻、西木正明訳、新潮文庫、2003年）およびCharles Willoughby, *Shanghai Conspiracy*（C・A・ウィロビー『赤色スパイ団の全貌：ゾルゲ事件』福田太郎訳、東西南北社、1953年）を参照。

引用出典について

ウルズラ・クチンスキーは、自分の生涯についてフィクションとノンフィクションの両方の形式で非常にたくさん書き残している。回想録である *Sonjas Rapport*［『ソーニャの報告書』］は、1977年にドイツ語で出版され、その後1991年に英語版（タイトルは *Sonya's Report*）が、2006年にはドイツ語による完全版が上梓された。シュタージの検閲官が書き込んだ削除指示と所見（および、それに対するウルズラの厳しい手書きの回答）が残るオリジナルの無修正原稿は、現在ベルリンのシュタージ記録機関に収められている。これ以外にも、ルート・ヴェルナー名義で13冊のフィクションを書いている（「主要参考文献」参照）が、そのうち *Ein ungewöhnliches Mädchen*（『風変わりな娘』）、*Der Gong des Porzellanhändlers*（『磁器屋の鉦』）、*Muhme Mehle*（『メーレおばさん』。ちなみにこれは、オルガ・ムートのあだ名だった）の3冊は、実質的に自伝である。また、彼女は数百通の手紙（Panitz, *Geheimtreff Banbury* に数多く引用あり）と子供時代の日記も残している。これらについては、ありがたいことに、彼女のご子息であるピーター・バートンならびに故ミヒャエル・ハンブルガーの両氏から翻訳・引用の許可をいただいた。ルドルフ・ハンブルガーの回想録 *Zehn Jahre Lager*（『収容所での10年』）は、亡くなってから30年以上たった2013年に、ミヒャエル・ハンブルガーによる序文を添えて出版された。ほかに補助資料として、ニーナ・ブランケンフェルトの著書 *Die Tochter bin ich*（『私が娘』）、ピーター・バートンの未発表の回想、ミヒャエル・ハンブルガーの未完に終わった回想録、ウルズラの両ご子息をはじめとするご家族へのインタビュー、および彼女が後半生にラジオやテレビで受けた数々のインタビューを利用した。

クチンスキー家に関するＭＩ５のファイルは、イギリス国立公文書館（TNA）に収められており、その内訳は以下のとおり。ウルズラとレン・バートン：KV 6/41–45。ユルゲンとマルグリット：KV 2/1871–1880 および HO 405/30996。ロベルト：HO 396/50/28。ベルタ：HO 396/50/25。レナーテ：KV 2/2889-2893 および HO 396/50/27。バルバラ：KV 2/2936–2937。ブリジット（ブリギッテ）：KV 2/1569。ザビーネ：KV 2/2931–2933。ルドルフ・ハンブルガー：KV 2/1610。

ドイツ連邦公文書館にあるウルズラのファイル（ルート・ヴェルナー遺贈文書）は、NY 4502としてまとめられている。シュタージ記録機関（正式名称は「旧ドイツ民主共和国国家保安省文書に関する連邦受託官」Der Bundesbeauftragte für die Unterlagen des Staatssicherheitsdienstes der ehemaligen Deutschen Demokratischen Republik）にあるクチンスキー／ヴェルナー関連ファイルは、Bfs HA IX/11 FV 98/66にまとめられている（これは約90の異なるファイルからなり、総ページ数は1万8000ページにのぼる）。

特に重要な引用の出典を以下に示す。また、各章ごとに主要な参考文献も挙げた。

Vassiliev, Alexander, *Yellow Notebooks*, 1995 : https://digitalarchive.wilsoncenter.org/collection/86/vassiliev-notebooks
Wakeman Jr., Frederic, *Policing Shanghai 1927–1937* (Berkeley, Calif., 1995)
Watson, Peter, *Fallout: Conspiracy, Cover-Up and the Deceitful Case for the Atom Bomb* (London, 2018)
Werner, Ruth, *Ein ungewöhnliches Mädchen* (Berlin, 1959)
———, *Der Gong des Porzellanhändlers* (Berlin, 1976)
———, *Muhme Mehle* (Berlin, 2002)
———, *Olga Benario. Die Geschichte eines tapferen Lebens* (Berlin, 1961)
———, *Sonjas Rapport* (Berlin, 1977, new edn, 2006)
———, *Sonya's Report* (London, 1991)
West, Nigel, *Venona: The Greatest Secret of the Cold War* (London, 1999)
———, *Mortal Crimes: The Greatest Theft in History. The Soviet Penetration of the Manhattan Project* (New York, 2004)
Whymant, Robert, *Stalin's Spy: Richard Sorge and the Tokyo Espionage Ring* (New York, 1996)　ロバート・ワイマント『ゾルゲ　引裂かれたスパイ』上下巻、西木正明訳、新潮文庫、2003年
Williams, Robert Chadwell, *Klaus Fuchs, Atom Spy* (Harvard, Mass., 1987)
Willoughby, Charles, *Shanghai Conspiracy: The Sorge Spy Ring* (Boston, Mass., 1952)　C・A・ウィロビー『赤色スパイ団の全貌：ゾルゲ事件』福田太郎訳、東西南北社、1953年
Wolf, Markus, *In eigenem Auftrag* (Schneekluth, 1991)
Wright, Peter, *Spycatcher: The Candid Autobiography of a Senior Intelligence Officer* (London, 1987)　ピーター・ライト、ポール・グリーングラス『スパイキャッチャー』久保田誠一監訳、朝日新聞社、1987年

(Berlin, 2009)
Persico, Joseph E., *Piercing the Reich* (New York, 1979)　J・E・ペルシコ『ナチ・ドイツの心臓を狙え：OSS（米戦略情報部）秘密作戦』宇田道夫・芳地昌三訳、サンケイ出版、1981年
———, *Roosevelt's Secret War: FDR and World War II Espionage* (New York, 2001)
Philby, Kim, *My Silent War* (London, 1968)　キム・フィルビー『プロフェッショナル・スパイ：英国諜報部員の手記』笠原佳雄訳、徳間書店、1969年
Pincher, Chapman, *Treachery: Betrayals, Blunders and Cover-Ups. Six Decades of Espionage* (London, 2012)
Price, Ruth, *The Lives of Agnes Smedley* (Oxford, 2005)
Prysor, Glyn, *Citizen Sailors: The Royal Navy in the Second World War* (London, 2012)
Putz, Catherine, 'What if the United States Had Told the Soviet Union about the Bomb?', *The Diplomat*, 18 May 2016
Radó, Sandor, *Codename Dora* (New York, 1990)
Read, Anthony, and David Fisher, *Operation Lucy: Most Secret Spy Ring of the Second World War* (London, 1980)　アンソニー・リード、デイヴィッド・フィッシャー『スパイ軍団〈ルーシイ〉を追え』井上寿郎訳、サンケイ出版、1982年
Rossiter, Mike, *The Spy Who Changed the World* (London, 2003)
Sebag Montefiore, Simon, *Stalin: The Court of the Red Tsar* (London, 2003)　サイモン・セバーグ・モンテフィオーリ『スターリン：赤い皇帝と廷臣たち』上下巻、染谷徹訳、白水社、2010年
Sergeant, Harriet, *Shanghai: Collision Point of Cultures*, 1918–1939 (New York, 1990)　ハリエット・サージェント『上海：魔都100年の興亡』浅沼昭子訳、新潮社、1996年
Smedley, Agnes, *Daughter of Earth* (New York, 1987)　アグネス・スメドレー『女一人大地を行く』尾崎秀実訳、角川文庫、1962年ほか
Smith, Michael (ed.), *The Secret Agent's Bedside Reader: A Compendium of Spy Writing* (London, 2014)
Snow, Edgar, *Random Notes on Red China: 1936–1945* (Cambridge, Mass., 1957)　エドガー・スノウ『中共雑記』小野田耕三郎・都留信夫訳、未来社、1964年
Stibbe, Matthew, 'Jürgen Kuczynski and the Search for a (Non-Existent) Western Spy Ring in the East German Communist Party in 1953', *Contemporary European History*, vol. 20, issue 1, 2011
Tarrant, V. E., *The Red Orchestra: The Soviet Spy Network inside Nazi Europe* (London, 1995)
Tolstoy, Nikolai, *Victims of Yalta* (London, 1979)
Tyrer, William A., 'The Unresolved Mystery of ELLI', *International Journal of Intelligence and Counterintelligence*, vol. 29, no. 4, 2016, 785–808

Fall of the KGB in America (New Haven, Conn., 2010)
Hennessy, Peter, *The Secret State: Whitehall and the Cold War* (London, 2002)
Holloway, David, *Stalin and the Bomb* (London, 1994)　デーヴィド・ホロウェイ『スターリンと原爆』上下巻、川上洸・松本幸重訳、大月書店、1997年
Hornblum, Allen M., *The Invisible Harry Gold: The Man Who Gave the Soviets the Atom Bomb* (New Haven, Conn., 2010)
Kögel, Eduard, 'Zwei Poelzigschüler in der Emigration', Dissertation (Weimar, 2007)
Krivitsky, Walter, *I was Stalin's Agent* (London, 1939)　ワルター・クリヴィツキー『スターリン時代：元ソヴィエト諜報機関長の記録』第2版・新装版、根岸隆夫訳、みすず書房、2019年
Kuczynski, Jürgen, *Memoiren*, 4 vols. (Berlin, 1981–99)　ユルゲン・クチンスキー『クチンスキー回想録　1945–1989』、照井日出喜訳、大月書店、1998年（原書第2巻のみの翻訳）
Kuczynski, Rita, *Wall Flower: A Life on the German Border* (Toronto, 2015)
Kuromiya, Hiroaki, *The Voices of the Dead: Stalin's Great Terror in the 1930s* (New Haven, Conn., 2016)
Lamphere, Robert J., and Tom Shachtman, *The FBI-KGB War: A Special Agent's Story* (New York, 1986)
Leitz, Christian, *Nazi Germany and Neutral Europe during the Second World War* (Manchester, 2001)
Litten, Frederick S., 'The Noulens Affair', *The China Quarterly*, vol. 138, June 1994
Lota, Vladimir, ГРУ и атомная бомба (Moscow, 2002)
MacKinnon, J. R., and S. R., *Agnes Smedley: The Life and Times of an American Radical* (Berkeley, Calif., 1988)　ジャニス・マッキンノン、スティーヴン・マッキンノン『アグネス・スメドレー　炎の生涯』石垣綾子・坂本ひとみ訳、筑摩書房、1993年
Matthews, Owen, *An Impeccable Spy: Richard Sorge, Stalin's Master Agent* (London, 2019)
Montgomery Hyde, H., *The Atom Bomb Spies* (London, 1980)
Moorehead, Alan, *The Traitors: The Double Life of Fuchs, Pontecorvo and Nunn May* (London, 1952)
Moorhouse, Roger, *The Devils'Alliance: Hitler's Pact with Stalin, 1939–41* (London, 2014)
Moss, Norman, *Klaus Fuchs: The Man Who Stole the Atom Bomb* (London, 1987)　ノーマン・モス『原爆を盗んだ男：クラウス・フックス』壁勝弘訳、朝日新聞社、1989年
Nelson, Anne, *Red Orchestra* (New York, 2009)
Panitz, Eberhard, *Geheimtreff Banbury: Wie die Atombombe zu den Russen kam*

Casey, William, *The Secret War against Hitler* (Washington, DC, 1988)
Close, Frank, *Trinity: The Treachery and Pursuit of the Most Dangerous Spy in History* (London, 2019)
Conquest, Robert, *The Great Terror: Stalin's Purge of the Thirties* (rev. edn) (London, 1990) ロバート・コンクエスト『スターリンの恐怖政治』上下巻、片山さとし訳、三一書房、1976年
Dunlop, Richard, *Donovan: America's Master Spy* (New York, 1982)
Figes, Orlando, *The Whisperers: Private Life in Stalin's Russia* (London, 2007) オーランドー・ファイジズ『囁きと密告：スターリン時代の家族の歴史』上下巻、染谷徹訳、白水社、2011年
Fischer, Benjamin B., 'Farewell to Sonia, the Spy Who Haunted Britain', *International Journal of Intelligence and Counterintelligence*, vol. 15, issue 1, 2002
Foote, Alexander, *Handbook for Spies* (London, 2011)
Fuechtner, Veronika, Douglas E. Haynes and Ryan M. Jones (eds.), *A Global History of Sexual Science, 1880–1960* (Berkeley, Calif., 2017)
Glees, Anthony, *The Secrets of the Service* (London, 1987)
Gold, Michael, *Jews without Money* (New York, 1930) マイケル・ゴールド『金のないユダヤ人（20世紀民衆の世界文学　9　アメリカ篇）』坂本肇訳、三友社出版、1992年
Gould, Jonathan S., 'Strange Bedfellows: The OSS and the London Free Germans', CIA Library, https://www.cia.gov/library/center-for-the-study-of-intelligence/csi-publications/csi-studies/studies/vol46no1/article03.html【訳注／リンク切れ】
———, *German Anti-Nazi Espionage in the Second World War: The OSS and the Men of the TOOL Missions* (New York, 2018)
Green, John, *A Political Family: The Kuczynskis, Fascism, Espionage and the Cold War* (Abingdon, 2017)
Guha, Ramachandra, *India After Gandhi: The History of the World's Largest Democracy* (London, 2007) ラーマチャンドラ・グハ『インド現代史：1947–2007』上下巻、佐藤宏訳、明石書店、2012年
Hahn, Emily, *China to Me: A Partial Autobiography* (New York, 1944)
Hamburger, Rudolf, *Zehn Jahre Lager* (Munich, 2013)
Hardesty, Von, and Ilya Grinberg, *Red Phoenix Rising: The Soviet Air Force in World War II* (Lawrence, Kan., 2012)
Hartland, Michael, *The Third Betrayal* (London, 1986) マイケル・ハートランド『第三の裏切り』佐和誠訳、二見文庫、1987年
Haslam, Jonathan, *Near and Distant Neighbours: A New History of Soviet Intelligence* (Oxford, 2015)
Haynes, John Earl, Harvey Klehr and Alexander Vassiliev, *Spies: The Rise and*

主要参考文献

Aaronovitch, David, *Party Animals: My Family and Other Communists* (London, 2016)

Andrew, Christopher, *The Defence of the Realm: The Authorized History of MI5* (London, 2009)

Andrew, Christopher, and Vasili Mitrokhin, *The Mitrokhin Archive* (London, 1999)

Ashdown, Paddy, *Nein! Standing up to Hitler 1935–1944* (London, 2018)

Baker, Carlos, *Ernest Hemingway: A Life Story* (New York, 1969)　カーロス・ベーカー『アーネスト・ヘミングウェイ』全２巻、大橋健三郎・寺門泰彦監訳、新潮社、1974年

Ballard, J. G., *Miracles of Life: Shanghai to Shepperton, an Autobiography* (New York, 2008)　J・G・バラード『人生の奇跡：J・G・バラード自伝』柳下毅一郎訳、東京創元社、2010年

Barlow, Tani E. (ed.), *I Myself am a Woman: Selected Writings of Ding Ling* (Boston, 1989)

Baxell, Richard, *British Volunteers in the Spanish Civil War* (London, 2004)

———, *Unlikely Warriors: The Extraordinary Story of the Britons Who Fought for Spain* (London, 2012)

Blankenfeld, Janina, *Die Tochter bin ich* (Berlin, 1985)

Bochkarev, Viktor, and Aleksandr Kolpakidi, Суперфрау из ГРУ (Moscow, 2002)

Bormann, Martin, ed., *Hitler's Table Talk, 1941–1944*, trans. Norman Cameron (London, 2000)　アドルフ・ヒトラー著、ヒュー・トレヴァー＝ローパー解説『ヒトラーのテーブル・トーク：1941–1944』上下巻、吉田八岑監訳、三交社、1994年

Bower, Tom, *The Perfect English Spy: Sir Dick White and the Secret War 1935–1990* (London, 1995)

Brinson, Charmian, 'The Free German Movement in Britain, 1943–1945', Yearbook of the Research Centre for German and Austrian Exile Studies, vol. 15, 2014

———, and Richard Dove, *A Matter of Intelligence: MI5 and the Surveillance of Anti-Nazi Refugees 1933–1950* (Manchester, 2014)

Burke, David, *The Lawn Road Flats: Spies, Writers and Artists* (Martlesham, 2014)

———, *The Spy Who Came in from the Co-op: Melita Norwood and the Ending of Cold War Espionage* (Martlesham, 2008)

27. Courtesy of Peter Beurton
28. 出典不明
29. 出典不明
30. Collection of the Hamburger family
31. NACP, RG 242.28: National Archives Collection of Foreign Records Seized
32. BStU, MfS, HA IX/11, FV 98/66, Bd. 39, S. 145
33. Courtesy of András Trom
34. BStU, MfS, HA IX/11, FV 98/66, Bd. 40, S. 7
35. Courtesy of Ann Simpson
36. Collection of the Hamburger family
37. Collection of the Hamburger family
38. Photograph by Sybill Clay and Stella Caffyn. Estate of Emily Hahn
39. National Archives, Kew, KV2/1253
40. Courtesy of Peter Beurton
41. National Archives, Kew, KV2/3908
42. Private collection. From Jonathan S. Gould, *German Anti-Nazi Espionage in the Second World War: The OSS and the Men of the TOOL Missions*, Abingdon, Oxon; New York, NY: Routledge, 2019
43. NACP, RG 226: Records of the Office of Strategic Services
44. NACP, RG 226: Records of the Office of Strategic Services
45. NACP, RG 226: Records of the Office of Strategic Services
46. Courtesy of Peter Beurton
47. Courtesy of Peter Beurton
48. Courtesy of Peter Beurton
49. Reproduced by permission of the Principal of Lady Margaret Hall, University of Oxford
50. AP/Shutterstock
51. Keystone/Alamy
52. © Martin Pope/Camera Press, London
53. BArch, Bild 10-2167-11

図版出典

BArch：ドイツ連邦公文書館
BStU：旧ドイツ民主共和国国家保安省文書に関する連邦受託官
NACP：アメリカ国立公文書館カレッジパーク新館（メリーランド州カレッジパーク）

1. ullstein bild/Getty Images
2. Sammlung Kuczynski, Zentral- und Landesbibliothek, Berlin
3. Courtesy of Peter Beurton
4. Courtesy of Peter Beurton
5. Courtesy of Peter Beurton
6. Courtesy of Ann Simpson
7. BArch, Bild 102-01355
8. BStU, MfS, HA IX/11, FV 98/66, Bd. 40, S. 125
9. Collection of the Hamburger family
10. CPA Media/Alamy
11. Collection of the Hamburger family
12. Agnes Smedley Photographs, University Archives, Arizona State University Library
13. 写真原本は所在不明。Ruth Werner, *Sonjas Rapport*, Berlin: Neues Leben, 1977 より転載
14. Collection of the Hamburger family
15. BStU, MfS, HA IX/11, FV 98/66, Bd. 20, S. 98
16. Sputnik/TopFoto
17. 写真原本は所在不明。Ruth Werner, *Sonya's Report*, London: Chatto & Windus, 1991 より転載
18. Collection of the Hamburger family
19. Collection of the Hamburger family
20. Collection of the Hamburger family
21. BStU, MfS, HA IX/11, FV 98/66, Bd. 39, S. 142
22. Collection of the Hamburger family
23. BArch, Bild 10-2167-04
24. Wellcome Library, London, under CC-BY 4.0
25. Photograph by Helen Foster Snow. Courtesy L. Tom Perry Special Collections, Brigham Young University
26. BStU, MfS, HA IX/11, FV 98/66, Bd. 39, S. 139

著　者

ベン・マッキンタイアー（Ben Macintyre）

イギリスの新聞タイムズでコラムニスト・副主筆を務め、同紙の海外特派員としてニューヨーク、パリ、ワシントンでの駐在経験も持つ。ベストセラー『ＫＧＢの男　冷戦史上最大の二重スパイ』をはじめ、『英国二重スパイ・システム　ノルマンディー上陸を支えた欺瞞作戦』『キム・フィルビー　かくも親密な裏切り』（以上いずれも小林朋則訳、中央公論新社）など諜報戦を追った著作に定評がある。『ナチを欺いた死体　英国の奇策・ミンスミート作戦の真実』（小林朋則訳・中公文庫）は映画化もされた。

訳　者

小林朋則（こばやし・とものり）

翻訳家。筑波大学人文学類卒。主な訳書に、アームストロング『イスラームの歴史』（中公新書）、ＤＫ社編著『ヴィジュアル歴史百科』、バズビーとラトランド『ウマの博物図鑑』（以上、原書房）など。新潟県加茂市在住。

ソーニャ、ゾルゲが愛した工作員
——愛人、母親、戦士にしてスパイ

2022年 2 月25日　初版発行

著　者　ベン・マッキンタイアー
訳　者　小林 朋則
発行者　松田 陽三
発行所　中央公論新社
〒100-8152　東京都千代田区大手町 1-7-1
電話　販売 03-5299-1730　編集 03-5299-1740
URL https://www.chuko.co.jp/

ＤＴＰ　平面惑星
印　刷　大日本印刷
製　本　小泉製本

Published by CHUOKORON-SHINSHA, INC.
Printed in Japan　ISBN978-4-12-005506-5 C0022

〈海外ノンフィクション〉ベン・マッキンタイアーの本

キム・フィルビー

かくも親密な裏切り

小林朋則 訳

誰からも愛されながら、その全員を裏切っていた男――MI6長官候補にして、ソ連側の二重スパイ。冷戦下の世界を震撼させた衝撃の亡命までの三十年を、MI6同僚との血まみれの友情を軸に描き出す。ジョン・ル・カレによる「あとがき」収録。

〈単行本〉

中央公論新社刊

ＫＧＢの男

冷戦史上最大の二重スパイ

小林朋則　訳

この男なかりせば、世界は核戦争に突入していた——ソ連の情報高官でありながら、ＭＩ６の協力者に転じたのはなぜだったのか。英国で今も孤独な秘密生活を送るゴルジエフスキーの、大胆にして危険極まりない諜報人生をたどる世界的ベストセラー。〈単行本〉

ナチを欺いた死体

英国の奇策・ミンスミート作戦の真実

小林朋則 訳

調達した遺体に、上陸攻撃に関する偽情報をまとわせ、敵陣に流れ着くよう海に流す――推理小説をヒントに英情報部の変わり者たちが仕掛けた大芝居が、ヒトラーを惑わせ、大戦の趨勢を変えてゆく。最も奇想天外ながら最も成功した欺瞞作戦の全容。映画化原作。

〈中公文庫〉